掌控者

上

猎心
惩戒

姜振宇 著

四川文艺出版社

图书在版编目（CIP）数据

掌控者 / 姜振宇著. —成都：四川文艺出版社，2022.9
 ISBN 978-7-5411-6417-0

Ⅰ.①掌… Ⅱ.①姜… Ⅲ.①长篇小说—中国—当代 Ⅳ.①I247.5

中国版本图书馆CIP数据核字（2022）第138365号

ZHANGKONG ZHE

掌控者

姜振宇　著

出 品 人　张庆宁
策划出品　北京磨铁文化集团股份有限公司
责任编辑　邓艾黎
责任校对　段　敏

出版发行　四川文艺出版社（成都市锦江区三色路238号）
网　　址　www.scwys.com
电　　话　010-82068999（市场部）　028-86361781（编辑部）

印　　刷　三河市冀华印务有限公司
成品尺寸　165mm×235mm　　　　开　本　16开
印　　张　53.5　　　　　　　　　字　数　770千字
版　　次　2022年9月第一版　　　 印　次　2022年9月第一次印刷
书　　号　ISBN 978-7-5411-6417-0
定　　价　88.00元（全二册）

版权所有·侵权必究。如有质量问题，请与本公司图书销售中心联系调换。010-82069336

自序

北京冬日的凌晨，窗外干冷。

我坐在窗边，头脑中仿佛燃烧着火焰，虽然此时《掌控者·无间》的第五稿已经完成了，但大脑还在烧。

为什么要第五次改稿？为了实现本篇序文中最后的狂妄——聪明人的终极挑战！

五年来，这压力一直凝聚在我的额叶中，让我焦虑，让我欣喜，让我兴奋，也让我痛苦。

写到这儿，就不继续矫情了。压力是我自找的，没人逼着我日日夜夜心心念念。

我是正经的科研人员，实地研究过几百名犯罪嫌疑人，交往过几百个娱乐圈明星，评测过几百位企业家和投资家。

新读者会相当诧异："嚯！你还能写出这么悬疑、刺激、复杂的故事呢？意外之喜啊！"

老读者则会关心道："班主任，你在节目里看到那么多又不能都说破，憋不憋得慌？"

无论哪种评价都是真爱。感动得眼泪流满一张大方脸。

这本书，我掏心掏肺地双手敬献给大家：

《掌控者·猎心》是这本书的第一部分，被戏称为"史上最尴尬的科普书"。因为要用故事讲科学，这件事并不容易，好在我做到了。浅读可以只看故事，深读还可以获得书中遍布的严谨注释和论文引用。

这本浅显的案例集，目的就是先让大家学习基础知识。就如同一个有志青年，从读书开始，学习很多思辨和原理，然后再学习那些表情和动作的含义，最后学习谈判的精妙技术。这一部分6万字，全是精华，学完了就相当于研究生毕业。

《猎心》的主题其实是两个字——"学习"，学习基本知识、基本规则，掌握真正的微反应体系。

《掌控者·惩戒》是第二部分，是用微反应分析人心的巅峰之作。在这部分里，用四个诡异的案件，把全部焦点都集中在和罪犯面对面的细节较量中。浑的、尿的、妖的、媚的、猛的、精明的、狡猾的、算无遗策的，每个人都有说谎的方法，有的高明有的蠢，都站在你的对立面，都想方设法地掩饰自己的罪过。你能分辨出你所面对的人群里谁在撒谎吗？

如果，手里什么证据都没有，又没有规则钳制住对方，该怎么开口说第一句话？

如果，你问对方的所有问题，人家都预先有所准备，或百般抵赖，或侃侃而谈，该怎么辨识真伪？

判断错了，可能就会害了更多的人命。就算你每句话都分析精准，还是可能会毁了姜老师的双眼……

《惩戒》的主题其实是两个字——"进攻"，用微反应进攻，识谎突破，拨云见日。

《掌控者·无间》是第三部分，最精彩的一部分。这部分中，全部都是短兵相接的小技术。

见什么人，说什么话，做什么姿态，不单是任务成败的问题，还是性命攸关的事情。每一个表情，每一个动作，每一次呼吸都是重要的。不但要看懂对手，还要做出自己的判断；不但要说对每一句话，还要做出令人痛心的取舍。

在《惩戒》里，是没有任何证据去证明某人是坏人的。而在《无间》里，我们的一举一动都在坏人的监控之下，我们要如何取得对手的信任，并反制对手呢？想想都会不自觉地摇头——不可思议，太难了！

《无间》的主题也是两个字——"应变"，用微反应分析对手，用猎心术控制局势。

把自己融到对手的环境里去，随机应变，行云流水，是一种更高的境界。有兴趣的话，大家可以挑战一下，把自己或者史上任何一个知名的间谍、侦探、英雄代入《无间》里的局中，看看能不能活过前三分之一局。

请你耐心学完《猎心》里面的知识，去《惩戒》里面尝试分析各种坏蛋的谎言，再试着潜入《无间》中，看看能存活多久，最后能不能完成智慧的峰值挑战。

我不吹牛。

不服来战！

谨以此书献给我此前10年的研究，这是留给聪明人最具挑战性的智慧迷局。

姜振宇

2020年1月16日凌晨1:47 于北京

全书开篇引言

路人甲:"这本书里写的微表情分析,真赞!"

路人乙:"神经病!微什么表情啊,跟看相算命的差不多,都是江湖骗子。"

路人甲:"不,不,不!国外国内关于微表情可是有大量研究论文的哟,是科学的。"

路人乙:"拉倒吧,我看过几本很畅销的微表情心理学书,都是垃圾。"

路人甲:"按销量排行买的?你是真傻还是假傻,最起码也要看看作者再买呀!"

路人乙:"反正我不会相信的,都是 Lie to me(《别对我说谎》)带出来的骗子。"

路人甲:"看你轻蔑的表情,知你可怜的智商。哈哈!微表情可不是看看电视剧和垃圾书就能学会的。偏见就是局限,偏见越多,局限越多。"

路人乙:"那你为什么要推荐这本?"

路人甲:"很多书都是东拼西凑出来的,写书的人自己都不懂,只会到处抄。而姜振宇写自己的研究成果,积累了几百个嫌疑人的数据呢!"

路人乙:"姜振宇,有什么了不起的?"

路人甲:"他讲了很多关键的问题——什么表情能分析,什么表情不能分析。他还帮你解答了很多高级问题——遇到骗子、演员、整容的人,应该怎么分析他们的表情。"

路人乙:"听起来不错,那我买一本看看。"

路人甲:"准备好你的大脑,你将开启一个全新的视角来看世界!"

目录
CONTENTS

── 第一卷 ── 猎心

1 老板看懂了员工 002
2 员工看懂了老板 009
3 总统的微笑 023
4 刺激、刺激、基线 031
5 夜店里的冒险 040
6 见到著名的姜老师 055
7 高水平演员的微反应 067
8 第一次见识"提审" 076
9 风雷隐隐 088
10 肖依被策反 095
11 职场性骚扰 103
12 大boss咬钩 111

第二卷 惩戒

第一层 119

13　第一具尸体　120
14　肖依的神秘训练　130
15　带尸投案　139
16　案情分析会　147
17　奇怪的嫌疑人　156
18　姜老师的震荡手法　170
19　肖依的必杀技　184
20　手机数据彻底删除　193
21　肖依的嗔怒　206
22　顾三儿的美女媳妇　212
23　教人说谎的人　224
24　败类的弱点　238

第二层 255

25　捕获二虎　256
26　审讯二虎　266
27　"虎痴"赵乾　274
28　二虎之殇　281
29　手机追踪　289
30　反跟踪与易容术　301
31　围魏救赵　312
32　约谈赵乾　321
33　华生的进步　331

第三层 345

34　第二具尸体　346
35　第三具尸体　360
36　福坤　376
37　不动如山，静密入藏　391
38　福坤的破绽　405
39　惩戒　415
40　毒盲　432
41　第四具尸体　442
42　不入虎穴　456

敢和我对视的人，一定不是普通人。

第一卷 猎心

1　老板看懂了员工

开篇语：

敢和我对视的人，一定不是普通人。

奇怪的面试者

戴猛正在主持公司的招聘面试，他是主试官。尽管他的名字听着像"呆萌"，可事实上他一点也不呆萌。

戴猛问对面的年轻人："你已经这样看着我1分钟了，就不打算说点什么吗？"

坐在戴猛对面的这个年轻人，和他之前面试过的所有人都不一样。这年轻人的眼睛敢于一直看着戴猛的眼睛，和他就这样对视着。同时，出于习惯，戴猛还仔细地观察了他眼球的细微运动，发现对方的眼球在非常轻微地快速转动着，大概在之前的1分钟里，年轻人已经把戴猛细细地打量了一遍。

这就是戴猛觉得不同寻常的地方。

不说话的时候，人类能够保持长时间对视的心理动因，大体分为三种：

①有意顶撞和挑衅；

②行为习惯不正常，比如不会做人、没有礼貌，又或者桀骜不驯到不在乎结果；

③非常强烈的兴趣。

注意，这个前提是双方都不说话。如果老师在说，学生在认真听，那么学生的直视并不一定源自上述三种原因。

长时间对视真的不能乱用,因为除了引起敌意,还可能引发对于情感的误会。曾经有一个有趣的实验证明,年轻男女对视超过 8.5 秒后可能建立交往意愿。[1]

也就是说,不说话的时候长时间对视,可能不是恨对方,就是爱对方。

当然,普通人并不容易做到。大多数人在没有话说的时候,对视不超过 1 秒就会各自闪躲目光来避免尴尬,弱势对强势尤其如此。

老板看员工,上级看下级,强者看弱者,给资源的看要资源的,这种长时间的注视都是被允许的,这就是社交规则。

然而,对面这个年轻人就不正常了,因为此刻他并没有处于强势地位。

不过此刻戴猛既没有感到被冒犯,也没有觉得窘迫。他对这个年轻人产生了浓厚的兴趣。一个应届毕业生来求职,为什么敢于这么长时间盯着他看?

戴猛立刻把视线转到年轻人的坐姿上。戴猛发现,年轻人的脊柱呈松弛的自然弧线,既没有卑微而谨慎地趋前,也没有傲慢地后仰,也不似大多数求职者那样,强迫自己挺得笔直。躯干的表现和面部表情所透露出来的淡定完全一致。

之所以看脊柱姿态,是因为那里能够透露出重要的信息。

人体脊柱的状态大体可以分为三类:

①**生理弯曲**。人在松弛的状态下,脊柱会呈现出其自然的生理特点——四个生理弯曲:颈曲、胸曲、腰曲及骶曲,颈曲凸向前、胸曲凸向后、腰曲凸向前、骶曲凸向后。脊柱的四个生理弯曲,使脊柱如同一个弹簧,能增加缓冲震荡的能力,加强姿势的稳定性,椎间盘也可吸收震荡,在剧烈运动或跳跃时,可防止颅骨、大脑受损伤,脊柱与肋骨、胸骨和髋骨分别组成胸廓和骨盆,对保护胸腔和盆腔脏器起到重要作用。

---

[1] 国外有个科研团队做过一组实验,把不知情的被试安排在气氛暧昧的酒吧中,让他们与酒吧中的异性搭讪。而那些被搭讪的人则都是安排好的实验辅助人员,他们被要求一定要顺应搭讪者的话题完成对话。监控器拍下所有对话后,统计人员对双方眼睛对视的时间进行统计。在所有实验过程中,包括有兴趣和没兴趣的所有人在内,平均对视时间为 2.95 秒。被试参加完测试之后表示有意与对方继续交往,则他们的对视平均时间是 8.5 秒。

②运动弯曲。一旦人有恐惧、讨好这两种感受的时候，脊椎会出现较大幅度的弯曲。所以，"卑躬屈膝""低三下四""唯唯诺诺"等贬义词形容的那些状态，就是很好的"恐惧+讨好"的组合案例。如果想表现得很恭顺，也会把脊柱弯曲一些，同时身体趋前，说明自己很有兴趣。

③挺直。人在桀骜不驯的时候，在不服气的时候，在表达自己很强势不可侵犯，或者表明自己有自信、有自尊的时候，都会把脊柱尽量挺直。

对视的分析加上脊柱姿态的意义，把两个指标放在一起，戴猛能够确定，年轻人并不是想用故意表演来引起他的关注。

戴猛擅长的，正是通过观察各种行为，综合分析一个人的心理状态。

在美国心理学会（APA）下设的56个专业分会中，第25个专业分会叫作"行为分析协会"（Behavior Analysis），专门研究和分析人类的各种行为。

优秀的简历

"哦，抱歉。"年轻人可能意识到自己失态了，于是腼腆地一笑。他低下头的同时，视线也转向了下方。

小伙子清了清嗓子，自我介绍道："我叫张华生，博士毕业于UCLA[1]心理科学系，很荣幸能够参加本次面试。我珍惜贵公司给予我的机会，也非常希望自己能够有价值，可以成为您的同事。"

华生的躯干现在趋前并挺直了，两个膝盖和两只脚踝也不自觉地并拢在了一起，脸上布满了找工作的孩子们都会做出的标准笑容。

戴猛心里松了一下，到底是个普通人，还会做腼腆状。

双腿并拢的动作代表恭敬或谨慎，称为"冻结反应"，表达了弱势心态。

---

[1] 指加利福尼亚大学洛杉矶分校。

腼腆的表情源自"感觉自己可能不够好"的心态。这个"姿态+动作"的复合验证，表达了华生内心微妙的变化。他已经从刚才的纯粹感兴趣，回归到了要资源（找工作）的正常心态。

弱势心态不一定是不健康的，自己没资源的时候，弱一点才正常。

不过，戴猛还是加了小心，因为这种恭敬、谨慎和腼腆其实并不难表演。稍微训练一下，或者稍微给自己一点心理暗示，就可以成套做出来。

那些表演恭敬、谨慎、腼腆的人，是用它们作为工具。表演和真实的心态流露有一个重要的区别，那就是表演者一旦表演完成，会急于验收表演成果，强势关注他人对自己表演的反应。而真的从心里流露出的恭敬、谨慎和腼腆，是不敢去收割反馈的。

要小心，如果一个人表演恭敬或羞涩，那么比起那些率真的狂浪青年，他还多了一个不良心计。

戴猛直接锋利地切入了问题："你的简历我看过了，的确很优秀。不过，学生简历里的成绩和项目，大多过分粉饰，也有可能是金玉其外、败絮其中。所以，需要你自己说说看，做过哪些实际有价值的研究，以及你的心得体会。5分钟时间，只能讲干货。"

张华生当然听得懂，娓娓道来："我明白您说的'金玉其外'。我干得最多的事情是读文献和吐槽它们，其次是设计实验和处理数据，实验的实施过程一般都拜托本科高年级的学生或者硕士师弟来完成，因为实在觉得形式大于内容。发表的论文里，文献综述、实验方案和数据结论是我自己完成的，一些高端讨论是整合了全球那些实验室大牛和我自己老板的观点，所以可以说基本上是我自己写的。专业课上不上其实差别不大，因为更多的时间用来看论文了。国际上新发表的论文基本上比主流教材的内容先进10年左右。"张华生介绍完了，重点很明确。

普通人可能听不懂华生在说什么。但是，正是这一组看似枯燥的回答，让戴猛给他狠狠地加分了。因为受过科学训练的人都知道，在学术训练过程中，阅读文献、设计实验和数据统计是科学研究中最核心的三个环节。对面的小伙子干的这三件事，都证明了他是踏踏实实搞过研究的人。

至少，他对科学心理学是怎么回事心里很明白。

华生说完之后，等着戴猛和另外两位面试官给反馈。但是，面试官们却彼此看看，并没有发表什么观点。大家都是职场精英，刚才戴猛所表现出来的兴趣其实已经悄然把自己对这个年轻人的喜爱传递给了两位下属，所以，那两个人就没有多言，只报以浅浅的微笑表示自己明白了。

接下来是几秒钟的留白时间。

戴猛本该评价一下的，但他没有。他就那样看着张华生的眼睛。这次，戴猛能明显感觉到对方似乎有点不知所措。

的确，华生有点不知所措。他被这种注视弄得有点晕，不明白对面的领导这个时候这么看着自己是什么意思，所以，他的眼神慌得有点想跑偏。

人类心慌的时候，都会在和别人对视的时候眼神跑偏，因为怕看到不利的反馈。

现在是什么状况啊？

令人震惊的问题

现在不妨来设想一下，如果是你遇到这种情况，你会怎么办？

例如，老板听完汇报，不发表意见，却直勾勾地盯着你的眼睛看，究竟是什么意思？

如果你还有脑子思考，可以像下面这样分析一下。

老板不说话，只盯着人看，只可能有三种情况：

①故意施压；

②在想说什么；

③在想怎么说。

如果老板是故意施压，那就不能被压塌，所以眼神不要跑偏。但是，要做好表情管理，不要耷拉着脸，或者拧眉立目、眼中喷火，那是敌对心态的表现。可以期待、可以微笑、可以谦虚，该退让的时候就要退让，低头下视抿嘴，表达自己的服帖，因为这个时候应该老板赢。

如果老板是在想说什么和怎么说，那就是老板自己的问题，这个时候你的视线更是千万别跑偏，表情管理要加上好奇和关注，甚至是思考，跟老板一起使劲（至少看起来是这样）。关键问题上跑偏，很可能丢分，会让原本对自己有利的局面朝向不利发展。

对视是可以的，但不要凶，也不要紧张，要记得保持微笑。

戴猛当然会注意到这个视线的细微变化，心里一乐，决定开个玩笑："慌什么，你刚才不也这么看我来着？你……觉得我有没有同性恋倾向？"

一句话，整个屋子里的所有人都安静了。

两个下属诧异地看着他们的领导，心里大概是在想"真是知人知面不知心啊"。

张华生却已经把跑偏的视线拉回来了，像个机器一样不停地在对面这位语出惊人的面试官脸上来回打量。他屏住呼吸，欲言又止。

戴猛根本不在乎这些。或者说，当前屋子里面所有人的反应都是他预料到的。

他是故意的。

他知道怎样做"有效刺激"，他最擅长这个业务。

优秀的问题，可以褪去人的伪装，甚至只要一句就可以控制场面。

戴猛的意图，就是要制造惊呆和尴尬的效果，目的是看看华生的情绪控制能力。因为，他见过太多纸上谈兵的书呆子，在读完书之后，还是只能谈谈纸上的东西。

这个刺激源的确非常有效[1]，其他所有人一起尴尬了好久。

张华生慢慢开始说话，音量由弱逐渐转强，答道："坦率讲，我不知道。因为我才见到您，还不足以确定您的'兴趣爱好'。如果您一定要我给出一个二选一的答案，我还是要说'不知道'，因为真正的同性恋最显著的特征不是对同'性'的喜好，而是他们跨越性别的思维模式和才华。他们因为大脑的结构特征和运转机制与普通人不同，往往能更快地整合逻辑思维和感性思维，所以比普通人更容易具备某种突出的才华，比如音乐、美术或者交往能力等。娘娘腔不是同性恋，因为他们欣赏女性的特征，是自我性别定位障碍；仅仅喜好同性身体也不是同性恋，更准确地应该称为'同性乱'；即使是非常果敢刚毅的男性，也有可能携带同性恋的基因，历史上这样的人物并不鲜见。所以，我没有办法判断您的取向。"

戴猛听得笑了起来，这在招聘面试的情境中显然过分了。他突然止住了笑，说道："张华生，恭喜你，我公司愿意聘用你，提供好的岗位和福利，希望你也能尽快给出确定性的答复。就我个人而言，我非常欣赏你的知识储备和应变表达能力，希望能和你成为同事！"

张华生的脸上最多惊讶了一秒钟，他就立刻明白了自己的状况。他也许对自己刚刚那段超级应变也比较满意，所以没有表现出太多意外的样子，也没有兴奋，而是规规矩矩地站起来，微微鞠躬，说道："谢谢！感谢戴总给我这个机会。"

正待华生往前走过来，躬身准备和戴猛握手的时候，坐在一旁的人力资源副总监薇总突然侧过头来，对戴猛说："Diamond，这事恐怕你说了还不能算。"

---

[1] 整个微反应研究体系中，最重要的概念就是"有效刺激"，没有之一。

2　员工看懂了老板

开篇语：

学过微反应的人必须知道，对方说什么不重要，对方为什么会说这些话才最重要。

暗语

立刻，戴猛就明白了薇总的意思。一般来讲，自己说了肯定算，但毕竟还有组织流程，最终结果还需要大老板签字。无论如何，在面试的过程中当众表达自己的肯定并对应聘者表示祝贺，是越界了。

薇总也许是善意的提醒吧。

既然有了这个提醒，戴猛与张华生握手的时候，并没有用力摇晃，而是点到即止，礼节性握过之后即刻分开。

华生从这个握手里解读出来了一些信息。

握手是纯粹的社交礼节，行为人是在100%有控制的情况下做出的握手动作。**所以通过分析握手，可以推导出行为人希望表达的态度。**

简单讲，抓握力度大、摇晃幅度大、动作频率高，可以判断出行为人想要表达积极和热情；相反，不怎么用力、不怎么摇晃，也不怎么动，沾沾就分开，则可以判断出行为人"不热情"。"不热情"可能是不屑，也可能是矜持，还需要根据情境判断。

分析握手的时候，重点并不在于他握成什么样，而在于他为什么要这样握。

戴猛松开手之后说了一段奇怪的话："我们公司上午9点钟上班，下午5

点钟下班。干到我这个级别的时候，通常会加班2个小时。当然，初级员工会稍好一些，但加班也是常事，不过好在公司会支付足够的加班费。地下停车场也是公司专属的，员工可以到后勤部办理免费停车证。能不能录用你，还需要领导审批，所以请你安心等待结果。我个人对你的研究很感兴趣，无论录取与否，欢迎有空找我交流。再次感谢你来参加本次面试。再见。"

很显然，张华生对戴猛的态度转变有点不适应，尤其是在那个官方感十足的握手之后。不过后面的这段话，倒是似乎让他安心不少。

因为分析语言的时候，重点也不在于对方说了什么，而是他为什么要说这些话。人类的语言，同样是纯粹的社交行为。理论上讲，每一句话都是行为人在100%控制的情况下说出来的，都有特定的动机。所以，"为什么说"比"说了什么"更应该值得注意。

晚上7点钟，华生出现在地下车库里。他找了一个不太引人注目的地方，等在那里。

没一会儿，脚步声响起。华生循着脚步声看过去，果然是戴猛。于是，他走出来站到戴猛能看到自己的地方。戴猛微微一笑，指了指自己的车，两人握手上车后，缓缓驶离。

打破沉默的是张华生："谢谢老板！"

戴猛哈哈一笑，满意地看了他一眼，问道："你居然都猜到了？"

华生点点头，也笑起来。

戴猛一边开车，一边问道："你怎么猜到7点在车库见面的？恰好看了《西游记》里悟空三更学艺那段吗？"

华生的脸上流露出了浅浅的得意，声音也微微提高，答道："当时还不能确定我是否能被录用。在这种语境前提下，您大可不必把细致如加班时间和地下车库分配政策这样的信息说出来。无心者会觉得说说也没什么，有心的人，比如我，会去想您为什么要说这些话。以您的水平，肯定不会说很多无用信息。"

语言要经过皮层处理，是典型的社交表达工具，俗话说就是"话是说给人听的"。所以，戴猛后来的话规规矩矩，虽然是说给周围人听的，但一些看似不必讲的信息，其实是说给华生听的。

华生猜对了。

戴猛是什么样的人？

戴猛不断点头，评价道："有道理。哈哈，那你就放心跟我单独见面？"

华生觉得这个问题有点难回答。他花了几秒钟整理思路，说道："我觉得您一开始是确定想聘用我的，我也很想跟着您干。我对您的提问方式非常感兴趣，当然更感兴趣的是您背后隐藏的深厚的专业知识。我一直在留意您的情绪变化。"说到这里，他不由自主地轻咳了两声，表示一下歉意。

"哦？有什么结论？"戴猛问。

"两点：第一，您是有意在控制自己和他人的情绪，很厉害；第二，其实您是个性情中人。"华生答道。

戴猛问他："何以见得呢？"

华生解释道："当我回答完同性恋倾向的问题之后，您的表达非常真性情，几乎没有遮拦。要知道，那个问题可是您自己设下的圈套。设局的人还能直率地表达自己的情感，可不是性情中人嘛！"

戴猛轻轻点了下头，表示认可。

华生看到他在笑，但那是个抿起嘴唇的笑，下嘴唇微微向上，顶住上嘴唇的同时，嘴角有少许向下弯。华生知道，戴猛的笑有点勉强，可能是有些不悦。会不会是因为被别人看出了自己的真实情绪？

华生继续道："但后来，我能感觉到您和同事交流之后，表达方式瞬间回到了应该有的规矩体系内，不能说是冷漠，就是很规矩。按照我的理解，这些规矩的表达，包括语言和动作，都是对自己之前的表现进行了修正。前一次的表态是给我的，后面的这一套，是给当时在场所有人看的。"

戴猛插嘴道："前面的是情绪表达，后面的是社交表达[1]。"

"Social-expressions？"华生微微皱眉思考了一下，问道。

戴猛点点头。

华生说："我明白了。那就是我刚才说的'规矩的表达'。尤其是那个握手，非常礼节化，说实话，那一刻还真让我心里冷了一小下。"

戴猛问道："为什么只有一小下？你就这么确定我没有改变主意，或者说我之前不是冲动？"

华生回答道："我还是更相信之前真性情的表达。就算有什么意外不能聘用我，问题也不会出在您身上，也许是公司里的其他人，或者制度之类的。因为，后面的社交表达，显然是在精准控制之下所做出的行为，都是有特定意图而为之的，不能代表真实想法。"

戴猛说道："知道我为什么觉得你不错吗？"

为什么喜欢华生？

华生当然明白，这个问题只是设问，如果自己接下来进行认真的陈述和总结，那就太傻了，会让对话变得完全无趣。这就是华生聪明的地方，虽然没有经过训练，但他本能地知道，要搞清楚别人为什么要说这些话，而不是说了什么。

戴猛自己回答道："你算踏实的。踏实就是既有本事，又不高调。"

华生毕竟是年轻人，被老板这么直接夸奖，一时间不知道该做什么反应，只好腼腆地笑笑，右手握住自己的左手手背，小幅度地摩挲着。

---

[1] 情绪表达是指在情绪驱动下出现的种种反应，更多通过非语义的因素进行，常见的包括表情、动作、呼吸、心跳、音量和音调的变化。传统测谎仪正是根据这一原理，以皮肤表面电阻值的变化作为重要指标。区分社交表达和情绪表达非常简单，也非常重要。社交表达是讲给别人听，做给别人看的；情绪表达是表达自己的感受。所以，情绪表达能够更加准确地体现当事人的主观感受和认知。

戴猛看到了，淡淡说了一句："那个动作会显得你很惶恐。"

在没有语言表达的时候，如果搓手的动作没有任何表意，那就极有可能表达了行为人内心的不安。这样没有表意功能的自我安慰动作，统称为**"安慰反应"**。做出安慰反应的当事人可能根本就意识不到自己的动作，但这些动作却能显露其不安。

华生立即停止了手的动作，但还是有点别扭，身体也不敢向后靠。

戴猛见他的样子窘迫，就问道："你知道别人夸你的时候，怎么应对比较得体吗？"

华生闻到了专业的味道，立刻从"不知该如何表现"的尴尬中脱离出来，认真问道："这还有通用的公式？"

戴猛微微一笑，道："当然。我问你，如果你是在演戏，导演明确告诉你，人家只是礼节性地表达一下赞赏，其实并不关心你的优点和长处，你接下来该怎么演？"

华生答："既然对方是客套，那么我当然是配合一下客套了，一方面谦恭有礼地表示谢意，另一方面也表达一下恭维，不必当真。"

戴猛点点头，继续问："不错。那如果导演改戏了，你是大人物，对方是为了取悦你才恭维的呢？"

华生答："那就冷艳高贵，不必理会即可。或者轻轻点点头，视线保持在对方头顶以上就行。"

戴猛继续问："如果再改，导演告诉你现在你是后辈、后生，前辈、高官、巨贾们谈笑间说起你不错，但不是专门在夸你有多好。你要得体，该如何表现？"

华生说："谦恭有礼，低调谨慎，做出受之有愧的样子。"

戴猛又问："最后，如果导演告诉你，现在你的对手角色想要表达认真的赞赏，他就是对你很欣赏，并不是为了要取悦你，你应该怎么应对？"

华生其实已经明白了，他说："既然不是为了取悦，又是认真的赞赏，我就认真听着。这个赞赏仅仅是个开始，正文还在后面。我不会着急瞎客气，让他把真正要说的内容说完，因为那才是对方的主要目的。"

戴猛看了一眼华生，笑道："孺子可教也！"

华生继续说："这就是公式。你说难不难？如果有导演在旁边告诉你对方的意图，甚至告诉你需要表现什么，那么一切应答都在情理之中，笨蛋也不会犯错误。不过，对于绝大多数人来讲，并没有导演在旁边帮忙。一句简单的夸奖要分出这么多可能性来进行一一应对，绝对算是难题。"

在接受别人夸奖的时候应该做出什么反馈？普通人会感到局促不安，因为他们会觉得，表现得过于得意或者过于卑微肯定是不合时宜的；如果没有什么反应地平静接受，又怕对方会认为自己不够谦虚；谦虚地接受，又怕对方觉得自己故作姿态，不够真诚。

还是那句话，别人说什么不是最重要的，关键是他们为什么要说这些话。只有明白了对方夸奖你的真实意图，才能做出最恰当的回应。

对于大多数人来说，难点在于人家不会明说意图。真实的意图，需要自己用专业的方法来判断和分析。既然不会明说，因为说出来的东西就没什么价值了，那么唯一可行的方法就是从非语言信息入手。

微反应正是这样的利器。

戴猛搞什么研究？

华生说完，见戴猛没说话，只好找个其他话题来打破自己的尴尬："老板，您的专业研究主要集中在哪个领域？"

戴猛也想聊聊这个话题。事实上，这也是他暗示华生下班见面的主要话题。

戴猛说："我和你一样，也研究人的情绪。"

华生不由得惊讶了一下："哦？"

戴猛接着说："不过，我侧重研究人受什么刺激才会有情绪，还有情绪表达形态。人脑产生情绪的过程，我没有能力研究，也不感兴趣。"

华生接了一句："对于产生机制的研究，国际上也刚起步。"

戴猛说："我是从研究表情开始的，从达尔文到保罗·艾克曼（Paul Ekman），从心理学到表演学再到艺术学，我逐渐相信了情绪表情的价值[1]。我知道在目前的心理学界，表情识别是更常见的研究课题。没什么人搞表情背后的心理分析，论文数量和质量都不行，我觉得那是研究方法的粗笨导致的。"

华生听到"粗笨"两个字，心里一乐。因为他自己也常常吐槽那些幼稚的表情研究实验设计，但从未想到过要用"粗笨"二字来概括。

这个未来的老板挺有意思！

戴猛道："其实，这就是我研究的全部内容。前面的对话过程，也是我最欣赏你的地方。踏实之类的归属人品，不算核心优势，因为人品好的人虽不好找，但也不缺。你的专业基础和思维跟进能力是我非常欣赏的。"

"口气好大！"华生想。

能把自己研究的内容讲给后辈听，并将优秀的人才吸纳进来和自己一起做，正是戴猛的核心诉求。

吐槽的平方

戴猛问华生："微表情听说过吗？"

华生点头"嗯"了一声。他知道自己现在不该多说话，所以等着听戴猛继续说。

戴猛继续讲道："微表情被以老艾克曼为原型的电视剧 *Lie To Me* 弄得全世界都知道了，然后人人都觉得自己有希望能窥得一星半点的神技，用来看透别人。再加上网络的传播，网友们互通有无、协同作战，把电视剧里的台词扒

---

[1] 情绪的管理中枢不在大脑皮层，很多主管情绪的大脑元件集中在皮层以下的区域，通常统称为"边缘系统"，包括杏仁核、海马体、下丘脑等。这些部件没有思考的能力，完全是原始法则的忠实执行者。所以，情绪的产生不是由"想法"决定的，而是更能表现一个人的真实感受与判断。这也是为什么分析情绪行为比分析语言能更加准确地把握人心。当然，行为分析的对象只能是情绪表达，这样才不会被表演所误导，才能使结果更准确。

得一干二净，整理成一条一条的标准。甚至还有些无良书商找几个写手，将其凑成几本畅销书。人们都心浮气躁，总想着找到简单的秘方。"

说到这里，戴猛竟然叹了口气。这是无奈的表现。

华生安抚他："这个世界上，哪有又简单又保密的方法呢？"

戴猛继续道："坊间流传着这些不靠谱的'神技'不算，专业研究领域也进展缓慢。全球范围内的相关科研项目，大多数都在用学院派的方法，找寻着'神奇'的微表情痕迹。研究生们组织学生做被试，在实验室里通过让孩子们看视频刺激，拍摄长达十几分钟或者几十分钟的面部表情变化，试图获得'××表情形态是谎言特征'这样的直白公式。为了符合论文发表的要求，还要加上主流的特征数据，比如用毫秒作单位的时间值，用像素作单位的位移值，等等。国内的一些机构研究时也不乏这种路数。"说到这里，戴猛用鼻子笑了笑[1]。

戴猛没有继续说话，而是沉默着开车。这是希望听听华生的观点，华生懂他的意思。

华生想了一会儿，娓娓道来："据我所知，现在的关于微表情的实验设计，大多是给学生看录像，要求学生在看录像的时候不要有表情，然后通过监控找一不小心泄露出来的'微表情'。我觉得这种实验方法特别无耻！"

"为什么会用'无耻'来形容？"戴猛有点吃惊。

华生有点激动地说："学生有没有放水配合呢？学生看录像能有多少情绪波动？学生对自己的情绪表现能克制到什么程度？干吗要克制？这些都是漏洞！"

戴猛轻轻"嗯"了一下，不作声。

华生继续吐槽道："都是为了要数据，为了发文章，发完文章后有没有用就不管了。国际上也经常出些混乱不堪的文章抢占'微表情'这个山头。瑞士

---

[1] 用鼻子笑是经典的轻蔑笑容。鼻子快速短促地呼气，发出"哼"的声音的同时伴有浅笑，是轻蔑的表情。这与用嘴发出"喊"的声音本质完全相同。

学者有个研究宣称'表情与文化差异有关'[1]。不但如此,还口出狂言把之前学界普遍认同的观点——'人类具有相同的六种基本情绪,惊讶、厌恶、愤怒、恐惧、悲伤和愉悦'——无耻地称作'天大的谎言'。连基本的逻辑都没有建立,他就敢说别人是笑话!"

戴猛点点头,说道:"我看过这篇文章,哗众取宠而已。"

华生心里痛快,继续道:"还有一位旧金山州立大学的心理学教授[2],号称'微表情专家',曾试图从基因的角度探讨'为什么日本人的表情比欧洲人更难以识别'。我看完文章就特别想劝劝他,咱得先搞清楚研究对象到底是什么,是社交表情还是情绪表情。日本人的哪一类表情比欧洲人更难以识别?是那些真实的喜怒哀乐吗?要讨论社交表情的话,那我还想提醒他,红毯上的明星表情最好识别,是真的吗?官员们开会时的表情才最难识别,因为就没有表情,都装在壳里戴着面具,差别当然大了。居然还往基因上扯!也许,这些问题就是您说的'粗笨',又粗又笨,其准确率也只能达到 Ekman 和 Vrij 所说的一半左右[3]。要是这个准确率,还用研究吗?不做研究的人瞎猜,也是一半一半!"

戴猛一直在听,听到这里摆了摆手,侧头看了一眼小伙子,笑呵呵地问道:"激动了?到底还是年轻人呀,身体真好!的确,现实中的情况复杂得多。对一个身处真实情境的人而言,输入信息越复杂,前因后果越复杂,利益诉求越复杂,当事人的价值观、知识量、行为模式就会越多样化。目前发表的这些论文都太功利性了,做研究的人自己也不想搞明白,还是很让人无奈的。"

---

[1] 瑞士弗里堡大学心理学系(Department of Psychology of the University of Fribourg)教授罗伯托·卡尔达拉(Roberto Caldara),用东西方两组被试,做了一个"表情识别"的实验。然后,根据眼动仪数据统计,得出结论说东西方被试对同一表情关注的器官不同,因此"表情与文化差异有关"。

[2] 华生说的是大卫·松本(David Matsumoto)。

[3] 很多已经发表的研究表明,人们通过观察行为识别谎言的准确率为45%—60%,而平均准确率是56.6%。观察者在识别实话方面,准确率可以达到67%,但在识别谎言方面则只有44%,还不如瞎猜的50%概率。详见《说谎心理学》,[英]Aldert Vrij 著,郑红丽译,北京:中国轻工业出版社,2005年,第81—82页。

微表情的真谛

戴猛的感觉是遇到了知音，他高兴地继续说："我的研究，也还是从前辈的研究成果那里开始，艾克曼的FACS[1]是不可逾越的门槛。但是，我认为，从微小的表情形态开始，我们可以建立一条分析通道。**微表情形态，表达了两种互相对抗的力量——真实的情绪和抑制它的动作**。绝大多数时候，抑制真实情绪的原因是显而易见的，比如敢怒而不敢言，比如窃喜，每个当事人和旁观者都明白为什么要抑制。**但是，真实的情绪表现因为被抑制而破坏，不够完整，消失的速度又快，所以普通人很难看懂，甚至很难注意到。这就是微表情，同时也包括那些肢体动作和语言的变化**。因此，通道的第一环节，是通过微表情找到真实的情绪。"

戴猛的一席话对于华生而言，启发很大。这个思路无异于做了一个最基本的减法，只保留最简单的逻辑步骤——"微表情＝情绪"，这就清爽太多了！

戴猛说得兴奋了，车的速度也快了起来。

戴猛接着说："大多数人认为，情绪是很原始的、很粗糙的、很不理性的东西，甚至因为情绪带来的很多冲动，而觉得情绪是坏的。但其实，情绪是最直接的信息处理程序，是人类动物属性中最有用的生存程序。现在人们觉得情绪'不理性'，是因为社交规则变得越来越复杂，复杂的程度可能需要三层逻辑甚至更多，所以情绪这种仅有一层简单逻辑的信息处理程序就总会犯错。比如，你辱骂我，我就打你，在现代社会中，这就是错的。"

让华生兴奋起来的，不是车速，而是这种在论文中很少会涉及的新观点，他情不自禁地补充道："就像开会时，相反的意见会直接引起愤怒。如果按照动物的法则，敢挑衅我甚至侵犯我的利益，直接开打就好。但在人类社会，别说动手，就是争吵几句，都有可能会让事情变得麻烦起来，甚至还可能给自己

---

[1] 指面部运动编码系统。

造成损失。会议级别越高,意味着牵涉的规则越复杂,逻辑的叠加层数就越多。所以在高层的会议中,更多的是钩心斗角和笑里藏刀,而很少出现急赤白脸的谩骂和拳脚相加。"

戴猛问:"哦,那国外议会里的扔鞋和斗殴呢?"

华生笑笑,道:"作秀呗。不让新闻报道,或者报道出来之后一定会导致支持率下跌,你看看他们还打不打。"

戴猛哈哈大笑,点头认同道:"对啊!情绪并不是野蛮无理的,不是混乱的,它是正确的程序,是人类作为动物进化出来的最符合自己利益的算法。当然,情绪仅有一层逻辑,好的就喜欢,坏的就警惕,不像想法那样存在更多层相互制约的逻辑。

"一开始,当情绪进化出来的时候,还没有复杂的人类社会,更没有比其结构复杂数倍的社交规则。正因如此,情绪是人类最真实的意图表达。一切情绪化表达,都是由人内心最真实的感受、想法和判断驱动做出的。"

华生觉得豁然开朗,他双眼放光,屁股从座椅上弹了起来,侧过身对戴猛说:"所以,不论是表情、语言还是动作,只要能确定是真实的情绪表达,就可以逆向分析出当事人的感受、想法和判断。那么,怎么判断是演戏还是真情绪呢?"

就在两个人沉浸在探讨学术的兴奋中时,身后突然响起警笛声,由远及近,越来越刺耳。戴猛和华生面面相觑,两人同时心想,不会吧!难道是超速了?

硬插一段:科学研究方法

实际上,用科学的实验方法搞研究,是探索未知世界的必要手段。

针对物质的研究,比如物理学研究、化学研究、生物学研究等,要尽可能排除干扰因素,也就是英文论文中所说的 noise。因为只有排净干扰因素,才能确切地获得某一种物质的特性。

例如，研发一种新药成分，怎么才能确定这种成分对某种疾病真的有效呢？

第一种实验方法，直接给大批病人吃药，好了很多就证明有效。

这种方法是不对的，因为病人痊愈有可能是药起了作用，有可能是自愈，还有可能是觉得自己吃药就有效了，强大的积极心理起了作用。

第二种实验方法，设法排除干扰。把病人分成两组，一组给吃药，另一组给吃貌似一样的"药"，但其实那东西没有任何功效（通常称为"安慰剂"）。这两组的"药物"分配，病人们并不知道。然后，如果给真药的那组病人痊愈了，而给安慰剂的那组没有痊愈，就认为药是有效的。

这种方法叫作"单盲实验"，因为病人们不知道自己吃的是什么，所以排除了心理因素的干扰。再加上没有服药的那一组没有痊愈，又排除了自愈的干扰。这种比对方法得出的结论已经接近真相了。

但是，仍然会有个问题，那就是实验人员的主观误差。做实验的当然都盼着新药数据好看啦，所以他们知道哪一组吃的真药，哪一组吃的安慰剂，就会不由自主地去凑证据，不知不觉中倾向于找到真药有效的证据。

所以，人们又开发了更为严谨的第三种实验方法，进一步排除这种主观因素的干扰，称为"双盲实验"。把病人依旧分成两组，一组给真药，另一组给安慰剂，病人仍然不知道自己吃的是什么，就都盼着快点好。然而，这次连实验人员也不知道哪组吃的是什么，这项工作由第三方来控制。实验人员只能客观观察病人的变化，记录各种数据。最终，第三方揭开谜底：如果服药组痊愈数据高，另一组痊愈数据低，则证明有效；两组无差别，则证明无效。

用这样逐渐排除干扰的方法来逐步确定物质特性，做出来的药才能有确定的药效，研究出来的材料才能有确定的性能。

针对人心理状态的研究也应该遵循这样的方法和原则。

人的神经系统要处理从外界输入的各种信息，然后整合认知做出判断，下达指令，让肌体协同完成信息输出和物理移动。在逐一排除各种干扰后，所得的因果关系才过硬。可惜的是，目前行为科学实验室里的实验方法很难把干扰因素排除干净。

比如关于表情的研究实验，研究对象绝大多数都使用的是社交表情，也就是请些模特或者学生来表演表情，或者使用表演的录像、照片作为素材。有些论文连情绪表情还是社交表情都不做区分，就直接统计数据得出结论了。

如何在实验室里捕捉到真实的情绪表情，是难点和关键点所在。还有一个问题：在实验室里能不能真的刺激到人，从而引发相应的情绪？

微表情则更加复杂。因为它除了真实情绪的引发，还多了一层行为人的自我抑制，甚至是伪装。情绪机制根据朴素的"趋利避害"原则，产生行为驱动，比如面临威胁时激发愤怒，面临收益时激发喜悦，面临损失时激发悲伤；逻辑思维则会根据更复杂的社会规则，寻求"趋利避害"的解决方案，比如被老板骂了还得坚持面不改色，被老板表扬了得表现得不骄不躁，被对手挑衅了得表现得风轻云淡、不疾不徐。在社交面具出现前的短暂瞬间，情绪也许会露出微小的痕迹，那才是行为人真实的感受。

这样的数据，几乎没有可能在实验室里模拟获得。没有参与实验的人员可以先产生真实情绪，然后又迅速趋利避害地压制住。

因为，实验室里没有像样的刺激源，也没有趋利避害的复杂规则。

思考题：

如何在实验室里设计一个实验环节，可以刺激出被试的真实愤怒？不仅要刺激出真实愤怒，还需要创造一个规则，让他们抑制住自己的愤怒，尽量不表现出来。

如果能够有这样的实验设计，那就可以用摄像机捕捉大量被试的面部表情，统计出愤怒微表情的特征。

大家加油！

3　总统的微笑

开篇语：
这一篇继续吐槽学术，要坚持看下去啊！提高思维水平就在这一章了。

边吃边聊吧

听到警笛的声音，戴猛马上减速，并下意识地向右并了一条道，准备在路边停靠。他还没有做出更多反应，警车就伴着尖锐的警笛声从身旁呼啸而过，看样子根本就没打算理会他们。戴猛不由得拍了一下脑门，说道："嘿！聊得太投入了，我还以为这里是美国，习惯真可怕。"

习惯的力量非常大。习惯性行为可以不经过大脑的逻辑思考，直接进行决策执行。对于微反应学习来说，更重要的是，习惯性行为可以作为重要的基线行为之一，来比对他人的异常行为。

华生也笑笑，觉得戴猛的反应挺有意思，心中暗道："看来是在美国开车落下的毛病。"

戴猛接着说："不过，我们这样聊，也确实有危险，毕竟是在开车。不如我们找个地方吃点东西，坐在桌子旁边，守着一堆盘盘碗碗，聊起来更有安全感。你觉得呢？"

华生连忙说："老板，我已经吃过饭了，但估计您加班还没来得及吃。不过我饭量大，再吃点也没问题。听您的。"

戴猛点点头，眼看着前方，一边开车一边想要去哪里吃东西。

和华生想象的深幽素雅、杯盘别致的晚餐环境完全不一样，身边这位老板，竟然把车停在了路边一家 SUBWAY（赛百味）门口。见在路边巡视的停车管理员迎上来，他便随口说了一句："买个三明治，10分钟就出来。"言罢，径直往店里走去，似乎和管理员很熟络的样子。

点完三明治，两个人坐下来吃，真的就是纯粹在吃。

电视上正播放着化妆品的广告。美女巧目倩兮的样子，让华生想起一个问题，他问道："老大，我记得您说过，微表情分析的关键问题是首先过滤掉表演。那么，像广告里这种美好而暧昧的表情，有什么破绽吗？"

表演的秘诀

戴猛抬头看了看，而且是认真地看了十几秒，说道："这广告算演得用心的，如今不多见了。实话讲，我没有找到什么明显破绽，演技精致。这是个很好的问题。我来反问你一下，我不能肯定她的表情是真的，但你能确定她的表情是完全伪装出来的吗？"

简单的一个角度转换，问得华生一愣："从概念上讲，这种在公共媒体上播出的视频一定是故意表演的，因为拍摄的时候有剧本要求，绝非为了记录演员的真实情绪状态。不过也有可能演员当时真的感觉很美好。"

华生知道，在现代表演训练体系中，有一种主流体系叫作"斯坦尼斯拉夫斯基表演体系"，基本上国内所有的专业表演院校都会使用斯氏体系对学生们进行教学。斯氏体系的要点是强调演员要表演出情绪，必须自内而外地进行表演，先在心里模拟出需要的那种情绪，再自然地流露出来，而不能肤浅地仅仅使用公式化技术。

比如，要演哭戏，演员就要先学会在大脑中回忆一件至今想起来还会难过的事情，模拟出悲伤的情绪，然后再表现出来。这样，演员会自然而然地做出真实细腻的表演，一切看起来都那么逼真，从而增强表演的感染力。

当然，现在能熟练运用这种方式表演的演员已经不多了。

华生万万没有想到戴猛竟然会直接承认分辨不出真假。因为这样的观点其实并不光彩，去掉言语中的所有修饰词，用主干讲，老板的意思竟然是"表演也可以没破绽"。这就等于把所有关于微表情的研究都一笔否定了。

戴猛看到这神情，似乎猜到了他的感受，用手在华生面前晃晃，把他的思绪唤回来才说："演员的事儿，我回头带你去见见大腕儿。现在我先给你讲个政客的公案。有兴趣吗？"

华生立马猜到了："克林顿？"

戴猛一惊："呀！这你都能猜到！"

华生："在江湖和学术界，关于政客的研究就那几个，最有名的肯定是克林顿案。他否定自己和莱温斯基有一腿时，广泛流传的那个解读——'眼睛和手指方向不一致'——显得很荒谬……"

戴猛竖起大拇指，说："的确。不过，荒谬倒不值一提，看手法估计不是什么正经科研机构得出来的结论。所以，我要说的不是他。哈哈！"

华生有点尴尬，觉得自己被甩得有点回不来了。

戴猛偷笑，解释道："有些有模有样的研究文章其实更荒谬。比如美国阿肯色大学的学者们和英国朴次茅斯大学的学者们，2009年在期刊《动机与情感》（*Motivation and Emotion*）上联合发表了一篇文章[1]，研究美国总统小布什在演讲时面部微表情所产生的影响[2]。"

华生还没听完，当即说道："这不能算是微表情的研究啊！"

---

[1] 指美国阿肯色大学的帕特里克·斯图尔特和英国朴次茅斯大学的布丽奇特·沃勒合著的《总统演讲风格：面部微表情的情绪反应》，该文发表在《动机与情感》2009年6月刊第33卷第2期第125—135页。

[2] 美国总统小布什在2009年发表了一段12分钟左右的电视公开演说，内容是关于美军对于伊拉克入侵科威特的响应行动。研究人员把这段演说中的表情分析了一遍，去掉了7个长度短于1秒的主要表情。按照FACS的标准，这些表情都包括了笑容所必需的嘴角上扬（AU12）。然后，研究人员组织了206个在校的本科生作为被试，让他们一组人看完整版的录像，另一组人看剪辑过后的录像。实验的结果是，看过完整版录像的被试反馈更好，因为他们感觉到的威胁和愤怒更少，而看过笑容被剪辑掉的版本的被试，则觉得感受到的威胁和愤怒比较明显。由此，研究人员得出结论，微表情对于总统的演讲感染力有比较明显的影响。

戴猛有点惊讶他反应这么快，便道："说说看，为什么？"

虽然他在问，但其实他对华生的结论很满意，所以满脸笑意。有的时候，知识分子就是这样矫情，已经达成共识的事情，因为说起来很爽，而且是双方都爽，就一定要再说一遍。

华生直接道："分析总统的公开演讲？这不跟分析广告里的表演一样一样的吗？只不过演员换成了总统而已。"

戴猛心里暗道："痛快！"

华生理了一下思路，继续说道："这最多算是打着微表情旗号的表情识别研究，至少有两个彻底失败的实验设计环节。"

戴猛这次是真有点好奇了，他甚至有点怀疑："这么快就想到了两个缺陷？"

第一个致命缺陷

华生细细说道："首先，这种演讲的行为性质一定是社交表达。演讲的那位总统，有没有真诚地说，怎么保证他所表达的所有东西都是发自内心的？这是一方面。另一方面，参加实验负责看录像的人，在看过录像之后所给出的反馈评价是否客观可信？如果这两个方面都比较可信，那么研究还可能靠点谱；如果二者之一存在不确定性，那么研究就只能算是马马虎虎的讨论，无法得出什么明确的结论；如果二者都无法确定，那针对它的研究就是垃圾啊！

"这篇文章中，实验素材是小布什的公开讲话。那可是顶级的公众人物对顶级公众事件（军事）的公开表达！怎么想，总统先生也不会是半睡半醒的时候被突然拉起来胡侃一通的吧？如果往腹黑的方向去揣测，也许在发表讲话之前，邀请了许多智囊反复推敲观点和词句，然后背熟，再邀请几位专家培训演讲姿态、表情和动作，以防止秘密心态被解读，同时更加有效地传达需要传达的信息。12分钟只是大家看到的最终结果，之前经过了多少具有针对性的训练，是外人不可能知道的。

"所以，理论上，这12分钟里的每一秒都是人家经过精心设计，刻意用这种方式来表达给我们看的。就像演戏一样，每一秒都是有计划、有准备的表演，都是在执行战术决策。拿着这些表情和言语进行分析，就算一帧一帧地分析到神一般精准，也只能得出人家想要我们相信的结论。所谓'正中下怀'，大概就是人家心里那种爽翻了的感觉。"

因为实在说得很爽，尾音变得铿锵有力。

戴猛听得也很爽，是两人思想和观点竟然完全吻合的那种畅快感。他忍不住做"拊掌大笑"状，脱口补充道："很多人会说，哪有人能控制住那些不到一秒的小表情啊，那得多累啊？确实很累，但关键的问题是，你完全没有办法确定对方哪个地方是无意的真实表达，哪个地方是刻意为之的。万一你把刻意的表现拿过来，当作真实的表达进行分析，那就掉到人家陷阱里了。所以，这种单向表达，我是一律不敢用来推测人家的真实心态的。从理论上讲，都得将其假设为刻意表演而给屏蔽了。"

这一段吐槽，让两个隔代人瞬间产生了影帝对戏的感觉，节奏合拍、情绪同步，两个人不由得相视一笑。

华生点头赞道："是这个道理。所以，刚才您说的这篇文章，单独就其实验素材，也就是他们所号称的'微表情'而言，本质上和演员所表演的那些大表情没有任何差别。这就是它的第一个大设计缺陷——'拉大旗，作虎皮'，吸引眼球而已。这个实验就是一个表情识别的实验，只不过研究的对象表情出现的时间比较短而已。大家都知道的常识，政客都是好演员。"

戴猛摇了摇头，叹道："可惜，从老艾克曼到现在，还是有很多人以时间为定义微表情的核心特征，认为时间短的表情就是微表情。这样的观点在学术界还是占了比较大的分量，令人无奈！不过我也能理解，你们当学生的，要看论文，自己也要写论文，所以只认发表出来的论文里怎么说，不会想到基本的合理性问题。"

华生的脸不由得红了一下，心里想："老大，还好我已经毕业了。您这一句，会伤了很多人的玻璃心。棍扫一大片！"

戴猛看出他的窘迫，继续逗他玩儿："你还别不服气，这种惯性思维一时半会儿改不了。你刚毕业，得有两三年被现实蹂躏够了才有可能打破局限性，看见真世界。"

华生赶忙清了清嗓子，尴尬道："我同意，您继续。"说的时候，眼神闪烁了一下。

戴猛知道，华生说谎了。那个闪烁的眼神，就是破绽。

人在希望获得信息的时候，会首先将视线对准目标。所以，如果华生真像他自己所说的那样（"我同意"），视线就会一直集中在戴猛的眼睛上。

在对话情境中，"对视"非常重要，可以总结为三种情况：

①听的人如果真心想仔细听，会寻求对视；

②说的人如果真心想说，会寻求对视；

③说的人如果迫切希望对方听到、听懂，就更加会先保证对视的建立再开口。

因此，华生在对话过程中视线闪烁、对视中断，则意味着至少有以下一种情况发生：

①我不想听了；

②我不太想说；

③我随便说说的，你听不听无所谓，最好别认真听。

第二个致命缺陷

其实，戴猛都明白。

刚才，华生的眼睛本是向下看的，看到自己抬头，才慌忙将视线提上来表达了笑意。那个原本向下的视线，泄露了他刚刚心情的"沉沦"，应该是觉得弱势的尴尬才会有的表现。弱势，只可能出自一个原因，那就是自己说的那句"你们当学生的"。

不过，这样的情境没有必要说清楚，对双方都没有必要。

因此，戴猛鼓励华生道："我倒是想先听你进行完整的吐槽，看看你认为的第二个致命缺陷是什么。"

华生已经厘清了自己的思路，把刚刚的尴尬抛到脑后，继续吐槽："在心理学的实验中，被试的反馈评价是主要的数据。一个科学实验的结论是否可靠，被试的反馈评价和它的统计方法是很重要的。现在，仅仅被试的一段主观表述，已经不能作为有效的实验数据了。

"你怎么能确定被试反馈的是真的？他们会不会是故意配合或者故意刁难？就比如下面的所谓'实验数据统计'。

"老师问一个同学：'看过这段影片，你难过了吗？'

"被试答：'老师，我难过了。'

"老师问另外一个同学：'看过这段影片，你害怕了吗？'

"被试答：'老师，我不害怕。'

"呵呵……

"就算学生们不作假，也会存在一个无法逾越的障碍。用语言来描述某些感觉，怎么能确定其还原性呢？就比如说，冰激凌好吃，那么它是什么味道的呢？除了凉、甜味和奶香，其他的所有描述都是出于个人言语习惯，不能代表主观所感受到的味觉。

"靠谱的实验数据，至少应该是可以量化的，能够被客观计量的。

"比如，计算机程序的认知选择题，或者用仪器采集被试生理数值的变化，再或者有客观信息证明，比方说有监控录像证明其说没说谎，等等。

"在这个实验里，让这 200 多个学生凭感觉反馈'感觉到的威胁和愤怒更少'，没有任何可信的保证机制。你说它有数据吗？也有，问卷调查表。还能说什么呢？就是把嘴里说的感觉，用选项固定到了纸上而已。"

华生说完，尾音再次铿锵有力……

当时的场面有点尴尬。

戴猛是因为觉得自己不便说话。他的确想夸，但又觉得现在夸，多少有点过于形式化、流程化，就跟注明"此处应有掌声"似的。于是，他没说话。

华生说完之后是在等反馈，心里当然盼着有夸奖和认可，但又不能表现出非常期待。所以，也没说话。

而且，两人又都会注意自己的表情和动作，于是……

这种对坐无语脑空白的时候，缓解尴尬的最佳方法就是继续讨论专业问题。

华生问戴猛："在学校里看录像捕捉学生的'微表情'不行，分析公众人物的公开影音资料也不行，老板，那您说该怎么办？我心里真的觉得微表情是存在且有效的啊！究竟应该怎么研究？"

正说到这里，玻璃窗外传来的"砰砰"声吓了两个人一跳。戴猛扭头看时，发现窗户上贴着一张极其难看的脸，正直勾勾地盯着他，目光凶狠。

4 刺激、刺激、基线

开篇语：

单向表达不要分析真伪。没有刺激源、没有基线的分析，都是耍流氓！

单向表达不辨真伪

原来砸窗户的是路边的停车管理员。

戴猛吐了下舌头，朝着外面打了 OK 的手势，连忙站起身来，叫上华生一道向外走。

华生也才反应过来，看了一下自己的手表，发现他们早已超过了 10 分钟，不知不觉地一起吐槽了个把小时。

停车管理员并没有走远，不时地拿眼睛瞟着这两个说话不算数的人。

戴猛这样的大叔还会吐舌头，这让华生感到很意外。吐舌头通常出现在两种情况下：没做什么但是得到好处，或者做错了事没受惩罚。显然，戴猛是认为在和停车管理员的关系中，他做错了事但没有挨骂，占了这点小便宜，有一点小愧疚。不过华生想的是，这么大岁数了还卖萌，合适吗？

戴猛却朝着停车管理员大叔点头，打开车门，请华生上车，说道："之前我们看广告、讨论总统，可以得出一个基本规范，那就是对单向表达绝不进行推导分析。如果要分析，那些表情和动作必须是受到刺激之后的反应表现，因为在真正的生活情境中，人的情绪也是由各种各样的刺激源引发产生的。由此可见，想通过表情分析别人的想法，必须先进行有计划、有意图、有目标的刺激。所以，我觉得叫'微表情'不严谨，应该把它叫作'应激微反应'。"

华生听到最后一句话的时候，眼睛的眨动明显加快了。他问道："您不把这研究称为'微表情'，而是叫作'应激微反应'，也是对应英文的'micro-expression'吗？"

眼睛眨动加快，是大脑在努力思考的表现，通常说明跟得很吃力。

戴猛启动引擎，应道："对，还是这个词。大多数人和一些研究人员管它叫微表情，前者是受了电视剧的影响，字幕组给翻译成'微表情'了。只有'facial-expression'才能翻译成表情。没有这个前缀，'expression'有很多其他的意思，包含所有的表达方式。中文里面，就是把表情习惯性地认为是面部表情。所以，'micro-expression'不能仅仅翻译成微表情，还应该包括其他细微的表达。既然刺激源是必要前提，那么之后的应激表现就顺理成章地可以称为反应。"

华生点头表示认同，眨眼的频率也恢复到常态。戴猛的确考虑得更周全、更严谨，也更符合中文的习惯。他默默念叨："先做刺激，再看反应，应激微反应。"突然，他猛地抬头问道，"那您怎么做有效刺激源呢？跟学院派的方法有什么不同吗？人对同一个刺激的反应都会一样吗？"

就在这时，停车管理员正脸色阴沉地朝着他们走过来。

戴猛轻轻在华生耳边说了一句："给你看看刺激源的作用。"

行云流水的刺激源

戴猛故意没有落下车窗。

管理员走上来，很不开心的样子，眉毛皱得很紧，眼睛里有怨气。

就在管理员再也按捺不住，伸出手指准备敲打车窗并理论的时候，戴猛放下车窗，并递出一张 20 元的人民币。

管理员的脸马上就恢复了平静，眉毛归位，眼睛松弛，嘴巴也变成了正常的样子。整个过程，不到半秒钟的时间。这个迅速的变化，让华生在心里首次强化了"刺激－反应"这对有趣的组合。

戴猛接着说了一句:"大哥,不好意思啊,聊天太投入,忘记时间了。发票我就不要了。"

不需要发票的话,意味着刚刚收到的所有钱都可以进入管理员自己的口袋,无须向任何人汇报,也没有办法监察核对。戴猛这么说无异于把这些钱直接给了对方。

所以,这句话如同春风吹皱一池碧水,管理员刻板的脸上立刻呈现了高兴的笑容,眼睛笑眯眯的,嘴角上扬,居然还露出了牙齿。他一边捏着钱装进口袋,一边挥手示意车辆可以离开。

车启动后,戴猛提示华生看后视镜。华生发现管理员大叔已经面无表情了,仿佛刚才的笑容根本就没有出现过。

这一系列的"刺激－反应"模式,是戴猛制造给华生看的。

精妙的分析

戴猛说:"我去取个东西。"

当戴猛的车赶到北安桥下停车场的时候,一辆雷克萨斯早已等在那里,打着双闪灯。戴猛示意华生不用下车,自己迎上前去。前面的车里走下一个人,先和戴猛握手,就在同时,他略微侧头,目光越过戴猛的肩,朝副驾驶位置上的华生看了一眼。华生在那一刻恰好迎上了那人的目光,当他看到对方脸上涌现出的笑容时,不由得有点窘迫,因为他觉得那笑容有点奇怪。

那人在戴猛耳边念叨了一句什么,然后两个人哈哈大笑,那人还用拳头在戴猛的肩膀上砸了一下,并笑着上下晃动着食指指向戴猛,然后转身上车,走了。

戴猛保持着脸上的笑意回到车上。华生脑海里始终记得那人望向自己的眼神,以及那有点奇怪的笑容。

不等华生问,戴猛主动说道:"那是咱们公司销售部门的总监黄大卫,经历丰富，阅人无数，整天游刃有余地穿梭在整座城市里。刚才他看你那一眼，你注意到了吗？"

这正是华生心中的疑惑，既然戴猛问到，他也就点点头。

戴猛继续问道："你不觉得他看你之后的那个笑容挺有意思吗？心理学博士，你猜他在笑什么？"

华生只能说不知道。不知道就不瞎猜，猜对猜错都不好。

戴猛觉得这个反应很有意思，就坦白告诉他："他说，这就是你面试的那个小朋友？"

此言一出，华生心里咯噔了一下。他是在意这个的，连忙调整了一下坐姿，不知道该怎么自处了，尴尬得不得了。

戴猛不在意这个，只是问道："就那个笑容出道题考考你，你觉得黄总排不排斥同性恋？"

华生被问愣了，但也认真起来，一边想一边试着说道："我想想看。黄总那个笑，有两个特点。"

戴猛"嗯"了一声，表示鼓励他继续说下去。

华生继续道："肯定不是纯粹开心的笑，因为他笑的时候，眼睛是盯着我的。开心的笑不会有这么集中的目光。不纯粹就说明有含义。另外，那笑容好像有点得意，就像知道了某种秘密之后的得意。"

戴猛道："感觉还不错。老江湖的表情向来是我的最爱，因为他们藏得最深，往往套着几层社交面具。他那个笑容里面，的确像是掺杂着关注和轻蔑的表情成分。你继续。"

华生道："哦，对，是那种知道了秘密的得意，其实就是轻蔑。不过，这个轻蔑也不是简单的看不起。"

戴猛启发华生继续说："如果让你来评价，那个笑容是不是可以理解为'坏笑'？"

华生想了想，点头称是。

戴猛道:"好!这个'坏'很关键。你觉得他得意也好,轻蔑也罢,其实是因为他的两侧嘴角笑起来不平衡,右边更高。抿着嘴笑本就隐晦,再一歪,就会更显得有深意。"

华生仔细一想,的确是那样。这个时候,华生心里产生了一种冲动,真想去买一台便携式摄像机,把戴猛眼中看到的场景都拍下来。他并不知道,他能够按照戴猛的描述回忆起当时场景的细节,已经是非常了不起的天赋了,戴猛在3年前还因为找寻不到具有这种敏感度和记忆天赋的人而郁闷了很久呢。

戴猛继续解释道:"嘴角的不对称,从表情形态来讲,就是轻蔑的典型特征。即使非常轻微的上唇提升被发现,我们也可以推断厌恶类情绪的产生。[1]"

华生在快速理解和消化,他知道,刚才这段分析,就是戴猛强调的分析通道里第一个阶段——"从表情推导出情绪",在这里具体到了"从不对称上唇提升推导出轻蔑情绪"。但他觉得"轻蔑"这个词很刺耳。

戴猛继续讲解给华生听:"那么第二个问题,就是要找到原因。他在轻蔑什么?或者说,是什么引起了他的轻蔑?我们找找看,刺激源是什么。"

华生听完戴猛的这句话,似乎能够感觉到接下来汹涌而来的逻辑链。

戴猛继续说:"刚才的场景很简单,黄总是在看到你之后露出了笑容。所以,我们可以做一种假设,即刺激源和反应之间的因果关系非常简单:一是他肯定听说了白天我和你之间发生的故事,二是他看到了我和你在一起,这两个因共同成为他坏笑的刺激源。"

华生轻轻咳了一声,大概是对"我和你之间发生的故事"以及"我和你在一起"有点敏感。

戴猛没在意华生的这点尴尬,继续说:"接下来就可以知道他对同性恋所持的态度了。"

---

[1] 对称的上唇提升,往往表示具有敌意,比如不喜欢、讨厌甚至威胁;不对称的上唇提升,则意味着当事人的心态轻松很多,比如不屑,或者轻蔑,二者是不同级别的厌恶类情绪。所以,一般人的单侧嘴角更高,就可以推断出轻蔑情绪的存在了。

见华生睁大眼睛一脸诧异，戴猛只好继续解释道："现在我们知道，如果表情透出了轻蔑，轻蔑又是因为看到我和你在一起，那么你就可以开始做选择题了。三个选项，A代表平和接受无所谓，B代表厌恶排斥看不上，C代表喜欢和羡慕。你觉得黄总是哪种？"

华生还没能用逻辑连接前后的对话，只好头昏脑涨地喃喃道："B吧。为什么要问这道题？"

戴猛哈哈一笑，像一部开足马力的机器一样，一口气说道："这么说吧，如果黄总是个十足的同性恋，他也许会因为亲眼看到我们两个在一起私会而流露出羡慕之情，因为你条件不错，这时候就选C。"

华生脑袋里轰的一下，差点脱口而出"什么叫'条件不错'啊"。他盯着戴猛，试图用犀利的目光制止这位老板再胡说八道。

戴猛没理会这些，继续娓娓道来："如果他是排斥同性恋的，那么就不会跟我开这个玩笑，因为他既不愿意提，也不会让我尴尬，所以最好的表现就是避而不谈，那么就选B。"

这么逐层分析，华生听明白了，抢话道："我来试试。如果他是接受同性恋的，就会以一种轻松的心态来调侃，不论真假，到底是好玩的事，所以是有着掌控感的愉悦。不羡慕，不排斥，所以选A。对吗？"

戴猛挥动了一下手臂，愉快地回应道："恭喜你，答对了。我们人类就是这么奇怪的动物，只要觉得自己有一点比同类强，就会有优越心态，进而产生不屑、轻蔑、得意等情绪。他对这件事的判断和心态，决定了他可能会出现轻蔑情绪。你看，现在我们通过一个笑容，分析到了情绪，再由情绪找到了刺激源，最后知道了他是不是在观念上接受同性恋。有没有觉得三层逻辑太复杂了？"

华生掰着手指头数道："表情到情绪一层；情绪到刺激源一层；一旦情绪和刺激源之间建立了因果关联，那么当事人的心态就出来了，这是第三层。还行，得回去消化消化，但能基本听懂。"

他忽然又想到一个问题，追问道："那黄总当时也是这么一层一层想清楚的吗?"

戴猛答道:"当然不,他不会像我们现在这样缜密地梳理自己的想法,甚至他当时可能没有任何想法。这是长久的世界观积累所产生的快速判断,然后动物性的情绪机制又借此产生并控制了感受,他自己也许根本不会意识到这个判断过程的存在。所以,如果他有轻蔑的话,他的轻蔑也没有经过'想',是没有恶意、没有目标的轻蔑,就是一种动物性的本能。"

华生恍然大悟:"哇!这个例子好!居然能分析出黄总是不是在观念上接受同性恋,厉害!"

没有基线,可能大错特错

正在得意的时候,突然听到戴猛正色道:"你高兴得太早了!"

华生一下子怔在那里,不明白这句话是什么意思。

他用眼神询问,戴猛非常严肃地一字一顿地说道:"你忽略了一个最重要的问题,黄总的上嘴唇总是那样有点歪的。就像一个人驼背一样,能说明他一直在认错吗?这是他的个人基线,是常态特征,所以他的歪嘴唇不能被定性为轻蔑。虽然我们后面的分析过程都没错,可惜从头起,就不能成立。"

华生觉得整个脑子里一下子空了,而且像是滚烫的石头上浇了一瓢凉水,雾气蒸腾,轻飘飘的。他问:"就是说,对于黄总来讲,他的这个基线特征决定了那根本不是坏笑,只能算是普通的笑?那他到底接不接受呢?"

戴猛说:"对。分析任何人,千万别忘了先确定基线,否则就从头错到尾。因为这个笑容形态是黄总的基线形态,所以根本就没法推导出我所问的问题!"

本章最重要的知识点

（1）表情基线

表情基线可以分为两类：一类叫作"有无表情的基线"，另一类叫作"真假表情的基线"。

一个人平静时脸的样子，就是有无表情的基线。

一旦脸上出现了任何变化，也就违背了有无表情基线，可以针对肌肉运动进行分析，得出表情的情绪归属。

例如，如果一个人在平静的时候，也习惯皱着眉毛，那么皱眉这个动作就是他的基线样态。从这个形态开始，如果皱眉加重，或者扬眉，或者蹙眉，则可以分析其肌肉运动的形态和幅度，进而分析表情形态。但仅仅是皱眉这个形态的话，没有动作就没有意义，因为这是基线。

一个人真实情绪流露出来的表情，就是真假表情基线。

知道了真实情绪出现时，面部有什么特征，那么所有的假笑、假生气、假嫌弃，就会有了比对标准。可以根据形态上的差异，判断出表演出来的喜怒哀乐，因为表演的表情会存在很多缺陷和破绽。

之前黄总那个上嘴唇不对称的基线，就属于有无表情基线形态。他平时都有这个特征，真笑的时候也有这个特征，那么这个动作就不能作为轻蔑表情产生的判断依据。

（2）身体基线

身体基线可以分成两类：习惯基线和初始基线。

分析别人的身体动作和姿态变化，必须确认一下对面的人有没有什么习惯性的动作。先花 5 分钟聊点各种话题，可以是紧张的，也可以是轻松的，还可以是客套的，都没有关系，注意一下氛围变化的过程中，有没有什么动作是习惯性存在的，比如玩头发。

如果一个动作无论话题和氛围怎么变化都会习惯性存在，那么这个动作就不具备分析价值。身体姿态也是一样的，比如有人本就坐没坐相，习惯性大大咧咧的。不是说这些动作没有任何意义，而是因为相对于刺激源而言没有变化，所以归属于习惯基线，不用进行意义解读。

另一类身体基线为初始基线。

一般有点阅历的人，都会或多或少训练过，比如有礼貌或者有教养，甚至像销售、金融、广告、服务等行业，还会有专门的规范。如果你面对的是一个防备心极强，可能有所准备的人，那么他的身体姿态可能已经被精准地控制，就像大臣在皇帝面前那样，或者老贼在警察面前那样，没有一个是发自内心的。

那怎么才能以真实的状态作为基线呢？

答案是不需要。你看到的这些状态，就是他们希望表现给你看的样子，是希望你能接收到的信息，比如身份、态度、气场等。我们可以把这些准备好的形态特征——即使是严格控制表演出来的——作为初始基线。因为，随着后面的问题不断深入和变化，只要产生和初始状态不一样的变化，就找到了有意义的解读目标。

举个例子，相亲的时候，女孩的初始状态得体可人、落落大方。一提到婚后要跟父母一起住，就僵住了身体，双手交叉摆在身前，并拢的双腿一前一后分开，偏头侧脸，停止了笑容，连呼吸都开始保持警惕。这就是我们需要解读的迹象。

5　夜店里的冒险

开篇语：

只要他/她心里算计着利益和损害，就算外面的壳再厚，也可以轻松戳破。

华生在戴猛车上，心情忐忑，不太敢说话。因为戴猛说要带他去规矩多的地方见识见识真正的刺激。

大约开了30分钟，戴猛对华生说："我们到了。"

华生一抬头，发现戴猛把他带到了一家夜总会门口。

这简直是匪夷所思的事情！华生此前还没有进过夜总会的门。

里面究竟有什么？华生心里又好奇又慌张。

服务规范动作

穿正装的车童接过车钥匙，礼貌地鞠躬，等客人的背影朝向自己的时候才直起身子，规矩地将车代为停泊入位；迎宾的男女服务员都穿着合体的职业套装，接待动作和他们的发型妆容一样精致讲究，并且每一个人的眼睛都非常大方地看着往来的客人，始终保持微笑。

戴猛带着华生进门的时候，两侧的保安立刻将两只手放在双腿外侧，稳稳地鞠了一躬。这个鞠躬看起来让人安心，有着似乎是多年跟随主人的随从才应该拥有的忠诚与默契，不像很多商家的接待礼节，看着就像是要亲手解开客人的钱包一样急不可待。

华生明白，礼节就是社交表达，无论表达的人自己内心什么状况，经过训练之后，礼仪动作就可以被刻意做出来，用来达到某个目的。所以，社交表达的最大特点是目的性，是为了让与之打交道的人感受到那个目的，比如表达尊重。

戴猛并没有表现出平常的那种谦和，而仿佛是回到自己领地中的"头领动物"一般，带着华生继续往里走。一个女孩迎上来接待，戴猛在女孩耳边短短地说了些什么，女孩仰起脸，微笑着朝他点了点头，然后伸出手掌做出请的手势，引导着戴猛和华生向右边走去。

那一幕短暂的"俯首帖耳"，再加上女孩略显柔弱娇媚的样子和漂亮的面庞，让华生感觉他们有点"耳鬓厮磨"，看到女孩在前面带路时摇曳的身姿，华生暗道："好你个戴老师，竟然是这么随便的人！"

但在戴猛看来，这女孩和刚才的保安没什么区别，所做的都是受过训练的职业行为。华生第一次来，没有体验和阅历，有本能的反应很正常。但常来消费的人，就不会傻到相信这些陌生人是真心顺从服帖。

有的时候，视野和经历会直接决定一个人的社会成就，恰恰也是这个道理。

大厅的音乐节奏强劲，让华生的胸口感受到了压抑，心脏和胸腔跟着一起共振。他感觉到头疼，肚子也疼，不太喜欢这样的环境。但他看到戴猛却一路跟各种姑娘熟练地打招呼，脸上完全没有了学者和老板那种庄重，竟然全是玩世不恭的笑容。

女侍者用跪姿呈上酒单，侧歪着头，像不谙世事的女孩那样等待着戴猛点酒。在华生眼中，那样子真的非常清纯。华生甚至心中涌出些许怜悯，觉得这么好的女孩怎么能跪着给客人服务呢？居然还如此心甘情愿地顺从。华生想，这女孩一定吃了很多苦，有难言之隐，不得已而为之。

戴猛却根本没有怜香惜玉，点好酒就打发她走了。这么不关心对方的表现，让华生心里觉得不是滋味。女侍者却丝毫没有任何情绪上的变化，仍然一副天真快乐的样子离开了包间。

华生也不知道该说什么，就干坐着，也不愿意和戴猛说话。

戴猛看到华生这副手足无措的样子，哈哈一笑，用力拍了拍华生的肩膀，在他耳边说："我带你来，可不是真的来玩，我需要你快点长大。你这样的状态，一看就是第一次来。**要观察别人的真实状态，最佳的策略是像变色龙一样融入情境中去，不引起被观察者的特别注意。否则人家会警惕，你观察到的变化很有可能不是真实的情绪反应，而是应对措施，最终会给归因分析带来干扰。**"

华生听完这些话，豁然开朗。他尝试了一下，跷起二郎腿，扬起下巴，脑海中想象的是古惑仔的样子。

戴猛看到他这套香港电影的演法，摇着头笑了起来。

服务员端来好几瓶不同形色的洋酒，给两个人倒好。他们刚直起身，门口就响起了一阵莺莺燕燕的嬉笑声。

华生循声望向门口。

小诱惑

三个穿着糖果色短裙的女孩子走了进来。三个姑娘甜美地微笑着，用眼神请示了一下戴猛，戴猛点点头，示意可以坐下。她们便摇摆着腰臀，轻巧地闪身就位，自然而然地把两个男人夹在了中间。

华生感觉一左一右的两个姑娘似乎体温很高，竟然有微微的热量辐射到自己的皮肤上。偏偏在不经意触到的时候，却又明确感觉是凉凉的冰润，还有些滑腻。华生有点脸红气短。他虽不至于乱性，但实在是很好奇，自己明明知道和这些姑娘没感情也没希望，为什么清晰的想法控制不住身体的反应。

一个站起来敬酒的女孩把手搭在华生的肩膀上，凑到耳朵边问他："先生要玩什么游戏吗？"软软的一点点体重压在肩上，却足以让华生瞬间僵在那里不敢乱动，他头也不扭地唯唯诺诺道："我不会。"声音小得自己都听不到。

好在这个时候，裤兜里的手机振动了一下，应该是短信。

华生把身体往后远远地仰倒，防止两旁的人看到手机屏幕，然后才打开短信,上面是戴猛发来的文字:"目前为止,你看到的都是社交行为。你太被动了。这些女孩是职业暖场妹,你试试看调整一下自己的反应模式。"

她们这都是社交行为,没有真情实感,我这么紧张干什么?当真吗?

华生会慌,是因为没有掌控感。如果连会发生什么都不知道,怎么可能有掌控感呢?一旦明白别人是什么状态、什么动机,自己也就豁然开朗,自然就会产生掌控感。

"未知"和"不熟悉"是很可怕的刺激源,用得巧妙,可以让人产生强烈的不安和自卑。

接下来的时间,华生感觉到很轻松。他觉得自己大脑里的程序升级了。

时间很快过了一个小时左右,戴猛在其中一个女孩耳边说了短短两句话,女孩很懂事地叫上自己的同伴,礼貌地离开了包间。

大诱惑

戴猛歪头笑着看了看华生,华生在目送姑娘们,若有所思。

戴猛问:"舍得吗?"

华生翻个白眼,回应道:"我已经升级完毕。"

戴猛哈哈一笑,一脸坏笑地挑衅道:"你学习得真快,比我当初强多了。后生可畏啊!时间差不多了,做好心理准备。刚才就是暖场,对你也是,接下来要保持理性,保持清晰的判断。"

音乐加快了节奏,变得更魅惑,强劲的电子打碟声中间或掺杂着女人的呓语和喘息声,人们的矜持也迅速消退,越来越接近本性的一面。华生默默念叨:"若见诸相非相,即见如来。"

在影影绰绰的灯光下,穿着性感的美女逐渐多了起来。她们有的和几个男人坐在卡座里自行玩乐,有的坐在吧台上独自小酌,还有的穿梭在人群中寻找着目标。

两个女孩敲了敲门，轻盈地走了进来。

华生抬眼一看，只能感觉到一片白花花的影像迎面压迫而来，至于对方是何真容，穿着几何，却怎么也看不清楚，这让他更加不敢正眼看。印象里，只记得女孩脸上的妆容散发着"我很好说话"加"草根请自重"的混合风味，似乎媒体上经常出现的很多面孔就是这种劲儿。这种混杂的味道，也让华生无法感受到自己应有的正确定位——自己究竟是可以随便搭话的那类，还是需要自重的那一类呢？

正局促间，手机振动。华生稳定了下心神，暗暗斥责自己这些没见过世面的反应，掏出手机查看短信，就好像没有注意到有人坐到身边了一样。

短信上写道："看我的，看我的，注意节奏。"

华生正仔细思考最后一句话的意思，却惊觉身旁的女孩已经把手搭在了自己的腿上。温热的感觉快速袭来，冲击得华生脊梁一阵轻微抖动。他明显感觉到自己的呼吸有变快的趋势，而且口舌发干，鼻子吸进的淡淡的撩人香味让自己的大脑有点飘[1]。华生强行忍住这些本能的反应，试着慢慢用嘴把一口气缓缓均匀地呼出来。

那姑娘淡淡一笑，有点嘲讽又觉得有点好玩："小哥哥第一次来玩吗？"

华生更窘迫了，他不知道是不是应该把女孩的手从自己腿上拿开，在犹豫的间隙，本能的燥热迅速扩张。女孩把身体顺势倚过来，嘴唇几乎贴着华生的耳朵，轻声说："那我来教你一起玩呀？"华生的耳边感受到的是温热又湿润的气息。

尽管戴猛在旁边，但对于华生来讲，这场景仍然完全失控，他很难像经多见广的老江湖那样自在。没有亲身经验，光读书明理，大脑里其实很难建立程序来对抗这么原始的刺激源。

---

[1] 这些是性兴奋的表现。性兴奋是交感神经兴奋的结果，会造成呼吸系统和循环系统的工作加快，所以人爱出汗，心跳会加快，血液流动加速，瞳孔放大，能量燃烧加速，肌肉和大脑同步兴奋。但同时，消化系统会减弱工作效能，所以口水分泌会减少，人会不由自主地想咽口水。

华生想站起来挪挪地方，他假装去拿酒。没想到，这姑娘也贴着他的身子站了起来，并且借机又往他身上挤了一下，几乎全身都靠了上来，赶在他前面拿到了酒瓶，温润的感觉迅速袭遍全身。

女孩把头探到华生的侧面，微微仰着头做出一副乖巧的样子，媚着眼睛娇声问道："先生，你要拿什么？不用自己动手的，告诉我就好啦！"

华生嗓子里木讷地"哦，哦"了几声，连他自己也不知道是想说什么，身体却僵在那里，倍显尴尬。除了必须坚持的底线还非常清晰，他感觉自己似乎只能被当前奇怪的氛围所裹挟，已经完全不知该如何分析当前的局面了。

女孩看他的反应，马上用手拍拍他的肩膀，嘴里撒娇道："好啦，好啦，听我的好不好？你去坐着，我给你调一种好喝的酒，让你一次就记住我。"说完还坏坏地笑了一下，简直就差把风月场所练就的优越感抖搂出来了。然后她扭身并拢双腿，半屈着去桌上挑挑拣拣。再加上一只手撑在膝盖上，纤细的手臂和丰腴的大腿都散发出性感的味道。

华生"善良"地闭上了眼睛，心里默念道："色不异空，空不异色……受想行识，亦复如是。"

青涩的小女孩根本不知道如何展现自己的性别魅力，只会和小男生一样害羞和矜持。能凭借动作和姿态散发出强烈女性魅力的人，若不是已经历练得风情万种，就是经受过特定的练习。无论哪种，都可以归到社交表达的范畴中。一方是社交表达做出刺激，另一方是真实直接的情绪反应，天平在这一瞬间完全倾斜了。

听见戴猛好像跟另外一个女孩玩得很开心，华生使劲握了握拳头，感觉身体还是自己的，也感觉到可以用精神力量控制自己，心里的感觉好了很多。他突然想起来，戴猛告诉他要"看他"，还要"注意节奏"。

戴猛的手段

坐在戴猛身边的那个女孩身穿一件紫色的抹胸短裙,最下方的裙摆是细腻的黑纱,使得身体曲线若隐若现。小腹的位置绣着一只神秘的孔雀背影,低垂的长尾羽翼恰好遮挡在双腿之间,让人不由自主地想将目光停留在孔雀身上,越是想看清楚每一片雀翎,就越会意乱神迷。

女孩把手搭在戴猛的肩膀上,双腿交叠在一起,大小腿的完美比例显露得淋漓尽致。她靠在戴猛的耳边说了句什么,戴猛露出一副淡定的笑容,用手指了指桌上的XO。女孩笑容满面地站起身来,不经意地扭了扭胯,摇摆着身子特意从桌子外侧绕了一圈去倒酒。这个姿态让华生觉得喉头一紧,脑海中直接蹦出来一个词——"尤物"。

待到她端着两杯酒回来,戴猛招手示意华生和另外那个女孩也坐过来,说道:"大家一起玩,开心点啊!"华生听出来了,戴猛还故意加入了港台腔调,心中暗暗觉得好笑。

四人坐在一起,两个女孩在外面,华生挨着戴猛坐。人一多,酒下得就快。戴猛身边的孔雀女孩见喝到了杯底,又贴过来问:"我有一个配方,叫作'一杯到天明',要不要试试啊?"

华生身边的女孩拉着他的手臂晃动道:"Miumiu姐的配方很牛的,好多大叔喝了之后都龙精虎猛呢!"一边说,一边冲着那个叫Miumiu的女孩眨巴眼睛,两个人看起来很有默契的样子。

戴猛好像听懂了什么似的,也眨了眨眼睛,问道:"哦,哪种'一杯到天明'啊?是high到天明,还是睡到天明啊?"

Miumiu给出了心领神会的得意笑容,故意皱着眉说:"你讨厌!明知故问!要不要试试?"

Miumiu正要再次起身去调酒的时候,戴猛板起面孔,装作很严肃的样子说:"小姑娘,慢点来,我这5瓶酒存在这里有3个月了吧,你今天一到,就给我喝掉三分之一，这我可真要心疼到天明了。"说完，哈哈一笑，若无其事地跷起二郎腿，敲打着手指等待着两个女孩的反应。

华生倒是被戴猛这句太过明显的小气话引发了兴趣，他知道，戴猛开始了。

Miumiu脸上立刻显现出诧异，身体微微后退了一下，睁大眼睛看着戴猛，持续了三四秒，脸上的笑容消失得干干净净。就连华生身边的女孩也停住了所有的动作，睁着大眼睛盯着戴猛的脸看，假睫毛忽闪忽闪的，越闪越快。

华生觉得好笑，心里暗道："惊讶啊！没想到我们戴老板是个穷鬼加小气鬼！"

那姑娘毕竟经历丰富，呆住片刻后，马上挤出一脸的笑容，扭了一下身体，用手在戴猛的手臂上轻推了一下，道："先生真会开玩笑。您怎么会心疼这几瓶酒呢？来这里，还不是家常便饭的事吗？"说完，又要起身去调酒。

戴猛的第一个刺激源立刻生效了——装穷。

一个"装阔实穷"的表达，让两位风月高手立刻起了疑心，这就是情绪的力量。姑娘费那么大劲，哪能就为了喝几口酒呢？倘若老板没钱，时间、精力、风情岂不是都白费了？这就是她们此刻最关心的事。

关心则乱！

当然，高手博弈，输赢只在片刻之间。Miumiu为了验证自己的判断，继续要去调酒，也借机观察戴猛的反应。如果戴猛再次心疼地阻止，那么她就会得出"真穷"的结论，所有戏就全部结束了。

这次戴猛没有拦着，而是呵呵一笑，挥挥手表示随她。

看到这个鼓励的动作，两个女孩又都进入了兴奋的状态，用优雅的姿态踩着高跟鞋，顺势摆弄着姿势，各种显露身体曲线，大概展示了有一分钟之久，才把这"一杯到天明"调制完毕。

华生起初看时，还是觉得心跳气短。这样的风光对于他这种一清二白的新手来讲，冲击力当然很大。不过，当他看到戴猛扬起的单侧嘴角和淡定的目光时，大脑中刚升级的程序开始工作了，眼前的一切变得逐渐清晰起来。

两个女孩回到自己的座位旁边，Miumiu 并没有在戴猛身边坐下，而是站在戴猛身边，轻轻转动了一下身体，作势要坐在戴猛的腿上。戴猛没等她挨到身体上，就用手在女孩腰间轻轻拍了一下，然后翻腕看了看时间。

Miumiu 显然有点尴尬，明白对方的意思是要自己坐边上，这种情况还比较少见，通常代表客人不喜欢自己。

怎么办？要么放弃，要么继续努力。

戴猛抬手看时间，Miumiu 则看到了戴猛手腕上的表。Miumiu 眼睛亮了一下，娇媚地坐了下去，把酒递给她的客人。

华生一直在看戴猛的行为，也看到了 Miumiu 的反应，他偏了下头，手托着下巴专注地观察着戴猛后续要做什么，连身边的女孩给他递酒都没去理会。

在华生眼里，戴猛持续抬着手腕看表的时间明显过长，直到他确定 Miumiu 看到了自己的表并坐下来，才把手放下去，又恢复了一副高深莫测的样子。

华生心想，这应该就是戴猛的第二个刺激源——炫富。

两个女孩开始推销她们调制的配方，华生啜了一口，觉得非常难喝，也是怕喝过之后真的"一杯到天明"，就和自己身边的女孩碰碰杯应付了一下，但并没有让杯中的酒变少。

过了几分钟之后，女孩们的攻势稍微弱了一些，戴猛从兜里掏出一把钥匙，作势递给华生，说道："今晚喝酒了，我的车就停在这里。你明天一早去我的别墅，开这辆车送我上班。"

华生心里说："第三个刺激源来了——炫富升级！"

但他还没来得及接，就看到身边的女孩接过钥匙，拿在手里仔细欣赏了一番，插话道："哇！玛莎拉蒂呀！"说话的同时，她貌似不经意地用手轻轻掂了掂，脸色瞬间一变，把钥匙扔到桌子上，嘴里小声地骂了句脏话。

这明显是个不够淑女的动作。华生仔细看了看她的变化，发现她和 Miumiu 对了下眼神，两个人的嘴角都撇了撇，眉毛立时皱起来了，一脸的嫌弃和不高兴。

Miumiu 立刻坐直身体，和戴猛保持了距离，揶揄道："先生，您的玛莎拉蒂是淘宝上买的吧？"

哦！原来如此！华生猜到了，戴猛的第三个刺激源是装富！

戴猛斜着眼睛看了看她，没回声，抿着嘴笑了笑，按下了服务键。服务员很快就闪身进门，问道："先生有什么需要？"

戴猛掏出钱包，从里面密密麻麻的十几张卡中挑出了一张黑色的卡，示意要结账。

这张黑卡的出现，让本已起身想要离开的Miumiu又坐了回来。她试图从厌恶的神色中挤出笑意来，却导致整张脸很不协调，非常怪异，身体也不知是该贴近戴猛还是就留在原地。

她从戴猛手中接过那张卡，在递给服务员之前快速扫了一眼卡号，然后瞳孔立刻放大了。她扭了一下身体，靠在戴猛的身上，撒娇似的说："我的保时捷也是淘宝上买的，亲。一会儿您有什么安排吗？要不要我送您回家？"

很明显，Miumiu和同伴知道这张卡意味着什么。这就是戴猛的第四个刺激源——强行炫富。但是，这一轮，连华生都不知道是真是假了，姑娘们更是被震荡晕了。

注意，银行卡是典型的社会物品——不同的银行卡代表拥有不同的财富，这是典型的社会规则，相比于茹毛饮血的原始时代，这个非常复杂。但是，复杂的社会规则一样可以引发原始的情绪变化，这就是我们人类的复杂大脑给出的机制。

在大脑中，负责处理社会规则的皮层一旦想明白规则背后所代表的直接利弊，就会通知大脑的其他区域，引起强烈的情绪反应。

这不，两个原本被假玛莎拉蒂钥匙惹急了的女生，又立刻变了一副脸色。当然，从强烈厌恶向愉悦表达拐弯是没有那么容易的。因为后者是社交表达，黑卡并没有造成她们的愉悦情绪，而是告诉她们应该做出礼貌和讨好的行为，这样才不会丢掉利益。因为是从真实的厌恶情绪向理性行为转变，所以表情很难从刚才的真实厌恶转变为自然的喜欢——情绪的力量要比刻意为之的命令强

第一卷·猎心 | 049

大得多。

服务员正要转身离开，突然听戴猛说道："等下，那张卡里剩的钱不多了，我中午刚取了500借给老王，抱歉。华生，你带钱了吗？"

华生暗笑一声，第五个刺激源来了——真穷！

听到这句之后，Miumiu 再也坚持不住了，果断地站起身来，拉上她的小伙伴，头也不回地离开了房间，连走路的姿势都不像之前那么妖娆了，更像是气急败坏的鸵鸟。

取了500借给老王这件事，实在是击穿了姑娘们耐心的底线，这种先展示富豪卡又把所剩存款的金额拉低到百位数的戏弄，不仅仅让姑娘们感觉到挣不到钱，还直接挑战了她们作为生意人的尊严。

挑战了尊严的刺激源都会激发愤怒，而且是强烈的愤怒。

服务员有点傻眼，站在那里不知该做些什么。

戴猛哈哈大笑，掏出另外一张帝王卡，交给服务员说，用这张卡结算。华生看到刚才两个女孩出门的时候，嘴里愤愤地骂了句什么，一脸愤恨的表情。

结过账，戴猛和华生离开了夜总会。就在他们站在路边等人把车开来的时候，一群人疾步向他们走近，华生感觉到了隐隐的危险。

等到灯光足够照亮他们的面孔时，华生不由得倒吸了一口冷气，感觉到身体里的血液在沸腾，有点发抖。华生知道，这是肾上腺素过量分泌的表现。

对面的一群人里，有两个他们认识，正是刚刚和他们一起喝酒的两个女孩。她们身边站着四个光头男子，每个人的脖子上都文着一条彩色的蟒蛇，栩栩如生，似乎真的盘绕在脖子上一样，散发出阴森危险的气息。

Miumiu 指着戴猛说："二虎哥，就是这两个孙子，逗我们玩呢！"

二虎往前迈了一步，用鼻尖压住戴猛的鼻尖，恶狠狠地说："你们假装有钱人，占我妹妹便宜，是吧？跟我们走一趟，别在这地方溅着血。"他身边的另外一个光头拿出一把蝴蝶刀，哗啦哗啦地甩动着。

华生不由得心跳加快，向后退了一步，用眼神扫向四周，发现夜总会的保安正快步走过来，才感到安心了些。

戴猛的身体没有做出任何动作，就这样被对方压着鼻子，缓缓翻起眼睛，向上和对方对视。

这个对视挑战了对方的权威，瞬间激起了对方的愤怒。二虎像恶犬一样露出牙齿，伸手要抓戴猛的领子。华生不知哪里来的力气，张开手臂想要挤到二人之间。

就在这时，一阵刺耳的急刹车声打破了紧张的氛围。除了戴猛，所有的人都循声望去。

戴猛的脸上露出微笑。

车上下来一个人，"砰"的一声甩上车门，往车身上一靠，低头点了根烟，然后，一边吐着烟雾，一边冲着这边的人群招招手，像召唤小孩子或者宠物一样。

玩刀的小兄弟看到这人一副玩世不恭的样子，骂骂咧咧地快步冲上去要和他动手。二虎却马上变了脸色，急忙喝止自己的手下，小步跑过去，冲着那人低头鞠躬，点头哈腰地示好。

那人伸手指向戴猛这边，对二虎训斥了一句什么。二虎马上小步跑过来，立正站好，双手放在大腿两侧，规规矩矩地鞠了一躬，脸上带着谄媚的笑，说道："这位爷，您别在意，我是有眼不识泰山，冲了您的驾。给您道歉了，您大人不记小人过，放过我们吧。我们这就走了，不碍您的眼。"说罢，冲着手下的兄弟和那两个陪酒的女孩示意，所有的人一起正正经经地向戴猛鞠了个躬，悻悻地离开。

警车旁的人这才走过来，和戴猛用力握手道："老戴，我来得还不算晚吧？"

戴猛满脸笑容："李大队，还好你及时赶到，要不然以他们这些人的冲劲儿，我指不定又给你的兄弟们惹什么麻烦呢。"

李大队说："这拨人来了有 5 个月，还算听话，算懂规矩。今晚运气不好遇到你，还好没让你出手。"

戴猛听完，笑笑说："我不也越来越懂事，很久没给你添麻烦了吗？现在不像年轻的时候，下手有轻重，最多也就是给绞晕得了。今晚我收了个小徒弟，带他来体验一下。"

两人握手道别，看亲近程度，俨然是渊源颇深。华生不太能听得懂两个人的对话，再加上刚才的剧情波折，脑子已经不够用了，就只能客套地跟李大队道了别。

本章总结

首先,需要大家记住三句话:社交行为可以作假。社交行为可以表达真实心态。情绪行为一定表达真实心态。

然后,出两道思考题:

(1)二虎用鼻尖压住戴猛的鼻尖,是社交行为还是情绪行为?行为和他内心的情绪一致吗?

(2)二虎见到李大队的时候,鞠躬、点头哈腰,是社交行为还是情绪行为?行为和他内心的情绪一致吗?

参考答案:

(1)用鼻尖压住戴猛的鼻尖,是极为明显的示威行为。这种肢体的接触和位置的摆放,处处显示着行为人的强势心态。当然,这样的动作是故意做出来的社交行为。

故意做出的动作一定是假的吗?或者说,社交表达都不真诚吗?

不一定。二虎的动作和他的心态完全一致,都是压制性的自信,觉得自己完全能够威慑甚至击败对方。所以,社交行为不代表一定作假,可以是真实心理的表现。

但是需要我们注意的是,社交行为可以作假,想表现得言不由衷的方法很多,所以我们不能轻易相信社交行为。而情绪行为,一定是真实心态的表现。

(2)二虎低头鞠躬和弯腰示好,是代表着真的畏惧吗?

首先,当人在真的畏惧的时候,就会出现躯干的弯曲和低头的反应,这就是"负仰视反应"。相反,挺直躯干和仰头、抬下巴等反向反应,是"仰视反应",

映射出内心的高傲和优越感。

　　但是，这样的动作有可能完全是刻意为之的社交行为，意图表达自己的顺从和服帖，从而减少摩擦和冲突。所以，当前这个情景，很难判断二虎到底是心服口服，还是故意做出来的。出于利益的考虑，二虎很有可能心里在骂街，但表面上非常恭顺。李大队也不必跟他计较，因为最终还有惩罚这条规则，所以倒也不必过于费心去求真。

6　见到著名的姜老师

开篇语：

大脑爱偷懒，喜欢简单看问题。片面肤浅地看问题会让人持有偏见，偏见让人愚蠢。

神秘的实验室

戴猛约华生在一所高校见面，说是带他见另外一个传奇人物。

华生如约抵达，刚要敲门，里面"咔嗒"一声，门自动弹开了。

门后是一条狭长的过道，从地板到天花板，四面都是镜子，灯光经过反射没有死角，对面的尽头是另外一扇门。

"CIA啊！搞得这么神秘。"华生转过身确认了一下，门牌号的确是1024，这才谨慎地走了进去。身后，门"咔嗒"一声自动关闭了。

走到通道尽头的门口，看似钢质的防盗门上出现了4个扫描区域，一个扫描面部，一个扫描肩至脚，另外两个区域是手掌形状，很明显是要把手放上去。华生迟疑地向后退了两步，正犹豫间，听到一个女声说："张华生先生，您好！请您站好面对扫描镜，把双手放到手掌扫描区。我们正在创建您的个人生理数据，包括您的虹膜、掌指纹、肩髋比和股骨胫骨比。这些数据是您今后出入的唯一凭证。"

尽管华生觉得不可思议，但出于对戴猛的信任，还是照做了。

扫描很快完毕，华生面前的门"嘀——嘀——嘀——"低鸣三声后自动打开。

出现在华生面前的是一个上下两层的工作区，约有1000平方米的样子，各种设备摆放有序。只有不到 10 个人在里面工作，他们面前的电脑屏幕上，播放的内容大多是面部的表情特写，也有的在反复播放一段动作的录像。

华生看到，戴猛站在二层的一间办公室门口，招手示意他过去，戴猛旁边还站着一个大学老师模样的人，高高瘦瘦的。

戴猛首先给身边的中年人介绍道："这是我最近找到的小徒弟，叫张华生，人很聪明，正宗心理学专业博士毕业。"

华生听到"小徒弟"这个词的时候，心里一乐。仔细打量了一下面前这个戴着黑框眼镜的中年人，发现他有点面熟，却一时想不起来在哪里见过。

华生礼貌致意，戴猛给他介绍道："这位是姜振宇老师。"

电视上的骗子现身了

一听到这个名字，华生就想起来了。姜振宇，这不是那个在电视上卖弄微反应技巧的人吗？节目名字记不清了，反正在国外听老师和同学们议论过，据说节目里没少丢人现眼犯错误。不知道为什么，虽然没有看过电视，仅仅是听说过这个名号，本能地就隐隐产生了厌恶之情。华生暗道："老板怎么和他搞到一块儿去了？真是良莠不分啊！"

就在他把视线从姜振宇的脸上转移到戴猛的脸上去求证时，戴猛和姜振宇的视线同时从他的脸上移开，彼此相视一笑。姜振宇伸出右手迎接华生，握手的同时对华生道："你是不是也看过一本叫作《对"伪心理学"说不》[1]的书？"

这是什么思路？话题怎么转移到这里了？

华生点了点头，微微皱起眉头看着面前这位"名人"，发现他正盯着自己的瞳孔，单侧嘴角明显上扬地笑着。

"轻蔑的笑！这是什么意思？"华生心里有点不高兴，毕竟，谁都不愿意

---

[1] 《对"伪心理学"说不》第 8 版，[加] 基思·斯坦诺维奇著，窦东徽、刘肖岑译，北京：人民邮电出版社，2012 年。

被别人看不起，"你凭什么轻蔑我？我还看不上你呢！伪科学专家！"

华生在不知不觉当中被激发了愤怒的情绪，甚至连他自己都没有注意到这个微妙的变化。他的脸转向了戴猛，不再理会这个"电视名人"。

姜振宇再次开口道："没事，预置立场偏见是很常见的认知失调，不必当真。小兄弟能看到我的轻蔑，已经有足够好的基础了。戴总，人才一枚啊！恭喜！"

一席话说得戴猛哈哈大笑，华生则越发尴尬。

戴猛看着有点蒙的华生，拍拍他的肩膀说："姜老师脑子转得太快，你跟不上是正常的，我早就习惯了。叫你来，就是想让你见一见这位'名人'，也希望姜老师能看看你，多教你点东西。我可是在他身上受益匪浅啊。"

华生心里哪能服这句话，下巴微微一扬[1]，提起一口气想要说点什么，戴猛却转头向姜振宇道："老姜，给小孩儿上一课吧，让他慢慢跟上来。"

姜振宇低调一笑，说道："不敢叫上课，只是交流一下。"说罢，发布指令道，"把4号机和5号机前面7分钟的视频单独回传到服务器上，我要在办公室里回放。"

三人在姜振宇办公室里坐定，墙上有一个120英寸的巨型屏幕，显示了研究设备的高端。

"土豪！"华生暗道。

细致到皱纹的分析

姜振宇播放了一段视频，华生的眼睛瞬间就睁大了，画面上竟然是自己！就是几分钟之前见面的时候，自己的一举一动。画面是三分屏，左半屏显示的是自己胸线以上的区域，右上屏显示的是躯干，右下屏显示的是双膝到双脚。

姜振宇播放了另外一段视频，华生可以看到，这是从另外一个角度拍摄的

---

[1] 仰视反应，表达不服气。

刚刚的场景，画面上是戴猛和姜振宇自己。

戴猛探过头来解释道："姜老师的研究小组平常就是这么工作的。在这个研究室里，每一个角度都有高清监控摄像机。小组成员们经常会看自己和同事们的反应，久而久之，大家都不会像你那样有明显的表情和动作了。你是'小鲜肉'，今天刚来，让我们娱乐一下！"

华生此刻全部心思都在视频上。姜振宇一边播放一边讲解："华生你看，你在听到'小徒弟'这个词的时候，双侧颧大肌收缩，收缩行程为7%，双侧嘴角下移行程约3%，上、下眼睑几乎没有动作，属抑制的微笑。"

屏幕上围绕着华生的眼睛、瞳孔、眉毛、嘴角、嘴唇等主要器官，闪现出肌肉运动和器官位移的标尺辅助以及测量数字。华生看到这些量化的结果后，脑袋有点发涨。表情识别软件他用过不少，但还没见过这么精致的微表情分析软件。

"接下来，你的视线转向我，稳定停留了2.4秒，双侧瞳孔放大，无眨眼。皱眉肌收缩行程约10%，左眼上眼睑因皱眉挤压而形成了一条褶皱。轻微皱眉，但无眼睑闭合且瞳孔放大，表示关注和思考，应该是在想我到底是谁。

"听戴总说出我的名字之后，你的下巴抬起角度约为7度，尽管嘴唇没有张开，但下颌骨微微下垂，双侧皱眉消失。这表示已经知道了我的身份。随后，双眼球转向右下方，取消和我的对视，同时扬眉+上眼睑下垂至瞳孔边缘，表示不以为然，看来是对我的身份不太认同。"

此时此刻，华生觉得自己汗毛倒立。

另外一段视频里正播放到戴猛和姜振宇相视一笑。姜振宇继续解读道："戴总，你和我都是抿着嘴唇笑。你的双侧嘴角上扬行程13%，眼睑闭合40%；我的嘴角上扬是14%，眼睑闭合也是40%。这其实都是笑得非常开心，接近40%愉悦，但用嘴的动作进行了抑制，一方面表示得意和心照不宣[1]，另一方面也是

---

[1] 这种嘴唇抿起、嘴角上扬行程小于眼睑闭合行程的笑容，就是常言所说的"得意笑"，是因为当事人内心得意却又不愿意把愉悦全部表露出来的自我抑制笑容，普通人这样笑看起来会坏坏的。真正的愉悦笑容，嘴角上扬的行程值以及嘴唇打开的行程值要和眼睑闭合的行程值一致。

不便让小孩太难堪。咱俩表情很同步啊，默契！"

华生看到画面上的姜振宇问他"你是不是也看过一本叫作《对"伪心理学"说不》的书"，不由得插话道："我想知道你为什么问这个问题。"由于自己内心深处还在排斥着这个电视名人伪专家，所以他隐去了称谓，用了"你"。

姜振宇哈哈笑了一下，解释道："你的表情嘛，'扬眉+上眼睑下垂'，表示自我认同的同时，对面前的刺激源不感兴趣，而那个刺激源就是我。很明显，眼睑下垂表示你看不上我，双眉上扬表示自我认同。这是特别常见的专业自豪感导致的，毕竟你是心理学博士嘛。另外，你跟我握手的时候，随便把四个手指往我手心里一放，并没有用力握合的动作，这是个应付的礼节动作，也证明了你心不在焉。"

华生觉得脸上有点发烫，被人当面扒皮的滋味真不好受。

愚蠢的预置偏见

姜振宇继续道："一开始你不认识我，你的表情告诉我你在思考，说明你对我不熟。然后，一听到我的名字就立刻出现这种反应，也就是说，你在对我不熟的情况下立刻不以为然地进行否定。在不了解的前提下快速做出不喜欢的反应，只能说明心里有预置偏见。这种预置偏见常见于身份、群体或立场。你知道我做过电视节目，认为我是用公共媒体宣讲伪科学的骗子，而自己是正经科班出身，所以才会有前面的反应。《对"伪心理学"说不》的作者公开讲过这个观点[1]，这个观点得到广大学院派同人的大力认同，所以我猜你的预置偏见应该源自这本书，对吗？"

画面里，华生讪讪地点了点头。画面外，华生听完姜振宇的解释，也同样

---

[1] 该书第 209 页说道："这一情况在电子媒体上更为糟糕，电台和电视台几乎没有任何正规的心理学报道，相反，他们总是邀请一些江湖术士和爱出风头的媒体名人，而这些人与真正的心理学毫无瓜葛。"

讪讪地点了点头。

姜振宇看他点完头，道："预置偏见是大脑在偷懒，以简单信息获得简单结论，会让人变得越来越蠢。想不蠢很简单，至少不要有预置偏见，然后要仔细看人或者事的细节，独立判断那些细节，比如观点和行为是否合理、是否有料。以后不要这样睁大眼睛、下颌张开，还连续点头超过三次，这种惊讶到不知所措的样子，会让人看起来很蠢。"话虽然很刺耳，但没有华生亲眼看到画面回放中的自己更刺激。

姜振宇继续说道："问过这个问题之后，我的单侧嘴角上扬的笑是故意的。因为我知道，你会明白这是一个轻蔑的笑。**在一方已经失去优势和控制力的时候，给出轻蔑的刺激，会迅速激发他的愤怒。这种愤怒，是用来自保的。你要自保的东西，是优越感。**"

"姜老师，您怎么看出我愤怒了，我没有皱眉和瞪眼睛啊？"华生仔细地看着画面里自己的表情，只是觉得脸沉沉的，却并没有找到愤怒的典型表情特征。

他以为自己隐藏得很好。他也没有注意到，自己对姜振宇的称谓，已经不知不觉中改成了"姜老师"和"您"。

姜振宇笑笑，解释道："第一，你的其他表情消失了，一瞬间全都消失了。这本身就是一个明显的变化，表示你消除了其他所有的情绪。这就是我们常说的认真或者严肃。第二，你的眼睛盯着我的脸看了 1.6 秒，这短短的视线集中与其他表情消失同步出现，说明刺激源是我的轻蔑。第三，你的劲阔肌（颈部）收缩，行程接近 30%。劲阔肌收缩是动物进行战斗的前奏，人类也不例外。只有愤怒情绪才是战斗前奏的动因。"[1]

画面在华生两侧耳后的劲阔肌部分进行了慢放，并显示了辅助线和数据，标明肌肉收缩的行程。

---

[1] 愤怒的表现可大可小，大的愤怒表现是非常凶猛的，不需要分析就能被清晰地识别。但是在社交活动中，很多愤怒是被社会规则所压制的，不能通过大吼大叫和猛冲猛打来表现，甚至都不能用凶狠的目光盯着人家看。所以，愤怒的微小表情可以通过两个指标来确定：（1）视线集中在对方的眼睛上，时间长度与愤怒程度成正比；（2）劲阔肌一定程度收缩，收缩程度与愤怒程度成正比。

不过，出于专业出身的自尊心，华生并没有心服口服。尽管到目前为止，对面的这个"砖家"一直占有强势地位，但并不能消除华生对他的反感和敌意。

最后，姜振宇把画面定格在戴猛说"上一课"之后华生的姿态上。那个扬起下巴的画面，让华生感到有点窘迫。姜振宇淡淡说道："以后，这个动作就不要再做了。稍加注意的话，还是可以管理好的。**这个表示不服气的动作，遇到有本事的人会显得自己无知，遇到没本事的人只能引发冲突，而不会解决问题。**"

戴猛接口道："除非是策略性地要故意激怒对方，对吧？"

姜振宇配合戴猛说道："对，策略性的意思就是已经想到了一套步骤，已经有了后招，用扬下巴的动作激怒对方只是必要步骤而已。"

听到这里，华生不知道该不该改变自己的动作，局面有点尴尬。改吧，显得自己太弱了；不改吧，保持这种姿态更让人难受。现在在他的视线里，坐在对面的姜振宇似乎更像是一台计算着很多指标变化的机器，细致入微的观察和缜密的算法已经让华生略微有些生畏。但是，这个家伙的一举一动看起来却挺温和，没什么咄咄逼人的气息。

你为什么上电视？

正想着，听戴猛说道："下午2点半，姜老师去录《非常了得》。我和你一块儿去看看，感受一下。另外，你还能见到老孟、老郭。"

华生终于想起来了，对对对，就是那个猜人家讲的故事是真是假的节目，孟非和郭德纲一起主持，还有一个女嘉宾叫柳岩，是宿舍里好几个兄弟的梦中女神。

华生又抬眼看看姜振宇，没见他有什么特别的表情和举动，心里暗道："倒也不像那些江湖骗子似的虚头巴脑、言之无物，怎么偏偏去做电视节目！"

华生问道："姜老师，您也看过那本书，知道他的观点，如果一个人在发表论文前在电视和媒体上大肆宣讲他的研究，基本上都是骗子。而且，现在电视上骗子也的确很多，你干吗要上电视节目？不怕被同行们评价为骗子吗？"

姜振宇苦笑了一下，反问道："你现在觉得我是骗子吗？"

看华生迟疑了2秒钟，他摆摆手说："没关系，你的这个迟疑，已经说明了答案——还不确定。"

戴猛看了华生一眼，眼神里没有责怪，什么也没有。这反倒让华生觉得有点尴尬。

姜振宇接着说："你们读研究生，最重要的任务和考核标准是什么？"

华生说："发论文。"

姜振宇说："我的研究就不是。或者说，至少目前不是。"

华生皱起眉毛歪了一下头，表示不解，同时微微地撇撇嘴，表示不屑。

姜振宇说："我还在找实验方法和微反应的有效形态特征。就像研究药物的效果，我才刚刚给小白鼠喂了药，还没找到清晰的结论呢，能急着去发表论文吗？"

华生明白他在说什么，但他还是追问："人家别的研究所可是已经发过好几篇'微表情'专题的论文了，你看过吗？"

这种挑衅似的问题，对付普通骗子是常规手段，可以激发下一阶段的对抗，让骗子一气之下急速现形。

没想到，姜振宇却点点头，然后反问道："你都看了？感觉怎么样？"

华生很难回答这个问题，因为那些论文他自己心里也看不上。但是，多年的科学思维训练告诉他，发表过论文的人即使是错的也是对的，因为至少人家能拿出论文来供同行评议，比骗子捂着自己的所谓"秘诀"不肯公开要好很多。

华生是对的，因为批判性思维是最重要的科学素养，而真正的科学结论也不怕被别人评论。有错误被同行挑出来，才能保证优胜劣汰，让真正有效的研究结论最终显现出来，从而让人类不断趋近真理。但是，华生不知道的是，批判性思维首先应该运用到自己身上，然后才能对同行有所要求。换句话说，发表论文的动机不能是为了发表这个形式化的流程，也不能是为了获利，而是真的有研究成果，希望得到同行的评议，和同行交流，逐渐趋近真相。发表之前，应该先看看自己的东西有没有价值，是不是值得发表。

华生撇了一下嘴唇[1]，很轻微的一下。

姜振宇笑笑："难怪戴总会喜欢你，水平确实不一般。普通的学生认为发表论文只是完成学业必须走的流程，也有人用来作为优越感的标签，不过这种人，学生会比较少，教师会更多。别人的论文哪里不好我也不便多讲，那样会显得我很酸。对于微表情的论文，我只想问两个问题，小兄弟你来解答一下。"

华生点头。

姜振宇问道："第一个问题是，实验室里的被试会不会有真的情绪？比如愤怒，怎么才能让被试真的愤怒呢？"

看华生不作声，姜振宇停顿了一下，似乎在等他的反应。不过，华生始终没说话。

姜振宇接着说："如果连真实的情绪都刺激不出来，那么那些表情录像和数据有什么用？"

华生目不转睛地盯着他看，仍然没有给出答案。

姜振宇也盯着他看他的反应，继续道："无论是'微表情'还是'微反应'，之所以有个'微'字，都是因为自我抑制。当事人首先会因为刺激源产生真实的情绪，然后因为种种规则，意识到自己不能直白地表露这种情绪，于是采取自主的抑制行为，比如，想生气不能生，想笑不能笑，本来害怕却要表现得镇定。只有这些掩饰行为存在，那些残留的真实情绪才能变得'微'。如果，实验室里的被试第一步真的被激怒了，那么是什么动力让他采取自我抑制的行为？掩饰行为是要有趋利避害的动机的。"

戴猛插话道："简单地说，实验室里的被试来配合做实验，第一，不会

---

[1] 表达不认同。

真生气；第二，一旦真生气了，就不可能自己再压下去。"

其实，这两个问题华生之前也是想过的，没想到对面这个"电视明星"也和自己想的一样。

他并没有认输，而是追问道："就算实验不合理，至少那些学者还在努力想怎么去做更合理的实验，也没有出来干别的。论文发出来也是为了让大家一起思考评判。您上电视和这个有关系吗？"

这是很明显的鄙视性挑衅了。姜振宇看了看戴猛，华生说不清他脸上是什么表情。

停顿了几秒钟，姜振宇看着华生的眼睛说："我并不认为那些论文发表出来是真心为讨论的，很多论文是用来跑马圈地评职称的，国内外皆然。如果一个学者注重自己的研究，尤其是注重自己研究结论的生态效度，那么现在刊登出来的很多论文根本就不会出来见人。连实验研究的素材都是假的，甚至都无法清晰定义，那这些论文真的有讨论价值吗？假设，我用玉米面喂小白鼠吃，给一堆数据发论文说是为了研究某种抗生素的药效，然后讲'反正是供大家讨论的，发出来就比没有强'，这能行吗？"

讲到这些话的时候，这位平常淡定和呆萌的电视明星眼睛里闪了一下光，音量提高，语速变快，整个身体强势前倾了一下。

不过，这些变化只有短短的一瞬间。

华生看到了，知道这是愤怒情绪的轻微表现，当事人已经很克制了。**愤怒并不一定要打人骂人，它的核心诉求是取胜。**

姜振宇缓缓地调整了一下呼吸，解释道："真搞研究，就得解决研究素材的这个问题：什么人能有真实的情绪产生，产生之后还必须得压抑着？没有解决这个问题的所有研究都是要流氓。哈哈！"

可能是意识到自己之前的"失态"，他用了一个并不好笑的笑话试图缓解尴尬。

华生从心底里是认同这个观点的，他问道："哦？您说的好像很有道理，那么您是怎么研究的呢？"

姜振宇似乎一直在等着回答这个问题，眼睛一亮，身体明显趋前，说道："我做两种极端的研究。一个极端样本库是刑事犯罪嫌疑人，因为他们在讯问的过程中是真的有情绪，但又必须掩饰自己的本意，做出各种表演和伪装，一旦失败就是牢狱之灾。"

华生点点头，表示希望继续听。

姜振宇接着说："另外一个极端样本库就是这个电视节目。"

华生心里本来还比较认同他的说法，但听到这句话，心里的鄙视瞬间提升。"借口！"他心里暗道。

姜振宇看到他表情里根本掩饰不住的轻蔑和厌恶，淡淡一笑，说道："知道你不相信，你也不是第一个。我没有开玩笑。在案件中，说谎是被规则禁止的事情，而在节目里，说谎是个被鼓励的事情，取胜的结果不是像嫌疑人那样规避惩罚，而是获得某种'荣誉'，比如'表现好'或者'聪明'等。参加节目的人，为了在电视前有好的表现，会非常用心地设计说谎的方式和内容，甚至会研究我的分析方法。**更重要的是，他们完全没有负罪感和内心的压力**，甚至可以认为他们都是带着挑战的心态来玩的。就是这个最基本的区别，让我来参加节目的。"

戴猛看华生还在不断地复核自己听到的东西，一时之间反应不过来，就代姜振宇说："两者的区别在于：动机方面，一个趋利，一个避害；心态方面，一个被迫无奈压力巨大，一个积极主动挑衅张扬。"

姜振宇点头道："是的。我的小组把这两个极端样本库分别称为'黑极端'和'白极端'。罪案是黑色极端，能够研究人在最紧张的情况下、最严密的掩饰之下所流露出来的'微反应'；节目是白色极端，能够研究人在没有压力的情况下，又做好了最充分准备后，所流露出来的'微反应'。两个样本库的反应形态都一定非常微小，因为他们都希望做出最好的掩饰。而这两个研究情境，国内外还没有文献记载。"

戴猛接口道:"所以,姜老师就是全球微反应研究第一人。"说完,拍着姜振宇的肩膀哈哈大笑。

姜振宇也哈哈笑起来:"戴总,你少来啦!这种江湖称号有什么好争的?谁爱当第一就让他当去,这跟抢着发论文跑马圈地一样,都是争名夺利的事。我只是一名普通的科研工作者,排第几无所谓。但是,如果'黑极端'和'白极端'都让我研究明白了,嘿嘿,那么中间的其他反应破解起来就轻而易举了。说到底,我更关心研究出来的东西效度高不高。"

华生总觉得,就这么被说服了是一件让人不服气的事情,但是,一时之间却又挑不出什么毛病来。

其实,就像别人越是说"不要去想粉色的大象",你就越逃不开一定会去想一样,有"就这么被说服了是一件让人不服气的事情"的想法,是因为自己有可能已经被渐渐说服了。

人的思维,真的是特别有意思。

吃完饭到了电视台,看着姜振宇做发型、化妆、换衣服,准备登场,华生很纠结。他实在无法想象面前的这个人究竟是什么心态,这样的艺人模式和刚才那个淡定的学者模式,怎么也很难融合到一个人身上。

节目录制开始了。现场很热闹,尤其是老孟和老郭出场的时候,声浪特别震撼。这个时候,姜振宇和柳岩早就已经坐在他们的"专家"席上了。

7 高水平演员的微反应

开篇语:

就行为分析的对象而言,演员和官员是两大难点,因为他们道行深。但是,对于微反应而言则未必,因为微反应强调对刺激源的控制。

演技如真

华生自从认识了姜振宇,就接受了"看真人、看真事"的研究方法。但是,看的东西越多,疑问越多。以前学的理论都对,但用到人身上就分析不准,还远远不及姜老师录节目的正确率,既困惑又痛苦。

戴猛安慰他:"你要相信,痛苦之后会更上一层楼。那些没有机会体验这种痛苦的人,永远也不会比你懂得多。"

周末,戴猛打电话给华生:"我带你去看拍戏。"

难得戴猛叫他参加活动,还是看拍戏这样的有趣事,华生很感兴趣,问道:"什么戏?"

戴猛答:"老戏骨宁静静的新戏拍摄。"

华生对这个名字都不熟,顺口应道:"可是,我对她不感兴趣啊,太老了。现在流行的都是韩国欧巴和中国哥哥,那大长腿,姑娘们都喜欢!"

戴猛听出来他在开玩笑,笑道:"又不是让你去看美女帅哥!你不是问过我高水平表演到底能不能对抗微反应分析吗,今天带你去看看老戏骨的表演,学习一下。"

二人驱车来到位于郊区的片场。

当天拍摄的是室内苦情内心戏。屋子里富丽堂皇，即使遍地是道具、灯光、轨道和机器，仍然显得很宽敞。屋内的装饰都是民国风范，细腻而精致，工作人员虽然匆匆忙忙，但一切显得井然有序。光从剧组的组织水平就可以看得出，这部剧属于传说中的用心大制作。

二人到达的时候，导演正在给宁静静说戏，见到戴猛来了，停下手边的活儿，带着宁静静一起过来寒暄。四人见面彼此问候致意，倒也热闹。这是华生第一次见到"活"的大牌明星，虽然之前嘴里说些不服气的话，但一见到真人，立刻被她强大的气场所折服，变得恭谨而礼貌。

戴猛似乎颇受尊重，就连宁静静这样的大牌，见到他也是真高兴，而非客套。

真高兴的时候，除了笑容标准，身体的动作也会加快，变得敏捷而松弛，幅度也自然变大。**没有约束的话，愉悦情绪会影响全身的兴奋程度，而不仅仅会引发笑容。**

戴猛示意导演继续，自己领着华生坐到一旁不妨碍人的角落，安静地观察。

导演给演员强调说："这场戏没有台词，就是一个流泪镜头的特写，要把你心里面的委屈、怨恨、坚忍和大度混杂在一起表现出来，要让观众觉得你心里其实是不舍得，但为了大义必须忍痛包容，要让观众心疼你，让他们看了也跟着纠结。明白吗？"

华生暗暗咂舌，心说："这么多情绪混杂在一起，要用一个镜头表达，没有语言，怎么可能？"

宁静静闭上眼睛想了一会儿，抬头对导演说："给我两分钟时间，我们试试看。一条不成再来一条，最多就两条。"

导演没说话，竖起大拇指，随后大声对在场所有的人喊道："清场！闲杂人等都出去！各部门准备！"

现场瞬间一片安静，过了大概 5 分钟，宁静静睁开眼睛，示意可以开始了。与她配合的背影演员到位，随着导演一声令下，机器开始转动。

只见宁静静睁大眼睛注视着背影演员，双眸轻微地快速闪动了几下之后，眉头蹙起又放平，轻微抖动了两个来回，眼眶已经湿润。她上前一步，缓缓抱住背影演员，把脸贴在对方肩头，一边缓缓加力抱紧，一边用留给摄像机的一只眼睛茫然地望向前方。一颗晶莹的泪珠从这只眼睛的眼角滑落，嘴角的抿起抽搐几乎微不可见。

这10秒钟，对于所有人，尤其是华生来说，如同经历了一个小时那么长。直到导演大声兴奋地喊"咔"，华生才松了一口气，全场也似乎瞬间冰融。

随行人员立刻拿大衣将宁静静包裹起来，华生看到，刚刚还楚楚动人的悲切面容已经换上了得意的笑容。导演在一旁大加赞赏，不断称赞表演得非常完美饱满。

华生由衷赞叹道："的确功力深厚，精准到位，这么复杂的心情只通过10秒钟就展现得淋漓尽致，把内心的愁怨和理智的包容完美结合，那一滴眼泪简直绝了。"

戴猛道："高水平演员真是厉害。没想到是用控制眼泪的数量来一步到位的。等会儿我带你去跟她合影，你要表现得高端一点，别让人瞧不起。"

华生道："照相！不用了吧？"

也不等华生坚持，戴猛就带着他奔向了宁静静的保姆车。

也是普通人

听见敲门声后，宁静静见是戴猛，脸上迅速笑意盈盈，下车来跟戴猛握手。

戴猛拍拍车，不无艳羡地说道："又换保姆车了？最新款的呀！低调奢华又舒适，是你的风格！"

华生看到，宁静静的笑容中掩饰不住得意。

得意的笑容可能有两种，一种是眯着眼睛但嘴不张开，另外一种是标准的笑加上扬眉的动作。女演员是前面那种，自我抑制的得意。

戴猛介绍道："这是我老板朋友的侄子，刚从美国回来度假，非要见你，从小就是你的影迷。这不，今天见到你反而不好意思了。"

华生见戴猛竟然编造自己的身份，心里一阵暗笑，但既然已经明白了戴猛的意图，就干脆摆出一副纨绔子弟的样子，对宁静静又客气又巴结，很像个影迷，待人家同意合影后，便大咧咧地搂住宁静静肩头，在戴猛不停按动快门的过程中，还故意把脸贴上去。虽然第一次这么干，动作还挺熟练。

拍完照，戴猛朝着华生说道："你要是有资金，记得投给你的偶像啊！宁小姐可是票房灵药，投一部赚一部。哈哈！"

华生配合地点点头，认真对宁静静说："幸会！幸会！回头请您吃饭，单独聊聊新戏投资的事。"

尽管宁静静脸上闪现出一丝不悦，但还是非常有礼貌，道别后才转身回到自己的车上。远远地，听见关车门的声音很大。

两人离开片场后，找了家餐厅坐定，一边等餐一边聊天。

华生不等戴猛发言，先试探着问道："老板，这样骗人家会不会破坏你们的关系啊？"

戴猛笑笑说："她们每天会见到很多表示要投资的人，基本上只有非常靠谱的才会上心。我和导演很熟，和她仅仅是认识，不碍事。"

华生表示："那我就放心了。"

戴猛这才问道："怎么样？有什么感觉吗？"

华生道："我已经明白了，演员只在戏中厉害，不拍戏的时候，比普通人更容易有情绪波动。"

戴猛觉得还真是有点意外："哟！说说看。"

华生便回忆道："您夸她的车的时候，她其实一下就流露出得意了。表面上表示谦虚，但微笑时眼睛眯起，嘴却尽力抿着，典型的自我抑制的得意表现。"

戴猛问："知道那车多少钱吗？"

华生道："不知道。怎么了？"

戴猛道："那车顶配大概 70 万人民币，算不上最好的保姆车，但里面的一些功能和装饰别出心裁。她的认同，来自我的评价——'低调奢华又舒适，是你的风格'。"

华生道："明白！刺激源生效！"

戴猛继续问道："然后呢？照相的时候什么感觉？"

华生回忆道："她听说我是你'老板朋友的侄子'时，盯着我看了两秒钟，看不出什么表情，但这是今天她正眼看我时间最长的时候，其他时间的视线顶多是从我脸上一扫而过。我搂着她肩膀的时候，她有轻微的抵抗和疏离，而且这种感觉很明显，不是独立自尊的那种强硬，而是不情愿地厌恶逃离。"

戴猛拿出他们两个人的合影，放大面部表情给华生看。华生仔细一看，发现宁静静尽管看起来是笑，但笑容里有纠结，轻微皱眉，两边嘴角微微向下并抿嘴，眼睛保持平常态，没有眼轮匝肌的收缩。这是典型的不情愿的笑容，和肢体反应一致，都属于厌恶。

演员的破绽

戴猛说："这就是我想告诉你的。虽然实验简单，但一切都是在真实的情境中捕捉到的真实反应。即使是高水平的演员，私下里也会有情绪反应。好的演员，是经过解放天性、情绪调动和标准表演培训出来的高手，可以根据剧情迅速由内而外地调动自己的情绪，并以无懈可击的表情和肢体动作表达出来。有的演员甚至会入戏一段时间，沉浸到角色所需要的故事、规则、心态和抉择中，需要好长时间专门的调节才能恢复正常心态和生活。但是，这些精致准确的表演是需要苛刻条件的：宏观层面，他们首先要了解剧情，也就是了解一件事的前因后果和利弊取舍，要了解自己角色的处境和判断；其次，要有好的对手演员做铺垫和配合；再次，要有好的现场条件，不能有人干扰捣乱，还要有安全自信的心态，剧组里导演、化妆师、服装师、灯光、摄像甚至小工，都得尊敬着；

最后，钱要给足，饭要吃好，不能照顾不周。这么多条件，才有可能表演到位没有破绽，现实生活中其实很难达到。微观层面上，如果在酝酿情绪的过程中加以干扰，很容易破坏他们的全部表演。"

华生道："所以，总结成一句话就是，即使是非常专业的演员，也是在允许和支持他好好表演的条件下才能演得好，一旦不支持、不允许，甚至干扰他们，他们也无能为力了。"

戴猛竖个大拇指，继续道："对的。都说演员难判断，那是对着屏幕难判断，就像我们之前看广告里的演员和总统一样。如果面对面，只要我们掌握了对话的主导权，能够实施有效的刺激源，那再好的演员也会成为普通人。因为他们没有剧本，没有心态，不能按既定方案来表演，也很难专心酝酿情绪。更何况，他们还要考虑现实中的利弊得失，考虑人情世故，会随着刺激源产生普通人所会有的各种情绪。"

华生理解得很透彻，频频点头，暗自记在心中。

戴猛继续解释："刚刚，我还算是她的熟人，你的身份也算是'富贵阶层'，而且还表示有意投资，这些良好的基础，也没能让她'表演'出完全的积极愉悦，为什么？因为她不愿意被你搂住照相，那种感受对她而言意味着不尊重；对所谓的'投资'，她的经验也告诉她并不可信。所以，顶级的演员不是随时都想演，想演也不是随时都能演得像。最重要的是，复杂的情况会让人根本不知道怎么演才对，何况还有我们的刺激源进行干扰和控制呢。她想演高兴，你给悲伤的刺激源，她刚刚跟上来准备好悲伤，你又转而给出厌恶类的刺激源，再好的演员也跟不上。表演技巧相对于人类的情绪反应而言，是很弱小的。"

华生听得很明白，连连点头，追问道："那官员呢？"

官员的难题

说实话，戴猛并没有想到华生会跳跃到下一个重要问题，他不由得盯着华生看了好一阵，眼神慢慢从惊讶变成了充满笑意。那笑，既是默契的笑，也是赞许的笑。

戴猛答道："在微反应的分析对象中，有两座需要攀登的高峰。第一座是演员，如果给他们充分的准备空间，他们会把表情和动作拿捏到最合理的状态，很难看出真假。好在刺激源在我们手里，情绪的变化由不得他们，也没有人能连续不断地按照最'合理'的逻辑来改变情绪，这是人类的生理障碍。攀登这座高峰，重点在于对刺激源的掌控。其实并不算难，因为毕竟演员还会有反应，反应越多，破绽越多。第二座高峰是官员，目前为止还不能算是完全登顶。"

说到这里，戴猛的眼睛变成了铁灰色，望向窗外远方的山脉，停留了很久。

华生虽不知道他在想什么，但知道这时候应该安静，就低头喝着自己的水。

深思了一会儿，戴猛才转过头来，意味深长地对华生讲："你会有机会见到官员的微反应的，而且如果你进步得快，这日子也许会很快到来。"

戴猛知道这个话题引发了小伙子极大的兴趣，就接着解释道："官员们和演员们有相通之处。很多情境下，他们都是在演，而且基本是准备充分的表演，比如公开发言、会议讲话，甚至是争吵和辩论也都有可能是没有情绪的全理智行为。官员们的表演比演员的简单，因为不要求声情并茂地感动人、取信于人，他们只要保证不被否定就好，而演员需要被肯定。这样的情境下，可能有三点困难之处。一是他们准备得很充分。好的演员性人格的官员，可能表演得非常到位，难以挑剔。二是他们的表演标准简单。即便当事官员不擅长表演，但因为在他们的游戏规则里，只要一副扑克脸就可以应付所有状况，所以可以用平静的心态和控制自己来应对分析。第三，也是终极难题，在这些情境下，我们并不能掌握对话的主动权和控制权，没有办法实施刺激源引发他们的情绪反应，当然也就没有办法进行微反应分析。"

华生听到如此抽丝剥茧的分析，心中对微反应分析体系的理解有种推倒多米诺骨牌般的感受，很多问题一下子就通透了，眼睛不由得放出了亮光[1]。

戴猛最后解释道："官员们在自己能掌控的势力范围之外，还会经常处于另外三种情境当中。第一种是对上级，第二种是对平级。这两种情境当中，如果存在利弊得失的刺激源，官员们会出现情绪反应，比如被上级批评或表扬，升迁或贬黜，与平级之间的合作或较量，打压或吹捧彼此等。很可惜，作为普通人，我们并没有机会亲眼见到并记录这些表现。"

华生听到这里，内心也觉得有点发愁。

他想戴猛说得也是，如果分析人员不是官员，怎能见到平级和下级的真实表现？而如果已经是官员了，除了个人爱好，谁会苦哈哈地去研究各种表现呢？再说，就算沉浸于察言观色的研究，也绝对难以避免出现主观偏差。因为那些能引起情绪波动的事情，肯定都和自己的利害相关，只有身处其中，才能看得到因为利益纷争而产生的情绪反应。这时候，是动用技术和逻辑理性分析，还是按照游戏规则触发的本能直觉反应？这恐怕是个无解的问题。

戴猛看了华生一眼，说："不过，还有第三种情境。"两个人的目光一碰，戴猛就知道华生已经想到了，于是满意地笑笑，继续道，"官员还会面对司法机关。如果他们犯了罪，或者违反了内部纪律，他们就要接受调查。这些情境下官员的表现是有记录的。"

华生应道："就像其他犯罪嫌疑人一样，在接受调查的时候，按照国家有关法律规定，要有同步录音录像，防止侦查人员进行刑讯逼供，同时也是具有一定效力的诉讼证据。"

戴猛说道："对！就是这样！这种情境，恐怕是最真实的刺激源和反应集中产生的平台。对于官员来讲，政治前途和身家性命在此一搏，不能输。也正

---

[1] 眼睛放出亮光，是行为人的两种物理表现给观察人带来的感觉，第一是眼睑提升，眼睛睁大后，光线能够得到更多的眼球反射，会让人感觉变亮；第二是视线关注提升，行为人会盯着某一个目标看较长时间，这种稳定的视线容易引起观察人的注意。

因为此，刺激源背后所代表的利弊得失太强烈了。对办案机关来讲，法律的正义感和使命都要求他们不能输，调集智慧和力量尽职尽责地完成侦查工作。双方之间的博弈，不是普通人能体会到的。处在这种情境中的官员，有自己的优势，也有自己的劣势。"

华生打断道："劣势我大概能知道，比如行动上和时间上是受控的，再比如心理上因为要逃避侦查而有天然的畏惧感，又比如说谎说多了也会有生物性的愧疚感，而且是个人对抗团队，等等。他们的优势在哪里？"

戴猛道："优势在于准备充分。每个官员从第一次决定违纪犯法起，就开始在内心不间断地编制解决方案，他们试图通过每一天的行为和思路把自己犯过的罪掩饰起来，或者合理化处理，或者销赃灭迹。就案情而言，最熟悉的只有当事人本人，其他相关人员和侦查人员，有的时候只能拿到支离破碎的信息。从这一点上来讲，官员本人的优势绝对明显。另外，你刚才说他们的劣势在于逃避侦查的畏惧感和因说谎引起的生物性愧疚感，这是对的。但是，因为日日磨炼，他们的心理素质好得很，面对常规的刺激问题，他们心中可能已经想过无数遍应对策略。所以，往往在一些关键问题上，他们能够对答如流、理直气壮或沉着镇定。官员们对案情的熟知和对心理防卫的提前准备，是我们必须面临也必须迈过的门槛，这道门槛很高啊！"

华生皱起眉头，道："理论上，博弈的双方，如果一方对已经发生的信息全部知晓，又对可能发生的状况也全部知晓，再做出充分准备，那这棋就没法下了，必然一边倒啊！怎么破？"

戴猛扑哧一笑，回答道："你自己刚才都说了，怎么这会儿又做出一副愁苦的无奈状？你再多看看，多学学，等有机会，带你看看实际案例，你自己来给答案。"

8 第一次见识"提审"

开篇语：

终于，华生见到了传说中的"提审"。

大案终于来了

华生在公司里工作了一段时间，进步非常大，戴猛也对他的状态很满意。

一天早晨，华生刚到公司，就被戴猛叫到办公室。

华生一进屋，戴猛向他介绍公司总部领导，分管人力资源的总裁助理劳辛加。劳总的眼睛一直盯着华生看，不知道为什么，让华生感觉到有进攻性。对，不是威严，是进攻性。

戴猛又向劳总介绍华生，称他是新晋优秀员工，做事情很得体。据华生观察，劳总虽然是戴猛的上级，但目光看到戴猛的时候，还是以平和为主。只是眼光一旦聚焦在华生身上，就又变得犀利了。

华生看到这种变化，心里明白了：故意的。这不是习惯基线。

戴猛说："劳总要带我去内审部看个案子，我申请带上你一起。还不赶快谢谢劳总！"

华生赶忙表示感谢，虽然还不知道究竟发生了什么。

劳总客套地点点头，说道："本来依着我，没必要劳你大驾。无奈，大老板亲自吩咐的，让你亲自跟进那个案子。今天是第一次，肯定要我带你过去对接的。至于后面怎么跟进，总部相信你的能力。带上个小朋友学习没问题，我相信你的眼光。"

华生细听之下，这两个主语的切换非常精妙，知道劳总是高人。让他感兴趣的是，总部领导督办的案子，应该级别很高。这让他很兴奋，期待已久的机会终于来了。

案件的难度

三人一起来到内审部，劳总和内审部部长进行了简单的交接，介绍了戴、张二人并说明来意，当即开始请部长介绍案情。

部长介绍案情的语言很朴实："这次涉案的对象黄敏是我们公司在南美洲的一把手，他涉嫌将公司的机密信息出卖给竞争对手。主要的依据有三个：一是近期的文件监控记录显示，他访问公司机密信息的频率异常，而且登录时间也明显加长；二是他曾经违反公司规定，把部分资料硬盘带回住所，因为是一把手，没有人阻止，但是有登记记录；三是最近他结婚了，买了海边别墅和豪华越野车。"

劳总问："最后一条怎么回事？也算是调查依据？"

部长应答道："如果仅仅按照收入来计算，倒也不太离谱。但关键的问题是，他的老婆之前也在我们公司上班，去年正是因为将公司信息出售给竞争对手而被开除了，那个案子证据确凿。如果这次确认他出卖了公司信息，这是很严重的关联案件。"

四人一阵沉默。

说实话，华生觉得每一条所谓的依据都模棱两可，黑向白向都能解释得通。大概劳总也觉得目前的状况比较棘手，他扭头对戴猛说："戴总，你觉得呢？"

戴猛答道："如果目前只有这些'证据'，让当事人承认自己做了什么对不起公司的事情，的确有一定难度。但为了公司的安全，应当未雨绸缪。"

劳总点头，说道："我也是这意思。你们辛苦了，有进展后戴总随时向我汇报。不论是否确定，我们还是要以此为契机，完善一下公司的风险防范机制。

你们忙吧，我下午飞香港，有情况随时可以打电话给我。"

劳总一走，内审部部长就安排戴猛和华生在谈话监控室就座。对这个房屋，戴猛是很熟悉的，因为当初设立谈话室的时候，就是戴猛建议把一间房屋一分为二，中间用监控幕墙隔开，幕墙可以通过开关改变单向/双向通视。这是当初公司在参观了美国、英国、德国和日本的司法机关的办案室之后模仿建成的，硬件水平好过国内很多基层司法机关。

幕墙的另一头，两名内审部的工作人员正在准备谈话用的各种资料。看来，黄敏还没到。

戴猛似乎是在自言自语，又似乎在嘱咐华生注意思路，他的视线穿过幕墙，娓娓说道："据目前的情况来看，主动权并不在办案一方。目前手里有的证据，都无法直接证明其有非法行为。虽然很可疑，但是只要调查对象给出某种合理解释，就相当于我们的牌打完了。而且，案情并不复杂，他很有可能做好了应对准备，包括内审部掌握了什么情况，会问什么问题，他都已经在心里盘算过很多遍。否则，他也不敢大张旗鼓地结婚购房购车。"

华生道："让他承认，从目前看来的确很难，我还没想到好的办法。"

戴猛缓慢地点点头，表情有点凝重，说道："我们公司内部调查，不同于国家司法机关。他们依据法律，有很多侦查权限，比如对嫌疑人的时间和空间约束，要求银行等相关机构配合取证，运用逐层升级的法律制裁手段。而公司的调查就是二分结果：有过硬证据证明事实，或者调查对象心理素质不好自己承认了，那就按公司章程处理；没有办法证明，人家又不承认，我们一点办法也没有，只能调离、停职或者去职，也就是最大的'惩处'了，还得支付违约金。所以，被调查的人心里都不会有很大压力，除非是移送司法机关。"

华生是第一次接触这样的案子，似懂非懂地点了点头。

戴猛继续说道："但对我们来说，这样的案子也有价值。我们可以看看双方的对抗策略，以及双方的反应，包括调查对象的防守策略和反应，也包括调查人员的进攻策略和问题准备。无论结果如何，多见见总是好的。你不必有压力。"

华生一愣，道："老板，我能有什么压力？我没有压力。"

戴猛笑笑，道："眉毛一直皱着，不是有压力是什么？"

绵里藏针的抵抗

正说话间，谈话室的门开了，透过玻璃幕墙可以看到一个中年男子从容地走了进来。进门后，只是对房间环境略作打量，就没有其他动作了，一脸的淡定。他应该就是黄敏。

两名内审部的工作人员立刻站立起来，其中一名还从桌子后面走出来，迎上前去主动和黄敏握手。那人道："黄总你好，请这边坐。"另一人也是一脸的笑意。

戴猛小声说道："这样的开场也对，也不对。过于礼貌殷勤，用在案情还不明朗的嫌疑人身上，是符合人情法理的。但是，这样的态度无异于直接告诉对方，'我们并没有十足把握拿下你'。否则，办案子的人自然会是另外一副面孔。"

华生在一旁点头，默默记录在自己的笔记本上。

隔壁间三人坐定后，先是按惯例做开场白和工作介绍，黄敏的反应就只有两个字——"平淡"。不但语言、表情平淡，就连坐姿也没有任何引人注目的地方，没有双腿分开的蛮霸，也没有跷二郎腿的傲慢，就是双腿正常地略微分开，双手搭在腹前，安静地聆听和回答。

戴猛小声说："这个初始基线很有意思，太平静了。**太平静其实是在控制。**完全没有做过亏心事的人，即便知道配合调查是最佳策略，也会出于对自己的保护而略显积极，甚至是轻微级别的愤怒，毕竟这是对自己的名誉、信任和利益的一种侵犯。完全不用力的平和表现，本质上是两个字——'控制'。除非，他的心里有更大的一盘棋。但是这种假设，不适用于当前的这个案子。"

华生听懂了，工工整整地记在笔记本上。

隔壁间的盘问开始了。

内审的人问："据系统日志记录，你在去年 11 月至今年 3 月，用自己的账户访问公司的机密信息次数非常多，而且每次登录停留时间也都很长，最长的一次超过 40 分钟，最短的也有 7 分钟，你能解释一下这是为什么吗？"

黄敏的表情依旧平静，声音清晰但音量并不高地回答道："这是我工作职责的一部分。我的账户也有权限访问那些数据。作为南美洲分公司的负责人，我有权利在需要的时间了解公司的所有信息。这有什么问题吗？"

戴猛小声道："没有明显情绪变化。所解释的原因，都是搬出公司的规定来应对。除了最后一句反问略有进攻性，看不出什么异常。"

内审的人继续问："但是，在去年 11 月之前，你访问这些高密级数据的频率却非常低，停留时间也大多为 3—5 分钟。这种变化你怎么解释？近期的密集访问，对于南美洲分公司的工作，有什么实质性的作用吗？"

黄敏仍然没有变化，只是回答的语气变得冰冷："这位同事，你暂且不必着急。很多事情，并不是今天播种，明天就能收获的，公司的事情尤为如此。长短期战略目标的综合执行，不是都要像秘书的工作那样，今天做完明天就给领导用。我在这几个月内殚精竭虑地加班加点，所耗的心神还不都是为公司利益着想？难不成明天要和客户签合同，我今天才看资料做准备？近期登录得多，访问得久，这有什么奇怪的？你在怀疑我什么？"

戴猛一边听，一边自言自语道："他们这种提问的方法，表面上看是找到了疑点，升级、发力、加压，但其实是把主动权交给对方了。别说对方早已思虑周密，就是对方没有预先想到这些，在听完问题的 5 秒钟之内也能够找个理由给编圆了。加压升级不是这么用的。"他一边说，一边轻轻地摇摇头。

显然，黄敏的回答让内审部的人一怔，停在那里六七秒钟没说话。

戴猛扭头朝向华生，示意他看看办案人员的这种表现，说道："无论对方的抵抗是否成功和合理，如果还要继续问下去，就万不能出现这种长时间留白。

这样的表现无异于告诉被调查人，'你说得非常合理，我都没话说了，我输了这一局'。后面的工作会更加难办，因为黄敏的心理掌控感得到了增强。"

片刻之后，内审部的人只好转换到第二个问题："你为什么违反公司规定，把资料硬盘带回住所？公司有明文规定，任何人不许以任何借口把资料硬盘带离公司，这你怎么解释？"

黄敏第一次有了表情，他扑哧一声轻笑了一下，随即答道："我承认，这一点是我违规了。不过，第一，我登记了，第二天一早就归还了，也登记了，不是偷偷摸摸干的；第二，我已经连续三天在公司加班到凌晨了，你们也知道，临近结婚事多，家里的女人有意见，不得已我才违反了公司的规定。但是，说到底我是为公司辛苦卖命，同时还得哄好老婆。大家都不容易，可以理解吧？我的打卡记录，还有线上工作日志，都能证明我的加班时间，你们想必也调取了。这一点，我认错道歉，但希望这不是怪罪我的依据。"

华生暗中为黄敏竖起了大拇指，人情世故和道理规矩混杂在一起，还有证据作为支持，可以说是滴水不漏。

内审部的人没有再接话，因为也确实没有什么好接的。眼前这局面，要不就按照规定对带离硬盘的事情进行惩罚，要不就只能不了了之。

戴猛却徐徐说道："华生，其实仔细想一下的话，黄敏还是有破绽的，非常隐晦的破绽。他用'是不是偷偷摸摸'替换掉了'能不能带离'，用'家务事'遮挡了'带离硬盘之后干了什么'。这两个概念的替换非常容易就滑过去了，不显眼，但涉及核心利害关系的问题，一个也没有正面回答。再加上，结尾的时候那个反问句'可以理解吧'，貌似请求，实际上却是进攻。**最后，还要主动涉及证据的问题，那句'想必也调取了'，只能说明他的对抗预案做得非常充分**。移花接木、搅浑水，再加上充分的预案，这个人看来是真的有问题。"

每一句分析都直击华生的心，如同金石之声。华生不由得盯着戴猛看，想着这个人缜密得可怕。对手的言辞在自己听来就像拉家常一样平实，为什么到了戴猛的大脑里转了一圈，就能有如此犀利的见解？

与此同时，幕墙的另一面局势已经一边倒了，办案人员的气势明显弱了下来，而黄敏则跷起了二郎腿，上身惬意地倚在椅背上，只有脸上的平和没有变化。

办案人员按照既定的问题列表，提出了第三部分的问题，但从音量来判断，更加没有底气了。他说："听说你最近结婚了？"

黄敏眉毛一扬，但眼皮没有抬起来，反问道："这你们也感兴趣？"

办案人员尴尬地笑笑，答道："先表示恭喜。我们并不八卦，只是希望了解一下你结婚所购买的房子和车子，这些……"

黄敏再次笑笑，单侧的上嘴唇毫无拘束地扬了起来，一点也不掩饰内心的轻蔑，说道："谢谢你们，大家同喜！同事太多，没有请到你们两位，还请见谅。海边别墅200万美金，路虎揽胜越野车20万美金，其他七七八八的钱，还需要说明哪项？"

办案的人被逼问得有点窘迫，讪讪问道："你在公司的薪水，每年大概能有20万美金，这些钱……"

还不等黄敏回答，戴猛气得空砸了一下拳头，控制着声音说道："笨蛋，怎么能用这么个提问方式？倒像是自己干了亏心事一样。就算问题不好，也不能自己就先虚下来啊！越是烂的问题，越要义正词严地问，才好说明这是公事公办的中立态度。这种屌样，只能让对方觉得自己占了理，越发狂妄。从头到尾，对方一直占据强势！"

果然，黄敏把手往前一挥，似乎有点情绪地说道："你们有点脑子好不好，就我一个人挣钱吗？我们是新青年，不再讲只能男人挣钱，我爱人也有十几万美金的年薪好不好？就算我们两个人的钱不够，不能贷款吗？不能找双方的老爸老妈、亲戚朋友借点吗？你们通知我今天约谈，说是我经手的业务出了问题，现在问我这些问题，我有什么义务要跟你们一笔一笔讲清楚？那是我的家事！还有什么其他的问题吗？"

华生暗道："果然，提问人的软弱造就了被调查人的强势，而且瞬间就把一个很常规的收入问题转成了对他隐私的侵犯。这个错误犯得不应该，黄敏也的确不是省油的灯。"

幕墙另外一面的局势已经失控了。

当内审部的人提出核心问题"我们有理由怀疑你暗中将公司机密出售给竞争对手，获取不正当收益，所以请你来解释和配合调查"的时候，黄敏顺着刚才所营造的气势，表现得很不耐烦："原来是这样。那我只有一句话，我没有干过对不起公司的事情。你们想调查什么，我都会配合，但最后记得还我清白。如果有什么非议，还要请你们向我道歉。最后，我提醒你们，做出任何认定，都要有证据。如果没有证据，这件事在我这里永远不算完！"说完，竟然站起身来，径自要走。

精准打击

戴猛看他起身，连忙冲出监控室，推门进入谈话室，快步上前和黄敏握手并把他拉回到椅子上。戴猛盯着黄敏看了几秒钟，黄敏也诧异地盯着戴猛看了几秒钟。

在这短短的几秒钟当中，二人的思绪不知经过了多少翻滚。旋即，戴猛打破沉默，开口说道："黄敏，是吧？你先别着急。正如你所说，有证据证明你侵犯了公司利益，必然会有相应的结果；没有证据证明，也不会侵犯你的利益，没有谁是要故意整人。现在请你来配合调查，也是为了你好，把事情查清楚是最公平、公正、公开的方法。你刚刚的解释都属合理，所以你也没有什么理由冲他们发火。大家都是为公司办事的，消消气。"

这番话语速缓慢，音调平和，就如同两个多年好友饮茶谈心，但偏偏每个字又都透着机锋。黄敏似乎被戴猛的这番话瞬间浇灭了怒火，恢复了最初平静的样子。

停顿片刻，戴猛补充道："我只有一个问题。"

黄敏警惕地眨眨眼睛问道："你是？"

戴猛自我介绍道："人力资源部总监，戴猛。"

黄敏视线下垂，片刻又抬起问道："什么问题？你问吧。"

戴猛斟酌了一下，用低沉的声音一字一句地问道："因为加班把硬盘拿回住所，虽然违反了公司规定，但你的说辞也还能解释得通。可是，为什么经过技术鉴定，硬盘有被复制过的痕迹？"

此言一出，在场所有的人都怔住了，包括在监控室的华生。华生想的是，案情介绍里没有这个信息啊，戴猛怎么知道的？

却见黄敏猛地握紧了拳头，眼神恶狠狠地盯着戴猛看，似乎要把火烧到他的脸上。随即他全身上下一阵发抖，就连脸上的肌肉也控制不住地颤抖起来。过了良久，他突然哈哈大笑："那又怎么样！我知道这屋子里到处都是监控，我是不会亲口承认什么的。我为这公司卖命干了10年，我的付出和回报成正比吗？我本打算踏踏实实地将就下去，没想到你们竟然开除了我老婆。呵呵，我早就想好了，大不了不干了！此处不留爷，自有留爷处。"说罢，他竟真的推开椅子，起身走了。

戴猛也没有追，只是告诉办案子的人："你们把情况和录像整理一下，报给你们部长。公司会开会决定处理结果。如果不移交司法机关的话，公司就要动手防范泄露机密的风险了。人，断然不能留，更重要的是竞争对手拿到了数据，后面怎么才能规避伤害。"内审部的两个同事慌忙点着头一句一句应了下来。

高级理念

吃饭的时候，华生对戴猛说："老板，你真厉害，一个问题就解决战斗了。他们办案子的人难道不知道硬盘被复制了吗？"

戴猛神秘一笑，贴近华生的耳边悄悄道："我也不知道。我是蒙的。"

这下，华生是真蒙了，喃喃重复道："蒙的？那这也太冒险了。万一没有这回事怎么办？"

戴猛解释道："你说得没错，是太冒险了。如果放在司法讯问中，这个提问涉嫌违规。不过，公司内部谈话则关系不大，而且我们都知道，这案子结果本来就很渺茫，即便是真的拷贝了，也很难证明黄敏就出卖过这些机密信息。也正因为这样，我才敢诈一下。"

华生还是很难接受这种剑走偏锋的方法，刚要问戴猛是怎么想到的，马上就在心里暗骂自己笨，要卖数据当然要拷贝了，难道还用笔和纸抄写吗？于是，便静静地听戴猛继续说。

戴猛接着解释道："我也是被他们的提问方法刺激得够呛，忍无可忍了。要卖数据，当然先要拷贝，所以发生这件事的可能性非常之大，要不然也没必要违规把硬盘带回家去。索性我就按照常理来模拟还原作案过程。黄敏毕竟不是技术出身，百密一疏也未可知。**他对前面的问题回应得都太理性了，本来局势也对我们不利，所以我想，只有先激起他的情绪，才有可能突破**。这不，一个有效刺激抛出去，他立刻就全盘崩溃。最后这个结果，我也没有想到，主要是运气成分大了些。"

华生喜欢戴猛这种中肯的评价，对他竖起一个大拇指。

戴猛看到大拇指，生怕误导了华生，补充道："你不要太过重视这种技巧，毕竟是阴谋为本，上不了台面。这次带你观摩本案，原想是给你看个好案例，看看是不是有刺激源就一定会有应激情绪反应。"

华生明白了戴猛的意图，不由得皱起了眉毛，思考戴猛刚刚所说的问题。

戴猛在等，等华生的理解。

华生大致梳理了一下思路，一条一条回答道："依本案看来，明显可以分成两个阶段。之前的对话，双方实力很不均衡，虽然办案子的人问的都是重要问题，但黄敏没有表现出任何异常反应。我觉得是他准备充分，对方要提问的问题早已在他的应对预案之中。这个阶段，说明**即使问题很重要，对方有准备的话，也可能防范得丝毫没有破绽**。但您后来的一个刺激源，是他没有想到防范和解释的，所以一下子扎到了软肋上。**他本来就对公司有不满情绪，之前一**

直属于用理性策略控制行为，但因为发现可能有破绽无法挽回，就破罐子破摔起来，随即失去抵抗能力。不知我的思路是不是对头？"

戴猛赞许地点点头，认可道："正是这样。心理应激微反应的体系中，刺激源是一切的基础，没有刺激源的表现是一定不能分析的。但是，有刺激源不一定就能带来有价值的反应。今天我们看到的案例，刺激源虽然包括了重要信息，但正如下棋一样，你的每一步都在对手预料之中，对方自然可以轻松应对。没反应也好，假反应也罢，都是对手理智的表现，故意误导你的。这些表现也不能分析，否则就掉进陷阱，越陷越深。**只有刺激源有效，才能诱发对方的情绪反应，从而穿破他的'壳'，把真实的主观认知表现给你看，这些才有分析价值。**"

华生关心地问道："那如果刺激源抛出去，对方给了反应，应该如何判断是假反应还是情绪反应呢？"

戴猛笑道："好问题！我自觉还未能完全找到这个问题的答案，但目前可以提供的策略是三个字——'看通篇'。"

华生一歪头，眉毛皱得更紧了，对这种高度概括的策略，表示实在不能理解。

戴猛耐心解释道："有的时候，对手准备得好，可以把好多问题都列入他们的对抗计划之中，然后一条一条做好准备演戏撒谎，试图误导我们。但我们不能让他们这么舒服地回答问题，我们可以化整为零、打乱顺序，把那些他们准备好的应对策略也一并打散。对手一看，题和题之间好像没什么关联，就必然要一道一道地分析'这个题应该怎么答才合理'。**一有'应该'这两字的思维干扰，再加上每道题都现场应变，他们的表现必然异常。**思维负荷的急剧增加，必然会导致破绽产生。这也是为什么反贪局审讯中大多数嫌疑人都会采取保守策略。他们不敢演得太过，因为这道题演爽了，下一道可能就傻眼了。对他们来说，问题之间没有关联，是乱的，但对我们来说，等全部问题都问完，我们会还原之前的顺序，就能清晰地看到对手拙劣的伪装了。"

戴猛这段说得太长，华生似懂非懂，问道："也就是说，控制好题目的内容和顺序，就可以诱发对方的情绪反应？"

戴猛说:"对。就像上次你看到的那个演员一样。表演的成本其实是很高的,只要我们能用适当的问题控制好对方,对手就没有那么完整的表演空间,而且越往后,表演的空间就会越小。"

华生激动地一拍桌子,大声道:"那怎么才能设计好问题呢?"

戴猛被他吓了一跳,扭头看看周围人异样的目光,压低身体同时也压低声音:"这个案子肯定还没完。**接下来,你可以留心学习设计问题了。**"[1]

---

[1] 对于读者来说也一样,前面的 8 章,重点在于观察和分析的技术;后面的 4 章,重点在于设置刺激源,也就是怎么提问题,怎么用语言引导,怎么影响和控制对方的思路。

9 风雷隐隐

开篇语：

人们只会厌恶自己看不上的东西。

空降新领导

黄敏的案子，悄无声息地内部处理了。根据戴猛的指导，技术部门证实了硬盘的确有被复制的痕迹，内审部以此为依据跟黄敏谈判，他也知道再搅和下去，公司可能会行动升级，把他送到司法机关，那时就对他大大不利了。于是，黄敏自己提了辞职，也没要公司的任何补偿，一走了之。

戴猛的工作却没有停下来，他细细查看了黄敏的岗位变动，发现黄敏竟然是劳总派遣到南美洲去的，经办人是自己的副手薇总，那时自己还没在人力资源部。这个发现让戴猛心里有了疑虑，查证了更多的信息，最终算是心里有了数。

没过几天，薇总也被内审部调查。这次，劳总没有出面，戴猛也没有出面，但实打实的证据太多了，薇总直接被公司辞退处理。人力资源部目送着这位美女高管离开的时候，戴猛已经在思考下一步的计划了。

过了几天，华生刚一上班就接到戴猛通知："刚接到集团总部通知，今天上午接替薇总的副总来上任，人力资源部全体参加会议，10点开始，你做记录。"

华生一怔，暗道："怎么这么突然？啥都没准备呢。"不过，看样子戴猛之前也不知道。这种局面，说明今天的情况不简单。

华生立即开始在人力资源系统上准备各种会议材料，发通知，安排会议室。一直到距离开会还有不到15分钟的时候，华生才喘了口气。新来的大学生肖依凑过来低声问道："华生哥，听说新来了个女领导？给透露透露呗。看你忙活一早晨了，一直不敢打扰你。"

看着肖依八卦的样子，华生就在心里顽皮了一下，故意道："新领导资料我都打印好了，一会儿开会你能看到，据说战绩卓越，升职飞速，应该很能干。另外，我听说她有个外号，非常特别。"

肖依扬了扬眉，眼睛一转，讨好道："什么外号？"

华生也干脆神秘起来，在肖依耳边轻轻说道："古道白玉柱，热肠紫金梁。"

肖依听着觉得有点奇怪，吐槽道："这什么外号，跟武侠小说似的。难道是个女汉子？"

华生道："我也不懂，你觉得呢？"

肖依抿着嘴一笑，说道："这外号是不是夸人我可不懂。要是能和薇总一样能干就行，那样会很省心。也不知道薇总为啥突然就辞职了。"

华生正色道："薇总是被辞退的，不是主动辞职。"

肖依鼻子一翘，眯起眼睛说："行行行，你说的都对。"

惊人的气势

10点钟，所有人力资源部的员工都已经聚齐在会议室了。大家三三两两地谈论着前几天薇总被内审部"请"走时的场景，不过没有人明白到底为什么。今天通知说是介绍新副总，而且也是个美女，大家就产生了更多的猜测和联想。

可是，新领导和戴猛迟到了十几分钟才出现。人未到，一阵香风先吹进了会议室。这个味道太过浓烈，一下子让华生想起了那天晚上在夜店的时候，和戴猛一起见识过的"黑孔雀"。

接着，高跟鞋的声音清晰地传入所有人的耳朵，引得大家一致将目光投向门口。一个女人扭动着胯部，走着"一"字直线就进来了，戴猛跟在她身后。

玉米穗烫的齐肩发，头顶绾起一个发髻。一身淡粉色的套裙包裹在身上，裙子很短，领口很低，竟然还穿着大网眼的黑色丝袜。衣服倒是奢侈品牌当季新品，但这一身装扮，包括这个味道，怎么看怎么让人觉得刺眼。[1]

会议室里好几个男职员的眼睛一直牢牢黏在她身上，不确定这种吸引力是来自视觉刺激，还是来自联想空间。女员工中也有一直盯着看的，但更多的是看了两眼之后就低下头，脸上满是困惑——这装束不符合公司规定啊！

肖依把头略微侧过来，用很轻的声音对华生道："一身的 Prada 啊！连那个发卡也是。"华生看她表情，眉毛高扬，眼睛睁大，嘴角也在微微上扬，毫不掩饰地表达了惊讶和羡慕。当然，华生知道，肖依这种年龄的女孩，看见 Prada 这种昂贵的牌子，都会表示羡慕的。小孩子不懂事，以为"贵"就是好。好在，不是所有人都是这个品位。

华生没说话，朝着肖依扬了扬眉[2]。

会议室里的嗡嗡声逐渐没有了，静悄悄的，偶尔传来一两声清嗓子的声音。

戴猛把她让到次席，自己在主位坐定后，开口介绍道："各位，这是人力资源部的新任副总监 Cynthia，从今天起将和我们并肩作战。"

所有人都很配合地鼓起掌来[3]。

Cynthia 等到掌声结束，才抿嘴一笑，自我介绍道："各位同事，你们好！我是 Cynthia，在美国联合大学管理专业读的硕士，这次能来和戴总搭档，非常荣幸。"说到这里，竟然给戴猛抛了一个媚眼。

华生特意看看戴猛的反应，还好，一副老僧入定的样子，估计心里有数。

Cynthia 继续说道："我毕业后直接入职公司，到今年已经有 4 年了。春光

---

[1] 一个人的日常穿着仪容，尤其是重要场合的穿着仪容，能够体现其自我定位，以及他希望传达出来的信息，是庄重、时尚、干净、智慧，还是土豪。因此，分析一个人的着装仪容，可以推知他的自我定位，这对于判断他在其他事情上的行为动机会有很多帮助。

[2] 扬眉的动作表示"强势表达"。在讲话的同时扬眉，说明了行为人的自信或积极诉求，但和真话假话没有必然关系。单独使用的时候，常用于表达默契，比如"你看，我说得没错吧"，或者"你懂的"。

[3] 鼓掌，常见社交礼仪之一，可以起到活跃气氛的作用，也用于表达对某些言行的回应。如果情绪真的激动，会连鼓掌带喊叫地制造噪声。通过别人鼓掌的频率和力度，可以判断他的热情程度。需要注意的是，有的时候鼓掌仅仅是流程，万万不可当真，从而产生自我满足的感觉。

无限好，怎奈不等人。对于一个女人来讲，一生一共也没有几个4年，所以大家也应该想到这一点，更要做好自己的本职工作，不要让自己的青春虚度，也不要让公司等待你们成长。"一段话里，有几次轻微延迟和犹豫，有几次气息失调、音量不稳。

华生一下就明白了，这是背词的表现。

华生不喜欢这种风格。不谈具体问题，而是用赋、比、兴的修辞，讲一些貌似文学气息非常浓厚的话，通常有三种可能：一是有感而发，但这需要发生在大事件之后；二是隐藏真意，希望能懂的人懂，其他人听不懂；还有一种就是矫揉造作，不想好好说话。但无论哪一种，如果说话的人心态稳定，都不会气息失调、音量不稳。矫揉造作的文学青年，还是假装的，这实在是世间最该鄙视的行为。为啥公司会派这样的人来当领导呢？

正思考着，手机振动。他拿出来一看，是肖依发来的信息："我终于看到简历了。3年时间挪了5次，升职一次比一次快。华生哥，这是因为她的外号'古道白玉柱，热肠紫金梁'吗？这外号究竟什么意思啊？"

正在讲话的Cynthia突然发飙，她冲华生发难道："那个谁！你叫什么名字？开会的时候不能玩手机，你知道吗？今天我刚到任，第一次跟大家见面，不希望有什么不愉快和误解。我希望你能尽好自己的本分。"

华生放下手机，讪讪笑笑，表达自己的歉意。

没想到，Cynthia又转头指向肖依，训斥道："还有那个女生，你又是谁？别以为我没看见，你刚才不听我说话，摆弄手机干什么呢？这么不认真，嬉皮笑脸的，是不打算好好干了吗？不管以前怎么样，我既然得到集团信任，来到这里，大家就得规矩起来，我管理的部门不能有垃圾！"

这一大串轰炸，把包括戴猛在内的在场所有人都包进去了。人人心里一阵腻歪，不约而同地互相看了看，没明白这女人怎么突然就翻脸了，又为什么急着来下马威。

气氛一阵尴尬。

倒是戴猛，跟没听见一样，没有表情的变化，也没作声，等着Cynthia完成她的发言。

戴猛的布局

不知道是谁没有忍住，扑哧轻笑了一声。在一片安静肃穆中，这声笑显得异常清晰。

再看Cynthia的脸上，已经杏眼圆睁了。她大声吼道："刚才是谁在笑？干什么？不服是吗？我是总部派来的新总监，第一次开会你们就笑我，什么意思？刚才是谁？有胆做，没种认？戴总，我还不清楚情况，你把刚才那人的名字记下来告诉我，会后处理，降职一级，今天就生效。这样没有素质的垃圾员工，如果不是我脾气好，早就直接开除了！"

这一下引起了轩然大波，谁也没想到这位新来的副总监——尽管她有意无意地省略掉了"副"字——竟然第一次见面就把尚不认识的员工降级了！

华生知道，心里虚的人越是想确立权威，越禁不起鄙视。本来不会这么不堪，但这位大姐恰恰是什么都占了：野鸡大学，不清不楚的升职，集团空降到岗，急于树立威信，再加上一个轻蔑的笑声刺激，瞬间那点可怜的素质全部耗光，愤怒是必然的结果。轻蔑引发愤怒，在这种浅薄的人身上，特别容易生效。

戴猛此时必须说话了："Cynthia，不好意思，会议纪律的问题，我们今后强调一下。今天的这个会，主要是把你介绍给大家。调整员工职级的手续，我们会后按规定走流程。"

戴猛的话软中带硬，Cynthia再笨也能听明白，只好不满地瞟了戴猛一眼，转过头来准备继续发言。这时有人举手表示要发言，手举得很高，态度非常积极。这个举动让Cynthia以为找到了台阶，满意地点头说道："不好意思大家，刚才是我有点着急了，人力资源部在戴总的领导下，显然还是有规矩的。希望大家原谅我刚才的不得体。这位同事，你请讲。"

站起来的是一位外号叫"小李逵"的年轻人，平时性格特别直爽，他满脸笑意地鞠了两次躬，方才说道："感谢鲁总给机会。我是想向鲁总请教一个问题。"

Cynthia 脸上闪过一丝尴尬，纠正他道："在公司里请叫我 Cynthia，谢谢！"

小李逯再次鞠了躬，很有礼貌的样子："好的，Cynthia 总。我看您的简历，发现您毕业才 4 年时间，从前年开始，只用了不到 10 个月的时间，就从广告部二级业务员做到了集团办公室综合科副主任，六级员工。然后，又不到 1 年时间，今天任职我们人力资源部副总监，九级员工。这么优秀的履历，是我们每一个人值得学习的好榜样。请问您是怎么做到的？"说完，把简历恭恭敬敬放在桌面上，自己坐回到座位里，脸上却都是戏谑的表情。

大家都知道这份履历意味着什么，也就都抱着凑热闹的心态转头看向 Cynthia。她再笨，也能听出这段"请教"不怀好意，一张俊俏的面孔憋得通红，喷着火的眼睛盯着小李逯，气得浑身发抖。她用食指不断点戳着小李逯的方向，却说不出半个字，刚才还以为那人要真心请教呢。

戴猛看火候差不多了，对小李逯说："这种问题，还是应该私下向鲁总请教比较好，不要占用大家的时间。鲁总，您继续吧。开完见面会，我带您去看办公室，并交接工作。"

这下，Cynthia 把火发到了戴猛身上，大声喊道："戴猛，这事你之前知道吗？不会是你故意安排的吧？人力资源部是不是太嚣张了，底下这些小赤佬都这么跟上级说话吗？难怪来之前刘总嘱咐我，说你这儿不好待，让我小心。我这就去跟刘总说，告诉他你是怎么对待我的。等着瞧，我鲁菊花要是整不死那个小胡子，我就白长这身皮肉！"

戴猛眉头一皱，应道："哦，集团主管行政和后勤的刘总吗？好吧，既然您这么生气，我先代手下人给您道歉，今天实在是不好意思。也请您跟刘总解释一下今天的情况，让他跟我的老板沟通一下，定个章程，毕竟这是人力资源部的内部问题，最后都听我老板的，我个人完全服从老板的最终决定。咱们抬头不见低头见，都是给公司干活儿的，希望不要因为一些摩擦而造成损伤。"

"我的老板"四个字的音调加重，在鲁菊花听来异常刺耳。这明明是拿更大的老板来压制自己的后台。她的脸上红一阵、白一阵，听了戴猛这话，从牙缝里挤出几个字："好，你等着！"说完，风也似的大跨步走出了会议室。因为步子太大，胯扭得更厉害了。

风暴快来了

华生担心小李逵，也替戴猛捏把汗。

会后，他悄悄找到戴猛，问道："老大，没事吧？"

戴猛一怔，随即明白了华生在问什么，哈哈一笑，说道："放心，都是布局。我都给他安排好了。"

听戴猛这么一说，华生的神经立刻就松弛了，也笑了起来。

戴猛看到华生一脸的狡黠，默契一笑，就没再纠缠这个解释。他继续问道："你怎么看鲁菊花？"

华生说道："菊花姐的香水味道浓烈艳俗，着装也是一样的风格，但又都是奢侈品牌，这种品位说明她没有品位，硬堆砌起来的。她想让别人看得起她，但其实大家都不喜欢；她的自我介绍磕磕绊绊，发言也忸怩作态，这种实力和她的位置严重不符，大家都看不起；她的简历被所有人嘲笑，因为单靠努力工作，绝对不可能得到简历里的迅速攀升。还有两个让我没想到的事情，第一个是最后她居然要去找并不分管我们的领导告状，这就验证了我的一些猜想。"

戴猛问他："第二个没想到呢？"

华生答道："第二个没想到是有些领导真敢这么用人啊。包括飞速提拔，硬性安插进来我们这里管人。就她这个素质，我要是领导，得给她安排个清闲肥美的差事，万万不敢明目张胆。上面那些领导大人，怎么就敢呢？"

戴猛抬起头，微微一笑，说道："这也正是我担心的地方，公司规模大，如果都是高层，恐怕会渐渐病入膏肓，那时就来不及了。不过，今天的布局成功了，这棋局越来越好玩了。"

10　肖依被策反

开篇语：
这一章，请大家认真看注解，说服别人的秘诀都在那里。

鲁菊花不知道受了什么影响，第二天来上班之后，并没有再找小李逵的麻烦。对待戴猛也是笑盈盈的，很客气。除了穿着保持一贯的土豪艳俗性感风格，其他就像什么都没有发生过一样。

小李逵跑过来跟华生说："看样子这妖妇放过我了？"说完还吐了吐舌头。

华生逗他："别想好事。没看见她看你的眼神吗？都是恨意。现在她这层平静的壳，不定花了多少心思伪装呢。你还是小心为妙！"

倒是肖依这两天不对劲，华生在她身上花的心思比较多。

一开始，肖依总是躲在楼梯间里打电话或者发短信，看到有同事经过，还会遮遮掩掩。

后来，华生听到她有两次带着哭腔讲电话，回到工位后，眼圈还有点红。

再后来，从不迟到早退的小姑娘开始请假，即使上班也是一副心不在焉的样子。

华生在肖依脸上看到的最多的表情是焦虑[1]和悲伤。

华生不知道的是，肖依正经历着她几乎扛不住的磨炼。

---

[1] 焦虑属于恐惧类表情，对即将到来的负面事物没有信心改变、战胜或者消除。焦虑的级别比害怕和恐惧都低，焦虑可以存在很长时间，但害怕和恐惧则发生在短时间内，甚至是两人面对面的时候。

薇总的计划

数日之前。

屋外，天空阴冷的云层笼罩，道路两旁都是肮脏的残雪。

屋内，劳总把薇总搂在怀里，一边抚摸着她光滑细腻的大腿，一边关切地问道："怎么样，内审部的那些人没为难你吧？"

薇总低着头，把下巴倚在劳总的肩窝里，一边舒坦得耳朵发红，一边叹口气道："内审部那帮人都是一群废物，拿工资办事儿的人而已，没有几个精明的，我倒不在意他们。虽说丢了工作，但之前攒下的钱也够弄几个公司的，不会饿死。我只担心你，毕竟那个戴猛还在，而且我总觉得，他是能猜到你身上的。"

劳总一边捏弄着薇总丰腴的身体，一边沉思道："黄敏事后跟我说，戴猛没有再追问他。但是，这个不争气的东西也确实昏了头，说了好些细枝末节。虽然没有一件事能明着指向我，但就怕听者有心。我也觉得这个戴猛现在是针对我了。现在你再一离开，我犹如断了耳目！"

薇总被他揉搓得脸红心跳，连气息也急促了，但最后这一句叹息，像热灶上浇了一铲子雪，立时就没了心劲儿[1]。她咬着嘴唇轻皱着眉，盯着劳总看了好久，慢慢启齿道："要不我们埋根针？"

劳总从没想过用这种手法，特意安插眼线可是件不容易的事，他停下手里的动作，皱起眉问道："人力资源部里，你的人戴猛都知道，肯定会加倍小心。重新培养是来不及了，硬要安插的话，找谁？用什么法子？"越说越觉得是件难办的事，眉头也就皱得更深了。

单独解读皱眉动作，表达的是关注。皱眉越深，表示关注越强。所以，人类在思考、疑惑、为难等需要精神专注的时候，都会同步配有皱眉动作。

---

[1] 性冲动是自主神经系统主管的功能，在感受到异性吸引和刺激的时候，所产生的欲望甚至会难以抑制。但是，现代社会的复杂规则将人类的大脑皮层刺激得异常发达，一旦有关心的切身利害事务，完全可能瞬间压制住交感神经系统的兴奋。

薇总转了转眼珠,又闭上眼睛想了一会儿,说道:"这样吧,我来试试一个人。这个小姑娘叫肖依,今年刚招进来的,就在戴猛屋外做文字秘书。才毕业的人,还不经世事,也没有什么关系背景需要小心。而且,我听说,她爸爸前不久刚查出来胃癌,应该是正在准备手术和之后的化疗。前不久她特意请了好几天假呢,看气色神情就知道,人急得不行了。"

劳总一边听一边在心里盘算,觉得这个人非常合适,于是试探着说道:"你的意思是,给她送钱?"

薇总点了点头,说道:"我平常对他们这些小孩都挺好的,他们私下都一口一个薇姐叫着。我去办,应该可以的。就是要花点钱。"

劳总此刻已经放了一半的心,神情又轻佻起来,手也上上下下地不老实,一翻身把薇总压在身子底下,喘着气说:"花点钱不算什么!"[1]

循循诱导

薇总约了肖依下班后见。

一开始肖依不大乐意,一方面是因为爸爸得病家里离不开人,另一方面是因为薇总被带走调查之后,毕竟成了敏感人物。不过薇总非常关切地分析了老人家的病情和治疗方案,肖依这才答应。

刚一坐定,薇总就直接把一个大牛皮纸信封放在肖依面前,连服务员问要喝什么都直接打发了,说:"两杯意式浓缩,现在就结账。我们不多坐。"[2] 弄得肖依一脸的诧异,睁大眼睛看薇总,不明白她把自己特意叫出来,又这么急火火地干什么。

---

[1] 一旦事关安危生死的利害关系警报解除,这些评估社会规则的皮层思维就会退居二线,身体的主要诉求移交给交感神经来支配完成,欲望会再回来。

[2] 劝服策略一:直截了当,不绕圈、不掩饰,减少对方的猜忌和防范。绕得越多,会让对方越猜忌,而且会让对方有更多的时间进行心理设防。这是降低对方接受成本的手段之一。

薇总看到肖依发呆，莞尔一笑，指了指牛皮纸信封说："这是我个人给你的10万块钱。"看到肖依要摆手说话，薇总示意让自己先说完，接着道，"你也不用犯嘀咕。我说得不准确，不是'给'，是'借'。[1]我知道你父亲的病情，也打听了连手术带后期治疗得花多少钱。叫你出来就是为了这件事，没别的意思。姐姐我在公司的时候就喜欢你，聪明伶俐又细致负责，是一棵好苗子。我也是从这个时候过来的人，知道你没钱，也知道你家里都指着你一个人的工资，就没跟你提前商量，先解了你的燃眉之急再说。[2]你在公司里安心干活，才能保证工作不受影响，然后才可能慢慢还钱。要是现在一着急、一慌乱，那不什么都耽误了？借条我也替你写好了，你只要签字就好。[3]不冲别的，就因为我们共事过。虽然我不在公司了，但你也不用瞎猜，我调走不是我的错，还不是他们男人争斗，拿我当牺牲品！[4]"说罢，可能是触动了心事，竟然真的红了眼圈。

　　普通人哪能当时就听明白这段话里的"连环套"？没有受过训练的人，只能凭感受判断——感受就是觉得很贴心。

　　肖依初入社会一片懵懂，本想不沾惹这些被内审部调查的人，但没想到薇总的一番话连体贴带入情理，还含着泪花把自己的一点担忧给挑明了，实在是不能不动容。[5]心里的戒备一解除，爸爸的病就成了压在心头的唯一一块大石头，面对这么一大包钱，肖依舔了舔嘴唇[6]，欲言又止。

---

[1] 劝服策略二：特意先说"给"，再强调是"借"，这是类似欲扬先抑、欲擒故纵的"折颈"手法，也就是先提出一个让人感觉难以接受的概念，再自我修正为相对容易接受的概念，通过大幅拉扯心理感受的落差，形成所需效果。本案例中，一字之差，是降低对方接受成本的手段之二。

[2] 劝服策略三：本句大意为"你是好孩子，我急你之所急"。赞许和共情都是建立心理亲近的常规方法。

[3] 劝服策略四：再次降低对方接受成本。

[4] 劝服策略五：弱势姿态的表达，也是为了降低对方接受成本。可以将动机总结为"我是倒霉蛋，我没有坏心，你不用提防我"。

[5] 低成本＋没风险或低风险＋有收益＝就这么干！一旦这三个条件在当事人心里成立，什么决策都敢做。肖依此时就是觉得接收这笔钱是"借"，没什么需要付出的成本；对方动机单纯，就是为了帮忙，没有什么风险；再加上自己确实需要这笔钱，可以收益，所以就动心了。

[6] 舔嘴唇是典型的"安慰反应"之一，表明内心略有不安，正在努力适应。

薇总看到了肖依的犹豫，但更看到了犹豫背后的渴望和纠结，笑了一下道："这样吧，如果你担心，就先少拿点，赶紧回去照顾家里，别在这儿耗着耽误时间。有需要再来找我，反正这10万块我已经给你备出来了，就不会做别的用。"[1] 说这段话的时候，音量不大，语速却很快，似乎真的是很着急，很替肖依心疼时间。

肖依已经动心了，因为她知道，手术一开始，10万都不一定够用，要么就干干净净一文不取，否则只拿小几万块是没有意义的。于是，肖依下定了决心，在借条上签好字，抬起眼对薇总腼腆地笑道："谢谢薇姐！那……那我就先借您的钱应应急。我一定会尽快还给您的。"

薇总的脸上闪现出一丝不易察觉的笑容。**她知道，这个时候就不能再磨叽煽情了，越淡越真实**[2]。所以，她优雅地一笑，拿起自己的手包，用手轻轻拍了拍钱袋子，利索地说道："有什么需要帮忙的地方，就告诉我。"说完，站起身就走了。她背过身之后，得意的笑容才浮现在了脸上。

肖依看到她的背影消失，长长地呼了一口气，如释重负地快速把钱袋子放到包里，左右看了看，才站起身急火火往家里赶。

手术完成后，进入化疗阶段。那10万块很快就用完了，但父亲的病情却没有明显好转。再加上化疗带来的各种影响，肖依的心越来越沉重。屋漏偏逢连夜雨的处境，让她真真实实地感受到了"束手无策"。

薇总一直暗中打听着肖依的境况，她内心也急，急着让肖依替自己看住戴猛，刺探消息。在薇总确定肖依已经快坚持不住的时候，又拿出1万块，约了肖依见面把钱给她。

---

[1] 完美的劝服过程收尾，"不会做别的用"会增加肖依的愧疚感和紧迫感，让她加速做决策。
[2] "越淡越真实"是在对方做出决策前后所应做的行为策略。因为"淡"表示给对方的影响和干预少，在对方已经有倾向性决策的时候，符合让对方感受到"低成本"的原则。

继续挖坑

肖依这一次拿钱已经有点迫切了，没有想那么多。让她震惊的是，薇总说了这样一句话："你能不能帮我一个忙，告诉我一些戴猛的情况？"肖依敏锐地感觉到这个要求有什么地方非常不妥，但心里承载的过多的负累以及对钱的急需，让她竟然没有回绝。她怔在那里，似乎是想说话，可是脑袋里嗡嗡的，什么也想不清楚[1]。

薇总在说这句话之前，心跳就已经非常快了，快到自己觉得有点失控[2]。但当她看到肖依的反应之后，却立刻轻松了下来。她知道，鱼快上钩了。

肖依怯生生地问道："什么情况？"说这句话的时候，她的脸和脖子腾一下全红了，嘴里觉得很渴，心跳得厉害。她竭力抑制住自己的失态，希望能保持一副平静的样子不被看透。但在阅人无数的薇总眼里，这些全都是徒劳的。

薇总微微一笑，看着肖依，就这么看着，足足有十几秒钟[3]，看得肖依不得不避开她的眼神，才说道："我已经不在公司了，现在过得也不错。我只是很好奇，戴总到底为什么要赶我走。"她看到肖依一皱眉[4]，知道这个观点她有点抵触，赶忙话锋一转，继续道，"我在公司已经做了6年了，算起来我最好的青春年华都给了这家公司，我心里拿公司当家。他们男人之间的争斗，最终走掉的却是我，我也只有认命，没有什么奢望。但是，我不放心戴总，他总是神神秘秘的，我担心他对公司不利。你帮我看看，告诉我些事情，如果他确实是在为公司谋福利，那我就可以安心地彻底消失了。"她说着说着，竟有些凝

---

[1] 当两件要紧的事情同时来临的时候，人就会出现选择困难，无法集中精神思考其中一件。这是恐惧情绪的影响之一。想哪一件，都会担心另外一件被耽误。

[2] 薇总同样也很担心自己提出的要求被拒绝。这也是恐惧情绪的影响之一。

[3] 这十几秒是故意留白，可进一步扰乱肖依的思路。因为肖依此前的表现已经说明她非常混乱。对视能扰乱对方思维，让对方从己方视线中寻求表意，留白能造成强势情境，让对方感觉己方有控制能力。

[4] 单独的皱眉表示关注。如果在听一件重要事情的时候，突然出现高度关注，说明当事人在想这件重要的事情。骗子最怕别人思考他的局，所以不希望看到敏感的皱眉反应。

噎，神情也落寞了起来。这个可怕的女人，把那种牵挂、担心、委屈和维护揉捏在一起缓缓表现出来，火候恰到好处。肖依本来还心存警惕，被她这么一说，彻底乱了阵脚，脸上和眼神也就松弛了下来。[1]

薇总看到了这轻微的变化，心里暗暗叫好，趁热打铁道："这钱是给你爸爸看病用的，我手头就这些，再有就再拿给你。钱归钱，和这事没关系。你千万别把两件事放到一起，那样的话就显得我太龌龊了。"肖依出于道德观所建立的警戒线，就这样被薇总轻轻松松给解除了。[2]

肖依小声问道："那我要告诉您什么？"声音小到自己也不太能听清楚，她脊背上已经出现一层薄薄的冷汗了。[3]

薇总温柔地一笑，用手摸着肖依的手背，用甜甜的声音道："其实也没什么，就像流水账那样，看看他都说了些什么话、见过什么人、做过什么事，特别是那种看起来神神秘秘的电话啊、约谈啊。你也不用费心思去了解具体内容，那样太危险了，告诉我个大概就行。我只想确认戴总有没有做对不起公司的事情。"[4]

这一番"胡椒粉兑蜂蜜"，直说得肖依有点犯迷糊。说是刺探吧，却不是，因为这些都是明面上的问题，换了别人也能问得出来；说是普通留心吧，又要什么都管着，就像一个专题报告，而且还隐藏着"神秘"的任务。只有最后一句话让肖依不再想那么多，因为这是为了公司好。但让肖依感到困惑的是，戴猛做那些事情是不是为了公司的利益，她自己是无从判断的，只能一五一十地都讲给薇总听。

---

[1] 用多样性的合理方法，把自己的位置放低再放低，可以隐藏进攻的真实意愿。因为放低位置会产生怜悯和放松警惕两种结果，这两种结果还能互相催化，误导他人决策。

[2] "低风险"原则。

[3] 道德上的背叛感和行为上的偷窃感让人紧张，紧张导致交感神经兴奋，从而使排汗系统活跃，身体出汗。

[4] 这一段的说服策略可以总结为：事情不难，你别为难，我没私利。

原形毕露

心里没了罪恶感，肖依就轻松了起来。再加上薇总明说了，钱和事没有关系，肖依就真的没有往一块儿想。

于是，肖依在接下来的一段日子里，会经常跟薇总汇报戴猛的言行。但随着汇报的次数增多，薇总追问得越来越细，肖依产生了严重的不安情绪。直到有一天，薇总要求她悄悄拷贝戴猛电脑里的邮件，肖依才像突然明白了一样，一股阴恻恻的气息瞬间笼罩了整颗心。她拒绝了薇总的这个要求。

薇总轻蔑地一笑，继而露出一丝狰狞，用冰冷的声音对肖依说："你爸爸下周要继续治疗，钱够吗？拷贝些邮件出来，有这么难吗？如果戴猛知道了你一直在跟我说他的事情，他还会让你继续留在公司？到时候你什么都没有了，打算怎么办啊？"说完，优雅地跷起二郎腿，点上一根烟，故作悠闲地吐出一个烟圈，斜着眼睛瞥肖依。

这无异于赤裸裸的威胁，又是断钱，又是告密，肖依的心像是掉进了滚烫的炭火炉，刺啦啦一阵烟雾升腾，脑袋又疼又晕，视线又模糊，完全没了主张。但她始终觉得，如果拷贝了邮件，事情的性质就会变，自己就是罪人。

好在，后来劳总也被集团查处，薇总也就随之销声匿迹，大概是因为自顾不暇吧。

肖依松了一口气。

但是，暗流却在不断涌动。

在那次鲁菊花的见面会上，这个经多见惯的风尘女子别的不在行，却一眼注意到了肖依看自己时那羡慕的目光。她当即认为这是一个没有见过世面的姑娘，好勾引、好欺负。一次无意的闲聊中，就把这件事告诉了刘总。

刘总后来又从劳总那里知道了肖依被"植入"的计划，就想利用这个"弱点"趁势收编肖依。尽管肖依已经拒绝了薇总的要求，但是，刘总想，这个小姑娘应该不知道薇总的背后是劳总，而劳总的背后是自己。

想到这里，一股邪气冲到他的脸上，扭曲成了笑容。

11　职场性骚扰

开篇语：

遭遇职场性骚扰，如果你给他一点脸，就可能面对更多的欺凌。

刘总的饭局

传说中，刘总负责的那些部门就是他的后宫。

刘总对付女人一贯有自己的方法，也几乎从没有失败过。先用礼物和钱砸，再用职位许愿或威胁。那些刚毕业没见过世面的女孩子，可能几个包就被搞定了，即使是一些有正见的女孩子，也无法抵抗住权力的威逼利诱，最终还是成为悲情角色。

有了前面诸多的成功"经验"，刘总自然没把肖依这个一清二白的职场菜鸟放在眼里。在他看来，肖依这样的清白人是最好搞定的，没有心机，也没有复杂的需求，几乎可以说是唾手可得。

刘总让秘书直接给肖依打电话，约她下班后吃饭谈心。

尽管肖依觉得这件事情有点反常，但毕竟对方是集团副总裁，而且从电话里听来，又是一派慈祥，所以就战战兢兢地答应了。

晚上到了酒店，领位员直接把肖依带到了一个金碧辉煌的包间里。

等了没一会儿，一个洪亮的笑声老远就传了过来，透着掌控感和放纵。肖依一回头，正好看到刘总推门而进，旁边还跟着鲁菊花。

刘总笑眯眯的，眼睛一看到肖依，瞬间亮了起来，上下眼睑几乎不可见地睁大了一些，这样的目光持续了两三秒，自觉不妥，便又恢复成一副长者庄重矜持的神情。鲁菊花注意到了他的眼神，在旁边悄悄地用手挽住了刘总的手臂，竟然一点也不避讳。

刘总迈步上前，主动伸出手，肖依赶忙把手伸过去，将四根手指的前半截放入刘总手中。没想到的是，刘总先是捏住了四根手指，随后再进一步，顺势把整只小手握入手中。这个动作很快，也不知道鲁菊花是否察觉到。肖依本来对他那副庄重的神情稍稍放了些心，但这个小动作却一下子让她的心跳加快了。她赶忙往外抽手，刘总倒也没坚持，只是在分开的时候，用食指和中指在肖依手腕内侧的皮肤上轻轻滑抹了一下，若无其事地扭头听鲁菊花介绍。

鲁菊花用右手揽着刘总的手臂，左手兰花指点着肖依介绍道："刘总，这是人力资源部的肖依。肖依，这是集团副总裁刘总。薇总跟我讲，你是个很懂事的小姑娘，让我把你推荐到刘总身边工作锻炼。你要珍惜这个宝贵的机会。刘总很忙的，我有的时候想见都还不一定能见到呢。"说完，把脸往刘总肩膀的方向靠近了一些，几乎要贴上去了。

刘总一伸手，指向座椅说："我痴长几岁，就不谦虚地坐中间了。两位美女都坐我边上，恐怕董事长他老人家也会羡慕我吧。"说完打了个哈哈。

集团副总开这种玩笑，肖依第一次见，觉得别扭却又说不出什么，就客气了一下，坐在刘总右手边，把椅子往边上稍稍挪了挪。

服务员请示完酒和菜，刘总就在她耳边说了句什么，肖依离得远听不清楚。但肖依看到刘总在服务员直起身的时候，竟然在她腰臀的位置轻轻拍了两下。服务员似乎很习惯，微笑着出去张罗了。

酒菜陆续上齐。刘总见屋里只剩下他们三人，便搓搓手，拿出主人的架势开始张罗。

"今天是个难得的机会，我能够跟公司里的年轻人，而且是两位美女会聚于此，心里非常开心。Cynthia 本身就是公司里年轻女性的杰出代表，全身上下无处不体现着年轻女员工的光彩。而肖依呢，更是毕业生里的佼佼者，这么小的年纪，能够得到薇总和劳总的赏识，又是戴猛的秘书，着实难得。我为我们公司能够拥有如此宝贵的财富感到高兴！"在夸奖鲁菊花的时候，刘总的视线却全都黏在肖依的脸上，未曾看她一眼。直到说罢了这些话，他才给鲁菊花递了个眼色，又立刻把面孔转向肖依，侧过脸来看她。

鲁菊花从开始就很在意这老头的一举一动，见他看都没看自己一眼，虽然被夸，心里却不是滋味。而最后的这个眼神，完全就是命令——让自己倒酒的命令。这足以让她非常尴尬和委屈。论职位，自己比对面的这个小姑娘高出很多；论远近亲疏，也应该是自己受尽宠爱。这个时候让自己来倒酒，明显把自己排在了最不重要的服务位置上，实在让人难堪。

但是，毕竟还要仰人鼻息，所以鲁菊花撇了撇嘴，不情愿地扭动了一下身体，方才站起来，给三人倒酒。

劝酒

刘总端起酒杯，嘴里哼哼哈哈说着官话，主题始终围绕着要求大家第一杯酒一定要干完。

肖依不太会喝酒，喝过也的确不喜欢。但这么大的领导亲自提出要求，自己没经历过，匆忙间来不及细想，一片混乱中，第一杯酒一饮而尽。

一股热辣的感觉从喉咙贯穿到胃。对于不常喝酒的肖依而言，这滋味并不好受。

如此这般，刘总又连续找各种话题劝酒。三杯酒落肚之后，肖依感到皮肤微微地开始发热，脑子还是清醒的，但似乎这个环境以及面前这两个人没有之前那么可怕了。

刘总敬完，鲁菊花又端着酒杯过来和肖依轻轻碰了一下杯，说道："妹妹，刘总带队，也宽也严。有本事建功立业为领导分忧的，就会得到提拔；人品不好，没本事又要抢风头的，立刻就会被淘汰。希望你和我一样，服务好领导，按部就班，不要太心浮。"讲完后，再次和肖依碰一碰杯，自己一饮而尽，扭身回到座位上。

肖依听不懂，刘总是明白人，听得懂她其实是说给自己听的，心里一堵，暗道"这女人太不懂事，不自量力"。

肖依已经开始有点头晕了，她内心暗中算了一道"46除以7"，发现自己还能算到小数点后两位，才稍稍安心，对自己说："还没多。"

其实，这是一种对醉酒状态的误解。醉酒的最大影响，是对行为规则的遵守程度产生影响。平时不会说的话，不会做的事，在醉酒之后可能认为没什么，也就说了和做了。然而，对于计算题、简单的逻辑推导等公式类题目，深度醉酒的人只要还能动脑子，也可以算得出个大概，但事后可能会忘记这段情节。所以，用计算题等纯智力题目来考量自己是否醉酒，是不可靠的方法。

鲁菊花将一点一滴都看在眼里，眼神流转到刘总那隐藏着笑容的脸上，立刻从鼻孔中轻轻喷了口气，然后不无挑衅地说道："现在该妹妹你敬酒了，规矩里的最后一轮，不要偷懒哦。"

肖依实在不懂什么规矩，但也不懂如何拒绝这种规矩，也就慌忙端起酒杯，朝向刘总。

刘总此时的脸上简直乐开了花。虽然肖依是程序化地敬酒，但是这盈盈身姿加上嘤嘤燕语，实在是让他感受到了腹部和腰部的轻微颤抖。老头把眼睛眯成了一条线，用一只手去托肖依的杯底。肖依是规规矩矩地双手举杯，所以刘总这一托，指尖就捏到了肖依的两只手，又顺势捏了捏肖依的手腕，把肖依吓了一跳。

肖依连忙后退，试着把手抽出来，脚步有点踉跄。刘总趁势用手搂住肖依的腰，嘴里说道："小心，小心！没有关系，不用紧张。"

肖依敏感地觉察到自己被抚摸了，却发现刘总一脸的泰然，仍然布满了温暖的笑容。这种感受就如同给她喂了一口嚼过的馒头，然后还关切地询问"好吃吗"一样恶心。

鲁菊花觉得不对，便走上前来凑近，跟刘总撒娇。也许是这个动作刺激了酒后的老流氓，他竟然突然搂住了肖依和鲁菊花。

肖依惊呆了。这个变化太过突然,她再没有经验,也知道发生了什么情况,本能的意识让她迅速后退和挣扎。

没想到的是,刘总酒劲大发,竟然死死搂住不放,同时嘴里说道:"两个小美人给我敬酒,这么香艳的享受,试问一生能有几回。来来来,都喝掉!都喝掉!"说罢,竟然把两个女人的脸搂在一起,用喷着酒气的嘴往上蹭!

这一下,肖依真急了,端着酒杯的那只手死命往上一抬,逃离了这个猥琐的怀抱,瞪大眼睛看着那两个人,气得浑身发抖。那杯酒洒了刘总一头一脸。

利诱

刘总还在色令智昏的状态,见肖依逃开,还敢怒目相视,当时就要发作,用食指点着肖依,半天说不出话来。鲁菊花立刻打圆场,拉低刘总的手臂,说道:"喝多了酒就是容易高兴,说话办事都不拿人家当外人。赶紧好好的。不是还有正事要说吗?"

一句话提醒了刘总,他深深地盯了一眼肖依,毫不掩饰恨意,嘴里却说:"哎哟,你看,喝酒误事,失态,失态了!小肖啊,年轻人不要跟老年人计较。"

他还以为他能自嘲,是个不错的玩笑,肖依的心却怦怦直跳,根本慢不下来。刚才那股刺鼻的酒气和想要贴上来的恶臭嘴脸,让她打心眼儿里觉得恶心。

刘总大刺刺地坐回座位上,一脸傲慢道:"我知道,你爸治病缺钱,你的工资又少,这么一天一天熬下去,坚持不了多少时间。钱,我有的是,不但你爸治病可以要多少给多少,就是你自己想天天锦衣玉食,也没有问题。只要你愿意,我是大方人。再者,你之前给薇总传消息的事,我也是知道的。不妨告诉你,那女人也是我的人,后来没意思了,才放她跟了劳总。"

听到这里,肖依心里咯噔一下。无论如何她也没有想到,刘总和薇总居然有这种关系。此时此刻,她感到整间屋子里的每一个角落都非常可怕,尽管灯光依然明亮。

刘总继续张扬道："人靠人帮忙，人靠人成事。现在有人对我意图不轨，想害我，你就来帮我的忙，深入敌后。你现在几级员工？二级吧？跟了我，直接给你调任总部，调成五级员工，然后我们其乐融融，成为一家人，哈哈哈哈！你又可以给爸爸治病，又能前途无忧，何乐而不为呢？"说罢，大概是自觉得意了，竟然又把150毫升的分酒器里的酒一饮而尽。

肖依终于明白了他们的诉求，心里又是愤怒又是鄙夷又是害怕。

别说面前这人如此猥琐不堪，就是玉树临风的人规规矩矩地和自己谈，自己也不会同意这件事。现在爸爸治病的钱是从所有亲戚朋友和同学那里凑来的，虽然负债累累，但心里踏实。经过上次薇总的陷阱，肖依不会再跳进坑里了。

见肖依始终不说话，神色迟疑，也许是色心冲顶，也许是酒劲上涌，刘总以为小姑娘快被说服了，嘿嘿一笑，站起身来往肖依这边迈步。

按理说，能在集团坐到这个位置的人，必定是人精。但一来色心太重，二来诱惑的魔爪很少无效，所以他突然伸出一只手臂揽住肖依的肩，用充满酒气的臭嘴在肖依的脖子和脸上乱亲。

肖依立刻就明白发生了什么，但身体已经被这个疯狂的老色鬼抱住了。一张冒着臭酒气的油脸在自己的头、脸和脖子上到处蹭舔，肖依又要憋气又要躲闪，一时竟束手无策。

鲁菊花看到这局面，知道再继续下去要坏事，不得不冲上来拉扯刘总。她一边用力拉开两人，一边又急又媚地娇嗔道："哎呀！什么样的人儿呀，就弄得你这么不管不顾了！这光天化日的，人家不愿意，你还能强逞威风不成？看看把小姑娘都吓成什么样子了，脸都没血色了。要是这会儿被人撞见，你这点丑事马上就传出去了啊！玩笑开过了啊，你再闹下去，人家小姑娘可当真了！"

老色鬼一怔，悻悻地撒开手，瞪了一眼鲁菊花。肖依一把拿起自己的包，用手擦抹着脸上的唾液，哭着跑了出去。

击穿底线

这段让人又恶心又恐惧的经历，完全颠覆了肖依的认知，仅存的一点平静奢望也都破灭了。她跌跌撞撞地跑回家，使劲清洗自己，越想越委屈，也越感到愤怒。她不知道从哪里来的一股勇气，拿起电话，拨通了戴猛的号码。

威胁是有很多层次的，只要还没有突破底线，被威胁的人大多会妥协，求的是利益最大化或者损失最小化。一旦突破了底线，那些威胁就会失去约束的效力。底线大致包括生命安全、生理安全、赖以生存的名誉、铤而走险获得的利益，以及当事人头脑中不容挑衅的价值观。

惹是生非要有尺度。尺度拿捏得当，也许能获得自己想要的利益，但若突破了这些底线规则，往往会让自己遭遇惨烈的反噬。

戴猛仔细听完肖依讲述的过往种种，在脑海里盘算了一遍肖依泄露出去的信息是否有风险。在确定没有问题之后，他用非常平静的语调对肖依说："目前来看，我这边没有什么风险，所以你不用太自责。明天上班的时候，一切照常，不要有心理负担。你父亲看病的事情，应该早点跟我说，我可以帮得上忙。"

戴猛不是很善于处理关于肖依遭受猥亵的事情，因为在他看来这件事善恶分明、责任清晰，不知该说些什么话才能让女孩子好受些。他沉吟了一会儿，勉强继续说道："这次还好没有出什么大事。你自己要当心，再有这种不明情况，提前告诉我。"

其实，肖依也并不需要戴猛一个大男人在这件事上多安慰她几句，说多了反而尴尬。这个时候一个温暖而安全的立场，会起到润物细无声的作用。肖依哭着给戴猛道歉，心里满是愧疚。

戴猛直言："年龄、阅历都是问题，再加上老父亲病重，又缺钱，放在谁的身上都会慌神。现在经历些磨炼，犯一些错误，哪怕是伤到自己和别人，也比往后再出现要好。更何况，你没有坏心，自始至终在用心衡量着是不是会伤到我，否则拷贝邮件的事就不会拒绝。心正，就很难得。当务之急，还是上班和给父亲治病，其他不要想太多。再说，你没看见最近华生都快变成神经病了吗？"

　　肖依一边听，眼里的泪水一边扑簌簌地滴落下来。痛苦之后的暖心和理解，能让人用眼泪把之前的种种艰辛释放出来。直到最后一句话，肖依被逗得扑哧一笑。结束通话之后，肖依觉得神清气爽，整个人也轻松很多，这才安心睡去。

　　但肖依没有料到的是，刘总又亲自打来电话，软磨硬泡非要再约她出去，还要送东西给她。她严词拒绝之后，可能是兽欲没有得到发泄，再加上尊严屡屡被"踩踏"，刘总竟然在电话里开始恐吓、辱骂，言辞里还夹杂着不堪入耳的脏话。才刚刚心情好转的肖依，心生恨意，便做了一个冒险的决定。

12　大 boss 咬钩

开篇语：

就算是老狐狸，毕竟也只是狐狸，生理欲望掌控行为的时候，就是被抓的时候。

前情回顾

戴猛所在的这家公司现在已经把业务做到了覆盖全球，拥有员工过万，现金流充沛。在私营企业中，综合实力稳居全国第一。难得的是，整个公司上下总是处于一种"吃不饱"的拼搏状态，包括管理层的老大们，有见识、有魄力，保证了公司持续十几年没有颓势。

不过，人一多就必然良莠不齐，摊子一大，就势必不会像玻璃那样透亮。

这么大的一家公司里，也必然有些复杂的关系、派系和明争暗斗。别的不说，光是最近几年新设立的内审部，每年通过查办案件挽救回来的资金损失就有二三十亿，而且呈逐年递增的趋势。这还是已经发现了的，暗地里有多少就更不敢想了。

在内审部成立的第三年年底，集团董事局主席破例亲自参加内审部的年终总结会，老人家笑谈道："你们是公司最划算的部门，投入产出比极为优秀。各位的成绩越好，我越高兴，但另一方面也越揪心啊！"

内审部部长借着这个机会，给老板简要叙说了一下目前的困境："老板，我们查办案件没有问题，兄弟姐妹们经常熬夜、出差，不顾身家，清理出全球各地上上下下不少蛀虫。虽然不能绳之以法，却可以阻止和预防更大的损失发生。

但总体来讲，我们这几年已经查办的都是些外围的小人物，他们最多是涉及贪污贿赂、违规发标之类的情况。查办的过程中，总是感觉查到某个层面就断了，不但线索断了，连接受审查的人似乎也在有意维护什么，宁可自己被开除，也不会把某些问题讲清楚。"

这些话老板听在耳朵里，脸上没动声色，脑子却不断在想公司大盘上遇到的问题。股价异常波动，竞争对手在各个业务领域的挑衅和冲击，这些情况的确让人感觉与内部的某些人有关联，否则他们不会在那么多产品细节、计划和时机方面屡次出现"巧合"。而且，可以肯定，这样的事情不是小角色能干得了的，问题只能出在高层。看来，单靠内审部的能量对付埋在高层的"大老虎"，恐怕师出无功的同时，还会打草惊蛇。

请可靠的专家介入！

戴猛就这样被空降到集团人力资源部。他是集团董事局主席亲自"请"回来安排的。大家不知道的是，戴猛名义上掌管集团的人力资源部，其实还担着另外一份差事。既要把现有的人理顺用好，还要尽可能找出大的蛀虫，让公司轻装上阵，减少内耗。据说老板曾说过："一份年薪300万的职位，换来每年节省1个亿，怎么算都划算。"

之所以放在人力资源部，是考虑到只有人力资源部有权力了解每一个在职的员工，制定每一个员工的业绩考核标准和薪酬分配体系，在安排高管的时候，又能提供最基础的参考意见。更重要的是，还能控制新进员工的水平，以保长久发展的动力。传说调戴猛进公司的时候，主席老爷子亲自面谈，用的就是他的长处——辨人。

戴猛刚进公司的时候，人力资源部里那几位年薪近百万的副总监和部分资深员工都不太服气这位空降的领导，明里暗里地考察刁难，但最后都服帖了。这些长年和人打交道的人精，到最后也没搞清楚戴猛用的是什么策略。不过对戴猛来说，**搞定这些特征突出的人，其实并不困难**。真正让他头疼的是，现有的员工中很难挑选出可靠的助手，这才有了华生的进入。

后来的黄敏案是个开端。戴猛也是斟酌了许久,才报请从黄敏开始入手。虽然侥幸,但是没想到效果出奇地好,从黄敏开始,竟然让劳总心神紊乱,先后牵出薇总和鲁菊花等一系列人马,连劳总自己也折了进去。如果不是肖依,恐怕还没有机会彻查刘总。这也许就是大系统的复杂性,而运气往往是很重要的因素。

现在,戴猛已经确认了刘总是这条黑线上的最大头目,却苦于没有证据,再加上对方位高权重,不便使用常规手段调查,一来牵涉层面太高,二来层层剥开调查,万一形成影响很难控制。

但戴猛没有想到的是,刘总近乎丧心病狂的做法,逼得肖依杀了对方的心都有,机会也就来了。戴猛虽然纠结,但肖依决心坚定,他只好同意肖依从对方的这个弱点切入,戴猛和华生暗中做好保护。

肖依的谈判技巧

肖依的心扑通扑通跳得厉害,手里拎着一个奢侈品牌包、一套昂贵的化妆品以及苹果三件套,跟在微醺的刘总身后,忍着恶心控制住自己的表情。刘总刷卡的同时,肖依深吸一口气,随着他进入房间。

门刚一关闭,这老色鬼就扑上来,胡乱搂住肖依,把身体凑上去,连亲带蹭,话也不说就要往床上倒。肖依这时反倒镇定了,用最快的速度把他一把推开,东西往床上一放,找到沙发安稳坐下来,用手一指:"你先坐在那儿,不要急。"

这份镇定让老色鬼有点意外。他不得不停下动作,尴尬地摸了摸自己的肚子,问道:"干吗?想反悔?"

肖依微微扬起下巴,淡淡吐出几句话:"东西我收了,事儿我也答应你了,自然不会赖你的账。想必你也不会这么幼稚,就此以为我就是找到真爱了,心甘情愿。"[1]

---

[1] 这是肖依第一次降低刘总防备,责权利讲清楚,让刘总误判对方的动机,因为这符合使他感受到"低成本、低风险"的原则。

这么直白地划分清楚，刘总还是第一次遇到，一时之间不知道小姑娘打的是什么算盘，该怎么应对。他只能讪讪地愣在那里，又想上前跟她亲热，却觉得肖依周围有股强大的气场，让他不太敢冒进。他想，这是在屋里，房门也锁好了，还能跑得掉吗？再让你装一会儿，过了这劲儿，看老子怎么收拾你！

肖依继续道："跟你明说吧，我接受你的东西和你的钱，你可以做你想做的事。但是，不能限制我的自由。我不是被包养了。我要是看上了别的男人，你也不许背地里捣乱。我们之间就是各取所需的关系，你听得懂吗？"[1]

那太棒了！这样的划分对他来说，是求之不得的，反倒省去了很多麻烦。刘总没说话，笑着点点头。这小姑娘有意思！

这么开门见山的拆解，迅速解除了刘总的戒心。此刻在老色鬼的心里，能够品尝新鲜的肉体才是第一需求。为了俘获这个不好搞定的猎物，他费了多少心，又熬了多少天。不过，那点钱和东西对他来说根本不算什么，这个年纪最大的追求是品尝不同的味道，只有这个想头，才能让老狐狸不顾一切地往前冲。

脑袋里的血冲上来，刘总能感受到自己的能量在不安地涌动。他刚想往前凑，肖依又说话了："还有一件事，你也必须搞明白。"

刘总一愣，怎么这么麻烦？！心里暗想，就差临门一脚了，看你还有什么花样！于是他问道："什么事？"

肖依说道："你让我卧底传消息，我可以干，但要单独算，别想和现在我陪你的那点钱混在一起占便宜。我帮你对付别人，可以，我也不想理会你们之间的恩怨。但我担着风险，要小心做事为人，这是费心耗神的事儿，要单加一笔。"[2]

此刻，她越是显得贪得无厌，刘总心里就越会轻视她。他对肖依的判断甚至提升到了不屑的程度，心想这个计较钱的女人，出不了任何大问题。要是

---

[1] 这是肖依第二次降低刘总防备，两个人的关系讲得越干净简单，越会麻痹对方的大脑，再次符合让对手感受到"低成本、低风险"的原则。

[2] 这是肖依第三次降低刘总防备，让刘总认为贪钱的人都好对付，从而解除戒心，同样符合让对手感受到"低成本、低风险"的原则。

真有事，拿一大笔钱砸死她，或者把之前她拿过钱的事儿全抖搂出来。总之，能用钱解决的事，都不叫事。想到这里，刘总狂笑道："哈哈哈哈！没看出你这个小姑娘，计算得还真是周全，不肯吃一点亏。好，没问题，你说，要多少？"此刻的刘总，觉得对面坐的肖依就是一只穿着衣服的猎物，已经惶惶待毙了，临死还要讲条件。

肖依道："那要看我做的事值多少钱，别想一二十万就打发了我。要是我能帮你省下几千万呢？我要知道大体的来龙去脉，你究竟在嘀咕什么事，需要我传戴猛的什么信息。不光要考虑你，我还得给自己吃定心丸呢。傻乎乎的，没个重点，万一暴露了，不知道会惹什么麻烦。"

这个要求，让刘总稍稍警惕了一下，毕竟这事干系重大。但当他看到肖依有意无意前倾上身，解开两颗扣子的衬衣领口隐现出肤色光影时，什么防备都抛到了脑后。他猴急地走上来拉起肖依开始动手动脚，快速地说着："其实根本就没什么大事。不知道这个戴猛为什么要跟我作对，或者有谁在背后指示他跟我作对，但这孙子成不了事。**我在公司从下到上干了那么多年，拿到的工资统共也就一千来万，连一栋好房子都买不起。公司倒是每年几十亿几百亿地赚钱！我就算私下卖点消息给对家弄点钱，它也瘦不了。**现在戴猛想查我，找得到证据算他厉害！"

说到这里，刘总顿了顿，觉得自己说得似乎多了些，就话锋一转："小乖乖，这些钩心斗角的事你不用管，做好我的娇宠就好。没有这些钱，我能给你买这包吗？你要是伺候得好，别说包，送你套房子也是可以的。"

等他说完这些话，肖依突然拿起手机，一边解锁一边说道："好呀！那我要给咱们第一次约会拍张合影,留作纪念！"她的手指在手机上连按了几个按键，把录音发出去了。

刘总觉得哪里不太对。警惕的本能让他觉得这女孩太淡定了，完全不像之前那样。拍合影的要求也好奇怪，再说他也不会让别人来拍的，只有他拍别人的份儿。

就在这短短的时间内,他突然意识到发生了不好的事情,立刻"嗷"的一声扑了上来,要抢肖依的电话。正在这个时候,房门被砸得"砰砰"山响,从门外传来疯了一般的鲁菊花的声音。

肖依趁着老头一愣的工夫,立刻向门口冲去。刘总停住了抢夺的动作,无奈地叹口气,一屁股坐在床上。

肖依打开门,鲁菊花狠狠地瞪了肖依一眼,发现两人好像也没怎么样,就略微收敛,眼睛盯着屋里的刘总和桌子上的那些东西。肖依就在这个节骨眼上从她身边溜走,只剩下她跟刘总相对而视。

戴猛的车在楼下,华生也在车上,看肖依下了楼才松了一口气。肖依猛地哭起来,这是释放的眼泪、轻松的眼泪,也是委屈的眼泪。戴猛跟两个年轻人说:"鲁菊花到得还算及时。这一役,肖依立了大功,好在有惊无险。你们要明白,真有这样一些老同志,因为参加工作早,认识的人多,经历的事情多,所以才能位高权重。但讲到他们的人生追求,却低级得很。也许这是因为早期那些收益来得辛苦,晚期那些收益又来得太过容易,他们便缺失了人生的核心价值——乐趣。华生,你将来可不要变成这么无趣的人啊!"

一句话,逗得肖依破涕为笑。

第二卷 惩戒

第一层

姚大广 → 顾三山 → 大胖子 → 钱豪军

通常,人们所看到的现象,是背后几层原因导致的,像多米诺骨牌那样。

事情越复杂,层级越多。

人越聪明,越喜欢尽量往更深的层级看。

13　第一具尸体

开篇语：

不知道你死之后，能不能明白是什么让你伤痕累累。我恨！恨你为什么这么猥琐，为什么这么无耻！希望这些疼痛能让你永生记得，不要再做那些让人恶心的事情了。我知道他们会查你的尸体，我也知道可能会很麻烦，只能尽量善后了。这些你就不必操心了，静静地体会每一处疼痛吧。希望你下辈子别再这么令人恶心了。

By 少爷

姚大广艰难地睁开眼睛，眉弓上的裂口火辣辣地疼。他能感觉到黏稠的液体滑过睫毛，不断地往眼球里渗，忙想用手抹去，却发现右臂已经断了。

低头看去，他的右臂上有个地方竟然凹弯了，周围肿起一个苹果大小的包，里面积满了紫红色的液体，微微颤动着。

姚大广害怕极了，开始大声地嘶喊，试图找人来帮助自己。

一阵打雷般的声音轻松压住了他的嘶喊声，而且像是故意在逗他玩。他只要一开口喊，那声音便启动，一瞬间就能把他那点可怜的声音给湮没。姚大广停下来，慌乱地看向四周寻找声音来源，那声音却又停止了。

姚大广不敢再作声了。他感觉了一下自己的身体，除了右臂断掉，右侧的肋部很疼外，其他地方还好，脑袋上的疼也就不算什么了。他努力地用左手撑地，想要站起来，突然一束强光照过来，刺疼了他的眼睛。

他想去看清灯光的来源，奈何光柱非常强烈，根本无法直视，只能隐约看到远处有几个人的轮廓。

影影绰绰，一人坐着，三人站在旁边。姚大广立刻决定朝那几个人挪动。他挣扎着站起来，一边用手擦掉不断渗出来的血，一边艰难地移动着伤痕累累的身体。疼痛几乎耗尽了他所有的精力。

可惜，还没挪动两步，对面又亮起两束冷色强光，一下让姚大广的眼睛完全失去了视觉。他赶忙偏头，借着两侧的光往更黑暗的地方张望，希望能看清周围的环境。

四面八方都亮起了刺眼的光柱，同时，隆隆的引擎声此起彼伏。刚才的打雷般的声音也在里面，那是——汽车的引擎声！

姚大广慌乱地跌坐在地上，只能用左手挡住来自四面八方的强光。他往哪边转，哪边雷鸣般的引擎声就会响起，吓得他在原地狼狈地打转。那些光线和声音似乎是射来的致命的箭。

突然，所有的引擎声同时停止了，一个冷冷的、淡淡的声音传来："第三次是什么时候？"

旁边坐在轮椅上的是一个年纪较大的人，他略显疲惫地道："少爷，为了碰瓷这种小事，您……"

那个冷淡的声音只用了一个"嗯？"打断了他，轮椅上的人便不再说话了。

接着，一个浑厚的声音答道："今年 4 月，在双桥路十字路口，趁车主等红灯的时候，跳到前盖上，威胁车主如果不给钱，就掰掉雨刮器。"

冷淡的声音问道："当时要到了多少钱？"

"50。"

"好，给他 500。"

"是。"

姚大广似乎想起了什么，但记忆还是有点模糊。他还在思考的时候，听到一辆车从左后方冲了过来，引擎一阵怪叫。他还没来得及站起身躲避，那车就已经在他身前停下，前保险杠距离他的头只有四五厘米，吓得他紧紧地闭起双眼，本能地想用双手护头。这一剧烈的动作，导致右臂断折的部分钻心地疼。

车上下来一个人，由于灯光的原因，看不清他的脸，穿的好像是保安的特勤服。他开口了，是个男人的声音，却非常温柔："您没事吧？哎哟，好像受伤了呢！要不要我送您去医院？"

姚大广不认识这人，自保意识使他本能地往后挪动身躯，惊慌失措地摇头，不断重复着："没事，没事！谢谢，谢谢！"

那人快步跟进，语气仍然很温柔："怎么能没事呢？差点撞到您，真是不好意思！"

作势要扶的时候，那个男人的脸突然变得狰狞，他凑近姚大广的脸，恶狠狠地说道："你说没事就没事了？当初你也这么屌吗？也能让人家没事吗？"话音刚落，他一把抓住姚大广受伤的右臂，像铁箍一般收紧，毫不怜惜地把他往车的方向拖。

姚大广在疼痛欲绝之际，一眼瞥到那是一张冷漠而又普通的面孔，眉宇间分明有些乡土气息，但狰狞的样子像是能吞噬掉他的恶鬼。那人攥住的是姚大广的胳膊断裂处，疼痛迫使他连滚带爬地跟了过去。来到车前，男人的手突然一紧，往斜上方用力一提，剧烈的疼痛驱使姚大广跳上了车的前盖。

钻心噬脑地疼痛！

姚大广忍不住"咝——咝——"地倒吸冷气，但一用力呼吸，反倒使肋骨更加疼痛，那里应该也断了。

男人又恢复了温柔的声音："大叔，你趴在我车上干什么？"

姚大广只顾着疼，没有回应。男人望着那几个人的方向耸耸肩，仿佛在请示："现在怎么办？"

身材魁梧的人晃了晃手指。

男人明白，拿出了手机，开始播放画面，明亮的屏幕在黑暗中显得异常刺眼。姚大广被这画面吓了一跳，突然想起之前自己究竟遭遇了什么，瞬间连呼吸都停止了。这样的录像，他刚刚昏厥之前已经看过两段，每看一段，就会经受一次求死不能的痛楚。

画面上播放的正是姚大广碰瓷的过程。他无赖的笑容几乎占据了整个屏幕，看样子，应该是行车记录仪拍下的。

画面里有人下车向他询问："你怎么样，没事吧？"

他那张无赖的面孔笑嘻嘻的，趴在前盖上没有动，用左手托着头，非常悠闲地说道："你看，你的雨刮器有点坏了，我发现的。给我50块钱，你自己去换根新的。"

车主怒道："我×！碰瓷是吧？赶紧给我滚，不然我揍你啊！"

他毫不在乎，龇着肮脏的牙，轻佻地说道："那太好了，我帮你报警吧！我先掰了，你给不给钱无所谓。"说着，一撩衣服，露出同样肮脏的身体，"往这里使劲儿打，打完咱们这事就算成了，直接送我去医院就好了。你电话借我使使……"

车主气得直骂街，却不敢动手，只能用手指着他的鼻尖骂道："不要脸！"

他那张脸笑嘻嘻的，毫不在意，用手抓住一根雨刮器往外一折，作势要掰断，打个哈欠说道："别说这没用的。给不给吧？我要是再问一次的话，就100块了啊！"说完，斜着眼睛看着车主笑。

"你们是谁？"姚大广没有继续看下去，这都是他平时碰瓷常用的手段，心里熟络得很。他在尽力观察周围的环境。可是他刚一走神，左手就传来一阵剧痛。等他低头看的时候，发现一个巨大的液压钳正夹在自己手腕上，男人露出轻蔑的神情，下巴往雨刮器的方向一扬，淡淡说道："抓住，掰！"

姚大广犹豫了一下，液压钳在收紧，吓得他浑身寒气直冒，忙不迭地点头。男人这才松开液压钳，姚大广像找到救命稻草一样抓住那根雨刮器。男人又扬了扬下巴，指向手机屏幕，姚大广便明白这是要求他重演之前看到的情境。姚大广哆哆嗦嗦地说道："你给我50块钱，要不我给你掰了……"他怕得要死，真不知道后面会发生什么。

那男人听他说话，脸上竟然绽放出了开心的笑容，赶忙从兜里掏出一沓钞票，恭恭敬敬地塞在姚大广的左手里，用温和的声音说道："对不起啊，这是我的不对，谢谢您给我指出来。这是一点小意思，不成敬意，请您一定要笑纳。来，我搀着您，慢点，您下来。对，慢点，好。您再看看，还有什么需要修理更换的零部件吗，欢迎指出。您说多少，我改多少。"

姚大广似乎闻到了某种危险的味道，他连钱都不敢推让，就那么顺从而木讷地拿着，从车上下来，又是鞠躬又是敬礼，对着男人一个劲儿地乞求："我知道错了，我知道错了，您放了我吧。"

"不，不！您怎么能错呢。我这就去换雨刮器，这 500 块钱您收好，欢迎您下次继续批评指正。"说罢，男人微笑着做了个帅气的挥手动作，回头钻进了驾驶室，留下呆呆的姚大广。

姚大广怔怔地站在原地，不知道接下来该干什么了。

就在他发蒙的时候，车辆向后退开了一段距离，然后引擎突然像闷雷炸开了一样轰隆直响，车子像野兽一样怒吼着冲了过来。"砰"的一声闷响，姚大广被直直地撞飞出去，横着跌落在地上，眼见着左大臂也弯曲了。他抽搐了几下之后，便昏了过去。

不知过了多久，姚大广觉得脸上凉凉的，有一阵雾，非常舒服清爽，迷迷糊糊地从意识的深坑里爬出来，才感觉到整个上半身发麻，好像没有什么剧烈的刺痛了。他不能仔细检视哪里更疼，只要一动就会从发麻发胀的状态变成针刺般钻心的疼。他的眼睛似乎什么也看不清，只听到那个令人脊背发冷的声音问："第四次呢？"

有人答道："今年 5 月，在花园大道匝道上，主动撞向……"

那个冷冷的声音打断道："福叔都已经不耐烦了，捡够贱的给我说。"

"是。还是 5 月，鸿禧路和万合路交叉的十字路口，他主动撞向刚刚右转过来的车。"

冷冷的声音道："贱吗？"

身材魁梧的人赶忙补充道:"这次虽然也是撞,但后面非常卑鄙。"

那人便"嗯"了一声,仿佛有了兴趣。

那个人继续介绍道:"一辆车当时正在右转,车速不快。他假装被碰到后,竟然用头撞人家的挡风玻璃,直到把挡风玻璃撞碎,自己的前额破裂为止,当时流了很多血。"

那冷冷的声音突然透出了笑意:"哦,综艺明星那个案子,是吧?当时要了多少钱?"

"车主可能是怕麻烦,当时给了 2000。后来我们打听了一下,修车花了 9000。"

"嗯,一共讹了 1.1 万。这次你吃点亏,我凑个整数,给你 10 万好不好?"

听到这句话,恐惧感深入骨髓,姚大广知道接下来会发生什么了。他惊恐地望向四周,不知道又会有哪辆车突然冲出来。

果然,一辆轿车"轰"的一声冲到他的身前,准确地停下来,车头几乎触到了倒在地上的他。虽然全身一紧,但是姚大广没能挪动自己的身体,一是因为车速太快,根本来不及;二是因为两只手臂都动不了,上半身疼得已经麻木了。

车上下来一个年轻人,肌肉结实得吓人,再加上整条胳膊上都有文身,给人一种压迫感和令人窒息的无奈。

这家伙并没有说太多废话,走近来用脚踢了踢躺在地上的姚大广,晃动着手机命令道:"给我演这段儿!"

手机刺眼的屏幕上开始播放一段新的录像。画面中,姚大广面部狰狞,像电影里受到感染的僵尸一样,发了疯似的用头撞着挡风玻璃。溅出的鲜血和"砰砰"的声音,把车里的孩子吓得哇哇哭。司机是个女人,一边焦急地安慰着"宝宝不怕,宝宝不怕",一边带着哭腔质问:"你要干什么啊?!别撞啦!快停下,你吓到我孩子了。你疯了吗?快停下!"

录像里的姚大广摸了摸自己的额头,又用舌头舔了舔淌下来的血,方才心满意足地笑笑。他似乎根本就不疼，竟然悠悠然点起一根烟，吐出烟雾享受了一下，方才开口道："美女，你和你的小宝宝开车撞到我了，给点医药费吧。"说完，瞟了一眼司机的方向，又瞟了一眼小宝宝，冲着他做起了鬼脸。

女人下车和他争执："你这人怎么这样，明明是……"

还没等女人说完，姚大广竟然把烟一吐，再次发了疯似的撞向挡风玻璃，小孩刚刚弱下来的哭声再次响起，画面也因为撞击而剧烈抖动。只听见女人无奈地哭号道："好了好了，求你了，别撞了。我只有这2000块现金，都给你！"说着，钻进车里从钱包里拿出钱，愤愤地把钱撒在姚大广面前。姚大广这才满足地笑了笑，开始捡车上和地上散落的钞票，还用舌头舔了舔几张带血的钞票，心满意足地挥挥手，最后朝着小宝宝的方向打了个飞吻的手势，才转身离去。画面慢慢模糊，只听得到女人的哭声……

"砰"的一声闷响，花臂男人的拳头重重地砸在车前盖上，车身剧烈地震动了一下，把姚大广的魂从空中砸到了地面那具可怜的身体上。花臂男人沉声向着远处那个方向问道："我不想跟他废话了，可以直接来吗？"

冷冷的声音响起："录像里，赚2000块钱一共撞了多少次？"

旁边那人回道："一共11次。"

"好，10万折算一下，那就应该撞550次，撞完为止。一辆车6块玻璃不够，这屋里的车，随便用。"冷冷的声音无所谓地淡淡说道。

花臂男人没有说话，直接拎着姚大广的裤腰带把他扔到了挡风玻璃前，力气大得姚大广根本就无从挣扎。花臂男人转身从车里取出10捆人民币，一把塞在姚大广的衣服里面，只说了"收好"两个字，然后，姚大广的噩梦就开始了。

花臂男人用巨大的双手捏着姚大广的脖子往挡风玻璃上撞去，姚大广的两只手悬空抽动着想护住头部，却徒劳无功。旁边的人哄笑着开始齐声计数："1、2、3、4……"

第一下是闷，整个脑子像是震荡了一下，有点发晕。紧跟着第二下，他听到了玻璃裂开的声音，撞击的地方相同，两层伤害叠加在一起，格外疼。第三下，剧烈的刺痛。第四下,他觉得血液从头皮上喷出来了,溅花了眼前的玻璃。第五下,玻璃凹下去了,裂痕开始变大、变多。第六下,视线已经模糊了,不知道是脑子的问题还是眼睛的问题。第七下,意识开始断断续续的,有点恍惚……

不知过了多久,姚大广再次被一阵凉凉的雾喷醒,剧烈的疼痛从脑仁深处一直蔓延到头皮,从里往外疼透了。姚大广第一次清楚地体会到了生不如死的感觉,但他不敢哭。其实不要说哭了,一呼一吸都能让他感觉到身体里难以忍受的疼痛,他恨不得自己永远别醒过来。

这时,他听到一个浑厚的声音在说:"刚才一共才 55 下,人就昏过去了。这个玩法,可能会让他死得更快。"

那个冷冷的声音道:"垃圾!那就给他留 1 万吧。"

然后,那个冷冷的声音再次让姚大广陷入了绝望的地狱:"第五次什么情况?"

旁边的人答道:"今年 6 月,在天一路和经纬路交叉的十字路口,他突然躺在左转必经的车道上。后面的大货车避险不及,侧翻的时候渣土埋住了一辆车,车上的两位老人差点死在里面。"

"他怎么说?"冷冷的人咬紧了牙。

"他说,说那辆车碾了自己的小腿。"

"他讹到钱了?"

"这次属于重大事故,钱没有讹到,他被行政拘留 15 天。"

"呵呵,好玩,这个真是太好玩了!你们谁要玩这个?最后一场了啊!"

一阵乱哄哄的喇叭声和起哄声轰然而起,震得人耳膜疼。数辆车的大灯狂闪,仿佛一场狂欢的聚会。

混乱之后,那个人向身边的人问道:"小九儿,是不是有点无聊了?你去吧!"一个清脆的女声简单应道:"不无聊。我去也行,时间有点长了,你该休息了。"声音里竟全是暖意。那个冷冷的声音道:"尽量忍一忍,不要太快,你得帮我让他记住,太快了记不住。"

那女孩干脆利索地答道:"行吧。"

四周仿佛一瞬间都安静了,姚大广耳边传来一个少女的声音。那声音不知道从什么地方传来的,仿佛很悦耳,却又阴森森的,姚大广的头疼得简直要抽搐了。

他感觉自己被人平着摆放在地上,又反复挪动了几次调整好角度,没有问话。眼前的所有光线都是那么刺眼,所有声音都忽远忽近的,不知所云。正恍惚间,突然引擎声响,他觉得小腿断裂了,一阵剧痛,还感觉到了"嘣""嘣"两次很有弹性的震动。剧烈的疼痛冲向大脑,豆大的汗珠瞬间从全身滑落。还没喘口气,车子又发出尖锐的声响,反方向从双腿上碾过去。

他感觉自己的两个肾因为疼痛而剧烈地收缩,全身的肌肉也剧烈地收缩,他张开嘴大声哀号,似乎这样可以减轻头的疼、手臂的疼、肋骨的疼、内脏的疼,还有双腿剧烈的疼痛。他恨不得自己此刻已经死了,全身的疼痛越来越剧烈,慢慢地感觉全身都是火,如地狱中冥灭不尽的火,似乎要烧尽他对自己那些街头碰瓷行为的忏悔之心。

再次醒来的时候,姚大广似乎感觉不到疼痛了,面前的光也不再刺眼。但他连呼吸也不能用力,像死人一样哪里都不能动,只有眼角滑落的泪水才能带走一丝丝痛苦。

此刻,他的心里已经没有恐惧了,只想着能快点死掉。

耳畔响起脚步声,一个清俊的面孔映入姚大广的眼帘,脸上带着邪邪的笑容,眼睛里闪着兴奋的光芒。这个人没有说话,而是仔仔细细地审视着姚大广的全身上下,良久方才笑眯眯地问道:"你以后还碰瓷吗?"

这是那个冷冷的声音!

这是来自冰冷地狱的魔鬼的声音!

这个声音让姚大广眼中清俊的面孔扭曲成一副恐怖的样子。他努力地看着对方的眼睛,满眼的疑惑——"为什么,为什么要这样折磨我?"

那人再次问道:"以后,你还敢碰瓷吗?"表情是那样认真,语气是那样真诚。

姚大广的喉头动了动,艰难地挤出一点点声音,但完全构不成一个字。

那人认真地说:"不可以啊!你的这个态度很有问题。明明碰瓷是非常低劣的行为,给人家带来那么多麻烦,你怎么能不认错呢?刚才这么多的情境重现,仍然不能让你有愧疚感吗?挣钱挣不够是吗?"说着,那人似乎有点生气,从姚大广的衣服里掏出大把的钞票,甩在他的脸上,阴森森地问道,"给了你这么多还不够吗?真的不知道自己错了吗?"

姚大广不知道怎么回应,他根本不相信"碰瓷"这种小罪过会让自己遭受这样的折磨。此刻,他只能流泪,连他自己也分辨不清,这是悔恨的泪还是恐惧的泪。

那面孔远离了姚大广的视线。那人站起来,向旁边问道:"搭好了吗?"

有人应道:"搭好了!"

姚大广似乎听到了搓手的声音,冷冷的声音好像也变得兴奋起来:"来吧!把他架起来,我太期待了。哦,对了,忘了告诉你一件值得骄傲的事情——你是我的'惩戒'计划里的第一只小白兔。希望别人看到你的时候,都知道'碰瓷'是不对的。"

姚大广此刻如同躺在云端,飘飘忽忽的,好像身体没那么疼了,大脑感觉很舒适。恍惚间,有人搬动了他的身体,搬到高处停了下来。有人扶着他的上半身,让他直立起来。重量一压上来,腿很疼,但似乎可以忍受,不像之前那么剧烈。好在扶着他的人没有松手,否则他肯定会倒下去的。好像有人往他脖子上套了绳索,又往脚上系了绳索。扶着他的人松手了。哦,不好,他要倒下去了。哦,还好,脖子上的那根绳索救了他,没有让他倒下去。尽管脖子被勒得越来越紧,但毕竟没有倒下去,还好!

模模糊糊中,那个冷冷的声音好像说了一句"希望地狱里没有'碰瓷',去吧"。

哦!脚下一沉,姚大广最后听到的声音是来自脖颈中骨节的"咔、咔、咔"声。

14 肖依的神秘训练

开篇语：

把身体管理得特别好看的人，你可以轻松找到切入点进行搭讪；把身体管理得特别好用的人，他的精神力量可能深不见底。

一起吃饭好不好？

肖依的头发已经快长到腰了，黑亮黑亮的，透着精神。

刘总的贪腐集团被连根拔起之后，小姑娘像变了个人似的，不再是应届毕业生的生涩模样，突然长大了许多。上班的时候，永远穿着干净利索的工装，轻盈地踩着高跟鞋，身材窈窕，来去如风。

她仍然留在人力资源部，但已经坐到了机要秘书的位置上，就在总监的办公室外间。不过，此时的戴猛已经根据总部的安排，被调到集团监察委员会任职。戴猛是监察委员会副主席，主席则由董事长亲自兼任。

华生呢？

华生被任命为内审部的副主任，主管技术、设备和案件资料。他这个心理学博士，目前主要操心两件事，一是牵头案件审查智能软件的开发和移植，二是设法请肖依吃饭。

前一件事情倒是比较简单，反正软件的原型版本已经从姜老师那里拿到了，只要按照内审部的业务模型进行改动就好。但后一件事情可真是让他头疼，因为肖依已经拒绝他 6 次了，也不知道为什么。

其实，吃饭这事是两人之前约好的。

父亲的癌症没治好过世之后，肖依一直很难过，便把妈妈接过来和自己住，两个人互相慰藉，日子还好过一些。肖依妈妈每天早晨都起得很早，给肖依做好丰富美味的午饭让她带上。肖依吃不完，就分给同事们尝一点，每个人都夸阿姨手艺好。

那时候华生还在人力资源部，这些好吃的从一开始雨露均沾，到后来华生吃得最多，渐渐地，就变成了只有华生一个人可以吃到。有几个年轻的男生还会越过肖依的座位，直接到华生那里问他："这白斩鸡，能分我两块尝尝吗？"说罢，一脸坏笑。

肖依新租的房子要装修，几乎是她和华生两人一块儿弄完的，从挑材料到做计划，再到找装修公司施工，整整折腾了两个月。等搬进去的时候，肖依的妈妈做了一大桌子菜，请华生到家里来吃饭。这一顿饭吃得华生的口水都不够用了。

当时肖依就问他："哎！你怎么这么能吃啊？"

华生鼓着腮帮子吃力地回答道："阿姨做得好吃啊！"

肖依妈妈就在边上看着华生的吃相，笑而不语。

肖依拍拍华生微微隆起的肚子，看了一眼妈妈，揶揄道："吃吧，就这么吃，看看你，30岁都不到，肚子快赶上张胖子的了。戴总和姜老师都那么喜欢健身，看看人家两位大叔的身材，再看看你，自甘堕落！"

华生憨憨一笑，又夹了一筷子酱爆鳝丝。

肖依拿筷子轻轻敲了一下华生的手背，嗔怪道："你就吃吧。"一扭头，冲着妈妈说，"您平常给我做的午饭，大部分都让他给吃了。"

阿姨忙笑着说："哎呀，你就让他吃吧！装修多亏了华生，你自己一个人，能弄得这么利落吗？吃点东西算什么啊！能吃能干，多好啊。"

华生咽下一口饭，微微耸了耸肩，他不用动技术也能看得出来，肖依眼睛里含着笑意呢。

第二卷·惩戒　　131

肖依跟她妈说:"嚯!您倒是真大方。那么多鸡啊、鱼啊、牛肉啊,我估计他得吃了有七成,我连三成都不到。"

华生接口道:"那还不简单,回头阿姨回去了,没人给你做饭吃,我天天请你吃饭。行吧?"

肖依眯起眼睛,鼻子一翘,敲打着桌子说:"这可是你说的啊!"一转头,拍了拍妈妈的肩膀,说道,"老妈,这回您可以放心了,吃饭有着落了。这家伙在我们单位算人才,微表情小专家,混得好着呢!"

阿姨看看自己女儿,又看看华生,只是笑,给华生夹菜,眼睛里忽又泛起一点点泪光。

肖依抽出纸巾给妈妈,安慰道:"您快去快回就好,就两三个月的时间。舅舅他们的事情,主要还是得靠他们自己。我爸走了,您赶紧把家里的事情处理完,快点回来啊!"然后一指华生,说,"这家伙肯定也盼着吃您做的饭呢!"

说完,三个人都笑了起来。

华生请肖依吃饭,就是这么定下的。结果,华生当真开始约起来的时候,肖依却老是推托。华生一开始没当回事,后来发现她每次一下班就拎着个大包匆匆忙忙地走,似乎总是赶着去做什么事情。

另外,华生还注意到,肖依的身材从原来的小平板变得越来越"翘"了。

她走路时,男同事们都会装作不留神的样子,把视线停留在她的腰臀部分。这个套装之下的身体饱满丰盈,似乎有着源源不绝的活力。当华生的视线扫过这些男人的时候,他们都连忙闪避开来,嘴角挂着几不可见的笑意。

后来工作变动之后,两人不在同一层楼办公了,约饭就得打电话。更奇怪的是,每天晚上7点到9点之间,肖依都不接电话。稍后她回电话或信息倒是没什么异常,只说是在健身。什么健身啊,连电话都不接?华生心里想,健身房自己又不是没去过,最认真的人也不会两小时不接电话啊!

每次两人聊其他的，又都一切正常，没仇没怨，充满笑语欢声。可华生每次一问健身都练些什么，肖依就敷衍过去："别问啦，别问啦，说了你也不明白。"

肖依的这种表现，总让人感觉神秘兮兮的。

华生有天下班在楼下等到肖依，见她又是一副笑盈盈的样子，也不知道心里想什么呢那么高兴。见华生来，她有点吃惊，接着立刻换成了开朗的笑容，还有点神秘，也不搭理他。华生跟上她的步子，问她："这大包里装的什么呀？这么急火火的。"

肖依一笑，说："我去训练啊。你跟上来干吗？"

华生道："那就是说，今天又不能请你吃饭了？"

肖依可爱地瞥他一眼，道："真有诚意的话，就不应该这个点来约我。训练完了我可以，你呢？"

华生道："我看你还挺认真的啊！今天训练什么呀？"

肖依眼睛一转，笑眯眯地道："和一大帮男人打架，扯衣服拉袖子，在地上滚来滚去那种。"

华生是真没想到："啊？打架？你？"

两人的脚步一直就没停。肖依道："干吗？怕了？好姑娘会武术，流氓挡不住。"

华生道："哈哈，你挡流氓干吗呀？不过最近倒是变壮硕了呢！"

肖依白了华生一眼，指指华生的肚子说："你才肥硕呢！我这叫 fit。就你这肚子，还好意思说我壮硕！"

华生问："我能去看看吗？"

肖依一拍华生的肚子，眨了眨眼睛，一笑，然后做了个"跟我来"的手势，一头扎进了地铁站。

华生这才觉得自己好像中计了。因为那个笑容里满是得意，大概意思是在说"早干吗去了"。

肖依的训练课

肖依领着华生到了她训练的道馆，据她说，这是国内最著名的综合格斗健身俱乐部。

道馆在五层，只爬了四层楼梯，华生已经有点呼吸急促了。

肖依每上一层台阶都会一颠儿一颠儿的，仿佛她的腿安装了弹簧。一路上遇到好几个身材特别棒的小伙子，20岁左右，他们见到肖依都点头微笑道："依姐！"看样子，他们已经很熟了，而且对肖依颇为尊敬。

"一姐？"华生打趣，"这地位混得可以啊！估计以后再有人欺负你，都不用你动手，这帮小弟冲上去，就够那人受的。"

肖依回过头来，在比他高出四五个台阶的地方抿嘴一笑，也没说啥。华生看到的又是那个得意的小微笑，还有肖依那双笔直的大长腿。

进了道馆的门，肖依谦虚恭敬地向每一个人行礼，所有人也都回礼。在华生看来，那是一种奇怪的礼节，双手的手指并拢，贴在大腿外侧轻轻一拍，同时微微弯腰低头，神态很认真、很严肃，动作很干脆，不是那种慢吞吞的动作。有人望向华生，又望向肖依，扬扬眉，嘴上却不说话。华生知道，那人这是在关心他的身份了。

肖依瞪了那人一眼，嫌他多事，然后把华生带到一大片平坦的厚垫子边上坐下，嘱咐道："你在这儿坐着，我去换衣服。看见没有，这里的这些人，每个都很有实力的，一拳能打死一头猪哦！你可千万别乱动啊。"

"一拳打死一头猪"，华生心道，"好奇怪的说法。"刚觉得挺有意思，就猛然觉得不对劲，"刚才肖依那个龇牙咧嘴的小表情，配合上语言，明明是在威胁我。原来她悄悄地骂我是猪，这鬼丫头！"

华生一边乐着，一边轻轻摇头。以前的肖依，文文静静的，话说多了还会脸红，现在感觉完全变了个人。

变了个人……真的……是变了个人！

华生眼见着一个亭亭玉立的长发姑娘赤着脚从更衣室里走出来，身上穿着类似跆拳道道服的衣服，腰间扎着一根蓝带子。那肥大的道服根本就不是什么贴身款，但穿在肖依身上，一点都不臃肿笨拙，反倒显得人更加清丽洒脱。华生把她全身上下打量了一遍之后，啧啧称奇，目光不由自主地停留在了她白皙的脚丫上，那双脚可真好看！

肖依一边走上垫子一边盘头发，及腰的长发被她三两下就服帖地盘在脑后，顿时一股英气散发出来，跟往日办公室女职员的形象大不相同。她走到华生身边坐下，看他眼神发直，顺着他的目光一找，才发现他在看自己的脚，连忙把脚一缩，拍打了一下华生的肩膀，嗔怪道："看什么呢你？"

华生非常窘，眼睛不知道该看哪里，也不知道该怎么回应，两只手无端拎起肖依腰间的蓝带子，摆弄着问："跆拳道吗？蓝带是什么档次？"

见到他的样子，肖依觉得有点好笑，就把两条腿伸直，把白皙俏丽的双脚往华生视线里一摆，绷直了脚尖问道："好看吗？"

华生有点蒙，不知道她到底是生气还是不生气，不太敢再盯着她的脚丫看，转而望向她的脸，才发现原来这姑娘脸上有些红润，神色里透着一点娇羞，尤其是嘴角向上一抿，笑意便流淌出来。发现华生在看自己，肖依立刻眉头一皱，盯着华生的眼睛，做出凶凶的表情说道："好看也不许多看！"扭身站起来走向场地中央。

四五十个人站队集合，都是类似的装扮，男的多女的少。有一半左右的人腰带是白色的，有七八个人的腰带跟肖依一样，是蓝色的，也有几个人系着紫色的腰带，还有两个人是棕色腰带。在他们对面站着的，是个系着黑带的胖教练，深棕色皮肤，看起来像是一个搞笑的外国老头，哪里有武林高手的样子！

训练开始了。

先是全场热身，比较奇怪的是，并没见到有人打打杀杀、挥拳踢腿，而是所有人都在地上来来回回地滚。前滚翻、后滚翻、倒地、爬行，华生瞬间感觉像是满地的熊猫宝宝在滚来滚去。这哪里是在练武术啊！这么狼狈不堪，能打败谁啊？

一通摸爬滚打之后，终于开始两两对练了。华生心里瞬间升腾起一种强烈的愤怒，因为那个胖教练让肖依躺在地上肚子朝上，然后他竟然骑了上去！这个尴尬的姿势让华生双眼冒火。

他保持着理智，观察了一下胖教练和围观的人群脸上的表情，却并未发现他们流露出淫邪、猥琐。而被骑在身下的肖依，似乎也非常认真地在听教练的话，按照教练的指导做着一些动作。

那个身躯比功夫熊猫还要胖硕的教练突然一转身，一只膝盖压在肖依的肚子上，一脸认真地继续讲解动作。华生看肖依没有什么痛苦的神情，觉得他们确实是在学习某种神秘的武功。因为以他对肖依的了解，那神情是一种有收获的愉悦感。

随即，肖依大概连一秒钟都没用完，就迅速起身翻到了胖教练的背后，然后用两只手臂搭了个扣，勒住了胖教练的脖子。旁边响起一阵掌声。

那个敏捷的动作，华生愣是没看清楚。明明刚刚还被那么庞大的身躯用一只膝盖压在下面，却突然翻转到了人家的后背上，真是厉害！不过，分开两条腿趴在一个男人背后，这种尴尬的姿势，还是让华生觉得心里有点别扭。

好在接下来的两两对练阶段肖依和女生练，这让华生感觉不再别扭了。不过，他看到所有的男生也都做了之前肖依做的那套动作，也是被骑、被膝盖压，然后突然一转就攀到了对手的后背，分开双腿骑在对方身上，最后用手臂搭成锁扣勒住对方的脖子，因此他相信之前肖依并没有被占便宜。

真是从来没见过的武术，奇怪的健身项目！

接下来的过程对华生来讲就很无聊了，因为一群人总是在地上翻来滚去，并没有电影里那种龙腾虎跃的身影、潇洒的拳脚和快速的攻防。

华生只用目光追随着肖依的身影，一边欣赏这曼妙的身姿，一边观察着她的神情。他看到的，有投入，有奋力，有失败之后的懊悔，更多的则是强烈的收益感带来的愉悦。华生作为心理学博士当然明白，这就是肖依变了一个人的主要原因，经过这种激烈的生理对抗、输赢、得失、荣耀的训练，心理层面的自信和决断力会自然而然提升，而且提升的效果非常明显，不容易受到外界评论的影响。

训练进入最后一个阶段，固定的训练搭档被拆散了，所有人互相邀请，自愿搭档进行实战。先后有好几个人主动找到肖依，肖依都开心地接受邀请。和系白腰带的人对练，肖依的动作明显会慢下来；和系紫腰带的人对练，肖依似乎吃力很多，想快也快不起来。

最后，肖依主动找到一个系着棕色腰带的精壮男人对练，那个人没用半分钟就把肖依压在身下，而且是侧身用腋下的躯干压着肖依的胸腹之间，就像是躺在她身上，无论肖依怎么动，男人都能用手臂控制着肖依的肩膀和身体，而肖依涨红的脸蛋和起伏的胸部就在他的眼前。这个姿态持续了很久，被他压在身下的肖依越来越着急，神色也越来越凝重，而那人却一脸淡淡的得意，突然一起身，将空位让出来给肖依。

肖依反应非常敏捷，身体立刻在地上滴溜溜一转，躲避开那个棕带大叔的压制，刚要起身做防御姿势，那个大叔却用了一个舞蹈般的甩腿动作骑到了肖依脖子上。他把左腿盘到肖依脑后，右腿自膝以下从她的腋下穿过，挂在左脚踝上，肖依的整张脸就被夹在大叔的双腿之间，没法再挣扎着躲避和防守了。

华生这下忍不住了，猛地从椅子上蹿起来，大声喝道："嘿！"

所有人都一惊，不约而同地回头望向这个突然大吼一声的人，那个系棕色腰带的家伙也诧异地起身，看到华生双眼正直勾勾地盯着自己，向外喷射着怒火。他松开双腿搭成的锁扣，把脸已经涨得通红的肖依拉起来，朝着她笑了笑，用手指在自己的太阳穴边上绕了几圈，并没有说话，站起身来。

肖依一脸的窘迫，脸涨得更红了，弯腰低头行礼后，跑到华生面前，狠狠地瞪了他一眼，轻声喝道："你干吗？瞎叫唤啥？"

不等华生明白，她又快步跑回去，再次向系棕色腰带的男人行礼。旁边的人不时地望向华生这边，又看看肖依，都在偷笑。

华生不是很懂肖依的反应，那一瞬间看到了好几种微小的表情，有尴尬，有愤怒，有嫌弃，还有一点点羞涩，好奇怪的组合。正琢磨着，他的手机响了，一看号码，是戴猛打来的，便立刻接听："戴总。"

电话里，戴猛让他立刻去市局刑警支队，姜老师邀请他们参与研究一个奇怪的案子。

华生望了望肖依的方向，看她在继续训练，便有点犹豫，向戴猛问道："现在就要去吗？"

戴猛语气有点急，不似平常那么镇定，简短有力地回答道："立刻。"

15　带尸投案

开篇语：

这么惨的伤，得是多深的恨啊！

By 老秦

法医室里的尸体

华生赶到刑警支队大楼的时候，戴猛和姜老师已经等在了那里。市局的同志带着他们直接到了负一层地下室，整个楼道里透着阴森的味道。

第一次进法医室，华生浑身上下微微打寒战。

迎面走过来一位胖胖的警官，面带着微笑，非常熟络地与戴猛和姜老师握手。姜老师介绍道："这是我的好朋友，法医老秦。"

对华生来说，这是个惊喜，他有限的法医学知识，就是看秦老师的书学到的。他连步上前握住老秦的手，老秦脸上慈祥的笑容并没有什么变化。

华生道："秦老师，我是看着您的书长大的，没想到今天能见到活的！"

老秦哈哈笑道："嚯！这小伙子，果然精神，手真有劲儿！"他甩了甩华生那双略显肥胖的大手之后，反问道，"怎么，你也喜欢微胖的警察叔叔？"

华生微微怔了一下，没想到老秦会这么回复。

老秦道："哈哈，混微博这么多年，没点儿自嘲自黑的幽默感，怎么能愉快地生活呢？开玩笑的。时间比较紧急，李支让我先给你们介绍下尸检情况。"顺着老秦的目光，华生看到解剖台上摆放着一具赤裸的尸体。老秦正往尸体那边走，突然扭过头来问："小兄弟，你是第一次见尸体吧？"

华生在进门之前已经给自己做过心理建设，拳头都是暗自握紧着的，所以刚才才会有那么大的力气来握手。现在被他这么一问，不由得微微吞咽了一下口水，眼神有点不知所措。

老秦递过一副呼吸面罩，说道："这一具刚解剖完，估计你受不了那股味道。口罩外面再戴上这个，聊胜于无。"说完，一个坏笑从脸上闪过。

华生对这种轻蔑笑容很敏感。轻蔑嘛，背后肯定藏着点什么"挑衅"的东西。

戴猛和姜老师熟练地戴上手套和口罩，围绕在那具尸体边上。

老秦一回身，脸上立刻恢复神圣肃穆的表情，真的有点护佑众生的庄严感觉。

华生全副武装完毕，视线刚刚接触到尸体的时候，一阵眩晕，心跳加快，双脚似乎被什么力量往后拖，站不稳。他不知道自己的眼睛应该看哪里，总觉得躺在那里的那具被剖胸开背的尸体处处散发着灰色的气息，这些气息又似乎是尸体特有的气味雾化后的样子，有种阴森森的味道，不断透过面具和口罩往自己口鼻里钻。华生阻止不了这种阴森的味道，为了让自己好受一点，只好先把目光投向老秦。

伤痕累累的尸体

这是一具青年男子的尸体。

老秦介绍道："昨天发现的尸源，已经通过 DNA 数据库确认了身份。死者今年 28 岁，安徽人，10 个月前来到我市，无正当工作。解剖登记做完，可把我累坏了，这家伙全身上下的伤太多了。"

老秦一边说，一边捶捶自己的手臂。姜老师和戴猛开始仔细地观察尸体。

老秦看得出，华生不知道该怎么开始，于是伸出拇指和食指，在尸体头部的一处伤口上比量着介绍道："我们拣着重要的说。死者左侧顶骨和颞骨交界的位置有一处很明显的骨折重伤，解剖发现脑内有对冲伤。因为对冲伤的存在，可以确定是头部突然减速运动造成的，比如跌落或者碰撞，而不是钝器殴打造成的。"

华生本来还想记笔记的，但现在感觉身体不是自己的，明明脑子很清醒，但偏偏身体不能动，根本抬不起手。他感到自己的肋骨末端在轻微颤抖，要不是不想当着三位大佬的面丢人，可能现在已经跑掉了。

老秦没在意新人的表现，继续凝重地介绍："颅骨这里还有一处重伤，右侧眼眶裂伤严重。刚才的骨折在左侧，这个在右侧，应该是两次独立的撞击造成的。额部、眼睑部皮肤多处裂伤、划伤，从伤口中检测出了玻璃碎碴。"

姜老师问道："左侧那处骨折伤口里有没有检测出玻璃碎碴？"

老秦答道："没有。"

尸体的胸腔已经被剖开，向两侧翻着。老秦依次指着几个重要的部位解释道："这里胸骨全部骨折，肋骨骨折4根。解剖时发现脾破裂、肝脏破裂。这些重伤也是由单独的撞击造成的，力度很大，而且一定是多次撞击，一次撞击绝对不会造成这么多伤。另外，还有这里，骨盆粉碎性骨折，腰椎脱位，后背有大量的软组织挫伤和皮肤擦伤。"

大多数正常人都受不了这样的视觉刺激，华生喉间涌动了一下，感觉脑袋发紧，似乎被抽干了水分一样，隐隐作痛，身体发冷。

姜老师紧紧皱着眉头说道："可以排除高坠了。"

老秦"嗯"了一声，继续说道："两侧都有差不多的重伤，肯定不是高坠。尤其是胸骨骨折，几乎不可能是跌落造成的，因为鲜有这个位置先着地的案例。如果神志清醒的话，大多数人会用四肢本能地进行减震防护。说到四肢，你们看，死者手掌、小臂和大臂的大量皮肤擦伤，双腿股骨骨折，这可不是摔一下就能造成的。这些伤势都是生前伤，有明显的生活反应。最惨的是胫骨，几乎全部被碾压粉碎。"

华生看到那双小腿的时候，再也忍不住了，突然冲去洗手池，哇哇地吐了起来。

老秦竖起大拇指说:"第一次能坚持到这会儿,真不错。"三人见华生的样子,知道第一次有这种反应实属正常,便等待华生自己缓解。他们本来想笑,但都神色肃然,毕竟尸体中所隐藏的秘密让人没法笑出来。

老秦突然皱紧眉头,谨慎地说:"其实,我想你们也应该猜到了,这么多的重伤,应该是车辆撞击造成的。"

华生吐过之后,感觉舒服了些,一听到这句话,还是鼓足勇气凑过来,用眼神询问,嘴角还挂着几滴残液。

老秦解释说:"微量物证那边确认,皮肤表面有橡胶颗粒。你们看后背、腹部、双腿和手臂上的碾压痕迹,可以确认死者生前遭遇严重的交通事故,有车辆从身体上反复碾压而过,而且从轮胎痕迹的宽窄不一、花纹各异来判断,还不止一辆车。"大家倒吸一口气,被老秦所说的"反复"和"不止一辆"所震惊,无法想象这是什么样的残忍手段。

老秦继续介绍道:"你们来之前,我已经把尸检报告递交到 9 楼了。这具尸体是在三环主路上被发现的。根据监控显示,当时一辆老款切诺基的司机突然停车,然后把尸体从后座上拖下来摆在车前,再坐回驾驶座,缓缓地开动车子,让前轮压过死者的胸腹和大腿。如果不是司机摆放的时候略显匆忙,留下了一个角度,我怀疑最初的车轮是朝着头部碾压过去的。"

华生听到这里,只觉得一股凉气直冲脊梁,全身打了个大大的寒战。惨烈的画面还有凶手的动机简直不敢想象。

戴猛惊声问道:"当时人还活着吗?"

老秦摇头,很肯定地说:"肯定没有。"

姜老师问:"这么确定?"

死因

老秦放慢语速,沉重地说道:"刚才说的这些头部伤、躯干伤和四肢伤,发生时都有生活反应，也就是在死者死亡之前所受的伤，不是直接致死原因。虽然造成死亡的原因不排除是多重伤势的叠加，但我在其脖颈上发现有明显的环状皮肤挫擦伤和皮下索沟，解剖发现颈部肌肉有严重的纤维断裂和充血，这是勒颈的典型特征。更奇怪的是，死者颈椎的第3、4、5节间断裂，这是大力拉断颈椎的伤痕特征。虽然其他伤势很重，但直接致死原因是颈椎断裂导致中枢神经损伤，无法再维持呼吸和循环功能，最终大脑缺氧导致死亡。"

三个人同一时间把视线集中到了老秦脸上，不约而同地确认道："颈椎断了？！"

要知道，造成颈椎的节间断裂其实并不容易，除非故意快速大力地拉拽扭掰。

老秦点头，补充道："同时，我在死者的两侧脚踝上也发现了皮肤挫擦伤和皮下索沟，说明当时有针对脚踝的环绕性捆绑和拉拽，且力量很大、速度很快。初步推断，死因可能是类似于传统刑罚——绞刑。"

"绞刑"两个字，像恐怖片的片名字幕一样，闪现在华生的脑海里，竟然还使他脑补了一段阴暗沉闷的背景音效、一系列画面展现出当时的惨状：凶手在死者的脚上挂了重物，然后将绳索环绕在脖子上，死者整个人突然失重。死者本身的体重加上脚上挂的重物，在重力的作用下突然下沉，拉断了死者的颈椎……

戴猛问："这手法太不寻常了。此前发生过类似烦琐手法的命案吗？"

老秦低头思考了一段时间，缓缓道："没有。"

就在这时，华生的电话响了起来，在安静的解剖室里显得异常刺耳。

华生赶紧拿起手机，一边接听一边往门外快步走去，电话那头是肖依的声音："你在哪儿呢？"

华生还戴着呼吸面罩，所以第一句回答得很模糊。他手忙脚乱地摘下呼吸面罩，电话那边肖依正在发飙："你怎么回事啊？我还在那儿苦哈哈地训练呢，一转头，人没了。小气死你算了。"

华生轻声说："没有，不是……你不是跑过来吼了我一通吗，吼完我之后，刚好戴总就打电话给我。我正在刑警支队呢。"

肖依似乎一怔，非常感兴趣地问道："不是戴总闯什么祸了吧？你们在刑警支队干吗？"

华生神秘地答道："我们在看尸体。"

肖依更感兴趣了："看尸体？好看吗？有人被杀了？戴总把你叫走是去参与案子？"

这一连串的问题让华生挺意外，没想到这小姑娘对这件事的兴趣这么浓，已经不再追究自己在道馆里犯傻之后被批评完就逃跑的事情了，便小声地跟肖依说："应该是杀人案，我们正在听尸检分析，挺惨的。"

肖依似乎好奇心迅速提升，兴奋地问道："呀！你怕不怕？我还没见过法医解剖尸体呢。"

华生眼睛张望着解剖室里面，生怕错过什么关键信息，这可是他第一次近距离接触杀人案，尸检解剖的神秘感强烈地吸引着他，恶心和恐惧感受已经慢慢消退了。他迫切地想快点回去，就用很快的语速告诉肖依："我还好。尸检的分析结果挺复杂的，我先不跟你多说了。你自己回家注意安全，明天再跟你讲细节。"

肖依在电话那边停了一秒钟左右，痛快应道："好的。你赶紧忙，不过今天的事可没完，明天得找你算账！哦，对了，我最近正在看法医老秦的系列小说，下次有机会你也带我去看尸检啊！"

这可真是巧了，华生压低声音告诉肖依："这次就是秦老师在给我们讲，我先去了啊！"

电话那头传来肖依的欢呼声："替我表达对秦老师的热爱，告诉他我爱微胖的警察叔叔。"说完就挂断了电话。

带尸投案的人

华生再进屋的时候,听到姜老师正在问:"那个司机就是凶手?控制了?"

老秦点头:"他就没打算跑,把车停在死者身上,就坐在驾驶室里,还打电话报了警。"

戴猛自始至终很少说话,听到这里觉得有点奇怪,道:"他自己报的警?供了吗?"

老秦点头道:"人一到位就供了,有问有答,颇为流畅。"

这下三个人都惊呆了,因为现场控制住犯罪嫌疑人的案件比例并不大,痛痛快快供述的就更少了。

老秦不等他们问,直接说道:"嫌疑人现在还在接受预审。他的基本情况已经查清楚了,名字叫顾三山,只有23岁,本市昌宁镇农民,高中辍学后一直在社会上混。只有两次打架的治安记录,没有前科,算是普通的小混混。去年开始在当地一个度假中心当保安。哦,对了,这小子今年年初结的婚,家里给安排的。"

戴猛本能地觉得,刚结婚就这么从容淡定地公开杀人,不符合常理。

华生竟然也念叨:"这么早就结婚了……"

老秦道:"农村的老观念,得听爹妈的。"

姜老师问:"口供细节和痕迹、尸检对得上吗?"

老秦点头,但双眉仍然紧锁,欲言又止,浅浅地吸了一口气。

华生看到老秦嘴角向下撇,就知道有不对劲儿的地方,又看他吸了一口气,就知道他还会继续说。

姜老师和戴猛也知道,他的神情说明事情不简单,便等着老秦自己说。

老秦沉默了几秒,继续说:"大部分算能说得通,但解释的内容却模棱两可,细节没有全对上……而且,预审的人也说了,那人的状态有点不对劲儿……"

敲门声打破了寂静,三个人打开门走了进来。老秦立刻笑眯眯地介绍:"这是我的领导,刑警支队的李支队长。这位也是我领导,主管大要案的任副支队长。还有我的……"

话还没说完,另外一位没被介绍到的人主动张口道:"少贫嘴,我可不是你领导!"

老秦呵呵一笑,说道:"你也是我领导,负责大要案的三大队的大队长,马汉。不光你,我媳妇也是我领导。"就这最后一句话,给自己换来了一拳。马大队硕大的拳头擂在老秦胸口上,引发一阵"涟漪"。

马大队故作惊诧地对老秦说:"两个星期没见,你怎么又胖了这许多?连媳妇都是你领导了,你把李支和任支放在什么位置?"

老秦摸摸自己还在微微晃动的胸口,一脸坏笑地说:"少挑拨离间!领导都是英明的,不上你的当。"

几个人客套握手,相互介绍完毕后,李支便收敛了脸上的笑容,说道:"案件疑点颇多。嫌疑人虽然供了,但有些信息不对,还有不扎实的地方。而且据预审的同志讲,这小子状态很奇怪,所以我们请姜老师来帮忙看看,听听专家的意见。这次戴总和小张也能一起来,我们觉得肩上的压力轻了些,心里踏实了些。咱们上9楼会议室,各口同志们都在,我们一起研究研究。"

虽然李支嘴上客气,但眉头紧锁的程度却未曾同步减轻,华生知道,案子让李支感到紧张。

16　案情分析会

开篇语：
带尸投案，手机被清理，没有监控，熟练的供述……这一切都有点不对劲儿。

By 李支

9 楼会议室，坐了满满一屋子人。

这里是刑警支队的大脑所在。

李支主持会议。

华生注意到，李支现在的神色比在法医室的时候轻松了一些。看来，领导在刻意控制自己的焦虑情绪，省得给手下的兄弟们增加心理负担。但是，他那双有点淡的眉毛，此刻因为皱在一起显得略浓且直。

华生明白其中原理，紧张会自上而下地加速传播。老大要是紧张或者崩溃了，手底下的人很难镇定自若，因为对他们而言，老大的状态本身就是一个影响最强的因素。

李支介绍的是本案的背景和意义："现在距离案发时间已经 15 个小时了。我们的工作进展稳步有序，取得了一些阶段性的成果。但是，案件也许比我们想象中复杂很多。尸检表明，被害人身体多处重伤，并不是三环监控里的碾压那么简单，有其他行为导致的严重伤痕。案情复杂是其一，现在还有一个麻烦的情况，嫌疑人在三环主路上抛尸作案，引起严重拥堵和围观，大批群众拍摄现场画面，在网络上传疯了，电视台和报纸也报了这个重大新闻。嫌疑人在三环上作案的挑衅意味明显，影响极其恶劣。市委主要领导批示，要求尽快查清案情，给人民一个清晰而专业的交代，严防事态进一步恶化。"

说罢开场语，李支左右看了看，觉得士气不错，大家都很认真。

他点起一支烟，说："死者身份已经确认了，基层派出所里有记录，他之前因为有几次交通事故和治安问题进来过。死者姚大广，28岁，原籍安徽，10个月前来到本市，没有正式职业，靠打零工和敲诈为生，敲诈的方式就是老百姓说的碰瓷。曾经在三环路上那个闹得沸沸扬扬的碰瓷案子，他就是主角之一。医院有他的就诊记录和血液样本，和我们的DNA检测结果重合，可以确认死者身份。"

华生手里的平板电脑同步传输来那则新闻。由于碰瓷的对象恰好是国内一个知名的综艺明星，她驾车带着自己的宝宝，所以网络上吵得声浪很高。姚大广一看司机脸熟，好像是个名人，立刻掰雨刮器要挟她，想好好敲一笔，见那艺人犹豫，便用自己的头死命撞挡风玻璃。整个过程都被车上的行车记录仪拍下来了，并被艺人的经纪公司发布到社交网站上，媒体和公众就沸腾了。绝大多数网民对碰瓷的人深恶痛绝，有不少人点赞了"法律管不了，就私下解决，为社会除害"的评论；也有不同的声音说，应该尊重法律，等待警方处理，等等。

搞刑侦的，尤其是搞命案的都知道，死者信息一旦确定，对于侦破命案而言是重大的好消息，而从被害人的社会关系和接触过他的人员入手，能够提高嫌疑人及其动机的筛查效率。这种无业的流动人口，是刑事犯罪中的高危类别，人们不太注意他们，就算失踪了，也没有人会报警或寻找。

李支鼓舞大家的士气："目前，我们有第一案发现场的完整监控，有目击者，有嫌疑人，现场几乎没有被破坏，痕迹勘验方面的证据链完整。法医在死者的尸检信息中也提取了大量的有效信息，所以，局面不错。之前，小秦已经给我们介绍了最新的案情。接下来，技侦的同志给介绍一下重点。"

技侦的同志说："我们这边刚刚全面检查了嫌疑人的手机。各项证据表明，该手机正是嫌疑人日常使用的手机，但是，奇怪的是，手机内只有一条报警电话记录，没有其他通话记录和短信记录，手机里的照片、地理位置轨迹和微信应该被人用很特别的方法删除了，很干净。我们尝试过恢复他的手机，但并没有任何数据恢复出来。"

任支问道:"只有一条报警记录?那些被删的东西恢复不出来吗?"

技侦的同志答道:"这正是我们觉得奇怪的地方,手机端的这些数据连我们都恢复不了。现在我们使用的软件是最新版的,还从来没遇到过这种情况,这是第一次。"说这些的时候,他的脸色有些复杂。

李支问道:"确定删除过数据?"

技侦的同志答道:"按照我们从移动通信商那里拿到的通话清单来看,48小时内有一些通话记录,不过都是广告或者中介之类的骚扰电话。通话时间最长的一个是6秒,回拨之后发现对方是小额贷款公司,已经查过了,没有问题。再往前的通话记录也都正常。这样一来,两份数据有差异,手机的本地通话记录里只有报警记录,看起来像是被特意刷机了。"

屋里的人都是一线刑警,一听到这个明显的破绽,都觉得不解。

华生想,本地为什么要删除这些没意义的骚扰电话?如果以移动的通话记录为准,这个操作没有任何意义啊!也许,他想删掉的不是电话记录?

技侦的同志补充了一句,让大家更是百思不得其解:"以我们现在的软件版本,只要是用户手动删除过的信息,都可以恢复过来。这种无法恢复的删除,应该是权限更高的人操作的。"

李支道:"以嫌疑人的文化程度和履历,看起来不像这种人啊。换其他的软件行不行?"

技侦的同志答道:"我们咨询过好几个厂家,确定我们手里的软件是最新的,功能最全。"

李支点点头,在笔记本上画了个问号,然后示意负责毒理检验的人介绍。

毒理检验的同志介绍得简单:"嫌疑人的血液化验结果显示,血液内没有酒精、常见毒品残留以及异常药物残留。也就是说,嫌疑人作案时没有醉酒、吸毒或服用神经类药物。"

李支又点名监控分析小组的负责人,那侦查员的眼睛里有明显的血丝,看来是熬了一夜。华生再一看表情，暗道一声："不妙啊！"

监控没有记录！

监控小组的人说："以早晨 7 点半的案发时间为原点倒推，跟踪该车辆行踪，目前可以查到的行踪是，该车案发前 2 小时在昌宁区中轴路上由西向东行驶，然后在远郊方向的高速辅路上行驶了 30 多分钟，目的不明确。未经停，又掉头往城区方向的辅路上行驶了半个多小时，然后上高速、出高速、上三环，直到案发地点。"

任支问："故意绕圈子？ 2 小时以前的行驶轨迹呢？撞人和打架过程的监控找到了吗？"

负责监控分析的兄弟憋了一口气，说道："我们一共 4 个人，干了一宿，没找到头绪，因为昌宁镇的所有道路监控从昨天零点开始升级系统。他们还是划片升级，一片一片交替着来，不是全黑。但奇怪的是，我们在所有可看的监控中都没有找到涉案车辆的踪迹。目前，还真不知道 2 个小时以前的位置。"

李支问："漫无目的绕个大圈子，要不是脑子不清醒，就是故意拖时间。在昌宁镇的情况竟然没拍到。分片区升级监控是政府工程，时间是定好的……嫌疑人在早高峰时段抛尸三环……时间，嗯，嫌疑人自己怎么说的？"

预审的人应道："他说凌晨 5 点左右，他下班开车回家，在路上撞到了死者。死者碰瓷，两人殴斗，嫌疑人一怒之下杀人，报警后进城自首。"

大家的脑海中都冒出一个巨大的疑问："5 点多在郊区杀人，为什么要进城，还要在三环上堂而皇之地摆尸碾压？"

昌宁区是本市的郊区，依山傍水风光好，交通又便利，虽然有点远，却很发达。这里有大片的高档别墅区，有湖景，有山景，是富人们娱乐聚会的好地方。

负责视频分析的同志确认道："目前还没找到撞人和冲突过程的监控录像，我们还在找，也使用了机器视觉自动分析程序和人工复检。另外，为了防止嫌疑人撒谎，我们扩展了查找的时间范围和空间范围，把昌宁镇过去 48 小时的所有公共区域监控和交通监控都作为搜索目标，也在查所有通向昌宁镇的道路，包括乡道。现在程序还在运作，我们提升了关键词的数量，进行最大程度的匹配搜索。兄弟们也没闲着，轮班进行人工复检，有发现会第一时间报告。李支、任支，**现在只有每个片区监控更新的时间范围内没有录像，除非这家伙开车经过的地方恰好和更新的线路同步，否则一定有结果。**"

李支、任支点头。李支说："应该不会遇到这么小概率的巧合事件吧？你们辛苦，再熬一熬。"讲到这里，把头转向预审的人。那人是马大队亲自挑的干将，经验丰富。李支问他："说说看，现在什么情况？"

汇报的人是个年轻精干的警官，贴皮寸头显得人非常干练，眼神犀利。

他介绍说："我们这边喜忧参半。从人到案开始，这家伙几乎没有抵抗，承认自己撞人、打人、激情杀人。"

戴猛听到这里，怔了一下，随即轻轻地摇摇头，露出疑惑的表情。毫无疑问，尸体上的痕迹表明嫌疑人带有强烈的情绪——恨，多次重复，手法又准确，绝不是激情杀人应有的特征。

预审干警回顾道："据嫌疑人自己交代，今天凌晨，在昌宁镇，他正开车回家，有个人突然扑上来碰瓷。灯光条件差，车速有点快，再加上碰瓷的人自己也没控制好技巧，撞得重了些，当时人就飞出去几米远。嫌疑人说，当时他一下就慌神了。没想到，对方站起来，疯了一样冲上来要钱。大半夜的，孤身一个人遇到这种事，觉得很晦气，又着急回家，一冲动就下车和对方打起来了。在讲到这儿的时候，嫌疑人还给我看他身上的青紫块，说是对方打的。后来，碰瓷的人体力不支倒在地上，嫌疑人立刻上车，想离开现场。没想到对方竟然扑到了车轮下，车身明显颠簸了一下。据他自己说，当时他受到了惊吓，不知道是该管还是该逃，迟疑了几秒钟，本能地一踩油门，直接从那人身上压过去离开了。开了没多久，觉得不安心，就又折回来。谁知道，那个碰瓷的家伙竟然还活着，在路上爬着朝他大喊大叫，把他吓坏了，他决定杀掉对方。于是，他把对方的脚脖子绑在路边的树上，用另外一根绳子勒住对方的脖子，使劲拉，把对方勒死了。"

听到这里，老秦已经确定嫌疑人是在说谎，因为这些供述和尸检结果对不上。

预审干警继续说道："嫌疑人自述，杀完人之后冷静了许多，知道杀人是大事，决定自首。趁着周围没人，他把尸体装上车，清晨开车进城。结果车开在三环上遇到上班高峰，越想越气，觉得自己的一辈子就被这个碰瓷的给毁了，怒不可遏，干脆就把人扔在路上，想让别的车撞上这家伙，没准还能替自己分担点责任。一想到自己好端端的，犯了杀人的大事，又气又怕又恨，就失去理智破罐子破摔，开车碾了尸体。"

任支问："他自己说碰瓷和打人的事儿发生在什么位置、什么时间？"

预审干警答道："他说是昨天凌晨5点多，在昌宁镇南环大街。"

任支看向负责监控视频分析的干警，干警会意，在电脑上查看了一遍视频的时间和位置，点头道："那个时间段，南环大街确实在更新监控系统，没有视频记录。"

任支眉头皱起，喃喃道："这么巧？"

李支问预审的干警："致死的凶器找到了吗？"

预审干警答道："根据他的供述，我们在他的车里找到了两件衬衣。经检验，两件衬衣上都有死者的皮屑和血液，其中一件上面还有少量树皮碎屑。今天上午我们去了嫌疑人交代的那个地方，的确在一棵树上找到了索状的摩擦痕迹。微量物证的兄弟也证实，树干靠近根部的地方残留有衬衣的布料纤维，与我们手里的那件衬衣吻合。附近路面有急刹车造成的轮胎摩擦痕迹，还有死者的少量血迹。"

这个时候，老秦突然问道："现场有玻璃碴吗？"

预审干警回应道："有。经检验比对，与嫌疑人驾驶的车辆左前大灯残留的玻璃片材质相同。"

老秦问道："哦？嫌疑人的那辆车还有其他玻璃破损的情况吗？"

现场勘验的同志代为回答道:"没有了。只有左前大灯。"

老秦翻阅着讯问笔录和勘验记录,摇摇头。他在想,已经有两个地方不正常了。先是把脚踝绑在树上,然后向后勒死死者,这个杀人的方法颇为奇怪,但又不能用尸检结果否定这种方式。因为他们猜测的"绞刑"只是其中一种可能,嫌疑人描述的这种行为,理论上也有可能造成相似的伤痕。关键是,这种方法并不符合慌乱中激情杀人的心态,它太费事了,需要耐心和平稳的心态。再有就是,在死者的眼眶和附近的皮肤裂伤里检出了玻璃碎碴,而头顶的皮肤裂伤中则没有。左前大灯撞击了死者的眼眶附近,这个角度很诡异啊!正常人应该撞击到腰部以下、膝关节以上。而且就算是低位撞击,以嫌疑人描述的速度,很难保证头顶的伤口中没有玻璃碎碴。麻烦的是,理论上存在这种可能,但是单靠这种假设和逻辑解释,很难让检察院采信,更何况是法院。

老秦、姜老师、戴猛、华生四个人目光相碰,再望向李支和任支,发现两位领导也正望向他们,脸上是同样的两个字——"奇怪"。

明显的破绽

尽管这个口供用一种合理的逻辑将案情串起来解释了,但可疑之处颇多。

预审的侦查员继续说:"我们很少遇到这么顺畅的预审。而且我始终觉得嫌疑人的状态有点奇怪,有些信息交代得含混不清,有些又特别清晰明确。刚才听了技侦和监控的分析结果,我这边有了新的讯问疑点。现在看来,还要从最初车辆的位置、碰瓷撞人、打架和杀人的细节过程、行凶手法、尸检结果、手机上的信息被删除等几个方面再问一轮。看起来,他的供词更像是为了匹配物证而准备的。"

老秦补充道:"还有就是,从尸身上的轮胎痕迹明确可知不止一辆车曾经碾压过。三环上的车辆有没有曾经触碰到尸身的?"

监控视频分析的干警肯定地说:"没有,在三环上,只有涉案车辆与尸体接触过。"

李支做完笔记，抬头向技术处负责测谎的同志问道："你们测试的结果怎么样？"

这也是华生最关心的问题。

负责测谎的是一位面目秀丽的女警官，眼睛很清透。她逐条汇报道："测谎之前，预审的同志把嫌疑人从鉴定中心带回来，给他做了个精神鉴定，看看有没有精神疾病。按规范，如果有精神系统的疾病，尤其是认知方面的疾病，是不能进行测谎的。但为了提高效率、抓紧破案，我这边还是连夜先测了，一边推进一边等鉴定结果。以我的经验，对方应该没有认知障碍或者明显的精神疾病。"

讲到这里，她习惯性地整理了一下自己的发型，手指在测试笔记上快速滑动着定位，挑重点进行汇报："测谎刚刚结束，用时4个小时。嫌疑人在测前谈话过程中和数字测试的过程中比较配合，没有抵抗，数字测试的结果也很清晰。换句话说，他的初始状态是比较容易测试的，真话、谎话特征有明显差异。这一点很好，很利于后期涉案问题的测试。但是，我能察觉到，嫌疑人产生了明显的恐惧类情绪，尤其是测前谈话时，当我问他'为什么你会来到这里（刑警支队）'以及'你觉得你做的是什么性质的事情'的时候，他明显存在恐惧类反应，比如回应变慢、语言滞涩、眼睛眨动频率增加等。"

说到这里，女警官看了一眼姜老师，继续道："所以，我也想让姜老师一会儿看看，他的恐惧到底是怎么来的。另外，测试题目中，'你有没有殴打死者''你有没有用车撞击死者'，他都回答'有'，数据平稳，可以认定没有说谎。**在'还有没有其他人殴打死者'以及'还有没有其他人殴打你'的问题上，他回答的是'没有'，但是皮电指标波动剧烈，有强烈的情绪反应，存在说谎嫌疑。**"

华生听到这里，心里冒出一个巨大的叹号，然后在笔记本上标了一个大大的问号。有其他人殴打死者，还有其他人殴打犯罪嫌疑人？这是很有意思的疑点，也是新出现的案情疑点。难道案发现场还有第三个人？他感到自己的心跳加快了，他知道，这是兴奋的表现。

李支侧头和任支耳语了几句，交换了一下意见，然后宣布："大家现在汇总疑点，重复的不必再说了，然后预审的同志再辛苦一下，重点突破一下疑点问题。姜老师和老戴、小张是我们这次专门聘请的顾问，经由市局批准的，全程参与案件侦查，提供指导意见，大家要全力配合。一会儿再审的时候，请姜老师的团队观察分析。全部完成后，晚上12点开案情分析会。"

华生看了看表，现在的时间是晚上10点20分。尽管还没有吃饭，但没有饿的感觉。华生知道，这是交感神经兴奋所致。

大家各抒己见，经过整理，最有价值的几个疑点如下：

①车的具体路线是什么？为什么有一段时间没有被昌宁镇的监控录像拍到？

②碰瓷、斗殴和杀人的过程及细节。重点是撞车的细节，要讯问得更细，要和验尸结果逐一比对。还有，以此为据，详细讯问斗殴的过程、杀人方式以及到底几个人参与。

③为什么会删除手机里的数据？

整理完毕后，李支命令："再审。"

17　奇怪的嫌疑人

开篇语：

我已经很努力了。我刚刚说的这些话，你们不信吗？我好害怕，我好为难，我已经吃了很多苦！求求你们，相信我说的吧，不要再提问题了。我的脑子已经快炸了，只能记住这些东西。你们问的这些细节，我编不出来啊！

By 顾三儿

讯问

姜老师、戴猛和华生跟着负责测谎的女警官一起向办案区走去，他们会在监控室里观测预审的过程。女警官和姜老师很熟了，一直在聊些测试指标的细节。

华生趁着这个时间，跟戴猛商议道："戴总，我有一个硕士的同学，现在在厦门那边做手机恢复提取软件，公司目前在国内排名前三。刚才那个手机信息被删除有点奇怪，我能给她打个电话问问吗？"

戴猛想了想，觉得专案信息随意向外透露可能不合规矩，就对华生说："先问问支队领导的意思，如果他们需要，可以把你的同学请过来，我们让市局正式批准一下，这样透露案情甚至调取物证比较方便。我知道你同学所在的那家公司，确实业内口碑不错，虽然和市局用的厂商不是同一家，但也许各有所长，看看人家时间是不是方便。"

华生称是后，开始给同学打电话。

当他们到达办案区监控室的时候，预审刚刚开始。

马汉大队长这次亲自上阵。

这位老兄宽下巴、粗脖子、目光凛冽，长年跟各种亡命徒打交道在脸上刻下的痕迹，稍微一动就能让人看到狰狞，特别适合扮演彪悍凶狠的角色。华生心中暗暗称妙，刚刚还是爽朗的大汉，在嫌疑人面前一站，就活脱脱是个"匪首"。

跟马大队搭档的，就是之前负责汇报的那个贴皮寸头年轻人。一进到审讯室，他也立刻变了一副模样，刚才还是严谨的有司职员，现在玩世不恭，如蟒入地穴，隐隐透着霸气和痞气，贴皮寸头的英气里带着一股坏劲儿。

透过监控，华生看到，嫌疑人低着头，疲软无力地瘫在椅子里，手和脚都被铐在讯问椅上。看不清脸色，只能看到挑染成黄色的头发，脏兮兮的。瘦弱的肩膀耸着，瘦弱的小臂上文着一只虎，粗糙得像暴走漫画，完全没有力量感。这副样子更像是生活温饱问题都解决不了的小混混，和华生想象中的冲动、残暴相去甚远。

"你叫什么名字？"

这是惯例的问题，尽管警方已经知道了他的名字，但还是要这么一问，既符合规范讯问，也是给嫌疑人立规矩，最重要的作用是可以观察嫌疑人一开始的对抗基线。

这个年轻人无力地抬了抬眼，眼神中没有什么希望，让人觉得他的眼睛里灰灰的，并不盼着给自己争取个什么好结果。

不过，看清楚自己对面的两个陌生面孔后，他还是挤出了一脸笑容，露出发黄的牙齿，那笑容非常勉强。他双手开始不断轻轻搓弄着，回答道："顾三山。"

"有外号吗？"

"顾三儿。"

"家住哪里？"

"昌宁镇顾家庄小东村3排3单元202。"

"案发前在哪里上班？"

"在昌宁镇九龙昌盛温泉度假中心当保安。"

"家庭情况？"

"我爹死得早，家里还有我妈和我媳妇儿……我们今年正月初八结的婚。"讲到这里，嘴角微微抿起一点，几不可见，视线也飘走了，似乎在那短暂的时刻沉浸在某种愉悦的回忆当中。

"你母亲和你爱人分别在什么单位工作？"

"我妈是农民，没工作。我对象跟我一个单位，也在度假中心，在温泉VIP俱乐部做服务员。"

嫌疑人从问答开始，就抬起了头。华生能清楚地看到他的脸，之前面部没有任何表情变化，但说到刚刚才结婚的时候，表情非常奇怪，除了嘴角带着隐含的笑意，眉头还轻微蹙起。

由于眼睑没有闭合或睁大的动作，所以光凭这个蹙起，华生不能判断他这是悲伤还是恐惧的情绪反应。他望向姜老师，姜老师没有看他，却竖起右手的大拇指，表示这个细节他也观察到了，然后手掌向下压了几下，示意继续观察。

"今天早晨为什么报警？"

"我杀人了。"

"说详细一点，把整件事情讲清楚。"

嫌疑人似乎知道有此一问，第一个动作竟然是把眼睛闭上了。

他准备了几秒钟，缓缓开始叙述，语气依然无精打采："今天早晨5点左右，我从单位借了辆车回家。开到南环大街的时候，因为马上要右转，所以并入最右侧车道。路上没什么人，也没什么车，所以我的行车速度较快。突然，路边有一个人在我减速准备拐弯的时候，从人行道上加速往我车上跳。当时我的行车速度较快，我也来不及刹车，那人一下就被撞飞了好几米。我吓坏了，心里想是不是遇到碰瓷的了，要么就是想自杀的，太倒霉了。正当我准备下车看看情况的时候，那个人突然从地上爬起来了，吓了我一跳！他大喊着管我要钱，说我把他腿撞断了，而且还向我这边跑过来。我一看，不是腿断了吗，还能跑！

妈的,肯定是碰瓷的,这大清早的,太晦气了,必须给他点颜色看看!于是我就下车跟他打起来了。那孙子不经打,没一会儿就被我干到地上了。我着急回家,也不怕他讹我,心想反正有监控,就是打官司……呃……讼诉也不怕,就上车回到驾驶座。没承想刚挂上挡,那孙子疯了似的朝我车轮底下扑,我没来得及停,感觉车身颠簸了一下,应该是压到他了。当时给我吓坏了,又气又怕,我犹豫了一下,就加油开走了。"说完这一段话,本来像条死鱼一样的顾三儿,脸上不由自主有点红晕了,音量也有起有伏的,看得出有点激动。

虽然他说话的时候全程闭着眼睛,眼球却并不平静,能看得出来在微微转动,且频率很快。华生脑海中"叮"的一声,响起了警示音,单凭这个眼睛的微弱反应来看,就知道有不对的地方。"我的行车速度较快",华生玩味着这句被顾三儿重复了两遍的话,还有那句"打官司……呃……讼诉",心里暗道:"书面语特征也太明显了。"

顾三儿一口气说到这儿才睁开眼睛。他小心地看了看,就立刻缩回了目光。面前两个警察没有什么神色变化,也没有要提问的意思,他才把憋着的那口气呼出来,咽了口口水。

等了一会儿,发现两位警官面带微笑地看着他,便觉得不自在,揣测着这是不是在等他继续交代。迟疑了一下,顾三儿再次闭上眼睛,继续说道:"我毕竟第一次经历这种事情,开出去几分钟,还是过意不去,觉得对不起自己的良心……还有良知,就掉头往回返。没想到,那家伙还在刚才那地方,这次好像站不起来了,就趴在那儿大声号。那会儿太阳还没出来呢,听着特别瘆人。一见我的车回来了,他就朝着我爬,说是让我压死他。我很害怕,但是更生气,心里一使劲儿发狠,就决定弄死他。于是我把车停好,从车上找了两件衬衣,下车先把他拖到一棵树底下,用一件衬衣把他两只脚踝绑在树上,看他挣扎,我还踢了他几脚,再用另外一件衬衣把他脖子勒住,使劲儿勒,得有1分钟,我觉得他没气了才松的手。"

他讲的时候,一直闭着眼,越是讲到后面,眼睛闭得越紧,似乎讲得非常吃力。

华生看得很清楚，在讲到"决定弄死他"和"使劲儿勒"的时候，这人的身体并没有自然地伴随发狠的肌肉运动，只是脸上表情加重，眉头蹙得更紧。这是恐惧或者悲伤表情才有的特征。他讲述的行凶过程细节，也有点奇怪。也许恐惧可以解释得通，但就算是心里因为杀人害怕，在讲到怎么勒死对方的时候，既然情绪强烈了，身体的肌肉也必然应该随之发力啊。

讲完过了一会儿，顾三儿才睁开眼睛。他先是睁开一条缝，依旧小心翼翼的，仿佛不太敢睁大似的，在看清楚两个警察的面孔之后，才逐渐恢复到正常的样子。华生注意到，这期间，顾三儿的眉头形态一直没有太多变化，始终向上抬起。

华生不由得奇怪：他在怕什么？或者他在难过什么？如果说是因为害怕法律的惩罚，通俗点说就是怕打官司、怕警察，或者是为自己的遭遇难过，那可以解释得通。但是，这个神态始终保持不变，完全没有受到他自己的表述影响，这一点很奇怪。

他心里肯定有什么事让他一直担心、害怕，甚至觉得无奈。会不会是之前测谎的时候让他害怕了——"还有没有其他人殴打你"？

微反应有一个最基础的准则，那就是语言和情绪匹配，可信度高，反之可信度低。这一点华生很清楚。尤其是刚才顾三儿讲述情节的时候，语言里有明显的惊讶、愤怒、凶狠、恐惧等多种情绪，但眉眼之间的表情却没有任何变化，这肯定是破绽！

激情杀人

顾三儿的眼睛只睁开了一会儿，又闭上了，他似乎精神很差，同时又在自己调整情绪。他继续用相同的语速和声音讲道："我觉得我杀人了，做了最严重的错事，必须向警察自首。"讲到这里的时候，嘴角微微地颤抖起来，一张脸像轻微触电了一样，一瞬间呈现出好几种表情。

华生心念电转，脑海中快速闪现了顾三儿刚才的那些面部表情，那些疼痛、恐惧、悲伤和喜悦混杂的表情变化，让华生感到既清晰又困惑，清晰的是表情的每一帧变化和它们代表的情绪感受，而困惑的是造成这些情绪的原因。为什么顾三儿在讲"我觉得我杀人了，做了最严重的错事，必须向警察自首"这句话的时候，会一瞬间迸发出那么多的情绪，还那么强烈？

如果只是对杀人感到懊悔和畏罪，那么在说这句话的时候，应该是以悲伤无力的状态为主，委屈、痛苦和些许愤怒也可以允许存在，但喜悦是怎么回事？

更重要的是，这一大段表述都是典型的单向表达，没有人干扰他，没有人刺激他，他在最后都想到了什么，能让心理变化如此复杂？

在华生眼里，那段奇怪的表情快速变化简直可以被评价为"过瘾"。在普通人脸上，在实验室里，在那些城市上班族的面孔上，哪能看到这么复杂且快速的表情变化？

他望向姜老师，看到姜老师紧盯着监视器上顾三儿的面孔，眼睛有规律地持续眨动。

马大队和小孙觉得他的情绪有点奇怪，在他说完话之后，也不能再继续沉默，两个人快速交换了一下眼神，决定怎么开口。

小孙警官摇晃着头，朝顾三儿翻了几个白眼，特别不待见地对他道："哟嚯！这么说你还是个好人啊！被人无故碰瓷，一怒之下为民除害，杀了人之后还会主动报警，还大老远地带着尸体开进城里来报警。"语气里的揶揄讽刺非常明显，没打算隐藏。

顾三儿听警官发话了，还是好话，一点儿也没有在意语气里的意思，而是勉强摆出了笑脸，道："我真的是好人，长这么大，连一只鸡都没有杀过，我害怕那些鸡啊、鱼啊临死之前挣扎的样子。我杀了人之后，就知道自己闯了大祸。做错事就要勇于承担责任，于是我把他的尸体装上车，一路开到城里，结果堵在三环上。我觉得我很倒霉，心里怨恨，越想越觉得自己委屈，实在气不过就把车停下来，把尸体扔在路上，想让其他车也撞到他。结果大家都绕得远远的，很小心的样子。一想到自己这么倒霉,一辈子就这么毁了,还是毁在一个碰瓷的人手里,我非常气愤,就开动了车。我要把车开到他身上才解恨,让他做鬼也被我的车压着,让他因为自己碰瓷而永远不得翻身!"

戴猛听到他讲鸡和鱼的细节,而且表情非常真实,觉得这一两句出现在这里,极有可能是真的,便在笔记本上记录了一些内容。

而华生特别注意到他的全身反应以及表情变化。顾三儿在讲这段话的时候,双腿不由自主地并拢在一起,向回收缩。两只手没有发力的动作,也是向回收缩贴近躯干。眉头蹙得更紧了,可以看得出眼球在眼眶里快速小幅度地抖动。身体冻结反应,面部恐惧表情,上下一致都指向恐惧情绪,但嘴里说的却是"气愤"。

马大队开口,声音像粗粝的金属在摩擦:"顾三儿,我喜欢你的态度!痛痛快快、敢作敢当,是条汉子!"

顾三儿看马大队认可他,松了一口气。他这种久在江湖底层混迹的小孩,从小没少吃亏,被强硬的人认可是一直以来希望的事情,所以他对自己的表现感到满意。同时,他也在观察,想知道马大队后面会怎么说。

马大队问他:"故意杀人罪本来就是重罪,你在三环上这么一闹腾,属于典型的情节严重,至少判你无期。年初刚结婚,好日子刚刚开始。还把人绑在树上勒死?下手这么狠,折腾出这么大动静到底干什么,悔不悔?"

顾三儿一听到"无期",立刻眉毛一皱,身体几乎从椅子上蹿起来,提高音量道:"警官,不对,我属于'激情杀人',这可是从轻情节!而且我自首了,我配合警方调查,不给警察找麻烦,我态度好,这些都是从轻情节,最多应该10年啊!"

这个理直气壮的样子,和他之前死气沉沉交代案情的样子完全不同。

马大队嘿嘿一笑,往前探了探身体,撇着嘴角逼视道:"哟,小子!没看出来你懂得还挺多。看来之前研究过刑法啊!你给我说说看,什么叫'激情杀人'?"

顾三儿被问到这个问题，眼睛自然开始向上翻转，又快速眨了几次，一边回忆着一边回应道："'激情杀人'就是我本来没想杀他，是他做坏事逼我、挑衅我，惹恼了我，我一时冲动没控制住自己才杀的人。"

马大队根本就不给他狡辩的机会，立刻质问他："那在三环上抛尸，用车轮子压在人身上，也是激情之下？"

这一问，顾三儿立刻噤了声，脸上再次出现了恐惧表情，而且非常强烈。他用眼神向自己的两侧快速扫了个来回，就好像在提防着周围有人害他一样。

华生看到的，除了恐惧，还有点焦急，大概就是想上厕所而不能去的样子。最让华生理解不了的，就是那份突然强烈的恐惧，应该不是怕老马说的话，也不是怕之前提到的无期徒刑，那他到底在怕什么？

马大队对贴皮寸头帅哥交代了一句："小孙，给他讲讲，什么是从重，什么是从轻。"

小孙先咧嘴一笑，然后才开口，跟朋友聊天似的，漫不经心道："三儿啊！你其实挺明白的，从重从轻还真就是由你的表现决定的。你说你自首，配合调查，不给警察叔叔添麻烦，要真是这样，那就是好小伙子，是我瞧得起的兄弟。我帮着你跟检察院、法院说，这小伙子态度好，应该从轻。"

老马突然插了一句，声音跟打雷似的："但你要是表面上挺顺从，心里头不服气，乱说话，这可就不是好态度了。自己说过的话，要负责任，想清楚了再说，不要让我们费劲儿，懂吗？"

小孙作势赶紧拦着，对老马说："你吓我一跳！别那么凶，再吓着小孩。"说罢，又继续笑眯眯地对顾三儿说道，"警察叔叔也不傻，是不是？我问你几个问题，都解释清楚了，就是好孩子，就是配合调查，就能给你算自首。"

顾三儿被两人的配合搞蒙了，不知道两人的严厉和友好哪个是真的。他咽了一口口水，不由自主地微微点了点头，眼神里有微弱的希望光芒。

小孙警官问："第一个问题：你几点下班的，怎么5点钟开车回家？"

顾三儿点了一下头，熟练回话道："我们有两班，分别是凌晨2点和下午

第二卷·惩戒 | 163

2点交接班。我是凌晨2点交的班。本来想一下班就回家的，结果被队友拉住玩了会儿游戏，一晃2个多小时就过去了。"

小孙警官快速追问："什么游戏？"

顾三儿被问得一怔，视线立刻向下躲开小孙警官的目光，稍微迟疑了一下，嗫嚅着回答道："手机上的游戏，就是打扑克那种，我们坐一桌。"说完这话，快速抬起眼睛偷瞄了一眼。

一直注视着屏幕的几位，互相对了一下目光，大家默契地注意到了"手机游戏"。既然是大家一起玩，必然是联网的，如果真有这个过程，手机上的记录就不难查到。小孙双指关节轻轻敲了敲桌面，观察室里立刻有一名干警布置人力去调取相关人手机上的数据。如果其他队友的手机里没有同时段的流量耗损和数据存储，那就很容易判断他在说谎。

按照华生的观察，这个时间段顾三儿肯定不是在玩游戏，因为撒谎的痕迹太明显了。玩手机游戏之类的说法，是纯粹挤出来的答案，估计顾三儿没想到小孙会问得这么细。

小孙接着问："为什么借单位的车开回家？你自己没有车吗？"

顾三儿脸上的神情松下来了，一脸讨好地应道："警官，这是常事。我们那个度假村有好多车。前几年集体拆迁，在镇政府的鼓励和支持下，我们村好多户合伙开的度假村，买了车接送客人。都是自家的车，不计较的。"

小孙则连让他思考的机会都不留，继续若无其事地问道："说说开车的具体路线、途经时间点，还有撞人、斗殴、返回杀人的具体位置、时间。"

顾三儿听着，脸上又慢慢变得没有表情，只是规律性地眨眼，听得非常仔细。虽然小孙问的是路线、时间这样的细节，而且还强调了两遍，但小孙话音刚落，他立刻接话纠正道："警官，不是撞人和斗殴，是那家伙碰瓷，我是激情自卫。"

马大队眉毛一立，眼睛一瞪，磨铁般的声音震得天花板嗡嗡作响："你要不然宣布自己无罪吧，我现在就放了你？"

|164| 掌控者

他这么一吼，顾三儿立刻畏缩了下去，窝在椅子里不吱声了。

看顾三儿应声蔫下去不说话，马大队训斥道："撞人还是碰瓷，别说你说了不算，就是我们警察，也只负责查明事实收集证据，最后法院说了算。狂什么！你是不是现在就想出去？"说着往前迈了两步，作势要给他解手铐。

顾三儿当然知道不会真给他解手铐，所以讨好一笑，卑微地应道："不能，不能，哪能呢！我知道我犯罪了，我只希望警官能按照从轻情节办我。"这时候，华生发现一个有趣的现象，顾三儿全身上下都没有异常，只有一双手不经意地往怀里藏。

这个躲避的动作，难道他不想被解开手铐？如果是被马大队的声势所震慑，应该全身都有躲避和收缩的小动作。这种全身无所谓，却只有一双手在躲的姿态，挺有意思的。

过程还原

小孙不让他插科打诨，追问："5点左右，从九龙昌盛温泉度假中心出发。然后呢？具体的路线和时间。"

顾三儿应道："就是我每次回家的那条路。"说完眼皮一耷拉，闭嘴不出声了。

小孙耐心地问："具体说说。给你机会，要把握住。"

顾三儿皱了皱眉，沉默了得有十几秒钟，还是开口说道："从度假中心出来，先沿着龙昌路往南，大概开10分钟，然后上湖滨大道向西，再向南，大概开了六七分钟，就该左转上南环大街了。在南环大街上刚开了没多久，要拐弯的时候，碰到了那家伙。"讲完具体路线，喘了口气，立刻又提起一口气，神色变得生动起来，"是我倒霉——"

小孙根据经验立刻判断出来，这是要岔开话题，赶紧阻止道："别说没用的。撞人之后，车在南环大街上停了多久？连撞人带打人，直到开车逃离现场，一共用了多长时间？"小孙心里想，这辆车能一直处于监控升级的空白区，是件匪夷所思的事情。

"8分钟。"顾三儿连想都没想，立刻说出了一个非常精确的时间，然后继续答道，"然后我右转，沿着风渠路开了有五六分钟的样子，心里实在太乱，最后决定还是得回去。咱是好人，有良知——"

小孙不想听他瞎扯，打断问道："回到出事的地方是几点？"

顾三儿一点都没犹豫："5点35分。"

小孙一笑，追问道："记得这么准确？你自己算算，跟你前面说的时间对得上吗？"

顾三儿眉毛一扬，下巴一抬，说道："肯定没错！我算过的。"

"8分钟"的精确时间就已经很让人震惊了，现在干脆直接说是自己之前已经"算过的"。这家伙道行浅，一不小心就说出了实话。

华生走到姜老师和戴猛身后，悄悄地指了指顾三儿。两个人明白他的意思，点点头。从刚才顾三儿一开始闭着眼睛讲案发过程开始，华生就注意到一些不对劲儿的地方。他的那段叙述中有的地方语言非常书面呆板，和随意松散的口语混用，就有加工的痕迹。现在竟然连关键时间这样的信息都能承认是之前算过的，这样看来就很明显了，顾三儿之前说的内容肯定编排过，是有备而来的。在场所有人心里明镜似的，这小子撒谎属于不太谨慎的那种类型，不走心，不难搞定。

马大队并没有当场戳破他，越过这个破绽继续追问："然后呢？杀人花了多少时间？几点从事发地点开出来进城的？"

"警官，我真是激情杀人。你没看到对方的样子，特别像僵尸，连喊带叫地爬，我也不知道自己怎么了，反正一阵头脑发热，就把对方给勒死了。最后都收拾完了，看了一眼车上的表，不到6点。"

小孙问："为什么要开车到城里来报警？为什么当时不在现场拨打报警电话？为什么先在郊区绕了1小时才进城？"

顾三儿没有回答，审讯室里突然就安静了。

顾三儿视线向下，可以看到眼珠左右微微转动着，眉头皱得很紧。后来干脆就闭上眼睛，还保持着紧皱眉毛的样子，很吃力地偷偷吸气。几秒钟之后，才怯怯地抬起头，忐忑地回答道："我觉得毕竟是杀人了，事情这么大，不是我们镇上派出所能处理的，应该向市里的警察局报案自首。"

监控室里面，有警察扑哧一声笑了出来。

华生觉得有意思，因为顾三儿刚才说那理由的时候，应该不是回忆，而是现编的。如果这个理由是真的，完全不必如此紧张。现在看来，像时间、路线这种说辞非常熟练，但是刚刚关于报警的这个问题，却回答得迟疑、吃力。对于正常人来说，线路和时间记不清很正常，为什么决定报警却绝不可能忘记。

手机数据被删除

马大队抿紧嘴唇，脸色严肃起来，他和小孙互相看了一眼之后，决定先不细究这个问题。小孙继续问道："第一次撞人的过程，还记得吗？"

"记得的，记得的，那可是一辈子都忘不了。我当时是吓死了，现在是恨死了。"

"怎么撞上的？车子的什么位置撞到了死者身体的什么位置？"

"哎哟！这……我可真不记得了。我当时吓坏了，这么细的细节记不清了。"

"好好想想，一共撞了几次？"

"就一次。后来是轧过去的，没有撞。"

"你确定只撞了一次？"

看到马大队犀利的目光，听到他咄咄逼人的语气，再看到旁边孙警官的坏笑，顾三儿觉得可能哪儿不对，就改口道："我记得清楚的只有一次，也许我当时太害怕，或者太生气，还撞了几次，记不清了。"

小孙幽幽地甩给他一句话："顾三儿，别给脸不要脸啊！我明确告诉你，如果有第二次撞击，那就是故意伤人，而不是人家碰瓷！前有故意伤害，后有蓄意谋杀，你这罪名轻不了。"

顾三儿神色立刻大变，马上改口道："一次，我绝对没有故意撞他，肯定只有一次！"

小孙警官把手里的尸检报告往桌子上一摔，告诉顾三儿说："想好了再编！知道公安机关会尸检吗？知道什么是尸检吗？尸检结果显示，死者身上被撞击的次数至少是两位数。你要是想再加一条伪证罪，就继续编。"

顾三儿的脸变灰了，僵在那里不停地眨眼，肩膀和手臂开始轻微地抖动，呼吸也加剧了。他的脑子肯定不够用了。看得出来，他在努力厘清自己的思路，试图把刚刚让自己跌跌撞撞的"陷阱"梳理清楚，但持续了一段时间很快就放弃了。顾三儿干脆闭上眼睛，脸上露出非常痛苦的表情，然后低下头，肩膀和手臂抖动加剧。

华生知道，这是恐惧情绪的表现，对自己之前的谎言以及之后面临的刑罚产生的不可抗拒的恐惧。

要的就是他这种状态！不负责任地信口胡说时，往左往右都给他拍死，这样无赖也不敢随意撒谎。

小孙顺势而上，提高音量问道："当时还有谁跟你一块儿动手了？是不是还有别的人也开车撞他了？"

这一问，让顾三儿竟然浑身一震。他没有办法回答这个问题，只是把拳头紧紧攥住，弯下脊柱把头埋得更深。

华生暗道："强烈的自我抑制。他所隐瞒的东西一定非常重要！"

看他接近心理崩溃，小孙再加一问："为什么后来把手机里的内容都删了？"

一听这话，顾三儿立刻抬起头，眼睛睁得大大的，吃惊道："啊？我没有啊！我没删过！"

姜老师和华生对视一眼，两人心里同时说："这是真惊讶。"

马大队一拍桌子："你再给我装！还不说实话！你说没删就没删了？看看

你说的这些话，这都是什么态度！我负责任地告诉你，再不说实话，信口胡说，你的罪只能更重！"声音大得吓人。

顾三儿这次没有畏缩、没有害怕，而是继续瞪大眼睛，看看马大队，又看看孙警官，身体向前一挪，向马大队回应道："警官，这个我真没骗人，我没删过手机里的内容。我报完警，就一直坐在车里等警察来，再没有碰过手机。"

马大队看他嘴硬，咬紧了牙，狠狠盯着他，眼神逼得顾三儿低下了头，不敢再那么强势。

这就匪夷所思了。对方在已经被前一个问题搞成弱势心理状态的前提下，没必要为了这个问题撒谎。况且姜老师和华生都可以确定，那种惊讶和意外是真的，演不了这么完美。

不是他删的，那会是谁删的？关键是，为什么要删？删除的信息为什么这么重要？

半晌，顾三儿的眼睛里失去了光彩，低下头，用非常微弱的气息和音量道："警官，我说的都是真的。没有别的车，没有别的人。就是他碰瓷，我自己、一个人、一辆车，撞到他、打了他，后来又返回来杀了他。都是我一个人干的！我认罪，什么罪我都认。"

华生看到顾三儿面如死灰，眼睑都没有力气抬起了，一脸的绝望。

马大队又貌似凶狠地问了几句，见他半天不再搭理，便叫进来一个警察看护着他，防止他做出什么出格的行为，然后和小孙警官一起来到监控室。

大家简单交换了意见，尤其是顾三儿哪些地方是背词，哪些地方是现编的。所有人都可以确定，面前这个顾三儿的供述其实是在说谎。最关键的几个问题说不清楚，比如撞人的细节，冲突的具体过程，报警自首的动因。华生还提出了自己的疑问，认为顾三儿试图隐藏的那份恐惧，应该指向一个更加让人恐怖的真相。

姜老师和任支耳语了几句，任支点头，姜老师推开审讯室的门。负责看管顾三儿的警察见他进来，和他交换了下目光，若无其事地退出了审讯室。此刻，屋里只剩顾三儿和姜老师两个人。

18　姜老师的震荡手法

开篇语：

你的所有表现，都是结果。每一个表现，都来自大脑的指令。也许你认为自己说得很完美，其实你不知道，在那些编造好、排练好的表现中，还有大量微小的破绽。无论是表演还是破绽，大脑究竟为什么下达了这些指令，是可以从这些结果中倒推出来的。

By 姜老师

轻、重、缓、急

姜老师在顾三儿身边站定，轻轻拍了拍他的肩膀，并把手掌停留在他肩膀上，感受得到他的体温又不给他任何压力，缓缓说道："小兄弟，看得出来，你心里很害怕。"他用目光自上而下温和地扫着顾三儿的脸，语气很慈祥。

顾三儿仰起脸，异样的眼神穿过乱蓬蓬的头发，打量着面前这个人，目光惶恐而闪烁。顾三儿见面前的人没穿警服，也找寻不到自己所惯常接触的那些警察的气质。仰视的角度、肩膀上的安抚、语言的妥帖，让顾三儿莫名放松了心里紧绷的那根弦。虽然还在狐疑，但这种迥然不同的风格甚至让他临时产生了某种依赖感。这种压力被缓解的感受，在他已经因为绝望而死寂的心底和冰冷沉重的身体里激发了一丝暖意。

他的眼角处竟然涌出了些许泪水。

看到他目光软化，姜老师心里清楚，这一点点情绪变化作用不大，不会影响他的逻辑决策。这种生理上的温暖和俯视，以及少量的心理宽慰和关心，最多能开个好头，降低嫌疑人的对抗程度。想要突破他的心理防线，还需要震荡，掀起波澜，找到不稳定的心理破绽时再发力。

于是，姜老师开始一点点布局，一点点震荡。他依旧用慈祥的声音，却问了一个犀利的问题："是第一次杀人吗？"

一听到"杀人"两个字，还处在狐疑状态的顾三儿突然激灵了一下，接着整个人瞬间蔫了下去，身体失去了生气，连瞳孔都开始缩小。他低下头，不再看姜老师，仿佛垂死的鳝鱼，萎在那里等着下锅前的最后一刀。整个人犹如一下子被抛进了刺骨寒风吹起的纷飞积雪中，凉透了心。

顾三儿的反应在姜老师预料之中，因为"杀人"是他刚刚嘴上承认的，但他心里却始终不承认有这件事情的存在。

不想认，却一定要认，为什么？

见他想采取不理不睬的静默对抗策略，姜老师呵呵一笑，声音微微严厉了起来，问题也顺势加了几倍的力度："哟！看来还不止这一次啊！说说看，身上背着几条人命？"

语气稍微一加重，再加上内容指向的罪更重，唤醒了顾三儿的求生欲。他像被突然捅了一指头，忙不迭地应声道："没有没有，哪能呢！我胆子小，根本就不敢杀人……"可能觉得自己说的话和刚刚认下来的罪有点矛盾，犹豫片刻，又往回找补道，"这次是一时糊涂闯了大祸，你可千万不能乱说。"

要的就是这个效果！你不是想要赖，想一口咬定之后不再搭理我们吗？那就顺着你的劲儿，按照你的性格，给你来一道不得不回答的问题。一旦上了路，能不能停下来可就由不得你了。姜老师这次完全严肃起来，再重复了一次问题："顾三山，是第一次杀人吗？"

顾三儿看着他，判断着这个问题的分量，迟疑了很长时间才蔫蔫儿地答道："……是……我是激情自卫……"态度很顺从，但声音和神色都颇为犹豫和为难。

姜老师嘴角几不可见地一抿。华生看到这个细节，内心暗道："顾三儿呀顾三儿，你要是以为姜老师仅仅是想让你承认杀人，那就眼光太短了。"

第二卷·惩戒　171

"但我知道，人不是你杀的。"真正的震荡，在这里出现了。当嫌疑人以为最纠结的地方已经过去，并为之耗尽了心力的时候，猛然迎面而来的，却是一个更加让他看不懂、想不清的问题。刚才还厉声厉色地给压力，现在却突然为他开脱，这是怎么回事？

刚才还要使劲儿扛住，现在往哪里使劲儿？

好不容易下定决心承认了杀人的事，现在这沸腾的锅却一下子被掀翻，滚烫的汤泼洒在心里，刺啦啦直响，白烟缭绕，模糊了顾三儿的视线。

"啊？！"顾三儿猛地抬起头，怔怔地看着姜老师，张着嘴，惊讶到连呼吸都忘记了。在接下来的几秒钟时间里，他的眼睛用极其微小的幅度高速转动，上上下下、左左右右把面前这个摸不透的家伙打量了一遍，试图探求他为什么会这么说。

看到这么明显的惊讶表情，华生心里暗道一声"好"，他知道刚才的震荡彻底打乱了顾三儿的节奏。

姜老师不动声色地淡淡说道："动手杀人的另有其人。你的确很胆小，演技又差。不过看得出来，背词没少下功夫，背得还不错。"

顾三儿回过神来，也许是因为这句评价侮辱了他曾经付出的"努力"，就咽了口口水，轻轻咬了一下后槽牙，道："人就是我杀的！您别逗我了！我为什么要自己挖坑埋自己？"

姜老师看他缓过来准备迎接挑战了，就顺着他的"需求"给他把压力值再加回去："第一次杀人的人，都会有独特的感受，那种感觉一辈子也忘不了。你说说看，勒死他的时候，你的手里什么感觉，心里什么感觉。"

华生只能在心里暗竖大拇指，赞一声"干得漂亮"，连续几个加减压力的问题，简直是教科书般经典的震荡。虽然顾三儿之前已经由于某种原因而绝望得选择变成死水一潭，却被这样的震荡组合引发了剧烈的情绪波动。

细节感受

真要是第一次杀人，被要求回忆感受的时候，嫌疑人肯定会同步提升恐惧感，尤其是所谓的激情杀人，基本上嫌疑人都无法正面面对自己的作案细节和感受，除非是享受型的变态。对普通人来说，真的亲手杀了人是非常严重的心理刺激，但顾三儿并没有陷入回忆杀人细节的恐惧，反倒是怔在那里，似乎大脑短路了一样，瞠目结舌地努力回应："我勒……没……没感觉……不记得了……"

没做过，当然没法揣测和瞎编当时的感受，尤其还是杀人这么大的事。姜老师知道他会这么说，只是平静地下命令："别矢口否认，也别信口胡说。你演得太假，不像。闭上眼睛，好好编。"

听到"好好编"三个字，如果是无辜的人，第一反应肯定是反驳，"我没有编"，还会非常强硬。但顾三儿的表现却很尴尬，睁着眼也不是，闭上眼也不是，勉强挣扎了2秒钟后，竟然就真的闭上眼睛了！

华生没忍住，"噗"的一声低头笑了出来。

如果顾三儿此刻还有理性思考的能力，他不会掉进这个坑，只要一口咬定"人是我杀的"，不必回应这样不好编造的问题，就能扛过去。但是，顾三儿自己本来就不认同"杀过人"这件事，再加上前面用力过猛，现在有点心力交瘁，只能顺着姜老师抛出来的问题亦步亦趋。这种细节模拟还原，还是带感受的还原，不是亲历者，是非常难以回答周全的，除非此前做过详细的推演准备。

当然，可以看得出来顾三儿来投案之前做过反审讯准备，而且准备得还不少，应该有高人训练过。如果仅凭他自己的智商和心态，提供不了那么详细的说法，心理上更是不可能撑到现在。

此刻，大脑已经被震荡得发蒙的顾三儿闭着眼睛，眼球在眼皮下面频频闪动，眉毛皱得很紧，牙齿在里面咬紧嘴唇。看得出，他真的很努力地在思考，皱眉毛和抿紧嘴唇这几个细微的反应，已经清晰地把吃力显露了出来。

姜老师不想给他太多时间，平淡但决绝地打断他的思考，命令道："说吧，当时什么情况，什么感觉？"

这一逼，让顾三儿更加慌乱，他不得不睁开眼睛，尴尬地勉强开口道："我……我当时……攥着两头使劲拉，对方乱动、挣扎，想抓住我的手。我再用力，觉得绳圈儿缩小了，应该是脖子被勒死了，他就慢慢没劲儿了。最后不再动了的时候，我才松开手。"

姜老师听他如此吃力地讲完，忍不住"哈哈哈"地笑了起来，看得顾三儿不知所措。

笑了一会儿，姜老师方才开口道："谁教给你的这些词，太不负责任了！也不用点心编得像一点。"一脸的嫌弃。顾三儿竟然有点脸红，惶惶不知该怎么回应，连矢口否认都忘了。

"这些话……是你自己临时编的？"姜老师故作失望地摇摇头。

"我不是编的，我真的记得那种感觉。"事到如今，顾三儿也只能一头扎到死胡同里，撞南墙也只能认了。

"再给你一次机会，你把你的动作重复一遍，一边做一边说。"

"我就这样，"顾三儿一边比画着动作，把两只手攥紧往两侧拉，还龇牙咧嘴地假装发狠，一边嘴里重复着，"我攥着两头使劲拉，对方乱动、挣扎，想抓住我的手。我再用力，觉得绳圈儿缩小了，应该是脖子被勒死了，他就慢慢没劲儿了。"话说完，两臂的肌肉竟然因为用力而微微发抖，表情也很狰狞。

可惜，姜老师根本就不吃这一套，轻蔑一笑道："最后给你一次机会，再说错可就帮不了你了。怎么使劲儿的？往哪个方向使劲儿的？就这样吗？"他模仿着顾三儿刚才横向发力的动作，要求他确认，"还用了身体的其他部位吗？"

顾三儿根本就不明白对面的人为什么反复问他这个问题，他当然也不知道尸检的结果中有颈椎被拉断的"硬伤"。见对方对自己胡编的说法并没有什么反应，连续两次都没有什么"有劲儿"的新问题，心里踏实了些，假装想了一会儿，点头确认道："就是这样，我越回忆越清晰，就是这么杀掉他的。"

人的心理状态就是这么有趣。一旦顾三儿在战略上选择了"承认杀人"的方向，就会坚定地为这个战略目标寻找各种战术，哪怕这个过程非常勉强，也还是会沉浸其中。而事实上，也许跳出来换一个战略方向才是正确的做法。如果一个战略选择错误，那么所有的努力都是徒劳的，而且越努力，摔得越疼，伤得越重。**可惜，世上并没有几个人可以脱离这样的心理活动怪圈。认知能力的局限，会让很多人深陷在维护战略目标的痛苦过程中。**

姜老师猛然站得笔直，只留给顾三儿一个斜侧的背影，一脸冷漠地道："好的。"

他的这个举动，让顾三儿觉得心里一沉。"好的"二字之后，并没有听到新的声音，这段沉默让顾三儿的心跳开始加速，他不知道这是什么意思。

姜老师略作沉吟之后，表情肃穆地道："顾三儿，我得承认，本来我想帮你的，但没做成。"说完这话，他长长地呼出了一口气，眼睛望着前方，眼神冷得像冰，继续道，"很遗憾，没能帮你证明你的清白，现在你没有机会了。你说人是你杀的，我明确告诉你，你在说谎！你现在的供述是瞎编的，和尸检结果以及其他现场勘验的物证存在严重的矛盾。这样一来，你虽然不是亲手杀人，却坐实了涉嫌参与谋杀，而且还故意做伪证，妨碍司法调查，掩藏真凶。"

讲完这些话，姜老师停下，转过身来俯视着顾三儿惊慌无措的脸，知道他已经全乱了。这个结果，显然和顾三儿想象中的情况大相径庭。

按照此前和华生的判断，姜老师推测，顾三儿来投案之前应该至少被人做了两次灌输。一次是威胁，也就是他害怕的那件事非常严重，严重到顾三儿觉得它超越了他自己的命，否则就不会沉沦到一口咬定自己杀了人，来冒触犯刑律的风险。可惜，现在那个强大的威胁还没有解除，但以他的经济收入和人际关系，下一步排查应该并不难。

另一次灌输比较明显，就是有人告诉他"激情杀人"这个说辞。也许，告诉他这么说的人一开始就知道这种说法过不了关，这只是一个说服顾三儿来投案的技巧。知道这种说法的人，也许对犯罪心理学原理及讯问比较熟悉。

暗自分析了几种可能性之后，姜老师紧紧盯着顾三儿，稳稳地加压道："你可能并不知道，虽然你没有亲手杀人，却属于故意杀人罪的从重情节，连你报案和假'自首'，都是做假证的低级伎俩，完全没有从轻的可能。基本上，以我的经验，准备接受无期吧。如果是团伙作案，存在折磨和杀害被害者的情况，再加上现在的假证词干扰调查，给你判个死刑也很有可能。顾三儿，不管有人跟你说了什么，怎么让你相信的，我都诚心诚意地请你重新想一下，特别是想一下自己的处境。我说完了，你好自为之。"说完，迈步往外走。

崩溃

走出两步之后，姜老师突然停下，转过身来，怜悯地看着震惊的顾三儿，叹了口气道："你心疼你媳妇，想保护她，可惜最后还是留她一个人受苦……"

让人意想不到的事情发生了！

顾三儿突然崩溃了，窝在椅子里号啕大哭，全身肌肉剧烈地抖动着，两只手攥成拳头，攥得手心发白，然后不断抓扯自己的头发，敲打自己的身体，砰砰作响。那撕心裂肺的哭法，完全不像一个23岁的成年男子，简直就是个找不到爸爸妈妈的3岁小童，鼻涕和口水沿着嘴角流淌下来也全然不顾。

戴猛在监控室里捏了一把汗。虽然经历了深度的心理震荡，但顾三儿并没有给出大家需要的供述，所以从侦查进程和固定证据的角度上来看，依然毫无收获。虽然顾三儿的种种应激反应在几个人眼里接近透明，也可以给明白人提供充分的推导依据，但是，毕竟所有的分析都是针对他脑子里的认知进行的，逻辑再清晰，也是猜的。如果前面的分析过程有些许疏漏，比如忽略了可能造成顾三儿那些微反应的原因，那么在将军的时候就可能不是一剑封喉，而是一步踏入深渊，再也回不来了。

看到姜老师刚才在门口迟疑，戴猛就猜到他要用这个原因赌一把了。原本坚持着自己说法的顾三儿从僵硬呆板的状态突然变得崩溃，说明姜老师赌对了，顾三儿所承受的巨大威胁，正是来自他媳妇的相关事件。这样一来，后期的侦查也就可以明确方向，避免像无头苍蝇一样乱撞了。

姜老师的举动更加惊人，他回过身，竟然缓缓地把顾三儿那脏兮兮的头搂进怀里，轻轻拍着他的后背，柔声说："不怕不怕。"他在感受顾三儿的歇斯底里，在等待他用力抗争和发泄，当对方的力量和哭号逐渐减弱的时候，才又用平缓的声音宽慰道，"我知道有人威胁你，逼你背词，逼你顶包，不答应就伤你爱人……"一提到这件事，顾三儿全身寒战起来，姜老师不由得加大了手里的力量才把他稳住，趁机告诉他，"你一个人对付不了他，所以害怕和绝望，但现在有我们帮忙。你告诉我们实情，我们可以立刻开始保护你和家里人。"

让人没想到的是，在听完这句话之后，顾三儿突然大口吸气，似乎喘不上气来。他满面恐惧地止住了哭声，身体像被咬了一口似的突然后闪，双手慌乱地摆动，口中连连道："不，不，没人帮得了我！不，不，人就是我杀的，没人威胁我，都是我干的，就是我一个人干的！"

姜老师往前倾了下身体，想要继续跟他说话，但此刻的顾三儿像看到鬼一样惊慌失措，手推脚蹬，声嘶力竭地乱叫，只重复着这两句话："人就是我杀的……都是我干的……"

姜老师知道，顾三儿濒临精神崩溃，恐惧占据了所有决策系统，已经不能冷静思考了，更不能听进去劝解的道理。此刻如果再压一步的话，很有可能让顾三儿精神崩溃，进入不可逆的病理性脑损害阶段。那样的话，就得不偿失了。

马大队赶紧派医生和干警进到监控室里接替姜老师看管住顾三儿，给他做体检。姜老师回到监控室，示意马大队预审暂停，他们不要再继续施压，让顾三儿独自冷静下来，该吃吃，该睡睡，保证人健健康康的，将来还得配合调查和做证，千万别出什么事。

小孙警官有点放心不下，问道："姜老师，这小子是不是在演戏？我们见过的号啕大哭太多了，都是套路，都是为了阻挠我们继续问话。"

姜老师倒是挺有耐心，斟酌着词句解释道："演不了这么周全，除了细节到位，**最关键的是他所有的情绪都是随着我给出的刺激源而同步变化的**，情绪反应的逻辑指向从头到尾一致。"说到这里，他停下来看了一眼戴猛，戴猛点点头，表示自己有东西要讲，姜老师就继续道，"当务之急，我们要研究一下这个人背后那个巨大的威胁是什么，这是最重要的。千万别被人当枪使，让那个狡猾的坏蛋躲在幕后偷偷取笑我们傻。"

顾三儿的异常情绪

大家一直在等审讯结束，一听说马大队他们出来了，李支立刻在 9 楼重新召开小范围会议，研究下一步往哪个方向发力。

马大队和小孙警官先进行基本情况汇报，最后提到顾三儿在听到"媳妇"的时候崩溃，并坚持咬定人是自己杀的。李支意识到顾三儿这样的小混混，如果没有强大的动力，是不可能用这样的态度来对付公安机关的。而这股强大的驱动力究竟是什么，他非常想听听几位专家的意见。

姜老师没有废话，直接挑重点开讲："现在顾三儿身上有几个重要的情绪波动，我们按照时间线顺序给大家汇报一下。首先是在审讯刚刚开始的时候，我们第一次提到他的家人，尤其是提到他的新婚妻子时，顾三儿表面上看起来很平静，但是，脸上其实出现了非常轻微的恐惧或者悲伤。那一点点轻微的变化，普通人几乎看不到，其实就是我们一直在说的微表情。这种微小幅度的表情变化，说明他的心里因为警方的提问产生了某种情绪。但是，当事人并不希望流露出来，反而是想要掩饰，甚至做出反向表达来说谎。既然提到家人和妻子时有了恐惧或者悲伤，那这二者之间就可以建立起某种逻辑关联。"

李支插嘴问道："您是说，他家里人发生的事情，让他感到害怕或者难过？"

姜老师点头道："正是这个意思。"

这个神情，马大队和小孙却并没有印象，因为他们并不记得当时顾三儿有什么异样。马大队望向小孙，小孙微微摇摇头。

姜老师继续按照笔记回顾道："顾三儿在接下来讲述案发过程的时候，全程闭眼,语言组织文白混杂,有明显的背词特征。比如说,他在供述过程中提到过'讼诉'一词,但之前却顺口溜出了'打官司',然后迟疑了片刻,还说错了,最后才更正为'诉讼'。普通人,不需要这么努力改口。这一点,我相信马大队和孙警官也应该有所察觉。"

小孙警官点头道:"没错。而且刚才我比对了一下之前的讯问笔录,那里面所记录的案发过程,和顾三儿跟我说的几乎完全一样。这种书面语特征强烈的供述,从我个人的经验来讲,也倾向于是背词。而且,这小子对自己的自首、激情杀人以及刑期,有着'正确'的理解和预估,这哪像农村小混混,绝对不符合他的文化水平。"

马大队也同时点头。

姜老师继续讲:"从我的角度来看,顾三儿肯定不是杀人凶手。我知道从物证的角度来讲,目前顾三儿的说法和尸检结果相差甚大,这本身就是一种很大的矛盾。从微表情的角度讲,一样存在重大矛盾。顾三儿两次讲到杀人过程的时候,虽然语气凶狠,表情表现得很狰狞,但是,其实他的脸上却流露出恐惧的微表情。**做给别人看的明显表情和想藏起来的微表情如果存在矛盾,那么那种想掩饰的情绪就是真实的认知,而明显的表演和说辞就是说谎!**"

马大队听到这里,闭上眼睛,皱紧眉头,上身向后仰起靠在椅背上,似乎是在努力地回忆当时顾三儿的表现。

姜老师看着他的样子,问小孙:"孙警官,你还记不记得,有一次马大队假装要给他解手铐,他竟然想把双手藏起来?"小孙被问得一愣。马大队这时候睁开眼睛,轻轻一捶桌子,直接应道:"对的,我记起来了,的确有这么个藏的动作。"他一边说,一边还用自己的身体和双手表演当时的情景,接着却说,"不过,我手底下收拾过的人,基本上都怕我,我往前一走,他们就知道我在发飙,不可能给他们开手铐的,很多人也躲。"

姜老师一笑,解释道:"如果他知道你在发飙,身体和手会一起躲。那时候,顾三儿的身体完全没有往后缩的意思,在听到要放开他的时候,只有一双手往后躲藏，似乎被关起来才是他的目标。"

马大队听完这段分析，竖起大拇指，不说话了。

姜老师继续道："如果这个解读成立的话，那么就很奇怪了，为什么会有人不愿意被解开手铐？而且，顾三儿后来回答'为什么要把车开到三环后才报警'这个问题的时候，与前面大段的回忆表述有着明显不同的行为特征，应该是没有提前准备的临场编造。按道理说，杀人过程的回忆应该慌乱，而冷静下来决定报警时的回忆，时间近，心态又相对平稳，应该更加流畅、连贯才对。"

小孙警官听懂了这段解释，高兴得直晃手指头，脱口而出："对，对，顾三儿在讲撞击次数和方式的时候，一看就完全不知道死者究竟受了什么伤，各种细节都对不上，怎么撞的也说不清楚，完全不符合亲历者应有的特征。"

姜老师接着他的话说："没错，还不止这一处。我要求他讲杀人的细节和体会，当时他的大脑一片空白，关于勒死被害的发力方向和严重程度，他也不知道细节，同样不符合亲历者应有的特征。我大胆猜测，杀人的时候，顾三儿不但没动手，还很有可能根本就不在场。后来小孙警官问他现场有多少人动手，还有没有其他车辆的时候，他的自我抑制行为明显加强，在控制，在对抗。如果当时真的只有他一个人撞人、打人、杀人，不应该有什么异常反应，直接否定就好了。"

小孙警官点头道："是，我记得。当时我就觉得不对劲儿，这小子肯定藏着什么重要的事没说实话。"

在小孙说的同时，华生在笔记本上写下一句话：**自我抑制行为＝隐瞒、控制、对抗。**

姜老师看向马大队，回忆道："后来马大队他们将压力加上去之后，顾三儿几次放弃解释，我觉得是因为他根本就解释不下去了。顾三儿认罪的时候，话特别狠，特别决绝，但是流露出的情绪却是强烈的悲伤，与语言的强硬不符。"

马大队确认道："是，最后怎么问都不说了，整个人瘫在那儿，气息都是弱的。"

姜老师点头，总结道："所以，我们商量了一下，由我去跟他聊聊，最好是找机会把前面这些疑点当着他的面再刺激一下，看看有没有有效的反应出来。第一，我进去之后，刚一提及'人不是你杀的'，他就非常惊讶，那表情已经不是微表情级别的了，而是非常明显。大家可以想想看，如果人真的是他杀的，我判断错了，他会产生这么强烈明显的惊讶反应吗？惊讶可以有，不过鄙视、看不起、窃喜也会随之而来，因为我判断错了嘛。但他就是纯粹的惊讶，因为他没有想到会有人这么肯定地说。这一点验证了我的猜想。第二，到最后，我看得出他不打算承认真相，只好尝试着提及他的妻子，你们在场的都看到他那种强烈的恐惧和悲伤混杂的情绪了，整体的身体反应是没有办法表演得那么像的，这也验证了我们之前的猜测——他可能受到某种威胁，且与他的妻子有着直接关系。第三，当我提出'你告诉我们实情，我们可以立刻开始保护你和家里人'时，顾三儿濒临崩溃，这是强烈恐惧所致。我觉得，这也可以作为我们接下来的侦查重点。"

李支认真听完，点起一支烟深深吸了一口，冒出两个字："专业。"他扭头看向任支，两个搭档很久的老伙计彼此心照不宣。任支道："看来，我们要从他身边的人开始调查，看看谁能教给他这么细致的说辞，这个人有意思。"

姜老师点头称是，补充道："其实我猜，戴总在尸检的时候，就已经大致对真凶有过行为特征侧写，再加上刚刚看到的这段讯问，是不是又加了些新东西进去？"言罢，扭脸看向戴猛。

犯罪心理画像

戴猛用眼神征求了李支的意见，看到领导和同事们期待的目光，翻开笔记本分析道："刚刚接触这个案子，我用犯罪心理侧写的原理对几个点进行了分析。我这儿有几个假设，扔出来做靶子，给大家参考。"

"一、死者生前遭受反复的车辆撞击，这说明真正的凶手在撞击和杀害死者的时候下手重、猛，可以推测这背后的心理状态为凶手对死者有强烈的情绪指向，近乎发泄。这种情况，通常可以假设为二人之间有私仇，还有一种可能就是凶手本身有过度伤害的施虐倾向；前者可以从死者的社会关系入手排查，后者不易找到切入点，只能寻找具有相似行凶风格的既发案件，因为有施虐倾向的人，既往的行为应该具备相同的特征。

"二、从凶手使用的杀害致死方式来看，他当时是沿着死者躯干的方向拉绳发力，而且速度很快，才导致颈椎断裂。从这个结果可以推测出，凶手崇尚和偏爱力量，应该是年纪较轻、体能较好、易冲动、易情绪化的人，并没有对死亡本身或者死亡过程表现出兴趣。

"三、死者尸检信息表明，他的身体上存在多辆车的碰撞和碾压痕迹。这一点很有趣，因为这要求行凶过程中必然存在多辆车，甚至可能是多个人共同完成。无论哪一种情况，都需要很长的作案时间和相对独立的作案空间，否则反复碰撞和碾压的过程容易被人发现。如果是多人同时作案，那就意味着是一个复杂的组织。主要作案人应该拥有可以驱使一定数量的人做杀人级别事情的能力。有这种能力的人不多，这让我们大大缩小了筛查范围。但是，凶手竟然能够算准时间在公路上伪造案发现场，而且恰好是在监控无法拍到的时间和路段，这让我不由得猜测，所有的伪造是利用监控升级的空当做出来的。

"这就涉及第四个问题：那个藏在背后的真凶为什么能准确知道监控升级的区域及升级时间表？纯凭运气的话，能做到这么完美的概率非常低。什么人有这样的条件，可以清楚地知道监控具体在哪段时间因为升级而不能拍摄呢？

"无论如何，制订出这套伪造现场的计划，需要缜密的思维和极强的执行能力，这极有可能不是一个人完成的，显然不是顾三儿这样的小混混能做到的。当然，也不是那位'凶猛'的情绪型主犯可以做到的。可以从监控升级信息的知情范围入手筛查一批人，这些待查的人范围不会太大。

"最后一个问题，场地方面，我个人不太相信是在公路上完成的撞击和折磨，一个是公共区域太过显眼，另一个原因是多车虐杀不可控因素太多。根据顾三儿供述的'第一案发现场'，也就是他说自己撞人和杀人的公路痕迹来看，与尸体上的痕迹并不符合，所以我认为那条路不是真正的案发地点。

"如果罪案的第一现场真的不是公路，那么行凶者需要很大的密闭空间才能完成整个过程，同时还得调集数辆可以用来作案的车。不论虐杀现场有多少人，光凭这种做准备工作的能力就能筛掉很多人。行凶者要么很有钱，要么很有势力，不过往往这两者是合并在一起的。最关键的是，这样的人，为什么要用这么费时费心的方式杀掉一个无业游民？是因为仇恨，还是因为乐趣？或者有什么其他的动机？"

这段抽丝剥茧的分析，是大多数人在短时间内没法做到的，这让大家眼睛里闪烁着金光，给侦查提供了重要的思路。

李支向左右望望，首先对戴猛表示了感谢，然后给同志们下达命令："同志们，这个案子发生到现在不到24小时，影响重大。综合我们手里掌握的情况，以及老马和姜老师他们预审得出的以上疑点，我们确实有理由怀疑顾三儿不是杀人的真凶。他为什么来投案，为什么咬得这么死，究竟是谁杀的人……一系列问题，是我们接下来的排查重点。我要提醒大家，这个案子可能很不简单，因为像顾三儿这种级别的小混混，都能在投案前做大量细致的反侦查准备，那么那些监控升级所留下的空白，各种时间的计算排列，还有第一案发现场的伪造，就更加复杂了。如果我们这些推测都是真的，那这个案子可就'好玩'了。大家都打起精神来！接下来，可有一场硬仗要打。"

19　肖依的必杀技

开篇语：

有一个表面聪明伶俐但实际战斗力很强的女朋友是一种什么体验？这么漂亮的小姑娘敞开了让我欺负，我却无能为力，我们俩到底差在哪里？难道仅仅因为她练了巴西柔术的地面缠斗技？我就不信了！

By 华生

不能欺负姑娘

第二天，华生一上班就邀请他的同学来帮助支队分析顾三儿的手机。两人约定，明天华生到机场去接她。

安排好这件事，华生方才盘算着怎么跟肖依把昨天的事情了结一下。没想到几乎就在同时，肖依发来信息，问他今天什么时间来认罪受罚。华生看到这里就一乐，心想这姑娘还真是有意思。之前每次请她吃饭都不积极，这次却好像对昨天的事情很上心。这姑娘也挺逗的，不爱美食爱武功。

华生给肖依打电话过去，那边传来一个开心的声音："今天什么时候来认罪受罚？"

华生听到这个声音，不由得咽下一口口水，问她："认什么罪？受什么罚？"

肖依的声音明显顿了一下，凶巴巴地问："啊？想装傻？昨天搞得我很丢人你是知道的吧？"

华生心里一乐，说："哪里搞得你丢人了？我看那个人有点故意欺负你……"

肖依打断他的话，追问道："所以呢？"

华生听她的语气里藏着笑意，就知道她没有真生气，忍着笑逗她："你要是看我被女流氓欺负了，管不管？"

肖依想都没想，张口就答："那当然……"突然意识到有什么地方不对劲儿，声音停顿了一下，可能是回过劲儿来了，明白了华生绕着弯要表达的意思，便又恢复成故作严肃的语气，嗔怪道，"你才被流氓欺负了呢！我们那是训练！训练啊！"

华生也变成严肃的语气问她："人家训练都打拳踢腿，带着拳套，打打沙袋。你们那是什么训练啊，滚来滚去，又摸又蹭的，还被人一直压在身下。哎呀！我都不好意思说下去了……"

肖依提高了音量，大声道："你怎么这么猥琐！我们练的是巴西柔术，地面缠斗技。那个棕带老师昨天用的是上位三角绞，多经典啊！好不容易给我指导一下，却被你吓跑了。平常排队都排不上啊，知不知道，知不知道！"她气鼓鼓地喘了口气，厉声问道，"晚上有没有事？"

华生回道："没有。请指示。"

肖依命令道："晚上你给我到道馆来，哼，我给你上上课！"

华生心里乐得快忍不住了，忙不迭地应道："好的，好的，晚上见。上完课还要请你吃饭！"

肖依还是气呼呼的："光想着吃饭，谁要吃你的饭！吃不吃饭，要看你的表现。"

晚上，华生直接来到肖依训练的道馆。

肖依已经换好了衣服，见华生过来，只瞥了他一眼，便没再理会，直接加入队伍开始了训练。今天的训练过程和上次没有什么差别。尽管有大量的身体接触，也有那种用双腿夹住头和脖颈的敏感体位，但华生却没有敢再随便发声。

他一直耐心等到训练课结束，才站起身，笑着看肖依颠颠儿地跑过来。没想到肖依跑过来，一下子把脸贴过来，几乎用鼻子贴着他的鼻子，死死地盯着他的眼睛，问他："你今天怎么没喊啊？"

华生见她这么猛，便闪避开目光，嗫嚅道："我又不傻。"

肖依抬起手在他肩膀上扇了一下，诧异道："你说自己不傻就不傻了？早上不还说是流氓占便宜吗？"

华生觉得肩膀是真的有点疼，心说这姑娘现在怎么下手这么重，便反问道："难道不是吗？哪有这么趴在地上滚来滚去的功夫？"

肖依见他嘴硬，更气了："这叫巴西柔术！没文化真可怕。"小脸一拉，神色是真的有点急了。

华生心念电转，戴总提过巴西柔术，好像水平还挺高，上次在十二重天门口，他好像说过绞晕什么的，于是问肖依："是戴总介绍你练这个的？"

肖依小小地惊讶了一下："咦？你怎么知道？"之后又立刻想明白了，华生跟戴猛的关系那么近，肯定或多或少听戴猛说过，于是点点头，"嗯"了一声。

华生故意摇摇头，叹息一声："我觉得你上当了。戴总练的都是把人绞晕的技术，你怎么练的都是被压着的技术？我觉得你肯定遇到的是流氓。"说完，又叹了一口气。

肖依立刻反驳他："你懂什么！巴西柔术最主要的是练习控制技术。什么绞啊、锁啊、固啊之类的技术，都是最后终结的动作，前面那些翻翻滚滚的控制技术才是重点！重点！"

关于巴西柔术，华生只模模糊糊地知道一个绞晕，其他啥也不懂，看肖依这种煞有介事的样子非常有趣，却无法从语言上反驳她，只好"喊"了一声，把头昂起来，眼睛望向别处，一副不相信又不屑于争辩的样子。

这副油盐不进的样子委实让人生气。肖依被他这个"喊"搞得很生气，暗中一咬牙，决定要教训教训他。

她把耳边的头发往后一绾，露出一个灿烂的笑容，用妩媚的声音道："华生哥哥，你多高多重啊？"

华生是什么人，这个妩媚的神情一出来，就嗅到了危险的味道。好端端的，整理什么头发，头发都盘得整整齐齐的好吗！华生知道肖依这是要出狠招了，但真的不觉得这个娇小的身体能把自己怎么样，于是也给出一个抿嘴笑，答道："178厘米，85公斤，怎么了？"

肖依勾勾手指，用眼神撩拨道："你想不想欺负我？来啊，试试看你行不行。"

这句话让华生觉得脖子后面一热，脸也有点红，一瞬间不确定面前这姑娘是不是"老司机"。他要静观其变，看看肖依到底有什么本领，于是摇摇头，回绝道："不想。我一出手，你就惨啦！"

肖依本来满脸柔媚，突然一怔，狠狠地皱眉看了他一眼，又换成一副甜甜的样子，动手拉他的手。华生跟着站起来，肖依往后拉一步，他也不为难对方，就跟了一步。肖依突然拥上来，整个人扑到华生怀里，头发刚好蹭到华生的鼻尖，华生觉得痒痒的，还闻到一股夹杂着温热汗味的香味。

华生完全没有想到会是这么个变化，整个人瞬间蒙了。"温香软玉"这个词，他此生第一次体会得这么淋漓尽致。刚想闭上眼睛嗅一嗅她的头发时，突然感觉喉咙一紧，不能呼吸了，而且更可怕的是，越来越紧。华生瞬间感受到了动物被咬住喉咙的危险，两人离得又近，他什么也看不到，情急之下赶紧使劲儿推。但是，他发现自己根本来不及推开肖依，渐渐失去了意识，手也失去了知觉。

模模糊糊听到肖依在耳边数到"5"，脖子上的压力突然消失了，能大口呼吸了。华生大步子向后退了几步，方才睁开眼睛，看到肖依笑吟吟地站在自己面前，抱着手臂，一脸的小得意。

华生知道，这是中招了，把手一挥，故意道："突然袭击算什么！美女投怀送抱的时候，哪个英雄不会神魂颠倒一下？这不算，有本事，光明正大地来！我就不信了，我还对付不了你！"

说完，降低身形，张开双臂，摆好平常在电影里看到的黄飞鸿的姿势。

见他这个样子，肖依扑哧一声笑了出来，双手往体前一搭，摆出一副羞答答的样子，一步一步往华生这边凑，一边扭着身体一边说："你要干什么？人家好害怕。"脸上却笑嘻嘻的。

华生知道她是故意的,但并不觉得搞定她有什么难度。打脸是肯定不行的,踢腿就更严重了,不是开玩笑的招数。华生想了想,抓住她的双手扭到背后让她动弹不得,就算赢了。打定主意之后,立刻行动,张开双手向前扑过去。

令人意外的一幕发生了,肖依根本就没有躲避,还直接把两只手递到了他手里。华生一怔,就势抓紧了她的两只手腕,眼看就要成功了,突然觉得眼前的人影向下一晃,肖依不见了,同时自己手腕一紧,身体被一股巨大的力量向下拉,不由自主地就要向前扑倒。华生慌乱之间看到肖依抓着自己的两只手腕,已经躺倒在地上,一只脚向上蹬着自己的胯部。原来那股巨大的力量是肖依主动倒地带来的。

"奇怪的打法,还有没打架就主动把自己放倒的招数,哈哈……"还没等笑容蔓延到嘴角,华生就觉得脚下被绊了一下,失去了平衡,狼狈地倒了下去,而且因为两只手被控制得很紧,躲都躲不开,直接压在了肖依身上。对,就是电视剧里凑浪漫最常用的那种姿势。

只不过,肖依没有给他嘴对嘴的机会,而是松开一只手腕,一把抓住了他的衬衣领子。这样一来,一只小臂挡在了他们俩之间。肖依笑了笑,在华生耳边悄悄地说:"现在看看你怎么欺负我,开始吧!"

华生快速感觉了一下自己的身体姿态,应该是全身都压在肖依上面,能真真切切地感受到她的柔软和体温。两个人还从来没有这么亲近过,华生的身体感觉有点异样,不过领子和一只手被控制得紧紧的,提醒他注意自己现在的处境。好在现在的局面他应该处于优势位置,还有另外一只手能动,两条腿也可以自由活动。于是,他心里暗道一声:"好!等着瞧。"却又告诉自己,动作不能太重,别无意中碰伤了肖依。

可是,等他想动的时候,才发现根本就不能随意动,两条小腿似乎是废的,只能跪着,想站站不起来,想蹬地却因为自己的身体是平趴着的,根本使不上劲儿。手就更别说了,不知怎的,只能按在地上,完全抬不起来。

这就很窘迫啦，压在人家女孩儿身上却不能动，这到底是不是占便宜的事啊！

躺在地上打就是这样，只要你不会做动作，就只有挨欺负的份儿，不管多高多壮。

肖依说："你开始了没有？你不开始我可就开始了啊！"

说完，在华生耳边一笑，做了一个什么动作。华生只觉得自己的身体被拱起来向前冲去，赶忙本能地保持平衡，用手和脚撑地，就这一瞬间，肖依不知怎么动的，已经攀到了华生的后背上并迅速用手臂搭扣，华生的脖子两侧再次感受到了强大的挤压。

这次没有窒息的感觉，因为肖依只是略微一使劲儿就松开了。然后她又翻滚下来，坐在华生对面，招招手挑衅道："还是不公平对吧？我又用了突然袭击，不好意思哦！这次你放开了来，我不搞突然袭击。"说完，躺平身体，再次对华生招了招手。

华生眉毛一挑，用手势来回比画了几下，确认肖依是什么意思。

肖依只好再坐起来，嫌弃道："你在犹豫什么？这么好的机会，漂亮姑娘都躺下了，你还没想法？"

欺负躺着的姑娘

华生不太敢相信这是肖依的尺度，之前那个文静的学生妹怎么变成这么豪放不羁的？他犹豫道："你想干什么？让我骑上去吗？"

肖依诡异地一笑，点头道："对啊！你不是想知道我练的什么吗？你现在就扮演一个流氓，本姑娘给你机会欺负，你先骑上来，看看你有什么本领能占我便宜！"说完，就又躺好了。

华生这次不犹豫了，他一边念叨着"我就不信了"，一边拧眉立目地骑在肖依的肚子上，做出凶狠状，恶狠狠地道："小姑娘，你怕不怕？"声音中透着一点兽性。

肖依翻了个白眼，双手挑衅道："来吧来吧，这次我不绞你，不锁你，就光玩控制，看看你能不能随心所欲地欺负我。"

华生这个时候四肢可以自由活动，居高临下，又有体重优势，心里有着完全的掌控感。他学着肖依之前对付他的样子去揪她领子，心里想，流氓要是想摸想亲，也就是这样的动作吧。

肖依坦然接受了，但是华生刚一抓紧领口，肖依的手立刻就过来固定住，然后髋部向上一挺，华生的身体再次被向上拱起。这个感觉华生刚才体会过，知道会发生什么，于是连忙向后挺直躯干来保持平衡。但是，就是这么快的一瞬间，肖依已经把一只膝盖挤进了华生的左腿底下。然后肖依一缩身，向侧面一转躯干，竟然就逃出了骑乘的姿势。华生感觉到肖依像泥鳅一样溜走了，感觉大事不妙，立刻往下一扑身，想要再次压制住肖依的身体，却怎么也压不下去了，因为肖依的两条腿灵活得像章鱼的腕足，无论华生往哪边动，都被那双漂亮的脚丫挡在身体之外。

华生心中暗暗着急，额头也因为运动的频率越来越快而冒汗了。他在心里笑自己，竟然连耍个流氓也不会，简直笨死了！

突然，肖依不再防守，华生因为向前冲而一下子跪在了肖依身前，只不过这一次肖依的两条腿是盘在华生的腰胯两侧的。两个人的姿势有点莫名的喜感和敏感，华生往旁边快速扫了一眼，发现有些道馆的人在围观，他们的脸上倒并没有预想中的猥琐，才稍稍安心。而肖依的表情，也没有小姑娘的羞涩。华生暗暗惭愧，看来是自己想多了。

就在这么一扫之间，肖依的两条腿像旋风一样转动了一下，左腿顶在华生腋下，右腿却快速架在了华生的左肩之上。华生觉得脖颈一重、一紧，头部就被夹在肖依两条大腿之间了。他看不到两人究竟是个什么姿势，只觉得脸两边软软的、暖暖的，还能闻到丝丝清香。这感觉可比刚才的温香软玉抱满怀要香艳得多了。

还没等他好好享受这种感觉，突然，肖依发力了。华生能感觉到脸和脖子周围的大腿肌肉猛地收紧，继而头被肖依的双手拉低，窒息的感觉再次袭来，而且因为眼睛不能看，鼻子又瞬间被堵住，大脑快速进入黑暗的边缘，越陷越深。

即将失去意识之前，华生似乎躺躺在某种温暖的液体中，整个身体轻飘飘的，除了不能呼吸，全身上下竟然很舒服。

突然，压力就消失了，一丝凉凉的空气渗入肺部，脑子也瞬间恢复清醒，眼前又再次亮起来。这时华生才觉得头有点涨，脖子周围有些疼痛，可能还有一块肌肉被扭到了，有点酸疼。

原来，肖依松开了搭在他肩上的锁扣，已经盘腿坐在他对面了。这时候，华生跪着摸自己的脖子，肖依坐着打量他，眼睛里笑盈盈的，满脸的得意。

肖依问他："老流氓，要不要再来一次？"

华生明白，刚才这小丫头是发狠了，如果不是及时松开，估计自己就被"绞晕"了。原来，这就是绞晕啊！奇妙的体验！听肖依发问，他连忙摇头摆手，没承想，一摇头觉得脖子左侧疼得厉害，肯定是扭伤了。他一边按揉着自己的脖子，一边讪笑道："不来啦，不来啦，我知道你厉害了。像我这样的如果变成流氓，顶多在晕倒之前占点便宜。"

肖依随手扇了一下他的肩膀，诧异道："占什么便宜？就知道占便宜。像你这样的流氓，我根本就不必用三角绞这么高级的技术，随便用个袖车、十字绞就搞定了。"说完，轻轻一扬下巴，皱着鼻子故意"哼"了一声让他听到。然后，肖依扭头问道："克南，录像了哈？"

身后那人走上前来递过手机，肖依把手机拿在华生面前晃晃。华生看到画面上正是两个人最窘的那个姿势，忙随着肖依站起来，伸手问她要道："给我看看！"

肖依把手往后背一藏，仰起脸庞得意地说："看什么看！这是我的战果，我得留着。哪天你要是欺负我，我就看看，心里解气。"

华生见她的样子，知道是在调皮，继续央求道："女侠，给我看看，让我死也死个明白，你是怎么赢我的。"

肖依把脸凑近，忽闪着大眼睛问道："真想看？请吃饭。"

华生忙不迭地点头道："好说，好说。想吃什么？火锅还是烤串？"

肖依一脸鄙夷，揶揄道："我说你怎么胖成这样了呢，看看你天天吃的这些东西。你请我去吃沙拉吧。"说完，一转身往更衣室走去，突然又回过头来说，"等我一会儿啊，我先去洗澡换衣服。"

华生挥挥手，示意她快去。自己也收拾东西，准备请这位女侠吃奇怪的沙拉。

这是好久以来肖依答应华生的第一顿饭，没想到居然是一顿沙拉。

20 手机数据彻底删除

开篇语：

老板，您放心，我让人安排好了。顾三儿看到手机里他老婆被一群赤膊大汉围着，又是一副害怕得要死的样子，当时就彻底屈服了。

By 老钱

不是一定要暧昧

华生送完肖依回到家，已经凌晨 12 点多了。

小姑娘心满意足的样子让他放了心。顾三儿此前的那些情绪变化和伪装的表达，仿佛一张一张的面孔特写，不断在华生脑海中闪现回放。这是他人生中第一次参与谋杀案的侦查过程，他兴奋得睡不着觉，躺在床上仔细回味着每一个表情背后的情绪，揣摩着当事人的感受，以及这些错综复杂的线索背后的整张逻辑网。

尤其是姜老师在最后一局对顾三儿的震荡，把他逼得崩溃的那一瞬间，行云流水的手法看得真是过瘾。很可惜，那种神秘的恐惧感最后战胜了顾三儿的理智，否则事实可能已经展现出来了。

天蒙蒙亮的时候，华生勉强眯了一会儿。没过多久，闹钟就中断了他的浅睡眠。华生倒是不觉得困，精神还不错，起床后对着镜子捏了捏自己的肚皮，想起昨天肖依的一脸鄙夷，不由得笑了。

下班的时候，华生接到肖依的一条信息，问他今天还来不来看她训练。

华生看到这里就一乐,小姑娘今天怎么变得这么主动!不过今天稍微有点尴尬,要不是老同学要来,根本不用她催,华生自己就巴巴地赶过去了。

华生只得给肖依打电话过去,那边传来一个开心的声音:"今天来不来?"

华生听到这个声音,心里有点过意不去,支支吾吾地给肖依解释道:"那个……今天有其他事,不去了。"

肖依的声音明显顿了一下,很小心地问:"为什么?昨天不就吃了一顿沙拉吗,瞧你那小气样儿!"

华生心里觉得有点窘迫,赶紧实话实说:"前天不是出了个案子吗,我邀请了一位我的老同学来帮忙,现在我赶去机场接她。"

肖依一听说是案子的事情,便放下心来回应道:"哦哦,那赶紧去吧。那你会不会弄得很晚?"

华生听她声音好像没事了,便也放下心来,说道:"但愿不会。不过这要看刑警支队的进展。"

肖依知道,案子的侦查信息此时此刻肯定不便细问,便拎起自己的大包准备出发去训练,随口说了一句:"别累着啊!你的性命暂且留下,回头忙完了再还给本姑娘!"

华生心里一暖,忙不迭地应道:"好的,放心吧。完得早,我就去找你啊!想吃啥吃啥!"

肖依追加一句:"要请两顿!都要大餐!"

华生心里觉得好笑,答应道:"好的,两顿,大餐!"

肖依又追加一句:"一顿牛扒,一顿海鲜!"

这个时候,华生就乐出了声,愉快地回了一句:"再额外送你一顿高级日料,放心吧!"

两人心照不宣地笑了一会儿,临挂电话之前,肖依道:"接你的老同学去吧,我去训练了。对了,男同学还是女同学啊?"

华生根本没在意这个问题,直接回道:"女同学。"

没想到，肖依在电话那头一怔，一字一顿地吐出四个字："好——女！同！学！"说完，就挂断了电话，弄得华生一头雾水。

在机场出口的地方，华生一眼就看到了自己的老同学罗倩，因为她的身影在人群中太显眼了。一头利落的短发显得非常干练，隔着大墨镜都透出女性特有的妩媚，窈窕的身材裹在修身的大衣里，开心地向华生打招呼。

两人在大学本科的时候都是学的计算机。像罗倩这样的气质美女，要是放在艺术院校里可能也就是平均值，但放在一群单纯、努力又耿直的未来程序员宅男里，简直就是女神。基本上班里的男生都很纠结，想亲近她又知道肯定没戏，所以最终她被外院的师兄给撬走了。

华生和罗倩的交情不错，两人一起在学生会忙活过一年的时间，一块儿熬的夜也得有几十个。

华生那时候心思并没有在谈恋爱上，而是沉醉于佛学的研究，经常满嘴都是各种经书里的原文和解析，动不动就涉及宏观"三千大千世界"、微观"一碗水中八万四千虫"。那个时候的男生都认为自己很酷，想透彻地了解这个世界，站在先贤哲人的肩膀上加快超然的速度，只不过这些行为在女生看来很幼稚。

所以，罗倩虽然知道华生和那些玩游戏的家伙有很大区别，但在那几年也没拿他当一个可以交付终身的人。

不过，这两人有共同的特点，就是酒量差，酒品却很好。学生会的几个重大项目结束后，两人喝过几顿大酒，别人刚开始微醺的时候，他俩就已经半醉，找个角落去窃窃私语了。虽然是鸡同鸭讲各说各话，但因为对彼此的欣赏，总觉得对方可以理解自己，有着说不完的话，最后各自被同宿舍的家伙们背回去。

所以，那几年除了罗倩的男朋友心里有数，其他人都搞不清两人到底什么关系。

本科毕业之后，罗倩在计算机领域继续深造，考上了硕士去了南方，毕业一工作就跟自己的男朋友结了婚。华生过了沉迷于佛学这一关之后，发现这个世界的主导其实就是人，转而对人产生了极强的兴趣。他们本科毕业那会儿，手机互联网产业已经开始兴旺起来了，同学们动不动就是月薪过万的程序员，但在华生看来，不管什么IT软件产品，背后都是一个个大脑在表达和交流，所以，他考了心理系的研究生，而且一学就是6年。

这次见面，是他们俩6年以后第一次重逢。一碰面，两人就来了个大大的拥抱，仿佛一瞬间青春的朴素情感又重回到身体里，简单而美好。

华生说："你居然没变样！"

罗倩说："你居然变成这样了！"指着华生的体形哈哈大笑。

华生脸一红。老同学一见面这反应，让他意识到自己的体形确实是个问题了。罗倩见他的窘态好玩，就掏出手机，一搂华生肩膀，说道："来，拍张合影，给我老公看看，报个平安，让他放心。哈哈！"

自拍完了，罗倩问："咱们怎么走？"

华生说："你挑，快轨也行，打车也行。"

罗倩惊讶道："呀！我还以为你自己开车来的呢。什么情况？你应该是我们同学里混得最好的一个吧？"

华生脸又一红，解释道："刚上班没多久，也没人也没房，暂时还不需要车。"

罗倩莞尔一笑，挽起华生的一只手臂，一边走一边说道："好啦！我故意逗你的！谁还不知道你是超越众生的大仙，要那些劳什子作甚！走！去体验一下快轨。"最后这几句有了《红楼梦》的风格，这也是两人都能懂的梗，因为那时候华生讨厌贾宝玉，罗倩讨厌林黛玉，没少一块儿学着里面的话挖苦彼此。

味道复杂的消夜

快轨上，罗倩问起了案子的情况。虽然旁边人不是很多，但华生也不便讲很多细节，只是简单地问现在的技术能力："手机端上的数据，能被恢复到什么程度？"

罗倩也就简单介绍说："理论上，在手机上存储过的数据，只要不是因为存储满溢后被自动覆盖，都可以恢复。即使用户自己进行了物理删除，只要存储空间还没有被覆盖过，也可以恢复。所以，越是近期内做的删除，越是容易恢复。时间长的话，要看运气。"

华生眼神一亮，问道："那有没有什么途径，可以不从用户的角度进行删除，比如远程？"华生已经好几年没有关心过通信产业的技术了，所以只能问个大概。

罗倩明白他的意思，点头道："当然啦，手机用户的权限是非常低的，除非是获得了管理员权限，否则删除的内容只是用户觉得删除了而已。就像我们那会儿学编程，有了管理员权限，可以使用指令模式，对存储介质进行手动整理，而且还可以刷磁盘。如果是这种删除，那就很有可能恢复不了了。"

华生似乎捕捉到了什么信息，眼睛更亮了。罗倩一直在这个行业里工作，也大概能猜到是什么方向的问题，鉴于快轨上人多耳杂，两人转移话题，开始聊家长里短。

在酒店办入住的时候，华生接到戴猛打来的电话，说今天不用去支队了，各个部门还没有新的实质性进展，时间也不早了，先让罗倩休息；明天早晨9点，请罗倩和他一起到支队开会，先研究一下手机的问题，然后支队开会沟通新情况。

华生把这些告诉罗倩，约好第二天早晨过来陪她一起吃早饭。罗倩笑道："哎！你好像着急走啊！光约早饭怎么行？我今天到，明天给你打工，后天回去，你就管一顿早饭？"

华生心里惦记的其实是肖依。时间已经过了9点，却还没见肖依发信息或打电话。按照平常的时间估算,这会儿她肯定训练完了。虽然说并没有约好今天要吃饭或者怎样,但早晨接了那个电话之后,总觉得不踏实。华生是不太擅长谈恋爱,但也不是木讷的笨蛋。不过这些想法都一闪即逝,没有在华生的脸上表露出来。罗倩并没有注意到他有点不安的样子,笑吟吟地望着他,目光里的力量让华生没法说不。

华生露出热情的笑容,道:"那哪能呢!别说不是来帮我的忙,就是纯粹来玩儿,我也得全程陪同,让干什么就干什么!办完入住,东西放下,我请你吃夜宵。"

罗倩眼睛眯起来,高兴地说:"这还差不多!等着啊!"一扭身,拎起随身的包上楼去了。那样子一下让华生感觉恍若回到了大学时光。坦率地讲,6年的时间对于一个漂亮女人来讲,还是在脸上留下了些细微的痕迹,但全身的风韵却比小女孩的时候动人很多。

见罗倩的身影消失在电梯里,华生试着拨肖依的电话,拨通的那一瞬间,肖依就立刻开口道:"女同学安顿好了?"

华生听她声音还比较轻松,放下一颗心,打趣道:"啊,刚办完入住。你训练完了?也没见你打电话来,不敢打扰你。"

肖依说:"你少来!你又不是不知道我训练的时间,别瞎找借口啊!现在打电话过来,你要干吗?要请我吃饭吗?"

华生被这么一问,心里又开始有点慌了,试探着跟肖依说:"对啊!你现在有空吗?我请同学吃夜宵,你要不要一起来?"

电话那头,肖依没了声音。华生等了几秒钟,觉得不对劲儿,解释说:"人家大老远跑来帮我的忙,我觉得只让人家干活不太合适,怎么着也得尽尽地主之谊。一起来吧,我们去接你。你现在在哪儿呢?在家里吗?"

还没等华生问完,肖依就插话道:"哦,那你们吃吧,我一般训练完不吃东西。你赶紧去吧,别让人家等着。"尽管语气不重,但最后的"人家"两个字咬得特别清楚,好像是有意强调一样,说完就挂断了电话。

华生喂了两声，见电话已经挂断了，想再拨过去，远远地见罗倩走出了电梯，便用语音给肖依留言说先请人吃饭，晚点再联系。装起手机后，他笑着迎上去。

两人来到本市最著名的夜宵一条街，来来往往的人群和各色霓虹招牌映入眼帘，淡淡的烟气混合着食物扑鼻的香气，让人不由得精神一振，疲惫的身体似乎也注入了能量。

罗倩和华生在热闹的街边找到一处坐下，点了最著名的龙象组合，这也是众多食客的最爱。罗倩一看价格，吐了吐舌头说道："这才几年啊，人民群众的消费水平已经上涨得这么高了。今晚要你破费了啊！"

华生一乐："这可不算贵的。明天要是结束得早，我再找个好点的地方。老同学好不容易来一趟，吃和住必须得伺候好了，不然我以后怎么有脸再找你帮忙。"

罗倩哈哈一笑，眯起眼睛说："态度不错，不枉我当年那么看好你。对了，喝点酒吗？"

华生赶紧摆手道："今晚算了吧。咱们明天还得按部就班地吃早饭、开会，今天可不敢耽误。我的酒量你可是知道的。你怎么样，这几年酒量涨了吗？"

罗倩得意地回道："可别提了。本来估计跟你差不多，没机会涨酒量。结果结婚典礼上我老公被灌多了，我挺身而出救驾，那晚也喝多了。结果，从那以后，酒量开始大得吓人，现在你肯定不是我的对手。"

等菜上来之后，华生热情地要给罗倩夹菜，却被罗倩拦下了。她拿出手机，给每道菜先拍了照片，然后让华生坐到身边，两人拍了好几张合影，才拿起筷子准备开动。

华生问她："你还是有这个习惯，上菜先喂手机？"

罗倩瞥了他一眼，笑嘻嘻地搓搓手，拿起筷子夹起一片象拔蚌刺身，蘸满调料后放到嘴里，立刻眯起眼睛仰起脸，一副陶醉的样子，连呼好吃。

一顿饭吃得两人额头微微冒汗，聊东聊西的，两个小时就过去了，回到酒店的时候，已经快12点了。华生把罗倩送进电梯之后，赶紧给肖依打电话，却发现对方已经关机，便发了短信过去，告诉肖依自己已经回家，明天一早带同学去刑警支队开会。

无法恢复的手机数据

第二天一早，华生赶到罗倩入住的酒店，先陪着她吃完早餐，再一起去往刑警支队的大楼。

到达支队后，两人直接上9楼会议室，和一众同志互相介绍。华生惊奇地发现，昨晚还活泼得像个小女孩的罗倩，在这种官方会面中，简直变了一个人，成熟稳重、大方得体，言谈举止之间商务风范十足，不由得对她刮目相看。

罗倩是客人，所以任副支队长首先请技侦部门的负责人和罗倩对接，沟通手机数据恢复的情况。

技侦的同志用简短的时间介绍完顾三儿所用手机的数据恢复进展，罗倩就亲自尝试着用软件进行操作，但依然劳而无功。

她向李支申请，用自己带来的实验版本的软件试试看。李支即刻让任支安排了一台备用电脑，一边让技侦的同志跟罗倩一起，把该签的专家鉴定聘请书和保密协议签好，一边着手安装软件。

罗倩用新版的软件再次尝试，她的眼睛慢慢睁大了，惊讶道："不可能吧。"

华生见她放下鼠标，在键盘上不断地敲击着一行一行的指令，知道她遇到的困难比较严重。

忙了好一会儿，罗倩停下了手里的动作，笃定地给出判断结果："各位一线的兄弟，大家辛苦了！根据我刚刚看到的恢复情况和调取的数据库状况，可以很确定，顾三山的手机被人窃取了root权限。他手机里的内置存储芯片被反复刷过，这就导致我们所使用的软件无法恢复数据。"

李支皱起眉头，不甘心地问道："罗倩同志，以你的了解，目前全国范围内，使用任何一家的产品都没有希望吗？"

罗倩点点头，解释道："是这样的，李支队长，我所在的实验室去年年底刚刚完成这个项目的研究。我们特意通过 root 权限，把手机内置存储中的数据删除掉，然后尝试用自己开发的软件进行恢复。要知道，信息存储在磁盘中，并不是连贯地大段大段地存放，而是根据磁盘现有的空白片段进行索引式存放。简单点说，就是所有信息都是零散着存放的，读取的时候再根据索引数据进行整合，连续呈献给用户。从用户的角度，看到的文字、图像、视频等数据是完整而连贯的，感受不到碎片化存储。因此，普通用户在删除的时候，仅仅是删掉了磁盘空间里的二进制信息，但索引表格不会彻底删除，还可以通过对磁盘颗粒的状态进行回溯来还原。"

讲完这些，只有几个人点点头表示明白，大多数人则一头雾水。罗倩尽量形象地给大家解释："但是顾三山的存储介质里，磁盘颗粒的排列状态很奇怪，几乎是全新的，有大段大段连续的空白空间。这说明，删除他数据的人是个高手，不只删除了一遍，而是在删除原始数据之后，还用了其他无用的数据反复读写存储介质，并在最后进行了磁盘整理，把没有删除的数据也尽量搬运到了一起。能搞定这样复杂的删除，可以肯定这个人对手机存储了如指掌。"

大家面面相觑，都觉得这件事情好像比原来想象的要复杂多了。任支道："据顾三儿自己交代，他的手机从未离身。这种说法可信吗？顾三儿肯定没有这样的水平。我估计，我们这里能做到这一点的人也不是很多。"说完自我解嘲地笑笑。

罗倩点头应道："远程删除是可以做到的。只要手机跟外界有通信的信号，获取一台手机的 root 权限并不难，然后再需要一点时间进行反复删除、拷贝等读写操作。不过，能拿在手里当然方便，接上电脑就可以做。如果是远程读写的话，需要的时间会久一点。"

李支问："远程大概需要多久？"

罗倩答道："这取决于通信信号的带宽。数据传输速度快，跟本地操作也差别不大；如果速度慢，则很难计算，既取决于数据传输的量，也取决于反复操作的次数，最后再除以带宽就能算出来。"

技侦的同志插口道："顾三儿的手机用的是 5G 套餐，下行带宽可以达到 1GB/s，上行的峰值也可以到 100MB/s 左右，平均 50MB/s 是没问题的。"

任支道："这么说来，即使顾三儿的手机真的没有离开过他的身边，有 root 权限的那个家伙操作起来也跟连接电脑来弄差不多？"

李支之前一直忍着没有抽烟，现在实在忍不住了，他礼貌地向罗倩打了声招呼，点起一支烟。做领导的，压力大。

这个案子昨天早晨曝出来的时候，因为凶手在三环主路上公然行凶，手段又奇特、残忍，媒体和百姓的猎奇口味和爆炸式传播，惊动了市委领导，领导给支队下了死命令，要求尽快破案。好在顾三儿开车碾死被害者后，主动投案，案件的侦破算是有了一个良好的开端，对市委领导也有了一个不错的交代。但是媒体的关注和讨论却愈演愈烈，尤其是互联网上反复传播监控录像，再加上各种人员的分析、猜测、臆想甚至争吵，让刑警支队一直处于高压状态，如同头顶上悬着巨石，而所有支队成员感受到的压力，最终都累加在李支的肩膀上。

不暧昧自然效率高

好在目前只有内部知道，顾三儿很有可能不是真正的行凶者，但他至少参与了案件反侦查的伪装，包括运送尸体、侮辱尸体、背词、做伪供。这些算是很牢固的抓手。李支考虑到，下一步可以从三个方向来深入开展工作。

第一个分支，对顾三儿的家人进行细致走访，搞清楚顾三儿心里到底在怕什么，有没有什么人在威胁他的家人，尤其是他的妻子。

第二个分支，调查一下有能力组织大量车辆、人员，使用空旷而独立的作案空间的人员。

第三个分支，可以把对监控录像升级知情的人员范围和能够深度删除手机数据的技术人员范围合并在一起，作为一个侦查方向进行挖掘。如果顾三儿说的作案过程是假的，那么在昌宁镇公路上所谓的"第一案发现场"中勘查所得的那些痕迹就一定是精心伪造的。从行车路线到精心伪造案发现场，这是一件多么缜密的工作，需要人手来执行，需要时间来执行，更需要头脑来策划，还要趁着监控升级的时间段准确地进行同步控制。

李支心里知道，他这次所面对的不是普通的犯罪分子。犯罪分子头脑非常聪明，组织能力和技术能力都非常强，很有可能是一个团伙。可是，此前并没有出现过类似犯罪团伙的任何信息啊。他在本市从警已经快30年了，案子侦查到目前这个局面，真的还是第一次。

好在，目前的三个侦查方向都不算大海捞针，待调查的人都有着具体而清晰的侧写特征，至少后面几天是不用发愁的。目前，让李支比较困扰的是，这个有组织、有技术的犯罪团伙到底为什么要这么做？费那么大劲儿，折腾出这么大动静，就为了惩戒或者杀掉一个碰瓷的？

青烟从指间不断升起，李支表情凝重。他熄灭烟头，习惯性地把双手抱握在下巴前方，展开笑容对着罗倩和华生说："罗倩同志的到来，给了我们支队很大帮助，我代表支队向您表示感谢！也希望您若方便，可以成为我们的顾问。电子证据采集是科技强侦的重要组成部分，我们非常欢迎您这样的专家！"

罗倩大方地一笑，表示非常荣幸，一会儿开完会就跟支队签约。说完，看着华生一眨眼睛。

李支同样对华生表达感谢："也要谢谢张华生同志，给我们介绍这么好的专家人才，帮助支队侦破这起专案。"

华生有点腼腆，看了一眼戴猛和姜老师，诚恳地对李支说道："您别客气。我自己也愿意多跟一线的同志们一起学习，这对我来说，是非常宝贵的机会。"

接下来，任支组织技侦、预审、监控、排查和现场勘验的各方人员有序地对了一下手里的最新进展，尤其是在监控排查和人员排查方面有了新的工作重点。李支在最后恢复了严肃的神情，给所有与会人员介绍了自己的三条思路，具体人员分工和时间要求，交由任支来负责。

会议结束后，华生征求戴猛的意见，后面时间如何安排。

戴猛说："你和老同学好久没见了，今天又开了半天会，下午你不用去公司，可以带老同学四处转转。"

罗倩赶紧摆手，笑道："戴总，这个安排真不用，我也是在这个城市里待过4年的老人了！您还是让华生回去上班吧。他刚刚到新岗位，还是领导岗位，不在的话，手底下的人可能会觉得奇怪。既然这边的事情完了，我看后面也暂时不会有什么新的进展，我下午就回去了。"说完，扭头一拍华生肩膀，笑眯眯地问道，"怎么样，我够意思吧？"

华生略微有点惊讶，问道："咦？咱俩不是说好的，今天晚上带你去吃好东西吗？你这么着急回去干啥？"

罗倩看华生一脸认真的样子，哈哈一笑，道："行！冲你这么诚恳，我就已经很满意了。不过，我这次来是出差，如果没有特别的需要，当然是早点回去才对。你领导在这里，我领导可不一定有这么大度。华生，我跟你说啊，戴总可真是够意思，通情达理，豁达开朗，你得好好干，别老犯年轻时候的倔脾气，谁都看不上。刚走上领导岗位，一言一行的，手底下人都看着呢。他们要是有意见，会不会说出来可就不一定了。这个你自己要明白。"说完这些话，侧目观察戴猛的反应，见他没什么情绪波动，只是笑笑，就又补充道，"再说了，我家里的'领导'还是很需要我的。我下午走，晚上到家给他个惊喜！"

戴猛笑了，他觉得这姑娘蛮有意思，当着华生的面狠夸领导，这么明显的奉迎也算是用心良苦，这要搁在一般的场面上，肯定特别讨人喜欢。这些套路应该是多年的职场经验和教训积累下来的。他知道罗倩是在给华生铺路，看来这两人大学4年交情不浅。最后她又看似随意地一拐弯，直言二人的关系并不暧昧，也算是机灵可人了。

华生身处其中，并没有戴猛看得这么清楚，见罗倩讲出这么充分的理由，便知不能强留，只是内心觉得愧疚，直言道："那多不好意思啊！昨天晚上到，今天就走,纯属帮忙又不挣钱,这叫我心里怎么过意得去。"

罗倩眼睛一眯,下巴微微扬起说:"得了,得了,婆婆妈妈的就是见外。快10年了还没根除这老毛病,说过你多少次了。一会儿我回酒店,你就别管了,反正你也没车,我自己打车走,你安心回去上班。按照刚才李支的意思,我估计你跟戴总后面还有的忙。对了,这个案子有什么新进展,随时告知我,我也是支队的外聘专家了,估计能帮些忙。找到删除手机数据的那个家伙,跟我说一声。"

华生其实心里还有一件事情,就是昨晚一直没有联系上肖依,早晨还试探着发了个短信,也没见回信。见罗倩执意要走,就不再挽留。酒店的结算和机场送机,任支都会安排人负责,他就此跟老同学道别。

快下班的时候,罗倩发来信息,说自己已经平安落地,让他放心。一起发来的,还有昨晚那张合影,留言是"相见甚欢,蒸蒸日上,谨慎平安",照片里两人笑得很开心。看着这两张伴着氤氲烟气的笑脸,青春往事突然涌上华生的心头。他把这张照片发在自己朋友圈里,又把罗倩写的三句话配上去,觉得这三句话也可以送给罗倩,这是一种默契。没多大一会儿,就收到了十几个大学同学的点赞,也有不知情的人问这漂亮姑娘是谁,跟华生什么关系。

21　肖依的嗔怒

开篇语：
你这种钢铁直男，真是又笨又可爱，可真让我着急！

By 肖依

醋意爆发

送走了罗倩，等到一下班，华生就往肖依训练的道馆赶去。

当他赶到道馆的时候，肖依已经换好道服准备训练了，正低头梳理着她的大辫子。见华生站在垫子边上，狠狠地瞪了他一眼。华生只好尴尬地打了个招呼，悄悄坐在边上看肖依训练。

不知道是错觉，还是对巴西柔术这个奇怪的缠斗技术不够了解，在华生看来，今晚的肖依完全像一只凶猛的豹子，跟那天看到的温柔灵动的样子迥然不同，就连那张漂亮的脸蛋上，也常常出现略微狰狞的小表情。她一连降伏了6个体格精壮的小伙子，其中还有2个蓝带，而且每次矫捷利落地降伏对手，就狠狠地朝着华生瞪一眼，皱着鼻子深深吐出一口气，转而再战。一堂训练课下来，被她降伏的那几个人都有点诧异，似乎也不明白这姑娘今天发什么疯，这么可怕。好在巴西柔术的对练都是点到为止，无论窒息技还是反关节技，输家都会拍垫子认输，而胜利的人也会放开对手，不像站立拳脚肘膝的进攻，在训练中会造成伤害。

华生慢慢觉得不对头，虽然自始至终肖依都是故意狠给他看的，也有典型的愤怒表情，但她身体有这么强劲有力的能量，却是一个让人警惕的信号，她今天的表现和此前的风格有着巨大的差异。

训练课结束了。

华生迎上前去，笑容满面地对着肖依的后背说："走啊！今天我请客，想吃啥吃啥！"他热情得有点心虚。

肖依停下脚步，把脸转过来，盯了华生几秒钟，突然展颜一笑，柔声问道："你今天有空啦？"

华生见她笑，赶忙点头道："对啊！我一下班就来了。"

肖依早就准备了，华生话音刚一落，她立刻把脸一沉，冷冷地甩了一句："我！没！空！"扬起下巴把辫子一甩，留给华生一个背影。

华生一乐，知道得有这么一出，赶紧追上两步跟她说："哎呀！我昨天不是有事吗，今天我同学一走，我立刻就赶过来了。前天欠你的，赶紧补上，不然可能有危险。"

肖依本来还想撑他一句解解气，突然听到他说"可能有危险"，一丝笑意差点从紧绷的脸上露出来。她使劲儿往下压了压，翻了华生一眼，质问道："谁有危险？有什么危险？好像谁愿意搭理你似的！你应该把女同学留下来，请人家继续吃晚饭，不用管我。"

华生赶忙解释说："我同学也不想给我添太多麻烦，所以下午就急着回去了。再说，我请人家过来，帮忙就是帮忙，少吃一顿饭也没啥。我今天一大早就陪她一起吃了早饭，已经很周到了。"

没想到说完这句话，肖依突然猛地转过身，紧紧盯着华生说："好啊你！还一起吃早饭！"脸上突然发红，狠狠地咬着牙，看得华生心里一紧。

肖依转过身去，冲着三三两两下课的人群大声喊道："谁还有时间？我要打10个！"

其他人一看她这气鼓鼓的样子，再看看旁边那个几天前见过的男生，都识趣地摆手，纷纷从她身边绕过去。

肖依一指那个弓着腰正打算从她身边溜过去的小男生，冷冷地道："你，

第二卷・惩戒　207

过来！跟我实战！"

那小孩瞥了一眼华生，忍着笑连忙闪避开来，嘴里说："别别别，师姐，您饶了我。我明天还得升带考试呢！"

叫了一圈也没抓到人对练，肖依一跺脚，冲着华生一招手，憋了口气愤愤地道："你，过来！"

华生听话地往前蹭了几步，问她："干吗？你不会是要拿我当陪练吧？我可是啥也不会啊！"

肖依眯着眼睛，哼笑了一声，揶揄道："你会的东西不是挺多的吗？会请同学吃晚饭，会跟同学吃早饭，还会发朋友圈秀恩爱！"说着，突然发动攻击，靠近华生搂住他的脖子，一个漂亮的夹颈摔，把他放倒在地上。

华生只是觉得眼前一模糊，自己就倒在地上了，肖依的身体压在自己胸前。因为摔得很快，他还没来得及做反应，所以倒也不疼，只是有点晕。

肖依没有停下来的意思，一抬腿骑在了华生的肚子上，两只手交叉着抓住领子用力一绞，华生就觉得眼前一黑，喘不上气来了。这次的发力快而狠，和前天相比差别很大，直接唤醒了华生体内的危机感。他连忙学刚才训练时看到的别人的样子，用手拍打垫子表示认输。

肖依倒也没有纠缠，见他认输，就立刻转换体位，瞬间起身。华生虽然被吓坏了，但感觉身体上没重量了，立刻本能地翻身想要爬起。可就是这一侧身，肖依换成了侧面骑乘的姿势，抓住他的手臂顺势一拧，并向后仰倒，一个教科书般的十字固，差点把华生的肘关节给掰伤了。华生实在没忍住，大叫了出来，竟然慌乱到忘了拍地板。对于一个从来没有受过训练的素人来讲，遭到生理威胁和伤害的时候，大脑直接反馈为强烈的恐惧，哪里还顾得上那些规则。

没想到，听到华生痛苦地大叫，肖依却咬着牙，脸上浮现出很解恨的笑容，手立刻松了劲儿，趁着华生痛苦地翻身跪起时，立刻攀附在他的后背上，再次使用了一个后背裸绞。这次她倒是没有发力，而是用手臂搭锁扣勒着脖颈，脸凑到华生痛苦不堪的面孔边上，悄悄地冲着他的耳朵问道："相见甚欢是不是？嗯？"

华生这么大的个子，被一个娇小的姑娘从后背锁住，竟然动弹不了，而且呼吸紧张，实在是哭笑不得。他从嗓子眼儿挤出话来："求饶求饶，女侠饶命，我错了！"

肖依手臂一紧，诧异地轻声道："错哪儿了？"

华生早就已经明白了肖依的心思，一脸无辜地念叨："说话不算数，说请吃饭却没请。"

肖依说："不要避重就轻，这不是核心问题！"

华生更加愁苦，试图给自己辩解一下："其他的都是工作需要……"还没说完，就感觉脖颈间一紧，呼吸也立刻急促起来，赶忙挤出一句话，"请女同学吃夜宵？"

说完这一句，肖依的手臂松开了些，在他耳边说道："嗯，这还差不多。还有更恶劣的呢！"

华生嘟囔了一句："公安的同志们嘱咐我去陪她吃早饭的，顺便……"

这一下子华生的声音真的是戛然而止。肖依的脸躲在华生的头后面，狠狠的表情里透着愤怒，皱着鼻子"哼"了一声。不过，她下手有分寸，没真往死里勒，要不然华生的喉软骨肯定会受伤。

华生无奈，只好说："陪女同学吃早饭，陪女同学开会，陪女同学分析案情……"

肖依听着，知道这家伙实际上在抱怨，也不理会，催促道："好啦，少说些没用的，还有最后一个错误，是什么？"一边说着，一边慢慢减轻了力道，不过还维持着手臂搭锁扣的状态。

华生苦着脸，承认说："不该乱发朋友圈。"

肖依终于满意了，笑容绽开，问他："怎么弥补？"

这个问题倒是让华生很意外。他迟疑了一会儿，尝试着朝身后的人问道："不会是让我删了朋友圈吧？"心想，如果是这个要求，就未免过分了点。

肖依说:"我哪是那么小气的人!"她扭头朝着旁边刚加量训练完毕的克南说:"克南,帮我们拍张近景,就是人的脸特别大,占满屏幕的那种,拿我的手机。"

克南拿着手机过来认真地趴在地上找角度,肖依一边锁着华生,一边指导着克南找位置和取景,准备妥当之后微微一用力,华生很配合地做出龇牙咧嘴的痛苦表情,还喷出一点鼻涕,这张被降伏的古怪表情合影就算完成了。

这时候,肖依才松开手臂站起来,用脚踢了踢坐起来的华生,告诉他:"我已经把刚才的照片传给你了,你发到朋友圈里,写上'被锁很疼,咎由自取,罪有应得'。"说完,不禁哈哈笑出声来。

华生拿过手机一看,照片里肖依在后面乐得脸上笑开了花,前面是自己扭曲的挂着鼻涕的大脸,两个人的表情相映成趣。华生摇摇头,看着满是期待的肖依,把照片和那句话发到了朋友圈里。肖依探过头来看看,这才满意地拍拍他的肩膀说:"好啦!本姑娘要吃牛扒、吃海鲜去啦!走吧。"

这一条朋友圈是华生有生以来获得点赞和评论最多的一条,几乎所有人都问他"这是谁""为什么这么惨""后面这姑娘很漂亮啊,有没有男朋友""鼻涕怎么都不擦掉就拍照了""犯了什么错咎由自取"等。看见华生一会儿愁眉苦脸一会儿哭笑不得的样子,肖依高兴坏了,要过手机看各种评论,一边看一边乐,连吃都没怎么顾得上。

夜色微凉。

回去的路上,华生背着肖依的大包。肖依拽着带子,突然问华生:"我这么捣乱,你嫌不嫌我烦?"

华生可没想到肖依自己会说出"捣乱"二字,有点受宠若惊的感觉,睁大了眼睛看肖依。肖依低头莞尔一笑,复又抬头瞪了华生一眼,凶他道:"看什么?真以为我不懂事啊?我又不是小孩儿!"

华生将脸凑近,逗她:"难道不是吗?"

肖依脸色一变："当然不是。你们男生笨死了。我问你，如果下次是个没结婚的漂亮女同学要和你亲密合影，你答不答应？会不会因为要请人家吃饭而再次推掉请我吃饭？"

　　这大长句子，难为她一气呵成，说得极为流利。

　　华生"嗯……"了一声，沉吟起来，不知该怎么回答这个问题。他的确在认真思考自己还有没有漂亮女同学，没结婚，还有可能让他请吃饭的那种……当他正思考到有没有人会要求他拍亲密合影并得出否定答案的时候，突然觉得胸前一紧。

　　肖依气鼓鼓的小脸霸占了他眼前的视线，两只手已经交叉着抓住了华生的领口。华生感觉颈部被瞬间挤压得疼痛不已，呼吸开始变得困难。

　　果然，肖依嗔道："还敢想……"说着双手一紧。

　　华生暗道一声："不妙！"吓得正要挣扎的时候，却感觉到力量突然消失了，一股清香的体温拥在胸前，肖依两片温润的嘴唇主动吻到了华生的嘴唇上，似乎还用舌头轻轻地舔了一下他的上唇。只一瞬间，便又离开。肖依松开双手后歪着头看着华生，道："你现在是有女朋友的人了，不能随便和别的女人拍亲密照片，不能抛掉女朋友去和别的女人吃饭，明白了吗？"

22　顾三儿的美女媳妇

开篇语：

每个人，无论心里是否有鬼，脸上一定都戴着壳。你敢信这壳吗？穿过这层壳，你能找到鬼吗？小心前行，仔细观察。

By 姜老师

度假村

任支带着侦查小组，姜老师也在队伍里，一起去度假中心摸摸情况。作为科研人员，像这样出现场的情况，3年来姜老师已经参加过几十次了。

整个度假村并不大，有四栋方桶形的灰色建筑，楼都是新盖的。三栋使用绿色玻璃幕墙，反射着刺眼的阳光，另一栋楼顶硕大的牌匾上写着"VIP俱乐部"，玻璃幕墙是金色的，看着尤为显眼。

市局的三辆车依次停在迎宾主楼门口。一位副镇长带着若干人等负责接待，虽然任支不喜欢，但知道这是惯常流程，也就寒暄而过。

度假村总经理大概见过世面，知道自己的员工出了事情，肯定会有一轮又一轮的调查，无论如何对度假村来讲都是件麻烦事，故而满脸堆笑地对着每个小组成员点头哈腰，只盼着能在接下来的事件中少受点折腾。他身边跟了个大汉，名牌上写着"保安主任——钱豪军"，相比之下倒还显得正常。

接待的人群里还有两个穿警服的人，分别是昌宁区分局分管刑侦的副局长和大队长。副局长特意把那保安主任叫过来，介绍给任支："任支，这是老钱，之前是镇上派出所所长，老公安了！不过，去年下半年辞职了，在度假村里当保安主任。我想他也算是老同志，熟悉办案流程，又熟悉镇上情况，就叫他过来开会，配合您办案。"

任支握住了老钱的手，惋惜道："好身板，眼睛里也精神，怎么辞职了呢？"

老钱是一个彪悍的大汉，只是身材有点发福，但能够看得出年轻的时候很壮，魁梧体格的底子还在。脸上有一道明显的疤，让他的笑容看起来多少有点狰狞。听任支这么一说，他才客气起来，摇着任支的手道："家里娃上学，穿警服的工资有点吃紧，不得已辞职的。请领导多多见谅。身虽不在，心系警务。我也是从案子里摸爬滚打过来的，但凡有用得着我的地方，您尽管吩咐。"眼中、脸上很是热切。

度假村总经理招待大家在贵宾室落座，他有点忙乱，额头上稍稍冒了些汗。老钱递给他一张纸巾，微微笑道："老顾啊！你紧张啥？区里、市里的同志们都是来查案、办案的，又不是土匪强盗。"口气很是老道。

老顾用纸巾擦去额头的汗，礼貌地讪笑起来。

分局副局长向任支汇报："目前，我们已经组织调取了所有涉案时段内第一案发地点周边的监控录像，可惜因为监控分区升级，恰好那段时间轮到南环大街区域，所以没有拍到案发过程，只有升级前后的状况记录。"

尽管这是老消息，但再次确认后，众人心中还是不免失望了一下。最关键的证据现在没有了，剩下的工作只能从人的身上进行突破。

分局副局长继续汇报道："另外，我们也查了顾三山的背景信息，没发现什么异常之处。您和兄弟们先喝点水，区里领导和分局已经交代过，用人力、物力等一切资源全力支持你们，争取尽早破案。"

任支笑道："我们哪还有时间休息，直接开始吧。这次来目标很明确，就是对顾三山身边的人员进行排查，寻找一些线索。虽说这案子现在由市局支队直接负责，但你的辖区还得偏劳你们。不用留在我这里客套，你和分局的兄弟们就按惯例来，撒出去干活吧。"这应该是任支在基层的时候惯有的风格，所以分局的人点头称是，即刻分头行动。

任支又转头向总经理老顾说道:"麻烦老顾给我们找一间比较宽敞明亮的房间,通风好一点,我们先见见顾三山的妻子。"老顾一边听,一边不断点头应承着"好"。

老钱听了一怔,笑着对任支道:"领导和同志们屁股还没坐热咧,这么雷厉风行就开始了。您看,除了顾三儿他媳妇,有没有什么其他人要问,或者有没有什么其他事情,需要我来安排?"两手握在一起,恭谨又不失积极。

任支笑笑,摆摆手说:"老钱跟我们一起吧,你的地盘,你最熟悉情况。"老钱边笑边点头,表示听从领导安排。

随后,老钱和老顾一前一后领着大家去往VIP俱乐部的二楼贵宾室。老顾一路上客气地引导大家,老钱始终走在前面带路。贵宾室里早就有服务员等着,见人来了,就开始手脚麻利地安排落座,并给大家倒茶。

任支坐定,吩咐服务员不用倒水,请他们出去之后,开口跟老顾说:"老顾啊!我们是来办案的,不是来开会的,也不是来度假的,你不用按照接待标准来接待我们。再说,案件在侦查阶段,知情的人越少,越有利于侦查推进,所以你不要客气了。这些标准的接待流程,你吩咐下去,都省掉。"老顾忙点头称是,自己也识趣地走出门外,安排度假村的人不要来打扰。老钱望向任支,站着没动,没有撤出去的意思。

任支看老钱的动作,对他说:"麻烦老钱配合一下我们的人,把顾三山的爱人叫过来。"老钱应了一声,这才动身。任支转过头去跟马大队和小孙交代道:"老马,人来之后,你和小孙主问,我们都看看。"

马大队和小孙组合搭档,审过很多大、要案的嫌疑人,突破了很多不开口、难开口的硬茬。像嫌疑人家属这样的普通人,他们一般不会亲自出马。但这次的案子闹得动静太大,现在又发现了顾三儿的问题,恐怕必须得高度谨慎,用最好的矛杵杵层层叠叠的盾。

顾三儿的美女媳妇

没一会儿,老钱领着两人进了门。

一个 40 多岁的女人身着套装,胸口别着名签,上面写着"领班秦淮天"。她身后跟着的是一个非常年轻的姑娘,目测只有十八九岁的样子,脸庞上散发着年轻肌肤特有的细腻光泽。她身着一件及膝旗袍,身材凹凸有致,两条修长的小腿配上高跟鞋,显得亭亭玉立。这个姑娘不仅漂亮,身体里还散发着一股让人心神荡漾的味道。

风韵犹存的领班大姐进门的第一件事,就是用标准的服务性微笑和屋里的每个人致意,最后目光落在老钱脸上,笑容一敛。刚好老钱也正在看她,便把脸微微一板,指责道:"看什么?不知道这些都是市局来的领导吗?"说到这里,用手把大姐的目光引向了任支,介绍道,"这位是市公安局刑警支队的任副支队长,是上级领导,需要向刘菲菲了解一些顾三儿的情况。你要好好配合,明白吗?"说到最后一句话的时候,语气加重了一些,声音也严厉起来。

领班大姐没理会他,脸上瞬间绽放出妩媚的笑容,快步趋近任支的身边,半蹲下去放低身体伸出手,一开口就是客套:"哎呀!这么大的领导,我们小老百姓可是难得一见,见到您是我的荣幸。领导,您好!"

任支是从基层干上去的老江湖,不慌不忙地打个哈哈,还没等对方靠近,就从沙发上站起来,待她站直身体才跟她握了手,随即立刻抽出手来,一指远处的一个沙发说:"给你添麻烦了,例行调查,感谢配合。你先坐在那里,我们先跟嫌疑人的家属了解一些情况。"说完,看老钱还拎着热水壶忙着给几个人的茶杯添水,便朝着他笑起来,"老钱别忙活了,屋里就咱们几个人,你不要见外,也坐下看看、听听。"

老钱依言放下水壶之后才发现,留给自己的座位就只有远处的一个空位,正在领班大姐的旁边。

老钱走过去,并没有跟她客气,就轻轻点了点头,便自顾自地坐下,目不旁视。

领班大姐直到老钱坐定了，方才屁股一扭，摆出标准的服务业姿势端庄地坐下。她两只眼睛看向顾三山的妻子刘菲菲。那姑娘此刻一个人站在房屋中间，彷徨地频频望向领班大姐，有点不知所措和尴尬。两人都没想到，一进屋就立刻被隔得这么远，虽然还在一间屋里，却因为角度和距离的问题没法互相交流。这样的阵势，让刘菲菲心里有点慌。

马大队从任支的眼神里领命，开始接管局面，用平和的语气道："坐下吧。你是刘菲菲吗？"

小姑娘双手搭在身前，低着头，脖子修长，仿佛有点害羞的样子。她并没有抬头，而是循声转向马大队，颔首轻声应道："是。"双手开始对捏手指，双腿并拢得很直。在及膝的修身旗袍的衬托下，身体的曲线如同一件艺术品。

小孙向她道："坐下说话。"

刘菲菲这才坐在椅子上，并拢双腿偏向一侧，手臂伸直，双手交叠放在小腹的旗袍上，依旧低着头。

这样规矩的娇羞坐姿，倘若在"小白"眼里，那必定是非常美丽、温婉而妩媚。然而在场这些人都是长年和各种犯罪分子、狡猾多诈的三教九流打交道的人，看惯了演戏和伪装，便不会那么容易被一个坐姿所触动。这种判别能力，的确要用时间和教训来提升。你对面的人，可能好也可能恶。简简单单地选择相信，对普通人无所谓，但对侦查人员来说可能就意味着纵容罪犯，甚至自我伤害。

"顾三山认识吗？"

"嗯，那是我……我……老公。"刘菲菲有点迟疑，只是轻轻地点头，头还是没有抬起来。这副逆来顺受的娇弱样子，是很多男人打心眼里疼爱的类型。姜老师却觉得好笑，演得有点过了。

"你们俩几天没见了？"

"呃……"姑娘听到这个问题之后，悄悄地开始掰着手指头数，但很显然，她心里并不知道究竟应该停在哪根手指上，最终只好攥紧拳头，没有回话。

"你知道他现在在哪儿吗？"

姑娘抬起头，睁着大眼睛茫然地望向马大队和小孙警官，摇摇头，又望向屋里其他人，仿佛琼瑶剧中苦情的女主角。最后她扭头望向领班大姐的方向，目光停了下来。

看得出来，她好像很享受这个被众人关注的过程，享受被围观的感觉。

领班大姐冲她微微一笑，颔首表示鼓励和安慰。老钱则剜了她一眼。看到老钱凶狠的目光，她赶忙扭回头，继续保持着低头的状态，手臂放在大腿上，脊柱撑得笔直。

"顾三山现在在市公安局。他前天早晨报警投案说，早晨在回家的路上，"说到这里，马大队放缓语速，一字一字地说道，"他杀人了。"

刘菲菲很吃惊，猛地抬起头，先是睁大眼睛，不知所措地望向马大队和小孙二人，目光在两人之间快速转换了好几次，不敢相信她刚刚听到的话。随后，她又把目光收回来，却依然向左向右闪烁着，睫毛微微颤抖。

姜老师注意到这一瞬间的反应，是真的大惊讶＋小恐惧，眉头的蹙起在细嫩的皮肤上显得很明显，慌乱的眼神绝对不是演出来的。看来，她并不知道自己的丈夫涉嫌杀人重罪。

刘菲菲惶恐不安了几秒钟也没有主意，再次抬起头，转动身体向后，望向领班大姐的方向，看神色，应该是在向领班大姐询问她是否知情。

领班大姐流露出一副为难的表情，轻轻摇摇头，大概的意思应该是她也不知情。一旁的老钱皱紧眉头盯着她，目光很凶，但和刘菲菲没有什么目光交流。

刘菲菲扭回头，坐在自己的椅子里，拳头握得紧紧的，然后又摊开放在椅子的扶手上。她非常震惊，怎么也想不到顾三儿竟然犯下了杀人罪。以她对顾三儿的了解——虽然也不是很了解，但总觉得这不太可能。可是，现在警察在问，该怎么办呢？她神情痛苦地闭上眼睛，仿佛在回忆，也可能是在思考。

陡然间，她睁开眼睛，快速往身后的方向瞥了一眼。老钱脸上很凶的样子，依旧盯着她，她便赶忙转回身，身体往前一探，问道："顾三儿杀人了？"言罢，右手捂住了自己的嘴，停留在这个状态，宛若一只受惊的小鹿。

这就奇怪了！前面的惊慌失措是真实的，而此刻的震惊则是表演出来的，而且浮夸得很。

马大队只是盯着她的脸看，并未接话。小孙也看到了她捂嘴的动作，心中一阵鄙夷，问道："你的爱人顾三山报警投案，说自己杀人了。"

得到确认后，刘菲菲没有再说什么，只是把右手放下，又把双手搭在身体前面，轻轻往回挪了挪脚尖，低下头，脸上一副楚楚可怜的表情，不知所措地捏着手指。

正常人这种时候不应该急疯了吗？

小孙没料到她竟然是这个反应，并不继续追问自己的丈夫究竟发生了什么事，便问她："你有什么要问的吗？"

她摇摇头，只是那么矜持地坐着，也许是因为旗袍遮不住膝盖，还踮起一只脚尖，努力把双腿并拢，如同周星驰在《喜剧之王》里说的那样，像一只鹌鹑。她依旧低着头，颀长白皙的脖颈藏在微微耸起的肩膀里，手臂舒展开来撑在膝盖上，始终没有说话。

马大队问她："你也不想知道顾三儿现在怎么样了？"

刘菲菲这才好像想起来重要的事情，忙抬起头，夸张地忽闪着大眼睛，仿佛很惶恐地应道："我害怕。他平常挺胆小的，怎么会杀人呢？警察叔叔，你们会不会搞错了？"

貌合神离

马大队告诉她："我们也希望他没有杀人，可他自己承认了。找你来，也是想了解一下他平常的情况。你最后一次见他是什么时候？"

老钱非常专注地听着，目光始终注视着刘菲菲，右手紧紧抓住自己膝头的裤子，连呼吸都控制得极为细微。

"最后一次……是四五天前吧，我俩一块儿来上的班。"刘菲菲回忆道。

"当时他有什么特别的表现吗？"

"没有，挺正常的。"

"后来一直没见过面？"

"是。我们在两个部门，忙起来根本就见不上面。"

"平常顾三儿几点下班？"

"我……不是很确定。我们不在一个部门，上下班时间不一样。"

"你俩结婚多久了？不知道上下班的时间吗？"

听到"结婚"两个字，刘菲菲的神情出现了变化。她从鼻孔中轻轻哼出一口气，毫不掩饰地撇了撇嘴，视线落向一旁，一瞬间流露出明显的厌恶，过了一会儿才应道："也没多久，春节后拜的堂。"回答完这个问题，似乎神情平静了很多，恢复了之前矜持乖巧的样子，解释道，"主要是我的工作时间没规律，顾不上。"

见她仍然不问顾三山的案情，小孙提醒她道："刘菲菲，顾三山自己向警方交代，是前天凌晨在回家的路上，遇到了碰瓷的人，激烈冲突后，一怒之下杀了人。"

"哦。"刘菲菲一脸冷漠。

老钱轻咳了两声，又清了清嗓子，朝任支这边点头表示歉意。

刘菲菲可能也觉得自己这样不合适，便问道："那……他杀人……要判多少年？"脸上却没有丝毫焦虑或者关心。

这个反应好奇怪，毫不关心杀人的真假和过程，直接关心刑期，说明根本没打算替自己老公辩解或者争取什么，仿佛杀人的事在她心里成了既成事实。又或者，杀不杀人的，跟她没什么关系。

"你相信他说的话吗？"

"他说是碰瓷的，应该就是碰瓷的吧。他特别老实，还胆小。"

"胆小？胆小还敢杀人？"马大队声音稍微一重，威力就出来了。

刘菲菲倒很淡定，没有害怕，也没有说话。

"他自己向警方交代，是凌晨2点下班，5点开车出发回家的。"

"哦。"刘菲菲就这么应着,眼皮也没抬一下。

"他平常都几点回家?"

"都……都有吧。"

"当时你在干什么?"

刘菲菲的脸霎时间红了,头和脖颈微微向斜后方转了一点,旋即又停下来不动,抿紧嘴唇怯怯地答道:"在上班。"手开始捏弄自己的裙边。

"半夜凌晨的,还上班?上什么班?"

"嗯,没办法,有的客人特别讨厌。""讨厌"两个字被拉长了一点,是掺杂着嗔怪的抱怨。

领班大姐听到这句话立时转过头看向老钱。老钱表情凝重,腮帮子上的肌肉隆起,目光炯炯地盯着刘菲菲。

"平常你的工作都这么辛苦吗?"

"不知该怎么说,秦姨很心疼我,不算辛苦。"说完这句话,她转过头去,看到了领班大姐有点愧疚的神色,也看到了老钱的眼神,两人目光一触即闪,她看到了那个男人眼中的怒火。

这几次的目光交流,早就引起了姜老师的注意。这次领班大姐脸上的愧疚,成了最有意思的表情。当然,再加上老钱的隐隐发怒,背后的故事就更有深意了。

"有没有特别难缠的客人?"

这次刘菲菲没有说话,脸更红了些。

老钱这时一拍沙发扶手,开口训斥道:"刘菲菲,你老是看看看,看什么?警察同志问你话,你不要支支吾吾的。有没有什么客人特别难缠?名字叫什么?"语气严厉得吓人。

刘菲菲身体一抖,整理了一下自己的头发,答道:"没有,没有。"

老钱复又坐回去,鼻孔里呼出一股长气,还是气鼓鼓的。坐稳之后,他才觉得自己刚刚冒出来的问话有点出格,便朝着任支讪讪一笑表示歉意。但此刻,任支并没有注意他,因为小孙继续在问刘菲菲问题。

"你觉得,以他的为人,被逼急了会杀人吗?"

"会吧。"

"你不是说他胆小吗?"

小姑娘又不接话了,似乎游离在这对话之外。

"他平常得罪过什么人吗?"

听到这个问题,刘菲菲抬起头来,轻轻一笑,特别轻蔑地说道:"其实我们认识的时间也不长,不是很了解,但确实没听说过他敢得罪人。"说完又补充一句,"平常村里谁冲他横点,他都赶紧赔笑,不敢得罪人。"

"他平常玩手机游戏吗?"

"不知道,应该不玩吧,他可土了。我平常会玩,我《撸啊撸》级别可高了!"说起这个话题,刘菲菲刚刚矜持的劲儿突然就没了,一脸的兴奋,像个学生,还补充道,"我之前还试着做过主播呢!"

小孙顺着她的话配合道:"哟!是吗?我也玩《撸啊撸》。你网名叫什么?没准我还看过你的直播呢!"

小姑娘说了个名字,说自己有很多粉丝。

老钱这个时候咳了一声,提醒她道:"回答警察同志的问题,不要东拉西扯。"但刘菲菲还处在兴奋的状态,全然没有在意。

"他的手机密码你知道吗?"

"不知道。"

"顾三山的罪名如果真的成立,恐怕会判得很重。你如果知道什么重要的信息,一定要告诉我们,这样对你对他都好。"马大队做了一个收尾。

一提起这个话题,刘菲菲又恢复到矜持状态。她收敛起表情,得体地点了点头:"全凭警察叔叔做主。"

小孙觉得这样的谈话并没有取得太多有效信息,决定要敲一敲她,要不然总是劲儿不对,便问道:"你俩感情怎么样?"

刘菲菲的第一个反应是皱了皱眉,接着翻了半个白眼,回答道:"他呀,外面尿,里面憨。谈不上什么感情,都是听爹妈的。人算老实,也爱我。这次闯了这么大的祸,我也没想到。希望警察叔叔帮忙,别判得太重。"

"你俩在一块儿都喜欢干点什么?"

"……看电影吧。"刘菲菲的屁股底下似乎有什么东西,让她觉得不舒服。

"最近看的一部电影是什么?"

"……我不记得了。哦,他可能自己去看,我不知道。"被逼问得有点窘迫,刘菲菲坐不住了。

看她这个反应,小孙挑明了问题:"你自己说,你爱他吗?"

这种题好回答,尤其是对不走心的人来说。

刘菲菲脱口而出答道:"当然爱啦!不爱我能嫁给他吗?警察叔叔这问人家,好奇怪。"说罢,用手捂住嘴,哧哧地笑。

"巧了,我也正要问你呢,当初为什么要嫁给他啊?爱他什么?"

刘菲菲本以为回答完这些鸡毛蒜皮的问题就可以走了,没想到这警察开始往爱不爱的方向上扯。

一句话问得刘菲菲语塞了,一时不知道该说什么,咬了几秒钟嘴唇之后,方才迟疑道:"我老公是朋友介绍的,我觉得他人挺老实的,又没啥坏毛病,就嫁了呗。"说完这句话,低下头,偷偷侧眼向斜后方瞥。

小孙看到了这个目光的指向,嘴里却问刘菲菲:"顾三山最后交代说,他之所以报警,是因为怕你受到伤害。你觉得会有人要害你吗?"

刘菲菲略微顿了一下,似乎有点惊讶,但很快答道:"没有啊!哪能呢!公司和秦姨都很照顾我。他老瞎操心!"说完,又翻了个白眼。

这一次,姜老师清楚地看到,在刘菲菲说完之后,老钱张了张嘴唇,一激灵之后,眉头皱得更紧了。

似乎找到了鬼

马大队和小孙警官交换了一下目光，决定结束这次询问，便向任支请示。

任支点点头，做了个收尾："刘菲菲，你给警方提供的情况并不是非常清楚，甚至有一部分有点模糊。这样，我们分成三组，分别谈，不要互相干扰。"

听到任支的话，老钱的右手抖了一下，表情凝重，眼神深邃，望向任支的脸，等待分配任务。旁边的秦淮天低下头若有所思，也不答话，好像在纠结什么事情。

任支继续说："小孙，你换个地方，带上一位女同事，跟刘菲菲再好好谈谈，晓之以理，动之以情，阐明利害，让她明白现在这件事情的重要性。秦女士也一同陪着，有什么需要跟警方说的，大可直言。市局刑警支队办案，只要涉案，不论什么事、什么人，都请您提供帮助。保安队那边，由马大队带队。那边人多，姜老师也跟着，多人谈话你可以好好看看。"说着眼睛望向姜老师。姜老师当然明白他的意思，站起身来走到任支身旁，耳语了几句。

任支点头，默契一笑，拍了拍姜老师的手臂，示意"明白"，然后转头叫了一声："老钱！"老钱正等着，任支一叫便忙不迭地答应。任支说："老钱，得麻烦你一趟，我跟你一起去一趟你之前的派出所，你对那里熟，给介绍一下。我想调取一下昌宁镇的治安情况记录，尤其是近半年的洗头房、按摩房和大型度假村里发生过的治安案件记录。时间紧，任务重，咱们得争取在晚饭前找点有用的信息出来。"

老钱想了想，嘴里只说出一个"好像……"来，又把话咽回去了，点头说道："只要您觉得合规矩，我全力配合。按理说，我辞职了，通过分局跟所里打招呼更合适。不过，您代表市里，我听指挥。"

任支手一摆，打个哈哈道："没事，都是老同志，只要效率高，管不了那么多繁文缛节。我们一起，能快一点。走吧。"

23　教人说谎的人

开篇语：
你爱我？我谢谢你。但是我并不爱你！事实上，你的爱让我觉得恶心。

By 刘菲菲

保安队众生相

监视器上，隔壁房间里一共有9个保安队队员，应该是都到齐了。

9个人三三两两地站在一起交头接耳，只有两个人坐着，离其他人也远一些。一个是接近50岁的大叔，袖子的红箍上印着显眼的"队长"字样。从脸上深深的皱纹就可以知道，年轻的时候没少受苦。他坐在那里低着头，一边抽烟一边寻思事情。

另一个坐着的，是个膀大腰圆的大块头，满脸的横肉挤得眼睛眯成一条缝，脖颈后面堆叠着三层肉，光头、额头、鬓角和脖子上都是汗，胖大的腰身几乎撑破了制服，看着就能感觉到油腻腻的脏。三角眼看向屋里的保安，总是一翻一翻的，透着凶狠。

其他几个人，大都是顾三山那种风格，都是普通的农村小孩，瘦瘦的，个子也不高，还有两个染着黄头发，撑不起来深蓝灰色的"特勤"制服。他们面带着无所谓的笑容，彼此耳语着，偶尔又笑出声来。

马大队说道："让他们过来吧。"

9个人进来之后不知该怎么坐，就都挤在门口等着盼咐。大胖子和老队长站在最前面，体形上形成鲜明对比。大胖子叉开腿挺着胸，而老队长则略微弯着腰，双腿并拢，膝关节也微微弯着。大胖子一和警察对视，就眯缝起两只眼睛，赔着笑脸，但只要目光一扫其他人，随即又恢复成霸气的冷面。

马大队问道："您是队长啊？"

老队长一副唯唯诺诺的样子，并没有什么大方的表现，估计是因为在村里辈分高，所以坐上了队长的位置。见有人问话，他忙先鞠了个躬再应道："是，警察同志，我是保安队队长。"

马大队比较客气地说道："让大家坐吧。"

老队长忙张罗着大家坐，但没有人迈步。

警察说："大家坐吧。"还是没有人动，大家都看大胖子。队长有点尴尬，连声说："坐，你们坐下，警察同志要问话了。"有几个人动了动身子，但最终还是没人移动脚步。

大胖子白了一眼队长，队长悄悄叹了口气，无奈地摇摇头，用眼神乞求了一下大胖子，这家伙才迈步走到了正对着警察的那一排椅子前，坐下之前对着马大队点头哈腰一笑，立刻又冷着脸扫视其他人，大刺刺地坐在中间的位置上。等他坐定了，其他保安才纷纷坐下。

老队长坐下后，满脸赔笑对着马大队说："您有什么问题，尽管问，我们这些小孩都没见过世面，您别见笑。我们保证积极配合。"

大胖子见老队长这么唠叨，白了他一眼，脸上明显是嫌弃和凶狠，一点都不掩饰。马大队见他这个跋扈的样子，冷笑一声："顾三山平常为人怎么样啊？"

一片沉默。

老队长犹豫了一下，见没人说话，大胖子也没表态，就小声应道："小顾是个老实孩子，平常有点小坏，但不敢做坏事。"

"他平常有没有欺负人，或者被人欺负？"

一听这话，保安们都转脸去看大胖子。大胖子一瞪眼，几个保安都赶紧收回目光。大胖子撇了撇嘴，顺着嘴角溜出一句话："就他那尿样儿……"脸上是满满的不屑。

马大队暗暗咬了下牙，脸上微微显现出怒气，但忍住没有发作。他对手下一个警官说："你安排两个兄弟，把这几位带到隔壁房间，做好笔录。"那人应声而动，立刻开始安排，马大队继续对老队长和大胖子说，"你们两位留在这儿，跟我谈。"说完这句话，向前迈了两步，盯着大胖子的眼睛，用食指指了指自己的鼻子。

待到其他保安都撤出去了，马大队才把老队长叫到自己身边，请他坐下，然后平静地问道："顾三山前天凌晨是几点下的班？"

老队长可能因为离大胖子远了，胆子大了点，回忆着应道："不是前天早晨，是大前天下午2点就……"

没想到，大胖子一直在竖着耳朵往这里探听，听见老队长说话，突然吼道："你瞎说啥呢？"

老队长吓得浑身一紧，声音也就随之消失了。

马大队眉毛一拧，冲过去挡住大胖子，一脚踏在他坐的椅子上，踩在他两腿之间，逼视着他的眼睛问："怎么，不能让他说完吗？"

大胖子没敢跟马大队正面冲突，一甩头侧过脸去，微微晃悠着脑袋说："老东西根本记不清了。那小子是前天凌晨2点下的班。"

"你怎么记得清楚？"

"我年轻力壮身体好啊！身体好脑袋就好！我跟他一块儿下的班，下班之后还一起打了会儿游戏。就因为这个，他才早晨5点借车回家的。"

马大队还没问那么细，他自己就把"5点""借车"之类的细节要素给吐露出来了，而且还自然而然地建立了因果关系——"就因为这个"。这种说话的口吻和内在逻辑，就像和顾三山背的是同一套说辞。

"你们一起玩的是什么游戏？"马大队忍着火，沿着这个方向问他细节。

"……我不常玩，记不得那个外国名字……"果然，一问细节，这大胖子就尿了，从内容到音量全线收敛。

姜老师见到胖子这个反应，在心里暗暗叹息了一声："人笨成这样，为什么要这么横呢？"

马大队歪嘴一笑，贴近大胖子追问了一句："你确定？"

大胖子向后仰了仰，抱起双臂放在胸口，仰着头撇着嘴，结结实实地把自己往里面夯了夯："那还能编瞎话吗！"

马大队扭回头，冲着老队长问："老队长，你说，到底几点下的班？"

"可……可能是我记错了，好像是凌晨2点。"老头不知道为什么大胖子这么凶，这么忌讳这个时间，再加上吓得有点晕，不知该往哪个方向回答了。

"我提醒你，你现在是在配合公安机关调查，有义务讲出实际情况。如果你提供的情况里有假的，甚至是故意作假，要承担相应的法律责任。"

老队长有点慌乱，抬头看了一眼大胖子，见他正恶狠狠地盯着自己，慢慢低下头，心里左右为难。

"老顾，你给我想好了再张嘴，别瞎说！"大胖子阴恻恻地威胁道。

马大队就没有再压火，冲着大胖子扔了一句："你给我闭上嘴！问到你，你再出声。"

没想到这大胖子竟然猛地一下站起来，身体像一个沉重的水桶一样，就想往前顶。不夸张地讲，就这身糙皮厚肉，撞到、蹭到、压到就得是重伤。姜老师脑子里"嗡"了一下，其他人也都紧张了起来。

制服

马大队的第一反应和普通人不一样。普通人遇到对方猛冲猛打之时，本能反应是后退，他则是向前挤压，这是受过专业训练的人才能积累下来的战术意识。往前顶，能够破坏对手原来的发力距离，给自己的防守和反击创造机会。马大队见识过很多有"本事"的流氓，还有各种穷凶极恶的杀人犯，这种没规矩、没眼界的愣货根本就不值得一提。

他见大胖子要往前，几乎和他同时发力，直接用脑门顶住对方的脑门，鼻尖对着鼻尖，眼睛几乎贴着眼睛，脚下用力踩住椅子，借着身体向前移动的力量，硬生生把大胖子肥硕的身躯逼回了椅子。大胖子本能地用手一把抓住马大队的手腕，想凭借拉住他保持平衡而不坐倒，马大队稍微一转就反擒住了他的手腕，用力一捏再往下按，用手抓住他的一根小手指往旁侧一掰，只听得"咔"的一声清响，大胖子已经疼得出了冷汗，脑门的青筋立时暴起。他只反抗了这一下，立刻就知道自己差得太远了，跌坐在椅子里没敢再动，眼睛里面那跋扈的火焰也迅速熄灭，变得有点慌。

马大队鼻孔里哼了一声，冷眼看着他，俯视着他扔出一句话："闭上你的嘴！尿成这样，就别瞎横！"现在不想跟他计较这个，只希望他别闹事、别捣乱，让老队长把话说清楚，于是又加了一句，"睁开你的狗眼看着，没大没小了是吧？"大胖子忍着疼，仔细在马大队脸上打量了一下，就真的没敢再出声。

姜老师不禁眉头一皱，有点替马大队担心。暗中动手的动作他看到了，大胖子的表情明确无误地表示他已经受伤了。这种动作是不是不太合规矩？

见大胖子老实了，马大队再问老队长："顾三山到底几点下的班？您想清楚再回答。"

看到警官这么容易就制服了平常骄横跋扈的大胖子，老队长没再犹豫："我记得是大前天下午2点。不一定准确啊，但我记得是下午2点。"

这一句话，说得大胖子脸色一灰。

马大队看了他一眼，告诉老队长："你可以走了。让门口那个同志陪着你，去告诉你们经理，警方要看度假村大前天下午2点前后30分钟的监控。"吩咐完这件事，看了姜老师一眼。姜老师此刻对马大队很是佩服，这么快速的策略，从生理上到规则上都制服了一个在他看来不好搞定的家伙。

马大队转过头来对大胖子说："这就怕了？你应该害怕的事情还多着呢，也不知道是谁把你教成这么牛哄哄的。你的手机，现在交给我。"

这一下，大胖子要操心的就不是别人说什么了，自己突然变成了最需要担心的家伙。他摸了摸裤兜，下意识地想捂住。

"拿出来！"马大队提高了音量，仿佛金属摩擦的粗粝声音震得人耳朵疼。

大胖子没敢再抵抗，哆哆嗦嗦地把手机递了过去。

"密码？"

"906289。"

马大队翻看片刻，眉毛一立，喝道："你玩的游戏呢？你的手机里根本就没有装什么游戏，玩什么？这些是什么？黄色图片倒是不少，真恶心！"姜老师从旁边扫了一眼手机屏幕，隐约发现照片里有个人，很像是刘菲菲。

马大队问他："这些照片是怎么回事？偷拍的吧？"

即便是这么粗野蛮横的大胖子，面对自己那点龌龊事，也还是低下头，不好意思和马大队对视。马大队又皱着眉翻看了一会儿，把手机递给负责物证的同事，随即问他："说说吧，怎么回事？"语气中带着威压。

大胖子蔫蔫地答道："前天凌晨玩游戏的时候，我没用自己手机，是拿别人手机玩的。"

马大队冷笑了一下："哟！别看你蠢，狡辩起来还挺有想法。本来你就是协助调查，非得自己把事情弄大。你这样的我见得多了。我得提醒你，嘴里不要乱说，既不要隐瞒，也不要夸张。自己做过哪些事儿，老老实实承认，别最后给自己找麻烦。现在调查的是命案，你在这件事上跟警察撒谎，可不是一般的小痞子耍赖发横，是要进监狱的，明白吗？"

大胖子听到这里，突然不停地眨眼。

姜老师知道他在加速思考，如果现在给他充分的缓冲时间，很有可能就错过了时机，于是突然从旁加了一句："大前天下午2点，你在哪儿？在干什么？一会儿监控调回来了，你再说可就来不及了，那个时候不管说多少，都不能算表现良好配合调查了。"

大胖子的眼神瞬间慌了。他挪动了一下硕大的屁股，调整了自己的坐姿，搞得身上的肉乱颤。他现在更像是个挨婆婆训的小媳妇，嘟囔着承认了："那个……顾三儿是大前天下午2点下的班。"

马大队此刻没有插话，觉得姜老师的节奏很好，这哪是一个教书的先生，审讯起来跟老刑警差不多，便用眼神示意姜老师继续。姜老师一点头，继续问道："你当时在哪儿？在干什么？"

"我……"大胖子出于本能还在犹豫。

"嗯？"马大队拧眉一发威，冲掉了大胖子脑海中仅存的一点自我保护意识。大胖子把脑袋耷拉下来，垂头丧气地回答道："我把他叫到地下室了。"

"叫到地下室干啥去了？"

大胖子抬头看了一眼马大队，又垂头丧气地不说话了。

这是一个非常重要的心理边界值，敌人战略上已经投降，但不想输给同类的简单直觉还会抵抗。和战争不一样的是，人对人的心理掌控有可能会翻盘。如果此时不突破大胖子的心理边界值，他也许会因为没有进一步的驱动力而选择重新对抗。

姜老师向马大队建议说："马大队，让他带路，我们一起去看看现场，也正好帮他回忆回忆。"

在去往那间地下室的路上，大胖子沿途看到了警车，看到自己熟悉的人被警察们指挥着排好队等待调查，还看到了平常不可一世而此时却恭恭敬敬的秦淮天被警察带走，脸上带着愤恨的眼泪，不停地跟警察说着什么。

一路上，他没有想到保守秘密的方法，不，应该说连想都没想。他在心理上已经放弃对抗了。

地下室

到了一间地下室门口，大胖子指着门说："就是这里。"

马大队问："你当时把顾三山带到这儿了？"

大胖子茫然地点了点头，一名看护他的警察推着他往前走。

姜老师接着问："带到这儿干什么了？"

大胖子环视了一下四周，脑海中浮现出那个刺激而过瘾的下午，竟然回味起来。他并没有答话，经过暖气片的时候，目光停留了两三秒，眼睛睁得极大，仿佛看到了什么让人兴奋的东西，身上的肥肉禁不住微微颤抖，那是一种生理层面的兴奋……当他的目光移开之后，眼神便灰暗下去，看到自己身边这么多人，立刻变得垂头丧气。

姜老师观察到了他目光的变化，召唤一名负责勘验的刑警在暖气片附近喷洒了一些鲁米诺试剂。很快，暖气片、窗台和地板上就显现出一片一片莹莹的蓝光。等大胖子发现自己露出了破绽的时候，已经晚了。勘验出了血迹，勘验的人马上忙起来，取证、拍照，并尽量调取血液残迹样本送检。

马大队问大胖子："你在这儿打人来着？"

"我没有！"大胖子尽管提高了音量表示强烈否定，但表情和眼神把内心的恐惧直白地暴露出来。

"把上衣脱掉。"马大队命令道。

"干什么？警察敢打人！"这么胖大的身躯，一脸横肉，说出这样的话来，特别搞笑。他身上的这件衣服，至少一周没洗过了，油乎乎的，看着就脏。

"瞧你那尿样！"马大队是真的看不起他，鄙夷道，"收拾你还用动手？怕挨揍啊？那你就别脱！"

"怕挨揍的是孬种！"果然是头脑简单的家伙！大胖子一边说，一边气呼呼地脱下衣服，只是为了证明自己不尿。

物证的同事接过衣服的同时，马大队嘱咐道："把这件衣服，还有刚才地上的血液样本拿去检验，看看衣服上是不是有血迹，是不是顾三山的血迹。"

大胖子的脸瞬间变成灰白色。

就算再无知的人，也已经明白了现在的结果。此时的大胖子，已经六神无主，慌乱得眼睛不知道往哪里看，不敢看马大队，也不敢看任何一个在场的人。但是他在这种局面的压迫下，并不是变得颓废，反而变得很诡异，像一只被追赶得精疲力竭的肥羊，在崩溃的边缘突然亢奋起来。

他想逃！心理上的逃！

恐惧情绪是供述的必要条件，产生恐惧时也是心态转变的一个关键时刻。如果这时候没有压力了，对方容易缓过来甚至心理上逃逸。马大队当时立刻用威严的声音道："为什么要打顾三山？"

姜老师追加："还用了手铐！"他看到暖气上有明显的环状金属划痕。

在物证的重压之下，连续两个问题让大胖子彻底崩溃了："他太笨！老背错，太笨了！所以，他错一次我就打一次！错一次，我就打一次！"讲这些话的时候，大胖子仿佛突然陷入了自己的世界里，狰狞的面孔呼应着他大脑中的回忆，手用力抽打的动作呼应着凶狠的话。一下一下的动作，仿佛真的在抽打与他有着深仇大恨的敌人，认真用力的程度让他全身上下的肥肉乱颤，脸上的肥肉竟然在左右甩动。

这突然的癫狂发飙吓了所有人一跳，两名警察立刻冲上来压制住他的身体，生怕他失控伤人。马大队也用力按住他的双肩，几个人才把他的暴怒压制下去。让人没想到的事情发生了，他被控制住后，便陷入沉沦和委屈的状态，身体就那样被警察按在地上，也不挣扎，眼神变灰，吞咽了一口口水，幽怨道："他那么尿，凭什么能找到那么漂亮的姑娘？"嘴唇动了两下，又咽回去了一句话。

"说清楚，到底怎么回事？"马大队皱紧眉头俯视着他，这应该是个重要的线索。

大胖子没反应了，低着头在那里喃喃自语，眼神涣散，只是间歇性咬紧牙关并双拳紧握，似乎还在发狠。

姜老师示意两名警察把那胖大而重的躯体给拉扶起来，走过去看着他的眼睛，随即拍拍他的肩膀，直到他也把瞳孔对准自己的时候，才要求道："你现在可以把眼睛闭上。"

大胖子缓慢地转动眼球，看了姜老师一眼，便真的闭上了眼睛。

让一个大脑混乱的人自主且清楚地描述一件复杂的事情，那是不可能的。不过，要想让这样的人把话讲清楚，有一个方法很管用——细节引导。

姜老师问他第一个问题:"那天下午,你把顾三儿带到这儿来,他当时敢挣扎吗?你费劲儿了吗?"

大胖子摇摇头,似乎跟着姜老师的话开始回忆起当天的情形。

姜老师再问:"你让他背什么了,他老犯错?"见他没有回应,继续缓缓问道,"他肯定怕你,不敢闹腾,对吧?"

大胖子点点头,但脸上显现出嫌弃的表情。

姜老师追问:"你打他,他喊疼了吗?"

大胖子点点头,竟然开始回答了:"喊了。"

姜老师再问:"你让他背什么东西?你怎么打他的?打得痛快吗?"

把主要的问题提前植入,不期望他马上回答,接上其他容易回答的问题,培养回答的惯性。

大胖子好像受到了鼓动,开始一边做动作,一边念叨,嘴里的话也慢慢带出了情绪:"妈的,你怎么就能沾她的身子?啊!凭什么!"大吼的同时配合着凶狠的抽打动作。旁边的警察要控制他,姜老师拦住了,表示不要干预他。

大胖子继续自顾自地低声吼叫着,仿佛顾三儿真的被铐在这里似的:"我要的录像呢?拍了没有?光顾着爽,忘了拍了是吧?"

突然,让人毛骨悚然的事情发生了,这个庞大的身体竟然发出了细弱的哀号:"大胖哥,我就睡了那一次,是黑着灯的,刚完事我就被叫回来了。啊……不要再打了!"

学完这个声音,大胖子又恢复成自己的声音,凶狠地命令道:"把这个背下来,要一条一条背熟。老钱跟我说了,让你占了这么大的便宜,你他妈的背不好,我可以弄死你!"

老钱!

只听到大胖子喘息了几声,又继续打起精神来发狠道:"又背错了!你他妈的笨死了,快点给我背!"

大胖子狠过之后,不知道进入了什么状态,喉头做了两次吞咽的动作,有点饥渴的样子。过了一小段时间之后,突然又发作道:"我告诉你,你背不下来,你媳妇就得被刘精那几个坏小子轮着糟蹋。你要是好好背下来,老钱那个王八蛋就答应让我来一次。是一群人还是我一个,你自己挑!"配合着抽打的动作,大胖子的呼吸逐渐粗重。

姜老师知道他的情绪快用光了,顺势问了一句:"他答应了吗?"

"他是个笨蛋!又错了,重来,时间跟纸上写的不一样!"

"5点钟你就得走了,再背不下来,老子就没机会了。你给我背!背!背!"

说完这句,大胖子终于慢慢地跌坐在地上,喘着粗气,汗水从庞大的身体上哗哗地往下流,整个人畏缩成一坨。半响,他才回过神来睁开眼睛,看见一群警察正站在身边,意识到自己已经没办法再坚持了,心理上完全崩溃了。马大队盼咐,现场讯问,做笔录。大胖子便把所知道的和所做的事情一一说出来,没有半分拖泥带水。

姜老师早就猜到几分,待到全部听完,还是暗自心惊。

刘菲菲

就在大胖子从蛮横抵抗到心神溃散的时候,小孙这边同步在跟刘菲菲谈。秦淮天不在现场,刘菲菲似乎有点慌乱,刚才那种训练出来的仪态已经不见了,就像变了一个人。

"刘菲菲,你在 VIP 俱乐部究竟是干什么的?"

"服务客人啊!"

"怎么服务客人?"

"哎呀!警察叔叔,这还要我细说吗?你懂的。叔叔,不要老板着脸,我知道你们警察私底下也不是这样的,有的时候也坏坏的。"

"说具体点,给客人服务,都有什么项目?"

"就是陪客人聊天,给客人按摩,有的时候会给客人唱唱歌什么的。总之,秦姨会跟客人说好，然后告诉我们，我们照做就好了。"

"挣钱多吗？"

"还行吧。秦姨很照顾我们的，介绍的客人都挺大方。不过客人的大方也分对谁，年龄大一点的姐姐们，或者胸没有那么大的姐姐们，收入就一般。"她骄傲地挺了挺胸。

"你跟俱乐部怎么分钱？"

"我不跟俱乐部分钱，钱都是跟秦姨分，每个客人我能分1000呢。不过……"她突然皱起眉、嘟起嘴，佯装生气道，"有的大叔不给钱的，尤其是最近，越来越不够了。"

"还有人能不给你钱？谁啊？"

刘菲菲没说话。

"挣的钱够花吗？"

"那肯定不够啊！我跟你说，我的偶像就是《小时代》里的顾里，我上学的时候特别羡慕她。从去年年底开始挣钱了，我就一直在攒钱，到现在也只买了一只Miumiu的包包。"说完这些话，一脸的得意和痴迷状。

"很有志气啊！当初为什么要嫁给顾三山呢？他很有钱吗？"

"之前不是问过了吗？大叔！"

"问是问过，但你没说具体原因啊！我觉得，你这么漂亮可人，顾三儿那小子完全配不上你啊！"

替她说出心里话，能激活更多话。

这句话简直挠到了刘菲菲的心上，别提多解痒了！刘菲菲立刻就大声接话道："嘿！这年头结婚这种事谁还当真啊！他倒是一直远远地流口水，想睡我。给他一百个胆也不敢凑近了说句话，就他那个尿样！要不是秦姨没看好，老王八蛋强行要了我……秦姨说，我的第一次至少值10万。我听他们说，那次之后二虎哥很生气，老王八蛋吓得要命，因为差点没把他那个……给切了，好半天才没事了。要不是秦姨死命求我，我会跟顾三儿结婚？我傻吗？妈的，便宜那小子一次，可给我恶心坏了。你们是没看见他那样，还没3分钟就……哈哈！"说这段话的时候，刘菲菲完全变成了一个女痞子模样，再也不矜持了。

"嚯！你们这里的关系可够乱的啊！慢点说，我刚才都没跟上。"

小女孩哪知道套路无处不在，不耐烦地重复着重点："本来秦姨说，让我好好学习、好好训练，等我第一次，能有客人给10万块钱。我知道有的老头子好这一口，反正我得像顾里那样买很多好看的包包，所以这些也无所谓。没想到，那个老王八蛋……"

"老王八蛋姓什么？钱？"

见对面的警察直接问到这个人，刘菲菲颇为意外，她怔了一会儿，并没有直接承认，继续讲道："别看他原来是警察，但是特别色。我们度假村里的姑娘，就没有一个逃过他的魔爪。本来秦姨跟他好说歹说，不要碰我，而且是二虎哥要求的，说是有重要客人。结果这老王八蛋有一次喝完酒，趁我正在做直播没留神，就闯进来了……幸亏我机灵拔了网线，要不然，全世界都得看见他是怎么侮辱我的。更可恶的是，事后他还不给钱，说是从来没给过昌宁镇任何一个女人钱！结果二虎哥气坏了，要切了他，他才尿了的。"

"二虎哥是谁？"

"不认识，据说是很厉害的黑道大哥，我们这些小孩都见不着。"

"他是黑道的，不应该怕警察吗，怎么敢威胁警察？"

"嘻！您就别跟我揣着明白装糊涂了，老王八蛋就是昌宁镇上最大的黑道，那些平常挺威风的小混混，见着他都跟孙子似的。但他怕二虎哥。我也是听说，细节不清楚。"

"后来呢？那个二虎哥饶过他了吗？"

"那我就不知道了，反正老东西没事还总来腻我，特别烦……"

小孙心里有数了，打断她问道："大前天下午2点左右，你在哪儿？在干什么？"

"大前天下午啊……那时候没生意的，一般我在睡午觉。秦姨说是晚上有客人预约了我。哦，不对，这个老王八蛋，大中午的折腾我。我就不明白了，他哪来的那么大劲儿！"

"从那时候开始，有没有再见过你老公顾三山？"

"你别这么叫他，我恶心。没见过，我不关心他啥样，他就是聋子的耳朵——摆设。"

当小孙和马大队碰到一起的时候，很多重要的情况已经慢慢被描绘出来了。负责跟秦淮天谈话的同志汇报说，经过搜查，确认了VIP俱乐部有色情服务，是个卖淫嫖娼的窝点。而且，秦淮天提供了非常重要的信息。

马大队皱了皱眉，跟大家说："看来，要收网那个姓钱的了。我打电话给任副支队长，问问他的意见。"

小孙提醒道："原来干了二十几年的老警察，不好审，咱们要小心。"

马大队会意，给任副支队长拨通了电话。

24　败类的弱点

开篇语：

色，能迷了很多人的心。天大的罪恶，一层层剥到底，很多都是因为一个"色"字，还有一些是因为一个"钱"字。过不了这一关，爽快一时，遗臭万年。然而，当你觉得唾手可得的时候，这两个字终究是躲不过去的。

By 姜老师

秦淮天的仇恨

任支正在昌宁镇派出所的所长办公室里喝茶，老钱跑前跑后地张罗着。他还在纳闷，要这些卖淫嫖娼的治安案件记录有什么用，但看见市局领导笑眯眯的似乎很满意，就更加卖力。现任所长是他原来的下属，也不好说什么，就顺着他。

任支接到电话，丝毫异常迹象都没有显露出来，冲着老钱点了点头。挂了电话，他很高兴地对老钱说："本来我以为顾三山的杀人案和度假村有关联，现在看来，应该没有关系，就是他自己的事情。他老婆，就是那个刘菲菲，查完了，没什么太大的问题。但是那个秦淮天，好像之前在几家度假村和夜总会干过，不知道隐瞒了什么信息，支支吾吾的。我们回去吧，派出所派一个人跟着，带上这些材料。老钱，你是老人，又在度假村负责治安，各方面情况都熟悉，跟我的车走。回去再看看，如果和杀人案没关系，我们就撤了。"

老钱一听到焦点从刘菲菲身上转移开了，暗自松了一口气。又听说要问问秦淮天，心里更是安生了。老钱觉得那老娘儿们不敢怎么样，关系也熟，如果要配合演一出像模像样的戏，完全没有难度。派出所跟着的兄弟，算是自己看着长大的，言听计从，心里更是安稳了。

车进了度假村，马大队上前迎接。老钱用心观察了一下周围的境况，发现现场勘验的团队正在收拾东西装车，也没见到什么紧张兮兮的抓捕氛围，所有人都按部就班地在做自己的事，连步子都不紧不慢的，的确是要收队的样子。

老钱终于放下心来，在心里默默盘算着一会儿怎么跟秦淮天演戏。一行人来到早先的那个房间，现在已经被布置成临时办案室，架好了录像设备。

秦淮天已经坐在座位上等着，神态有点凄惨，原来保养得精致的面容上显现出些许细纹。老钱心里暗自加了把劲儿，想着送走这帮瘟神，晚上美美地喝顿酒，再好好睡一觉，前面的阵势太吓人了。

任支递给他一根烟，淡淡说道："老钱一块儿听听，要是姓秦的说的情况有什么不对，你就当面指出来。有你在，我们省点力气，估计她不敢瞎说。"听任支这么说，老钱也就没再多话，走进房间，坐在一旁。秦淮天抬眼看了一眼老钱，眼神里有一种幽怨。

市局的同志打开电脑，马大队负责主问。老钱挪了挪屁股，调整了一下坐姿，让自己更舒服些。与此同时，马大队开口询问了："秦淮天是吗？"

"是。"

"原籍哪里？"

"安徽。"

"什么时候来昌宁镇的？"

"前年下半年。"

"做什么职业？"

"度假村高级客户经理。"

"都在哪几家干过？"

"最早是在凤凰洗浴城，去年在桃花岭度假村，下半年转到九龙昌盛的。"

"嗯。"老钱对秦淮天的事很清楚，心中暗笑，秦淮天是让人放心的，她不敢怎样。

马大队继续问:"从业期间有没有干过违反法律法规的事情?"

秦淮天答道:"那不能,我一直是遵纪守法的好公民。"

"嗯,守法就好。行业没有贵贱之分,服务行业也不是低人一等,只要干干净净地挣良心钱,就是好市民。我的任务,就是维护昌宁镇的地面和谐平安,让人民安居乐业。你也是人民,也是我们保护和服务的对象。"

"谢谢长官!"

"不要这么叫,我们是人民警察。你还有什么要说的?"

"警察同志,我有个情况要向您汇报。"

这句话让老钱拿着烟的手一哆嗦,不知道秦淮天什么意思。他用眼神询问秦淮天,但秦淮天面色平静,眼睛也只向下,不看他。

马大队问道:"什么情况?"

秦淮天的表情有了起伏,答道:"我手底下有12个服务员,专门给九龙昌盛的VIP顾客提供服务。这些都是很好的女孩子,但她们都被人给强奸了!"

晴天霹雳一样,老钱眼前一黑。他不确定自己听到的是真是假,"噌"地站起来,使劲儿挤了挤眼睛,嘴唇哆嗦了几下,插话问道:"你说什么?"

"我管理的12个女孩子跟我说,有人曾多次强奸过她们。"秦淮天的脸上恨意渐浓。

马大队瞥了老钱一眼,两名刑警在身后向老钱靠近,防他冒失。

马大队问道:"谁强奸的?"

"就是这个禽兽、畜生,多次强奸她们。"秦淮天的手指向旁边的老钱,脸上满是愤怒和悲伤。

老钱慌乱地向后挪了一下椅子,张开手掌大声地吼道:"不要血口喷人!"同时手习惯性地往腰间摸,警惕地打量四周。

两名刑警默默地站在老钱身后,只要他再有动作,就会实施控制。做笔录的刑警敲完最后一句话,侧身等待着老钱的下一步动作。

豆大的汗珠从老钱额头上渗出来，他不但嘴唇开始剧烈地颤抖，连躯干和手臂也止不住地抖动，心里诧异至极。老钱用力地瞪着眼睛，似乎要看穿秦淮天的身体。面前这个40多岁的女人，怎么也找不见之前的恭维奉迎，似乎变成了一座雕像，全身上下渗着让人发冷的寒气。

老钱看到身后的刑警，知道自己不能强来，便压制住了呼吸，坐回到椅子上，想冷静地扭转当前的局面。他哆哆嗦嗦地点起一支烟，握紧了拳头，发狠道："秦淮天，你不要胡说，污蔑人清白是非常严重的罪行，你要负责任！"

"我为我说的话负责任。"秦淮天的脸上显现出鄙夷的神情，冷淡得让人害怕。

刑警继续做笔录，键盘的敲击声像重锤一样砸着老钱的脑袋。

马大队问："秦淮天，你有什么证据吗？"

老钱一听，也追着问："对！你有什么证据？告诉你，你这两年干的那些见不得人的事，我都有数，一会儿我向警察汇报。你胡说八道，根本就不会有人信。你在这几家场子干的那些见不得人的业务，我那里全有！"尽管声音低，但仍然可以听出困兽般的嘶吼，双眼的血丝几乎暴出来了，他只盼着这一切赶紧停止，恨不得面前这个女人赶紧去死。

"我有证据。"秦淮天仍然是淡淡的一句话。

老钱再次被雷击中，他完全没有想到秦淮天有这么一手，手指间的香烟险些掉在桌面上，烟灰撒了一桌。

老钱慌乱地收拾过后，狞笑着露出犬牙："姓秦的，你有什么证据？要是你拿不出来，看我怎么收拾你。"

马大队倒是客气，拦着他说："老钱，你别急，她如果胡说八道，我们肯定不会上当冤枉你。你让她说嘛！"

老钱心里慌，脸上红一阵白一阵，神色诡异地低吼道："秦淮天，不要怪我没提醒你，不要乱说话，不要乱咬。今天市局的同志们是来调查顾三山杀人的案子，你别发疯！"最后的声音竟然有一丝细微的颤抖。

"我有证据。"看他那模样,秦淮天更加鄙夷。

老钱希望尽快结束目前的窘境,没想到秦淮天像下棋一样,只是又拱了一步卒。风平浪静之下,暗流涌动。他这么多年震服街面,处置小混混无数,此刻却完全乱了方寸,脑袋里好像全都被抽空了。负压让他的头隐隐有点疼,根本就没有办法想出什么有用的对策。

"什么证据?我没有做过,你能有什么证据?"在4个人的注视下,老钱不知道该说什么才能转危为安。更让他奇怪和不安的是,马大队和这两个警察为什么没有动作,也不说话,他们到底在想什么。是在观望,还是根本就不信这个女人说的话?

"去年10月,刘菲菲正在宿舍里玩直播聊天,你闯进去,强奸了她。"

听到这里,老钱心里安生了些,脸上轻微地狞笑了一下。"放屁!没有的事。"他知道,进去的时候,一眼看到小女孩只穿着内衣正在直播,尽管诱惑得他要喷出火来,但出于对电脑和摄像头的敏感,还是让她先拔掉网线,再关机,反复确认了之后,才把吓得呆掉的她推倒在床上。如果是那天的事情,不可能有证据!

"我知道你在想什么。电脑的确关掉了,除了你进屋到关机的十几秒,没有留下什么录像。"秦淮天看了他一眼,似乎看到的不是人高马大的老钱,而是一条在岸上蹦跶的鱼。

老钱则浑身振作,下巴扬起,侧着头,撇着嘴逼问道:"我是去找过她,怎么了?顾三山委托我给他做说客,让她跟他谈恋爱。"

"你知道现在的小孩都很敬业吗?"

"什么敬业?"

"她们每次直播,都会用手机录下自己的表现,然后假装自己是电影学院的学生,反复看录像里自己有什么缺点,以便下次表现得更好。"

老钱哑声了,怨毒的视线先是像刀一样剜在秦淮天的脸上,然后失焦了。

"那是我教她们的。"秦淮天补了一句,像刀。

老钱突然大吼一声，暴跳起来向秦淮天扑过去，想用双手掐死面前这个该死的女人，这个多年的"合作伙伴"，这个曾经对自己毕恭毕敬的大姐，这个给自己介绍年轻女孩的卑贱的老鸨。此刻，他才深深感到了害怕，害怕谄媚友好的面孔背后，那个他从没有真的花时间去认识的让人恶心的灵魂。

马大队和刑警队员第一时间把他按住，费了不少力气。马大队道："老钱，你太冲动了。真相还没见分晓呢，不要急。"

这话什么意思？老钱觉得箍在自己身上的四只手慢慢松开，抬眼疑惑地看向马大队，见对方笑了笑，向秦淮天努努嘴，意思仿佛是："继续，不能输给她。"

"对啊！万一是这老鸨诈我怎么办？我怎么能这么失态呢？"他在内心深处责怪自己，也向马大队投去感激的目光。马大队抿嘴一笑。

隔壁房间里，姜老师一笑，摇摇头。很明显，对付一个颇有经验的前警察，尤其是跟各色人等打惯了交道、办案经验丰富的前警察，是非常困难的。因为他几乎对所有的法律流程和办案手法都清楚得不得了，而且经他的手送进监狱的人太多了，他知道你问的问题是什么用意，该不该交代，交代了之后会是什么效果。普通的讯问策略，可能他比你还熟，想得也更全面、更细致，根本不起作用。即使面对物证，他也会用长期积累的侦查经验反其道而用之，使得局面很难搞。所以，一定要在进入核心案情之前先从心理上降伏对方，这样才有可能控制住这种害群之马。

反复震荡，是专业方法。人的思维大都是线性逻辑，一旦被反复大幅震荡，就没有办法清楚地思考自己的处境，更没有办法使用自己拿手的思维来对抗讯问。

老钱并没有意识到自己正在经历什么，他只能凭感觉。而感觉，在关键的时刻是没用的，因为那时人会丧失感觉。

老钱看马大队好像在鼓励他，求生的意志又从心底冒出，他"砰"的一声拍了下桌子，大声斥责道："你以为信口雌黄能吓到我！我告诉你，人正不怕影子歪，你说我干了见不得人的事，我就成坏蛋了？"

"你没干过？"秦淮天明显一脸惊讶。

老钱一看，心里更硬气了，竟然哈哈笑出声来，暗道一声："果然是圈套！"

"但是，姑娘们跟我说，你非常粗暴。"

"放屁！没有！"刚刚平复下来的老钱，又浑身上下不自在起来。

"她们还跟我说，你经常喝很多酒，嘴里很臭，浑身上下都很臭！"

"放屁！血口喷人！"不知道为什么，他越听这话，越从心眼里往外拱火。

"刘菲菲还跟我说，那天你第一次根本就没成事……"

男人的能力被羞辱，直接把老钱激怒到了极点。他握紧拳头狠狠地捶了一下桌子，大声怒吼道："你给我闭嘴！"

"刘菲菲还跟我说，你简直就是禽兽，后来还逼她做了很多连畜生都不如的事情。她那时还是个什么都不知道的小姑娘。"说到这里，秦淮天的脊背在抖，看得出来有点激动。

老钱反倒没动静了，就那么呆在那里盯着她，只是眼里要喷出火来，手心都捏白了。

"她还跟我说，你就是个老变态。第三次的时候，居然又打开电脑，一边播放韩国少女组合的演唱会，一边发狂地糟蹋人家小姑娘！呸！"老钱的行径超越了秦淮天所不齿的底线，她竟然狠狠地将一口口水朝老钱的脸上吐去。

这最后一颗"子弹"终于让老钱失去控制，全然忘记了自己身边还有三位警察，直扑上前，双手掐住了秦淮天的脖子，大喊着："秦淮天，你为什么？你为什么？"

秦淮天也爆发了，十根手指在老钱的脸上、脖子上和手臂上乱挠，涨红了脸大骂："老流氓，臭不要脸的老色鬼，贪得无厌的老王八蛋！贪我们的血汗钱也就算了，还没完没了地欺负我的姑娘。好好的小女孩被你糟蹋成什么样子了？影响生意我都忍了，可你有人性吗？其他人就算了，你还想搞我侄女，我好好求你多少次你都不听，你浑蛋！你浑蛋……"说着说着，气息慢慢弱了下去。

马大队他们用了好大的力气才把老钱控制在椅子上，两名警察按住他的肩头，防止他再起来伤人。马大队吩咐道："来人，把秦淮天带走。"然后对老钱说，"老钱，够凶的啊！刚才这段算不算故意伤害？还是给你算成杀人未遂？还当着我们的面！你现在还有机会，跟我们把自己的问题一五一十交代清楚。法律你很熟，办案流程和轻重利害你可能比我还清楚，你自己想想现在所处的局面，决定一下。"

说完，马大队示意两名刑警把老钱带到秦淮天刚刚坐的那把椅子上。一名刑警坐在他身后，另外一名回到电脑前重新建立了一份笔录。

马大队换了一副表情，正色道："钱豪军，现在市局刑警支队正式找你谈话，请你配合调查。"

屋里的氛围陡然就变得压抑而肃穆。

审讯老钱

老钱咬了咬牙，嘿嘿一笑，说道："马大队，再怎么说，我也是干过二十几年警察的人，虽然现在辞职了，但也还能算是自己人。你们这一套我原来也常用来收拾那些小兔崽子，不用跟我绕弯子。我觉得你们不对啊！光凭一个老妓女说的话就要办我？同志间的信任呢？司法规范呢？"

马大队和旁边的小伙子相视一笑，开口道："这么说来，刚才秦淮天说的那些情况都是编造的？子虚乌有？"

悄悄地，第三波震荡开始了。

"当然了！我好歹也干过20多年的警察，能干这么下作的事情？一听她就是血口喷人。至于为什么，我觉得你们要好好查一下，看看她有什么阴谋。"

"哦？你没有强奸过刘菲菲？"

"当然没有！她都是信口胡说，要是真有这事，为什么不拿出证据来？"

老钱话音刚落，房间里架好的一台大屏幕显示器开始播放画面，那正是老

第二卷·惩戒 | 245

钱闯进刘菲菲房间之后，让她立刻关闭电脑的画面。

老钱当时就闭嘴了，连呼吸也屏住了。他眼睛睁得很大，不敢相信眼前发生的事情。没错，那个明显喝醉了的猥琐大汉正是他，那个惊慌失措的小女孩正是刘菲菲，那个房间里那张床上发生的事，正是他这一辈子最得意、最难忘的事。画面里，他已经坐在床上，招手让刘菲菲过去。

马大队打断震惊的他，问道："还不承认吗？你确定一下，是自己说，还是继续播放？"

这段用手机录的内容，虽然角度并不是完全正面的，但依旧可以清楚地看到老钱已经抱住惊慌失措的刘菲菲上下其手了，噘起嘴在她身上到处乱亲。刘菲菲闭紧眼睛把脸转来转去，但身体僵在那里，蜷缩着手臂，并没有逃跑。紧接着老钱就把她横着抱起来，往床上一扔，开始脱自己的衣服。

老钱没来得及细想，急火火地试图抓住最后一根救命稻草，说道："是她自愿的！我没有强迫她，是她勾引我的。没有违背妇女的意志，不是强奸，是两情相悦，是自由恋爱！"

他的话音刚落，刚才还静默的显示器里响起了声音，只听到刘菲菲惊慌地喊道："不要，不要啊，钱叔，你不能……啊！钱叔，你听我说，你不能，二虎哥跟秦姨交代过，你不能碰我！"

"什么二虎哥，狗屁！惹急了老子，老子弄死他！小乖乖，小宝贝，嫩得啊，都能捏出水来。叔叔喜欢死你了，看见你就不能忍。来吧，小宝贝乖乖，不怕，叔叔不会弄疼你的。漂亮的啊！我保证轻轻的，让你一次就爱上这种感觉，让你一次就离不开我。"

这时候的老钱已经面如死灰，瘫坐在自己的椅子上，呆呆地看着画面里自己的猥琐兽行，似乎不相信事情发展到了这一步，也不明白到底是怎么回事。显示器中的恶心画面在他眼前一幕一幕地晃过，都没进脑子。他怎么也想不明白，自己刚刚还在协助市局领导办案，为什么现在就沦为犯罪嫌疑人了。

马大队命令关掉录像，给他点了支烟。一口烟吸进肺里，经由鼻腔喷出，老钱似乎唤回了一点魂魄，怔怔地问道："马大队，您这是什么意思？"

老钱全身上下的肌肉都瘫软无力，呼出的烟雾非常长，但几乎都不吸气了，眼神涣散，只有在看马大队的时候才能勉强聚焦，双眉紧蹙，夹着烟的手在微微颤抖。这是胜败反应里的失败反应，老钱完全被三次巨幅震荡给降伏了，不再抵抗了。他深深地恐惧于对手掌握的情报和规则，这一刻内心已经放弃了。

马大队却小心地斟酌着词句，谨慎地让老钱保持着这个心理状态。要知道，现在他所面对的可是做了20多年基层警察的老江湖，黑的白的都玩得很顺畅，亲手办过的流氓浑蛋不计其数，玩过无数次心理战，因此稍有不慎，对方可能就会缓过来。而一旦缓过来，就再也不可能攻克了。况且，讯问的目标也不仅仅是让他承认强奸罪。

马大队开口道："老钱，强奸是重罪，你比我清楚。不只刘菲菲，其他姑娘也都有供述，录像也不止这一段。这一点我不忽悠你。"

老钱无力地点点头，一脸死气沉沉，身体的其他地方都没劲儿挪动，汗却已经湿透了衬衣。

"强奸多人和致人重伤这两条严重的罪名，就可以判到无期了吧？"马大队也不是问他，只是平静地把这些话说给他听。按道理，警方只负责侦查，检察院负责起诉，法院才能审判。马大队引导着老钱的思路："事到如今，想别的方法找补或者抵赖肯定是没用的。在强奸这件案子上，很遗憾你没有自己把握住机会，没有从轻的可能了。"

老钱瘪了瘪嘴，轻轻地啜了一口烟，没注意到亮红的烟火几乎贴到手指上，一脸的无奈和后悔。凭着多年的经验，马大队知道，此刻给他画条道，很有可能彻底收服他。

面对一个彻底失败的人，可以在他懊悔的时候给他植入希望。

马大队继续道："但我仔细替你考虑过，还是想到了一条路、一个办法，也许可以给你争取从轻。不过，成与不成，完全取决于你。我愿意帮你，但能帮多少，在于你能让我帮多少。"

果然，老钱眼睛里闪了一下光，半信半疑地抬起头，凝视着马大队，等他说他的方法。

两个人就这样没说话，静默地对视了10秒钟左右。这10秒钟对老钱来讲，有一整天那么长，他在绞尽脑汁地思考着对方的条件和策略，也思考着自己可能有的出路在哪里。

为什么要给他这段留白？实际上，老钱应该能想到马大队指的是什么事情，这个引导的过程，不能硬灌。**硬灌的结果很有可能是极端二元化，行就行，不行就再也没机会了。最好是让他自己先慢慢接近那个边界，在做决定之前，轻轻拉一下，不用太使劲儿。**如果老钱是自己想到的，自己做的决定，那么结果就会非常牢固。

马大队拿起一支烟，问他要不要。老钱在艰难地靠近那个边界，从紧皱的双眉可以明显看出来。他点点头，接过烟点燃，长长地吸了一口，眼睛睁开看着马大队，认真地点了一下头，回应道："您问吧，我愿意配合。"

观察室里，所有人都不由自主地站起来，凝神屏息听老钱要说什么。

沦陷后助纣为虐

"大胖子你熟吗？"

"嗯。小屁孩一个，仗着身大力不亏，爱欺负人。见着我就很尿。"

"他觊觎刘菲菲很久了，这你知道吗？还偷拍了她很多照片。"

"就他？又脏又臭，我都不愿意他紧挨着我。找姑娘没戏，打人还能使唤使唤。有些底层的烂货我不方便收拾，就让他领着人给我干！"

"前天下午你让大胖子干什么了？"

老钱把头埋下去，沉吟了一会儿。看得出来，他也明白，这道关口一过，就会如同开闸泄洪一样，想停也不能停了。

马大队开始用指关节轻轻敲桌子，敲的速度慢慢提升。老钱的心跳也随着这个频率开始变快，像听到驱动士兵冲锋的战鼓一样，被震得脑袋嗡嗡作响。

"我让大胖子教顾三儿背词。"说完这句话，老钱艰难地咽下一口口水。

所有人都松了一口气。

老钱不等问，自己继续交代道："有人叫我找个人，顶包用，说是顶杀人的包。本来这是大事，我是绝对不愿意碰的。但是，这拨人势力很大，根本就不是昌宁一个镇的事，要不然我也不可能就这么听他的。"

马大队问："这人是谁？"

老钱一愣，用力抿了抿嘴唇，下决心道："真名我不知道，只知道大家都叫他二虎。"

老钱继续说："我负责挑人——"做笔录的干警却打断他问道："你没查过二虎是谁？"

马大队用脚在桌子底下碰了碰他，示意他不要打断老钱。

这种时候，先要让对方把自己的话夯实，然后再逐渐深挖细节。除非对方是在刻意欺骗编瞎话，否则不要干预对方的供述，因为容易打乱对方的思路，节外生枝，降低供述效率。马大队看老钱不知该往哪个方向说，就提醒道："先按你的思路继续讲。"

"你知道的，我是真喜欢那个姑娘。我从来没见过这么漂亮的姑娘，还是个处女。尽管秦淮天警告过我好几次，但实在是让人心痒痒。那天中午喝了酒，没管住自己，就把事情办了。"说到这里，仰天长叹了一口气，一副得偿所愿的样子，喃喃道，"我知道我这辈子在女人身上造的孽太多，有了这一个，也算不亏了。"

马大队敲了敲桌子提醒他，让他老实坐好，他继续供述道："因为这件事，二虎非常生气，找上门来，竟然兴师问罪，还动手打了我一顿！我好歹也当过警察，当过派出所所长！我要给我兄弟打电话抓他，没想到，他拿出一个U盘，里面有我以前找小姐的录像……"

老钱的声音明显弱下去了，又接着道："最奇怪的是，还有我的一张银行卡明细，那些小混混孝敬我的钱，一笔一笔都在里面。我很吃惊，不知道他怎么搞到的。最后，他拿出了我儿子上学进校门的照片和一把刀。我……"

马大队适时地插了一句话："听说，他还差点要切掉你的命根子？"

老钱听到这里，双手掩面，身体开始剧烈地抽搐，几秒钟之后就开始失声痛哭。不知他这痛哭里是悔恨的成分多，还是害怕的成分更多。哭了约莫有2分钟，老钱止住哭声，找马大队要了一支烟，点燃之后黯然道："我儿子也是我的命根子。这两个命根子我都不想失去，当时我就尿了……"老钱低下了头，任烟草的烟雾从指尖升腾上来熏着自己的脸。

半响，他抽完最后一口烟，继续说道："好汉不吃眼前亏。后来我暗中调查过那小子，发现他竟然管着昌宁镇所有的娱乐会所和度假村里的桑拿业务，我之前一点都不知道，从来没见过他。而且我查到的是，这小子原来也就是个小混混，但不知道为什么几个月前开始势力大增，所管理的'业务'范围还不止昌宁镇。我在其他几个区的朋友，有的管治安，有的坐办公室，都提醒我不要硬来，要不是我做得过分，他应该不会这么越界，他平常是个很会来事的小子。而且，秦淮天也提醒过我，跟我那些朋友说的差不多，说他背后的势力很强，让我不要再计较了。"

马大队听到这里，沉思了一小段时间，质疑道："你现在知道他背后是谁了吗？"

老钱摇摇头，非常惭愧地道："真没注意。他似乎不是那种跑业务的直接'管理者'，而是跟这些度假村的资本方有某种关系，我没见过度假村的账本，也很少见他人出现。镇政府里有个兄弟是给领导开车的，给我带话让我不要把事情闹大，我才有点相信了。"

任支听到这里，不禁皱起了眉，还没听说镇里有这么一号啊！才几个月，能厉害到什么程度？他扭回身跟小孙耳语了两句，小孙会意点头。

老钱继续说道："有了那一次，反正刘菲菲被我睡也睡了，说到底就是个初夜的价钱损失，他倒也没再找我麻烦，反倒是挺客气，经常有来有往的，还拿我当'朋友'。直到这次，他找到我要我找人顶包。"

这时候就开启了第二阶段，也就是姚大广的命案，马大队问话了："你找的谁？"

老钱知道，这是规范的讯问方式，要自己说出来，也就按照规矩来："我找的顾三儿。为什么？因为刘菲菲在俱乐部上班的事村里人都知道了。本地姑娘很少在本地做这生意，虽然村民们不确定，但风言风语的，这姑娘提过几次要到城里去。秦淮天说按照二虎的安排，她必须在俱乐部上班，做高级业务。想来想去，我春节期间说服几方，把刘菲菲嫁给了村里最疢的顾三儿，一方面掩人耳目少些是非，另一方面这小子不敢不听我的话，好控制。"

"刘菲菲她爹妈当时就愿意？"

"她爹妈都是农民，老实巴交的，又重男轻女，给了6万块彩礼就乐得嘴都合不拢了。再加上我做媒，哪有什么不乐意？"

"如意算盘打得不错啊！后来呢，为什么要找顾三儿顶包？"

"你真不知道，我其实很恨顾三儿。按理说不应该，但就是心里过不去这道坎，新婚那天让这臭小子白白占了一次刘菲菲的便宜。"说到这儿，他的脸上竟然真的显现出了嫉妒和恨意。这么执着于色相，即便是在自己面临囹圄之灾的当口，还是会有如此强烈的嫉妒和恨，姜老师心中暗自吃惊，叹息人类的原始欲望真是强劲。

"再加上二虎后来跟我称兄道弟，也常送礼走动，我就没多想，想趁着这个机会给他办踏实了。"老钱不由自主地咬了咬牙，继续说道，"他就让我找个人顶包，给我一份打印好的说辞，再让我伪造一下案发现场。"

马大队尽管心里早有猜测，但听到这里还是一惊。观察室里所有人的耳朵也都竖起来了。

马大队不着痕迹地问道："利用道路监控升级改造的空当是吧？"

很显然，老钱吃了一惊，问道："你们已经知道了？"

马大队笑笑，引导他："你慢慢说。到目前为止还不错，没有让我失望。"

这种鼓励放在平常，恐怕没有人会当真，但此刻对老钱来讲，就差临门一脚。他觉得心里踏实了些，继续供述道："他告诉我，昌宁镇的道路监控摄像头在哪天的什么时间会分批升级，还给了我一张具体的升级批次时间表，什么路段，几点到几点，非常详细。我也很吃惊，这样的信息我都不一定能要得来。然后，他交代我，先找个尿货教会他背词。背熟了之后，我就开车带着他，在那天凌晨按照时间表伪造了碰瓷撞车、打架的现场，敲碎了车灯玻璃撒在地上，还用衬衣在树上磨了几道痕迹。"

马大队打断他问道："都是你亲手干的？"

老钱急忙摆手应道："不是，都是我让顾三儿干的。我懂规矩，指纹、足迹、毛发，能不留就不留，不给自己找麻烦。"

马大队问："他就那么听你的话？"

老钱嘿嘿一笑，说道："我让大胖子教他来着，打人这种事这家伙擅长。而且我还让大胖子带话给他，如果他不从，就找人轮奸他老婆。那小子害了失心症，觉得自己能娶到刘菲菲是占了莫大的便宜，特别爱护这个'媳妇'，又是疼又是怕的，所以不得不从。"

马大队问："你见过尸体没有？"

老钱急道："尸体真没见到，估计是在后备厢。从头到尾，我就负责找人，让他背词，然后在指定的时间去南环大街按要求做个事故现场，从来没见过什么尸体。不瞒您说，我答应二虎之前仔细盘算过的，既然是命案，绝对不问不知情，反正人不是我杀的，否则性质就不一样了。"

马大队思考了一下，问道："钱豪军，我现在正式告知你，你所参与的是一宗故意杀人的命案。你的态度还是不错的，值得肯定。刚刚你所提供的信息，我们会进一步核查，希望你能继续保持良好的配合态度，老老实实的，不要撒谎，不要掩饰。"

老钱木讷地点着头，嘴里唠叨着："我一定配合，我一定配合……"

任支在观察室里命令道："做好笔录，固定证据。相关的人带走，马上向支队汇报。立刻找人摸摸二虎的底。先不要碰，不要打草惊蛇。"

姜老师在任支耳边说："任支，这个二虎，我听说过……"

第二层

二虎 → 赵乾 → 福坤

前面所有的艰辛和困难,

只是大案的表层入口,

正如千里大堤上的一条小裂缝。

25 捕获二虎

开篇语：

别跟我装神，别跟我摆谱，在我眼里，你们就是一群衣冠禽兽。不就是那么点事情吗，钱、色、毒，你还能有什么其他追求？只要你沾了这些事，在我眼里你就是一条蛆。

By 二虎

听姜老师这么一说，任支有点惊讶，问道："见过吗？"

姜老师摇摇头，说道："我没见过。戴猛和华生他们曾经见过一次，跟我说起过。他们应该会了解一些背景。"

任支说："好的，我们先带人回市局，然后查查这个二虎。"

新版的二虎

清晨，天阴沉沉的，空气倒是很清冽。

连续三天查办单位里的案子，又跟戴猛和姜老师跟进市局的案子，强度很大，因此华生睡得很沉，终于能一觉睡到自然醒了。肖依打来电话，约他吃晚饭，华生很是高兴，不过还是有点为难。要是今天二虎那边有线索需要跟进，很有可能就会把人带回支队调查了。

肖依很乖巧："没事，我们看情况。如果你那边能闲下来，我们就一起吃饭；如果案子忙的话，我就跑去见你一面。想你啦！"

华生在电话里讲："我更想你。晚上见。"

华生赶到的时候，戴猛已经到了。这个地方是旭日区特别有名的早点铺，只卖小米粥、豆腐脑、糖油饼和炸馒头片四样，但天天满座，外卖还排长队，每天东西都不够卖的。

见到戴猛也捏着半张糖油饼，华生奇道："戴总，您今天居然吃油饼了，还是抹了红糖的！"

戴猛回道："要不是李大队请客，我可不会专门来这地方排队吃这些油炸的东西。你还别说，味道的确不错！吃点没事儿，多跑5公里的变速也就消耗掉了。"华生还年轻，没有中年男人那么讲究，每样拿了些，坐下来开始大快朵颐。

李大队一拍他的肩膀，哈哈笑道："小兄弟，不要客气啊！放开吃，别跟老戴似的那么矫情。在别人眼里，吃的都是饭；在他眼里，吃的就是蛋白质和碳水化合物。这么大岁数了，还想有多强壮！"

华生嘴里塞满了东西，忙不迭要起身行礼，被李大队按在座位上。李大队轻声说了一句："人马上就进来了。你们一边吃，一边帮忙看看。场地里我都安排好了，不用慌。"最后三个字，应该是说给华生听的。

华生悄声问戴猛："为什么要约在人这么多的地方？"

戴猛讲："我猜，这是表明了一种谈话设定——不紧张。如果约在没人的闭塞空间里，会让对方产生最高级别的防备。在人多的地方，又是早饭的饭点，对方知道不会有什么严酷的手段，所以会降低心理对抗程度，可能透露出更多信息。毕竟，现在我们手里没有证据。"

啜了一口小米粥，戴猛加了一句："但是，真需要拿他，也是不到1分钟的事。"

窗外，一行人从一辆奔驰S600上下来，光是这辆车就让戴猛有点意外。

二虎穿着一身米色的休闲装，中式剪裁对襟开，长衣飘飘，颇有点国学大师的气质。腋下夹着一个名牌手包，密密麻麻的图案，被撑得鼓鼓囊囊的。右手手腕上层层叠叠的暗褐色手串非常显眼，其下隐约可见一块金表，这两样东西搭在一起略微有点不协调。脖子上显眼的名牌项链和里面同品牌的T恤，显然是精心搭配过的。脚下一双白色的皮鞋，使得四方步稳稳当当的，看起来神采飞扬。

二虎现在的样子，如果单独走在街上，俨然一个实力雄厚的玩文化产业的得意年轻人，与几个月前他们所见的那个愣头青截然不同。他的身后跟了两个黑衣青年，剃着光头，看起来很彪悍，眼神警惕地向四周张望。待到他们走进屋里，华生立刻看到了那俩手下脖子上文着的彩色巨蟒。

两名年轻人扫视了一下屋里，没看到有什么异样，便留下一人守住门口，另一名随着二虎向李大队的方向走近。看起来，这个布置是加着防备呢。

临近李大队两三米的地方，二虎像是突然发现了独自坐在方桌一边的李大队，快步凑上前，点头哈腰，脸上堆满了笑容，声音比人到得还要早，还要殷勤："李叔，可找见您了！"一边说，一边就自顾自地坐下了。

李大队也不跟他计较，脸上挂着笑，看了他一眼，寒暄道："多久没见了？现在这么出息了？这一身打扮没有个10万块下不来啊！脖子上那个文身呢？洗掉了？"

二虎眯着眼睛挤出一个笑容，殷勤答道："这不是现在做正行了嘛，要做优秀的生意人、企业家，天天见人谈生意，哪能还文着那些幼稚的东西，洗了。您可别提了，洗的时候给我疼坏了。洗了挺好，洗了挺好！"

李大队轻蔑一笑，用手一指二虎身后搭手站立的小伙子，揶揄道："他们呢？没一块儿洗了？"

二虎哈哈一笑，竖起大拇指道："要说还得是我李叔，真犀利！这些小孩太幼稚，愿意留着，说是看着威风。再说，我这连洗带抹药的，可没少花钱。他们穷，没钱。"

身后的小伙子藏在墨镜后面的眼睛一直冷冷地盯着李大队，没有什么神色变化，双手搭在身前，姿势也没动。

李大队问道："吃点什么？我请客。让门口那兄弟也过来坐吧。不用紧张，真要动你不是这样的布置。"

二虎冻结了笑意，白了李大队一眼，随即又换回了笑脸："您甭管他们，他们自己懂规矩。既然是您请客，今天沾李叔点儿光，小的我就不客气了。"说罢，叫来服务员点了两张糖油饼和两碗豆腐脑。

二虎身后的人和门口的那个都没有动的意思。李大队看到店里的兄弟已经在各自的位置上看牢这两个人了，便不再介意，慢条斯理地撕下一块油饼，开口跟二虎谈正事："最近在做什么生意啊？"

二虎知道必然有此一问，双手合十含胸，算是行了个礼，方才答道："让李叔见笑了，我现在给别人打工，帮着全市各区跑跑业务。您之前教导我，不能再收保护费，更不能搞敲诈勒索这种低级的犯罪行为，我是真心觉得对啊！现在我都和生意人打交道，重新做人好久了。"

李大队笑道："看得出来，现在混得好。具体的呢？"

二虎目光闪了一下。这样不太客气的问话有点命令的意思，让他脸色有点沉。趁着服务员上豆腐脑和糖油饼的空当，他调整了一下自己的笑脸，再次殷勤道："承蒙李叔关心，什么都干点儿。主要是老板让干什么我就干什么，打工嘛！我们老板产业多，我主要负责在各个店面里协调资源。一般是召集各家店的负责人开会，传达老板的命令和指示，有的时候还接送老板的贵客。老板太忙的时候，我还可能会帮着面试项目负责人之类的。"

李大队奇道："你老板是谁啊？我看他挺厉害啊，把你小子调教得像个人样了。"

听到这句，后面那个小伙子突然拧眉立目地喝了一声："你怎么说话呢！"

他的话音还没落，二虎回身狠狠地抽了他一巴掌，阴沉地命令道："我让你插嘴了吗？还有没有规矩？跪下，道歉！"

这么大的动静，使得屋里的食客们都停下吃喝的动作，纷纷往这边张望。

小伙子没犹豫，扑通一声跪在李大队脚下，沉着脸色低头道："请李爷原谅，是我没规矩了。"脸上的巴掌印还在隐隐发胀。

李大队没有理会他，而是朝着二虎呵呵一笑，说道："得了，小孩不用这么严的规矩。让他起来吧，不然我就没面子了。"他知道这是演给自己看的一出戏，真要是被这种配合表演给牵制住了，就压不住场面了。

二虎也知道李大队见多识广的，不会拿这种立规矩的桥段当真，轻描淡写说了声"起来吧"。小伙子从地上起身，木讷地说了一句："谢谢李爷不跟我一般见识。"

顶撞

见二虎在用套路应付自己，李大队正色再问："你老板是谁啊？我很有兴趣。"

二虎一听，哈哈大笑："李叔，一般您感兴趣的人，基本上就要倒霉了吧？"突然，二虎抹去了脸上的笑容，盯着李大队的眼睛，淡淡道，"我老板身份绝对干净，而且地位很高。但是，您可以这么问，我不能这么答。您算是用警察的身份问我呢，还是用叔叔的身份问我？要是公事公办，我就跟您去警察局，再叫上我的律师，到时候您问什么我答什么，保证老老实实不折腾。但现在您用叔叔的身份问我，我就没义务知无不言了。是吧，李叔？"说着露出挑衅的笑容。

李大队也盯着他，点点头，又恢复了笑容："你小子行。这是要做守法公民的迹象啊！我听说你最近跟了很多格斗比赛？有些还做得不错，融资也越来越多，在体育圈里很有名啊！"

二虎摆出一副惊讶而赞许的表情，夸张道："不愧是我李叔！地面上有点什么花草树木小飞虫，都逃不过您的法眼。"

李大队一乐："别说那些没用的。你最近去过昌宁镇吗？"

二虎笑容一敛，约莫有两秒钟没回话，神色有点阴。坐在旁边的华生却能看到,那张面孔上有非常轻微的恐惧表情,尤其是那双眼睛高频小幅转动,尽管幅度很小,却很典型。二虎试探着问道:"李叔,您连昌宁区的业务也管起来了?我还以为只有旭日区是您的地盘呢!"

"去没去过?"

"去过,那儿也有我管的业务。有些比赛,在开始之前会把运动员送到那边去集训,我管着那边好几个训练基地。如果有时间有兴趣,欢迎您去玩。"

"最近俩星期,去没去过,去干吗了?"

二虎一听这个问题,便知道今天的主题了,他翘着眉毛盯着老李的眼睛,想打量出个大概,见老李不动声色,便讪讪地打了个哈哈,慢条斯理地回应道:"跑了好几趟呢,事都不一样。不知道您指的是哪一件事?"

李大队用鼻孔轻轻"哼"了一声,道:"小子,现在真是长本事了,到底是做大生意的人了,说话胆气足,也不怕人了。看来你和手底下这些小兄弟,以后就不归我管,不和我见面了,是吧?"

这句话算是很明白的施压了,连二虎身后站着的小弟也能听得出威胁的味道,不由得皱紧双眉,怒视着老李,身体往前凑了一步。这次二虎没拦着,停下撕扯油饼的手,偏着头,闭上眼睛,半晌才睁开,逼视着老李说:"李叔,我还是得称您李叔。按理说,之前多蒙您的照顾,我也从您那儿学了不少东西。您是够意思的前辈,但是,现在我正规做事、正经打工,去不去昌宁镇,干了些什么,必须得跟您汇报吗?讲法律也得讲辖区吧?我在海南找个小妞唱唱歌玩玩,也需要跟您汇报吗?这么说吧,今时不同往日,我愿意说,是敬仰您,不愿意说也合情合理。既然您没穿皮,那我就谢谢您的早餐。嗯!这糖油饼是真不错。老板,给我打包10张带走。"说完,自顾自地继续吃,不打眼看人了。

试探到这里,房间里关注着的人都明白了,要么是知情故意隐瞒对抗,要么是有恃无恐、狂妄不恭。李大队直接问他:"昌宁镇派出所有个姓钱的,你认识吗?"

这是直接点出来了,二虎知道,刀架在脖子上了。表面上,他没动声色,摇头晃脑地嚼口糖饼，再喝口豆腐脑，但脑子里却飞快地转着，暗道：老钱把我卖了？不应该啊！20多年的老警痞，哪能就折了呢？老李是旭日区的治安大队长，这是撒出来找消息，还是进了专案？就算这老小子进去了，也不应该这么快就把我供出来啊！他敢？！

想到这里，二虎若无其事地往四周看，想观察一下有多少便衣。他倒是没发现戴猛和华生，确认了一下基本安全没问题，这才转过脸来，对李大队道："李叔，派出所可不是我的合作单位。比赛审批、治安消防，公司有专门的人员去跑，比我专业。警察我最熟的就是您了，那么边远的郊区派出所，不够我费神的呢！说真的，您要是有什么事情，用得到兄弟，我义不容辞。"说罢，用纸巾擦了擦手和嘴，还打了两个饱嗝，又继续道，"谢谢李叔的早餐，没事兄弟我就走了，还有生意要忙，改天再回请您，吃顿大的。"站起来转身就要走。

老李也没动，只是冷冷地说了句："掰扯得真清楚啊！这样吧，耽误你半天时间，跟我溜达一趟，认个人。"

二虎听得懂，"认个人"的意思也可能是"被人认"，这就意味着，老钱很有可能出卖了自己，心中暗骂：这老色鬼，肯定又是因为哪个女人给耽误了事！于是停下脚步转身道："李大队，我是良好市民，只要您拿到手续，该传唤传唤，该拘留拘留，直接逮捕也行，我都不皱一下眉，乖乖跟着走。但您要是就凭嘴皮子上下一碰，还逞着几个月前管我的官威，那不好意思，现在不文明执法的警察很多，还没听说过哪个大队长榜上有名的。"说完，门口的那个黑衣小伙子拿出来手机，对准了李大队和二虎。

老李站起身来，往前走近，二虎身后的黑衣小伙子却冲上来将他拦在两步之外。他停下笑笑："我再和你商量一次。现在可以和和气气地请你过去，简单聊聊天，见见人。如果你不方便……"老李神色一变，自上而下打量了一遍挡在身前的黑衣小混混，看他一副刚出道的彪子样儿，心中有了主意，"只要你没有什么过分举动，比如扰乱社会治安啊、暴力抗法啊、袭警之类的……"

话还没说完，老李从嘴里掏出牙签，一眨眼就把牙签塞到了黑衣小混混的嘴唇中间。小混混只觉得嘴里突然多了根凉凉的东西，拿出来一看，连吓带怒，骂了句脏话的同时抬脚就是一记正蹬。

二虎被手下挡住了视线，并没有看到李大队塞牙签那个动作，只是听着话不对劲儿的时候，就看到小弟动手了，心中暗道一声不好。二虎还没来得及反应，抬脚蹬人的小兄弟已经被掀倒在地，估计接腿拉扯到劈叉那一下，韧带或者半月板得伤一个，痛苦叫喊的同时，已经被两个便衣给铐上了。

二虎急忙回头望向门口，发现不知道什么时候门口的小兄弟也被跪压在地上，便衣正在戴手铐。见到这么多警察同时抓捕他们，二虎意识到事情的严重性，多年的地痞习惯驱使他没多想，就直接窜向门口，想趁乱夺门而出。无论如何，要先找个地方躲起来，向老板问清楚状况之后，再做决定。至少，一定要把刚刚发生的事情告诉老板。

这个念头一定，二虎也不动脑子思考细节了，拼了命地朝外冲，把挡着他的人和桌子推开，顺手敲碎个盘子挥舞着。慌乱中，只见一个人影闪过来挡在门前，他也来不及细细分辨，谁敢挡着就先划了谁，一伸手就朝着那人脸上划去。

二虎曾经是拳击省队的主力，因为打架斗殴被开除。这一划出去，后面还接了一个重拳连击，力求干掉挡在面前的人。

可是手刚一挥出去，对面的人就没了。那人像蟒蛇一样迅捷地溜到他背后，二虎觉得肋下一紧，继而脖子一紧，一股很大的力量向内收缩，脖颈和头开始发胀，手臂也不听使唤了，没几秒钟，眼前一黑，失去了意识。

二虎正在做梦，觉得有人拎着自己的双腿在抖动，一口气上来，刚刚睡醒的那种舒适感让人神清气爽。还没睁开眼睛看，就感觉又有人扭动自己的双臂，这才定睛一看，自己不知道什么时候趴在地上，被戴上了手铐。李大队在旁边笑笑，对他说："寻衅滋事、扰乱社会治安、暴力抗法、袭警，按照《中华人民共和国治安管理处罚法》，现对你执行强制措施，全部过程有执法记录仪拍摄录像。"

说完，李大队站起身来，故意明明白白地吩咐身边的人："你手机拍到了没？两个文身的特写也拍上了哈？留着用。万一将来有人造势想黑我们，我们也可以请示领导，把这些上传到网上，标题叫《多名文身男子暴力抗法，便衣民警以雷霆之势制伏》，互联网这个舆论阵地可要利用好。"

辨认

二虎他们被带到了市局，直接就进了辨认室。灯光照在脸上和眼睛里，人感觉有点眩晕，再加上对面有一面黑蒙蒙的镜子，更是让人感到深不见底的畏惧。他那两名小兄弟被安排站在一排，另有几个不认识的人，高矮胖瘦都有，就这么站着，不知道镜子后面等待自己的是什么。

老钱此刻正在隔壁的房间里。他的目光隔着单向玻璃在二虎脸上停留了很久，嘴唇微动着却不出声音。小孙警官对他道："看清楚了就可以说话了。"老钱用鼻子快速呼吸，额头上一层薄薄的汗珠，但良久没有出声。

小孙警官见状，用手指关节敲了敲桌子，催促道："还犹豫啊！想自己扛？"

老钱看了他一眼，转过头望向身旁另一侧的马大队，颤抖着嘴唇，双手拉着老马的手臂乞求道："马大队，你一定要保证我儿子没事。他今年就要小升初了，还是学校足球队的主力，孩子是无辜的。你们一定要保护好他！我无所谓了，但一定不要牵扯我的孩子。我求求你了……"

马大队怜悯又厌恶地看着这个可怜的家伙，心里叹息一声：多少人过不了色欲这一关！早知如此，何必当初。并未搭话，只是神色木然地看着他。

老钱见他这模样，低下头，长长地叹了口气。良久，复又抬起头，颤巍巍地伸出一根手指，往二虎的方向一指。小孙警官要求他明确说出号码，老钱并未搭理，低下头拿起笔，在辨识表格里填写了自己的指认结果，重重签下自己的名字。放下笔的一瞬间，他突然跪倒在地上，抱着马大队的腿，泪如雨下，哽咽不停，一边抽噎一边重复着："求求你，兄弟，大哥，一定要保护好我的儿子！求求你！他们势力太大了，太凶残了，个把人的命根本就不会在意的。

一定要保护好我儿子……"

看到一个彪悍威武的警界败类竟然被吓成这个样子,华生心里不禁一凛。

马大队拉起老钱,让他坐回自己的座位中,冷冷地跟他说:"对我们来说,越快找到真凶,挖出根源,越能保护好你的家人。不光是他们,还有那些无辜受害的人,也都需要保护。你提供的信息越准确越丰富,越能保护自己的家人。"

老钱盲目地点着头,品咂着话里的味道。

小孙问道:"这些人里面,还有没有见过的?"

老钱逐渐停下哽咽和抽泣,胡乱地擦着眼泪并点头,指着其中一个脖子上有蟒蛇文身的黑衣人说:"我那天也见过他。"

老钱正说着,恰好看到二虎在单向玻璃后面,动作不大却很清楚地反复用唇形说道:"你儿子死定了!"老钱浑身一震,大口地吸着气,眼睛惊恐地看着二虎,倒不过气来,只能嘶哑着声音说道:"他们会杀我儿子的,他们会杀我儿子的……"继而浑身一阵抽搐,失去了意识。

"赶紧叫医生,不要出危险!快!"马大队立刻奔出屋外组织大家实施急救措施。

小孙这才看到二虎在那里不断重复着口型,便大声喝道:"把他带到讯问室!"

26　审讯二虎

开篇语：

有的时候，人会非常倔，陷入规则中认死理，推是推不动的。这时候，需要拉，让他知道前面还有什么更重要的，这样的话他自己会停止纠缠，主动向前。

By 戴猛

二虎被带到讯问室，铐在椅子上，没人理他。他东张西望的，看起来满不在乎。

小孙警官刚一走进讯问室，二虎就大声地说："警官，我要见律师。律师来之前，我是不会说任何一句话的。"

小孙笑呵呵地看着他，没说话，不慌不忙地坐下，翻了翻手里的材料，才安抚道："不要着急。现在是治安案件，还没刑事立案呢，找什么律师？只是请你配合调查，几个简单的问题说清楚就放你走了，还用不着请律师。你愿意配合最好，不愿意配合，也可以保持沉默。"

二虎只是狐疑地眨了眨眼睛，干脆不作声。

小孙先问道："上午为什么要寻衅滋事？你手下的小兄弟还敢打警察？够猛的啊！"

二虎倒是轻松一笑，随意搪塞道："小孩儿不懂事，我都没见着他动手他就被放翻了。我手机录了像，不信你们再调监控，真要有人动手，那就狠狠处罚他！我可是老老实实的，万万不敢动警察一根手指头。警察叔叔都是保护我们的，爱还爱不过来呢！"

小孙一笑："你不是拿着碎瓷片乱挥来着吗？没想着伤人，拿凶器干什么？"

二虎胸有成竹的样子，答道："我哪知道发生了什么！一言不合就动手了，我都不知道谁是警察。你们有人穿警服吗？有人亮证件吗？我到现在都不知道为什么叫我到这里来。得有大半天了吧？我每天有很多事要做的，你们怎么能这么浪费纳税人的时间呢？"

小孙向他确认道："这么说你是情急之下自卫，没想着伤人？"

二虎一听，觉得这谈话慢慢没压力了，心里轻松了许多，微微扬起下巴道："当然没有。那场面谁都得自卫逃跑吧？我怎么知道你是警察！要是遇到坏人怎么办？对了，谁把我给弄晕过去的？我还不知道呢。我要告他故意伤害！"

小孙哈哈大笑："还真是委屈你了啊！回头我们查查监控，看看到底是谁。谁知道是不是警察，也可能是群众见义勇为。别贫嘴了，说正事。"

一听说正事，二虎咬紧嘴唇，不打算搭话了，想试试看能不能扛过去。

小孙问："你认不认识九龙昌盛温泉度假中心的钱豪军？"

二虎断然回答："不认识，没听说过。"

"前一段时间有没有找过他，让他替你找人帮什么忙？"

二虎心里一凛，脸上却挤出个笑容，因为这问题并不难答："我都不认识，怎么找他？我挺忙的，真的，一般不去什么度假村、温泉酒店，没时间享受啊！我让他找人，他就能听我的？警察同志，您说话得有基本的根据吧，不能随随便便欺负我一个小老百姓。"

"确实不认识？"

"不认识。"

"从来没见过？"

"从来没见过！"

"把老钱带进来。"

随着小孙一声令下，门开了，两名警察押着老钱站在门口。二虎的瞳孔瞬间就放大了，不知道是因为灯光还是因为恐惧，眼睛怨毒凶狠地盯着老钱的脸。老钱只抬头看了一眼他的面孔，便立刻低下头不敢再和他对视。

"老钱，见没见过这个人？认不认识？"

老钱嘴唇抖了两下，额上渗出汗来，抿紧嘴唇没作声。

二虎身体向前一趴，握着拳头手心发白，却用懒洋洋的语气抢先说："警官，这是谁啊？难道是你刚才说的度假村的什么人？"说完，用眼睛瞟了小孙一眼，坏坏一笑，揶揄道，"怎么是在押的犯人？难道是在度假村嫖娼、赌钱、吸毒被抓了？哈哈哈哈……"

小孙声音不大："看来你对他了解得还挺全啊！"

二虎被噎住了。他不知道的是，对面的小孙警官虽然年龄看起来不大，其貌不扬，却是很多大、要案的审讯组成员。二虎这种表面上不在乎的混不吝，和他审过的那些厉害角色相比，真的不算什么。现在还没到见真章的时候呢。

二虎嘿嘿一乐，往后仰倒在椅子上，双手握拳举过头顶摇了摇："没有没有，我是好孩子，这些事都不懂。倒是这个一身丧气的老家伙，一看就是家里要死人了。"

这话像锥子一样，一下扎到老钱的后腰上，那种阴森森的穿破感，不疼，却让老钱身子一哆嗦，身体不由自主地往里缩。小孙见局面不好，立刻喝道："老钱！问你呢，认不认识这个人？"

老钱抬起眼睛，想试着和二虎对视一下，却发现自己根本就不敢坚持下去，只好低下头，嗫嚅道："认识。"声音有些发抖。

二虎只是盯着老钱，脸上没有表情，手指在讯问椅的桌板上一下一下地敲击着。

小孙鄙夷道："真让人看不上！辨认都做过了，居然当面尿，亏你还当过警察！"

老钱感觉二虎的轻轻敲击仿佛是一记一记的鼓声，震得他脑袋发蒙。小孙的话，却如同撒下一把三角钉，越是跳得快，血就渗出得越多。这一疼，让他猛地睁开双眼，向前冲了两步，惊得后面的警察赶紧抓住他的手臂。老钱咬着牙一字一顿地朝着二虎狰狞道："你不要这么横！我如今已经认了罪，你还有什么可以要挟我的？真以为自己是黑道大哥了？公安要想办你，你就是个屁。"

发完狠，一转脸朝向小孙，像是生怕自己一会儿就不敢再开口似的，语速极快地道："警察同志，去年秋天，这个人约我到昌宁镇九龙昌盛温泉度假中心茶室，说是要跟我谈生意。但一见面我就觉得不对劲儿，假装客气了几句之后，他的手下就直接把我关在屋里打了一顿。"讲到这儿似乎觉得有点丢人，咽了一口口水，讪讪道，"他们人多，我又没防备。他跟我说，九龙昌盛是他老板的生意，怪我睡了VIP俱乐部的姑娘，尤其是不该睡刘菲菲，要我赔偿。"

二虎一边听，一边撇着嘴角呵呵地笑。

老钱继续道："再怎么说，我那时也是管着一方地面的派出所所长，不可能当场挨顿打就罢休的。见我不服，他就拿录像威胁我，还脱我裤子……"越说声音越低。

小孙问他："脱你裤子干什么？"

二虎的眼睛往老钱裆里瞄，一脸的狞笑。

老钱虽然被这个眼神吓得全身发冷，但还是勉强继续道："他拿刀威胁我……说要切了我。最后，还拿出我儿子的照片……"说到这里，声音已经颤抖得听不清了。

二虎再次用手指重重地敲了敲桌板，惊得老钱身体又重重哆嗦了一下。

小孙见他态度太过嚣张，命令道："给他戴上手铐！"

二虎无所谓地配合着，眼睛却死命盯着老钱，依旧用口型夸张地向老钱说道："你儿子死定了！"

小孙眼神一凛，问道："你嚣张什么！现在有什么话要说？还说不认识他？"

二虎歪着嘴一笑，反问道："他说认识就认识了？认识我的人多了去了，他是哪个庙里的神棍？"言毕一转头，瞪着老钱吼道，"你是谁啊？你说我打你，还威胁你，有证据吗？还脱你裤子？真恶心！这么大岁数了，还挺会意淫，不会是个乱咬人的老'玻璃'吧？"

二虎的目的就是要把老钱逼急了。他知道，在监控这方面，根本不可能有证据。

小孙也知道，这是最麻烦的，度假村的监控一般都是摆设，不出案子的话，一般每个月会自动迭代替换一次，于是问老钱："最近一次，他什么时候找过你？找你干什么？"

老钱已经快被面前这个凶狠的人逼疯了，一听问话，立刻大声说道："就是上星期五，他约我在度假村见面，要我安排一个人来顶包，顶杀人的包，并给我一份方案，要我照着伪造现场。"

"编，继续编。电影看多了吧，还顶包杀人？你是不是脑子烂掉了？还是那句话，证据呢？"二虎一脸的不在意，仿佛面前咆哮的老钱就是只垂死的虫子。

华生心里觉得很奇怪，二虎为什么在要求提供证据的时候这么有恃无恐。找老钱顶包这件事就发生在几天前，如果在度假村见面，应该有监控的。当时打人的大胖子就是听说监控录像这件事之后，一下子就蔫了。但是后来警方调取监控，却并没有发现相关的视频证据，好在大胖子自己心理崩溃，否则还真的很难办。二虎怎么这么嚣张？是不在乎的浑，还是很确定没有监控的狂？

小孙警官看到二虎满不在乎的样子，突然非常担心，如果无法在度假村监控里找到任何与二虎见老钱相关的内容，局面就会比较棘手。正思量间，没想到二虎竟然主动回击道："这位大叔，你说你认识我，我找过你，我想请问你一下啊，时间、地点你都编好了，有证据吗？监控呢？证人呢？我走路去的？有我走路的监控吗？你不是当过警察吗？知道有个东西叫监控吗？如果能找出来给老子看看，我当场就给你跪下，喊你爸爸，好不好啊？爸爸……爸爸……求求你，饶了我，不要杀我，爸爸……"

这个声音传到老钱的耳朵里，像是从无尽炼狱里飘来的召唤，让老钱仿佛看到自己的儿子深陷烈焰中，正在往外吃力地爬，一边爬一边呼喊着自己。想象中惨烈的画面让老钱暴起挣脱两名警察，想要跨过讯问桌子扑过去掐死面前的恶魔，牙齿咬得咯嘣响，眼角几乎冒出血来。

几名警察慌忙七手八脚地按住他，老钱还在哀号："我要杀了你！我要杀了你！"声音渐渐弱下去之后，转为歇斯底里地号啕。

二虎得意地一笑，对着小孙说："警官，看见了吧？这是个疯子，无缘无故地要杀我，吓死我了！怎么能这样呢？我是信任你们，配合你们调查，但你们到底要从我这里知道什么？我什么罪名？大早晨的，因为吃了一张油饼就差点丢掉命，说出去人民还能相信警察叔叔吗？"

小孙没想到会是这个局面，有点进退两难。看他的状态，这小子肯定与此案有重大牵连，但手边确实没有什么证据，连间接的证据都没摸到。现在要办他，也只能是寻衅滋事这种治安案件，反倒可能耽误了整体侦查的进程。就在这个时候，有人敲讯问室的门。小孙让人把瘫掉的老钱带出去，见门外站的是戴猛，猜到大概支队让戴猛来收拾一下眼前这个不利的局面，便没多说话，只交换了个眼神之后，站在二虎边上，防着他有什么异常的举动。

驱动对手向前一步

戴猛走进来，竟然也站在二虎的边上。一站一坐，二虎不由得抬起眼睛向上看清来人。几秒钟的时间，两人都没说话，彼此在揣摩着对方的心思。

戴猛先一笑，然后缓缓地道："你在想我是谁。你在想似乎在哪里见过我。你在想我要说什么，但你并不担心所谓的'证据'问题，你知道没有这样的东西存在。"一边说，一边看二虎的神色变化，见他的眼神随着自己的话变得更加疑惑，眨眼也逐渐加快，又追问一句，"对吧？"

二虎觉得这种仰视让自己很难受，于是晃了晃脑袋，满不在乎的样子，不再看他，吐出一句："我管你是谁！没证据就少说些没用的。装神弄鬼的有个屁用！我比较关心的是，你是哪棵葱，有没有权力放了我。至少让我打个电话给律师，别耽误我的时间，我的时间是很贵的。侵犯公民权利之类的就不说了，至少要提个民事赔偿吧。这大半天耽误的生意你们肯定要赔的。"

戴猛哈哈哈地笑起来："小兄弟，看来这大半年真没少学习，比看场子那会儿强太多了。现在还去'十二重天'替妹子们出头吗？还是说，那个店也是你的下家了？"

戴猛这么一说，二虎似乎摸到了些踪迹，但一时还想不太清楚。这大半年来变化太大，大到他自己也完全不明白究竟发生了什么，只是像一叶小舟一样，随着一波巨浪，恍恍惚惚的，突然就不再是街头小混混了。至于什么时候在"十二重天"见过这个人，真的是想不起来了。毕竟，身边的女人也不再是Miumiu，或者说，需要他操心的女人太多了，而Miumiu则很久不需要他操心了。

二虎用力挤了挤眼睛，装作不屑的样子，冲戴猛说："这位领导，您也没穿警服，不知道是不是大官。我不懂您在说什么，但是您应该都看到了，也都了解过了。刚才我差点被疯子杀了。从早晨到现在，也有很长时间了。你们找我来，就是为了问我认不认识那个疯子，我可以负责任地讲，不——认——识！至于你们还想知道些什么其他的，有本事自己去查，我没时间奉陪了。我的东西都还给我，放我走。做不到就别再跟我废话，让我给律师打电话。否则，你们等着被投诉撤职吧。"说完，双臂在胸前一抱，闭上眼睛，果真就不说话了。

"啪嗒"一声，二虎睁开眼睛，见自己的手机被放在桌板上，后面一个警察抱着一个箱子，自己的手包、车钥匙之类的随身物品都在箱子里。另一个干警正在给他解手铐，小孙已经退回到讯问桌边坐下。

戴猛说："清点一下自己的物品，签个字，你就可以走了。年纪轻轻的，脾气还是火暴。虽然脖子上的文身洗掉了，但要想做好生意，这脾气还得再改改。"

二虎皱着眉在想这些话的深层含义，总觉得这个人很奇怪。他仔细盯着戴猛的脸瞧了几秒，也没心情真的去想，快速收拾着自己的东西，只用鼻孔"哼"了一声。

戴猛见他还是没太往心里去，在他即将迈出门的时候，幽幽地说道："小兄弟，我们早就认识。现在是我第三次看见你，第二次是在今天早晨。早上把你绞晕的人，就是我。"

二虎猛地一回身，眼睛紧盯着戴猛的脸，脖子上的青筋暴起。两边警察拦住他的身体，他的躯干和头凶猛地向前探着，有点气急败坏。被人瞬间制伏，对于他来讲是万万不能接受的事实。戴猛见二虎情绪来了，便再加一码，踱步到二虎面前，直视着他的双眼，面带不屑地说道："不服气是吧？够狠是你的优势，也是致命的缺点。就算你是专业的拳击手，有些人你还是打不过，而且打也不是万能的办法，只有那些胆小鬼才会怕你。老钱出了事，恐怕你在你老板那里的境况也好不到哪儿去，先想办法处理干净吧。哦，对了，今天晚上我会在'拳天下'俱乐部训练。我随时等着你，希望你还能有机会来找我，看看自己够不够格。"

听到这话，二虎咬了咬牙，狠狠的目光在戴猛脸上停了几秒，话也不愿意多说，转身就往外走去。

确定人已经离开之后，小孙问："领导什么意思？"

戴猛说："先放人，然后跟着。我们手里没证据，扣着他没有任何好处。重要的是挖掘新的线索，所以希望他出去之后能立刻去做一些和案子有关的事情，比如去找什么人。但是，如果我们直接说，他肯定听不进去，所以我用情绪来'引导'一下他的思路。像这种好勇斗狠的人，哪能就真成生意人了呢？骨子里，他还是喜欢打打杀杀，所以只有先让他对我上心，我后面的话，他才能听进去。"

小孙立刻明白了这个决定的用意，但仍旧很关心"引导"的事情，道："你是说，如果不激怒他，他出去之后有可能不会立刻去找上线？"

戴猛说："他会不会立刻去找，我也不能肯定，因为你之前也没有机会跟他提这件事。我们不能等他自己决定，万一他要先去昌宁镇胡闹撒气怎么办？我们必须想办法，确保他快点去找老板。有个约架的事儿放在眼前，对他来说就有了一个值得兴奋的目标，如同驴头前吊了个胡萝卜。依着他这种浑性子，自然会自己安排接下来的时间。再说，'顶包'的事儿出了这么大娄子，他老板那边也不能让他就打个电话汇报吧。"

这时，对讲里传来声音汇报道："鲇鱼上车了，车速很快。我们的人在跟。"

27　"虎痴"赵乾

开篇语：
下手没轻没重的人，其实水平是低级的。体能过剩和爱好成瘾，都不是好事。

By 姜老师

二虎从刑警支队出来，全力让车辆在烈日下的车流中迅速穿梭，以超过前面那些挡路的车辆。被赶到后排就座的小弟被甩得来回摇晃也不敢吱声，副驾上的小弟则抓紧车门上方的扶手，他能感觉到大哥的愤怒和焦急。

二虎不断地骂道："傻啊！高速上爬这么慢，会不会开车？"

老钱的反叛让他感到很紧张，原以为老警察做这种事情轻车熟路，没想到这么快就被警方收拾得服服帖帖了。

"这老没用的供出了我，到底是哪里出的问题？不过，看警方的意思，应该没有证据，要不然也不会这么快就放了我。对了，会不会有车跟踪？"

他一边穿梭，一边从后视镜观察，并没发现咬得很紧的可疑车辆。不过，二虎忽略了一点，高速路上的跟踪和电影里那些普通道路上的跟踪不一样，根本不怕频繁拐弯跟丢了，只要保证不错过出口，前后左右都可以监控跟踪。再说，高速全程都有监控，尤其是出口和入口。

看到指挥中心大屏幕上的实时监控和手机定位，小孙转向戴猛道："他还是去往昌宁镇的方向了？"言下之意，可能戴猛的分析和策略失误了，二虎根本就不在乎什么比武报仇，也并不急于向他的老大汇报，而是找度假村的麻烦去了。

戴猛也皱起眉头，思考着如果二虎并没有按照自己的"胡萝卜"行动，下一步该怎么办。

下了高速，二虎的车开进昌宁镇的朝野大墅。支队负责跟踪的外勤车也做了汇报，确认无误。

这个别墅园在整个城市中都是财富的象征，独栋别墅加私家果园、草地，均价过亿。再加上位于近郊的地理位置，只有坐拥巨额资产的巨贾才能买得起别墅园里的房子。如果只是个拥有几千万资产的小明星，根本就无法和那些传说中的大佬相邻出入。别墅园不允许非业主的车辆进入，如果是访客，必须打电话跟住户确认，经登记后才能进入。

指挥中心确认了一下别墅园外的监控布局，发现摄像头密集，监控区域彼此覆盖有效，几乎没有死角，便命令跟踪车辆慢慢开到较远的地方，边休息边等候。

戴猛问：“业主的信息能查到吗？”

小孙应道：“能。稍等，我让人调一下业主资料。”

虎痴

二虎在居中的一幢别墅前停好车，看到老板的奔驰在，心里踏实了很多。按响门铃后，一名高大的保安为他们开了门。按惯例搜过身并交出手机之后，他把两个小弟留在了外院，独自穿过草坪，进入第二进院落里。

正室朝南，东西两侧各有一栋四方平顶建筑给安保队伍用。东边是侍勤装备室和宿舍，西边是综合格斗训练馆，特意找来UFC（终极格斗冠军赛）训练中心的设计师和施工方，完全复刻。只要不出差、不当值，二虎的老板赵乾就会在这里疯狂地训练。

二虎曾经在这里住过几个月，笑称这里是"虐场"。他的老板赵乾有着猛兽一样的体格和意识，每天的精力似乎怎么都消磨不尽。更可怕的是，从马伽术到MMA（综合格斗），他几乎什么都练，而且只练最有效的格斗技术。他是打心眼里喜欢这种格斗类的运动,又非常喜欢虐人。安保队员都是精挑细选的家伙,但也害怕赵乾。

　　二虎见到赵乾的时候,他果然正把一个家伙压在身下疯狂暴打。被他压制的人牛高马大,估计身高接近2米,魁梧但并不笨拙。单讲围度的话,赵乾的手臂、屁股和大腿比对手都小一圈。那个大个子憋红了面孔,正试图从赵乾的身下翻转过来,但赵乾的力量太大了,全身上下像一张巨大的网,紧紧地裹住猎物。就在对手把手撑在赵乾的胯部想腾出移动的空间时,赵乾突然翻转到另一侧,一拉对方的头颈,把右腿垫入对手的枕部,另一条腿借着翻转的惯性在右腿脚踝上搭扣,用三角绞锁紧了对手的颈部和一边肩膀。这个位置的锁技可以压迫颈动脉窦,引起中枢神经紊乱,自动减少呼吸和血液循环,从而造成窒息。一旦形成,几乎就没有逃脱的可能。

　　赵乾拿到了这个位置,看了看身下这个柔道冠军,俯视着对手充满恐惧的眼睛,心里的快感冲顶。他故意停顿下来,思考着接下来是绞晕对方,还是暴捶一顿结束战斗。在赵乾的训练体系里,不允许拍地认输,没有什么TKO(技术性击倒)。要么赢家主动松手饶过,要么输家被绞晕或者带点伤。所以,赵乾的安保团队里,私下里是以伤疤互相标榜地位和资历的。通常,训练得到的伤疤和他们的职位与级别成正比。赵乾经常自诩为三国时期的名将"虎痴"许褚,还将自己的安保队伍命名为"虎贲军"。

　　对手脸色已经有点发紫,还在强忍着不敢拍地,又没有什么好办法逃脱。他越是抵抗,消耗的氧气越多,就越容易晕过去。赵乾觉得没意思了,肘子砸在对方的眉弓上开了个大口子,结束了战斗。见到殷红的鲜血涌出来,赵乾满意地舔了下嘴唇,方才松掉了三角绞站起来。被砸的对手恍若得到恩赦和认可,忙不迭地站起来,庄重地行了道服礼,连不断涌出的血也顾不上擦。

　　赵乾非常满意,点点头,吩咐道:"去处理一下,把垫子上的血擦干净。技术进步得很快,就是原来柔道留下的毛病太多,出手犹豫不够狠,后面还要加强。一会儿去找5个人,要找厉害的,跟他们每个人都完成20次三角绞控制打击，要像我一样，最后都留口子。记下了吗？"

大高个儿点头，神情肃穆地道："记下了，一定完成！"说完用袖子抹了一下快流进眼睛的血。

刚要转身离开，他又听到赵乾补了一句："明天，你去防卫组做副组长。"

大高个儿忙弯下腰，激动得微微颤抖："谢谢赵总！"说完，才谨慎地转身离去。

正在这时，计时器发出刺耳的蜂鸣声。赵乾抬头看了一下时间，训练课结束。他马上大吼一声："排队，抗击打！"20名刚刚拉伸完毕的队员立刻沿着墙壁站成一长排。每个人都自觉地把双手背在后面，收紧腹部和颈部肌肉，一脸的痛苦坚忍。

二虎对这样的场面习以为常，当初在这里训练的时候，每次都会有这样一轮折磨。其实他知道这种纯粹的静态抗击打训练收效甚微，因为在实战中几乎没有人会这样站定不动挨打，至于所谓的神经系统承压能力，也是需要全身的协调训练才能提高，尤其是要学会躲闪，才能卸掉大部分力量。不过，他跟赵乾提过，没有任何作用，反倒换来了加倍"训练"，苦不堪言。

赵乾换上了一副8盎司[1]的手套，站在第一个队员面前，试了几下动作，对着助理教练一挥手："开始计时！"所有人都面色一紧，闭起双眼，等待迎接狂风暴雨。

一点都不夸张，此刻的赵乾像是开启了涡轮增压发动机的人形机械怪兽，从第一个队员开始，狂风暴雨般地用直拳、摆拳和上勾拳的组合发动进攻。拳头打在肉体上和头颅上的声音不尽相同，高高低低地组成了一种连续密集的音效。50拳过后，第一个队员倒下了，嘴角渗出鲜血，跪在地上行道服礼。当他抬起头的时候，第二个队员手扶着墙壁蹲在那里正在呕吐……打到后面还有6个人的时候，赵乾开始配合吼叫，真的像野兽一样，吼叫的频率和拳速同步，

---

[1] 1盎司约等于28克。

声音越来越大，打击的力量也越来越大。但是，二虎知道，这实际上是体能到达极限的一种表现，不得不使用呼气和发声来增强力量的输出。

当最后一名队员收紧下巴屏住呼吸等待着暴风雨结束时，赵乾的最后一拳凝聚了剩余的全部体能，自下而上高速挥动，只听"砰"的一声，伴随着骨头碎裂的杂音，上勾拳带动着队员整个人的身体向斜后方倒去，又是"砰"的一声闷响，头和后背撞在墙壁上，然后缓缓地滑落到地面，队员已经人事不省，口鼻冒出大量鲜红的血液。旁边的队医赶紧跑过来，调整位置，并用担架抬走急救。

赵乾丝毫不以为意，长长舒了一口气，握着双拳，全身肌肉一阵收紧方才放松下来，大叫一声："爽！"这时，神志还清醒的19名队员一字排开，鞠躬、行礼。赵乾还礼后，方才遣散队员。他转身抖了抖肩膀和手臂，又舒服地做了个腰部拉伸，方才问助理教练："多长时间？"

助理教练答道："7分44秒，跟昨天一样。但是前三个50拳完成的平均时间是6秒，是一项新纪录。"

赵乾像是一头嗜血的猛兽，狞笑道："还没突破每秒9拳哪，还不够！"

助理教练补充了一句："都是重击，而且是连续20组。"

赵乾这才由阴转晴，一挥手哈哈笑道："知道了！去吧，你也辛苦了。我的小虎子来了。"

赵乾的规矩

言罢，赵乾转过身对着二虎咧嘴一笑，召唤他近前。二虎忙凑上去鞠躬，按照赵乾的规矩双腿并拢行道服礼。还没开口，赵乾就一把将他拉过去，紧紧抱在怀里，拍了拍后背道："你小子怎么跑过来了？玩几把？"

"赵总，有件急事要跟您说。"

"3分钟之后会死人吗？"赵乾瞪了他一眼。

二虎不敢再说了。他知道赵乾的脾气，想要让他听得进去，必须先让他过过瘾。他换上旁人递过来的训练服，心下着急。

赵乾浅浅地还礼，勾了下手指说道："来吧，直接来，不用客气。让我看看你做生意的这些日子有没有变成废物。你不要让我失望啊！"

二虎熟悉这种局面，也没有多废话，直接开始。跟赵乾打架，即便是训练，也不是随随便便点到为止，如果不真干，就会被快速干掉，而且还会惹他生气，后果更加严重。

脚下一启动，二虎用刺拳开路，一边防着赵乾的抱摔，一边用组合拳进攻。他知道绝不能给赵乾机会，否则他会把战斗目标放在地面上，地面缠斗目前还没有人赢得过他。赵乾发现二虎实力还在，心里大呼过瘾，便一本正经地和二虎练拳法，偶尔踢几腿作为战术策应。在赵乾的所有手下里，二虎的拳法和刀法是最正规的。这个16岁以前在家乡练习正规拳击的小孩，是他非常喜爱的陪练对象，可惜技术有短板，身体也不够强壮，没有资格留在"虎贲军"里。不过他头脑聪明，又有些江湖经验，便放出去跑生意。

赵乾的拳重，但速度并不慢，可惜基本上都被二虎闪躲过去了，偶尔还被二虎不轻不重地点两下脑门。过了1分钟左右，赵乾的攻打未见起色，便失去了耐心，加紧拳腿进攻的同时在找二虎的破绽。怎奈拳击手的步法极其规范，赵乾总是不能抓到合适的机会。赵乾大吼一声，硬生生地冒着三记连击下潜，抱住了二虎的腰胯，脚下一转，利用身体的重量旋转发力，把二虎放倒在地。二虎的最后一记勾拳则穿过了他防守的双手，重重地打在他的下巴上，让他一阵眩晕。

一进入地面缠斗，赵乾如同鲨鱼入海，全身的神经和肌肉立刻进入兴奋的状态。非常流畅地转入骑乘位置后，赵乾一拳一拳地砸向二虎的头面。二虎抱起双拳护头，并努力地翻转身体，躲避冰雹般的拳头。赵乾一笑，故意转移了骑乘的重心，让二虎翻转成背面朝向自己，见形态已成，便停止了击打。他很快控制了二虎的后背，没等二虎防护，便像蟒蛇一样搭好了裸绞的手臂锁，轻轻一发力，二虎撑了没有3秒钟，手便松垮垮地垂落下来，已经失去了意识。

赵乾松开手臂锁扣，把瘫软的二虎抖搂在垫子上，哈哈大笑站起来，嘴里连喊着："痛快！痛快！"这才觉得下巴上刚才挨了那一拳生疼，尤其是张大嘴的时候。队医过来抱起二虎的双腿轻轻抖动给他回血。二虎醒了过来，恐惧感肯定是存在的，但因为久已习惯，知道自己老板下手从来都不会留什么余地，也只能讪讪一笑，竖起大拇指，摇头道："我已经尽全力了。"

赵乾大手一挥，撇着嘴道："你小子就剩点动作底子了。力量、速度全都被你腐败掉了吧？最后这个裸绞，怎么能那么轻易地给我位置？之前学的防守呢，都还给我了？再来一局！"

二虎心里装着事，非常着急，开口道："老大，那个顶……"

话还没说完，赵乾已经扑上来了。二虎更加谨慎防摔，打了90多秒，赵乾发了几次力想把他重拳击倒或强行摔倒，都没有得逞，反倒多挨了二虎的几记重拳。最后赵乾还是用力量强行控制了二虎的后背，没等他挣扎几下，便搭好裸绞的手臂锁，再一发力，二虎感觉气息一滞，脖颈和头颅膨胀了一圈，便失去了意识。

等他醒来的时候，看到赵乾正得意地看着自己喝水。二虎心中一喜，顾不上还有点头晕，便跟跟跄跄地起身走到赵乾跟前，在他耳边轻声说："赵总，顶包的安排，确实出事了！"

赵乾刚刚过完瘾，一听这话，立刻凶狠地盯着二虎的眼睛，眼神像刀一样，扎得二虎心里一激灵。

赵乾问："你怎么才说？"

28　二虎之殇

开篇语：

到底是谁激起了这么大的浪潮，一层一层压得我喘不过气？你先给我荣华富贵，却又夺走我的呼吸和性命。我不恨你，我知道你是不得已为之，但我想知道始作俑者是谁，我想死得瞑目。

By 二虎

二虎把自己的遭遇简要地跟赵乾说了一遍，最后补充道："公安手里肯定没有我见老钱的证据，只有老钱一个人咬我，应该问题不大。"

赵乾忍到现在，猛地把水壶砸在二虎脸上，用膝盖一顶他胃部，水花四溅之后，二虎的嘴角涌出鲜血，无力地跪在地上，止不住地呕吐。他感觉全身的血都被抽干了似的，胃都快被撞碎了。

手下人搬来椅子，放在二虎面前，赵乾怒气冲冲地坐在上面，一个耳光把二虎抽倒在地，二虎脸上瞬间显出几条清晰的指印。奇怪的是，剧烈的眩晕和脸上的疼痛似乎中和了胃的抽搐，那一瞬间反倒好受了些，只是抑制不住地恶心。二虎再也忍不住了，胃里的碎糜混合着胃液和血液喷出了口腔。

赵乾呼吸粗重，厉声逼问道："你怎么搞的？"

二虎还在剧烈地咳着血，呼吸尚不能平复，根本没法回答问题，只好仰起头，表示对赵乾的回应。这一个对视更加激怒了赵乾。二虎刚刚站起身，身体还不稳，赵乾便一脚蹬在二虎胸口。二虎能隐隐听到"咔、咔"的关节错位的声音，胸口闷得像凹下去了一样，感觉肺都被挤扁了。一阵强烈的窒息，二虎仿佛看到了死亡的黑暗阴影。

好在，赵乾坐了回去，厉声骂了些"废物"之类的话，并没有再打。二虎能听到自己肺管里血液流动的声音，感到了生命的脆弱，并理解了什么叫作"苟延残喘"。

好一阵子，二虎才呼吸平稳，吐干净嘴里的混合液体之后，强忍着疼痛努力地聚焦，断断续续解释道："老大，您别生气，现在最多查到我。就算他们能关联到您，只要我闭上嘴，他们什么也拿不到。"

赵乾眯着眼睛，用低沉的声音告诉他："当初你就该直接把那老畜生给办了。"

二虎一边咳嗽一边点头，困难地答道："当时觉得万无一失啊。老畜生原本就虚，又是酒又是色地掏空了身子，没多久就软下去了。我还把他嫖妓、吸毒和强奸的东西都给他看了，也提到了他儿子，他都吓得尿裤子了。在我看来，这种事情找老警察最保险，一是处理起事情来方便、干净、放心，比我自己操办要周全；二是即使出了事，老警察也有对付他们自己人的套路，是最不容易招的。"

二虎越是这么说，赵乾心里的火就越旺，燎得他猛地站起来，捏住二虎的脖子，疼得二虎的脸都变了形。二虎拼命从喉管里挤出声音求道："没想到这个废物这么快就被敲掉了。您别生气。放心，最多是我去担下来。他们没有证据，单靠老钱那个王八蛋的口供，绝不能把我怎么样，更不会牵扯到您。我是第一次处理这个事，自己惹了祸一定会担下来，绝不给您找麻烦。"说完这些话，二虎额上的青筋几乎爆开了，根本无法再呼吸和发声，只能咬着牙、忍着疼，竟然流下泪来。

赵乾松了手，把二虎放在椅子上。二虎半倚在椅子上，虚弱地继续跟赵乾汇报道："老大，我打算找人去九龙昌盛探探，看看究竟是怎么个过程。上午警察找我的时候，并没有什么有用的话，搞明白状况了，我来处理后面的事。您知道就好，不用操心。"

"他们知道你来这里吗？"

"应该不知道。我路上仔细看了，没见到有尾巴。"

赵乾这才点点头，拍了拍二虎的头，问道："伤着了没？"

二虎赶忙摇摇头，挺了一下胸膛说："没事，哪能这样就伤着呢！晚上我还得回去找一个老小子，妈的！"说到这里，他啐出一口血水，骂道，"早晨也是输在这老小子手里。要是给我机会好好打，根本就不可能让他得逞。"

赵乾一听，眼睛亮了起来，问道："哦？警察里还能有人打败你？难道他们还出动特警了？"

二虎心里咯噔一下，知道面前这位武痴的意思，忙道："不知道是哪儿来的家伙，不过官职应该不低，就是他最后下命令放了我。他们审了半天，也没从我嘴里套出一个字。早晨就是趁我没注意吧，要不然不能那么快就绞晕了我。"

赵乾更感兴趣了："多大岁数？怎么绞的？"

二虎土灰着脸回应道："应该是裸绞，但太快了，不记得细节了。"

赵乾双臂肌肉一隆，浑身的能量膨胀开来，高兴地喊道："有意思，有意思！"然后向着二虎招招手，"给我看看，再来一次！"没等二虎答话，他独自向垫子中间走去，嘴里念叨着，"太有意思了！"

二虎艰难地从椅子上站起身来，手抚着胸口试着做了两次深呼吸，发现自己根本动不了，但赵乾已经在那里等他了。

用你的命止损

二虎正犹豫着，一个干瘦的男人坐着轮椅进来了，他细长的眼睛里闪烁着阴恻恻的光，透过镜片射出来。这地方没经过赵乾的允许，是不能随便进的。这人是谁？二虎第一次见他，光看他神情就觉得有点阴沉压抑，再加上门口的人竟然没有阻拦，便能猜到他身份不一般。

二虎正猜测间，看到那人的轮椅竟然碾上了垫子，不由得屏住了呼吸。如果换作旁人，不脱鞋上垫子是大忌，必然会被赵乾痛揍一顿并罚清扫场馆一周。

然而，赵乾看到他竟然没有发作。

轮椅上的人打量了两眼二虎，无奈地叹口气，开了口，声音并不大："赵总，你的这个爱好，我真是不能理解。天天打来打去，很有意思吗？"

赵乾也叹口气，很无奈地回他话："福总竟然大驾光临我的训练馆，非常少见啊！有什么指示？"他的眼睛一直盯着被轮椅压凹的垫子，心里很腻歪。

"指示不敢当。我就是为了他来的。"说罢，指了指二虎。

"哦？为了他，二虎？"显然，那人的话让赵乾非常意外。他走过来站到轮椅的后面，一边把轮椅推到垫子下面，一边问道："怎么说？"

轮椅里的人冷笑了一下："公安跟着他，一路追到了这里，此刻正在朝野大墅外面守着。"

只一句话，二虎的心剧烈地跳动了两下，然后他竟然感觉不到心跳了。

只一句话，赵乾当即跳起来扑向二虎，大声吼道："什么？！"

那人镜片闪了一下，仍旧是冷冷的，轻声说道："喊有什么用？等你着急的工夫，警察都该堵上门来了。一拿到手机，我就发现里面装了跟踪软件。我已经做了消毒处理，这会儿让小九儿把手机扔回刑警支队去了，估计他们正头晕呢。别墅院门口短暂经停过一辆车，虽然是民用牌照，但我的自动识别系统，从过去30天的道路监控里查询，确认是公安的车，应该是外勤的。手机一出朝野大墅，他们就跟着手机信号追回去了。"

那人每说一句，二虎的脑袋就如同被雷声重重地震了一下，可怕的感觉层层来袭，脑袋里面比刚才被赵乾殴打还要疼。他从座位上站起来，额上豆粒大小的汗珠不断滴下，躯干管控不住地发颤。

赵乾盯着二虎，不知道该说什么。他的震惊并不弱于二虎，徒自握紧拳头，也感受到了后背上的一层冷汗。

轮椅里的人继续幽幽说道："不过，他们能跟踪你，我也能跟着他们。现在可以肯定的是，公安放他回来，就是为了顺藤摸瓜。你还有心在这里跟他打来打去！能不能做事情也动动脑子？再猛你还能猛得过枪？"

这句话说得赵乾狠狠咬了一下牙关,但眼前局势并不是斗嘴的时候,便强行咽下了嘴边的话。

那人又把轮椅驱动上了垫子,来到赵乾身边,招手示意赵乾弯下腰,附在他耳边说道:"不服气?别说枪,恐怕你的功夫连少爷养的那两条大丹犬都对付不了。"赵乾猛地起身想要发作,被他拉住了脖子。若按照力气,无论如何一个瘫痪之人也不可能按得住他,但提到少爷,让赵乾心里一惊,不敢使劲儿,硬生生地让自己继续保持那个附耳倾听的姿势。他此刻心中慌乱,只能任由那人继续说道:"我需要问那小子几个问题,你让其他人出去。"

赵乾挥了几下手,让场地里的其他人都立刻离开。偌大的训练场,只剩下赵乾、轮椅里的男子以及六神无主的二虎。二虎感觉到咽喉发干,见赵乾招手让他过去,本能地摆手道:"老大,我现在就去找警察,自己把整个案子担下来,您相信我。"

越是这样说,赵乾心里越是惊疑不定,他吼道:"你给我过来!福总要问你话,怕什么?我还能吃了你吗?"

二虎心中惴惴不安,迟疑着来到距离轮椅比较近的地方,觉得阴森森的,可明明窗外阳光明媚。从赵乾和福坤讲话的神态来看,似乎赵乾还惧他三分。

福坤用眼睛朝着斜上方看了二虎一眼,二虎不由自主蹲下身体,单腿跪在轮椅前,让福坤的视线成了自上而下的俯视。福坤抿嘴一笑,淡然道:"难怪赵总喜欢你,真是懂事,比起他手下那批傻大笨粗有眼力见儿多了。"

二虎不敢看他的眼睛,低下头小心翼翼听他问话。

"警察问了你些什么问题?"

二虎仔细在脑海中回忆了一遍早晨到上午的情景,说道:"问我现在主要做什么,还问了我老板是谁。"赵乾听到这里,目露凶光。

二虎说:"老大,自始至终我也没有说起过您。"

福坤冷笑一下,嫌弃地对赵乾说:"没有用的。他没跟警察说,你就不会被查了?按照他做的事、接触的人,就算按照社保和雇佣关系,也可以直接查到你这儿。那么多比赛的出品人名单里都有你的名字呢，很难查吗？"

贬完了赵乾，福坤又问二虎："还有呢？"

二虎眨了眨眼睛，回应道："问得最多的是我去没去过昌宁镇，认不识老钱，还问到了……"

赵乾没耐心听他支支吾吾，低吼道："还问到了什么？"

二虎说："还问我有没有找过老钱顶包。"

轮椅中的男人脸色逐渐阴沉下来，淡淡说了一句："问到了，就是知道了。有点麻烦了。"

赵乾突然一记摆拳重重打在二虎的头上，嘴里骂道："你个废物！挺简单的一件事，你给我弄成这样。该怎么做都给你写好了，该删的监控福总也都给你删干净了，还专门给你打过电话提醒你小心，你却给我弄砸了！"

二虎被他的拳头打得颤颤巍巍，躺在地上抽搐，感觉左侧的牙齿掉了两颗，强忍着疼，没敢多说话，还想着爬起来。

轮椅里的人依旧是一张阴沉的脸，沉默了十几秒，冷冷说道："老钱应该是把他知道的都供出来了，不要侥幸。他那些见不得人的录像和账单，还有儿子的信息，我费力弄来给你，竟然没管用……"

这话不知道是说给谁听的，赵乾和二虎都觉得阴恻恻的，只能茫然注视着那张干枯的脸。

那人又思考了一下，对赵乾说道："赵总，你是聪明人，我下面的话只说一遍。少爷任性，但我们作为办事情的人，就是要给他解决问题，让他放心。第一次执行少爷的'惩戒'计划，我已经考虑得尽量周密了，现在还是引火烧身，这说明了……"他讲到这里，眼睛直勾勾地看着赵乾，仿佛旁边的二虎根本不存在。

赵乾也不敢插话，屏气凝神继续听他说。

福坤继续道："警察里面有高手，找到了破绽，并且顺藤摸瓜搞掉了老钱，这是我万万没想到的。我需要知道警察里的那个人是谁。刚才时间不够，否则我可以在手机里埋点东西送过去，现在需要你来打听一下。"他沉默了一会儿，又把视线转向二虎，用阴冷的声音说道，"小兄弟，按理说，你能想到找老钱，是很不错的解决方案，我本来是很欣赏你的。但是，非常抱歉，现在战火已经烧到了护城河，突破了你，也就烧到了赵总。你觉得呢？"

二虎心里一凛，忙回应道："福总，您放心，绝对烧不到赵总这里。我是有操守的人，就算把我抓进去判了，我也不会提赵总一个字。"

轮椅里的男人突然"哈哈哈"一阵大笑，笑得停不下来，半晌方才阴沉地盯着二虎说道："我当然相信你。能被赵总信任的，就必定是好汉一条。但是，你说不说对警察意义不大，他们有自己的法子，跟你关系已经不大了。"说完这句话，他又转向赵乾，冷冷说道，"但是，只有死人是不会泄露任何消息的。连尸体都能被法医解读，所以如果想干净，就要活不见人，死不见尸。"

这句轻描淡写的话，却让二虎满脑袋轰轰作响，后面的什么对话都听不进去了。赵乾也大为吃惊，看了看两个人，试着辩解道："福总，不至于吧？这小子是个好手，很多生意都是他在打理，弄得像模像样。"

那人轻蔑一笑，用更加冰冷的声音提醒赵乾说："警察马上要查的人就是你，这一点都不用猜。能查到你，就一定能查到我，查到少爷。公司各种股份关系摆在那里，这些我都可以处理得干干净净，不会有问题。但是，目前只有这个人，知道你对他交代整件事情的过程，知道你拿方案给他，知道你删掉了一些重要的监控和物证，更知道是你把尸体转交给他的。现在，他应该也知道了我，并能猜得到我负责了些什么事情。而且，他还听到了我们在谈论少爷。"

每说一句，赵乾的心里就一紧，偌大一个猛兽般的壮汉竟然开始眼神慌乱。

那人最后说了几句："连老警察他们都能搞定，你觉得什么人可以知道这么多信息，又能保证守口如瓶呢？一旦挖出来了，恐怕就不仅仅是你和我要头疼的问题了吧？"说完，他自行转动轮椅向外移动，走到场馆门口的时候，见赵乾还在犹豫不决，就加了一句，"你不要妇人之仁，还替其他人操心。下一步，怎么应对警察对你的调查，才是你目前唯一应该操心的地方。"话音落定，人已经出了门。

赵乾呆在原地，咀嚼着刚才听到的话，兽意逐渐在眼中闪现，他把身体转向了跪在地上的二虎。二虎一看他的样子，立刻一激灵从地上站起来，顾不得身上的疼痛，一边向后退，一边摆手道："老大，你是知道我的，我绝对不会供出去。你要相信我！"

赵乾见他逃跑，愈加不相信，突然暴起冲向二虎，全力进攻。暴风骤雨般的动力一输出，二虎本就受了伤，根本招架不住，没躲闪两次就被赵乾控制住了后背，连反抗的机会都没能找到，颈部就已经被牢牢的裸绞搭扣锁住。

赵乾发力收缩之前，轻声在二虎耳边说了一句："对不起，兄弟，我们下辈子再继续做兄弟！"说完，逐渐收紧了全身的肌肉，像一条巨蟒缠住了猎物。

7秒钟的时间，二虎全身松软垂了下来。赵乾又继续保持着裸绞的动作加大力度发力，约莫有1分钟，才松开了手臂。二虎的尸体滑落在他的身下，头部逐渐变成深紫色，眼球和舌头向外凸出，没有了任何动作。赵乾这才跌坐在垫子上，怔怔地发呆，仿佛用尽了身体里的所有力量。

良久，他用对讲系统下命令，让所有安保人员和工作人员撤到外院："没有我的命令，谁也不许进到二进院！30分钟之后，再各回原位执勤。"

不到两分钟，对讲系统里传来汇报的声音，所有人员已经撤出完毕。

赵乾一把扛起二虎的尸体，出了训练馆，直奔南房走去。经过草坪的时候，二虎这具头面深紫的尸体颤巍巍地伏在赵乾魁梧的肩膀上，在烈日照射之下，让人觉得格外诡异。赵乾走进南房，在大堂的楼梯下打开一扇密码门。一股阴森的气息从黑洞洞的台阶深处涌出，似乎连尸体的脸上都显现出了惊恐的表情。

29 手机追踪

开篇语：

在手机里埋追踪程序？呵呵，雕虫小技！我本来也想反埋点什么程序，但觉得没意思，手机给你们送回去，你们也是查内容、查指纹，然后放到物证库里存着，查不到有价值的东西。消毒完了，小九儿，你跑一趟呗？

By 福坤

二虎的车开进朝野大墅之后没到 10 分钟，指挥中心大屏显示，他的车和手机信号又都出来了。

任支立刻命令外勤车悄悄跟上，同时命令指挥中心高度关注朝野大墅周围的监控，以及车辆行驶路线沿途的监控。

朝野大墅周围静悄悄的，画面几乎没有变化，只有风吹动树叶和它们落在地上的样子。

二虎的车开到加油站停下，司机下车上厕所，并不是二虎本人，是早晨跟着他的一个小弟，脖子上的蟒蛇文身很好辨认。加好油之后，车便朝着城区方向驶去。外勤车向指挥中心报告情况，指挥中心也确认手机位置的确是朝着城区方向不断移动，可以确定就在返城高速上，便命令外勤车跟着。

时针已经指向了下午 4 点，道路上的车辆逐渐多了起来，增加了外勤车的跟踪难度，两车之间一直相差一两公里的距离。两辆车都下了高速之后，市区的拥堵倒是让外勤车能远远看见那辆黑色奔驰了。开了一段时间，外勤车汇报说，车似乎是向着支队大院方向去的。

指挥中心的人也惊奇地发现，手机信号和道路监控都明确无误地显示黑色奔驰的确是朝着支队大院的方向越开越近。

这是什么路数？去了一趟郊区，来回2个小时，就为了加个油？

吸引注意力

黑色奔驰果然驶到刑警支队门口，任支示意让车辆进来。从车上下来的却只有一个人，正是当时去加油的那个小弟。他把车停好后，从后备厢拎出两个巨大的果篮，外面的包装非常豪华，里面的水果应有尽有，都是高档货。

这个举动，让所有干警面面相觑。

任支带着专案组成员从指挥中心出来，还在楼梯上就听到那个小弟在大厅高声向执勤门岗解释："您一定要转达一下，我也是奉命而来，要见到领导，对领导表示感谢！"

执勤门岗问他："你要见哪位领导？什么事由？"

小伙子说："具体是哪位领导我也不是很确定。我们领导交代说，就是上午负责审讯我领导的领导，让我当面把果篮交给那位领导，表达谢意！"

执勤门岗说："我打个电话问一下，你先登记身份信息。"

正好看到任支走过来，执勤门岗便放下了话机，敬礼。不等他开口汇报，任支摆了摆手，直接对那人说："谁让你来的？"

那人把果篮往地上一放，站直答道："二虎哥让我来的，他说他晚上要看书、上课、参加在线讨论，就不能亲自来表达心意了。特意嘱咐我，务必把果篮当面交给领导，表达谢意，感谢领导的关心和帮助。谢谢领导！"说罢，他深深地鞠了一个躬，站得板正。

外勤车也驶进大院。跟踪队员走进来的时候，跟任支轻轻点了点头，碰了下眼神，确认下午加油的时候看到的就是这个人，便若无其事向楼内走去。

任支又问了那人一遍，发现他只是死板地重复，便知道不能在门口这么尴尬下去了。他做出手势向外送那年轻人，年轻人有点受宠若惊，忙道："您就是领导吗？那我的任务就算完成了，话带到了。不敢当，不敢当，您别送了，留步，留步。"看身后两名警员拎起大果篮跟了上来，也没法子，只好被任支"客气"地送到车边。

一名警察示意他打开后备厢，他只好听命。警察把果篮放回去的时候，仔细看了一下，发现后备厢是空的，很干净，没有藏人。任支握着那人的手继续跟他客套，打开车门送他上车的时候，打量了车内，也的确没发现其他人。于是，便互相谢了几个来回，目送着那车开出了支队大院。

奇怪的举动！

二虎没来，手机信号怎么回事？

任支马上带队返回指挥中心，询问手机信号位置。负责跟踪信号的人汇报说：手机信号就在支队。

凭借老警员本能的警惕，任支觉得不对劲儿——那辆车已经开走了，怎么手机信号却还留在支队？他赶忙下令把定位追踪的地图放大到极限，发现手机信号的确在支队门口附近，误差不超过5米。

一队人下去搜索，很快在支队大门外的绿化带里找到了二虎的手机。

大家赶忙找到手机跟踪的时间节点，发现它在支队门口停下来的时间，比黑色奔驰出现的时间要晚几分钟，也就是说在外勤车进院之后没多久，就停在了支队门口的位置。

扔手机的另有其人！

上当了！所有人的注意力都被这辆黑色奔驰吸引了，从任支到专案组成员，再到外勤组成员，大家都只顾盯着奔驰和车上的人，却没注意到螳螂捕蝉，黄雀在后。

查监控！看手机信号停止移动的前后30秒，支队门口有什么可疑车辆和人经过。

结果很简单。黑色奔驰车进来之后1分多钟，外勤车进院，40秒之后，一辆出租车经过支队门口，除此之外，没有其他车辆和行人。手机信号停止移动的时间,就是出租车经过门口的时间。门口的监控只拍到了出租车的牌照和型号,里面的人没拍清楚。车子开着窗,但因为监控系统还没升级成高清级别,甚至都没看清手机是不是从车上扔出来的。

现在距离发现上当已经过去了 20 分钟,但应该还来得及。任支立刻命令查找那辆出租车的信息。出租车的牌照和司机基本信息很快返回,外勤小组立即出发寻找出租车,同时发布协查通报,要求发现可疑车辆后可以直接截停。与此同时,任支命令技侦的同志检查手机上有没有什么有价值的痕迹和数据。

监控组把目标牌照和车辆特征输入全市交通监控查询系统,基于图像视觉分析技术的自动识别和追踪,系统很快给出了位置,再加上晚高峰的威力,交警那边没多久就找到了在路上慢慢移动的出租车。外勤车闪着警灯赶到后,直接把出租车截停在了路边。

出租车上的乘客

车上的乘客非常不耐烦,激动地探出头来质问:"你们是什么人?有什么资格拦住我的车?"

外勤小组的警员亮出自己的证件,正色道:"先生,我们正在调查一起谋杀案,请您下车配合调查,我们需要您提供一些重要的信息。"另一名搭档用执法记录仪开机拍摄。

客人缩在车里,手紧紧地抓住门把手,强烈厌恶的表情显现在脸上,大声喊道:"我是乘客,我为什么要配合调查?你们有什么依据查我?"

外勤小组警员耐心地解释了一遍:"先生,我们是市公安局的刑警,正在追踪一起谋杀案的涉嫌参与人员,麻烦您履行公民义务,配合调查。我们只有几个问题,不会耽误您太久。"

不知为什么,乘车的人情绪非常激动,歇斯底里地发狂道:"什么义务?警察就可以随便盘问别人吗?我是纳税人你们知道吗?你们的工资是我纳的税知道吗？你们是公仆，是给我们服务的，明白吗？你们说调查就调查，我是乘客，我凭什么配合调查？"

外勤小组最后一遍耐着性子跟他解释："先生，我们只有几个问题，不会耽误太久。"同时，一位警员在他们对话的过程中悄悄靠近司机的驾驶位，并示意司机打开车窗。

乘客并未理会这个解释，继续吼着："我不配合，你们能把我怎么着？我要赶着去接孩子，几分钟也不想耽误！"然后非常急躁地催促着司机快点开车。

案情重大，如果该乘客正是向车外扔手机的人，就有参与案件的重大嫌疑，而且这条线索的价值直接决定后续侦查的进度和效率。外勤警员只好使用战术配合动作，一个人在出租车驾驶位打开中控锁，另外一个人拉开车门，还有一个人迅捷地将乘客拖出车并控制在地面上。当见到手铐的时候，乘客才意识到问题的严重性，慌忙表示愿意配合。

"你的姓名？身份证带了吗？"

"史宏清。身份证在我钱包里。"

"你什么时间在什么位置上的车？"

"就在刚才，五六分钟前，在月季园地铁站那里上的车。"

"打车去哪里？干什么？"

"去接小孩放学。警察同志，对不起，我刚才态度不好，但主要是因为怕耽误了接孩子，所以才着急的。不好意思。"

在他们一问一答的过程中，外勤小组成员联网查验了乘客的身份信息，随后又回放出租车的行车记录仪，发现他所说的情况属实，画面里的确是该乘客5分钟前在路边招手停车，地点正是月季园地铁站旁。另一名警员在背对背询问司机，三人一对目光，确认信息吻合无误，负责跟乘客谈话的警员敬了一个礼道："谢谢您配合调查，您提供的信息非常重要。耽误您接孩子的时间了，案件侦查希望得到每一位公民的支持，请您谅解。您可以走了。"

史姓乘客还没明白究竟发生了什么，就见出租车司机过来跟他道歉说："不好意思，我得跟这些警察叔叔回去配合调查了，您得重新打辆车了。钱我不收您的了，实在对不住您！"话一说完，便坐回到自己的驾驶位，跟着警察的车辆开走了。这一切发生得太快，乘客还没反应过来就发现三辆车已经开走，只有自己留在原地。他待了一会儿，只好摸摸自己的头，长舒一口气，继而望着道路上密密麻麻的车辆，焦虑地寻找着亮红色的"空车"标志。

出租车司机的重要信息

出租车司机被带回支队，停好车后被带到一间会见室里，马大队和小孙负责问话。

到目前为止，这桩公然在三环抛尸的虐杀案，竟然只剩下眼前这一条线索可以继续挖掘，二虎的生死去向还不知道，朝野大墅虽然是涉案地点，却因为没有任何有利的凭据而无法惊动。这辆出租车能给出的信息，很有可能使他们可以继续侦查下去。

司机个头中上，身量也大，只是微胖了点，皮肤黝黑，看起来应该是城市化进程中从农民转为服务业劳动大军中的一员。看肤色就知道是常年从事户外体力劳动，他的左手、左脸肤色略深，这和他所从事的出租车司机职业吻合。

马大队负责主问："今天下午5点40分到5点50分，你是不是开车载客经过这个院子？"

司机双眉略微皱了一下，认真回答道："是的，警官。那时候我是由西向东行驶，经过这里。"讲话的时候，有些小幅度的点头哈腰，脸上却是满不在乎的油滑笑容，和这座城市里大多数出租车司机一个样。他们每天奔波在市井之间，坐车的各色人等都是他们的观察对象和聊天对象。乘客们在电话里聊国家大事、经济走向，小情侣间窃窃私语、聊爱恨情仇，司机和乘客之间嬉笑怒骂，让出租车成为各种信息的集散地。时间一长，在出租车司机的眼中，高官巨贾和平头百姓也就没有那么大差别，都有着各自的喜怒哀乐，都是活生生的人。

"知道这是哪儿吗？"

"派出所吧？公安局？我没见过这么大的。好几层楼的派出所都没这么大。"

"你当时为什么要走辅路？后来没多久不是又回到主路上直行了吗？"

司机明显有点意外，睁大了眼睛，继而竖起大拇指，认真道："警察同志真是厉害啊！你们咋知道我后来回主路了？哦，对对，你们有监控。交警他们老拿监控照我们，我们害怕。但是你们不是交警，掌握这么多情况，我是不害怕的。要是我出了事什么的，肯定能很快破案。我们这些司机不容易，辛苦一天也挣不着太多钱，还可能遇到坏人抢劫。上个月听说好几起——"

"别说没用的！我问你，为什么要走一段辅路？"马大队嫌他啰唆，直接打断他。

司机一低头，有点怕马大队，赶忙赔笑解释说："客人要求的。当时一拐过门口这条路，我就能到主路的中间道，这么走顺啊！没想到客人非让我出来走辅路。我以为他要找地方靠边下车，心想还没到地方呢。不过，离他本来跟我说的目的地也差不了几块钱儿，我就听他的了，毕竟什么样的客人都有，为了点小事跟人家起争执太矫情。没想到辅路刚走了没 30 米，他又让我回主路。我当时还纳闷呢，这不是瞎指挥吗！不过，嗐，我们当司机的，什么客人都得伺候，要想让自己开心，就得不计较、不找事。"

马大队和小孙互相看了一眼："在辅路上，客人在车里做什么动作了没有？"

"哎哟！我净顾着听他指挥拐来拐去了，真没注意他有什么动作。"

"说说看，你什么时候在哪儿拉上这位乘客的？"

"让我想一下啊……大概……下午 3 点多，在昌宁镇上的襄阳路南头。哦，对了，具体的时间我那发票上有，客人一上车我就开始打表了。下车时间发票上也有。"

小孙朝同事低声吩咐了一声，立刻有专人去调取昌宁镇上襄阳路南头的监控录像。这次好歹要看清打车人的样子。

马大队继续问道："客人长什么样子，穿什么衣服？"

司机不由得皱紧了眉头，仔细回忆，用缓慢的语速一点一点描述道："发型很奇怪，就是两边剃光、中间留得很长的那种，还梳了个小辫子，男不男、女不女的。好像最近好多年轻人都留这个头，我们镇里就有，不过都是不务正业的小孩。这种发型还有个外国名字，叫什么西……"

小孙接道："莫西干？"

司机睁大眼睛望向小孙警官，流露出惊喜表情，张开嘴连连点头，应道："是，就是这个奇怪的名字。"

马大队问道："还有呢？"

司机急忙收敛了笑容，再次回忆并叙述道："四方脸，粗脖子。眉毛不浓，好像右边眉毛是断的，后半截没有或者看不清，就像缺了一半似的……应该是单眼皮……哦，对了，大小眼很明显，这个我记得清楚，右眼明显小。嗯……还有……厚嘴唇。在车上也不怎么说话，其他就看不到了。哦，还有，他嘴边上有一颗痦子，凸出来那种，黑色的，很明显。还有一个地方特别奇怪，年纪轻轻的小孩，他居然留着一撮儿山羊胡。"一口气说了这么多，对于一个司机来说，不知道算不算职业习惯。司机好像说累了似的，停在那里，眼睛看着马大队和小孙，等着他们继续提问。

小孙认真记录。马大队见记得差不多了，便再问道："衣着呢？有什么特征吗？"

司机眼睛望向空中，一边眨眼一边左右转动着，非常努力地回忆了一会儿，才道："那个人身上穿一件灰色的长袖夹克衫。裤子记不清了，挺普通的，应该没花纹，也不奇怪，反正不是小孩们穿的那种露肉的破裤子，或者半截腿的那种，要不然我肯定能记得。"

"多高？胖还是瘦？"

"大概得有1米8吧。我就是拿眼睛看的，不一定准啊。我看那身形很壮，肯定很有劲儿。"

"还有吗？"

"没有了。"

"为什么你的行车记录仪上没有拍到这个人拦车的画面？"

司机立刻问道："没有吗？"脸上有点吃惊的样子，随即眼睛朝下沉吟了一会儿，仿佛想明白了，补充道，"哦，我想起来了。这个客人是我今天的第一单，我拉上人才插的记录仪。平常我那个点烟器都插着，歇着的时候我好抽口烟，有客人了才插记录仪。"

小孙追问："他在哪里下的车？"

这是非常关键的问题，所有人都屏住呼吸，如果能抓到这个人，那么就又多了一条活的线索。

司机点头微笑，恭敬地答道："也就是过了咱们这儿没多久。红绿灯路口我不是直行了吗，再往前是个立交桥，他让我在立交桥下左转。立交桥那个红绿灯一变绿，我排第三辆，跟着往左转待转线上动，刚停下，他就把钱往我手里一按，发票也没要，下车走了。"

马大队和小孙不由得有点发愁，因为立交桥下的位置是没有监控的。好在立交桥周围的四个斑马线都有监控，可以调来看，按照画像找人应该不是难事，就算他换了衣服也没问题。

和司机又随便聊了几个问题，发现他基本上把能够贡献的信息都讲出来了，小孙便结束了询问。在复查笔录和签字的过程里，有人敲门送进来一张画像，正是根据司机刚才描述的形象绘制的。小孙递给司机，让他看看对不对，还有什么地方要修改。

司机看到画像大为惊讶，啧啧称奇道："嚯！你们太厉害了！人民警察就是专业啊，这么快就画出来了！就是这人。啧啧，这大小眼画得，太像了，跟真的一样。哦，头发这里要改一改，他有一个明显的美人尖。其他都太像了！"

再次修改后拿给司机确认，司机非常肯定地点点头，表示正是此人。

在马大队和小孙询问司机的同时，信息支持小组查验了司机和车辆的基本信息，确认并没有前科。同时，痕迹组的人在车的门把手、座位和电动窗按钮上并没有发现有价值的指纹。刚刚在支队门口捡回来的手机上没有任何指纹，被清理得干干净净，想必扔手机的时候嫌疑人应该是戴着手套的，只是监控画面里看不太清楚。不过，出租车这样的公共空间，除非是非常新鲜的指纹，否则就算提取到指纹或者脚印用处也不大，因为乘坐的人太多了。

马大队出去组织调取立交桥下的监控，并安排专人排查，留下小孙送司机。

小孙还是一贯的样子，冲着司机一笑，站起来伸出手。那司机也忙不迭地站起来，伸出手和小孙握手。小孙说："感谢啊！司机同志，你提供的信息非常重要。耽误你的时间了。"

司机这时给出非常客气甚至有点巴结的笑脸，忙不迭地说道："警官您别客气，能为人民警察服务，能帮着找坏蛋，我感到非常荣幸！就是……"

见他有点为难，小孙好奇地道："怎么？有什么不好说的吗？"

司机连忙摆手道："没有，没有。您要是刚才不提，我还真不好意思说。您看，现在也有7点多了，我今天就拉了那一个大活儿，后来那个接孩子的，您的同事不是给拦下了吗，钱我也没挣着。我这1个多小时的钱，就算是耽误了。其他的倒不重要，就是现在跑出租，份儿钱太多，每天要是跑不够500块钱，连吃饭的钱都没有。您看，能不能让公安局给我补偿100块钱，我太谢谢您了！谢谢啊！谢谢啊！"

小孙倒是没有想到这一点，看他诚恳的样子，也知道出租车司机的确不容易，就从自己的兜里拿出100块递给司机，然后拍了拍他的后背说："走吧，我送你下楼。"

监控追踪

送走出租车司机后，任支组织尽可能多的人手，一起回到监控分析小组的工作室，通过大屏幕帮着找穿灰色长袖上衣的男人。这个工作比想象中要困难一些。由于监控系统搭载的面孔识别程序还不能做到超越人工的准确程度，尤其是在特征出现明显变化的时候，比如贴一条胡子，或者戴上墨镜，很难自动报警，因此，结合自动识别程序，主要还是靠人眼进行过滤。

按照立交桥下的监控画面显示，5点52分出租车出现在路口等红灯，车后排座椅上坐了个人，但实在看不清。车子在5点53分进入桥下，失去监控画面，30秒后左转驶出立交桥下，这个时候可以看到，车上的确只剩下司机了，而且醒目的"空车"标志也被立了起来。考虑到嫌疑人可能变装，任支命令，以出租车驶入立交桥下的时间为原点，把窗口时间设定为15分钟，因为要找的人即使在立交桥下逗留拖延时间，也不太可能等待这么久。所有监控分析小组的成员屏息凝神，开始查找车辆进去之后15分钟之内所有出现在画面里的人，有没有特征相似的。

令人意外的是，还没到15分钟，一名队员就大声报告说找到了。

所有人立刻拥到他的显示器前面，看着画面上的这个宝贵线索。

在距离车进入桥下盲区大概只有15秒的时候，东侧斑马线上向南的方向就出现这样一个人：莫西干发型，四方大脸，山羊胡，戴了一副很大的墨镜。上身穿着夹克衫，下身穿着类似保安们常穿的通勤战术裤，脚上穿着战术靴，背上背了一个包。大体上和司机描述出来的画像非常相近，但身高应该没有1米8，从画面上看，只是比身边的女性路人高了一点，但靴子很大。肥大的衣服下，身形看起来确实壮硕，只是走起路来一拖一拖的，似乎脚底下不甚利落。这个姿势更像是个胖子或者腿脚有毛病的人，而不像身体健壮有力的青年男性。

这个发现让所有人都很兴奋。接下来的工作虽然枯燥，但毕竟有了方向。在任支的细致指挥下，所有人按照画面中找到的嫌疑人的行进路线，不断调取相关路段的监控。这是个漫长的过程，每次调取监控的过程，大家都是又期待又焦急。

这个人向南边走了不到200米，就在公共汽车站停下，搭乘了一辆终点是南部郊区兴顺区的公交车。搭乘公交车的监控跟踪是比较复杂的，因为乘客有可能在中途的任何一站下车，侦查员们必须按照这辆车的车牌号和行进路线一站一站地排查公交站的监控。如果车上嫌疑人有什么着装或者外貌的变更，则更加麻烦，因为公交车上的监控，需要等到公交车回归车站结束一天的行程之后才能调取。

好在4站之后，大家顺利地在画面里看到了这个家伙，看起来表面上没有什么变化。刚刚松一口气，侦查员们又紧张起来，因为嫌疑人下车之后，朝着地铁站走去。这是全市最大的换乘站，有16个出入口以及4条交会的地铁线路，每分钟人流量过万。

没办法，记下嫌疑人进站的位置和时间码后，任支派出监控识别小组，立刻出发去地铁公司查看和调取相关的监控录像。这就意味着，至少要损失4个小时的时间，甚至可能会更久。不过，只要能咬紧这条线索，就还有希望。监控分析小组的成员们都知道，熟悉的熬夜又要开始了。

任支一边等待监控录像的调取，一边命令李大队在旭日区暗中查询二虎的信息，包括等候是否有人报案，等等。同时，李支向市局汇报，申请加紧对二虎上线的信息收集和分析。

交代完这些工作之后，任支给戴猛打了电话，同步了一下目前的进展。这个手机返回的陷阱让戴猛非常吃惊，对手的安排也太高级了。司机提供的线索倒是非常重要，可惜时间等待是必需的，急也急不来。不过，任支说他觉得司机有点奇怪，希望明天可以请三位专家一同来看看录像。

戴猛约了姜老师，又给华生打电话。华生正在去道馆的路上，也很关心二虎那边的新进展，便答应明天一起去支队复查录像。

挂了戴猛的电话，华生给肖依打电话说："我出来啦！哪里见面？"

肖依在电话那头开心地道："你确定从今天起要开始学巴西柔术吗？"

华生低头看了眼自己都快挡住脚尖的肚子，抿着嘴嘲笑了一下自己，坚决地道："就今天！"

肖依大赞一声："好！直接道馆见，我已经快到了！"

30　反跟踪与易容术

开篇语：

这些警察真有意思，放着那么多浑蛋不管，抓也抓不着，判也判不了，非得管这些垃圾人的案子。他们是人渣、是垃圾啊！你们管不了，我们还不能管吗？

By 小九儿

出租车司机的破绽

第二天早晨，姜老师就来到刑警支队，和戴猛、华生一起回看出租车司机的谈话录像。

看完录像，马大队见姜老师眉头紧锁，便问道："姜老师，有什么问题吗？"

姜老师说："我觉得这个司机有几处微表情，明显存在异常情绪啊！"

这句话让所有人都心里一惊。华生暗自道：不知道和我想的是不是一样。

众人赶紧从头再次回放，姜老师则开始解释看到的疑点："我首先注意到的是，他很客气，但也很淡定。一般百姓见警察并接受调查的时候，是非常渴望减少麻烦的，没做坏事的话，要么自觉无罪特别理直气壮，要么特别配合听指挥。"

马大队点头称是："大多数老百姓如果涉及案件侦查阶段的询问，比较多的是两种情绪混合：一种是天然的恐惧性紧张，怕受委屈、被冤枉；另一种是因为自己没犯事而受不了委屈和冤枉，很高傲。只要一给加压，要么就是怕得要命，要么就是急得翻脸。前者情况多一点。"

姜老师摇摇头："这就是我说的奇怪的地方，您说的这两种情绪，在他身上都没有。"

这个判断只能作为一个基线，毕竟人的阅历和思想形形色色，见到警察不慌不怕的也很正常，不能作为怀疑的依据。

姜老师继续说："我们再来看他的回忆反应。你看，这里你问他经过支队的行驶路线，他眨了四次眼睛，却没有皱眉，说明回忆的脑负荷在增加，但还没有形成困难，这与他的回忆时间成正比，是比较正常的回忆反应。事实证明，他后续给出的也是实话，我们可以作为回忆基线特征。等到你们说看到他的行驶轨迹一会儿出一会儿进的时候，他的这个惊讶表现得太夸张了。"

华生暗中点头，他也觉得，司机听说警察知道他的行车路线时，那个明显的惊讶有表演嫌疑，只是觉得不能作为怀疑对方的依据。适当的夸张表演，也许是一种亢奋状态，是基于马大队前面解释的"轻微恐惧＋积极自保"的亢奋。

姜老师继续讲："在这里停下，放大图像，对。大家看，当他说你们厉害，他很放心的时候，他在夸你们，说自己有安全感，但是脸上并没有真的有安全感的表现，也不是单纯的谄媚，而是上唇提升和撇嘴的轻蔑与否定。这就肯定不是真心夸了。你能看到这里的一点歪嘴吗？这就是轻蔑。"

华生看了看马大队和小孙。司机的这个表情华生的确看到了，但因为司机之前在开玩笑说交警的事情，顺带把其他警种也都放在自己的对立面，也会产生轻蔑，这个可能性是存在的。

姜老师也如此解释："但因为他前面在讽刺交警，所以不能确定这个轻蔑是不是也源自对警方的惯常敌意。有些老百姓还是有这种对立意识的。毕竟在这些老百姓的观念里，警察是管他们的。"

马大队和小孙警官对这个无奈的局面都颇有感受，其实破案、办案都是工作职责，但有的人还是会认为警察是特权机构，会欺负普通百姓，便习惯性地厌恶和排斥。

姜老师解释说："前面这些是对他的情绪状态进行分析，确实发现有不对劲儿的地方，但都不足以认定他有欺骗表达。但接下来这个特征，就跑不掉了。"

华生心里"叮"的一声，立刻凑到近前，仔细观看姜老师所指的那一帧画面。

"在你们问他乘客上车时间和地点的时候，他非常用力地在回忆，回忆的时间比较长。时间和地理位置属于符号化的抽象信息，且距离提问时间又久，所以回忆起来难度相对增加是正常的，可以看到他出现了皱眉的动作。这个有物证做比对，也属于真话的基线特征。"说到这里，姜老师一顿，向后拉动一段画面，停下后比对道，"但是接下来就奇怪了，马大队问他客人的外貌和着装时，大家看他回忆时的表情。回忆发型的时候，眉头皱得这么紧，回忆的时间也比较长，这里有很大的表演成分。因为发型是一个人的重要特征，具有突出的个性化风格，即使从图像识别的角度讲，也在视觉信息中占据很大的百分比。发型会给人留下很深的印象，甚至很多人会因为别人发型的变化而认错人。乘客从上车到下车，接近2个小时的时间里他们一直在近距离相处，即使不需要特别记忆，对发型的印象也应该非常深刻，更何况那个乘客的发型还非常有特点。本来视觉图像信息应该比时间、地点这类符号化抽象信息给人留下的印象更深，但他前面的回忆反应都很小，对这个发型的回忆却这么用力，这一点很反常。除非司机没有看过乘客的发型，否则可以确定这是一个故意表演的破绽。那么，他到底看没看过乘客的发型呢？"

小孙立刻接口道："不但看过，而且看得还很仔细。他后来添加了很多细致的描述和评论，甚至还试图给出正确的名称'莫西干'。"

姜老师笑道："对！而且那个恍然大悟的样子表演得也很假。他假装不熟悉或者想不起来，但小孙提醒他之后，他眼睛睁得太大了，连连点头所表达出来的恍然大悟，远远超过三个字所引起的兴奋。而且，注意看这里。你们看到他说完话的笑容里掺杂了一个微小的轻蔑吗？如果前面的惊讶是因为仰慕和震撼，后面的轻蔑又是为什么呢？这两个表情先后出现，只能说明一种情况……"

戴猛接道："假装不知道。"

姜老师道："对的，这种把'话钥匙'留给别人的手法，是比较常见的谈话策略，通常可以让讲出'话钥匙'的人产生愉悦感和认同感，尤其是点题的'话钥匙'以及猜答案的'话钥匙'。"

小孙听得既尴尬又高兴。尴尬的是,当时司机扔出来的"话钥匙"是他接的,那一刻他的确为自己能给出正确答案而兴奋,以至于忽略了对方话语的真伪;高兴的是,今天听到了这么通透的解释。

姜老师看到之后,拍拍小孙的肩膀,宽慰他道:"没什么,这个司机表面上看很朴素,但可能是个厉害的角色。他用'话钥匙'技术用得太隐蔽了,就算是我,也是现在才发现,当时根本就没办法察觉到。而且,他有可能没有什么专业训练背景,只是两个字就可以办到……"姜老师将目光转向华生。

华生想了一下,试着说出答案:"装傻?"

姜老师竖起大拇指,冲着华生向上顶了顶,然后却露出一个诡异的笑容。

一下子,大家都明白了,刚才姜老师行云流水地给华生扔了一个"话钥匙",就是刚刚被提到的猜答案的"话钥匙"。看大家笑,华生立刻意识到发生了什么。他内查自我的感觉过程,发现接到那个目光和不可见的"话钥匙"之后,自己瞬间觉得一定要答出来,答不出来就太辜负大家的期望了。自然,答出来说明"我们很有默契,又或者我懂得很多"。

所以,姜老师的那个诡异笑容,正如视频中出租车司机脸上的轻蔑笑容一样,是用陷阱捕获到猎物的得意和不屑。

姜老师继续分析后面的视频,发现出租车司机的语言实际上非常有特点:"你们看,他把乘客脸上的每个细节都描述得很清楚。各位闭上眼睛想一下,让你们描述我的面部特征,你们能说出什么来。普通人描绘一张面孔是有能力障碍的,除非是受过专业训练的画像师。还有一种可能是……"这次姜老师的眼睛看向当时提问司机的马大队。

马大队略微思考了一下,立刻接道:"故意准备好的,特别强调的内容。"他这么一说,在座的各位心里都收紧了。

姜老师点头说:"大家看这里,他在回忆乘客衣服的时候,回忆的动作更加夸张,居然花了几秒钟的时间望向天空。华生,眼睛闭上,我的鞋是什么颜色的？"

华生听话地闭上眼睛，随即回答道："黑色，少量绿色，运动款。"

姜老师满意地点头，分析道："对的，各位看，这就是正常的回忆反应，回忆的对象还是一双面积并不大的鞋。如果是一件不复杂的夹克衫，应该是什么样子？"

戴猛等姜老师说完，补充了一个非常重要的观点："我还看到一个很明显的问题，姜老师给分析分析看对不对。你们注意到没有，司机在整个问答的过程中没有一次问及调查的目的，也就是为什么要调查他。并且，他全程都没有流露出一丝恐惧情绪。"

马大队和小孙当时负责询问，现在被戴猛一说，马大队的双眉不由得皱起。小孙思考了一会儿，接口道："这样一说，的确反常。外勤拦截乘客的时候，可能对着那个接孩子的乘客透露过调查的是谋杀案，但并未直接跟司机讲过。就算他听到了，也不会一句不问。如果说是因为老实，不敢问警察，那就应该有紧张、恐惧。全程的问答，他的确比较轻松，一副毫不在意的样子，但如果是这么好事、八卦和松弛，应该首先打听案子的性质和严重程度。"

姜老师总结道："各位，我们可能放过了一条重要的线索。按照这段问答的录像来看，我可以提供两点比较肯定的结论：第一，这个司机有表演成分，不是完全配合的诚恳状态；第二，他的表演以及语言，是为了强化乘客的一些特征。回忆得用力，描述得细致，听的人会很容易采信他的信息。那么下一个问题，他为什么要这么干？"

这一问，在场的所有人都立刻明白了。几个人互相看了一眼，脑海中闪现出一个不详的字——"骗"。

反跟踪

小孙眉头紧皱喃喃道："到目前为止，司机所提供的信息，几乎全部有监控视频证实，包括上车地点的监控，我们也调取了，时间、地点、乘客样貌都对，后面的路线、停车的位置、乘客下车的位置、发票信息等，都能和物证比对得上。如果他真的在骗我们，他想骗什么呢？"

姜老师直接讲出了自己的想法："行车路线、接客时间、放客地点等，有监控在，作假的难度太大。但是，从他刚才提供的信息量比例来看，用来形容嫌疑人长相和着装的信息量相对特别大，而微表情的破绽恰好出在这些信息表述过程中。要骗，就是这些地方。"言罢，问马大队，"监控小组那边的进展顺利吗？有没有跟上嫌疑人？"

马大队摇摇头，轻叹了一口气，又咬咬牙道："没有。专案组所有的人一夜未睡，已经接近透支。从嫌疑人进站的时间点开始筛查，但地铁站里人流量太大了，跟了一会儿就找不到了。时间窗口现在已经设定到 30 分钟了。"

华生小声重复道："30 分钟……"

小孙解释道："上车的 16 个站台是监控小组看得最细致的地方，30 分钟之内，竟然没有看到嫌疑人登上任何一班地铁，这是非常匪夷所思的结果。只要能找到上车的画面，至少能往后一站一站地跟，车厢里也有监控，还是能跟得上的。虽然会很困难，但至少不像现在，连人都找不到了。"

姜老师说："如果嫌疑人换装……"简单想了一下，很快否定了自己的想法，"但是，这么大的动静，在视频里肯定是很显眼的。"

小孙疑道："换装我们也考虑过，一是的确没看到，二是如果要换装，在天桥底下时其实是最佳时机，因为那时没有监控，换了装就找不到了。地铁站里人虽然多，但是如果换装的话，动作很显眼，前后差异也明显。"

姜老师说："在天桥底下时未必是最佳换装时机。虽然没有监控，看不到换装的过程，但是天桥四周摄像头多、覆盖的角度全，从天桥出入的人员数量前后存在差异，是很容易被筛查出来的。平白无故多了一个人，只有出没有进，那还不明显？如果是换车，倒是个很好的选择。"

马大队点头道："对的。而且我们的确没用多久就找到了这个平白无故多出来的人，特征又都符合司机的描述，他就是姜老师说的'只有出没有进'。现在这个人多出来了，先坐公交，再进地铁站，不太可能在这里换装吧。"

华生提了一个问题："地铁站里的公共区间是不便换装的，但是有没有监控的盲区呢？"

几个人眼神一对，立刻同时喊出来："厕所！"

大家赶紧来到监控分析小组，看到的景象让人心疼。队员们的眼睛都布满血丝，泡面和饼干堆放在食品区，每个人都疲惫不堪，但又坚持着在慢放的画面里仔细查看每一帧。任支已经戒烟1年多了，现在面前却有了3根烟屁股。

之前监控分析小组的成员们一直把目光集中在候车区、行走区，现在目标更新之后，重点盯防几个厕所，所有人精神一振。仿佛之前的一夜没有熬过似的，所有人心里充满期盼。

时间并不长，就有人兴奋地汇报道："找到啦！"

显示器前面一下子就挤满了人，最外层的干警搬来椅子，踩在上面扒着人群往里看。

画面里，一个留着莫西干头、戴着墨镜、大脸、山羊胡、穿着夹克衫的家伙走进了离入口较远的一个公共厕所。就是他！

找到他踪迹的警员愤愤地道："这家伙肯定有问题！你们看这里——"他把录像向前倒推了一段时间，指着屏幕说道，"你们看，这家伙现在是躲在这个大胖子身后的，不注意就会被忽略掉，因为他利用大胖子的对向行走，突然向后倒退了15步。看到了吗？其实这个胖哥当时还很疑惑地看了他几眼，但被我忽略了。这说明，这个家伙在提防着摄像头，他在有意反监控跟踪。然后，他在柱子后面等了一会儿，才又出来的，难怪我们找不到。如果不是倒推，还真难发现他竟然这么狡猾！"

找到了就好办，守着这个厕所，静静等着他出来就是了。防着他变装，衣服、墨镜、胡子，甚至连光头都没放过，几十个人的眼睛紧紧盯着屏幕。

但是直到设定的时间窗口终止，也没有发现任何相似的人走出厕所。

所有人都慌了。任支咬了咬牙，命令道："分组再来一次，所有人用比对查找，找那些'只有出没有进'的新面孔。"

小孙请示道："任支，那我们需要向前也开时间窗口。因为人上厕所是需要时间的，从这个灰衣人进去的第1秒开始，每一个走出来的人都有可能是几分钟之前走进去上厕所的。所以，这之后走出来的人，有很多在灰衣人进厕所之前就已经进去了。时间窗口向前开多少合适？"

任支思考了一段时间，显然是在计算时间窗口的合理性，继而命令道："向前15分钟，向后15分钟。进去过又出来的面孔过滤掉，没有进去但是出来的，重点标记。"

一声令下，所有人投入战斗。这是最后一线希望，战胜嫌疑人的欲望，在这一时刻，驱散了所有人的疲惫。

出租车司机的结局

时间已经到了中午，距离赵乾昨天扛着二虎尸体进入地下室已经过去了整整一天，漫长的一天。

正午12点一过，赵乾从密码门走出来，发型已经重新整理过，发丝仍旧湿漉漉的，衣服明显换成了干净的，不过，脸上疲惫的神情却难以掩饰。他用对讲机通知安保人员："我去训练馆，有事到那里找我。"

训练馆里，赵乾似乎要把身体里所有的憋闷燃烧成灰烬，击打沙袋的样子让旁边的人看着害怕，似乎是一台疯狂的机器在试图撕碎面前的猎物。

就在这时，福坤的轮椅再次悄无声息地出现在馆里，依旧面无表情。等赵乾发泄得差不多了，他才开口。

"让你为难了，赵总！"

赵乾咬咬牙，没有说话，慢慢扬起了下巴。

"都是为了少爷，所以，二虎的事情，请你不要往心里去。"

赵乾轻轻"嗯"了一声算作回应。

看到他那雄壮的身躯里仿佛住着个赌气的小孩子，轮椅里那人打心眼里觉得可笑。不过，他立刻正色道："昨天，我派去给小九儿开车的人回来了。我知道你昨晚肯定忙，没敢打扰，今天带过来你见见？毕竟曾经是你的人，这次表现不错，反复求我让他回到你这里来。"

还没等他说完，赵乾愤恨地打断他："得了！你知不知道今天早晨警察已经识破了他的身份？这人就不能留着了。"

这个结果让轮椅里的人大为吃惊，忙问道："已经猜破了身份？这怎么可能？"

赵乾没好气地说道："原来部队里的战友，在各个单位里我还是有一些的，他们一直惦记我。不过具体情况他们也不太清楚，大概是警方外请了几个专家，有一个竟然是通过微表情分析谎言的。他识破了你设的局，这是我没想到的。上午我正在紧要关头的时候，被电话打断，修炼过程算是白费了，还需要等7个时辰才能再来。当时我差点没忍住火，但毕竟事关少爷的大事，我这里损失了也不算什么。"

轮椅里的人摘下眼镜，仔细地用衣角擦拭镜片，同时思考对策。片刻后，他决然地道："这样，处理这个开车的是当务之急。本来我是带他来向你说情的，现在不用这么费事了，省得我欠你一份大人情，你自己留着消消气吧。当然，事后处理干净。这是你的特长，不用我多嘴。"

说罢这些话，他转过轮椅，朝着训练馆的门口一招手，从门外走进来一个人，熟练地走到垫子前，弯腰向赵乾行了道服礼，然后才转向福坤，弯腰施礼。

轮椅里的人瞥了他一眼，冷笑一声："任务完成得不错，应答自如，重点也突出。当初调你去开车扫街，看来是对的，这半年历练得越来越出色了。找赵总领赏吧。"说罢，一脸温暖地伸出手。来人赶紧弯下腰低着头，让他的手拍到自己的头顶。

说完这些话，福坤驱动轮椅往馆外走，同时向所有馆里的人挥手，示意他们出去。一瞬间，馆里就只剩下赵乾和来人——正是昨天那个出租车司机。

来人一弯腰，满脸笑容地说："赵总，这段时间我很想念您。福总说，昨天的任务完成得好，要给我花红，5万、10万都听我的。其实，钱不是最重要的，小的能回来看您就足够了，真的很开心。"

还没等他抬起头，只觉得脸上遭受了一记重击，整个人就直挺挺地向旁边倒下去。赵乾扑了上去，疯狂地击打，像发了疯一样，边打边野兽般地嘶吼。

没用多少时间，赵乾站起身来开始擦手上的血。突然，电话铃响起，他一接通立刻振作起精神，恭敬地道："少爷，您有什么吩咐？"

电话中的声音吩咐道："民都南路那儿开了一家炸鸡店，这两天被'标准化炸鸡协会'堵门了。你找两个小的，去店里吃炸鸡。如果不让进，就闹一闹。"

赵乾逐字逐句记下少爷的吩咐，点头称是。

少爷继续吩咐："找两个狠点的，闹大一点，给这些不要脸的什么炸鸡协会点颜色看看。也是给我们冲冲晦气，福叔跟我说这两天警察咬得紧，不是吗？"赵乾听到这里，一脸惭愧，他没有多说什么，只是继续听少爷吩咐，"所以，这次找嘴严一点的。"

易容术

刑警支队监控排查室里异常安静，除了鼠标和键盘的声音，几乎听不到别的声音。3个小时过去了，所有小组汇总情况，发现了一个奇怪的现象：时间窗口里，所有画面中出现过的男人都被排除了，每个人都有进有出，只有灰衣人一个人的侧脸快速地闪进厕所之后，再也没出来。

与此同时，小组成员不约而同地标记到一个小女孩的面孔，马尾辫一晃一晃地跳出了厕所，彩色墨镜遮住大半个面孔，应该是个非常俊秀的年轻女孩。她穿着T恤、白色跨栏修身背心，牛仔短裤和长筒靴包裹着曼妙的双腿，在地铁站的人群中非常显眼。之所以标记她，是因为在时间窗口中没有见到她走进厕所，而她却在灰衣人进去之后没多久走出了厕所。

由于只有一个侧面的镜头拍到厕所外面，所以无法确定灰衣人当时进到厕所里面究竟走进了男厕还是女厕。为谨慎起见，任支命令所有人分成三组：一组把灰衣人进入后的时间窗口加长到 30 分钟，全力排查男性差异；另一组把灰衣人进入前的时间窗口加长到 30 分钟，看看这个显眼的女孩有没有进过厕所；最后一组按照常规手法，把时间窗口前后都延长至 30 分钟，进行普查。

又是半天过去了，所有小组回复：只有这一个女孩异常，在时间窗口内从未进过厕所。而且，后续的地铁站监控显示，这个女孩从厕所出来之后，没有登上任何一列地铁，而是径直走出了地铁站。

正在大家一筹莫展的时候，任支的电话突然响了起来。任支一直在听，神色越来越凝重。挂断电话后，他对所有人下达命令："民都南路阿里兰炸鸡店发生大规模伤人事件，派出所已经维持不住现场秩序了，市局调了增援，我们刑警也立刻赶赴现场！"

31　围魏救赵

开篇语：

我们当过兵的人，最见不得没本事的赖皮货。没本事就老老实实待着！没本事，还要招惹、欺负人，那你们就是人渣。既然是人渣，清一清也算是兵哥哥为这个社会做点贡献。

By 两个年轻人

围攻炸鸡店

当任支率领刑警队赶到阿里兰炸鸡店的时候，被眼前的场面吓了一跳。

出乎所有人意料的是，事情大到竟然动用了武警。全副武装的防暴武警围成一个半圆，把接近300名统一头戴制式金色鸡腿帽的"标准化炸鸡协会"成员挡在圈外。会众群情激愤，齐声高呼着众人听不懂的口号，试图挤压和冲击防暴武警组成的防护圈，但是并没有和防暴武警发生肢体冲突。

现场指挥员派人来向任支介绍情况："店主报案，说他的炸鸡店连续一周遭遇围堵，干扰和阻止食客进店就餐。本市的'标准化炸鸡协会'认为这家店的炸鸡不符合正宗的炸鸡标准，不允许他们悬挂'清爽炸鸡'标志，同时派多名标准化炸鸡店的从业人员在门口劝离食客。工商部门和食品卫生检疫监督局抽查过，食物质量和店面卫生都符合法律要求，法律层面没有问题，无须停业整改。工商和卫生部门公布了检查结果后，更多食客通过互联网知道了这件事，前来声援阿里兰炸鸡店。虽然昨天晚上由市政府相关部门牵头，派出所坐镇，店家和'标准化炸鸡协会'相关负责人坐下来沟通协调，但并未取得实质进展。

不想今天矛盾突然升级,协会派出40名会众堵在门口,强行禁止所有食客进入,和店家以及前来声援的食客发生肢体冲突。派出所接到报案后立刻到店门口待命,按照之前的处理模式,防止发生治安案件。"

任支看着眼前这近300顶金色鸡腿帽不断涌动,心里一阵紧张。任何时候,有这个炸鸡协会参与的群体事件都让警方头疼,希望今天不要出什么意外。他问道:"怎么现在这么多人,连武警都调动了?"

指挥中心的人附在任支耳边,悄声说:"后来,不知哪里来了两个硬货,一定要进去吃炸鸡,被门口这40个成员阻拦了,发生了肢体冲突。没想到这两人从隔壁五金铺里买了两把小螺丝刀,很快伤了对方10多个人。"

任支吃了一惊,伤人可是件大事,关心地问道:"有死亡吗?"

对方应道:"目前还没有。两个人的手法很专业,似乎只伤不杀。我也没看到伤人现场,是接到了通报信息。"

任支点点头,继续听对方汇报:"派出所的人立刻召唤增援,炸鸡协会的成员也招呼人,这两人也不走,就待在这儿等着。炸鸡协会的人比警方的增援来得快,陆陆续续来了很多,还带了各种武器,源源不绝。这两人也真吓人,面对那么多人,眼睛都不眨一下。凡是有胆量冲上去的炸鸡协会的人,都被他们用同样的手法放倒在地。伤了四五十个之后,他俩一点事没有。好在武警和特警很快赶到,要不然这两人肯定扛不住炸鸡协会这几百人,这些人非得把他们生吞活剥了。"

任支问:"隔离之后,就一直到现在?"

对方点头称是。

任支观察了一下附近的环境,监控条件非常好,有多个不同角度的公共安全摄像头可以拍到事发地点。他立刻命令监控分析小组的人调取附近所有监控,然后带着物证勘验的人按照指挥中心的引导慢慢向圈里靠近。

就在这时,几百名成员纷纷停下,在外围闪让出一条通道。所有人一瞬间恢复了平静,不再高呼口号,不再涌动和冲击,而是摊开双手向同一个方向施礼,口中念念有词。

这时，任支他们才看到，原来是本市炸鸡协会会长来了。

会长大人

这位长者精神矍铄，在两位年轻女子的搀扶下，缓步向指挥中心的车辆走来。一边走，一边慈爱地扫视面前的成员，最后在指挥车前驻步，眼神一瞬间犀利起来。

与市政府派来现场的官员握手后，长者缓缓开口道："龚秘书长，我代表市炸鸡协会，向您以及您所代表的市委市政府提出强烈抗议！一个关于食品行业自律的内部矛盾事件，竟然演化到今天的惨状，这么多炸鸡协会的兄弟倒在血泊之中，甚至差点丧失生命！这是非常严重的刑事案件，甚至是恐怖袭击，是针对全市乃至全国的炸鸡协会会员的恐怖袭击！他们很多都是普通的炸鸡店厨师、店员，很多人都有着幸福的家庭，有着可爱的孩子。他们到这里，只是为了保证所有的炸鸡都能符合'好炸鸡'的标准，能让广大人民群众吃上可口的、地道的标准化炸鸡。他们做错了什么？我郑重提出要求：必须严惩凶手！给所有炸鸡协会成员一个交代，给广大人民群众一个交代，给法治社会一个交代！"

龚秘书长和蔼地接过话题，并与会长热情握手，在他耳边细细说了些什么。会长听罢，转过身，面色凝重地朝着成员们挥挥手，说了一段安抚的话之后，成员们便用愤怒的目光盯着阿里兰炸鸡店的方向，盯着防暴武警的人墙和被人墙围起来的位置，缓缓散去。

长者见人已退散，便转过身，与龚秘书长握手道："希望这些受伤的炸鸡协会成员能够无碍，愿祖先保佑他们。也希望市委市政府能够说到做到，严惩凶徒。下个月我参加完全国炸鸡协会代表大会之后，会邀请市政府领导参观我们的天然养鸡场，届时也希望龚秘书长能够同行光临。我会向您敬上一杯祖先赐予我们的美酒，以示感谢。"

待到龚秘书长回礼完毕，会长才在两名女子的搀扶下登上了自己的车离去。

谁人的英雄

见围堵的人员退去，指挥中心安排不同警种有条不紊地接手处理后续事宜。防暴武警整队，医疗、急救人员整队待命。这时，任支和刑警支队的成员才看到让他们终生难忘的一幕。

四五十名戴着金色鸡腿帽的协会成员躺在地上，呻吟不止。地上并没有想象中的血流成河那么夸张，也没有见到众人身上血肉模糊，但每个受伤的人都只能呻吟着，无力或者不敢翻动身体。只有仔细看才能看到肩、臂弯、大腿根部和膝窝等部位有出血点，所以整个场面非常诡异——四五十张因为疼痛而扭曲的面孔发出哀号，但身体却都平静地躺在地上，仅有小幅度的抽搐。

任支带来的刑警队员不禁窃窃私语，这样的大场面对于刑警队员来讲，也是第一次见。

半圆的圆心处，正是阿里兰炸鸡店的入口。台阶上坐着两个青年男子，嘴角带着毫不掩饰的轻蔑微笑，每人脚下放有一把沾满血的小螺丝刀。即使面对着荷枪实弹的武警枪口，两个人也只是旁若无人地轻声聊天，个子高一点的还点起一根烟。不过，武警并没有做出任何干预，只是凝神监视着他们，以防异动。

阿里兰炸鸡店里面只有店老板以及服务员，一个食客都没有，他们正隔着玻璃向外张望。见围堵的炸鸡协会成员撤离，老板端来两杯热水，向持枪的武警请示，见武警没有阻止，才大步来到两个年轻人的身边，将热水递到他们面前。

任支大喊一声："干什么呢？"

这个质问吓了老板一跳，动作尴尬地停在半途。

高个儿青年站起身来，身边的武警摆出战术动作防范。矮个儿青年举起双手，也缓慢站起身来，用脚将螺丝刀踢开。高个儿青年缓缓举起手，开口对着任支解释："警官，我们本来没想伤人，只是想来吃份炸鸡套餐。不用紧张，我们不会伤害好人。"

矮个儿青年对着老板说:"希望不会影响你做生意。"

老板苦笑了一下,摇摇头,没有说话,只是用眼睛望向任支,请示是否可以递给他们。

按照现场勘验的规范以及嫌疑人处置条例,这时候是绝不允许出现任何意外状况的。任支严厉地警告老板:"对不起,现在是警方办案阶段,请您服从我们的指挥。请不要接近嫌疑人,更不要有任何物质接触。麻烦您到店里等候,我们会有工作人员找您配合调查。"

见没有了希望,老板无奈地垂下了手臂,眼里闪着泪光对两人说:"对不起,兄弟,连累你们了。为了我的小店,不值得的,不值得的。委屈你们了!"仿佛面前的两个人根本就不是刚刚刀挑几十人的凶徒,而是某种英雄。

任支命令给两名嫌疑人戴上手铐,带回支队审讯。一宗三环抛尸案还没解决,这时候来这么一宗大规模伤害案,还涉及炸鸡协会,谁要是说不头疼,肯定是在撒谎。

人带上车后,车亮着警灯呼啸而去。勘验小组相互配合,拍照、采血、查验痕迹、收集凶器等,各项工作有条不紊地进行着。急救中心的车辆一辆一辆地往各家医院运送伤者。老秦凑上去粗略查看了几个受伤的炸鸡协会成员,发现他们的伤口都集中在肩、肘、膝关节处,大多是穿刺伤,没有伤到骨头和大血管,手臂上也没有多少防卫伤,不禁啧啧称奇:"非常专业的手法啊!"

见两名年轻人被带走了,赵乾窝在附近的一辆车里,攥紧了拳头,狠狠地捶砸着副驾的座椅。这次,他遵从少爷的指示,行动前先查了基本情况,知道要以少对多,还要让少爷满意,只好动用了自己的好兄弟。也只有精锐部队出来的成员,才能无所畏惧地一以当百,面对群敌肉搏毫不退却。但是,这样的损失太大了,赵乾非常心疼。他失去了二虎这个"代理人",本来就会非常不方便,这次的损失更是雪上加霜。如果每次都得消耗掉精锐力量,按照这个用法,很快"子弹"就会打光的。

当然，赵乾相信，这两个兄弟都是曾经在战场上踩着敌人尸体活下来的，完全符合少爷提出的"嘴严一点"的要求，肯定不会再出问题了。

分寸周全

两名年轻人被带回支队。他们在阿里兰炸鸡店门口的做法，不知道通过什么途径，竟然早早传回了支队。所以，押送他们的警车出现在支队大院，竟然引得干警们频频引颈相望。

马大队和小孙各自率领一名干警，分别审讯这一高一矮两名嫌疑人。

"你叫什么名字？"

"秦大用。"

"在什么单位工作？"

"自由职业者。"

"做了什么触犯法律的事情？"

"没有触犯法律，伤人了。"

"哟嗬！嘴还挺硬。这是普通的伤人吗？"

"不是。"

"重新说！"

"我们见义勇为，自卫防御导致暴徒受伤。"

"你们是自卫防御？那么多受伤的是暴徒？"

"对啊！我们干吗要打架啊！我们就是听朋友介绍说那家炸鸡好吃，决定去尝尝。"

"什么朋友，还负责介绍好吃的饭馆？"

"就是平常一起玩的朋友啊！警官，你和你的朋友们平常难道不交流哪里的东西好吃吗？"

"问你什么回答什么！详细介绍当时的过程。"

"我们本来想去吃他们家的炸鸡套餐，结果到了门口一看，一大帮人堵在那儿，不让客人进。一看他们那无赖的样子，我这气就不打一处来。你都不知道那帮人有多无耻！有个女孩要进去吃鸡，十几个大老爷们儿挤在那儿上下其手，连蹭带推的，把人家衣服都弄开了。小姑娘哭着就跑了，他们还吹口哨！

"还有更恶劣的，有个父亲带着自己三四岁大的小孩，可能刚下火车。小孩见到招牌说要去吃炸鸡，结果这帮流氓不让人家进。本来那个爸爸不想惹事，带着孩子要走，小孩非要吃。小孩懂什么？那个爸爸好声好气地跟这些无赖商量，结果他们面目狰狞地对着大人骂街，还说孩子没教养。后来孩子爸爸急了，跟他们讲道理，这些人开始围攻推搡，最后竟然当着小孩的面，把大人按着跪在地上，让人家抽自己脸，否则不让起来，小孩吓得哇哇大哭。旁边的民警过来阻止，这帮人说没打人，是孩子爸爸自己跪下的。

"我们俩本来就是听朋友推荐，想来尝尝新鲜。也是年轻，脾气暴，直接就往里走，结果被他们拦住了。我当时第一时间警告过他们，不要碰到我啊，派出所警察看着呢，碰到我自己认倒霉。这帮不开眼的家伙非得凑上来，还用手指头杵我脑门。他们进攻我脑袋多危险，谁知道他手里有什么，那肯定不能允许，所以他一动手我就自卫啦。

"我们本来没动刀。结果这帮不要脸的，群殴就算了，还偷偷拿棒球棍和电动车锁袭击我们。警官，这种情况不知道你们遇到过没有啊，我们要是再不保护自己，小命就没了。他们不仁，我们只好正当防卫。您听说过《水浒传》里被杨志杀掉的牛二吗？他们那样儿，就算拿了东西，在我们眼里，也是土鸡泥狗。

"我们也没真下狠手。真要想伤人，那应该冲着血管、神经和肌腱去，要不然，眼睛、耳朵、鼻孔这些也行。如果真要是那样，这些人残废都是轻的。我们是良好公民，本来就是为了吃份炸鸡套餐，他们却不让。那么多人打我们俩，我们是在对方动手之后才反击的，这就是正当防卫。警察同志，你们可以调监控看看，他们不动我们就没追着动，他们老往上冲，我们只能自卫反击，很简单的事。

"谁能想得到,他们的人源源不绝,越来越多。警察同志,请教一个法律问题啊,这么多人持械围攻我们两个,我们又没有作恶的动机,就是为了吃份炸鸡套餐,这是不是符合无限制防卫原则?

"您看,我们连螺丝刀都是临时从隔壁小铺子里拿的,而且还拿的最小号。真要想伤人,能这么收敛吗?对吧?

"这么多人受伤,不是我们愿意看到的。幸亏我们会点东西,要不然早就被他们那么多人用车锁砸成肉酱了。

"没有人命令我们去。吃份炸鸡套餐还得有人命令吗?您说,他们要是不堵着门,我们能自由地进去吃饭,能出这事吗?挡路就算了,还欺负人,这世界是这么讲道理的吗?我跟您说,我们从部队出来,懂规矩,懂法律,要是警察排队在门口拦着,我们俩肯定躲得远远的,谁也不惹这麻烦。别说警察,城管说他们家有问题,我们都得信,也不会非得进去。我们动机很简单,就是想去尝尝这家店的炸鸡套餐。"

问了半天,没有得到更多的有效信息。监控分析小组的分析结果也出来了,正如这两个年轻人所说,的确是围堵炸鸡店的炸鸡协会成员先动的手,而且持械。两人都是后动手,而且没有主动出击过,只不过是一直缓步向炸鸡店靠近。两个人在刺杀的时候,相互配合,使用精准的作战攻防技术,有的动作太快,人究竟是怎么倒地的也看不清楚。

信息小组查验了两人的身份背景以及履历,证实两人的确在军队的特种部队服过役,退伍之后换过几份工作,还自己接过安保的散活,最后都不了了之,目前没有工作。

实话讲,李支和任支感到十分为难。目前来判断案件性质,尤其是从监控录像中记录的冲突过程来看,要给这两个没有作案动机也没有主动追击的人定故意伤人,是有点勉强的。但是,受伤的人实在太多了。本来炸鸡协会的事儿就特别多,又有社会影响力,再加上这次围堵炸鸡店的事已经在互联网上闹得动静很大，政府和媒体都高度关注，这么多成员受伤，估计想放人是非常困难的。

就在刚才审讯的时候，市委主管领导还打电话过来询问进展。虽然领导没有表态怎么处理，但向支队说明，炸鸡协会会长正式向市委市政府提交了抗议书，要求严惩凶徒。这个看似"客观"的表态，无论对谁都是莫大的压力。

正在焦灼的时候，有人汇报说，来了三位律师，要求自侦查阶段起，给两名青年提供法律咨询服务，如果需要诉讼，会一直提供服务，直到法院终审判决结束。

32　约谈赵乾

开篇语：

在我看来，这世界很简单，弱肉强食，正邪有道，兄弟齐心，其利断金。有些情况，你们警察管不了，也不方便管，但我们还是应该管一管的。

By 赵乾

赵乾的过去

这么早就有刑辩律师介入，而且一来就来了三个，非常少见。所有人都在好奇这两个退伍的特种兵是什么背景。

任支问："谁聘的他们？"

来人汇报道："是本市刚猛体育文化传播有限公司的总裁，名字叫赵乾。"

"刚猛体育？"戴猛情不自禁地重复道。

马大队不由得眉毛一竖，转脸盯着戴猛。

"怎么？戴总，你听说过这家公司？"李支知道戴猛平常绝不会随便发言，这时候出声，应该有重要的信息。

"李支，可能您对这个产业圈子不熟。刚猛体育最近风头正劲，自从去年拿到投资之后，已经举办了很多场综合格斗的比赛，而且请的多是世界上的名将，赛事水平很不错。我是综合格斗比赛的'铁粉'，所以对这家公司的名字比较熟悉。"

李支点头，吩咐信息搜集小组着手搜集该公司的背景以及负责人赵乾的相关情况。为什么一家做格斗比赛的公司老总会给这俩年轻人聘请律师呢？

任支问:"李支,姚大广被抛尸的案子,目前线索基本上断掉了,钱豪军肯定不是真正的幕后主犯。现在又出了炸鸡协会成员大规模受伤的案子,我们需要调整侦查重点吗?兄弟们连续干了一星期,人手现在显然不足了。"

李支锁紧眉头,思考良久做出决定:"我向市局领导请示。我个人的意见,炸鸡协会的案子影响更复杂,背后牵扯的势力也不是我们支队能解决的。说实话,我更希望继续全力侦破姚大广的案子,但是估计市里更希望炸鸡协会这个案子能够快速解决。"

任支点头称是,道:"那我就让兄弟们分两组,当前多分派点人手到炸鸡协会的案子上,毕竟受伤的人多,搜集物证、录口供和各种其他流程客观上也需要人。留一个小组继续寻找姚大广案的蛛丝马迹,不能让二虎这条线就这么平白无故断了。"

听完两位领导的发言,戴猛征得李支同意后说道:"上次李大队早晨约二虎在早点铺见面的时候,我隐约记得二虎提到过拳赛。虽然他没有说自己给谁打工,但能搞拳赛的公司就那么几家,或多或少会跟赵乾有关系,毕竟都是一个圈子的人。另外,昌宁镇的朝野大墅是二虎最后出现的地方,而赵乾公司有好几场比赛都是在昌宁镇体育馆举办的,这也算是一种相关性。"

李支听完,转向任支,道:"好的,就按刚才说的思路办。也让几天没休息的同志们抓紧时间休息半天。我去市里汇报,等市局最后的命令,估计问题不大。赵乾的背景信息应该很快会有结果,有消息及时通知我。"

信息小组没用多久就提交了赵乾的背景信息。李支和任支加上专案组一批有经验的侦查员看完,不约而同地注意到了几个有意思的点。

赵乾曾经是军人,特种部队蓝刃突击队的成员,参加过数次重大暴恐事件的现场救援和突击任务。后来因为在一次劫持人质事件里出手太重,把人质解救下来后,将嫌疑人抱住摔断了颈椎而致死,才背着处分离开的。有意思的是,今天持刀刺伤围堵炸鸡店的炸鸡协会成员的两个人,当初和赵乾一同在蓝刃突击队服过役。这也就解释了为什么赵乾会出面聘请律师来做他们的辩护人。

更让大家感兴趣的是，赵乾的公司虽然不在昌宁镇，但是他的训练基地却在昌宁镇，很多被他签约买断的选手，都住在那边的训练基地里，适时参加刚猛体育举办的赛事。赵乾自己住的地方，登记地址倒不是在那边，毕竟昌宁镇的好房子价格太高。

小孙一拍大腿，脱口喊道："我怎么越听越觉得有关系啊！任支，咱们能查一下赵乾的通话信息吗？看看二虎失踪的那段时间这家伙在哪儿。要是在朝野大墅，那这会不会太巧了？"

任支道："查赵乾的通话信息？他还'不够格'啊。要先针对嫌疑人立案，然后由市局政委签字同意，技侦处那边才能针对嫌疑人动用技术手段。现在赵乾只是聘了律师，自己并未涉案。二虎的案子，更没有直接线索表明他涉案，肯定无法启动对他的侦查。"

小孙知道任支说的是实情，撇了撇嘴，失望作罢。

任支皱紧眉头，轻声叹息了一下道："现在局面很有意思，二虎的手机里所有内容被清空且无法恢复，只有我们植入的跟踪软件还保留着，这显然是有人有意为之。而且……"

马大队急道："而且什么？"

任支说："而且我判断，二虎凶多吉少！"

戴猛的声音有点低沉："我也担心这个情况。那天早晨我裸绞制服了他，他很不服气，所以我和二虎约过，晚上让他来训练馆挑战我，结果他没来。现在看来，也许真的是有问题了。"

听戴猛讲完这些话，姜老师突然发言："李支、任支，我建议把赵乾叫来聊聊看。"

马大队有点犹豫："姜老师，我们现在只是根据背景信息进行的关联……您别误会，我担心的是，会不会打草惊蛇。"

李支谨慎地思考了片刻，本来紧皱的眉毛释然了："老马，不用担心，我觉得可以接触接触，按规矩来就好。见面聊聊总比不通气要强，聊深聊浅无所谓，而且姜老师和戴总他们在边上看着，你们又都是有经验的老刑警，至少比不聊强。"

任支也点头称是，立刻安排人联络赵乾到刑警支队来"聊聊"。

兄弟

通过律师，李支客气地表达了对赵乾的邀请，希望他能来支队见个面，聊聊老部下的情况。赵乾没有任何犹豫迟疑，当即答应下来。支队这边则由李支亲自出马和对方谈，其他人在监控室观察。

赵乾如约到了支队，雄壮的身材走路带风，青色的胡楂配上棱角分明的肌肉，散发出一股刚猛之气，给人一种压迫感，虽然嘴角和眼睛挂着笑。

在短短的等待时间里，华生自己也搜集了一些关于赵乾和刚猛体育的消息。在这个自媒体消息满天飞的时代，无论消息是真是假，都还是有些用处的。华生刚刚见到戴猛的时候，所学的第一课就是单向表达不辨真伪。但是，"单向表达不辨真伪"并不代表不能分析。分析单向表达能够得出的最直接结论，是对方表达的动机。比如，广告里的明星不管演技多么拙劣，多么漏洞百出，都会挤眉弄眼地卖力表演，无一例外是为了告诉观众，"我代言的这东西很好，快点掏钱买"——这就是动机。

刚猛体育每天都有自媒体发布文章，关于赛事的，关于运动员的，关于融资进展的等，再加上专门花钱推广，想搜集他们的信息一点都不难。最近的消息就是自称B轮融资即将到位，数额是将达到8位数的美元。如果这件事是真的，意味着刚猛体育的赛事还能运作两年以上。

戴猛淡淡地评了一句："钱的事真假不一定，赛事的水平却是客观存在的。看他力捧的几个中国运动员就知道，各种作秀和刷小怪。就这一点，足够判断刚猛体育的赛事离有生命力的优质商业赛事还差得很远。"

夜色有点深了，当赵乾的车开到支队大院的时候，李支在门口迎接，和赵乾寒暄了几句，有律师作陪也不便太过松散随意，便将他请入会见室。这是支队的惯例，包括嫌疑人的家人、证人、律师以及尚未采取强制措施的涉案人员等，都会在这间屋子里接受支队的询问。所以，这个房间里的监控是极佳的，全角、特写应有尽有。这些监控画面，对被询问人是保护，对办案人员也是保护，同时也提供了客观的证据，以备不时之需。

李支开门见山："赵总，您好！这么晚还要您跑一趟，请多包涵。我们这里手续上要遵守规矩，谢谢您对我们工作的支持啊！听律师说，您希望为秦大用和刘勇提供法律支持。我们私下里说句实话，这起案件影响非常大。我们支队也仅仅是侦查单位，所以，我们冒昧邀请您来当面谈一下，保证双方能够高效率沟通。感谢您抽出宝贵的时间配合我们。"

赵乾脸上的太阳穴和腮帮子棱角清晰，即使在笑也让人觉得表情生硬，这和他藏在西装里的彪悍身材很相称。他回应道："领导，您不必客气。我知道的，您这边也是秉公办案，不会刻意为难偏颇。一切按照法律的标准来，您不必为难，我这边会全力配合。这几个律师，想必您也不陌生。"

姜老师听到这些话，非常惊讶，戴猛恰好也投来诧异的目光，两人心中暗暗称奇："这个家伙说话水平可以啊！听着特别平和，但每句话都有着或压或顶的劲儿，让人并不轻松。"

李支是老刑警，所以赵乾话里的意思他听得一清二楚，他笑笑道："我明白您的意思。现在的状况是比较棘手。最大的问题是，市局还没有定下来是否要立案，我们正在还原案件发生的过程。说实话，从现场监控分析以及秦大用和刘勇的说法来看，他们的确并非传统意义上的暴徒。但是，第一因为伤及多人，第二……伤者都是炸鸡协会的成员，社会影响很大。所以，等所有伤者的伤情鉴定完毕之后，才能定具体适用的刑事措施。在此之前，这两人只能待在刑警支队这里，等候调查结果。"

赵乾脸上肌肉一紧，目光阴沉了下来。

律师询问道："李支队长，现在算什么？刑事传唤吗？"

李支点头道:"对。这个程度,肯定已经不是普通的治安案件了。根据市局的要求,我们现在按刑事案件进行调查。"

律师插话道:"根据《刑诉法》第一百一十九条第二款规定,传唤不得超过12小时。"

李支并不喜欢律师咄咄逼人的样子,因为他并没有觉得秦大用和刘勇是恶人,心里根本就没有倾向性,只是希望快点查清楚并解决得干干净净,尤其是不要让炸鸡协会影响客观办案。现在律师的这个态度,似乎拿公安当敌人,胡乱施压,当然也是做给赵乾看的,以显露其专业性。李支不看律师,转而迎向赵乾的目光,道:"请您理解。同样是《刑诉法》规定,案情特别重大、复杂,需要采取拘留、逮捕措施的,传唤、拘传持续时间不得超过24小时。"

华生在监控里看到,赵乾暗中咬牙,目光瞬间变凶了,但很快又抿起嘴唇给了李支一个笑容,只是牙齿还咬得极紧。

李支接着说:"赵总,您应该对我们公安机关放心。我们其实是最希望平平静静,不发生任何事情的。现在事情闹得确实很大,而且不瞒您说,因为伤者的身份比较敏感,究竟最后怎么处理,也不是我们刑警一家说了算。我个人估计,拘留是肯定要走的程序。不过,这两个人下手很有分寸。按照我看过的伤口,应该会鉴定为轻微伤,到不了轻伤的程度,所以您不需要担心。"

这句话说了一半,已经尽可能表明了公安机关的态度,但并未指明本案的关键在哪里,这要看赵乾还有他聘请的律师能不能找到准确的干预点去发力。如果雇用的是"看热闹不嫌事大"的律师,那就不好说了。

赵乾问道:"我有没有办法带人走?"

律师补充道:"比如取保候审。"

李支听律师这么一问,就已经知道深浅,便轻轻一笑,答道:"按照规定,暴力犯罪以及其他严重犯罪的犯罪嫌疑人,严重危害社会治安的犯罪嫌疑人,以及其他犯罪性质恶劣、情节严重的犯罪嫌疑人,是不能适用取保候审的。况且,现在还在传唤期内……"

律师还想说什么，被赵乾一挥手拦了下来。赵乾对着李支认真地说："领导，我喜欢您的风格，说话让人放心。我相信您的说法，等您的消息。有任何事情，您可以直接通知我，也可以让律师找我。这是我的名片。"

说着，递过一张名片，用的是双手。

李支也双手接过，回应道："好！我也想问赵总一个问题。"

赵乾眉头一扬，恢复了笑容，问道："什么问题？"

李支："您为什么要'捞'这两人？他们惹的祸，动静可不小。"

听到"动静可不小"，赵乾的笑容消退，这个变化非常明显。他沉吟了片刻，眼睛稳稳地注视着李支，脸上又逐渐恢复了生意人的笑容，缓缓开口道："这两个人的素质非常好，有功底。您也知道，我是做比赛的，好运动员难找。我想让他们加入我的训练营，打我的比赛，做中国最优秀的综合格斗巨星！"

尽管此刻的赵乾笑容满面，但华生在这之前已经从对方的脸上读到了抑制的愤怒。如果仅仅是为了签约运动员而'捞'人，愤怒情绪是不应该出现的。

李支显然不会拿这个解释当真，遂追问了一句："这么简单的原因？赵总，您和这两人没有什么历史渊源吗？"

赵乾的软肋

见李支这么直白，赵乾突然哈哈大笑起来，让身边的律师有些不知所措，但其他人心里都明白这是为什么。良久，赵乾方才恢复了认真表情，仍旧带着充盈的进攻性，答道："当着明白人，不说糊涂话。这两人是我之前部队里的小兄弟，我们是战友。"他用手一指李支，继续施压道，"您若当过兵，自然知道战友的情谊是什么。我的小兄弟遇难，当老大哥的肯定要帮。您这边只要没有故意为难他们就好，剩下的事情我来操心。如果公安的兄弟非得使歪劲儿……"

赵乾的上唇轻微地向上提起。如果这个动作毫无保留地做出来，就是龇出犬齿的愤怒表情，也就是表达了凶狠的撕咬欲望。姜老师在笔记本上写了几行字，给戴猛、华生看过后，通过仪器拍照传到李支面前的信息提示屏上。

李支低头看了一眼，其实他自己也正是这么打算的。他未动声色，趁着对方给自己加压的机会，立刻给出更强烈的刺激源："赵总，您怎么使劲儿，我们管不着。我们只负责勘验清楚事实，然后按照法律办事。我知道你们曾经服役过的蓝刃突击队，也是部队的精锐力量，用来打击坏人的。所以，我相信蓝刃的老队员是代表正义的力量，不会成为社会渣滓。一旦做了错事，成了社会渣滓，也就背叛了自己的队伍，更需要接受法律的惩罚。我本人希望所有人都是好人。但若是坏人，决不姑息！"

这番话就是姜老师的建议——"加重刺激，引发对抗"。赵乾表面上看起来总是笑眯眯的生意人模样，但是没几个回合就频频流露出愤怒。这种人性子不会特别深沉，如果**有什么对抗性的想法，你只要趁着他发威的时候一顶，就能让他把劲儿都使出来。**

果然，赵乾握紧了拳头，绷紧嘴唇没有接话，眼睛似乎要冒出火来。

要的就是他的这个反应。情绪一上来，头就昏。不管之前做过多少防备，只要情绪一上来，这些东西统统暂时靠边站。

借着他这股劲儿，李支抛出一个问题："赵总，另外跟您打听一个人。有个叫'二虎'的小孩，您知道他现在在哪儿吗？"

赵乾脸上一怔，显然有些错愕。本来在聊秦大用和刘勇，怎么突然转到了二虎这里？

虽然只有短短两三秒钟，但对于姜老师他们来讲足够清晰了。在他们看来，整张面孔如同慢镜头一样，先后出现了惊讶、恐惧、愤怒、悲伤，四种表情的驱动让他的脸色非常难看。虽然赵乾在竭力控制自己的表现，很快又恢复了勉强的笑容，但是掩饰不了震惊和慌乱，握得更紧的拳头也同样把内心的剧烈对抗完全显现出来。

律师看他神色不对，开口提示："赵总，您没有必要回答这个问题……"

赵乾稳了稳心神，开口回答："这个名字……我并不熟悉，怎么了？"

他本来想否认掉，但心里略微迟疑了一下，这是在口风上出现了犹豫。这句话问完，赵乾满以为李支会接过去说些什么，没想到对方只是看着他。他有点不自在，便又自行补充道："不知道您为什么问起这个人，不过我是非常愿意帮忙的人，如果是跟我或者我的赛事有什么关系，您可以直接提要求。工作关系的话，我要回去问下秘书，看看她那里有没有记录。我们赛事需要用人，每次都雇用很多公司之外的人。不过您也知道，我是总裁，只负责指挥大事，这些具体的小事，有专人负责。"

这是明显的拖延术，一是拖时间、空间，二是拖记忆责任。普通人只要这么一说，这一局就算搅和乱了，回去查不查的根本不必兑现。

但是，姜老师却清楚地看到赵乾在讲这些话的时候，悲伤和疼痛的表情还隐隐地显在脸上，根本无法完全抑制住。最后，赵乾又加了一句："这年头，好用的人不好找啊！"

李支点头道："嗯，好，劳烦您查查看。有什么相关信息，欢迎您随时给我打电话。"

赵乾听完这话并未作声，而是眼睛望向桌面，左右来回移动着，思考了很长时间。很明显，他在想一件比较重要的事情。良久，他才抬起眼睛，审慎地问道："领导，能不能告诉我，您为什么要问起这个人？"

李支看出对方很慎重，知道他这是在探底牌了，微微一笑："一个案子，这小孩知道些信息，本来挺重要的。现在，炸鸡协会这个案子一出，也没那么重要了。关于他，您要是有消息就告诉我一声，不必专门费心打听。谢谢赵总！"

李支见赵乾神情专注地看着自己，知道他在思考自己的话是否可信，便加了一句："赵总的比赛，我还没看过。一般什么时候有？在哪里能看啊？"

这一句话原本就是为了找对方感兴趣的点转移话题，防止对方过于专注二虎的问题。没想到，这么简单的一个问题能取得明显的效果，赵乾立刻就转变了态度，严肃多疑的神情消失了，脸上立刻绽放出了笑容，积极回应道："每个月两场,都是周六晚上在川南卫视直播。您能抽空看我的比赛,那是我的荣耀,欢迎领导批评指正啊!"

李支哈哈一笑,说道:"好的好的,一定按时收看。聊远了,谢谢赵总今天抽出时间专门跑了一趟,感谢!我们会跟律师保持联系,随时沟通案件进展。"

赵乾明白,这也是送客的话,简单客套了一下便起身离去。

不等李支回来,华生便难掩兴奋地悄悄对戴猛说:"戴总,这家伙对比赛好上心啊!"

戴猛显然不太明白华生的意思,问他:"你是说他刚才情绪转换太快?"

华生点头:"对,这么明显的情绪变化,只能说明一件事情——他有软肋。"

33　华生的进步

开篇语：

什么叫强人？再强的人，也会有自己的软肋。他关心的事情，他害怕的事情，他想做好的事情，都是软肋。找到那个软肋，轻轻捅一下，试试看。

By 姜老师

分析得太细了

尽管华生的声音很小，但马大队还是听到了，他眼睛一亮，好奇地问道："哦？什么地方是他的软肋？你看到他哪里心虚了？"

华生解释道："我说的软肋，倒不是具体哪句话是心虚说谎，而是他面对三个问题时有明显的情绪波动。秦大用和刘勇，不用说，特别关心；问到二虎让他特别震惊；最后李支提到的比赛，竟然让他没有了复杂的对抗心态，突然变得很兴奋。前面两个原因我们能猜得到，但最后一个很有意思，我们也许可以利用。"

正说着，李支回来了，他决定在观察室就地讨论一下刚才的状况，因为两个最关键的点都抛出去了，似乎效果也很好。李支非常想知道姜老师看到了什么信息。

姜老师反问李支："李支，你能不能看到赵乾那个时候的一脸无奈？"

戴猛见李支被问得有点蒙，便提醒姜老师道："慢慢说，赵乾从头到尾有好几个地方有悲伤类情绪，你说的是啥时候的表情？"

姜老师明白自己有点快了，便详细解释道："就是他说了一句'好用的人不好找啊',我觉得那句话并不是胡说的,因为他脸上那种怅然若失的悲伤类表情很真实。这恐怕就是华生刚才说的'软肋'之一吧。"

见李支不明所以,姜老师便哈哈一笑:"我们先不说这事。重点是,二虎的确让他非常敏感。你看你刚一提到二虎,他一瞬间几乎失控,又是惊讶,又是恐惧,还有愤怒和悲伤,都掺杂在一起。这个复合情绪的涌现,非常典型,非常难得啊!"

李支看他兴奋的样子,便跟任支商量:"老任,回头把刚才的录像备份一份,留给姜老师他们研究院吧。看把他给兴奋的,跟看见红烧肉似的。"

姜老师双手竖起大拇指连连点头,高扬双眉道:"李支,您太善解人意了!谢谢!谢谢!"

姜老师很是高兴,又是谢李支,又是谢任支,然后向李支和任支阐述了自己的观点:"领导,我有些思路,说出来给大家当靶子,研判一下是否成立。首先,二虎去昌宁镇之后没了踪迹,然后又发生了抛手机的怪异事情,而说谎的出租车司机也是居住在昌宁镇的。其次,二虎之前突然从街边小混混变成了号令一方的生意人,连派出所所长都敢敲打的牛人,这说明他背后有更大的势力支撑。再次,那天早晨李支约他的时候,据他自己说,在组织格斗赛事,正好赵乾就是搞赛事的,训练基地也在昌宁镇。现在二虎不知所终,和昌宁镇的朝野大墅有着分不开的关系。虽然没法证明二虎的消失和赵乾有直接关系,但毕竟这么多巧合指向了这种可能性。最后就是,刚才您和他提到二虎的时候,根本就没怎么加压,也没有提任何细节,但他的反应剧烈到几乎失控,最可疑的是恐惧和愤怒。假设二虎和他是有关系的,那么他知道二虎被我们调查过,他的愤怒就很好理解。只是恐惧情绪的出现,我暂时还理解不了。但一定是由于某些原因,他的瞬间反应才这么复杂。"

李支亲自谈的话,能够感受到种种异常,现在经过姜老师这么细细解释,感受就更加清晰了。

戴猛接着姜老师的话说:"我也注意到赵乾在说'好用的人不好找啊'时

有悲伤类情绪。以我理解，那是明显的'累心'表情。根据我们之前搜集的一些信息，可以从刚猛体育举办的格斗比赛开始调查制作团队，这个信息是公开的，比较容易获得。如果证实了二虎参与过刚猛体育举办的比赛，就能证明他的老板极有可能是赵乾。放大胆子假设，赵乾会不会是因为我们针对二虎的侦查，预见到了什么危机？我们现在找不到他，这个能干的手下没有了，赵乾会不会是因为这个而悲伤？"

姜老师打了个响指，加了一句话："二虎好勇，赵乾更甚。你看他的身材，再加上蓝刃突击队的背景，估计很能打。也只有这样的人，能把二虎这种好勇斗狠的小混混收拾得服服帖帖，连文身都洗了。"

马大队听到这里，突然打断了他的分析，礼貌地插话道："姜老师，我们要先停在这里，大家现在分析得太有倾向性了。"一边说一边转向戴猛道，"戴总，刑侦的原则是有多少证据，说多少话。要是能确认当时赵乾的位置，一切都好说。现在不能启动这条线来调查，我们只能大胆假设，但必须小心求证。咱们可不敢在这个节骨眼上想得太分散，毕竟，炸鸡协会的大案子刚发，好多善后工作等着我们去做呢。"

场面略微有点尴尬，姜老师也知道自己兴奋过头了，后面的话是纯推理想象，不够硬气。

任支也表示同意马大队的意见，表态道："我们还是按照李支之前的意思，重点解决炸鸡协会的案子。支队会保留一个小组处理姚大广的抛尸案。辛苦戴总和华生，如果姜老师那边有任何发现，随时跟我沟通。"

戴猛明白，任支说的是对的。有的时候，如果假设太过空中楼阁，可能会误导侦查队伍走歪路。

华生，你在想什么

出来的路上，戴猛问华生："你刚才说的'软肋'，还有其他的意思，对吗？"

华生赶忙解释道："是的。我觉得其实这些情况之间的关联还是有可能存在的。尤其是他那个怅然若失的情绪，我觉得肯定不是表演出来的，因为没必要。如果二虎跟他有关系，现在人又不见了，对他来讲也许的确是一种损失。不论是否和二虎相关，至少他很需要'好用的人'。他不也是开公司的吗？我当时是觉得，如果有机会去应聘一下，参与他运作的事情，又能熟悉内部的情况，也能顺便打听打听二虎的消息，很安全的。"

戴猛摇头道："肯定不行，你又不是警察。辛辛苦苦读到博士，还是干自己擅长的事情，对这个社会贡献最高。再说，我可听说你和肖依现在处得不错，别自己给自己找麻烦。工作的事情，是养家糊口，除了贡献社会，更是对自己和家人负责，不能随便凭兴趣涉险。"

华生瞠目结舌，惊道："这您是怎么知道的？"

戴猛见他的样子，哈哈一笑，反问道："这还用问？你不是昨天开始学习柔术了吗？"

华生旋即明白了，脸一红："原来是这里'走漏了消息'。"

戴猛道："肖依去的俱乐部我也常去，老板和主教练都是我的好朋友。"他忽然停下脚步，正色道，"你不会是真的想去给赵乾打工，才动了心思要练柔术吧？"

华生连忙摆手道："哪有！这不是被肖依嘲笑的嘛。她这么厉害，又老嫌我胖。您还别说，我虽然才学了一天，就已经上瘾了，太好玩了！"

戴猛认真地盯着华生的脸看了足足有10秒钟，然后一笑："玩，肯定可以，再练一段时间，还可以找我跟你练。肖依练得非常快，有天赋。不过你千万别想那些有的没的，踏踏实实地过好自己的日子。刑警支队这么多专业分工，不会缺人，更不会从系统外找人。你和我，只要给他们提供专业意见，就已经是做了最大的贡献。"

华生点头称是，并不多言。两人告别后，华生仰头面对着散射着路灯橘黄色光芒的夜空，长长地吁出一口气。

炸鸡协会的案子复杂冗长,本来很简单的刑事案件,却搅入了各种复杂因素,秦大用和刘勇两个人最终还是被逮捕了。尽管所有伤者的伤情最终被鉴定为轻微伤,但因为人数众多,还是移交检察院以故意伤害罪起诉。在这个过程当中,二虎的线索始终没有新的发现,赵乾也只是数次打听秦大用和刘勇的处理结果,让律师来发力,其他方面平平静静的。

在这一个多月时间里,华生仔仔细细看了刚猛体育举办的所有比赛。除了能看懂综合格斗选手的水准,他还多了一项新本领——巴西柔术。作为没有任何站立格斗技基础的小白,他在肖依的指导下,每天都要花两个多小时,在垫子上饥渴地学习,磨炼自己的地面缠斗技术。慢慢地,不但肚子没有了,身板也厚实起来,脖子粗了一圈,原来的衬衣都穿不下了。肖依经常开玩笑说,这是被她给绞啊绞啊的慢慢绞粗了。有好几次,肖依捧着他的脸仔细端详,认真地说:"原来你壮起来,是这样的啊!"说完便捂着嘴咔咔地笑,任凭华生怎么挠她痒痒,也不肯解释是"什么样"。

戴猛的水平

一天傍晚,肖依带着华生去往戴猛训练的道馆训练。

这是华生第一次看到戴猛穿道服的样子,没想到戴猛的身材竟然如此厚实,着实让华生大为吃惊。而且,华生注意到了戴猛腰间带子的颜色,竟然是紫带!

肖依显然非常兴奋,面前这位大叔既是上级,又是恩人,还是巴西柔术的前辈,她的神色间呈现出不同寻常的尊重。

两个人从站立位开始,经过几轮抢手之后,戴猛抢到了领子和袖子的标准优势把位,只一瞬间,双脚向肖依的支撑腿之间一错步,变脸拧腰发力,一个漂亮的背摔,肖依就已经被戴猛从背后团起,"啪"的一声摔在地面,看得华生心头一惊。平常自己不舍得真打真摔,没想到戴猛发力竟然如此利落。好在经过这一个月左右的训练，华生知道越是干脆的发力就越没有伤害，看肖依的神色也没有痛苦，而是淡定迎战，这才放下心来。

一个背摔成功，戴猛趁势想拿侧压的位置，却被肖依用敏捷的虾行躲过，进入半封闭防守的位置。戴猛在上，肖依在下，两个人用手肘抢夺着控制的把位，一阵胶着。华生此刻再也不会像初学者那样觉得这个体位尴尬，而是仔细琢磨，倘若是自己，该如何破解这个位置的劣势。几番攻防下来，肖依被戴猛翻转至上位，领子和袖子被牢牢地控制住，逃脱不开。戴猛用脚蹬在肖依的胯上，把她的身体蹬起。肖依的身体处于腾空状态，丝毫没有借力之处，处境就非常被动了。突然，她整个人向下跌落，这是戴猛设置的一个圈套，刚好让她的脖颈与一边肩膀落入自己部署的三角绞陷阱中，身体一转稍一发力，肖依拍腿认输。

松开锁扣之后，肖依坐在地上展颜一笑，俏皮的神情又回到她的脸上，强烈要求再来一局。两个人又兔起鹘落地缠斗起来。戴猛斗得极为认真，并没有因为肖依的娇小身材和下属身份而放水。一个下位十字固、一个裸绞、一个达西绞、一个上位十字固、一个秘鲁领带，戴猛连续赢了5局。肖依的头发有些凌乱了，但表情超级开心，甚至越战越勇，哇哇大叫起来，兴奋得像个小疯子。

戴猛连连摇头，说道："厉害厉害，逼得我还是用了不少力量。"华生现在已经充分明白了其中的奥秘，**巴西柔术的技术核心在于重心控制、三角形的稳定支撑，以及杠杆原理等人体的控制与反控制，像下棋一样，讲究的是部署和牵制，在训练中并不鼓励用力量来降伏对手**。所以，戴猛说的用了力量，实际上对肖依是一种大大的夸奖，因为两个人的体重本来就相差很多。对于一个娇小的姑娘而言，如果两个人力量是均衡的，那么胜败可能要重新评判了。

肖依说："没事，我们馆里那些野蛮人经常暴力破解我的进攻，我都习惯了。"

戴猛正色道："接下来这一回合，我不用力量拉扯，只凭借体重跟你周旋，把你的大招都拿出来给我尝尝。"

肖依一听这话，眉毛一拧，坏笑道："好！说话算话啊！"声音还未落下，身体已经扑了上来。这一次，戴猛的动作仍然敏捷，但的确不再使用拉、拽、推、顶等发力动作，只是不断地转换身形和位置。肖依翻滚进退地一直想控制住他，但总是差那么一点。两个人上下翻飞，犹如跳舞一般，令人眼花缭乱，让华生大呼过瘾。最终，肖依压制住戴猛的脖颈和后背，手臂搭扣后快速一转体。"蟒蛇绞！"华生暗叫。

这个动作，是肖依近来练习最多的一个动作，而且在华生身上试了上百次，今天终于有机会完成，降伏的还是戴猛这样的高手，可想而知肖依会有多高兴。

果然，肖依眼角眉梢的笑意毫不掩饰地散发出来，只是还抿着嘴唇，以示对前辈的尊重。戴猛竖起大拇指，活动了几下脖子，赞叹道："厉害啊！这是我第一次被蟒蛇绞降伏，原来是这么个滋味。"

肖依兴奋过后，微微有点羞涩，一边整理头发一边谦虚道："您可别谦虚了！还不是因为您没有用力量，要不然我根本不可能抓到这个机会。"说完这些话，眼睛往华生的方向一瞥，甩头示意道，"你来吧！看了这么半天，早就想试试了吧？"

华生心里跃跃欲试，没有客套推托，走上场行礼，郑重地道："请多指教。"神色间根本就看不出是在对自己的上级说话，完全是道场里的后辈在向前辈求教。

跟华生打起来，戴猛立刻就能感觉到对手是个初学者，从身形的移动到控制的发力，都还远没有到达流畅自如的地步。戴猛索性放慢了自己的节奏，随着华生的主动进攻来调整自己的攻防。华生则感觉，面前的这个家伙哪里还是什么公司里的高管，简直像一头熊，甚至是一头躺在地上的大象，拖也拖不动，推也推不开，都不知道怎么才能把自己练的那些招数用出来。

正在迟疑间，突然脚下一股力量扫来，华生暗道不好，已然倒在地上。好在这些倒地的动作已经磨炼过上千次，所以倒不慌张。换作一般人，无论练过拳击还是散打，一旦被放倒在地都会头晕发蒙，因为那些凭借着蹬地才能做出的发力动作在倒地之后就全废了。

无论高矮胖瘦，没有受过地面训练的人，就是废物一个。

华生瞬间稳定自己的视线，发现戴猛也倒在地上，恰好落在自己身边，本能地一把抓住领子的把位，一抬腿骑在了戴猛身上，形成了骑乘的优势位置。肖依大叫"加油"，在一旁给他鼓劲儿。令华生意外的是，戴猛被骑乘之后，竟然伸出一只手臂来掐自己的脖子，这可是新手才会犯的错误。他立刻用双手将这只进犯的手臂牢牢固定在自己胸前，起身一扫腿，想着完成一个漂亮的十字固。结果他的重心刚一变化，就感觉到身下的戴猛用很大的力量翻转而起，自己的十字固不但没有做成，还被戴猛一个转身侧压在身下。他还没明白过来，戴猛又飞速转换为骑乘位，拉紧他那只慌乱中挥动的手臂再一转，形成了十字固。

反转了！

戴猛并没有用太大的力量，只是在华生的肘关节上稍微加压，疼痛便激发了华生的危机感，他拍地认输。

肖依笑吟吟地走上前来，一边鼓掌一边笑道："上当了吧？哈哈。"

见华生一脸蒙，肖依解释道："刚才你的那个十字固，是戴总故意给你的，是个陷阱啊！"

华生这才明白过来，心道："我说呢！原来那条手臂是故意给我的。"这就是"人体象棋"的妙处——高手会根据对手的动态，判断出对手要做的动作，为了引对手进圈套，还会故意丢给对手一些他需要的破绽，挖个坑等对手跳进去，然后活生生地把他掩埋起来。

华生突然觉得，这个逻辑，和微反应的分析与情绪控制策略如出一辙。想到这一点妙处，他高兴得眼睛都亮了。

戴猛道："华生不错，这才不到一个月的时间，已经知道了基本的控制体位和进攻方法，再多练几年，恐怕会非常厉害。"

见肖依在旁边撇嘴，戴猛哈哈笑道："看肖依不乐意了。实话实说，你学得虽然快，但还是没有肖依当初进步得快。"肖依这才得意地笑起来，戴猛对华生说道，"来，华生，躺下。"

肖依听得在一边捂着嘴偷乐。华生本来很笃定地认为，戴猛要教他刚才的细节问题了，但被肖依这么一笑，有点恍惚。

收和放的控制

还好，华生躺下之后做出基本防护姿势，戴猛直接从骑乘位开始，示意华生给一条手臂。华生便模仿着刚才他的样子，伸出一条手臂来推挡戴猛的身体。戴猛牢牢控制住华生的手臂之后，开始教他："十字固的要义，不在于那个很帅的翻倒和掰手臂，而在于控制。如果在这个跨腿的过程里控制得不紧，动作再快都有可能被对手翻转，更何况是别人主动喂你的手。"

于是，戴猛控制着华生的手臂，开始抬起右腿，同时左腿紧紧地贴在他的右肩之下。华生感觉自己像是被一条大章鱼紧紧吸住，虽然重心有变化，不再被重重地压住，但想动身体却动不了，因为自己的右肩和手臂被牢牢包裹住，以至于全身都没法移动，稍有挣扎对手就会用更大的力量压制和夹紧。当戴猛的左膝贴着华生的脸跨过头顶的时候，华生已经全然明白了这个控制动作的要义，而且心里"咯噔"一声，叫道："逃不掉了。"果然，戴猛接着打算后仰和拉扯手臂，只是临门一脚，做不做这个动作，仅仅取决于戴猛愿不愿意弄伤他。

其实，胜负早已经在刚才的控制和体位转换过程中决出。

这个细腻的技术细节，让华生如获至宝。他心里冒出快感，额头上的汗滴闪闪发光。戴猛翻转到下位，让华生从骑乘位开始，一点一点地尝试这个控制的细节。一开始华生动作还有点生涩，但技术要领掌握得很牢，也就练习了20次左右，就可以流畅自如地控制和翻转了。

华生心里非常激动，不仅仅是因为扎扎实实地掌握了一个先进技术，更是因为他强烈感觉到，巴西柔术这种动脑子的技术流格斗术与自己倾力研究的微反应测试和控制技术如出一辙。

二者都是攻敌所必救，巴西柔术攻击对手的关节和呼吸，微反应聚焦于对

手的利益诉求和情绪；二者都是依靠人体的基本反应原理，巴西柔术利用的是人体关节的角度极限和颈部的生理弱点，微反应则利用了人类情绪的不可抑制以及神经系统对身体的控制原理；最关键的是，二者的重点都在于讲求过程的控制，而不是暴力降伏，无论是对身体还是对大脑，高水平的选手，可以设置真真假假的刺激源，引导对手往圈套里钻。

肖依看着华生在那儿狂喜，心里感到很诧异，不由得嘴一撇，颠颠儿地跑过来说道："嘿！乐啥呢？半天没合拢嘴了。至于吗？才学了一个细节就沾沾自喜了？"

戴猛站起身，冲着肖依一招手，叫道："来，你做师姐的来教训教训他，别让他翘尾巴。"

肖依笑颜如花："好咧！我可真下手啦！"

两人当即开始实战。虽然华生用尽自己的技术和力气，但相比起来肖依更加灵活和敏捷，总是赢不了她，还被她制服了4次，而且都是用的十字固，仿佛肖依是故意的。肖依翻身跪坐在边上，一边摆手一边轻蔑道："没意思没意思，就这水平还不够我塞牙缝的呢！"

华生一边抹着汗一边大口喘气，讪讪一笑："厉害，厉害！"

"喊！"肖依下巴一扬，自己躺在地上，朝着华生招招手说，"你来，从骑乘开始。"

华生也没客气，直接骑在肖依身上，两人碰碰拳，即刻再次开始较量。

刚才的比拼里，华生始终没有机会拿到这个骑乘位，所以肖依始终掌握着主动。现在实战从骑乘位开始，肖依明显感觉不对劲儿了。以华生原来的水平，即使在骑乘位，她想把身体逃脱出来也是轻而易举的事情，这一次则觉得怎样都脱离不开华生的控制。而且，最重要的一个区别是，华生之前都是利用体重和蛮力，现在肖依的身体感受到的则是黏着的力量，华生的双腿仿佛吸在她身上一样，怎么起桥和虾行都无济于事。

突然，肖依感觉到华生的双腿有一点松动，就是这一个瞬间的机会，她快速虾行抽离身体。没想到，这是华生故意布下的局，她的身体一侧，华生的两条大腿立刻再次吸附到她的身体上，并且牢牢拉住一只手臂。华生把刚才练习的技术得心应手地施展出来，扎实地控制着肖依的身体，左腿屈膝紧贴着肖依的头顶滑过，展背后仰，利用腰腹的力量把肖依紧紧缩起的手臂拉直，以她的肘关节为轴点支撑在自己的腹部，形成了对手臂的杠杆。

肖依尝试着抽离和转身等破解方法，几次都没有成功，知道这个十字固已经被华生做成，便也不再纠结，拍地认输。

等两人起身之后，华生见肖依一脸严肃，以为自己把她降伏惹得她不高兴了，便讪讪走上前去说道："喂，别那么小气嘛！你不是让着我，从骑乘开始的吗？真要是动手，我哪能拿到骑乘位呢？"

华生还想要说，见肖依拉着脸，伸出食指勾了勾让他过去，便再凑近一点。肖依一把抓住他的领子，华生以为姑娘要摔一个或者绞一个解解恨，便闭上眼睛等着。没想到，肖依用力一拉，在他的脸上狠狠亲了一下。他诧异地睁开眼睛，见肖依笑吟吟地看着自己，说道："进步神速，奖励一个！"

戴猛在旁边调侃道："哎呀！辣眼睛。你们俩不要这样，还得考虑考虑周围人的感受吧。这么明目张胆地秀恩爱，让我藏哪儿去？"说罢，三人都笑起来。

训练完毕，戴猛驱车送他俩回家。路上华生对戴猛说："戴总，想跟您请示个事情。"

戴猛问："哦？"

华生咳嗽了一声，显得有点不自在。肖依这时候也咳嗽了一声，华生才道："内审部刚结了一个案子，您知道的。"

戴猛点头，打转向灯，"嗯"了一声，说道："我知道的，公共关系的张宏。据说最关键的那150万就是你问出来的，干得不错。"

华生略有迟疑："下一个案子还在搜集信息阶段，我估计一两个星期之内不会碰人。市局那边的案子有没有进展？"

戴猛听出来了点意思，但只是说："我也不知道。炸鸡协会的事情横冲直撞进来，将刑警支队弄得很别扭，费了好大劲儿。昨天我和姜老师还聊过，他那边也没有新消息。我们这个节骨眼上不好去打听，只能等支队通知。"

华生"嗯"了一声，便不说话了。肖依在后座上又咳了一阵。华生刚要开口，戴猛就接话道："好啦，你俩别演戏了，有什么事情直接说。"脸上带着笑，眼睛瞄了一眼后视镜，见肖依在那儿笑呢。

华生向戴猛请示道："戴总，肖依的妈妈在老家，想要收拾东西，以后就搬过来跟肖依一起住。我俩商量着，最近回去一趟，帮老人家整理整理东西，也把社保、户口之类的手续给办一办，毕竟老人家年纪大，不如我们灵光。"

戴猛哈哈大笑："这个事情你支支吾吾的干什么？公司又不是没制度，用你俩的年假就行了呗。"

华生一脸的窘相，回应道："我们部门的头儿已经同意了，具体时间让我定，只要赶在下个案子碰人之前回来就行。但我觉得，得跟您请示，要不然这边的事情我不放心啊！"

戴猛朝着后视镜说道："肖依，这是你的主意吧？你家华生现在不归我直属管理，他请假的事情只要部门领导同意就好……"说到这里突然明白了华生的意思，他实际上是担心公安局案子的侦查进度，不想错过任何突发进展，便言语一转，"你俩请好假，领导同意了之后就可以动身，我这里没有任何问题。毕竟，老人家的事情是大事，重要。放心去吧。"然后又特意对华生说，"我知道你的担心，既然现在还没有消息，就放心去吧。如果真有了消息，我也会第一时间告诉你。但我还是那个观点，**先管好自己，再管好身边的家人，然后尽情给这个社会做贡献**。这个优先级排序，你懂吧？说句难听的，公安局的兄弟没我们在还办不了案子了？"

华生听完这番话释然了，他转身朝肖依说："那我们现在就订票，坐明早的火车回去？"

肖依狠狠地点了下头，乐呵呵地大声说："谢谢戴总！您真是太好啦！我这就订票！"说完，便拿出手机，低头开始查询票务信息。

车快到肖依家楼下的时候，肖依和华生正在商量明早出发的具体时间。戴猛电话响了，他接起电话并没有多说，而只是听，最后只问了一句："现在吗？"然后对着电话说，"好，我马上到。"

挂断电话后，戴猛跟华生说："刚刚支队又发现一具尸体，让我们去，李支特意点了你的名。"

华生没有说话，呆在那里有点不知所措。肖依快速看了看两个人的神情，也愣了一下，不过最后还是笑笑说："你们在前面把我放下，然后赶紧去。明天我自己回去。"见华生的神色有愧疚，但又明显很牵挂刚刚发生的案子，便安慰他道，"哎呀！没事，我妈肯定能理解。再说那些事情都不难，我就是自己跑过来的，有经验呢。放心吧！你安心留在这边，自己注意安全就好。前面停车，停车。"

戴猛把车停在楼下，肖依见华生还不放心，便朝着戴猛说："老同志，麻烦您闭一下眼睛。"她说完见戴猛识趣地闭上眼睛，便搂过华生的头，狠狠地吻上去。

华生手足无措地享受着女孩的热吻，又知道戴猛就在旁边忍着笑，不知如何解决当前的局面，只能闭上眼睛等待肖依的决定。好在，很快肖依就坐回座位，爽快地跟华生说："听我的，放心去。我们随时联系。我和我妈回来的时候，罚你来车站接我们，也给我妈表达下心意，嗯……送束鲜花吧。好啦，你们赶紧走，晚安！"

说完，拎着包就下车了，头也不回地往楼上走去。

华生望着她的背影，慌忙道："随时联系啊……晚安。"肖依依旧没有回头，只是摆了摆手。

戴猛看肖依的身影消失在楼道里，对华生说："这件事听你的。我的原则刚才说得很清楚了。你不必为难，想不清楚的时候，凭自己的直觉。"

华生眼睛一亮，决定道："戴总，咱们去支队。"

"好！"车子引擎响起，驶上公路。

华生问："刚才电话里怎么说？"

戴猛眼睛注视着前方，淡淡地说："新发现一具尸体。据老秦说，很惨。"

第三层

小九儿 → 少爷 → 可恨之人

按法律规定，

少爷肯定是错的。

少爷的做法，

真的能改变这世界哪怕一点点吗？

34 第二具尸体

开篇语：

疼吗？呵呵，你也能感觉到疼啊？我以为你这种变态，是没办法感觉到疼的呢。可以了，知道疼就行了，希望你能记一辈子。你一定能记一辈子，因为你的一辈子快到头了。这里有5张纸，你尽量大口呼吸啊，别跟我客气……

By 少爷

精致的剔骨

戴猛的车用最快的速度抵达市局支队大院门口。

和第一次踏进支队大院一样，华生仍然被直接领去了法医室。他在心里跟自己开玩笑："两次都是直接见尸体，我这也算见过世面的老刑警了吧？"

老秦亲自给开的门，身上的警服已经全部湿透，贴在胖乎乎的身上，看着就又热又湿又疲劳，刚刚脱掉的防护服上还沾着汗水。看样子，是刚刚解剖完毕。

见戴猛和华生进来，老秦勉强笑笑，走回自己的椅子里坐下，然后微微闭上眼睛，脸上的神情不仅仅是疲劳，仿佛还有更重的心事。马大队悄悄地走进屋，用眼神和大家打招呼后，站在戴猛和华生的身边等待老秦恢复体力。

得有1分钟左右的工夫，老秦豁然睁开眼睛，大家也跟着精神一振。老秦开口道："有没有要出去抽烟的，同去？"弄得大家好尴尬。马大队知道老秦是"不抽烟会死星人"，皱着眉毛笑着道："就一根啊，我们等着你。"

老秦嘿嘿一笑："谢谢领导！"

10分钟的工夫，等到老秦放松回来，华生发现他的面色明显变得非常凝重。

老秦走到尸体边，向在场所有人做简报："大家要做好心理准备。"说完这句话，还特意看了华生一眼。华生点头，表示明白。

当他打开遮尸布的时候，尽管华生已经做好了心理准备，但一瞬间还是觉得眼前有点发暗，一股酸涩抑制不住地从胃往咽喉涌上来，从嘴里泛出。第一次有这个反应的时候，还是一个多月前。

老秦按照顺序进行简报介绍："死者王艳梅，女性，26岁，尸源信息已经确定，是我市某软件公司员工，居住在旭日区港湾家园B座13层04室，独租一间一室一厅。尸体是今天早晨在她居所建筑物的天台发现的，当时把报案的物业员工给吓坏了。据推断，死者的死亡时间为昨夜11点到今晨4点之间，距当前22个小时左右。死者生前遭受非常严重的折磨。"

在老秦介绍的同时，华生忍受着恶心和恐惧看向尸体，但他的目光只触碰了一下便不由得闪开，用力地闭上眼睛后，强力按捺住自己的心跳和呕吐的冲动。老秦接着说："死者的右眼眼球被整个摘除，另外，双眼眼睑被切除。我觉得这是非常有特色的犯罪模式。"

华生闭上眼睛的原因，就是他刚刚在尸体面部看到了被摘除眼球之后的血洞，真的不敢多看。老秦的话让他直接想到了这个让人毛骨悚然的词语——"死不瞑目"。他也没有想到，自己作为一个理科男，竟然因为目睹了伤口，再加上这个恐怖的词语，导致恐惧直冲大脑，呕吐的欲望和眩晕的感觉一同折磨着他的神经系统。

老秦继续介绍："第二个有特色的折磨手法是火烧。死者的头发、眉毛、腋毛和阴毛被明火烧光，附近的真皮层烧伤痕迹明显，部分炭化。"讲到这里，老秦把遮尸布全部打开，展现在众人面前的，就是一具黑白相间的残缺尸体，还散发着烧焦的蛋白质味道。老秦沉吟了一下，继续说道，"另外，死者双臂肘关节骨折脱位，手指、脚趾指骨全部骨折脱位，怀疑是被逆向掰断的。双侧髌骨粉碎性骨折。"

"手掰断、腿敲碎、手指、脚趾骨折、火烤……"老秦将这些特征一个个描述出来后，华生模模糊糊觉得非常耳熟，好像在哪里听说过或者看到过，但因为强烈的刺激而一时之间无法想起。

老秦用手指将众人的目光引向死者的双腿，那里更加惨不忍睹。众人立刻皱紧眉头，他们知道这不是法医的解剖工作导致的，那么只有一种可能。老秦叹了口气道："这是我做法医几十年来第一次遇到的状况，死者左大腿股四头肌全部被摘除，右小腿所有肌肉被摘除，只剩下一根胫骨。根据切口估计，凶手使用的是手术刀之类的非常锋利精致的锐器。特别请大家注意，如果按照肌肉组织离断和血管结扎的手法评估，他的刀功不在我之下。双手臂、双腿剩余的部分，有明显的皮下瘀血和皮肤擦伤，符合约束伤特征。"

戴猛点点头道："所以，凶手应该有相关的专业背景，比如外科医生……"

华生一直在脑海中努力回忆那个似曾见过的信息，刚刚听到老秦的话，才顺势向死者腿部望去。这一望不要紧，尸骨残骸的惨象瞬间冲花了他的眼睛。本来还能努力克制自己，想收集更多信息来调取那个冥冥中觉得有用的回忆，但现在只觉得全身上下的肌肉在缩紧，胃在大力地收缩，不断挤压着，使酸涩的液体冲向大脑。此刻的大脑，真的感觉像被酸水侵蚀一样，针刺般疼痛。

老秦加了一句让所有人都发冷的话："最让我感到诧异的是，这些伤口全都有生活反应，初步推断并非致死原因。也就是说，凶手是在被害活着的时候，施加了上述折磨手段。"

华生一瞬间觉得后背直冒冷汗。这一身汗倒让恐惧感渐渐消失，不再那么眩晕了。当他再次尝试把注意力集中在尸体上时，脑海中不由得响起了死者挣扎时绝望的尖叫声和呻吟声。他不能想象，死者在遭受这些折磨的时候，会是怎样的感受。

讲完这些，老秦倒是松弛了下来，他和马大队聊天似的讨论道："马大队，说实话，解剖的时候，我一开始也非常震惊，但是越往后越觉得……怎么说呢，我觉得这具尸体里的信息量极大，行凶者很有意思。"

马大队瞪了他一眼，老秦倒是觉得没什么，他道："我知道我用词不准确，但普通的'残忍''变态'之类的词不足以形容这个行凶者。我一直想不明白一件事情……再告诉大家点更凶残的手段……"他顿了下，看了看华生的反应，见他还能集中注意力来听，便拿起激光笔指向死者双腿的白骨说，"死者的大腿和小腿肌肉被剔除，手法非常专业。大家看这里，死者腿上的每根大血管都被结扎，防止失血过多。所以，全部肌肉剔除完毕之后，被害人仍然可能没有死亡。而且，毒检科的同事并没有从死者的血液中检测出常见的麻醉剂成分，所以……"

他的话并未说完，但大家已经明白了。没有检出麻醉剂成分，说明在所有的折磨过程中，死者是清醒的，活生生地感受了自己被虐的全部过程。

华生脑海中再次响起了死者尖厉的号叫声，这让他仿佛置身冰窖一般，头好沉，视线模糊，看不清眼前的东西。但老秦接下来说的这句"我一直在想，凶手为什么要如此精致地折磨一个人呢"，华生听进去了，也就慢慢地恢复了神智。他开始对凶手好奇起来。而且，这具尸体上的每一处伤口都可以推导出好多凶手可能有的行为模式。想到这里，华生不由得望向戴猛。戴猛在笔记本上飞快地写着什么，估计也想到了很多犯罪画像信息。

看到戴猛如此淡定和专注，华生感觉到恐惧和恶心在减少，大脑可以缓慢地恢复思考了，而且思路越来越清晰。他觉得死者身上的这些伤势，自己一定在哪里见过。不过，想不起来的先不去管，他向老秦提出了自己最关心的问题："秦老师，你怎么能肯定被害人在经受了这么大的折磨后，还没死亡？普通人的话，疼也疼死了，或者吓也吓死了。"

老秦手一拍自己大腿，大声道："好问题！我之所以这么肯定她是活着受的折磨，是因为这个死者的最终致死原因是溺水。"

所有人都大吃一惊。马大队追问道："折磨成这样，最后是淹死的？"脸上的肌肉一阵轻微颤抖。

致死原因

老秦打开一组尸检解剖的照片，放一张，讲一张，似乎在点评的根本就不是一具尸体。

"尸检发现，死者是机械性窒息，溺亡。死者口鼻腔有蕈状泡沫。这是活体溺水的第一个证据。因为水进入呼吸道后，呼吸道黏膜分泌亢奋。溺液、黏液以及空气随着剧烈的呼吸运动或者呛咳搅拌，会在呼吸道形成泡沫，人死后会从口鼻溢出。如果是尸体入水，因为没有呼吸，就不会有这样的泡沫。"

马大队张口要说话，老秦挥手示意打断他，说道："我知道你要问，会不会是先呛水，后分离骨肉。别急，还有更强的证据。"

老秦换下一张照片，继续解释道："解剖发现，死者头部颞骨岩部出血，口唇青紫，指甲紫绀，内脏瘀血。可惜眼睑被取掉了，否则应该还有眼睑内侧出现出血点。这些都是溺亡的特征，可以证明死者是因为溺水而死亡的。"

他又换了一张照片，说道："解剖发现，死者有明显的水性肺气肿，这是第三条重要的溺死证据。死者的肺部因为吸入大量水分，大幅膨胀，被肋骨压制，表面有肋骨压痕。肺泡破裂，在肺叶表面形成我们称为'溺死斑'的红斑。解剖时，手指触感有明显捻发感。"

他再换了一张照片，接着说："解剖发现，死者静脉瘀血怒张，右心瘀血，左右心腔颜色不一致。这是第四条溺亡的证据。"

他每说一条证据，华生就越能够脱离尸体带来的恐惧感，用理性的思维把这些证据慢慢关联在一起。老秦缓了口气，说道："当然，死亡的原因很复杂。被害人被折磨导致的疼痛、恐惧，以及不可避免的大量失血，肯定是死亡的一部分原因，但最后的致死原因是溺亡。"

戴猛说："第一案发现场找到了吗？"

马大队应道："还没有最终确认，目前看来也许就是她租住的房子。之所以这样认定，是因为经过初步勘验，住所内部所有地面、墙面和天花板，以及室内的陈设，都被仔细擦拭过，连死者自己的居住痕迹都没有了。目前唯一的血迹，是在卫生间的马桶底座内侧发现的，经检验，是死者的血迹，估计是擦拭的时候疏漏了。"

戴猛惊道："入室折磨和溺杀！这么做风险非常大啊！周围都住了人，没有用麻药，这动静无论如何都小不了。"

老秦道："也不一定。我发现死者后脑和颈部衔接处有血肿，但没有钝器造成的皮肤撕裂伤。开颅后发现脑干、小脑部分有损伤，虽然没有用麻醉剂，但有可能是很大力量的打击，使得被害人瞬间昏迷。"

马大队补充道："走访排查邻居的工作正在做，但目前没有什么有效的信息。这个小区离死者的公司比较近，那里聚集了很多科技公司，所以这个小区里住的人基本是附近公司的年轻员工。楼下、楼上和同层一共有8户，2户待租，另外6户里租住了10个人，有7个人昨夜在公司加班，联系他们的时候还没有回来，只剩下了3个人，都表示没有听到任何异常动静。"

戴猛点头的同时，在内心深处画起一个大大的问号："闯到别人家里，虐杀对方，这份自信和胆量绝不是普通的刑事犯罪嫌疑人能有的。更何况，这么复杂的器官摘除、血管打结、肌肉剥离、关节折断等，死者怎么能不叫呢？这种控制手法让人不寒而栗。而且，凶手还让死者清醒地看到自己被折骨、剔肉、结扎血管，这种侵蚀和占有被害的心态，也超越了普通的侵犯，似乎在刻意执行某种任务。"

老秦继续道："我检查尸体的时候，还发现了一条重要的线索。"

戴猛问："是什么？"

老秦答道："在死者的食管和气管内发现了少量草纸的纤维。"

华生此刻已经完全忘记了对尸体的恐惧，抢在戴猛前惊呼道："草纸？！"

老秦看了华生一眼，确认道："是的，草纸。你想到了什么？"

华生答道："死者是溺水而亡，现在又检出了草纸纤维。这两件事加在一起，我第一时间想起的是'二战'期间德军、日军常用的——淹刑，美国在关塔那摩监狱也大量使用过这种逼供手段。"

老秦朝他竖起一个大拇指，点头说道："我其实也联想到了这种方式，最终导致被害人死亡。被害人的口鼻处被凶手铺上浸湿的草纸，一层一层地叠加，并不断浇水。在草纸增加到5层之后，口鼻已经很难从浸湿的草纸缝隙吸入氧气，水呛入被害人的肺部和食道，又咳不出来，非常难受。用这种方法折磨，通常是为了逼供。死者生前的确被捆绑过，这可以从双臂以及残存的部分腿部皮肤表面的约束伤推导得出。"

华生听到这里，按照笔记本上的内容默默在脑海中整理着："摘除眼球、切除眼睑、掰断大小关节、烧毛、剔肉、呛水……"

戴猛却更加关注杀害的手法："这次的杀害方式，有点实验的意思了。一点一点浇水，一层一层加纸，不着急地慢慢观察，看着被害人痛苦又无助，最终导致被害人死亡。"

华生突然转头问戴猛："戴总，你觉得会不会有逼供？如果有的话，是在逼问什么？"

戴猛说道："是不是有逼问，我回答不了，因为这种信息并不能从尸体上看出来。不过，我大胆地说一句，凶手非常有耐心，手法非常精致，不似逼供那么匆忙和有目的性。而且大半夜的，如果是为了逼供，势必会弄出更大的动静，也不会打击死者的脑干。凶手的行为模式，更像是在享受这个过程。或者，他的内心对死者有强烈的个人恩怨，所以才会过度施虐。不过，无论是哪一种情况，凶手的精神状态都属于变态状态。"

案情分析会

尸体情况介绍完毕之后，李支在9楼会议室召开案情分析会。

马大队的神色非常疲惫，眼睛不似平常那么有光彩。发生这么严重的罪案，让他的压力很大，从早晨带队去现场进行勘验到现在，他只吃了两碗泡面。

他首先向李支汇报道："李支，我们已经在尸检那里跟老秦碰过了详细的情况，他一会儿会把尸检报告提交上来。我们去做了现场勘验，尸体是在建筑物的天台发现的，初步断定第一案发现场应该是死者的住所。但是从住所通往天台的楼道和电梯里都没有发现血迹。唯一的血迹，是在死者住所的卫生间里的马桶底座内侧发现的，而且量非常少，经检验确认为死者的血迹。住所现场非常干净，显然被仔细擦拭过，目前没有发现任何指纹、掌纹和足迹，兄弟们还在现场进行二次查找。此外，我们查看了物业的监控，死者昨天早上 7 点 48 分最后一次乘电梯出门后，就再也没有出现在电梯里。初步怀疑，凶手行凶后，步行走上楼梯将尸体搬运至楼顶。楼道和天台区域都没有监控。"

李支问："抛尸现场有什么特征吗？"

马大队汇报道："有很多陈旧或残缺的足迹，除此之外没有发现其他异常。痕迹科的兄弟们正在鉴定比对比较清晰的足迹，目前已知的足迹比对结果里，可以确定有报案人的。其他……还没有发现其他新鲜可疑的足迹。"

李支一皱眉："这怎么可能？！那么重的人，只要搬运，哪怕脚上套了东西，也一定会留下痕迹。没有一点可疑的痕迹线索吗？"

马大队解释道："这个有的。我们在天台地面上发现了大片的剐蹭痕迹，一直延伸到尸体所在的位置，推测就是拖动尸体留下的痕迹。而且，在痕迹中检测到微量塑料成分，推测当初运送尸体的时候，是用塑料布包裹的。但是除此之外，的确没有发现其他有价值的痕迹。"

李支提了一个问题："一个人能做到吗？"

这个问题提醒了所有人。

马大队以为李支在问能不能一个人搬运尸体，而戴猛则立刻印证了自己的想法——如此精致而有控制力地折磨和杀人，一个人是很难完成的。就算被害完全配合，不做任何挣扎，光是摘除眼球、离断肌肉、结扎血管等复杂工作，如果没有经过大量训练，是不可能在几个小时之内完成的。更何况还有淹刑这种尝试。光是搬运水也会花费大量时间啊！最后，凶手竟然还有时间把整个房间仔仔细细地打扫一遍。所以，可以肯定凶手不是一个人。

马大队则回答道："搬运尸体的话，一个人应该可以完成，毕竟楼梯里基本上不会留下有效足迹，而到了天台上拖动尸体，则又可以抹掉那人留下的大部分足迹。"说到这里，似乎知道自己的分析有错误，便停下来思考，突然他又想起来一件事情，补充道，"哦，我们抵达现场的时候，还有一只流浪猫蹲在尸体旁边，所以附近有很多猫的脚印。"

就这一句话，让华生的脑海里"叮"了一声，一连串的线索整合在一起，清晰地出现在他的大脑里。他不由得用力敲了一下桌子，脱口而出："我想我可能找到了一条重要的线索。"

这个举动惊到了所有人，大家不约而同地望向他，颇有些诧异，因为平常这小伙子很内敛。

华生稍微有点不好意思，但还是急匆匆地把自己的想法连珠炮般说出来："港湾家园小区最近发生了一起非常著名的虐猫事件。虐猫女对流浪猫使用了非常残酷的手段，其中就包括摘除眼球、折断四肢、火烤皮毛、剔除腿上的肌肉等。现在想来，这些猫所受的折磨跟死者遭受的折磨非常相似。而且，虐猫女还拍摄了大量照片和小视频发布到互联网上，引发了网友们的强烈愤慨。当时，很多网友加入讨伐的队伍中，根据照片和视频里的环境、建筑物角度等细节信息，推导出应该就是港湾家园小区，后来网友们还在小区的垃圾桶里找到了被虐流浪猫的尸体。我一直觉得尸检结果里这些关键词有点耳熟，刚刚马大队提到流浪猫的时候，我一下就想起来了。"

大家被华生的这个想法搞得有点迷茫。虽然几处逻辑都存在关联性，但还是觉得把这么残忍的杀人案和互联网上虐待动物的事件联系在一起有点勉强。

李支在沉思，没有表达自己的态度。任支听完，觉得有点匪夷所思。他认为这两件事之间如果有关联，那凶手的动机就是为动物鸣不平而"复仇"。这在实际发生过的案件中还没有出现过。全国范围内，也没听说过有人以身试法，试的还是严重的杀人犯罪，仅仅是为了给流浪猫鸣不平。任支询问马大队："死者的物品开始查验了吗？电脑、手机之类的东西。"

马大队尴尬一笑："还没开始。从接到报案到现在，兄弟们一直没歇脚。现场勘验、监控分析以及法医这边是第一批，他们完事了，再让技术小组的人查验电脑和手机之类的物品。"

任支点头道："好！尽快呈报结果，有消息第一时间通知大家。港湾家园是很老的小区了，人口密集。凶手如果在住所完成全部犯罪过程，包括折磨、精致手术、淹刑、运尸，是需要很长时间的。晚间大量行为也一定会有异常的声响。要从邻居那里入手，再细问。这是第一个重点。另外，进入犯罪现场——实施犯罪——离开犯罪现场，这条凶手的行进路线是必须搞明白的。总要有人，应该还不止一个人，从小区的公共区域进入楼群和死者住所。这么复杂的作案过程，至少需要几个小时完成，完成后离开作案现场也应该有痕迹，比如比较密集的脚印、监控录像等，这些还需要再仔细地查查。"

下达完这些具体的命令，任支朝向戴猛和华生两人："请两位专家再给我们提供一些宝贵的建议。"

华生对自己提出的线索没有获得认同很意外，他没有讲话，只是看向戴猛。戴猛思考了一下，开口道："知无不言，言无不尽，我把我想到的一个关键的事情说一下，但不要影响大家的重要办案思路，尤其是任支刚才交代的办案重点，一定不要被我的思路干扰。"

大家都明白，这个节骨眼上，信息越多，越有利于办案，但主要的办案节奏，还是要听领导的指挥。

犯罪心理画像

戴猛接着说："这个案子的主要嫌疑人，也就是摘除眼球、离断肌肉以及实施淹刑的人，从行为模式的角度来分析，可以总结为两个字——'控制'，非常精致的控制。这种反复尝试的折磨虐杀，虽然和刚才华生说的虐猫没有直接关系，但从心态来讲几乎如出一辙。我们甚至可以想象，他微笑着观察死者挣扎的过程，这绝不是普通的刑事犯罪会有的那种凶狠和冲动，而是在享受这个过程。"

说到这里，他停下来看大家的反应，见大家听得都很专注，便继续大胆道："这种精致的控制和变态的享受，让我想起另外一起案子……"

李支接话道："姚大广的抛尸案？"

戴猛一点头："对！一个多月前让我们头疼的三环抛尸案。我们停在二虎那条线索上，后来就一直没有新的进展。这两起案子，表面上看起来没有什么关联，但是，我们来看看两起案件中嫌疑人的行为模式，就会发现一些巧合。第一，姚大广生前也是饱受折磨，折磨的手法虽然没有这么精致，但从组织实施的角度来讲，相比手术刀的离断而言，车辆的撞击其实并不粗犷。尤其是伪造碰瓷现场、教人做伪证等，可以说做得非常精致。我是觉得，从作案人的组织水平和心理变态程度来看，有这种作案条件、作案心理和专业背景的人，应该不多。第二，姚大广是碰瓷惯犯，死于碰瓷的仿制，而今天的死者如果是华生所说的虐猫者，那么从被虐手段来看，就可以认定为死于虐猫的仿制。假设这一条成立的话，那就是一个非常强烈的关联，两起案子都是'以其人之道，还治其人之身'，动机可以暂时归结为一种法外惩戒的心态，因为两起案件的受害者都无法接受法律的'惩戒'。第三，两起案子的死者都在生前经受了残忍的折磨，而最终死因惊人地相似：姚大广是遭受了绞刑，机械性窒息而死；本案受害者遭受了淹刑，溺亡。最关键的是，这两种结束被害人生命的手法，与前面的折磨手段根本就没有必然的逻辑关系，更像是单独实施的一个环节。"

沉默了片刻，戴猛说："嗯，差不多，暂时就这么多。我只是做了大胆设想，谨慎求证的过程还是交给兄弟们。我也怕自己的超前想法会打乱大家的思路，所以请李支把关。一切后续调查听您安排，如果需要我们参加的话，您尽管跟我们说就好。"

在回去的路上，戴猛和华生都一直沉默，也许两人都在思考刚才的诡异案情，也许还有其他的心事。

戴猛突然没头没尾地说了一句："我觉得你说得对。"

华生问："您是说本案和虐猫事件的关联？"

戴猛点头："我越想，越觉得凶手的动机与他作案的行为模式吻合。这么复杂、变态、精致的折磨手法，普通的动机也驱动不了。越是我们普通人难以理解的动机，反而越可能驱动出超常的行为。"

华生非常诚恳地讲："戴总，不瞒您说，我能理解凶手对虐猫者的那种恨。"

戴猛很惊讶，偏头看了华生一段时间，才又把头转回正前方，没有说话。

华生解释道："我看了那些虐猫的新闻，流出的一些图片和视频我也看到了。我看完的感觉就是，特别恨。最恨的是这些无能的人，在现实中和人打交道都是失败者，都是没有办法处理好自己生活的低弱群体。他们只有欺负那些没有办法反抗，甚至没有办法喊疼、喊委屈的小动物，才能找回些许的心理平衡。这种人特别可恨！"

华生的脸上渐渐浮现出了凶狠的表情。

戴猛不用看他，也能从语气中感受到情绪的剧烈起伏。他没有多说什么，只是问了一句："你如果是失败者，会去折磨小动物吗？"

华生听了一怔，简单思考了一下就决然道："肯定不会啊！我下不去手。我能感受到小动物的痛苦和无助，我会难过。"

戴猛"嗯"了一声，沉默片刻，又问："如果没有法律约束，有人长期虐待动物且沾沾自喜地炫耀，你会想惩罚他们吗？"

华生明白了他的意思，审慎地把自己代入那个模拟情境中，良久才答道："也许……会。我可以接受弱者弱、强者强，因为每个人的处境不同；我也可以接受弱者和弱者之间的斤斤计较，接受强者和强者之间的明争暗斗，那些都是人性；但是，这种事……让我产生了深深的厌恶。他们倘若悄悄做、不声张，我也许会可怜他们。但是他们现在这么堂而皇之、恬不知耻，我会希望他们为自己的无耻付出代价，体会相同的痛苦。"

戴猛远远没有料到华生能把这种心理状态通过简单几句话还原出来，一时间沉默了，不知该说什么。同时，他隐隐从华生的表情和呼吸中体察到了什么东西，说不上好还是不好，没有办法评价，遂问道："有法律约束的前提下，你会动手去惩罚这些人吗？"

华生知道自己刚才陷入了情绪中，而且一瞬间陷得很深。他也觉得奇怪，从来没有想过这个问题，却能有如此深刻的感受。听戴猛这么一问，他断然答道："当然不会。文明社会中对个体的惩罚，只有公权力才有资格做。也许很多人都有惩罚他人的理由，比如杀父之仇、夺妻之恨、弑子之怨，但这些理由不能成为惩罚个体的资格，也不可能赋予这些人权利。倘若人人都能报私仇，那么人人都不会安生。所以，我肯定不会。"

戴猛"嗯"了一声，没有再跟华生讨论这个话题，而是突然问他："你明天要不要去岳母家啊？"

华生反应了一下才明白，戴猛说的"岳母"是指肖依的妈妈，脸上一热，但也没有纠正，直接回答道："说实话，想去。阿姨那边，对她来讲也算是个大事，毕竟老人家以后要动根本了。这个新发生的案件，嫌疑人还没找到的话，我暂时可以离开。您看呢？"

戴猛点头微笑，心里释然了，看来自己刚才担心得有点多余了，他怕华生走偏了。他问华生："那我现在把你送到哪里？是回你住处，还是直接去肖依那里？"说完，笑着等华生答复。

华生有点不好意思，心知自己和肖依还没有好到那个程度，也知道戴猛在自认为幽默地开自己的玩笑，便说："您在我楼下附近停就好，我还得收拾东西呢！"

华生看了下表，已经是凌晨1点多了。华生犹豫了一下，还是给肖依打了个电话，希望能买到和她同一班的火车票。肖依的声音很微弱，显然是睡着了又被吵醒了，听到华生说明早要跟自己一起走，她"哇"的一声高兴地大叫起来，然后又立刻关心地问:"不是说又发生了命案吗?你别因为我的事耽误了正经事情。"听声音她一点都不困了,还掺杂着一点特别的小担心。

华生简单解释了一下状况,催促她说:"快把火车班次发给我,一会儿买不到票了。"

肖依简直高兴得不得了,连忙跟他说了火车班次,并再次确认:"真的没关系吗?你真的能出来?"

华生已经听出她的心情了,见她还这么装客气,不由得觉得好笑,用一只手捂着手机小声道:"乖,睡觉啦,不要太兴奋。没问题的,放心吧。早晨火车站见!"

肖依连连"嗯""嗯",犹犹豫豫地问了一句:"要不……你来我这里?"

35　第三具尸体

开篇语：

少爷，虽然我觉得您有点任性，但是没有关系，我还是会全力支持。这件事情您要求得太急，没办法做详细布置了。我不喜欢冒险，我喜欢一切运筹帷幄，但我只能冒险，为了您，也为了小九儿，更为了老爷子。

By 福坤

虐猫女已确认

华生和肖依正在火车上计划着这几天的行程，要帮肖妈妈做的事情太多，时间还是蛮紧的。

同时，市局支队大楼9层的会议室里异常忙碌。

技术组的同志一早就向专案组通报了查验结果。港湾家园死者的电脑和手机里果然存储着大量虐猫、虐狗的照片和视频，那血淋淋的残忍画面，连技术组的小伙子都不忍直视。

如此一来，死者生前遭受的虐待和她虐杀小动物这两件事之间也许就有了关联，华生的想法得到了一定程度的验证。但是，所有专案组的人对于作案者的动机还是不敢确认。真的有人会为小动物鸣不平而犯下杀人重罪吗？但是，从目前掌握的线索看，只有这一个方向能解释得通，情杀、财杀、误杀，都没有证据支持。

李支是个开明的老刑警，并不排斥奇怪的设想。他深深地抽了一口烟，问技术组的同志："还有其他信息吗？手机里的通话记录和短信恢复了吗？"

负责人回话道:"做过恢复了,和既有信息差别不大,也没有找到删除命令的痕迹。我们在她的微信记录里看到了好几个虐猫群,似乎他们这是一个产业,拍了照片和视频可以卖给国外的网站挣钱,所以他们有很多关于这方面的交流,有虐杀方法、虐杀心得、虐杀的生意等,非常变态。我们忍着看了很多,可以确认的有两点……"

李支目不转睛地听着,之后点起一根烟。

负责人明白领导在听在思考,继续汇报:"第一,这名死者肯定是虐杀小动物的心理变态者,参与了很多虐杀事件。第二,跟本案可能有关的记录,是在发现尸体的前一天,某一个群的聊天记录里发现的。群里有一个人跟死者一共聊了7句,请她下了班去'看货'。然后,两个人加了微信开始私聊,确定了'看货'就是'看猫'。"

李支眉毛一立,其他人也立刻竖起了耳朵,这是一个非常敏感的信息啊!任支立刻问:"能查到留言的是什么人吗?约的地点在哪里?"

监控小组的负责人摇摇头,有点沉重地说:"没有说具体地点,只说下班之后在她公司楼下等她,一起走。"

李支问道:"监控调取了吗?"

警员摇摇头:"查过她公司内部和周围的监控了,确认下班的时候,被害人的行动轨迹都是正常的,没有异常。昨天下午6点左右,被害人下班后走出大厦,走进了一个无监控覆盖的区域,就再也没有了踪迹。"

李支大概说明了情况:"所以,从黑洞区域出来的所有车辆都有嫌疑……这个工作量太大了,先放一放。但这也说明了另一个问题,被害人并没有回家。那么,她的住所是不是第一作案现场,就需要重新勘验了。"

任支问:"其他小组,有新发现吗?"

马大队汇报道:"在死者住所的冰箱内发现了一把手术刀,从上面验证出两种血迹,一种是死者本人的血,另一种不是人血,经分析发现是猫的。未见指纹。"

所有人心里一沉。

就在大家都沉默的时候，李支的电话铃响了起来，尽管铃声是《吉祥三宝》这么温馨的曲子，但在这个时刻听起来还是让人皮肤发紧。

电话接通不到 2 秒钟，李支的神色竟然出现了些许震惊的痕迹。这种表情对于这位从警 30 年、经手无数大案的老警察而言，几乎都已绝迹。

电话里汇报的内容是，刚刚又发现了一具尸体！

浮尸

这是一具男性尸体，全身赤裸，被发现于从昌宁区水库向城区的引水渠下游，被人民公园的湖水围栏挡在外面，随着水波上下浮动。尸体被打捞上来的时候，已经被水泡得鼓胀惨白。

现场并没有发现任何可疑的痕迹，因此这里并非第一作案现场，尸体应该是漂到这里停下的。于是，任支命令分头行动，将尸体运回支队解剖检验，一组人立刻开始搜集失踪人口信息，另一组人研究地理信息和水文信息，判断尸体可能经过以及投放的地点。

老秦已经习惯了，连续两天解剖检验尸体，并没有感觉到疲劳，但是连续两天的直接发案密度却让他的心理压力很大。因为身在市局，各辖区的案子也常常参加，但性质从没有这么严重过。

老秦很快确认死者年龄在 18 岁到 22 岁之间，颈部被绳索状物勒紧窒息而亡，眼睑内侧的出血点等痕迹也证明死因无误。不过，由于水流冲击和浸泡，尸体上的很多痕迹已被自然毁坏，但尸身四肢上遍布的灼烧痕迹却依旧明显。有些肌肉因为被烤熟了，又在水中漂流，自动脱离了骨头，看起来惨不忍睹。尸身上有很多伤口都是漂流的过程中被石头或鱼类造成的，伤口遍及全身，都泛着白色，没有生活反应。

尽管这具尸体鉴定结果相对简单一些，但目前却没有任何可以用于开展侦查的信息，再加上两起案件间隔不到24小时，会议室里每个人的神色都明显焦虑。任支问："尸体身份确认了没？"

马大队还在排查一线，小孙向领导汇报道："目前还没有。"

任支捏了捏两只手，心里一阵紧张。没有尸源信息，就意味着这起案子没有抓手可以推进。

他问："水文和地理分析的结果呢？"

小孙答道："老秦帮我们计算过，根据尸体的浸水程度和发胀程度推断，其在水中浸泡的时间应该超过了10个小时。但是，由于无法判断尸体被栅栏挡住之后停留了多久，所以没有办法准确判断出具体的抛尸地点在哪里。理论上，从作为源头的龙盘水库开始，沿着引水渠一路漂流下来的最长时间为6个小时，所以整条水渠上的任何一个位置都有可能是抛尸地点。"

这样一来，工作量就太大了，不可能沿着整条引水渠走访排查一遍。倘若这个抛尸方案是凶手刻意为之，就说明对方很有心机，提前算计到了侦查手段。

任支再次追问："失踪人口信息方面呢，有消息吗？"

小孙汇报道："我们已经通知了各派出所和分局，按照倒序把近一个月的失踪人口信息汇总上报。按照年龄和性别交叉比对之后，目前有12条符合的记录。DNA鉴定的同志已经在全力筛查了。不过，不是所有被报失踪的人员都留有DNA记录，我们正在想办法。"

时间是硬成本，很多时候是必须付出和等待的。人的大脑进行信息处理可以达到光速级别，但回落到物理世界中却受到各种现实规则的牵绊。任支无奈地点点头，他几乎想抽烟了。

李支已经很久没有见到老兄弟和老下属这么焦虑了。任支一路踏踏实实走过来，走上领导岗位，一直以稳健著称，协调各工种积极配合，缜密细致。这次明显能看出他内心的波动，正如自己的心情一样。

惩戒

李支斟酌道:"我有了一条思路。港湾家园的案子里,华生提到过一个思路——惩戒,至少姚大广和王艳梅都符合这个假设。现在的未知死者尸体最明显的特征是火烧痕迹,同时也是窒息死亡,我们能不能按照这个思路逆向排查一下?"

小孙说:"您的意思是,看看失踪人口里有没有与纵火相关的人员?"

李支点头,补充道:"不应该局限于失踪人口。近期出现过的纵火案涉案人员,都可以进行一级筛查。"

任支将信将疑地看着李支,不确定这个思路是好是坏,但目前也没有更好的方法。他只是担心,这种大胆的侦查方向会不会浪费警力并影响士气。

小孙立刻反应过来,马上安排落实。很快结果就报上来了,就在昨天晚上9点左右,本市滨海区下辖的派出所接到一起失踪人口报案,报案人称,他的儿子失踪了。小孙把一沓材料分开交给李支和任支,兴奋地汇报道:"这个失踪青年刚刚满18岁不到两天。4年前,也就是他快14岁的时候,曾经纵火焚烧了一名素不相识的女老师。当时案子被滨海分局处理过,但因为那时他是未成年人而没有立案。"

所有人眼睛一亮。李支问道:"DNA 有吗?"

小孙用力一点头,应道:"留了,正在验证。"

DNA 鉴定结果很快就出来了,纵火少年的 DNA 记录与死者 DNA 吻合。李支和任支同时用力地拍了一下手掌,大为兴奋。这样一来,尸源问题就解决了。但更大的麻烦也来了,如果凶手真的是出于惩戒动机而犯罪,那么对他(们)的追查难度几乎形同于大海捞针。

在所有的命案侦查中,随机犯罪侦查是难度最大的,尤其是这种没有痕迹、物证作为支持的随机犯罪侦查。大多数命案都可以通过死者的社交关系快速进行梳理和排查,情杀、仇杀、财杀等,逻辑关联都相对非常清晰。但随机犯罪则很特殊，因为死者和凶手之间没有明显的逻辑关系可以用于倒推。即使是出于惩戒动机，理论上所有人都可能实施犯罪行为。看来，现在必须把戴猛总结出来的凶手行为特征用于案件调查了。

任支和李支快速商量了一下，决定通知专案小组：第一，将三个案件并案侦查，重新研究姚大广案、王艳梅案和本案中的所有犯罪细节，找到共同特征；第二，重点排查与赵乾相关的人员，以此为切入点开展工作；第三，特别注意有医学背景，财力比较雄厚或社会地位比较高，可能具备高级别组织能力的人员或组织；第四，特别注意有计算机技术和通信技术专业背景的人员。

此外，立刻通知失踪报案的人来刑警支队，要当面了解更加详细的情况，同时派人去滨海分局调取之前纵火伤害案的所有案卷信息。

死者名叫宋鹏鹏，刚满18岁，却劣迹斑斑。

当报案人宋建文来到支队的时候，小孙警官很快就了解了他的家庭情况和基本信息，可以确信这是一个比较浑蛋的、失败的爸爸。自己的日子都过得糊里糊涂，处处碰壁，更无心管教一个调皮的孩子。从他这里，基本上能得到的信息就是孩子失踪当天曾和他发生激烈口角，他一怒之下把孩子用铁链锁在家中，然后就去上班了。其他的，什么有用的信息也提供不出来。在失去了儿子之后，他也并不怎么难过和悲伤，纠缠着警方一味打听怎么才能找到凶手，怎么才能索要赔偿。

小孙被他聒噪得压不住心里的火，但又没有冲他发火的借口，冷冷地道："没想到，儿子活着的时候你不怎么操心，现在死了，你这么操心啊！"言罢，转身去向任支汇报情况了，派了个面冷的大块头送宋建文离开。

任支命令，迅速调取太阳园小区的监控，并对邻居进行走访调查。

断电

令人没想到的是，前方很快传回结果，监控小组调集宋建文离开家之后的录像发现，凌晨12点40分至1点半，因为小区停电，没有监控条件，信息缺失。来电之后的监控经过检查，未见异常。

怎么会这么巧，就在这段时间停电？

从锁具被暴力破坏来判断，宋鹏鹏肯定是被带离的，但是现场没有打斗的痕迹，也没有任何有效的其他痕迹。在如此安静的夜里，邻居们甚至没有听到任何异常的动静。

任支在脑海中模拟了一下50分钟的时间分布，从进入小区，到控制宋鹏鹏，再到离开小区，恐怕这段时间的停电是有人刻意为之。他立刻嘱咐监控分析小组，调取小区周围道路监控，希望能找到异常的车辆记录，靠近的、停留的、进入或离开小区的。那个时间点，毕竟不会有太多车辆。

但很快，令人失望的结果再次传回。专案组惊讶地发现，当时不仅仅是小区断电，而且覆盖方圆5公里的变电站出现了故障，所以那儿附近道路的监控也都没有数据。

李支被这种胆大的行为激怒了。如果这是凶手干的，为了劫持和杀害一个人，竟然断掉了一个大区域的电，这既是缜密的犯罪构思，同时也是对警方侦查力量的挑衅，说明他为了达到目的，完全不在乎后果。

李支重重地熄掉手中的烟，咬紧牙问："变电站的故障原因，查了吗？"

小孙回复："李支，变电站的断电原因已经查明，没有设备故障，断电指令是由总控工作站直接发出的。"

这下奇了，竟然不是故障？总控工作站不会自己无缘无故地给辖区断电，这条指令只能是人为下达的。

"谁下达的指令？"

"服务器日志上记录的是一名陈姓工程师用他的ID登录，并于当日凌晨12点40分下达了断电指令。但是，我们调查了当晚值班的陈某，他称自己并未下达过指令，且在发现断电之后立刻向市总公司汇报、复核，确认没有这项计划之后，便立刻着手恢复，总公司那边的通话记录可以证明这一点。我们也调查了该变电站其他电网工作人员，他们也称并没有人做过类似的操作指令，服务器日志中也没有发现他们的账号有相关操作记录。另有工作间里的监控可以证明上述信息。他们的IT工程师仔细检查过系统，告诉我们说……"

"犹豫什么？说啊！"

"李支，我不是犹豫，他们说服务器里的日志生成时间，比监控探测到的实际断电时间晚了12秒钟，这种情况是不合理的。"

李支喃喃地重复道："晚了12秒钟，也就是先断了电，12秒之后才有了服务器日志？"

小孙确认："是的。我们已经提取了相关的证据，的确晚了12秒。正常的情况应该是先下达指令，然后发生断电的情况。这也就意味着……"

两人异口同声："服务器日志是假的！"

李支声音微微颤抖了起来，大声问："谁有权限修改服务器日志？"

小孙答："只有根用户。根用户权限，不要说变电站的工作站，就是区里的电力公司总工程师都没有。这么高的用户权限只有一个人可以拥有，那就是市电力公司总工程师。"

这个嫌疑人的指向，让李支感到头疼，任支看出他的为难，递上一杯新茶。

李支明白，电力公司相对独立，并不受市委市政府直接管理，而是向上级电力公司汇报工作。也就是说，市电力公司的总工程师职位不可小觑。职位的高低并不是最核心的难点，难点是要调查市电力公司总工程师的话，估计审批手续从市局这里开始就会很审慎，之后更会有层层障碍，难度可想而知。能源是城市的核心动力，谁也不能轻举妄动。

任支问："有市电力公司总工程师的资料吗？"知己知彼，心中有底。

小孙立刻点头道："这个简单。"

没多久，资料简报反馈回来，包括履历，还包括近期参加的活动、讲话、新闻、行程等，一应俱全。但是，当大家仔仔细细分析过之后，并没有找到任何可疑的地方，很难跟这次犯罪牵扯上什么关系。20世纪80年代初的大学生，在电力系统一路从基层干到现在的领导岗位，也是纯技术型领导岗位。家庭、孩子都很普通，社交关系也比较简单。从年龄和职业背景来看，显然不会和死者有什么直接关联。那么，会不会是暗中帮助凶手呢？

犹豫良久，李支决定还是要明着跟电力公司和总工程师会谈一次，讲明情况。会谈的过程，可以把姜老师他们叫上从旁观察，帮助筛查可能存在的疑点。

于是，李支先向市局申请了给电力公司的公函，请对方协助调查。不出所料，市局领导在很详细地询问过公函意图和风险防控措施之后，才审慎地用比较中性的温和措辞核发出来。李支却把公函放在自己手里并未发出，而是通过朋友找朋友的方式，先私下跟总工程师联系。

接通电话之后，总工程师的反应出人意料地平和，也很爽快，双方很快就约好第二天下午见面。李支悬着的心放下了一半。任支理解李支的苦心，是怕直接发函公事公办，可能会导致事态扩大，徒增负担。一边准备好公函，一边私下取得联系，没有问题就风平浪静地悄悄过去，有问题再出具公函，掌控更强。

李支即刻给姜老师打电话，说明情况后邀请他明天一起去见面，跟这位总工程师碰碰。

肖依的眼神

华生他们刚一回到肖依家，就开始忙活起来了。他们先是帮肖妈妈收拾家里的东西，该卖的卖，该打包的打包，该送人的送人。像装箱子、搬柜子、爬高上低这种事情，幸亏华生来了，要不然肖依一个人够呛。

肖依则一边跟妈妈聊天，一边在厨房忙活着。母女俩好久没见，聊着各种工作、生活和情感的细碎话题，伴着洗、切、蒸、炸的声音，两人都觉得很踏实。食材一下锅，香味就飘得满屋都是。肖依给华生端杯水过去，看着他额头微微冒汗的样子，眼睛里都是欢喜。

华生把水杯递给肖依，说道："叔叔阿姨的书可真够多的，难怪能养出这么聪明伶俐的姑娘！"肖依看他夸自己，满心欢喜，视线随着华生的动作上上下下不肯离开，目光痴痴的。原来在她心里，还是更喜欢这个踏实卖力做家务做到热汗淋漓的华生。尽管那个聪明又犀利的华生也非常好，但这个更像自己爸爸的风格，勤勤恳恳的聪明人，非常性感。

华生看出来她有点奇怪，便故意贴近她的脸，仔细看着她的眼睛，一下子就笑起来了。他抿着嘴扭过头去，肩膀直抖，显然在偷笑。

这下肖依不乐意了，用手拍他后背问道："你笑什么呢？"

华生头也不回，继续背着脸偷乐，摆摆手道："你让我笑一会儿。"

肖依拉住他的手臂，强行把他的脸扭过来，故作严肃地问道："到底在笑什么？"

华生的脸在她手中间动不了，便顺势正色道："你等等啊，我给你拍张照片，我发现了一个绝世好素材。"

看他突然变成一脸正经的样子，还说什么"绝世好素材"，肖依有点蒙。华生拿起手机，对着肖依的眼睛仔细地拍了一张照片。肖依看了看照片，觉得并没有什么特别的。可是华生仔细看过之后，又忍不住坏笑起来，一脸的得意。

肖依脸一沉，下了最后通牒："说不说啊？我可警告你，你的表现决定了晚上的待遇。"

华生逗她："什么待遇？"

肖依正色道："闻见这香味了吗？我妈一共做了12个菜，好好表现都可以吃，干活一般就只能吃4个凉菜。如果你不告诉我照片里怎么了，你就只吃米饭吧你！"

华生大为惊讶："这么严重啊！"

肖依瞪了一下他，嗔道："当然啦！这可是态度问题，是你的自我定位问题。不要以为只有你会看表情，我也会。我看到你一脸的得意坏笑，究竟是什么意思？"

华生顺势应道："好吧，好吧，只吃米饭太可怕了，我还是告诉你吧。"

他把照片放大给肖依看，问她，"你看得到自己的瞳孔吗？"

"看得到啊！怎么了？"肖依一脸懵懂，"又黑又大的，不是很可爱吗？"

"就光是可爱吗？"华生摆出一副非常严肃的样子，摇动着手指说，"不不不，这么大的瞳孔，说明你刚才在想坏事。"

"想坏……事……"肖依努力回想，"没有啊……"

"我跟你说啊，瞳孔放大这种反应，要么是因为愤怒，要么是因为恐惧，要么是因为性兴奋。你自己说你刚才是哪种状态吧。"理工男开玩笑的方式总是让普通人很无语，但肖依就是爱。

听完他的这三种分析，肖依立刻就脸红了。她眼睛一瞪，凶道："就你这个样子，看看你的肚子……"说到这里，用手指杵了杵华生腰间，才发现他原来的游泳圈已经没有了，取而代之的是结实的核心肌肉，只好话锋一转，"你以为瘦下来我就会怕你吗？胖子我都能收拾得了，瘦子就更好办了！"

华生几乎贴近了她的脸，一副认真的学究样子，颇为惊讶地说："呀！瞳孔又放大了啊！要么是更生气，要么是更害怕，要么是更……"他一本正经地胡说八道，肖依的脸更红了，又不知道该怎么对付他，扭身走开的时候，甩下一句话："你今天晚上只能吃米饭！"

饭菜都摆好了，肖依妈妈首先表达了对华生的感谢，言辞间颇为感动，总是先看看华生，再看看自己女儿，然后再说些客套话。华生其实不太擅长应对这种场面，尤其是对自己人，所以略显尴尬。倘若是纯粹的业务关系，他倒是可以做到左右逢源。这就是走心和不走心的差别，即使是心理学博士，他也应对不好此刻的场面。毕竟人不是机器，趋利避害、想轻松自在的驱动力让人成为"人"。

肖依一看两人的神情，心里立刻跟明镜似的。她拦住妈妈，插话道："哎呀，妈！您不用跟他客气，他吃了多少您做的好吃的呢！"

肖依妈妈倒是明白的，责怪自己孩子道："你少瞎说！妈妈还是知道的，华生这次可是专程来的，公司里还有事，都请假了呢。这份心意，阿姨知道，阿姨心里明白。"其实，这些都是肖依跟她说的。肖依之所以没说是公安局的杀人案，是怕妈妈担心。

华生看了一眼肖依，两个人眼神一对，他就已经明白了大致状况。华生赶紧安慰道："阿姨，您不用这么客气。我来之前，工作都安排好了，不会有问题的，也跟领导请好假了。领导听说我是来帮您搬家，非常支持。因为肖依是个好同志，在单位里非常受欢迎！"华生知道长辈们最关心的几个点，不动声色地就把这几个关键问题藏在话里递出去了。

肖依妈妈果然放心了很多，特意看了一眼华生，又看了一眼自己的女儿，眼神有点热切地望着女儿，却对华生说："华生啊！这次我搬过去跟依依一起住，你要常来坐坐啊。只要有时间就来。要不然就我跟依依两人，好吃的都没机会做。"

华生乐呵呵地连声称好，肖依却嗔怪道："妈，您这啥意思？他不来，您还不给我做饭了是吗？这我可不干！"一脸的不高兴，一转脸却又对华生讲，"你，听见了没有？回去以后，必须每周来我家至少两次，看着我妈把饭菜做好，然后等我的命令。我要看心情，心情好就留你一起吃，心情不好就请你回去，我们自己吃。明白了吗？"说完龇牙咧嘴地一笑，还朝着华生吐了下舌头。

当着肖依妈妈的面，尽管谁都不会当真，但华生还是没有答话，只是无奈地笑笑，给肖依的蛮霸表演加点效果分。

快吃完的时候，华生嘱咐肖依妈妈："阿姨，我们给您预约了明天的体检。今天晚上8点之后，您就不能吃东西了，好好休息！谢谢您做了这么多好吃的，今天可解馋了！"

肖依也跟着嘱咐道："嗯，是的。妈，今天晚上您要好好睡一觉，争取让明天各项指标都正常。"肖依的爸爸得癌症去世，就是因为积劳成疾又不按时去体检，发现得晚了。肖依对这件事情非常伤心，因此这次回来一定要给妈妈做个全身体检。她继续说："今天晚上我不和您聊天了，等明天体检完再说。今晚您还是自己睡，问题不大吧？"

肖依妈妈立刻就问道:"那你睡哪里啊?咱家一共就两间卧室,我本来打算咱俩一间,华生一间的。"

肖依看了华生一眼,华生特别配合地说道:"没事,我睡客厅。"

韩总工程师

因为是私下约见,不好请对方到支队的办案区,因此李支将市电力公司总工程师韩子培约在了"观碗水"茶楼。这个茶楼的位置与市局刑警支队、韩子培家在地图上形成了一个三角形。定这个地方,李支是经过仔细考虑的。如果定在支队,显得过于强势,毕竟案情还没有明朗;如果定在韩家附近,则显得支队态度太过殷勤;定在两点间的直线中间,则会显得有点随意。所以,定在这个地方,会让韩子培重视这件事,又不会显得李支太过失礼。

陪同李支一起跟韩子培见面的是姜老师。没想到,对方一见面大为惊讶,连声道:"这不是姜老师吗?我和我爱人可都是您的粉丝啊!"

这个突发状况,出乎所有人的意料。接下来的寒暄则显得有点尴尬,直到韩子培微笑着对李支说:"李支队长,姜老师研究的项目我可是知道的。之前您约我出来聊,我猜可能有什么案件需要我私人的帮助。现在姜老师跟着您一起来,我大概知道您对我的需求了。"

这些话让李支和姜老师的尴尬达到峰值。本来藏在后面的撒手锏现在变成了明面上的展览品,暴露了意图,而且可能让对方的防备程度空前提高。李支故作镇定,没有往姜老师的方向看,生怕两个人目光相触之后更加难堪。韩子培的话一落地,他开始担心接下来谈话的效果会变得很差,导致后面的调查进度严重受阻,心中暗暗后悔。

姜老师心里的波动倒没有这么大,因为**对方如果加以防备,那么越用心破绽就越多**,所以这一点他倒是不担心。只是对方会注意到自己的存在,这种情况下,很多刺激源会因为这个前提而失去应有的力度。

不过，韩子培接下来的话却化解了尴尬："没关系，您尽管问，我知无不言，言无不尽。姜老师也不要手下留情，您尽管客观分析。我还真是特别期待，之前都是在电视里看您，今天能作为被分析的对象，很荣幸啊！回去之后，我可跟我爱人有的炫耀了。"

虽是一番客客气气的恭维话，却不动声色地把李、姜二人最担心的问题摆在桌面上，这种解决方法就目前的情境来看，的确非常高明。

既然对方已经敞开大门，那么李支就开门见山："韩总工，前天晚上凌晨的时候，滨海区太阳园小区有一次异常断电，经过我们侦查，是负责那片地区供电的变电站下达了断电指令。但是，让人奇怪的是，断电指令并不是当晚值班的工程师下达的……"

讲到这里，李支停下来，凝神端详韩子培的神色变化。

姜老师微笑着，表情始终没有变化，同时视线也没有移开。

他们都看到了韩子培的惊讶，虽然幅度不大，却在脸上保持了好几秒钟。

李支和姜老师都没有说话，等在那里，看对方进一步的反应。

韩子培身体往前探了探，皱着眉，先看了一眼姜老师，又把视线转到李支的脸上，看着对方边思考边斟酌道："所有电网操作事宜，市里都会有计划、有备案，这次断电是否在计划内，很容易查。而且按照规定，必须得变电站工程师用他自己的管理员账号登录系统后，才可以下达指令，这样才可以对操作方案做记录。我对下面的要求就是，电力事关民生，事事有据可查。如果值班工程师没有下达断电指令的话，是谁下达的？"

这番话涉及两个可以验证的事实，并直指问题的核心，符合实话的特征。姜老师心中暗暗认可，但表面上并没有太大变化，只是在韩子培看他的一瞬间，给了一个增强的微笑，表示鼓励。这样的鼓励笑容，是告诉对方"不要停""请继续"。

李支听到最后一句话，往前探了探身，眼睛几乎逼视着韩子培的双眼，没有笑容，脸色严肃地道："这也正是我们想要请教您的问题。既然不是值班工程师下达的指令,那么还有什么人可以访问服务器?"

韩子培换了一个舒服的坐姿,视线移向他的右上方,沉思了一会儿,回答道:"其实,理论上只要是有操作权限的人都可以。但是,无论是谁下达了操作指令,服务器里都会有日志做记录。而且,电网的计算机网络物理上不接入互联网,所以无论是谁操作的,都是在内网操作。"

李支见他直言不讳地讲了操作权限,已经把问题推到核心,也就顺水推舟地说道:"我们的侦查结果是,下达指令的账户是变电站服务器的根用户,而掌握根用户权限的人,应该只有您,是这样吗?"

这就是将军的问题。姜老师把全部的注意力都集中在他的面部区域,寻找着任何一点细微异常变化。

韩子培很快回应道:"但是,我那时在医院陪爱人输液。"

李支一怔,他知道医院有监控可查。

姜老师在他脸上没有找到任何得意,却看到了真切的焦急。

李支摸出一支烟,利用点烟的过程思考了一下其他可能性,最后道:"韩总工,我得跟您确认一下,服务器的根用户密码只有您一个人知道吗?"

韩子培看他的神色,感觉到事态严重,认真解释道:"是,所有服务器的根用户密码,也就是超级管理员密码,只有我一个人知道。因为这些密码平时根本就用不到,只是留作备份,各级管理人员有自己的账户和密码。全市3000多个变电站的服务器采购、集成、调试完毕之后,根用户密码都会交由我这里保管。到目前为止,我还没有拆封过,都锁在办公室的保险柜里。"

李支不由得轻轻"啊"了一声,知道这条线索应该是断掉了。

韩子培看到李支的脸上出现了惊讶和担忧的神色,意识到自己的话给对面这位刑警支队的领导增加了很大的压力。

姜老师却在这个时候突然提出了一个问题:"韩总工,您是说,所有的服务器根用户密码交给您的时候都是封装好的?"

韩子培应道:"对。"

"那在您接手之后，肯定没有人会获知密码，对吗？"

"对。根用户密码对我们业务上来讲，真的只是防止系统出现故障，平时根本不会用，所以我从来没有拆封过。别人，自然是不可能知道的。这些我可以向市公司申请，作为物证提交公安部门检查。"

李支诚恳地"嗯"了一声，点头表示感谢。他现在还没有想到更好的侦查方向。

姜老师则再次问道："那么在您之前呢？谁负责采购、集成和基础调试？"

一句话让李支豁然开朗。韩子培一拍自己脑门，醒悟道："对！还有他们！"

坤睿科技

市局支队很快查到，本市电力系统所用的所有服务器都是由坤睿科技供货和负责基础调试。

坤睿科技是一家大型IT集团公司，业务涉及PC、服务器、高端工作站等终端设备贸易，网络交换通信系统的集成，高清监控和人工智能系统的部署等领域，下属无数个中小规模的公司，承接不同档次的业务，它们分食了大半民用市场份额。集团持股方的复杂关系决定了坤睿科技即使在政府系统的采购项目里也是常客。航天、能源，甚至军队的IT采购项目里，坤睿科技由于密级资质很高，也是少数供货商之一。除了硬件部署、集成，其自主开发的软件也是行业里不可替代的头筹。坤睿科技下辖一支专业能力非常强的开发团队，在国内IT产业里堪称巨兽。

这次和市电力公司的合作规模非常大，直接由坤睿科技签署中标合同并承担部署职责。李支让人收集了坤睿科技的资料，发现它的CEO叫福坤，是一名传奇人物。

36　福坤

开篇语：

一个人前半生是怎么长大的，后半生就会不断重复和强化他的那些生存本领。

By 姜老师

无法承受的变化

对福坤来说，8岁以前的日子是非常幸福的。

爸爸是当时人工智能领域的领军人物，在全球学术界和业界都享有盛誉。

他领导的团队研发出一种汽车自动驾驶算法，可以根据摄像头采集路况，并对图像中所有形状进行动态识别、跟踪计算和分析，比如道路的延伸方向和宽窄变化，交通标志的示意，前车的速度变化等，然后做出辅助驾驶决策。

这个算法在当年开创了自动驾驶的先河，在很多人还不能理解为什么程序可以给汽车下达正确指令的时代，就已经获得了无数投资机构的青睐，他们蜂拥而至，世界上最有钱的公司也希望能够把它收归麾下。福坤的爸爸从学者转换为成功企业家，经常奔走在全球各个城市，谈着各种生意。资本的力量和传媒的力量，又把他推到大众视野当中，让他成为热点不断的明星级企业家。产业圈、资本圈里每天都有关于他的各种消息；那些投资论坛、慈善年会和政商会谈，只有邀请到福坤的爸爸才算是真正的"高端"。就连娱乐圈里，也不知为什么，经常可见他的行踪和消息。

受到影响最大的人，是福坤的妈妈。作为一名普通的高校教师，丈夫的成名和"暴富"给她带来了翻天覆地的变化,连她自己都分不清是好是坏。

家里的钱多起来了,从此任何采买都不用再算计,因为算计所花的时间成本和心力,远不是那点差额可以补偿的。大件小件的东西不缺了,福坤的妈妈就开始张罗着买房子。一开始两人还商量,后来福坤爸爸实在没有时间,也没有心思,就全凭妈妈一个人做主。在买了2套市区的大宅和5套郊区的别墅后,买房子和装修这两件事让她感到极其疲劳和恶心,全然没有了兴趣。至于上班这件事,大家知道的,衣服、鞋、化妆品、包、车这些东西,在高校里不是什么好东西,不但不会赢得认同,反而会遭受排挤和孤立。然而,福坤的妈妈又的确只是个普通人,在用过奢侈品之后,很难再为了融入某个群体而故意去用普通的东西。

这样一来,福坤妈妈突然觉得自己没有什么可以使劲儿的事情了,心里便空落落的,有点惶恐,有点无奈。

孩子每天的事情就是上学、放学,她最多就是准备早、晚两餐。学校里布置的那点作业和考试,福坤自己轻轻松松就解决掉了,根本不会让她多操一点心。她只能偶尔带着孩子逛逛街、旅旅游,逢年过节张罗一下家里的事情。

福坤当时还小,并没有感觉爸爸身上发生的变化会产生多大的影响,只是觉得爸爸不在家的时间明显多了起来,其他并没有什么明显的变化。爸爸原来在家的时候,经常会带着福坤拿实验室里的小程序调试着玩,现在他不常在家,福坤就继续在程序里做各种尝试。刚上一年级的福坤之所以能自觉地做功课,是因为他想把更多的时间都用在计算机上。跟他爸爸年轻的时候一样,他对那些千变万化的软硬件功能非常痴迷。如果不是妈妈每天管教着,仅凭兴趣的话,小小年纪的福坤可能会像大人一样通宵达旦地"玩儿"。

所以对他来说,爸爸在不在家区别不大,回来了觉得他蛮亲切的,不回来也不会觉得别扭。然而,他没有发现,自己所使用的设备越来越昂贵,设备的功能甚至超越了当年很多专业实验室的设备,他做出来的小程序,有很多被爸爸添加到了公司的产品中。

这样的日子过了3年之后，福坤突然觉得非常不安。

爸爸回家的次数更少了，回来也不怎么跟他和妈妈说话。妈妈变得很暴躁，看到福坤写完作业摆弄电脑，气就不打一处来，粗暴地打断他，勒令他去看书或者写字，到后来直接要求他关上房门去睡觉。

一开始，福坤会以宝宝的身份跟妈妈撒娇、闹情绪、反抗，没想到换来的是妈妈更加失控、发飙、歇斯底里地怒吼。后来福坤尝试着好好表现，努力扫地、擦桌子、洗碗，甚至每天晚上早早地把自己的内裤和袜子洗完晾好，洗漱完毕，只盼妈妈能允许自己全神贯注地搞一会儿小程序——那是他心里的欲望，强烈地撩拨着他。

妈妈看到福坤这么讨好自己，不忍心为难他，便允许了。福坤在欢呼着奔向电脑的时候，并没有注意到妈妈在流泪。但好日子总是不能长久，渐渐地，无论福坤如何努力表现成一个乖孩子，妈妈都不允许他再碰电脑了，甚至把他所有的设备都扔进浴缸里，当着他的面毁掉。从那以后，每天做完作业，福坤都会自觉地做好所有事情，看妈妈很平静，便读一会儿书，然后睡觉；如果妈妈情绪不好，便打声招呼，默默关上房门上床，睁着眼睛等困意来袭。在这样漆黑的夜里静静地等待，对于一个8岁多的男孩而言，太过枯燥、漫长。他默默地流着泪，慢慢习惯之后，泪水和委屈仿佛给他的人格镀了一层坚硬而冰冷的外壳。

9岁生日的前两天，爸爸妈妈告诉他，他们俩离婚了，妈妈离开了这个家，福坤跟着爸爸继续生活。妈妈走的时候，没有任何留恋和犹豫，也没有多看福坤一眼，平静得可怕，只是背影有点佝偻。爸爸告诉福坤，妈妈的生活不会有困难，因为离婚时分给了她一半财产。

福坤不理解这些，他也不关心，因为他已经快1年没有从妈妈那里得到任何温暖了。妈妈的离开对他来说只有一个意义，就是他从此自由了。福坤立刻给爸爸列了一个单子，第二天就拿到了所有他需要的设备和软件。他又可以开始钻研自己搁置了1年的程序了，而且不必再做任何妥协和忍耐，再也不会有人突然暴跳如雷发脾气，驱赶他去睡觉。

9岁生日那一天，爸爸带回来一个阿姨和一个小妹妹，给福坤过生日。上一个生日还是和爸爸、妈妈一起过的，尽管两人都没怎么说话。

漂亮阿姨

阿姨很漂亮，对福坤笑，还给他唱生日歌。福坤没觉得有什么特别，因为他并不关心这些，他只想快点结束这个无聊的流程，因为还有好几个参数要去调试。

小妹妹很可爱，不到3岁。福坤吹完蜡烛之后，她突然忽闪着大眼睛说："亲亲哥哥！"爸爸高兴坏了，把妹妹抱过来放到福坤怀里。福坤很无奈地接受了一脸口水，但看到那张苹果一样的圆脸之后，还是笑了笑。这是他1年多以来第一次有笑的欲望和感受。

当天晚上，福坤就通过搜索引擎查清楚了阿姨的身份，因为那个阿姨拍过两部电视剧、一部电影，还出过一首单曲，小有名气。他关掉电脑，突然觉得那些自己怀念了1年的小程序无法再引起自己的兴趣了，似乎有很多事情需要自己去思考，比如妈妈，还有这个给自己过生日的阿姨，但他却想不明白，只是在入睡前还记得那张红苹果般的笑脸。

从那天起，每天在家里陪伴他的便是这个漂亮阿姨和小妹妹。小家伙的存在，让安静而冷清的家里多了很多生气，每个人的面孔都鲜活起来，连爸爸在家里的时间也多了很多。晚上，爸爸和阿姨在客厅里陪小妹妹玩，福坤自己在房间里做作业或者调试程序。小妹妹偶尔开门来找他玩，漂亮阿姨总是很快跑过来说："哥哥在做作业，不要打扰他了。"小家伙便撅撅嘴，不大情愿地退回客厅去玩。福坤遇到问题，会去请教爸爸，爸爸总是好脾气，会非常耐心地回答和指点，有的时候甚至惊讶于福坤的发现，和他一起调试。这样的日子，让福坤感觉很踏实，心头的冷漠悄悄地在减淡。

福坤彻底不需要操心自己的衣食住行了，爸爸请了小时工来打扫卫生、做饭和接送他上下学；阿姨会给他和小妹妹买新衣服、零食、礼物，每次都一式两份，一模一样；他们四个人会一起出门吃饭、看电影、逛街。尽管福坤对那些小程序非常痴迷，但他能感觉到，自己也喜欢和鲜活的笑脸为伴。尤其是那个红苹果般的小脸蛋，简直太可爱了。不论是在家里还是在外面，小家伙都喜欢"哥哥""哥哥"地叫，跌跌撞撞，努力追赶着他的脚步，喜欢亲他，弄他一脸口水，还总是嚷嚷着"哥哥抱"，有的时候让爸爸都妒忌。

有一天，福坤正在调试"通过光反射判断物体表面深度变化"的程序，小家伙敲敲门冒出小脑袋，神秘兮兮地说："哥哥，这个给你。"福坤看到，她摊开的小手里面是一颗剥好的荔枝。他有点诧异，问道："咦？荔枝！哪来的？"

小妹妹回答道："妈妈给的，让我吃，好甜的。你吃。"

就在这个时候，漂亮阿姨出现在小妹妹身后，满脸笑容地对福坤说："看你在忙，没敢打扰你，想着你们俩下午都已经吃过苹果了。你要吃吗？外面倒是还有。"

福坤当即回了一句："不用了，我已经刷过牙了。"

小妹妹还是举起小手往他嘴里送。他勉强笑了一下，摸了摸她的小脸蛋，说道："乖果果，哥哥不吃，你自己吃吧。"

漂亮阿姨看了看福坤的脸色，没等果果答话，便一把抱起她，关上了他的房门。

福坤慢慢感觉到有点不自在了，虽然他并没有想明白到底哪里发生了变化。吃饭穿衣还是一如既往，该有的玩具礼物也没缺过，作息安排也没有被太多干扰，但漂亮阿姨的笑脸好像消失了。她当着爸爸的面或者对小妹妹说话时都会笑，而且一笑就是好久，可是只有他们俩的时候，脸立刻就变得冷冰冰的，让他感到阴沉而不安。

小妹妹开始特别喜欢学人说话，最喜欢的是学福坤说话，一遍一遍地重复，乐此不疲。福坤便把听到的歪诗念给她听："床前明月光，洒了一碗汤。举头拿毛巾，低头擦裤裆。"逗得小妹妹哈哈大笑，不断地重复。两人似乎找到了恶搞的趣味，你一句我一句的，越说越高兴。漂亮阿姨起初还跟着笑笑，听了三四句便皱紧眉头喝止小妹妹："果果，不许再说这些东西了，多难听！"

可果果并没有停下来，她绕着福坤的身体，一边跑一边更大声地重复着刚刚学会的歪诗，自己笑个没完，还大叫道："哥哥，哥哥，还要，还要。"

福坤觉得有趣，便没去管漂亮阿姨眼中的怒火，放肆地跟着小妹妹又喊又跳，冒出更多歪诗怪句，两人闹作一团。

漂亮阿姨突然发作，冲上来一把将果果拦在身后，用很大的力气抓住福坤的手猛地甩开，大声吼道："我说不要再说了，听到没有！听到没有！"

福坤被她的样子吓坏了，那一瞬间仿佛看到了离去的妈妈当年歇斯底里的样子。这个样子他是很熟悉的，知道会发生什么，玩耍的趣味和兴致立刻被浇灭，心里一阵冷寂。他立即停下嬉笑，默默走回自己的房间，仰起头关上房门。漂亮阿姨快步跟上来，一把推开房门，房门碰撞墙面发出巨响，凶狠地对他说："我告诉你，以后这种下三烂的玩意儿，你在家里一个字也别提。果果还小，不能从小就受这种污染，跟你还有你那些下三烂的同学学坏。听到没有？"

福坤虽然不明白自己到底做错了什么，但他完全不能接受面前这个发狂的凶狠面孔，毕竟在他心里，这个漂亮阿姨不是妈妈，没资格对他这样发脾气。他抬起眼睛，直勾勾地盯着漂亮阿姨，毫无惧色地冷冷说道："这是我的房间，麻烦你出去。"

漂亮阿姨完全没有想到福坤是这样的反应，气得抬起手，哆哆嗦嗦地指着福坤的鼻子却不知道该说什么，全身的力气都用在牙齿上，牙齿咬得咯咯作响。小妹妹跑进来，看到妈妈凶狠的样子，吓得哭得更厉害了，一边哭一边重复道："妈妈不生气，哥哥不生气，我不说了，我再也不说了。"一只手抱紧妈妈的大腿，另一只手边擦眼泪，边想拉住哥哥的手。福坤见她哭得可怜，去拉她的小手想安慰一下，被漂亮阿姨一把打开，她拖曳着小妹妹走出房间，"砰"的一下关上房门。

爸爸当晚睡前叫来福坤，叹了一口气，摸了摸他的头，只说了一句："以后，你在学校里学到的那些东西，自己跟同学乐和就得了，不要回家来说，妹妹还小。"说这话的时候眼睛还看着福坤，发现他眼睛里的冰冷后，便把视线垂下，又叹了口气，接着道，"儿子，这件事爸爸觉得你没有错，不过妈妈也没有错，对吗？"

福坤深吸一口气，鼓起勇气把自己很久以来想说的话说了出来："她不是我妈。"

福坤的爸爸一怔，看到 9 岁儿子扬起下巴的样子，动了动嘴唇想说什么，又忍下去了。在强行熄灭了眼中的怒火之后，他板起面孔要求道："福坤，请你看着我的眼睛，给我记住，我不管你认不认这个妈妈，没有关系，这个是我的事情，不需要你来解决。但是，我是你爸爸，果果是你妹妹，这两件事你改不了，必须得接受。听明白了吗？"

福坤看到他的神色，点点头，便没有其他回应了，冷漠到连一个多余的眼神变化都没有。

可爱的苹果妹妹

从那天以后，漂亮阿姨便只对小妹妹好，零食、玩具、礼物、衣服，都只会给小妹妹买一份，吃饭的时候只会给小妹妹一个人夹菜，只会带小妹妹一个人去逛街看电影，只会跟小妹妹一个人说话、聊天、讲故事，仿佛活生生的一个福坤凭空从她眼中消失了一样。

福坤感觉非常别扭，他问过自己，到底需不需要漂亮阿姨对自己好，答案是否定的。他告诉自己的正确答案是，无所谓。但当他看到那些新奇、漂亮、有趣的小玩意儿时，当他被漂亮阿姨刻意忽视的时候，还是会有强烈的失落感。

这种失落感慢慢积累，沉淀在他幼小的心灵里，酝酿成了恨。他越是适应和习惯了这种不公平，内心深处也就越痛恨这种不公平。

果果还是很喜欢自己的哥哥，几年的时间一点点过去，小嘴巴也会说越来越多可爱的话，当黑黑的头发被剪成娃娃头的时候，她的脸蛋就像一颗大红苹果，粉嫩粉嫩的讨人喜欢。在这个"家"里，唯一能让福坤笑的人，就只有果果了。每一次果果偷偷把好吃的塞给他的时候，福坤都会摸摸她的脸蛋，笑着跟她说："果果自己吃吧，哥哥不爱吃这些小女孩的东西。"

这个时候，果果都会把东西硬塞在他手里，眨眨眼睛说："别让妈妈知道啊！"

果果7岁的时候，福坤13岁了。青春期的变化，让他变得更加深沉、阴冷，完全不似一个闹腾而狂妄的普通男孩。除了对妹妹友善，福坤对爸爸也失去了心理依赖。他听说了这个漂亮阿姨的一些传闻，渐渐明白了爸爸当初为什么会和妈妈离婚，内心深处生出深深的厌恶。漂亮阿姨的那张脸孔，在福坤看来，尽管做了很多保养，但仍然是一个失败的作品。

孩子大了，漂亮阿姨也老了些，但她最拿手的还是打扮和买东西，果果上学的事情她却一点也不操心。果果所有的学习习惯和功课，都是福坤手把手教会的。漂亮阿姨就无事一身轻，每天肆无忌惮地在外面玩，有的时候还会彻夜不归。而这个时候，福坤的爸爸已经被公司收购战搞得焦头烂额，自顾不暇。

失控

一天晚上，爸爸回到家的时候，发现福坤正在带着妹妹洗漱，准备睡觉，而漂亮阿姨还没有回家，不由得怒火中烧。他气急败坏地打电话给那个女人，问明白了所在的地址，便抓起车钥匙要出门。

福坤一把拉住爸爸说："爸，你不要去了。"

爸爸一把甩开他的手，愤怒地喷出一口气，拉开房门转身吼道："你们俩在家里，好好睡觉！"

果果吓哭了。

福坤再次拉住爸爸的手臂，说道："我们俩跟你一起去。"

爸爸这次没说什么，坐在沙发上沉默地等待着，压抑着从心头滚滚泛出的愤怒。

福坤先很快给妹妹穿上衣服，再给自己穿好衣服，然后领着妹妹的手，跟爸爸说："可以出发了。"

三个人来到夜店的时候，发现漂亮阿姨正在和一群人喝酒，男男女女都已经醉醺醺的，杯盘狼藉。福坤爸爸的出现让场面冷了一瞬间，随即人们便又在酒精的催动下聒噪起来。福坤爸爸没有说话，咬紧牙关一把拉住漂亮阿姨的手臂，向外拖曳着就走。福坤领着妹妹站在一旁，冷冷地看着步态蹒跚的漂亮阿姨，还有那些痴痴迷迷的男女，默默地跟在爸爸身后。

回家的路上，自动驾驶系统询问福坤爸爸："主人，您的身体目前处于亢奋状态，抓握有力、心率增高、瞳孔放大，容易造成危险驾驶，是否需要程序接管驾驶工作？"

福坤爸爸冷冷道："不用。"随即一言不发，双眼盯着路面，加大了油门，发动机发出了轰鸣声。

这是3年之后的新版本自动驾驶软件，福坤的爸爸悄悄研制出来的新功能——针对驾驶者状态的判断模块。他把驾驶者生物状态和路况动态进行了内外关联，做出了更优化的迭代。如果驾驶员出现生理疲劳，自动驾驶系统会征询意见，只需要主人语音做出认可便立即接管驾驶权限，把车辆安全行驶到目的地；如果驾驶员生物状态非常兴奋且稳定，自动驾驶系统会根据所在地点的交通规则，设立一个安全边界，其他的都交给驾驶者自己来玩，系统还会提供大量基础安全的技术性微调和控制，让驾驶者尽情享受驾驶的乐趣；如果驾驶员出现醉酒等违法驾驶特征，自动驾驶系统会强制接管驾驶权限，不给主人犯错误发生危险的机会。

软件还没有公开，只安装在了他自己的车辆上进行测试。毕竟，能把用户体验和核心功能开发直接对接，是很多人梦寐以求的研发模式。

漂亮阿姨慵懒地倚靠在副驾驶的座位上，带着微微眩晕的感觉，听到这组问答之后扑哧一声笑出声来，一脸的鄙夷。

似乎听到声音就已经明白了她的表情，爸爸冷着脸，紧紧抓握着方向盘，从嘴角甩出一句："你笑什么？"

漂亮阿姨见他问自己，闭上眼睛享受大脑里眩晕的美妙感觉，脸上的鄙夷更甚，幽幽吐出一句话："我笑啊……我替你高兴啊！恭喜你！你那个垂死的公司是不是有救了？"

这些话一听就知道并不是真的恭喜，因为重音放到了"垂死"两个字上。

福坤的爸爸眼角抽搐了一下，眼中闪过一丝凶光，脚下油门又加重了一些。发动机低吼着，驱动着车子在道路上迸发出新的速度，似乎这种方式可以消减爸爸隐忍的愤怒。

然而，愤怒没有被消减，却被自动驾驶系统捕获到了。系统问："目前车速已经超出路况可承受的安全边界值，是否需要系统接管驾驶？"在如此尴尬的时间点，出现这么一个提醒的声音，不但没有起到警示的作用，反而让福坤爸爸出离愤怒了，他大吼一声："闭嘴！闭嘴！闭嘴！"他不想让程序在这种时候出来捣乱。这个程序已经给他添了太多的麻烦，几乎占据了他所有的精力和时间，然而却依然不那么听话。福坤爸爸是真的爱它，却又不能完全驯服它。

漂亮阿姨看到这个场景，放声大笑，笑了好久也不停下来，似乎要把所有郁积在心里的怨气全部发泄出来才肯罢休。笑声到后来已经变得失真，略显凄厉。果果从来没有见过妈妈这个样子，害怕地钻到福坤怀里，开始嘤嘤地抽泣和乞求，乞求妈妈不要再笑了。福坤也感觉到了从来没有过的危险，似乎爸爸和这个女人都不正常，前排坐着的不是两个人，而是两只诡异的野兽。

福坤爸爸大吼道："闭嘴！你笑什么？闭嘴！"

漂亮阿姨的泪水在她脸上冲刷出两道黑线，眼窝周围乱成了一团，已经看不到漂亮的踪影了。她高扬双眉，眼睛睁得大得吓人，伸直了脖子朝着福坤爸爸怒吼道："我笑什么？我笑你无能！我笑你是个废物！你搞不定你前妻，搞不定我，搞不定你儿子，现在连这套破程序也搞不定？啊哈哈哈……"恐怖的笑声让后排的果果将福坤抱得更紧了。福坤抚摸着她的头不断安慰："没事，没事，一会儿就到家了。"

漂亮阿姨在轰鸣的引擎声中继续大吼道："我过了30岁了，你给了我什么？我的那些同学，以前不如我的那些，都已经成影后啦！我每天除了给你养这俩孩子，还能干什么？你倒是有一样能做好的啊！现在连公司都快折腾没了，你还有脸拖着俩孩子来找我？我没脸让人家看见你们！"说罢这些，她开始呜呜地哽咽，继而号啕大哭和尖叫。

福坤感觉到了危险的信号。他朝爸爸看去，发现爸爸因为愤怒全身在抖动。爸爸听着女人不断抱怨和宣泄，没有回应一个字，眼睛几乎喷出火来，愤怒驱动着车子似乎也要喷出火来，正在地面上飞行。自动驾驶系统再次提示："车速已经超出安全边界值，您的握力极大，愤怒情绪明显，容易造成危险驾驶，是否需要系统接管驾驶？"爸爸从嘴角挤出两个字："不用！"心里的弦几乎快要绷断了。

漂亮阿姨见福坤爸爸没回应，便停下来，擦拭了一下脸和发髻，点燃一根烟。那股烟雾在车内弥漫的时候，她幽幽地说道："老福，这么说吧，没有事业我认了，毕竟我跟你那会儿是最风光的。没有钱，我也认了，穷不下去，富不起来，可能这就是我的命。幸好你前妻还给你留了几套房子，吃到死，再把这俩小的健健康康地养到大，足够用了。这些都不重要，可是我好歹也是个女人啊，而且是个漂亮女人，还不算老，你能不能在床上管点用，能不能像个男人？"

福坤爸爸再也控制不住了，他双手松开方向盘，猛地向身边的女人扑过去，掐住她的脖颈，嘶吼道："你在说什么？当着孩子的面说什么呢！能闭上你的臭嘴吗？"

在福坤爸爸失控的那一瞬间，福坤大声喊出了"Rock and Roll"。这是他给自动驾驶系统添加的一个小暗号，只要听到这个声音，系统就会立即接管所有行驶，连爸爸也不知道有这样一个暗号存在，但今天这个暗号却救了一车人的命。

两个大人在前面厮打，一个孩子在自己怀里哭泣，福坤抱着果果，除了不断安慰她，剩下能做的事，也只有用眼睛警惕地关注着路况的变化，期待快点到家，结束这场噩梦。

还好，系统接管了驾驶，回归到安全速度，根据前面的道路和车辆状况，做了几个轻微的加减速调整，就切换到了稳定而顺畅的车道上。为了这个系统，13岁的福坤熬了几百个晚上。现在看来，他参与开发的这套系统是可靠的。福坤长舒了一口气，继续关注着周围的路况，安慰着妹妹，而那对男女还在互相撕扯和打骂。车辆在空旷的道路上开始加速，福坤心里觉得舒爽起来，只要拐过前面的路口，就马上到家了，而家门口那一小段路是他无数次观察和测试过的实验路段，这意味着，无论爸爸和那个女人闹成什么样子，一家人也会是安全的。

前面的大卡车急刹车，发出了尖锐的摩擦声。福坤看到了远处的红灯，但不知道为什么系统丝毫没有减速的意思。福坤大喊着"停""减速"等，但都不是指令，没能阻止车辆飞速前行，也没能阻止吵闹的两个人。最后一个留在他脑海中的画面是，前面那辆大卡车的背影快速变大，而车上应该亮起的红色刹车灯却始终没有任何变化。

福利院的生活

当福坤再次清醒过来的时候，发现自己坐在轮椅上，在一个陌生而空旷的房间里晒太阳。他隐隐约约记得自己醒来过，有人在自己身边奔跑、走动，但都不是特别清晰的画面，以至于他无法确定到底是真实发生过的事还是因为长期昏迷后大脑产生的臆想。他对轮椅并不是很陌生，丝毫没有觉得震惊或者突兀，只是努力尝试感觉和挪动自己的身体，却只能感觉到肋骨以上的位置，再往下的小腹、生殖器、臀部、腿和脚，全然没有任何反应。这种感觉似乎以前也曾经出现过，他不由得怀疑，自己到底是从什么时候开始知道瘫痪的滋味的，而他并没有自己以为会有的沮丧和绝望。

福利院里面有电脑，只可惜性能极低，安装的也都是最基础的标配软件。倘若不是福坤拼命地在记事本里写下一段又一段别人都看不懂的代码，这些电脑应该就相当于高级别的电器摆设。福坤发现，自己的双手依旧灵活，大脑的思路更清晰，丝毫没有受到车祸的影响，只是不记得自己昏迷的这段时间到底发生了什么，所以果果、爸爸和那个女人丧命，以及新闻媒体对这件不大不小的事故的报道，他只能选择接受。也许，这个结果对爸爸和那个女人来讲是好的，是一种体面的解脱。但果果的去世还是让福坤感到鼻子酸酸的，毕竟她那么喜欢自己，也很可爱。她那短暂的小生命里，不知道有几年是快乐的。如果她还活着，会不会像自己现在一样，体会着无尽而漫长的痛楚。

福利院里的孩子大多比他小一些，还有一些是刚出生就被爹妈抛弃了，只有几个孩子比福坤大。在他们口中，福坤就是"瘫子坤"。开始的时候，这些大孩子会抢福坤的餐食，当然也会抢更小的孩子的。福坤让他们抢，觉得这几口吃的不重要。看到他们得意扬扬地跑开，嘴里塞满了食物在那儿炫耀，福坤泛起一阵恶心和怜悯，嘴角会轻轻吐出"愚蠢"两个字。

后来，也许是因为大孩子们总在福坤眼里看到鄙夷，就联合起来整他，比如趁他不注意，在下坡的时候突然猛地推轮椅；悄悄从背后把轮椅掀翻，让福坤后脑朝下摔在地上；凌晨趁福坤睡着的时候，把他的轮椅推到卫生间里锁起来，导致福坤和福利院里的工作人员苦苦找了一整天。遇到这些事情，福坤就顺其自然地受着，没有愤怒，没有委屈，也不害怕，始终都是那么平静。如果摔在地上，就爬起来；如果流血了，就擦干净。这些能算什么呢？要教导那些坏小孩向善吗？福坤对自己说："没必要。"

他始终放不下的,是程序的那个漏洞,正因为忽略了车灯可能存在故障这个小漏洞,他才沦落到今天这个地步。所以,尽管他没有条件尝试,但他利用一台捐赠的电脑,在记事本上无数次地演练着图像分析的算法。只要还能做这件事情,他就能让自己处于一个表面上非常平静的状态。

始终治不服这个"瘫子坤",这些大孩子觉得很没有面子。他们注意到了这一点,便发动了一次突然袭击。

趁着福坤正在写代码的时候,一个孩子突然用被罩从后面蒙住了福坤的头,另外两个冲上来,手忙脚乱地把福坤的手绑在轮椅的扶手上。坏孩子头儿一顿拳打脚踢和辱骂后,方才命令后面的孩子把被罩掀开。坏孩子头儿喘着粗气,看到福坤的目光平静而阴沉。这目光让他觉得不舒服,便又打了福坤两个耳光。

福坤的手被绑着,没法擦嘴角淌出的鲜血,他用舌头在嘴角尽可能舔了舔,舔进了大部分血液,连同嘴里正在往外冒的那些一并吞咽了下去。这种毫不在乎的态度,让坏孩子头儿气急败坏,他命令其他三个人一起揍他,使劲揍。

那三个人一阵猛打,慢慢地都停下了手。因为他们发现福坤一直平静地看着他们,目光阴沉得可怕。除了被打到眼睛的瞬间他躲了一下,其他时间一直都保持着这样的目光,即使眼眶周围已经鼓起了青紫色的大包。

坏孩子头儿喘了一口气,见福坤还是不害怕,便命令大家停手,把福坤推回到电脑前,笑眯眯地说:"'瘫子坤',你可以啊,真硬朗。我们兄弟服你!这台电脑也跟你一样硬朗吗?嚯!这些乱七八糟的外国字,都写的是什么呀?你挺努力啊!每天写写写,累不累?烦不烦?你要是低头叫一声哥,我就饶了你!你要是不肯叫……"他抬起头,学着早期港片里的坏蛋笑着,扫视了一下另外三个人,威胁道,"可别怪我心狠手辣!"

其他三人在一旁喊道:"叫不叫?叫不叫?"

福坤心里只有鄙夷,不愿意跟他们说话,甚至不愿意看到他们愚蠢的面孔。他低下头,嘴角流露出极大的轻蔑。这个表情激怒了坏孩子头儿,他猛地抓住福坤的头发往后一掀,凶狠地道:"还不服是吧?我让你亲眼看看!"

坏孩子头儿松开手，他的同伴接着抓住福坤的头发，让他面朝电脑。坏孩子头儿深吸一口气，拿出藏在兜里的一个台球，猛地朝电脑屏幕掷去。屏幕裂了，上面的图案和文字跟着碎裂了，但依旧能看得见。坏孩子头儿得意扬扬地瞥向福坤的时候，看到他竟然笑了起来。

坏孩子头儿不明白，他连福坤最心爱的东西都毁了，为什么福坤还在笑。但他后来肯定明白了，他为什么被管理老师惩罚，打扫一个星期的厕所和公共卫生。

人性这东西，绝对跟认知能力有关系。知道得越多，就越容易成为极端的人，特别好或者特别坏。而蠢货，即使你给他祸害别人的机会，他也还是蠢货。

再后来，福坤被一对美国夫妇领养了，坏孩子头儿再也没有见过他，福利院的工作人员也从此失去了福坤的消息。

福坤再次出现，已经从麻省理工毕业，成为图像识别和人工智能专家，他创办的公司研发了世界上第一套通过军用级道路测试的自动驾驶系统，并以极高的价格卖给了全球最大的人工智能公司。当然，这些新闻，只有读得懂英文的业内人士知道。而对于更多的中国人来讲，福坤是个从国外归来的身残志坚的高级人才，是科技界最耀眼的一颗星，以极高身价加盟坤睿科技。经过多年的努力，现如今，他不但掌管着一个IT巨头，还是市政协委员。

就连坏孩子头儿，都在镇上的报刊亭里看到了福坤的消息。他拿起那本自己不舍得买的杂志，辨认了许久，方才把烟狠狠地扔到地上用脚碾灭，吐出一口烟后，悠悠地说道："要不是当初我手下留情，没把那电脑砸个稀巴烂，你小子能有今天？"

37　不动如山，静密入藏

开篇语：

肢体的残障损伤了大半的生物反应，智力的发达反制了所有的逻辑圈套。这是微反应遇到的空前难题。真的存在没有破绽的人吗？

By 华生

周密准备

"但是，我们现在并不能确定是坤睿科技的人下达了断电指令。"任支非常谨慎。

"是。"李支点头表示同意，随即讲述自己的思路，"坤睿科技这么大的规模，单凭一笔业务上的逻辑指向，很难确定为侦查对象。韩总工这边提供了所有电力系统服务器的初始账户封装包和实用资料，经过查证，的确都还没有拆封。而且韩总工非常配合，主动提出接受测谎，结论非常干净，可以排除。这件事情上，老韩的心胸真是了不起啊！"

姜老师一笑，也算是给李支解压："他的心胸，来自他对这些事情的兴趣。您可不知道，测谎之前老韩有多兴奋，好像孩子见到玩具似的，一点也不担心数据有异常影响了对他的判断。测完之后，他拉着我的手聊了好久，问了好多问题啊！你还别说，有些问题问得还真是不错。"

大众对测谎仪的评价褒贬不一。历史上发生过的著名错案，更是让人们对测谎这项技术产生怀疑，它把大量人们已经判断准确的案例埋没在"臭名昭著"的错案之下。毕竟，人是这样的动物，偏重于记住错的、差的和恶的事情。

实际上，测谎仪如果用来排除嫌疑，准确率会极高，因为没有人能够在做过某件事之后，在自己的大脑中把痕迹消除得一干二净，而且越是动脑子想掩饰，痕迹就越明显。

测谎仪被大众误会为没用，最大的原因在于其进行"认定"和"无法排除"的边界总是被人为控制。测试过程中，如果被试在遇到某些题目时出现了异常波动，说明他在一定程度上知情或有主观态度，且脑部对那个问题进行复杂加工，复杂到了使交感神经处于兴奋状态。

倘若每一个涉案问题，被试在回答有利于自己的答案时（比如问"你杀过人吗"，被试一定会说"没有"）都会引发异常波动，那么他的嫌疑就很大了。尤其是那些保密的涉案信息，应该只有作案人和侦查员才知道的信息，如果引发了被试反复异常波动，则可以给出认定结论，而且涉案信息保密性越好，这种结论准确率也就越高。

但是，如果涉案信息被公开了，除了警方和作案人，很多"吃瓜"群众也通过围观、网络，或者口耳相传而得知了一些具体内容，比如失窃金额、作案工具、死亡方式或伤口惨状等，那么被试即使没有参与作案，也有可能对一些问题产生异常反应。这种不清不楚的情况，就只能得出结论为"不能排除"。很多冤案，就是在这种情况下将被测试人员强行下结论为"认定"，也就拖累了测谎仪这种原本客观准确的技术。

像韩总工程师所涉及的案情和物证，知情范围本来就极小，相关题目的影响度就会很高。如果每个题目的反应数据都很干净，得出"排除"的结论是很可靠的。毕竟，没有其他证据或者更好的办法来证明他涉案了。

"老韩说，因为这个采购、集成工程，他和坤睿科技的总裁福坤见过一面。"姜老师说。

"嗯，双方身份地位差不多，又都是技术出身，这么大一笔生意，见面交流很正常。"李支若有所思，又问道，"老韩怎么评价这位精英？"

"哦？"姜老师仔细回忆了一下，答道，"其实也没说什么，就是评价对方是标准的技术专家，很聪明，眼神和思路都很犀利，修养很好。别看高位截瘫，但人的状态很精神，顽强的毅力让人佩服。"

任支听完，微微摇摇头："看来两人也只是点头之交，并没有深入交流，这些评价意义不大。"

李支笑笑，拍了拍任支的肩膀，用这种方式表达两人间的默契。他说："我知道老任在想什么。其实，我倒是觉得，即使只有这么一点线索，请对方过来交流一下也不为过。毕竟，大公司的总裁也是市民，有义务支持我们的工作，现在可是连发命案。他要是真拒绝，那我们至少也知道了他的态度，这也是下一步行动的依据。他来了，不管说什么，我们肯定能得到比他说的内容更多的信息。"说到这里，李支看了一眼姜老师，有点复杂地一笑，"不过，姜老师这次不要明着出现，韩总工那里是我们运气好。"

姜老师知道李支话说成这样，已经很客气地点到为止了。他摊开双手耸了耸肩，说道："我也没办法啊！为了搞这研究，只能多见人、多经事。案子是一类，其他的事我也得多见多学。"

李支哈哈大笑："我理解，我理解！你要是个警察，也许就耽误了。我们肩上任务那么重，一个案子刚搞完，下一个案子就来了，哪有时间静下心来总结。对吧，老任？"

任支微微皱着眉，他在思考请福坤来的利弊，也在思考姜老师的参与方式，遂斟酌道："微表情在我们前面的几个案子里起到了非常重要的作用，既防止我们被骗，又挖掘到了大量隐藏信息。后面的侦查，还请姜老师一如既往地支持我们。"

"自己的事。"姜老师很爽快。

任支继续道："我是在想，请坤睿科技的总裁过来，我们还是需要做更多的准备工作。仅仅凭着断电这一件事，很可能无功而返，因为对方可以用来推脱解释的理由太多了，随便抛出一个来，恐怕就可以很简单地封住我们的口。"

李支和姜老师同时点头。

姜老师说："对的，准备的信息越多，可以提问的角度就越丰富，力度就越大，对方做出应激微反应的可能性就越大，便于挖掘更多信息。关键是，现在我们要从哪些信息下手？"

李支和任支对视了一眼，任支点点头，李支笑了起来："看来我俩又想到一块儿去了。我们赶紧派人调查一下，昌宁镇的道路监控、九龙昌盛温泉度假中心的监控系统、港湾家园的监控系统，都是哪些公司中标集成的。"

很快，调查结果就返回了，这个结果让人兴奋，但更让人焦虑，因为昌宁镇所有的道路监控、九龙昌盛温泉度假中心的监控系统、港湾家园的监控系统，都是坤睿科技下辖公司中标并维护的。不但如此，本市的9个行政区里，有44%的道路安全监控、公共安全监控都是坤睿公司中标，其中标的政府、司法、学校、商业楼宇监控和网络系统部署更是不计其数。

谁都知道，这个调查结果意味着一种假设方向的重合，让人欣喜；同时，这么大规模的数据，又会让局面变得很棘手。目前看来，可以邀请福坤来聊一聊了。不论结果如何，至少，有很多话可以聊，也有很多微反应可以看。

步步占先

福坤被机械架从他的车上传送下来的时候，华生和姜老师站在支队的3楼仔细观察了一下这个传说中的IT界奇男子。双腿因为常年没有正常运动而引起不可避免的肌肉萎缩，裤管被风一吹，看起来有点空。但轮椅上坐得安稳的上半身，却充满精气神。从俯视的角度来看，他和李支、任支等一行迎接他的人寒暄时始终很平静，没有什么表情变化，一双眼睛像机器一样冷静和稳定。举止方面倒还得体，只是因为仅有两只手在动，躯干和头几乎没有参与动作，也就不太容易获得有效的行为分析信息。

在接待室里，李支先非常客气地给福坤解释："福总，感谢您能抽出时间。这次是因为发生了大案，所以按照我们的工作要求，所有我们邀请来配合调查的人都会在接待室完成询问过程。我的意思是，等我们询问完毕，咱们再移步到我们支队的会客室，到时候给您泡杯好茶，我自己的茶。"

透过单向玻璃，华生和姜老师的目光始终集中在福坤的脸上和身上，未敢移开半点。

福坤一边听，一边打量了一下房间的环境，又依次扫过了任支和李支的脸。听完李支的话，他冷冷的面孔上微微动了动，回应了一个礼貌的笑容，然后又是一片平静地开口道："李支队长，您不必如此客气。法律面前人人平等就是这个意思，既然我来支持警方工作，就不是以总裁身份坐在您面前。您如此礼遇，倒让我不安，希望不是什么特别的方法。如果是那样，我就要担心自己在您心里的定位了。"一双眼睛自始至终看着李支，偶尔闪过一丝逼视。

这段话有守有攻，让李支微微一怔，尤其是他的冷静神色和目光，无形之中加强了这段话的力度。李支只能哈哈一笑，做出邀请对方入座的手势，才又发现福坤本就是在轮椅上，并不需要落座，便自己坐定。

福坤还是顺着他的手势方向，微微移动了下轮椅的位置和角度，算是配合李支的动作。他身后的助手想要从后面推动轮椅，被他摆手制止。他的脸上仍然很平静。

这个开场很客气的谈话方案是李支此前与姜老师详细商议过的，他们试图用开场松、随后紧的压力震荡来刺激福坤做出反应。没想到第一个回合就被对方占了先机。福坤没有反应不说，还把问题背后的意图给有意无意地剔出来了，这让李支有点意外。

姜老师在单向玻璃后不由得皱起了双眉。恰好就在这时，福坤把视线移向了这边，一双眼睛透过镜片，牢牢地盯着这个方向足足有3秒钟，仿佛在跟他对视一样。倘若是直面对视，是姜老师惯常经历的状况，但此刻隔着一层"我能见他，他不能见我"的物理隔断形成对视，感觉非常诡异。他在另一端，能看到什么呢?

既然开场的"松"没管用,其他的"松"就会显得更刻意,那么不如直接来"紧"一下,下重手试试对方的状态。

"福总,您知道我们是为了什么请您来吗?"这是警方惯用的问题,对不同的人,压力值可大可小,这取决于对方的心虚不虚。

"你刚才讲过的,出了大案。"这里福坤用了"你",没有用"您",不热切,不谦卑,不客气。

李支心道有意思,便补问道:"那么,具体出了什么大案,我们需要请您到这里来,您知道吗?"

此刻,这样的补问并不算疏漏或拮据,主要是看对方怎么回答。如果对方对抗性地回应说"这是你们警察的事情,我怎么知道",局面就会简单很多。

但福坤没有这么生硬,而是说:"不知道,没有人跟我说……但我听说,前不久有个人公然在三环上用车碾人,闹得很大。是因为这个案子吗?"

李支微微皱起眉,轻轻摇摇头表示并非如此,同时脑子里闪过几种策略,最终都没说出口。

"那我就不知道了。"见李支没说话,福坤平淡地下了一个结论,结束了这个问题。一句多余的话都没有,表情一点都没有变。

姜老师在单向玻璃后面不由得轻轻地、深深地吸了一口气。

李支也悄悄换了一次呼吸,仿佛自然地追问道:"您为什么会提到三环的那起案子?"

"最近的话,我只听说过那起案件。"福坤平静地看着李支,没有侵略性,没有得意,也没有想要进一步获得信息的迫切心情。没有办法确定他在想什么。因为没有变化,也就没有办法确定他说的是不是真话。哪怕他稍稍加一句"有结果了吗",也好通过表情判断他有没有得意,有没有戏谑,或者是不是真的关心。现在看来,没法接话,接什么都不对,都会被对方掌握对话的主动权。他的回应,给自己保留了最大的合理性——一个公司总裁不太关心和自己无关的案子，完全正常，你能责问他什么呢？

在这条路上继续走下去，会走到死胡同里，并且被越来越窄的死胡同挤死在末端。

李支直接更换了主题，再次加深刺激力度："我们最近发现了一个少年的尸体。"讲完这句话，李支脸上礼貌的笑意不由自主地减弱了。

四个人的目光都凝聚在福坤的脸上。

"怎么死的？"福坤接得很流畅，像水一样，也让几个人仿佛被当头浇了一盆凉水。他既没有皱眉表示很关心，也没有抬起下巴表示"来吧，老子成竹在胸，你们随便问"。他就是顺着你的逻辑追问了一点，表达了适度的关注，普通人听到命案第一个关心的也会是这个问题。甚至你可以认为他是在客气但实际上并不关心，就算你告诉他那人是怎么死的，他也只是完成了一个客气的问答过程而已。的确，一起和自己不相干的命案，有什么可关心的呢？

但是，这么一个问题抛出来，答或者不答，说真的还是假的，答多点还是答少点，就变成了李支的"任务"，回答得不好，仿佛会让人觉得理亏。

李支只能选择回答："很复杂。您听说了吗？"

具体的案情，尤其是尸体特征等信息不能随便透露，因为这些信息将来可以用于测谎和讯问。如果时机没有成熟就主动泄露关键涉案信息，会让测谎数据失效，也会让讯问变得非常被动，可能涉嫌指供、诱供、逼供。**最理想的讯问结果，是嫌疑人自己在没有任何提示的情况下，叙述了涉案细节，这些信息又和证据吻合，这样的口供才是完美的。**也恰恰因为如此，审讯是一门难度很大的艺术。

福坤没有说话，一来一回，只摇了一次头，表示没有听说过，便没有其他反应了。

既然不关我的事，我为什么要过多关心？非常正常的反应，正常到没有任何细节值得注意。

姜老师觉得自己的额头有点凉，那是因为一层薄薄的汗液在蒸发时带走了热量。

"死者是从家里被人掳走的。本来，我们可以通过道路监控和小区监控来找出掳走他的人，但是不知道为什么，偏偏他被抓走的那段时间，整个小区和方圆几公里都断电了。"这个断电的信息，已经有很多人知道，有可能是关键的作案手法，李支试图再加大些刺激力度，往前推进一下。

其实，这是一个不得已的做法，因为李支手里已经没有其他牌可以打了。对话的逻辑把他推到了这样一个窘境：如果他不再继续主动提问，前面所有的对话便都没有意义，那也就意味着今天要无功而返；如果想要继续对话，还要挖掘出有效信息，就只能给出些涉案细节。福坤前面给出的反应太淡了，淡到和白开水一样。现在有人死了，被抓走的时候居住地还异常断电，再跟他没关系，也不应该没反应了吧？毕竟这里面隐藏的逻辑关联足够引起任何人的关注，既包括老百姓，也包括善于思考的理工男，当然更包括那些作案的人。

他们会得意，还是会害怕？

福坤果然有了变化。他第一次皱起了眉，镜片后的目光更加犀利了一些。因为李支能够感觉得到，福坤的目光直接射入他的瞳孔，似乎想要从他的大脑中挖掘出信息来。这种凝视的深度和力度，不似普通人的那种假装关心，因为那些仅仅通过皱眉和收紧眼睑表达出来的关心，视线的焦点都很短，在尚未触碰到别人瞳孔之前就已经松散了。

单纯是八卦，或者仅仅是因为好奇，都可以理解，但是敢从一个老刑警的眼睛里掏东西的状况却绝少发生。

这种力度的对视和思考，只能说明一点，那就是福坤不但想知道更多信息，还在做某种判断。

如果对方知情，甚至对方直接参与作案，那么刚刚的问题实际上是在暗示对方，警方没有办法找到关键线索。在这种情况下，普通的嫌疑人会放松下来，甚至得意起来。如果嫌疑人心机深重，可能会提高警惕：为什么一个老刑警会把这样的信息当面讲出来，背后还会有什么套路在等着自己？

福坤却只有那一点变化，并没有放松和得意。他就只皱了皱眉，凝视着李支的眼睛。大概也就几秒钟之后，便开口问道："您跟我讲这些，需要我做什么？"

李支最担心的回答，果然出现了！

福坤这样的回答可能是出自一个防卫心很强的嫌疑人，也可能出自一个配合调查的普通公民。他的表现的确没有八卦和猎奇心，也听得出来不是很客气，但作为一家超大规模公司的总裁，在手里资源很多、事务很多、时间很少的情况下，这样的回应也没有任何问题。

在姜老师看来，福坤用**这种提问方式作回应，便掌握了后续对话的主动权。**因为现在要回答问题的是李支，而且必须回答。

李支能想象得到，如果真的回答他的这个问题，无论怎么答，都会对自己不利。

"不需要您做什么，只想知道您知不知情。""不知道。"（结束。）

"变电站都是您的公司中标，负责安装和集成的？""应该是，所以呢？"（结束。）

"您知道变电站的服务器根用户密码吗？""不知道，需要我让手下人查一下吗？"（结束。）

李支心念电转，一时之间不知道该怎么提出能控制对方的问题。

他还没来得及回应，又听到福坤似乎喃喃自语地补充道："是想问我知不知情，还是说这件事与我有关系，需要我进行解释？又或者，您是希望我参与分析案件？"讲完最后一句，他平静的脸上出现了一点笑意，低头摘下眼镜，不慌不忙地擦了擦之后，又重新戴上。抬起头再次和李支对视的时候，目光已经恢复到了最初见面的状态，没有刚才听到问题之后那么犀利了。

不仅仅是李支，连姜老师都暗暗吃惊。这一系列的追问，竟然与自己的谋划惊人地相似！也就是说，福坤抢先下手了。下棋的时候，如果被对方猜到了后面要走的路线，恐怕基本没有赢面了。

第二卷·惩戒　399

没想到，福坤又继续道："您别介意，最后一句我是乱说的。不过真的要我参加分析的话，我也感到很荣幸，能帮忙的地方一定尽力。"

他的回应到这里结束了，给李支大开城门，安静地等待着李支回应，城内是密布雄兵还是空空如也，没法判断。即便如此，他也没有任何松弛和得意的表现，连呼吸的频率都没有变化，似乎在用很认真的态度期待着后面的交流。

李支换了一个角度提问："我们请您来，是希望请教您一个问题。没有连接互联网的内部网络，比如电网控制系统这种，有没有可能通过外部计算机进行远程访问和控制？"

福坤的镜片似乎闪过一道光芒，他略微思考了一小会儿，认真答道："如果内网和互联网是物理隔断，也就是整个网络没有任何一个节点直接或间接连接到互联网，那么远程的访问和控制肯定没办法做。军队和你们公安系统的内网都是这种级别的，为了保证信息安全。"

李支追问了一个问题："参与网络部署的工程师呢？他们从零开始建设这个系统，理论上对系统里的每一台电脑以及电脑之间的网络通信了如指掌，也做不到吗？"

福坤笑了，笑得很直白，所有人都能肯定那笑容里有一点点得意。他再次强调："不管掌控度有多高，只要是物理层面和外界隔断，就算是有了系统根用户的权限，也没有办法从外面进行操控啊！这就如同你是房子的主人，对房子里的一切了如指掌，可以随便搬移砸摔，但做这些事的前提是你要在屋子里。如果被锁在门外，连进都进不去，再熟悉又能怎么样呢？"

李支听完，只沉思着接了半句："所以——"他故意拉长了尾音。

"所以只有在屋里的人可以为所欲为，屋外的人什么也做不了。"福坤收敛了刚才的笑容，又恢复成一贯的平静样子，反问道，"李支队长，这个技术问题其实您不需要专门请我来解答，我想您手下的技术侦查人员也可以回答，这属于最基础的网络工程知识了。"

李支猜到他可能会如此说，便点头道："嗯，我手下的同志跟我讲过。我向您请教，是为了判断得更加准确，毕竟您的资历和技术实力要比我们这些跑一线的同志高很多。而且，电网的控制系统也是坤睿科技直接中标，集成施工的。"

姜老师在单向玻璃后面用力挥了一下拳头，李支现在提出这个问题，简直太棒了！

反击

"哦，是吗？"这是福坤的第一个反应。

他立刻又道："所以，李支队长今天请我来，实际上是为了搞清楚电网的内网系统是否出了故障？是否可能被外人入侵，才导致你刚才说的死者遭遇劫持时断电了？"

李支再次点头，这次点得很深、很慢，没有说话，只是看着福坤。

福坤平静的面孔上有点阴沉，他缓缓解释道："据我所知，电网的控制系统一定是和外界物理隔断的。如果您和公安的同志认为问题出在这套系统里，那么下一步应该查的是下达断电命令的服务器日志。谁下的命令，什么时间下的命令，是本地还是远程下达的命令，日志里写得一清二楚。我可以帮您确定的是，问题只能出在他们的系统内，外人肯定动不了。像这样的国家级工程，我们公司即使中标，也只负责部署和调试到符合应用需求，之后就全部移交给甲方。这有点像……我们是建筑公司和装修公司，房子造好之后，我们就被锁在屋外，跟房子里的事情没有关系了。"

李支伸出两根手指，身体向福坤的方向倾斜，说道："还有两种情况，可能存在关系。"

福坤扬眉："哦？"

李支注视着他，扬起一根手指："售后服务阶段，比如维修或者升级。"

福坤点头，表情没有变化。

李支扬起第二根手指："建筑工人或者装修工人在房子里留了主人不知道

的后门,也有可能,对吗?"

福坤的眼睛和眉毛一起皱紧,思考了一会儿,应道:"我懂您的意思了。作为中标方,我立刻让人去查当时的施工小组,从负责人到每一个布线的工人,我会把所有名单提交给您,并要求他们全力配合您的调查。同时,建议您让电网公司的领导赶紧清查所有服务器,看看里面是否有您所说的'后门'程序,或者是近期是否有我们公司的售后人员接触过他们的计算机。如果是坤睿科技的人涉及了案子,麻烦您在不违反规则的情况下,第一时间通知我一下。我不希望我的团队里出现这种情况。"

他把话全部挑明,后面就没有必要再就其他问题纠缠了,毕竟现在只是询问。而且福坤的解决方案都非常合理、有效,也把责任全部厘清了。再问下去,他只需要用"不知道"来应对,真到了那个阶段,警方反倒会失去主动权。

李支顺势收尾:"非常感谢您的配合和支持!福总能够如此深明大义,也让我很感动。良好的社会治安,就需要福总您这样的大家多多参与维护。我代表市局和刑警支队,向您致敬。"说罢,站起身来探出手,这也是一个礼貌的感谢动作。

华生忍不住小声问道:"姜老师,其他问题今天就不问了?包括昌宁镇的道路监控,还有温泉度假中心的监控、港湾家园的监控……就这样让他走了?"

姜老师也压低声音,仿佛怕声音传到隔壁,虽然两个房间的隔音效果经过严格测试。他给华生解释道:"**最直接、最关键的问题如果无效,那么从空间、时间的维度向外围扩散的问题,有效刺激度就更低**,他可以用很多理由波澜不惊地应对过去。太多的无效问答对我们不利,尤其不利于下一步开展侦查工作,以及下一次与他见面。手里的大牌如果压不住对手,其他的小牌只能先放一放。"

华生立刻明白了其中的关键,"嗯"了一声。

与此同时,福坤也伸出手和李支轻握,嘴角挂着微笑:"您不要客气。我也不说虚话大话,什么企业家的社会责任之类的,只是出于对自己的尊重和对坤睿科技的信任与爱护,尽了应当尽的责任。今天第一次和您交流,对您的风范非常钦佩。希望过了这个案子，有机会请您到我公司去坐坐，交个朋友。毕竟，这个时代值得我深交的人不多。"说到这里，他有意无意地朝单向玻璃看了一眼，又补充道，"今天我估计你们还有事情要商量，如果姜老师也在，代我向他问好。就不耽误您的时间了，下次有机会，再品尝您泡的茶。"说罢，自行转动轮椅离去。李支微微一怔。

华生被他最后的话搞蒙了，难道他知道姜老师在场？

他是怎么突然跳转到这个话题的？这是不是意味着他知道自己此前的所有表现都可能被姜老师观察到了？如果是这样，那么可分析的地方就大打折扣。最关键的是，他怎么突然毫无征兆地就提到姜老师了呢？

华生扭头看向姜老师，只见他将拳头握得很紧，死死地盯着单向玻璃，便连忙去拍拍他的肩膀。姜老师扭过头，拍了拍华生的手示意没事，笑得有点勉强。华生能感觉到他手心湿腻冰冷。

这是强烈的恐惧反应，大大出乎了华生的意料。李支和任支这时已经回来，恰好看到了姜老师的异样，忙问："您怎么了？"

姜老师说："我的实验室，可能也是坤睿公司中的标。到现在快3年了，我从没往这个角度想过。当初，我负责提需求，完工后使用，学校资产管理处负责实施所有流程。我隐约记得在投标的几家企业标书里好像看到过'坤睿'的字样。"

旁人一时之间想不明白其中的关联，只好关注地看着姜老师，听他接着说下去："我不确定他为什么结尾会猜到我可能参与办案。那不是瞎猜，而是有意给您传递信息，同时也是在给我传达。最好的可能是，他最近见过老韩，我的事他是听老韩说的。如果真是这样，我倒不是非常担心。"

任支应道："这一点不难求证。"

姜老师眉头皱得更紧了："第二种可能就很可怕。如果他像我们估计的那样，可以远程监视和控制他们经手的设备与系统，我的实验室也不会例外。他知道我在做什么研究，他知道我们的研究方法，那么他就会明白刚才您的所有提问策略。"

华生惊道："刺激源无效，就没有办法看到真实反应。"

李支却摇摇头："他能不能远程监控您的实验室，我不确定，但如果仅仅是监控了您的实验室，我是说如果是这样，那么他不会在今天这个场合提出来。他一定是猜到您在参与这一系列案件的侦查，所以最后才会贸然提到您。您和公安机关合作搞微反应研究，知道这件事的人也不少，所以未必是实验室里走漏了什么消息。再说，这一系列案子的侦查还没有结束，您那里不是什么都没有吗？"

的确，所有案件材料只有在法院判决确定之后，才能通过严格的手续，移交给实验室做研究。

姜老师还在沉思，只喃喃地道："那就好，希望没有其他可能了。"

38　福坤的破绽

开篇语：

狐狸倘若知晓所有的陷阱，就可以完美地避开，甚至用假象欺骗猎人。一个人如果明白每个提问背后的意图，就可以进行合理的表演，尽管不带有一丝真诚，却会让你觉得都是真的。

By 戴猛

福坤的控制与失控

李支神色凝重："是。我担心的情况更加可怕。坤睿科技的业务里面，有一项是给通信运营商提供网络交换设备和服务器，如果他们在这里头做手脚，恐怕就无孔不入了，可以随意获取信息。"

华生不由自主地摸了摸自己的手机，感觉到肩胛骨中间"唰"地冒出一层冷汗。

李支继续道："福坤是个厉害的角色，跟他谈话虽然时间不长，但我能感觉到他应对自如，攻防严谨。说来惭愧，做了这么多年刑警，我可以肯定他的状态是在对抗，但他的分寸拿捏得很微妙，不心虚但也不蛮横。往好的方向想，似乎他的表现也没有问题。"

任支接着李支的话说："李支，也许您的感觉是对的，福坤的确没有问题。我觉得我们首先要回归原点。"

李支和姜老师一同扭头望向他："哦？"

任支讲道："我一直在想，因为变电站的服务器被人做了手脚，我们就把坤睿科技的总裁列入怀疑对象,这个思路现在来看也许有点冒进了。就算是坤睿科技的问题,难道嫌疑人一定是他吗?这因果关系有点勉强。"

任支说的其实有道理,这个判断有点武断。

但是,姜老师还是拿出电话,一边拨号一边道:"我先问下韩总工,看看是不是他跟福坤提过我。"

华生的眼睛一亮。

通话非常简单。韩子培告诉姜老师,他和福坤只见过那一次,就是很久之前坤睿科技中标电力公司系统的那一次,此后再未碰过面。这个结果让姜老师的心跳加快,不安的感觉更加强烈。

另外三个人看到他的样子,只有耐心地等他思考。姜老师沉默了一会儿,抬起头望向任支:"任支,我现在非常确定福坤是有问题的,请您一定要把他列入侦查范围。"

任支的目光明显充满了疑问,道:"如果正式展开对他的调查,事情就比较麻烦了,对方可是政协委员。您能给我更多的理由吗?"

姜老师心里很笃定,解释说:"他刚刚和你们面谈的时候,前面的表现的确没有什么可怀疑的地方,但最后提到我,恐怕是他最大的破绽。提及我的具体原因我还不确定,但我可以肯定,他是特意的。"

任支当即反驳道:"既然是特意的,为什么还是破绽?"

姜老师立刻回应说:"他全程的表达,都在努力'控制',最后提到我,也是为了实现'控制'。不过,他前面的表现是为了控制自己,保证自己'不输';而后面提及我,则是为了控制整个局面,他想干扰我们的侦查工作和策略,他想赢。不输,每个跟警察对话的人都会有这种诉求,但想赢的心态,只有罪犯才会有。这个目标的转变,就是他的破绽。"

任支立刻跟着说:"姜老师,您的这些话我有点跟不上。"

李支却拦住他:"我们再仔细想想。我觉得姜老师说得对,对福坤的心理状态挖掘得很深。"

华生插话道："我觉得不仅如此，其实福坤前面也是有破绽的。"

这句话让在场的人都大为惊讶，不约而同地道："哦？"尤其是姜老师，他的眼神里除了惊讶，似乎还有一点热切的盼望。

华生有点不好意思，笑着请示任支："要不，我们一边看录像，我试着解读一下？请姜老师指正。"

现在根本就不是客气的时候，姜老师可没有心思摆出什么老前辈的姿态嫉妒年轻人，他巴不得找到更多的依据，让自己的判断更加准确。

很快，刚刚谈话的录像投放在大屏幕上，各种细节再次出现在几个人面前，仿佛一个升级版的时空倒错。

录像中，李支告诉福坤"死者是从家里被人掳走的。本来，我们可以通过道路监控和小区监控来找出掳走他的人，但是不知道为什么，偏偏他被抓走的那段时间，整个小区和方圆几公里都断电了"。从这里开始，画面4倍慢放，华生配合画面讲述自己的思路："李支这里讲的是核心案情，对嫌疑人来讲是非常有力的刺激源。福坤的视线出现了明显的变化，分为两个阶段。在刚听到问题的时候，他的视线非常专注，从眼轮匝肌的收缩程度以及视线停驻时长来看，那时候他的脑筋大动，想了好多东西。"

姜老师补充说："这也是他第一次皱眉。对于一张平静的脸来讲，这个反应算是大动作，映射出内心出现了明显波动。"

李支作为当时在场的人，在看这些画面的时候，感触很深，他道："是的。当时我能感觉到，他似乎在思考我的意思。"

任支依旧谨慎地从相反角度分析："但如果是我，我也会对这样的情况产生强烈的兴趣。尤其是如果此前我毫不知情，劫持人的时候居然会发生大面积断电这么凑巧而诡异的事情，我也一定会很好奇。"

姜老师说："对的，所以这个反应本身不能作为怀疑他的依据。不过，我想华生的重点在后面。"

华生点头，继续解析道："没错。请大家注意这里。"

画面播放到福坤连续向李支提问"是想问我知不知情,还是说这件事与我有关系,需要我进行解释?又或者,您是希望我参与分析案件"的地方,由于慢放的缘故,福坤的全程动作特别醒目,也显得别有意味。画面里,他先是笑了一下,然后摘下眼镜,不慌不忙地擦了擦之后,又重新戴上。

华生把画面停在这里,说道:"我注意到两件事。第一件事是:他为什么要笑?第二件事是:他为什么要擦眼镜?在重新戴上眼镜之后,他的视线又放松了,恢复了初始基线态。"

姜老师顺着华生的思路脱口而出:"在反问了三个问题之后,笑容表达了他的优越感或收益感。整个过程中,眼镜并没有受到污染,物理上没有脏,也不会突然变脏,所以擦眼镜的动作如果不属于安慰反应,就属于调整视觉信息感受,也就是说,要么他心有不安,要么他的眼睛感受到了疲劳。"

华生接着姜老师的话说:"我正是这么理解的。在擦完眼镜之后,他的视线恢复成初始基线态,我觉得不安的逻辑归因很弱,尤其是他刚刚还在笑。更大的可能,应该是他的三句追问以及背后大脑进行了思考,让他感觉到了疲劳,而这种疲劳对他而言,就是视觉上的疲劳。"

任支问他:"你的意思是,他在听到李支讲了这个案情之后,不仅联想到了种种诡异的案情,还开动脑筋想了怎样回应李支的问题,所以会疲劳,是吗?"

华生回答道:"我的意思是,他根本没有去联想诡异的案情,而是把所有精力集中在思考如何回应李支上。对于不涉案的普通人来讲,恐怕最感兴趣的就是为什么会断电,然而感兴趣归感兴趣,又无法知道原因,所以肯定不会在这个问题上真费脑子。另一种情况是,如果他心存挑衅,信口追问这三个问题,倒也不为稀奇。但费这么大的力气来想,恐怕只有一种情况。"

姜老师明白了他的意思:"谨慎。他在提问之前,反复盘算自己这一步会存在什么得失。"

华生点头:"对的。他对这个回应太用心了,非常谨慎,他甚至有可能还思考了李支下一步会回应的内容。"

李支的眉头舒缓了些，认可道："的确，他想得不错。我当时想的，正是这些问题。"

这一段讨论，任支紧皱双眉，听得非常仔细，轻轻点点头，没有说话。

华生把录像停在了下一个位置，画面里李支跟福坤刚刚讨论完物理隔断的内网无法被外部操控的基础原理，李支问他："建筑工人或者装修工人在房子里留了主人不知道的后门，也有可能，对吗？"听到问题的一瞬间，福坤的眼睛和眉毛一起皱紧。

华生音量不大，直指这个反应说出了自己的判断："我觉得，这里似乎出现了愤怒。"

姜老师盯着画面仔细辨认了一下，高兴得一拍手，音量比华生大出很多："的确！这个细节发现了不起！福坤现在可以上榜了。"

不等任支发问，姜老师主动给他解释道："任支，我这样解释你可能好理解一些。他被李支提到的'后门'问题给逼急了。**愤怒是想拼斗、想赢的心态。**他的下眼睑凸起，向上移动，但幅度不大，因为他做了自我抑制。这说明，他并不想表达自己内心的愤怒。"

任支相信姜老师对微反应的判断，只是还不明白其中的逻辑关联，问道："公司负责人意识到自己的公司里可能有犯罪分子，也会愤怒吧？被警方当面质疑之后，又不方便发作而隐忍抑制，也可以解释得通。我还是不明白根据什么来加重他的嫌疑。"

华生接着解释："那要看他的愤怒是冲谁。这是他唯一一次出现愤怒，而发怒的对象是李支，或者说是李支所提的问题。如果是公司里出了问题而他自己是清白的，那么作为领导他会对内愤怒，对李支代表的警方则应该是愧疚甚至恐惧。前面那么平静地控制着自己的言谈举止，在讨论内网外网的问题上，便加大了对抗的力度，在听到'后门'的一瞬间出现了愤怒，随后压制住，谨慎思考后给出了所谓'合理'的解决方案。他并不想把愤怒的对抗流露出来，因为那是他的自我保护。"

任支理解了两个人对福坤表情的解读，终于点头认可道："这段解释里的逻辑，的确可以强化对福坤的怀疑。第一是他对断电原因问题的回应很谨慎，过度用脑；第二是对李支所问问题的愤怒，也就是对他们可能给电网系统留'后门'的愤怒。这两条逻辑可以具有指向性，不过，我们还是要慎之又慎，千万不能把这些分析公开出去。接下来，我们要尽量在证据和线索方面努力，找到有效的物证。"

华生说："其实，还有一些疑点，只不过没有这两处破绽这么硬。比如，刚刚告诉他电网系统是坤睿中标的时候，他的第一反应是'哦，是吗'，这是一个不知情的回应。可是，韩总工的确和他见过面，见面的原因就是这个项目的合作。怎么说，韩总工也是高级别的领导，他们坤睿直接中标的都是些大项目，他不知情说不太通。当然，如果他就是醉心于技术而对人际关系不重视的话，也存在这种可能性。只是，会有点奇怪。"

任支这才知道，华生只挑了两点最硬的破绽进行了分析，除此之外，还有更多的嫌疑破绽存在。既然如此，说明华生非常谨慎，不是为了归罪而在鸡蛋里挑骨头。

内鬼

观察室里突然安静了下来，大概有十几秒钟的时间没人说话。李支突然说："这里只有我们4个人，有没有什么通信设备是可以连接到网络的？"

任支立刻意识到了什么，他迅速走到门口，向左右张望，确认没人后关上房门，向李支汇报："放心，周围没有其他人，只有我们4个。这间观察室有监控摄像，但并不收音。当初建设的时候，考虑到了案情讨论的保密需要。"

李支右手握成拳头，在自己的左手掌中狠狠一砸，叫了一声："好！"

姜老师和华生面面相觑，这种奇怪而紧张的局面还是第一次经历。

李支将3人聚在桌边坐定，拿起一支烟刚要点，才想起来这是办案区，规定不许抽烟。他只好舔舔嘴唇，一瞬间神色凝重了起来。

大家知道，李支这是有非常重要的话要说。

李支却没有说话，眼神陡然一亮，顺次打量着每个人的眼睛和面孔。任支和姜老师很明白李支的意图，但即便如此，被这样打量的时候，心脏的表面还是有如被毛刷轻轻扫过一样。

姜老师心里的感受倒不是慌，他仔细辨认了一下，那是一种对未知的惶恐，这个惶恐来自对对手的抵触与期待。这样的审视结果，最终要对方来判断，作为被审视的一方，自己当然希望判断结果是好的，这是基本的安全感需求，所以会期待；但恰恰审视就是一种侵略行为，不论最终结果如何，手握判断的"生杀大权"，从动物的角度看，对方就是敌人。又抵触又期待的纠结，才造成了心里发毛的不安感觉。

华生还没懂李支这是在做什么，当李支的目光转移到他的面孔上时，他便朝李支笑笑，却见老爷子表情严肃地在自己面孔上不停打量，然后又将目光停在自己的瞳孔上并变得深邃起来。华生心里倒是没有痒痒的发毛感觉，因为一来不知道李支究竟是要判断什么，二来他看到李支的眼球转动频率并不快，不是那种交感神经兴奋的生理性高频转动，如果是警惕或者惶恐，眼球闪动的速度要比这快得多。既然是控制着打量而没有情绪，就说明还没有不好的判断，甚至**这套动作可能就是一种表演，意图故意施压。**

正是因为自觉无利害缠身，没有期待也没有畏缩，所以他能够客观地审视李支的点滴举动，神态清明。

李支审视完毕之后，方才开口道："请大家将手机关机，并且都放到9楼的会议室里，5分钟后，我们再在这里聚齐。"

5分钟后，4个人又聚齐在谈话室里，这一次连录像设备也关机了。

李支向四周审视良久之后，才开口道："究竟是谁下指令停了太阳园小区的电，是目前我们继续侦查的关键，任支可以安排技术人员从电网系统里继续追查。虽然希望渺茫，但如果找到证据，则会有突破性的进展。一开始，我也觉得直接找福坤的原因太过单薄,但现在看来,他的确可能有问题。他临走前突然将矛头指向姜老师,让人担心。如果他是凭公共信息瞎猜的话,刚才那么紧张的局面不允许他瞎说,那么……"他沉思了一下,声音变得低沉沙哑,"第一种可能是我们的内部工作有技术上的安全隐患,被泄露了。这一点还好,排查隐患就行。第二种可能就比较麻烦,假设福坤可以对每个人的通信设备进行监控的话,那后果不堪设想。我想,他有这种技术能力,也有这方面的设备和网络支持。"

每个人的心底都渗出一丝凉意。他们知道,终端内容的监控和网络数据包的截获,都不算很难的事情。

任支见李支停下不再说话,斟酌着自己的思路说:"既然我们已经决定并案侦查,那么不妨假设所有案件都是同一名嫌疑人所为。从姚大广被杀开始,先是顾三儿造假投案,然后是钱豪军归案、二虎失踪,再到后来的港湾家园小区王艳梅案、太阳园小区断电,我们可以发现这些案件有几项共同之处,比如死者都是机械性窒息死亡,死亡之前都受过虐待,作案人动机可能是某种'惩戒',作案人有很好的经济条件和组织能力,等等。除此之外,还有最重要的一个共同特征,就是到目前为止还没有发现直接物证。所有通话记录、定位、监控等这些常规证据都没有;现场勘查的痕迹、DNA 这些传统证据,也没有。嫌疑人还一层一层地给我们铺设了很多假象,我们现在层层突破他设置的迷局,靠的就是对每个涉案人员的精准掌控,其中姜老师的微表情分析功不可没。现在,福坤的公司涉案,我们找他谈话的过程里,他突然毫无征兆地指向姜老师,我也非常担心。如果真的是内部出了问题,无论是人还是机器,我们的侦查手段被泄露出去了,这是非常严重的。"

姜老师一边听,一边点头,待任支说完,他问道:"他究竟想干什么?这是我始终困惑的地方。他这样暴露自己,对他没有好处啊。"

任支摇摇头,道:"按照最恶的揣测,也许是一种威胁。如果是这样,就意味着你的存在成了他们的痛点,同时也意味着,我们更加接近嫌疑人了,否则以福坤的智商，为什么要把自己牵扯进来。我想，面对电网服务器被入侵这么一个复杂的局面，如果他装作若无其事的话，难度并不会很大。"

李支则说道："这是重点之一。还有另外一方面的担忧，就是我们还有多少信息被泄露出去了，是怎么泄露出去的。"说完，他的眼睛看向华生。

这次华生的感受和刚才大为不同，他已经完全明白了当前所讨论的主题是什么。华生基本上全程都在参与这一系列案件的侦查，也是局中人，跟姜老师的立场和定位相似。作案人如果真的掌握了侦查过程的细节，那么他们是不是知道他的存在，就变成了一个非常敏感的问题。所以，一想到自己有可能成了坏人的目标，华生本能地紧张了。当李支望向他的时候，他再也无法平静地分析李支的眼神了。华生此刻觉得那种怀疑的目光让自己内心深处隐隐发毛，他心想：如果怀疑是我走漏了信息，我该怎么自证？

华生本不知道该说些什么，但李支的目光里似乎有种力量，催促着他不得不说出心中所想："我是第一次遇到这么复杂的情况，坦率地讲，心里有点乱。我不知道是否应该首先做个表态，应该不是我泄露的消息。"

他这个话音一落，旁边三人都纷纷笑了起来。对困境的担忧掺杂在笑意里，让众人的心仿佛刚刚亮起一点，又隐入无尽黑暗中。

华生也尴尬地笑着自嘲："让大家见笑了。我和几个人说过案子的事情，第一个是我的同学罗倩，当时她来帮我们鉴定顾三儿的手机，李支和任支都见过的。第二个是我女朋友肖依，但我没有对她讲得很细，因为她其实并不是很关心。需要的话，我可以回忆一下跟她说过的内容。除此之外，就没有其他人了。目前确认的涉案人中，我只认识二虎一个人，但他并不认识我。我们只在很早之前意外地见过一面，后来再没有过交集。其他人就更……"

他滔滔不绝地讲了一大堆，同时也在梳理着自己的思路，回忆着哪里可能出现纰漏，只是第一次给自己洗白，完全没有思路。

李支听着听着，不由得哈哈笑了起来，他摆摆手："好了好了。我还记得，好几个关键的地方，是你和姜老师推进的，哪能怀疑到你头上呢？"

姜老师则拦住了李支的话："也未必。我们可以分成两种情况来讨论：第一种，人为泄密；第二种，信息被窃取。如果是第一种的话，谁也不能逃离嫌疑，包括李支你，理论上也有可能是泄密者。"

李支没有说话，他仔细一想就明白了其中的逻辑。任支的眉头皱紧了一些，因为他预感到，按照这个思路，局面会变得异常复杂。

姜老师继续道："理论上，我也有可能是泄密者。如果我和嫌疑人之间存在某种利益关联，福坤刚刚的表现那么奇怪，就有可能是和我商议好的一出戏，目的是洗脱我的嫌疑。之后呢，我可以不参与案件侦查，或者往错误的方向诱导你们侦查，把架在嫌疑人脖子上的剑悄悄移开。当然，后者很难，因为通过微表情发现了线索，还要事实来验证。我胡说八道的话，和事实对不上，就没办法伪装太久。我只是说，每个人都有可能是那个潜伏的泄密者。"

任支说："但是，大敌当前，我们不能自己内部先乱，无端猜测会带来巨大消耗。我也相信我们支队内部都是团结和忠诚的。如果我们排除掉有人故意泄露消息，那么第二种情况相对简单些，我们只需要注意通信保密，电脑、手机、网络之类的信息传输加以小心，就可以很大程度上避免再次被窃。我立即将命令布置下去，清查侦查设备，看看有没有被开'后门'的痕迹。"

李支说："姜老师是对的，每个人理论上都有嫌疑。刚才华生的表现，其实倒是挺好的一种自证表现，但我们没有办法让支队每个参与办案的人都自证一遍，那样会军心大乱，而且也不一定能找得到。在这方面，老任，假设你目前是干净的……"任支默契一笑，李支继续道，"你有什么思路吗？"

任支还是不由自主地先看了一眼姜老师和华生，方才说出了一个字："有。"

39　惩戒

开篇语：

你这个"精神病患者"好可怜啊，什么本事都没有，从小就浑蛋，以前仗着不到法定年龄，现在又想拿一张鉴定证书当免死金牌？处理你这种没规矩的废物，其实不用废话，一点点生理疼痛就能立一个小规矩。当然啦，我知道你不怕挨揍，从小被揍惯了嘛。所以，我不会揍你的。

By 少爷

3 天前

"网上有消息了吗？"少爷睡了整整一个白天，醒来的时候声音明显有点疲惫。

"爆开了，各种传说，估计警察们已经忙疯了！"短发姑娘见他醒过来，宽慰一笑。

"那'精神病'找到了？"少爷轻蔑一笑，没再管这件事。

"是。"短发姑娘简短地回答道。

少爷短促有力地用鼻孔呼了9次气，再深深吸入一口气，让自己的精神振作起来，之后问："赵乾说去哪儿办？"

"水库边。你不会现在就赶过去吧？人在赵乾手里，又跑不掉。"

"走。他不是刚好过18岁了吗，多放一天我心里都痒痒。你知道的，这种货色我喜欢，好期待跟他聊聊！'精神病人'我还没聊过呢！"说完，他兴奋地搓搓手，又补充道，"我什么时候肯花一天时间睡过觉，不就是为了见这家伙吗？"

"昨天刚做完一台大手术，你看你的手还在发抖……"

话还没有说完，就被少爷投过来的冷峻目光压住了。短发姑娘撇撇嘴，知道没法说服他，故意吹起了口哨，随着少爷走出房门。

少爷坐在后排继续调整着呼吸，没用多久就从深度疲劳中恢复过来，尤其是眼睛的酸胀得到明显缓解。手臂和手指的肌肉也恢复到了松弛而有弹性的状态，仿佛随时都能再开始一台大手术。

当他睁开眼睛的时候，短发姑娘从后视镜里朝他一笑，笑起来很好看。她打量着少爷的面庞，有点娇蛮地道："哎！一会儿你要是还想从骨头上剔肉的话，还让我来操刀好不好？这可比让我去化装挤公交、钻地铁有意思多啦！"

少爷抬起眼皮扫了一眼后视镜中那张孩子般的纯真笑脸，虎起脸压低声音批评道："那不叫剔肉。你以为是杀猪做菜吗？你一个女孩子家，长得又这么漂亮，怎么偏偏好这一口？不害怕吗？"

姑娘下巴微微扬起，鼻孔里"哼"了一声："这有什么可怕的！作恶的人，她越痛苦，我就越感觉到温暖，似乎心里都融化了，很有安全感。倒是那些被她折磨的小猫小狗，它们也不明白为什么要被人折磨，怕也没法说，疼也没法说，委屈也没法说，也没办法反抗，只能自己舔伤口，也许它们以为自己能好起来吧。看得让人难过。"说到后来，音量越来越小，眼睛有点湿。

少爷哈哈大笑，笑得姑娘一脸窘迫，脸竟然有些绯红。

好久，少爷才慢慢止住笑声，用手揉了揉脸颊，长长舒了一口气道："好久没有笑得这么开心了，脸都酸了。我还没见过你掉眼泪呢，今天可开了眼界了。"说完话，脸上依旧挂着笑容。

姑娘朝着后视镜白了一眼，也不跟他争辩，只甩了一句："喊！你等着瞧，哪天你哭了，我得给你拍下来。"

车子缓缓停在水库边上，周围人迹罕至，这条砂石铺成的小路只够一辆车通行。赵乾的车就停在那里，另外一辆，应该是福坤的丰田埃尔法。两辆车没有发动，寂静地停在石子路上，像两头沉默的巨兽。

见少爷的车驶来，赵乾和福坤同时开了自己的车门。赵乾整理衣服的时候，福坤通过电动移转梯把自己坐的轮椅缓缓放下车，两人一起向前迎了几步，仿佛没有注意到彼此似的。

少爷冲着赵乾问："抓的时候没费劲儿吧？你缓过来了吗？"

还没等他回答，短发姑娘两步蹿过来，重重一拍赵乾的肩头，问他："你亲自抓的？动手了吗？能打过你吗？"弄得赵乾非常尴尬。他恭敬地朝着少爷浅鞠了一躬，汇报道："没费什么劲儿。那家伙被他爸用铁链子锁在屋里，也没什么本事，就是个普通人。一开始见到我还想发狠，当时我就给他捏晕了。进出很快，悄无声息，邻居们没有察觉。您放心。"

福坤在一旁听的时候，眼睛看着短发姑娘，在她转脸看向自己的时候，闪现出一个友善的笑容。姑娘鼻孔里"哼"了一声，把下巴抬起来，脸转向少爷的方向，并不理会福坤。

似乎对这样的待遇已经习以为常，福坤没有什么尴尬的神情，而是把面孔转向少爷，汇报道："他们住的是居民区的老楼，不是咱们公司的地，监控不好处理。好在是半夜，人们睡得熟，不会引起太多注意。我先断了那一大片的电，废掉监控和路灯，这样车辆的进出都没有记录。"似乎他并不在意姑娘对他的冷落，只要她能看他一眼就好。

少爷"嗯"了一声，没有说话，径直朝着赵乾的车走去。

福坤又补充道："港湾家园小区那边，监控已经处理干净了，住的地方打扫得很干净，故意留了一滴血，目前为止警察也没有怀疑。"

少爷头也没回，只是"嗯"了一声，继续向前。

赵乾知道他要看看那个人，便赶紧几步走到前面去开车门，也防着那人突然闹腾起来，惹到少爷。

车门一开，少爷看到一张黝黑的面孔顶着肮脏蓬乱的黄发，一脸的狐疑，眼睛里闪着想要逃生的狡猾，惶恐地打量着他，目光经过他右手拿着的金黄色的手机时，多停留了2秒，并轻轻吞咽了一口口水，随即突然立起眉毛尖声喊道："放了老子！你妈的，小白脸，有种放了老子！看老子不捅了你！"

这突然的举动并未惊到少爷，他似乎早有预料。听到这尖声的挑衅和呵斥，少爷只是拿手指掩住了鼻子，仿佛是嫌弃这人肮脏的身体上散发出来的味道，以及随着说话喷出的酸臭口气。福坤对着赵乾使了个眼色，赵乾一探身，用一只手捏住了那人的脖子，瞬间让他哑声。

那人的双手和双脚被绑得很牢，脖子被捏住之后，只能不断地扭动身躯来表示抗议。但扭动的幅度越大，赵乾的手指就越用力收紧，没几下他就不敢大动了，只能拼命地呼吸，瞪着眼睛死死地盯着赵乾。那人想朝赵乾吐口水，但一点令人恶心的液体却只能勉强流到嘴角。

少爷接过短发姑娘递过来的鱼钩，摆摆手让赵乾走开，嫌弃地凑近他，声音和眼睛一样散发着灰暗的味道："你不要再喊了。再喊一次，我就用这些鱼钩把你的嘴封起来。"

这句话像一个阴暗的幽灵，从那人的脊梁骨里一下子钻进去，让他一激灵，打了个冷战。他竟真的不敢再作声，轻轻点点头。

短发姑娘拿回鱼钩，却并未收起来，反倒从另外一侧上了车，坐在那人身边。他惶恐地扭头看看她，见到这么漂亮的姑娘，瞳孔立刻就散开了，眼睛痴痴地盯着短发姑娘的脸庞，脸上露出淫邪的神色，双手不经意地在裆部揉搓，还并拢双腿磨蹭着。鱼钩在他眼前闪烁着微弱的反光，所以他对漂亮姑娘的意淫不敢肆意显露出来，但潜意识却使他把自己的身体朝着姑娘的方向挪了挪。挨得近了些，他竟然扬起鼻子长长地吸了一口气，很享受的样子。

短发姑娘却没理会这些细微动作，大咧咧一拍那人的肩头，认真地说："这是我家少爷，他问你一句，你要好好答一句。不说话或者乱说话，发现一次，我就给你的手指头上挂一只鱼钩哟。"说完，晃动着手里那一大把鱼钩，故意露出凶狠的表情。

那人嘴角一咧笑了起来，仿佛对那只手拍在肩上很是受用，看着漂亮姑娘认真的样子，舔了舔嘴唇，但顷刻间又看到那一大把泛着蓝莹莹光芒的鱼钩，觉得匪夷所思。无论如何，他也不想把这两种风格截然不同的东西放在一起来体会。他点点头，露出困惑的表情，然后转过头面向少爷。

"听说你爸用铁链子将你锁在家里不让出门？"

那人没有答话，脸上明显现出一丝不屑，不知这种无所谓是针对他爸的行为，还是针对少爷的问题。

"为什么要锁你？"

"他？因为他没有别的本事啊！除了揍我，什么也不会。揍完了要去上班，就锁起来呗。"那人在说这些话的时候，不在乎地摇晃着脑袋，撇着嘴挤着眼睛，斜瞥着少爷的眼睛。

少爷用拇指和食指捏着他的下巴，想把他的头拧正。那人并不配合，猛地扬起下巴，愤懑地甩开少爷的手。还没等他完成傲慢的姿势，突然就发出一声尖叫，剧烈的疼痛让脸颊上的肌肉不住地颤抖。

原来，短发姑娘已经将一只鱼钩穿过了他的右手虎口，线还牵在她手里。那人疼得浑身一阵颤抖，眼泪立时就涌出了眼角。刚才还是个混不吝的小痞子，现在不敢发出任何声音了，只用左手捂着伤口，乖乖地把脸转向少爷，全身止不住地发抖，不知道是因为疼，还是因为怕。

少爷轻轻摇摇头，叹息了一口气，跟他说："你要记住这个小姐姐说的每一个字，她不会说第二遍的。你知道了吗？"声音轻柔得像是在跟小宠物说话。

我好好问，你好好答

那人忍着眼泪和疼痛，忙乱地点头表示记下了。

少爷接着问他："你妈呢？"

那人身上的痞气几乎一瞬间消失殆尽，目光紧紧跟着少爷的眼睛，不敢有任何多余的动作，愤恨也被藏在目光里，答道："早被我爸打跑了。我很小的时候，就没有妈妈了。"

少爷好奇道："那你跟你爸生活到现在？"

那人骨子里的轻蔑还是流露在了脸上："让他养，我要么早就饿死了，要么早就被打死了。他根本不管我……是我爷爷奶奶把我养大的。"

少爷听到这一句，忽然就沉默了，似乎这句话触动了他内心深处的某个角落。

见少爷目光闪动，那人也不说话了，他调集全身的感官，试图从空气里闻出会发生什么危险，大脑也在飞速地思考目前的局面，不知道面前这个阴冷的人接下来会爆发出什么可怕的能量。

"既然是爷爷奶奶管你，你爸为什么要锁你？"

水库边的天光逐渐暗了下来，带着山里的水雾，让人心里阴沉沉的。

那人听到这句，眼睛竟然瞬间泛出点滴泪光，他倔强地咬了咬牙，缓缓说道："我爷爷3个月前死了……"

少爷仿佛从深深的思绪中抽离而出，突然面色一凛，用鼻孔"哼"地冷笑了一下之后，道："好了，我不要听你叽叽歪歪说这些废话。讲实在的，这次你爸为什么要锁你？"阴冷的目光似乎能刺穿那人的头骨。

这逼视仿佛有很大的力量，压得那人逐渐低下了头，嗫嚅了几个字，声音微弱得几不可闻。

短发姑娘用极快的速度捏起他的右手食指，准确地将一只鱼钩穿入。在她的动作都完成之后，那个干瘦的身躯猛然一阵剧烈抖动，他想喊的时候已经来不及了，因为他见到姑娘手里捏着细细的渔线，如果他一挣扎，或者姑娘轻轻一拽，可能会让鱼钩从指尖深处破肉而出。

他疼得"嗞嗞"地直吸气，却只能捏住渔线的一截，连忙向少爷弯腰低头，那样子像是在车的座椅上磕头，同时嘴里大声报告道："是因为我闯了祸，又进了公安局，我爸把我领回家又管不了我，只能锁住我！"

见他变得顺从了，少爷才冷漠地点了点头，示意赵乾把他拖下车。短发姑娘松开手里的渔线，若无其事地从另外一侧下车，跟着一行人来到水库边的草地上。

少爷看了一眼福坤，福坤点点头，示意少爷放心。

赵乾一路拖着那人，让他跪在少爷面前。虎口和手指的疼痛一阵阵袭来，而且感觉越来越疼，那人脸上渗出一层冷汗。水库边即将被暗夜吞噬，水面波纹反射着几不可见的天光。时不时刮来一阵凉风，吹到被汗水湿透的身上，让他瑟瑟发抖。身体的痛苦比起面前这个阴晴不定的奇怪男子，根本不算可怕，因为到现在为止，他还不知道自己为什么会被抓到这里来，即将发生什么，他也完全无法预料。

这样一个无赖，此刻却已经牢牢记住了，必须有问必答，不能有丝毫的犹豫和迟疑，否则必定会再次被一只鱼钩刺穿。那个漂亮姑娘下手可真狠，而且悄无声息，形同鬼魅。他本来还在垂涎她的脸蛋和窈窕身材，此刻却看都不敢看她一眼。

少爷蹲下身来，眼睛盯着那双慌乱而狡诈的眼睛，微微露出狰狞的表情，一字一顿地道："你做了什么，我知道得一清二楚。接下来，不要让我再一句一句地问，你自己把4年前干的事儿都说出来。包括怎么想的、怎么做的、什么感觉，都老老实实说出来。只要有一点跟我知道的不一样，我就会让你连后悔都来不及。要听话啊！"说完，轻轻拍拍他的头，自己站起身来面向泛着微微浪花的水面，便不再理会他。

"4年前？"那人立刻愣在那里，眼里满是恐惧、疑惑。

"对，我最后提醒你一句，那时你不到14岁。"少爷没回头。

在那人震惊的同时，赵乾分别往他的小腿、大腿、腰腹和手臂上绑上了大片的医用纱布和绷带。当那熟悉的气味钻入他的鼻孔时，他的瞳孔一下子放大了，惊恐万分，连手上的刺痛都感觉不到了。他试图扑上去抱住少爷的大腿求饶，但身体刚一动，就被赵乾一脚踢趴在满是石子的地上，全身上下被小石头硌得生疼，尤其是整个左肋，酸胀得像是要把心脏挤爆。

少爷对这个徒劳的举动嗤之以鼻，看也没看，冷漠的声音传到那人耳朵里："告诉过你要听话了。我不像你的爷爷奶奶，老东西们只会不断唠叨；我也不像你爸，动不动就揍你。我好好跟你说话，你不听，后果就只能自己承担。不要以为你手里那张证还能护着你，我愿意费点时间来帮你学会基本的规矩，希望能拯救你那颗烂透了的灵魂。"说到"烂透了"这几个字的时候，少爷的眼中隐隐闪现出了杀机。

那人听少爷提到了"那张证"，如同被闪电击中一般，大脑瞬间短路，不敢再乱动。等到少爷说完，他也不知该怎么接话，便只能惶恐地跪坐在那里，目光不断地在少爷的背影上打量，琢磨着这个家伙的意图。

少爷仍旧没有回身，叹了口气，边摇头边无奈地道："看来你还真是烂透了。你要是自己想不起来，我就没法帮忙了。刚才你没有听话，给你一个小小的惩戒。"

短发姑娘往他身边一靠近，吓得他扭动着身体连忙往后缩。短发姑娘被他的样子逗得咯咯地笑，一边笑一边嗔怪道："看把你吓得！你不是挺厉害的吗，上学那会儿就打架斗殴，还拦路抢同学的钱，后来又入室盗窃、持刀抢劫，从来没尿过。你还拉帮结派地欺负姑娘，完事儿了还划伤人家的脸，下手都挺狠的。怎么现在像个小屁孩似的，这么胆小？"一边说着，一边不知道怎的就捏住了那人的手掌，他连逃都逃不掉。

短发姑娘继续说："我帮你把鱼钩摘下来，别乱动啊！你乱动，鱼钩的倒刺搅和烂了手指尖的肉，可不容易好。对啦，乖！嗯，真乖，好的。哪，这是一个创可贴。"短发姑娘拿出一个创可贴在那人眼前晃了晃，继续道，"把你的伤口包上，一会儿你就不觉得鱼钩扎得疼了。"

那人不禁有点迷惑了，只看着面前这张漂亮可爱的笑脸，乖乖地配合着，让她把创可贴粘在自己的手指尖，想挤出一个感激的笑容。但是，他忘记了少爷刚才说的"惩戒"二字。他还没有反应过来，就看到自己的指尖上燃起一团火焰，瞬间传来一股灼热而尖锐的刺痛。

他没有看错，创可贴正在燃烧，蓝色的火焰在自己的指尖直蹿。这诡异的画面和钻心的疼痛，让他猛地从地上蹿起来，双腿不停地蹦着，甩动着双手试图熄灭指尖的火焰。

短发姑娘指间夹着一根烟，幽幽地吐出一小口烟，不急不缓地说道："别往身上按啊！你身上的这些绷带和纱布都是浸泡了汽油的，稍微接触到明火，全身就会被点燃。"

一句话吓得那人立刻僵在那里，不敢再乱甩手，痛到极点，手指已经变得麻木。他看到火焰仍然在燃烧，赶忙一口含住指尖，强行熄灭了已经把指尖变成焦黑色的"惩戒"火焰。

火焰熄灭，那人疯狂地发泄着因惊吓和疼痛而激发出的愤怒，慌乱地用牙齿把手指尖上的创可贴残迹撕扯下来。当被烧焦的表皮暴露出来之后，那种火烧火燎的刺痛感又不断袭来。他本能地把手指放到嘴里试图降温，一边蹦着，一边含糊不清地骂道："我×你妈！疼死老子了！"

赵乾听到脏话，低吼一声，重重地踢了一脚那人的膝关节外侧，只听"咔"的一声响，那人无力地跪倒在地。因为倒得太突然，他的脸落在满是露水的石子滩涂上。膝盖的疼痛替代了手指尖的刺痛，成为新的疼痛焦点，这些冰凉的露水和石子让他意识到了自己的处境，他慢慢冷静下来，嘴唇还在不断地颤抖，那是内心深处的恐惧所激发的，不可抑制。

赵乾自上而下，用手掌在那个脏兮兮的头顶扇了一巴掌，并没有使多大力气，只是配合着一句低沉的命令："嘴干净点！"

少爷在这整个过程中都没有回身，直到听见那人安静下来了，方才斜过半张面孔，漫不经心地从嘴里吐出一个字："说。"

身上缠满了散发着汽油味的绷带，膝盖外侧半月板撕裂的疼痛，手指尖的焦黑和钻心刺痛，凄凉的冷风和膝盖感受到的露水的冰凉，让这个在太阳园小区方圆十几公里人人害怕的"浑蛋""精神病""大哥"第一次感受到了无边的恐惧，他感觉黑暗正在一步一步吞噬自己的身躯。他竭力不让自己的声音颤抖，近乎虔诚地对着少爷的背影，讲述着自己 4 年前所做的事情。

4 年前的恶行

"4 年前，我还在上初中。爷爷那时天天管着我、絮叨我，但他管不了我什么。我爸不管我，但我不缺钱，几个中学一扫，一下午就能收上千块。我早就把周围的那些小混混全捅了个遍，那都是我的地盘了，所以从来不缺钱。我不爱上学，就天天在外面玩，上网、打游戏，收拾收拾不服的人，跟小弟们买烟抽买酒喝，挺好。有一天我正在学校门口溜达扫钱呢，看见有个年轻的女老师拿着新款的手机从我面前走过，正在打电话。我知道那款手机刚上市没多久，值 5000 多块，就想偷了。我一直跟着她，心里琢磨着得准备点什么东西，就顺手从一个送货的改装三轮车上拿了一小瓶备用汽油。我一直跟着，也没见她坐公交车或者地铁，就只是走路。我很忙的，为了个破手机根本不值得花那么多时间，就决定不再跟了。我趁她不注意，把一小瓶汽油都浇到了她头上和身上，一点火……'轰'的一下，那老师便全身都着火了。我去抢她的手机，你知道吗，她竟然死死捏住不放，我连拽了两下都没拽下来。火势太猛，她老乱动，还尖叫，弄得周围人都往这边看。我只好跑了。"

他说这些话的时候，似乎只是在讲一件普通的事情，根本就没有什么愧疚。

少爷背对着这个满嘴无所谓的无赖，从双肾到脊柱再到两臂，一阵阵涌起异常的能量，身体在微微抖动。为了克制越来越强烈的抖动，少爷握紧了两只拳头。他还不想打人，他也不屑于用自己的拳头来教训这个浑蛋。一个无辜的年轻生命，竟然因为一部手机，几乎丧生于这样一个游手好闲的浑蛋之手。烈火在灼烧她的脸庞和身躯的时候，她一定不知道究竟发生了什么，突然就从美好的青春年华坠入无尽地狱。灼烧的疼痛可能不算什么，这样突然袭来的恐惧和毁于一旦的委屈，才是最让人痛彻心扉又悲哀无力的。

少爷从牙齿间挤出两个字，声音冷得让那人不由得打了个寒战："继续。"

那人继续说:"警察后来找我,他们审了我一堂,样子都很凶,但最终没能拿我怎么样。为什么?因为我没到14岁,而且我还是'精神病人'啊!当时那些警察都傻眼了!我有证书!他们没法把我关起来。"讲到这里,那人的眼睛里闪现出不能自已的狡黠和得意,他看了一眼少爷,又不知这个怪人要干什么,忙收敛一下心神,继续说道,"他们只好把我关进精神病院,让他们给我治疗,让爷爷好好看管我。那有什么关系?别说派出所了,就是刑警队、检察院、法院,都知道关不了我!精神病院挺好玩的,真的,至少比在家里被我爸锁着强。调戏精神病人什么的,还能拍照片发朋友圈,多有意思!"

少爷终于回过身,脸上竟然挂着笑容,只是这笑容没有什么善意,让人觉得有点危险的味道。他走到那人身边,蹲下问他:"那张医院出的精神病鉴定结果,是你姑夫签的字吧?"不等他答,继续问道,"初一的时候把同班女同学骗进家里猥亵,最后把人捅伤,从楼上扔下去的,也是你吧?过了14岁,变本加厉,打架斗殴、抢劫伤害、聚众赌博骗钱,一直到最近绑架邻居家小孩儿,都是你做的吧?"说完,从短发姑娘手里接过打火机,打着火,那火焰被微风吹得忽闪忽闪的,就是不熄灭。

那人害怕得发抖,解释道:"不是绑架,就是吓唬吓唬他们,最后也没要到钱。"

少爷望着这火苗出神,幽幽地道:"你以为,犯了这些事情,要么仗着年龄不到不会判刑,要么去精神病院里关几个月就又能出来,你继续该干什么干什么,是吗?这些事儿在你看来都无所谓,是吗?"

那人之前讲的时候还有些暗中得意,听面前的少爷不断地提问,很快就意识到了危险。他闭紧嘴,下意识地把身体往后缩,但刚刚一动,双肩就被死死按住。

少爷拉起他的双手,他在不断地挣扎,眼睛睁大到极限并不断摇头,嘴里含混不清地说着"不要"和"你要干吗",但没有办法挣脱。这一刻,少爷的力气大得可怕,手像铁箍一样抓住他的腕骨。

少爷贴近他,轻声问道:"你被火烧过吗?疼不疼?烫不烫?还有啊,你觉得被你烧伤的那个老师现在怎么样了?她当时该有多难受!"

那人闪避着少爷眼神中的怒火,慌乱得讲不清楚话,但他必须回答:"没有……应该没事吧……不知道……当时我爸给了8万块钱……够用了……8万呢……人没死……没事……4年前的事啊!"

他一边应着,一边试图挣脱,巨大的恐惧驱动着他干瘦的身体,竟然让赵乾按在他肩膀上的手不得不加了几分力。少爷叹了口气,把打火机的微弱火苗往他手臂上的纱布一点,就立刻和赵乾同时后退几步,冷眼旁观。

凄厉的尖叫声长久地回荡在水库的上方,连水面的波浪都被扰乱了节奏。汽油燃起的蓝色火苗和释放出的黑烟,在那人快速挥动的手臂上方绘制出了一幅诡异的动态图像。那图像的样子模糊不清、变换不停,显现出来的感觉却充满了悲悯和恶毒,配着凄厉的惨叫声,让罪恶的意图在空中挥洒掉了一小部分。

没过多长时间,他拍熄了火焰,发黑的纱布还是黏在被烤熟的手臂上,边缘可以看到变黑、变硬翘起来的碎片,红肿的手臂上到处都是大大小小的泡。

疼痛让他的脸扭曲到了极致,汗水顺着脸颊流下,形成几道黑色的沟渠。他紧紧闭着双眼,大口大口地吸着空气,见少爷走到他身边也没有反应。

少爷不由得提高音量,才盖住了他发出来的噪声:"现在你觉得怎么样?被火烧疼不疼?我只是让你体会一下,绷带上并没有蘸太多汽油,要不然这条手臂现在就成炭了。你能明白我在说什么吗?"

那人眼睛里透出野兽般的恐惧和敌意,却快速地点着头,哆哆嗦嗦应道:"疼、疼,我知道了,被火烧很疼。"

少爷满意,点了一下头,补充了一句:"可能你不知道,满头满身被浇了汽油,最难受的还不是皮肉疼,是烟从口腔、鼻腔进入呼吸道,再到整个肺,这些地方都疼。想象得到吗?怕了?那你就快点说,两天前你闯了什么祸?"

那人明白了他的意思,只好忍着疼,哆嗦着声音希望快点讲完:"前天我和几个小兄弟正在饭馆吃饭,点了两个菜。快结账的时候,我往盘子里吐了口痰,叫服务员过来。当时厨房的大师傅听说了，就拿着菜刀出来了。我心说吓唬谁呢，最终也就不了了之了。"

少爷亮出一根手指，仰着头似乎在吸燃烧出来的烟气，说了一句："这是一，还有呢？"

这下，那人完全明白了，他之前做了什么事，面前的家伙全都知道。他心想："连警察都拿我没办法，今天却偏偏遇到这个人，阴毒狠辣，他到底要干什么？"

心念闪动着，他嘴里继续交代："然后我想着去网吧打游戏，在公交车上偷了一个钱包。旁边有个穿超短裙的女人身材不错，样子又骚，我就悄悄走过去站在她身后，摸她的屁股。没想到小娘儿们还是个烈性子，不乐意我摸她。她在车上大声骂我，扯着我衣服说要报警。结果，钱包掉出来了，丢钱包的和一车人立刻围着我。这要是搁平时，我就领着几个小兄弟把那小娘儿们办了！他们人多，我当时只能上去扇了她两耳光，刀一掏出来，一车人全尿了。车一停我就走了，也没见有人敢追。后来，警察就找到我了。"

少爷伸出第二根手指，点头道："还差一天年满18岁，又没事，是吧？"

那人听出少爷的语气有点异样，不由得心里一紧。

你知错了吗？

少爷慢慢踱步到两米开外，继续讲道："你知道自己错了吗？随随便便用火烧人，其实很疼，对吧？但是这件事在你心里并不重要，对吗？是因为你年龄小，不懂事？不不不。后来你干的那些事，一件件都很恶心，你就是有恃无恐的浑蛋。之前不到年龄，就算是杀了人，警察也拿你没办法；过了年龄之后，反正可以鉴定成精神病，还是没有关系，对不对？"

少爷在他两米开外的地方慢慢踱着步，根本也不需要他回答，只是自顾自地说着心里的话，表情逐渐冷下来，语气也越来越重，步伐随着音量变低越来越慢。最终停下来之前，他轻轻叹了一口气，道："最让人不齿的是，你并不觉得你干的这些事会给别人造成多大的苦痛,只要法律管不了你,就可以继续为所欲为。你虽然年龄不大,但心里的恶已经超过了很多成年人。最可恶的是,你不在乎,还想继续混下去。那些人的痛苦和恐惧,你根本就感受不到!我告诉你,在我眼里你就是个垃圾,从小就是垃圾,以后也改不好的垃圾!虽然警察和法律拿你没办法,但我有!"

说到最后这两个字的时候,少爷眼里闪着凶光。那人一直紧张地看着这个怪人,提防着他又突然加害自己。看到这个眼神,再听到那么凶的话,立刻想站起身来逃跑。他只是一头没被教养好的动物,比普通人更凶猛、更无所顾忌的动物,跟少爷和手底下的人比起来,连猎物都不算。他努力地用双脚蹦着、跳跃着,忍着膝盖的疼痛尽力往没人的方向一下一下地跳,突然眼前一花,鼻梁和眼睛遭受了重重一击,重到连脑仁都被撞散了似的。接着眼前一黑,应声倒地。

是那个短发姑娘,她在他头上扫了一腿!

短发姑娘擦掉了鞋子上的血,蹲下来拍拍他的脸,笑道:"还想跑哪儿去?不怕啊?"

倒在地上的肮脏少年还没有从眩晕中缓解过来。鼻子肯定涌出了很多鲜血,眼睛明显肿了,睁不开,看不清东西,他感觉地面在旋转,身体不停地下陷,不停地转圈,那个姑娘说的话他并没有听清楚,有点像做梦一样,只是非常疼的梦。

短发姑娘打着打火机,用非常快的速度轻轻地在那人腿上、腰腹和手臂上的绷带上一点,三个动作一气呵成,蓝色的火焰瞬间升腾起来,哀号声也一瞬间响起。

他在草地上翻滚着、爬动着、扑打着,想要尽快扑灭身上的"惩戒"火焰。他是对的,如果他站着,向上升腾的火苗就会吞噬他的头脸。当然,最主要的是因为他的胸口以上并没有被绑任何易燃的绷带。

他翻滚的时候,赵乾不由得向四周张望。赵乾有点紧张,虽然夜色已经笼罩了四周，但这人身体上闪烁的火焰照得周围影影绰绰，再加上这样疯狂的号叫，他担心会被什么人听到。福坤也向远处望去，虽然他经手的事不会有纰漏。

少爷倒是不在乎这些，只是冷眼看着那个可怜虫不停翻滚，目光中的怒火逐渐平息下去，恢复了之前的样子，仿佛面前燃烧的并不是一个活人。

过了好一会儿，火焰在湿漉漉的草地上被滚压熄灭了，痛苦的表情定格在那人的脸上。如果不是因为疼痛导致肌肉持续颤抖，你会以为那一瞬间看到的是一具焦黑的尸体。那人张大口呼吸着，气管里传出苟延残喘的杂音。他的眼睛睁得大大的，看着少爷，目光中充满了恐惧和不解。他不明白为什么这个人要这样折磨他。他也不知道，目前这些并不是最可怕的。

少爷见火势熄灭，走到他身边蹲下，轻声地说："疼吗？害怕吗？"他笑笑，得意地打量了一下他的全身，那些绷带的汽油含量并不多，他根本就没想通过焚烧的方式来结束掉面前这个毫无价值的生命。

那人并没有回应，他不敢回应，也说不出话来。他被刚才的感受吓呆了，即使气管和肺的剧烈疼痛也没有办法把他从深深的恐惧中唤醒。他真的不明白这个人最终要干什么。

少爷继续轻声说："我希望你明白两件事情。第一，我今天烧你，是因为4年前你用汽油烧别人，别人是非常痛苦的。我只是烧了你的四肢，而且用量并不大，让你体会一下人家的感受。你现在的样子告诉我，你应该能感觉到什么叫痛苦，对吗？那个年轻的女老师，被烧得最重的是头和脸，其次是上身，医生鉴定是重度烧伤。她现在面目全非、痛不欲生，虽然死不了，但后半生就完完全全毁在你这么一个不值钱的浑蛋手里，欲哭无泪啊！所以，你现在流眼泪有什么用？你的痛苦，不及她的百分之一。你，听得懂吗？"他的声音冷冷中透着干涩，和水库边的清凉湿润格格不入。

那人缩在地上，全身不停地颤抖，一双眼睛睁得滚圆，不解并恐惧地看着少爷，轻轻地点了点头，不知道是听懂了，还是被"训练"得开始配合和听话了。

少爷把手抬起来，朝着他的脸摸去，他也不知道躲，或者是不敢躲。这种恐惧的表现让少爷把手停在半途，满意地点点头，开口道："你现在这么乖，学会了听话，这么懂规矩，应该去医院再鉴定一次，看看是不是真的精神病。你要是能一直这么规矩，这么听话懂事，会逐渐讨人喜欢的。只不过，现在代价大了点，对吗？你希望自己变成一个正常人吗？你是不是心里在怨恨，恨你的爸爸妈妈，恨你的姑夫，也恨我？没有吗？别骗人了，我能从你的眼睛里看到愤怒。不过没关系，你可以恨我，我倒不在乎。你应该关心的问题，不是怎么把我千刀万剐，而是能不能离开这里，慢慢去做一个正常人。也许，老天爷会给你一次机会？毕竟，警察已经给了你很多次机会，法律也给了你很多次机会。今天从我这里离开，你还可以有无数次机会，没人能拿你怎么样，对吗？"

看到那人瞳孔深处溢出了一丝希望，少爷突然一阵大笑，这笑声让赵乾不由自主地耸起肩膀深吸一口气，整理了一下自己的衣服。福坤的眼睛一直看着少爷，没有变化。短发姑娘则跟着少爷一起笑了起来，声音很好听，像银铃一样动听。她明白少爷为什么笑。她也走到那人身边，蹲下，防着面前这个垂死的垃圾突然暴起做出什么举动惊到少爷。

少爷把停在半空的手向下移动了几厘米，从那副肮脏的面孔上移动到了脖颈上，那里没有被烧伤，血管在嘣嘣地搏动，显现着生命的活力。少爷用指腹轻轻触摸了两侧的血管，露出一副爱惜的表情。他从短发姑娘的手里接过一股小指粗细的渔线，笑吟吟地看着那双眼睛，享受着他瞳孔中散发出来的恐惧，对他说："你想错了。虽然法律拿你没办法，但是，我有！"话音未落，突然一把扳过那人的肩头，让他胸腹朝下，接着利落地把渔线缠绕在他的脖子上，双臂用力一紧。

这个曾经无所顾忌的浑蛋此刻彻底清醒过来，知道了自己最终面临的是什么。这种恐惧瞬间替代了之前被折磨的恐惧，让他变得异常清醒，他开始拼命翻滚、扭动躯干，但少爷留给他的时间和空间都没有那么充分，他甚至连发声都没办法。渔线越勒越紧，他根本就感觉不到渔线割破皮肤带来的疼痛，只是觉得面前那片让人恐怖的黑暗要侵入自己的躯体，一旦侵入大脑，就会关闭通向那个寂静空间的入口，再也出不去了。

在他生命的最后几秒，少爷通过渔线感受着他的生命力慢慢消失，却还没有忘记跟他说话："我特意等到昨天，你18岁了，以后不能再拿年龄说事了，也不能假装精神病人再欺负人了。你要好好的，开始学好，学规矩，要拿人命当人命，要学会心疼别人。下辈子，希望你不会再遇到不会当家长的浑蛋！"

一切都安静了，月亮跃出山顶穿过乌云，把灰白色的光洒向翻滚着浪花的水库，一时间黑暗的水面波光粼粼。风依旧是凉的，吹过满是露水的小草，吹过几个人的衣襟，吹落少爷眼角的一点泪水。再过几个小时，这些露水就会蒸腾得无影无踪，正如少爷脚下这个消瘦的躯体一般。

少爷转身朝着自己的车走去，短发姑娘紧随其后。福坤见状，也推着轮椅转身，向自己的车上移动。赵乾的手下开始忙活起来，剥衣服，擦尸体，焚烧不需要留下的物品和残迹。少爷脚步不停，嘴里吩咐道："我回去再睡会儿，有点累了，连着两个。最后结束的过程我有点失控，还是情绪激动了，发力太快，手感不好，我回去再琢磨琢磨。这具尸体扔到水里，让他自己漂到引水渠里去，自然会有人看到。他身上的，还有这里的痕迹务必处理干净，不要再犯愚蠢的错误。"

他每说一句，赵乾就恭谨地应一句。直到少爷的车消失在视线尽头，赵乾方才回过身，看着手下处理现场，手中结起大日如来的手印，面向刚刚露出来的月亮默念了一段咒语，目送着尸体入水，随着波浪翻滚漂荡。

40　毒盲

开篇语：

我没有兴趣杀人，我只是希望不要出纰漏。每个人的心底深处都有恐惧，你的恐惧源自眼睛。如果没有眼睛了，谁还能看到微表情？知道什么叫知难而退吗？知道什么叫趋利避害吗？

By 福坤

实验室里的危机

姜老师觉得，任支的方案从逻辑上来讲是非常缜密的。

这几乎是一个完美的计划。

任支给专案组成员群发了一封邮件，正文中加上只有内网才能访问的链接，指向《侦查结果汇总和下一步工作计划》。这是一个真的工作文档链接，只不过在其中一幅图像文件里植入了一小段代码。这段代码的作用，是追溯获取这份文档的 IP 地址及路径。换句话说，如果顺利的话，可以一举抓获隐藏在背后的那个黑客地址，就算他用了防追踪手段而查不到他所使用的真实 IP 地址，也可以找到究竟是哪一台内网电脑被攻破了。这样一来，只需要安静地等待鱼儿上钩就好了。

当然，这个计划有一个核心破绽，就是无法确定福坤对个人通信终端的读取能力，如果他具备高级别的读取权限，那么情况就非常可怕了。想到顾三山的手机，姜老师觉得后背有点发凉。

他通过实验室的门禁，把所有灯都打开，目光从这些摄像头和工作站上逐一扫过，似乎在审视和寻找着潜伏的敌人。打开保险柜后，他找到了当时的中标文件和施工合同，赫然发现整套实验室的设备采购和集成施工，乙方果然是坤睿科技。

姜老师觉得有点蹊跷。这个几百万的项目，即使在3年前，也不应该是坤睿科技用总公司的名义来承接啊！对他们来说，这个项目的规模太小了。他进入自己的办公间，打开电脑开始查询3年前各个高校差不多规模的项目中标公告。光滑的地面反射着天花板上的灯光，让人觉得有些刺眼。

大概用了30分钟的时间，姜老师发现，3年前坤睿科技直接中标的实验室项目大概可以分成3类：

①国家级或教育部级重点实验室，这些大概是因为行政级别高，可以理解；

②航空、航天类院校的实验室，这些项目是特殊行业，又多金；

③理工院校中的某些实验室，这一类实验室的项目多为军工科研，涉密且不缺钱，所以也成了坤睿科技直接承接的项目。

这些充分印证了姜老师的想法和疑点，自己的微反应实验室无论从级别、行业还是预算规模来讲，都不具备上述特点。

难道……正在他凝神深思的时候，突然，桌子上的台灯灯泡"啪"的一声炸裂了，吓了他一跳。似乎有些荧光灯的粉末散布到空气中，让他的眼睛很不舒服。姜老师赶紧捂住口鼻，用手背揉了揉眼睛，然后挥手驱散了空气中的残留粉末。

他感觉眼睛里有点涩涩的，很不舒服。

姜老师拿起放在桌面上的常用眼药水瓶，仰起头从绿色的小瓶中给自己的双眼滴了几滴眼药水，再闭上眼睛转动眼球，便感受好了很多。

他闭上眼睛，大脑中不断闪现着白天福坤"问候"自己时的那张面孔。"哦，对了，任支给的任务……"想到这里，他睁开眼睛，电脑屏幕的闪光和地板的反光还是有点刺眼，再加上一整天的思考和深夜工作，让他觉得眼睛隐隐作痛。

时间不早了，明天下午还有课要上，姜老师使劲儿晃了晃头让自己清醒一些，复又睁大眼睛，登录自己的邮箱，看到了任支发来的那封邮件，目前还是未读状态。他笑了笑，关掉电脑，大大地伸了个懒腰。离开之前，他再次审视了一下遍布于实验室的摄像头，目光停下来凝视着最大的那个，似乎想看穿后面是否藏着福坤或者是谁的脸。也许是盯得太久了，眼睛有些发痒。

姜老师出事了

阳光已经从前面那栋楼的玻璃上反射进了卫生间，如果直视的话，会感到眼睛生疼。

华生刚刚洗漱完，去床上拉起肖依的手，她闭着眼睛坐起，打了个哈欠，挠了挠头发，然后就坐在那里又没动静了。华生放开她的手，悄悄凑过去，在她锁骨上轻轻一吻，然后顺势沿着白皙的脖颈一路吻上去，猛地把肖依扑倒。肖依这才咯咯地笑起来，扭动着身体试图挣脱华生。可惜，此时的华生已经不是当初那个腰如游泳圈的家伙了，所以肖依变换了几次动作，也没有从他的控制中逃离出去。肖依突然不动了，睁大眼睛看着得意的华生，露出了羞涩的表情。她闭上眼睛，享受着华生在自己身体上或撩拨或疼爱的亲吻，身体微微扭动着配合他，这次不是为了逃离，而是为了和自己心爱的男人贴得更紧密。

两人的呼吸开始变得急促，电话铃却突然响了起来，一声接一声，没有停下的意思，而且好像间隔越来越短，持续时间越来越长，仿佛一定要把华生从肖依身上拉开。

华生停下来，充满怨念地看着床头柜上又是振动又是尖叫的手机。肖依捂着嘴笑，忙推他去接电话，自己也翻身起床。

华生无奈，没好气地过去接起电话，没过几秒，他的身体猛然怔在原地。肖依看他神色，知道不对劲儿，赶紧凑上去，拉起他的手，满脸担忧地看着他。华生只说了一句"姜老师出事了"，便匆匆奔出房门。

在赶往医院的车上，华生接到了戴猛的电话，说的是同样一件事，姜老师现在正在医院眼科急诊接受抢救。

华生赶到医院的时候，姜老师正在接受紧急救治，李支和戴猛等人正围着医生打听情况。

目前确认的信息是姜老师的眼睛被细菌感染，感染源为绿脓假单胞菌。由于感染源浓度极大，目前情况非常危急。

据李支说，姜老师一早起床发现自己的眼睛疼得厉害，不断地流眼泪，一照镜子发现双眼红肿得厉害，而且还有一些绿色的分泌物。尽管是第一次看到这种症状，但他联想到昨天的几种古怪情形，立刻判断事有蹊跷，便打电话报警称被人投毒，然后到医院检查。

化验结果显示，他的眼睛里感染的菌群总量超标几十万倍，绝不是一般性的传染病。由于眼睑表面被大量微粒划伤，细菌的繁殖速度非常快，经过一夜已经形成角膜溃疡，病情非常危险。

任支按照李支的命令，立刻派人前往他学校里的实验室，目前正在实验室里寻找可疑的物证。

医生急着去参加急救，匆匆走向急救室。目送医生走进急救室后，李支走到一边，和在现场牵头勘查的任支通电话，询问那边的情况。戴猛不便在这个时候打扰李支，忙问华生是怎么回事，华生便把昨天询问福坤的情况向戴猛说了。除了那个四人计划因为保密需要而没有提及，福坤的种种表现，以及他最后特别提到姜老师的蹊跷之处，华生都详细讲了一遍，戴猛听得也很细致。

李支打完电话，过来跟两人说："现场发现一个绿色眼药水瓶，里面还残留着高浓度绿脓假单胞菌液体。目前可以确定，这是有人故意投放的细菌！"

戴猛和华生都很惊诧。他们的表情告诉李支，对这样一个匪夷所思的结果，他们完全不敢相信。

华生说的是："竟然是真的！"

戴猛说的是："为什么？"

李支声音低沉，缓缓道："现场的入口和出口，没有强行进入痕迹。实验室内外的监控没有发现任何异常，只拍到了姜老师进入、滞留和离开的过程。但是有很多可疑的地方，眼药水瓶上只有姜老师一个人的两个新鲜指纹，地板上也只有他一个人的新鲜鞋底痕迹。实验室的出入通道门把手上，也只有他一个人的指纹。很明显，这是不合常理的，实验室里有那么多员工和学生，不可能只有一个人的指纹和痕迹。所以，可以确定有人潜入过，在那瓶眼药水里投放了细菌，并在离开之前把所有痕迹仔细地打扫干净。"

戴猛喃喃道："所有这些竟然没有监控记录。"

华生却道："不可能吧，那实验室我去过，光是进门的扫描式门禁系统，没有已经识别并存储的生理数据支持，根本就不可能进入啊！没有强行进入的痕迹？"

李支点头，点得很深，愁眉不展，鼻孔中深深地呼出一口气。

戴猛看得懂李支的忧虑，拉着两人走到角落，看四下无人，悄声道："我觉得，应该不是普通的内部罪案。"

李支摇摇头，沉默良久方道："任支也说，这种安防级别的实验室，一般是内部的人才能实施这场犯罪。但如果是内部犯罪，修改监控是可以的，但没必要抹去指纹和痕迹，因为所有内部人员的痕迹都是合理存在的，没必要擦除。"

华生的音量尽管很低，但声音已经尖得变了形："负责门禁和监控的系统，是不是有可以被利用的漏洞？这件事，难道和电网那个案子不像吗？案子发生在刚刚找福坤谈过话的当天晚上，福坤又特别说了几句跟姜老师相关的话。姜老师还说过，他的实验室……"

三人异口同声地说："也是坤睿中的标！"

急救室的门打开，医生走上前来跟李支汇报道："目前的急救工作已经完成，我们给患者实施了基础的清创和消炎，但是患者双眼被感染较为严重，需要住院继续治疗，否则可能双目失明。主要的原因是感染源含菌总数超标严重，恰好眼角膜表面又有非常微小的创口。在经过一夜睡眠之后，温暖、封闭、湿润的环境，让细菌从伤口处大面积入侵，形成角膜溃疡。"

戴猛关切地问道："大概需要多少时间可以治疗完毕？会造成永久性伤害吗？"

医生轻轻摇了摇头，解释说："这种细菌其实本来没太大危害，我们周围几乎无处不在，对健康人群几乎没有影响，只对抵抗力弱的人群有伤害。但是，它非常喜欢伤口，再加上这个吓人的菌群数量，如果再晚来半天，恐怕就不可治愈了。后期我们会尽量保证眼球清洁无菌，以防止复发。如果控制得不好，可能会造成全角膜坏死穿孔，眼球内容物脱出。那个时候，恐怕……"

医生没有说完，便停下噤了声，因为他看到戴猛和华生的身体开始发抖，李支也皱紧双眉，拳头攥得发了青。

医生很难体会这三个人此刻的感受。

投毒的人这一招太过狠毒了！

对于一个研究微反应的人来讲，如果失去了视力，就意味着再也没有办法观察、思考和分析，也就意味着他前半生所有的努力毁于一旦，后半生再也没有机会从事这项热爱的事业。这是毁灭性的打击，不但是生理上的破坏，更是对他前半生所有心血的毁灭，以及对后半生希望的摧毁。恐怕，无论多么坚强的人也无法承受。

强烈的恨意在华生的内心流淌，他恨不得此刻立时找到行凶作案的人，冲上去狠狠地揍他一顿。他甚至一瞬间有了要绞断那人颈椎的冲动。全身的能量冲击着心脏，让华生感受到愤怒、委屈和心疼无处搁置。他暗中咬紧牙关，开始思考他酝酿了很久的计划。

戴猛年纪更长一些，他按捺住自己的情绪，恭谨地向医生请教道："我们能做什么？"

医生回道："让病患安心留在我们这里治疗就好。其他的，也没有需要你们做的事情。第一阶段的三天，不要来探视，因为需要病人安静地休息，彻底灭除感染源，然后看病患角膜和眼球的最终受伤程度，设计治疗修复方案。运气好的话,应该能恢复如初。"

讲完这些话,医生笑了一下,戴猛和李支都对医生的工作表示感谢,并又嘱托了好多,希望医院用最好的条件和最优的方案来治疗,需要钱、人或者其他的帮助,随时告知。接下来的时间,就只能期待好结果出现了。华生一个人坐在椅子上,望着室外的明媚阳光出神,心里在想些什么,连戴猛和李支两人走到身边都没有做出反应。

还是李支开口叫他:"华生,我们一起去现场看看吧。任支在那里等我们。"

华生仿佛惊醒一样,看到李支和戴猛,才赶紧站起来,脸上挤出一个笑容,紧随二人身后,驱车赶往那间他曾经去过的实验室。

犯罪心理画像

任支这边正在收队。

他在监控里看到过姜老师翻看标书的记录,便征得了校方和实验室副主任的允许,打开保险柜,将其中的资料作为证据进行勘验和查阅。很快,当年坤睿集团中标实验室项目的合同就被找到。当鲜红的公章映入任支眼帘的时候,他第一次确定了之前的猜测,并在脑海中将此前每个案子的相关部分联系在了一起。再谨慎的人,遇到这么多线索和疑点同时指向,也禁不住会形成一个判断方向。

李支问道:"有没有可能通过追查细菌液的来源,找到大致的侦查方向?"

任支汇报道:"已经询问过法医和相关的病理专家,这种细菌非常普通,几乎无处不在,并不是管制性或限制性的物品,甚至不需要购买,任何人和机构愿意的话,都有可能大量培养,对器材和环境的要求也不高,没有办法追踪来源。"

这件事情做得太阴狠了。几个人心里都如同被压了一座大山,沉重而阴暗。在华生心里,这座阴沉的大山内部,岩浆在不停地涌动,炎热的气浪和赤红的熔岩在慢慢地向火山口逼近。

回到支队之后，李支和任支立即在9楼会议室召集各个方面汇报情况，研判案情。

除了痕迹、物证的信息，技侦部门和实验室的网络管理员一同提交了针对实验室服务器的监测结果。在负责管理安防监控的服务器日志中发现，昨天曾有根用户登录的记录。理论上，根用户可以操控服务器做任何事情。由于这台服务器是间接接入互联网的，在追查根用户登录所使用的IP地址时竟然发现，IP地址来自新几内亚的一台图书馆公用服务器。这是黑客常用的掩饰手法，目的是增加追踪的路径和难度，目前来看，很难找到真正的黑客隐藏地点。

又是一个中断的线索，不由得让人感受到沮丧，只是所有人都没有表现得那么明显。

很长一段时间没人说话。

戴猛轻轻叹了一口气，自责道："特别惭愧，最近没有跟进这个案子。现在姜老师出了这么大的事情，我心里非常难过。"他的这句话，让华生心里一紧，眼睛开始湿润，华生若无其事地揉了揉眼睛，继续听戴猛讲道，"我想从我的角度讲一下看法。投毒这样的犯罪，嫌疑人的行为模式往往都非常谨慎，他们有着非常强烈的内在情绪冲动，但表面上却可能平淡无奇，甚至低调内敛。投毒的行凶模式和用刀棍进行袭击，其本质是一样凶狠，只是多了一层控制和策略，他们的大脑想问题会想得更多、更细。年龄方面，一般是成年人阶段，有预谋的投毒就更加偏向高龄人群。投毒犯罪基本上会在前期花大量时间进行策划，重点是他们基本上都会做好反侦查措施，在选取毒物和投放方式上，会预测到警方的侦查方向而进行反复斟酌，甚至会想好在被调查阶段的应对措施。像细菌投毒这样的极端案例，还可以推测出嫌疑人的受教育水平甚至所学专业。简单说，这个案件的嫌疑人，思虑缜密，自我情绪控制能力极佳，善于行为策略部署，正如他可以将监控信息和痕迹清理得干干净净那样，不留破绽。但是，他的内心其实易情绪化，只是长期压抑的成长环境让他学会了自我调节和控制的方法。如果不是特别刺中他内心深处隐秘的痛处，很难让他做出冒险的举动。"

戴猛每说一句，这些特征便一点一滴地流入华生的心里。

戴猛继续道："这个嫌疑人，和我们前面并案侦查的那个主嫌疑人，应该是两个不同的人，是两种行为模式。两者都容易产生情绪，一个会非常明显地将自己的情绪释放到被害者身上，对他们进行生理折磨和杀害；另一个却藏得深，行事严谨。"

华生听到这里，终于问出了自己思虑很久的问题："那么，究竟为什么他会对姜老师下手呢？是什么，刺中了那个人内心的什么痛处？"

这是一个无解的问题。

华生开始发力

接二连三的案件发生，一件比一件让人觉得危险，仿佛阴冷的牙齿已经隐隐在漫无边际的黑暗波涛中闪烁着微芒，冰冷的水里透着血腥的味道，越来越重的压力从四面八方涌过来压着华生身体，让他越陷越深。

但是，偏偏所有案件都没有留下任何有效证据，连线索都是断断续续的。

深陷黑暗的人除了静默地屏住呼吸，竖起每一根寒毛仔细聆听，不知道该往哪个方向挪动一步，甚至不敢随意做出任何一个没有意义的动作。

道馆里，华生和肖依身上的道服已经湿透了。

打了12个回合的车轮战，华生大口喘着粗气坐在墙边的垫子上，连肖依递过来的水都顾不上喝。肖依用袖子擦擦他头发上的汗滴，关切地问道："今天怎么练得这么狠？不要命啦！"

华生呼吸还不匀，只能笑笑，继续努力地呼吸着空气。

肖依盘起腿坐在他对面，假装正色道："我告诉你哦，你的命可是我的，不能给我用坏了，要不然我找谁去？听见没有，明天不能再这么过量训练了啊！今天你都练了3个小时了！"

华生依旧笑笑，喝了一小口水，呼吸总算平复下来了，刮了一下肖依的鼻子，笑道："你的，你的，都是你的。我这么努力训练，也不表扬一下，不然能进步得飞快吗？"

肖依反问他："你进步那么快干什么？现在我都快治不了你了，是不是想造反，啊？没看见你刚才那个'拿背'的动作吗？多快！我就没见过Tony叔被别人拿过背，他可是棕带啊！你一个小蓝带……"尽管语气是轻蔑，眼神里却满是骄傲。

华生又笑笑，箍过她的头在额头上轻轻亲了一下，回道："那还不是你调教得好！"

肖依的脸一下子就羞红了，眼睛忙往四下看看，好在没人注意，便大咧咧地拍了一下华生的肩膀，道："这还差不多！走啦，洗澡，换衣服，回家！"

望着肖依的背影，华生有一瞬间觉得这个世界真的很美好，竟然产生了恋恋不舍的感觉。可是，姜老师的遭遇却始终笼罩着他的大脑，仿佛乌云密布。他努力没有让自己在这种压抑中沉浸下去，强行打起精神哈哈地笑了一声，站起来跟上肖依的脚步，从后面拉起她的手，握在手里，握得很紧。他想尽可能多享受一点这种美妙的感觉。

41　第四具尸体

开篇语：

当时你有多狠毒，你自己还记得吗？对一个完全没有反抗能力的孩子下重手，你是不是心里特别过瘾啊？哈哈，那当然啦！你有完全的掌控权嘛！现在，你来体会一下那孩子的感受，尝尝他当时的滋味——肉体上有多疼，心理上有多恐惧。

By 少爷

第四次尸检

姜老师的眼睛经过一周的治疗，眼球表面的细菌已经全部灭杀。角膜和球结膜有一些轻微损伤，但幸好并未影响视力。后面只需要按照医嘱保养一段时间，就会慢慢好起来。

医生告诉华生这个消息的时候，华生的眼泪没忍住，当着姜老师的面流了下来。他急忙转过身去用袖子胡乱抹掉眼泪，弄得戴猛和姜老师想笑，虽然他们也才松了一口气。

恐怕，没什么人见过一个心理学博士泪流满面的样子。

医生也觉得有趣，嘱咐他们明天可以来接人出院，但短期之内不能大量用眼，看书、看电脑都不行，强光刺激也要避免，安心静养半年。戴猛和华生非常高兴地答应着，分头安排出院细节。

就在这时，两人电话同时响了起来，他俩同时接听电话，都是刑警支队打来的。

两人赶到支队的时候，老秦已经忙活完了，正在抽烟休息。见戴猛和华生来，赶忙给李支打电话。没多久，李支带着小孙到了法医室。华生这才得知，今天早晨6点不到，本市某报社编辑下夜班时发现单位门口横卧着一个人，形状恐怖，当即报案。支队立刻前往现场进行勘验并取证。

老秦拍了拍华生的手臂，顿时露出了惊讶的表情，嘴巴张得合不拢。他又赶忙拍了拍华生的胸和腹部，眼睛里流露出了奇怪的欲望。被一个法医上下打量身体，实在是非常奇怪的感受。老秦感叹道："可以啊！小兄弟，我记得我们第一次见面就在这里。现在这应该是我们一起见到的第四具尸体。好啦，好啦，先不说他。实话实说，我可是好久没有见过像你这么好的身体啦！"

尽管这句话透着幽默的味道，但是现场几人却笑不出来。现在又出了一起命案，不知会不会和前面还没侦破的案子关联起来？如果真的有关联，算上这起案件，就四起了。还不能侦破的话，压力就又多了一层，而且是叠加，变得越来越重。

李支提醒大家："在媒体门口发现尸体，全市的其他媒体也就都动起来了，现在相关报道已经爆炸开来。我们赶紧看看尸检结果。任支此刻正在楼上指挥现场的勘验和监控的检查。一会儿我们到楼上开案情分析会。"

站在尸体面前的时候，和之前的调侃诙谐不同，老秦仿佛变了一个人，目光犀利了起来。

他介绍道："死者朱晓华，男性，45岁，目前身份已经确认，是报社的一名记者。尸体被发现仰卧于报社门口，而且发现的时候，是赤裸的。"

华生好奇地把视线转向尸体。

只一眼，华生全身的血管瞬间收紧了。尸体全身纵横交错地覆盖着无数道1寸左右宽的伤痕，颜色有黄有青，大部分是棕紫色。这些伤痕密密麻麻地遍布尸体的手臂、胸腹、大腿，就连小腿上也有很多不连贯的抽打伤痕。

李支俯下身看了看，说道："估计背面的伤痕只多不少，活着的时候没少受罪。"

老秦应道："是的，背面伤痕更多更密，伤势也更重。我粗略统计了一下，全身上下几乎就没有一块好地方。活人的话，依据《人体损伤程度鉴定标准》，挫伤面积累计达到体表面积的30%，就可以构成重伤二级了。"

说罢，他开始依次介绍道："这些1寸左右宽的伤痕，生活反应特征明显，都是死者生前遭受的抽打导致的。抽打产生的大面积软组织挫伤和皮下出血，有的已经发黄了，那是生成了含铁血黄素，说明在活着的时候就被代谢吸收了，有的是死亡前刚刚留下的新伤。所有伤痕边缘整齐，颜色按照时间呈现出不同层次，黄色在最下，青色居中，棕色和紫色在最上层。说明死者生前遭受过反复殴打，旧伤还没好，新伤就又叠加上去了。根据新旧伤的代谢时间推算，死者至少被约束了2周以上。推测凶器为硬质片状物，分量沉重，表面光滑，比如竹篾片，或者类似的材质。"

李支问："只有皮内和皮下伤吗？解剖后，肌肉、内脏、骨骼有伤吗？"

老秦摇头，说道："胸腹腔内没有。"

然后，他指着死者的膝盖，说道："大家看这里，膝关节髌骨下面的软组织尚有瘀血，关节腔积液严重，说明死者在被杀害之前曾经长时间跪着。"

老秦接着摊开死者的双手，华生看到了两只惨白的像被泡发了的手掌，很多处皮肤已经破裂，有的地方有厚厚的痂，斑斑驳驳的，透出了暗红的肌肉。

老秦介绍道："检查到手的时候，我们发现死者的双手真皮深层及皮下各层组织都有明显烫伤痕迹，皮肤表面新旧伤叠加，旧伤结痂，新伤发白严重，有明显红肿、水泡、脱皮的迹象，部分区域出现无法愈合的溃烂，且经过取样进行组织病理学检验，发现内部的肌肉、神经全部坏死。这是典型的长时间高温烫伤导致。因为皮肤没有其他变质的表现，推测凶手应该曾长时间用开水浸泡被害人的双手。"

李支说："也就是说，除了反复抽打体表，凶手还反复把被害人的双手泡在开水里？很独特的折磨手段，至今也还没听说过类似案例。"

此刻，华生在大脑中不断想象着凶手当时折磨被害人的场景，并一点一滴地对应着戴猛之前讲过的行为侧写，尽自己最大可能想象凶手的样子。他能感觉到自己的大脑和全身上下的神经系统都很兴奋。尸体已经不算什么严重的刺激了，更严重的是死者生前受虐的过程，让他不寒而栗。华生咬住牙关，试图不让自己颤抖。

老秦说完，就不再关照华生，让他自己适应。他把尸身翻转过来面部朝下，继续说道："刚才这些还不是最惨的，你们看看这里。"

说罢，用手指向死者的后背和臀部。

这一下，连戴猛都不由自主地抱起了手臂放在胸前，华生更是倒退了半步。

尸体的后背上是密密麻麻的抽打伤痕，而且更多、更密，还有很多伤痕呈紫黑色，可见受伤之重。最让人冒冷汗的是，死者的右侧臀大肌上出现了一个深深的坑，坑边缘有焦黑的烧灼痕迹，炭化严重。

华生用手捂住了自己的嘴，眉头皱紧，望向老秦。

老秦放平尸身，叹了口气，摇摇头道："我也是第一次遇到类似的伤口。根据生活反应特征，可以确定生前就被烧穿了右侧臀部的皮肤和肌肉。我查了很多资料，也向理化部门求证，他们的检验结果证实了我的猜想——凶手使用了白磷。"

一直没有说话的戴猛脱口而出："你是说，白磷？！"

老秦向大家解释道："白磷是一种化学物质，化学式是 P_4，性状极为活跃，燃点极低，约 40℃。一旦白磷与氧气接触，遇到人体皮肤的热量，就会迅速燃烧，达到 1000℃ 以上，同时还会散发出浓烈的烟雾。它的危害性非常大，只要碰到物体，就会不断地燃烧，直到全部燃尽后才能熄灭。因此，当白磷接触到人的皮肤时，血肉之躯会短时间被烧穿，深入骨头，同时产生的烟雾对眼鼻刺激极大。在战争期间，曾经用作燃烧弹材料，但由于给各国士兵造成的生理伤害和心理创伤极大,达成共识后弃用。"

戴猛喃喃道:"怎么会这样?不对啊!"

老秦接道:"我也没想明白凶手究竟是一种什么心态。死者后背、大腿以及鼻腔、口腔里残留的微量物质确实含有磷氧化物的成分。我做法医这么久,第一次遇到有凶手使用白磷做燃烧物。任支、李支,按理说,根据《危险化学品安全管理条例》,白磷是受公安部门管制的,所以来源应该不难查。我估算了一下,用在死者身上的白磷大约有 20 克,所以如何获取这些白磷是重要线索之一。白磷有剧毒,只有专门的企业、实验室或学校才可能储备,任何购买动态信息都会第一时间上报公安机关。"

李支皱着眉听老秦分析,点头。

老秦又继续说:"此外,还有一个特别的特征。死者的头部没有遭受任何打击,连表皮的小伤都没有,这在虐待类案件的尸检结果里比较少见。他的双侧睾丸有挫裂伤,但发现尸体的时候,阴囊的充血已经消失,且肿胀几乎全部消失,这说明,睾丸的伤是比较老的伤。睾丸被击伤后,很有可能还得到了一些治疗帮助恢复。"

李支问:"还有吗?最终死因呢?"

老秦朝着戴猛看了一眼,说道:"机械性窒息。"

死因:机械性窒息

戴猛心中一惊,脱口而出:"又是窒息死亡!现在看来,我们可以猜测死者生前被长期罚跪,反复殴打,皮下伤严重,睾丸挫裂,双手被开水严重烫伤,臀部被白磷烧穿,但是头部没有丝毫伤痕。好奇怪啊!他是怎么窒息死亡的?"

老秦答道:"应该是用手'捏'死的。"

戴猛的眉头一瞬间就皱紧了,喃喃重复道:"手!"

"是的。"老秦确认道,说罢便指向死者的颈部,"死者颈部皮肤表面没有伤痕，前侧和两侧并未见圈状或弧状索沟，也未见扼痕，只有在两侧颈动脉窦的位置，有点按压造成的轻微皮下瘀血，连软组织挫伤都几乎没有。也就是说，这次凶手只用了两根手指，分别按压颈动脉窦，而且用的力量并不大。"

戴猛顺着老秦的解释，仔细观察了死者颈部两侧的位置，倒吸一口冷气，说道："太可怕了，不用力，定点准确，纯技术性杀人。"

老秦说道："颈动脉窦是压力感受器，本来是用来反馈调控血压的。但是，如果人为对颈动脉窦施加压力，会引起迷走神经过度兴奋，导致血压下降，呼吸、心跳过缓甚至骤停，最终造成大脑缺血而晕厥或死亡。"

老秦说罢，看了一眼华生，很认真地对华生讲："小朋友打闹的时候，千万不要双侧同时发力，单侧还有活路。"

华生的大脑在努力跟着运转，还没有从刚才尸体被虐的惨状中摆脱出来，就又被这个新出现的焦点带入了另一种迷惘中。

戴猛说："不对，我始终觉得，有什么地方非常奇怪。我想一下……刚才我就在想，尸体上的所有伤口，完全是暴力式发泄造成的，可以想象凶手在施虐的时候残暴异常，很有可能处于情绪失控的非理性状态。但是，他自始至终没有攻击头部，这不符合绝大多数暴力伤害的特征。很多人疯狂起来的时候，对头部的攻击最多也最猛，因为这种虐待的杀伤性强，施虐者会感到强烈的破坏快感。现在看来，更奇怪的是最终的杀害方式，竟然是用手指按压颈动脉窦。这个杀人方式太过精致、控制，和前面的暴虐截然不同。老秦，你觉得呢？"

老秦说："嗯。我也没想明白。也许是两个人共同作案。但是，按照我们此前并案侦查的结果来看，这个用手指捏死被害人的方式肯定是一种升级。抛开生前的折磨手段，单纯从死因来分析，凶手作案的手法和心态相比前三次有大幅度提升。从绞刑到淹刑，都是非接触式的，然后是第三个用绳索勒死被害人，再到这次直接用手，可以体会到被害人生命体征的变化，包括温度、肌肉的痉挛程度和呼吸的变化。他在体会和享受这个致人死亡的过程！"

老秦话音一落，华生的脊柱一阵寒冷。

戴猛道:"我也是这样想的。他现在已经开始享受杀人的乐趣了。"

老秦向李支询问道:"李支,您觉得能并案吗?"

李支说:"现在还为时过早,我们不能仅凭尸检结果就确定侦查方向,还要有更多的物证。"

戴猛却发表了不同的观点:"我倒是觉得,并案的可能性很大。"

华生不由得问道:"您觉得是同一个或者同一拨嫌疑人再次作案?"

戴猛答道:"对。当然,李支的观点是正确的,还需要现场的更多证据,比如监控或其他的证据。但是,单从作案手法来讲,我觉得和前面的三个案子相同的特征非常多。第一,最突出的特征是四起命案都是机械性窒息死亡。一起'绞刑',粗暴而快速;一起'水刑',粗暴但反复尝试;一起用绳索直接勒毕,凶手已经能感受到窒息的过程中被害人的感受;现在这一起,用手指直接扼杀。执行手段的进阶,可以体现其心理状态的进阶。"

大家仔细地听着,华生听得尤其认真,那个凶手的模样在他心中逐步清晰起来。

戴猛继续分析道:"第二,想必大家也很清楚,四起案件的被害人生前都受过折磨,只不过是不同类型的折磨。前面三起案件我们假设了一种'惩戒'的动机,并且找到了死者所受折磨与他们生前做过的事情之间的关联。所以,我想我们现在不妨分析一下这名死者所遭受的折磨跟他生前所做的某些事情有没有关联。"

李支当即大力拍了一下手掌,道:"对!死者身份是确定的,他生前究竟做过什么事情可能跟这些折磨手法有关系,很容易查。"说完,便立刻打电话给任支,让他安排人针对死者生前所做的类似事件进行调查。

部署完毕,戴猛突然说道:"但是,我心里也有两个疑点。"

李支一偏头:"哦?"

戴猛对老秦道:"老秦,我想到的是,如果凶手用手指在这个位置反复尝试,是不是可以推测,凶手没有类似医学之类的专业教育背景?第二起案件里,能够进行那么专业的肌肉离断和神经结扎，执行者应该是接受过相关的高水平医学教育的。"

老秦点头，边思考边道："有可能，因为如果凶手系统学习过解剖学，不会找不准这么重要的神经特征点。另外一个疑点呢？"

戴猛道："一般的连环变态杀人犯，其实并不都有理性决策。国外有研究，大多数连环杀人犯会有MAO-A基因缺陷，他们不能很好地感受别人的恐惧和悲伤，所以会不断折磨被害人，试图用他们剧烈的恐惧或悲伤情绪满足自己的某种需求。所以，他们通常在第一次作案之后会产生强烈的欲望，而且犯罪间隔时间会不断缩短，犯罪手法也会不断升级。我们现在可以还原一下凶手行凶时的心态。我能揣测出来，他已经不拿被害人当生命了，冷漠到令人感到恐惧。他把杀人当作实验来做，反复尝试和体会这种变态的快感和掌控感。但是，从犯罪时间间隔来看，却并不符合现有的研究规律。"

李支斟酌道："犯罪的三个条件，一是遗传的先天缺陷，二是后天生活的境遇，三是突发性刺激源。所以，如果不是典型的先天严重缺陷，不一定产生那么强烈的作案冲动，毕竟国情和社会环境不一样。我倒是对第三个条件很感兴趣，不知道是什么事情引得凶手花两个星期的时间来拘禁和折磨死者。"

华生听到李支这么说，突然道："我想起一件事情来，不知道能不能对得上。最先，我只是觉得尸体满身的伤痕似曾相识，后来被白磷烧的洞吓断了思路。现在回想起来了，越想越觉得有可能。大概半年之前，有一个虐待小孩的新闻报道，影响极大。有一个正在上小学的孩子，被亲生父母送给朋友收养。后来，养父因为孩子写作业不听话，用竹篾片殴打孩子，使其全身都遍布这样的伤痕，还用烟头烫孩子的屁股，用开水烫孩子的手。后来网络披露了孩子受虐的照片，掀起轩然大波，激起强烈公愤。最终，检察机关提起公诉，那个养父因为故意伤害罪被判了6个月有期徒刑。"

李支说道："我记得这个案子。"

华生道："据新闻媒体报道，那家伙在法庭上竟然情绪失控，当庭咆哮哭闹。

最可恨的是，孩子的亲生父母竟然求情，说这也是一种爱，是对孩子的督促和教训，要求法庭判无罪。"

李支问："死者是不是那个养父？！"

随即，他们立刻着手调查，很快就得到了答案，是他。正是因为那个案件，报社才开除了他。恰好两周前，他刚刚从监狱里被释放出来，就失去了踪迹。

李支和任支一通气，立刻决定并案侦查。

监控追踪无果

早晨6点20分。

一接到报案之后，任支第一时间派小孙去监狱和报社进一步了解死者的信息。

随后，侦查的重点就是从发现尸体的现场证据着手。

出乎众人意料，这一次监控拍到了清晰的抛尸过程。一辆白色的SUV于凌晨4点钟左右行驶至报社门口，停在围墙的阴影里，一个大腹便便的人影从驾驶座下车，走到后备厢，打开后直接将尸体拉到车下，几乎没怎么费力。那人没有在尸体上花费太多时间，直接走回驾驶座，扬长而去。

车牌号的照明灯并没有亮起，好在昏暗的路灯灯光能够让人勉强看清楚车牌号码。经过调查，这居然是死者家里的车。任支立刻命人前往死者所居住的小区，调取停车场监控录像。

另外一个小组，则以报社门口抛尸的时间为原点，分别向前和向后，慢慢搜集车辆行进轨迹上被监控拍到的画面。只要在公共交通范围内，监控视频就可以联网调取。

在数次切换的监控画面中，大家可以清楚地看到驾驶车的人。他是个大胡子，眉毛很浓，头戴一顶棒球帽，帽檐压在深色的大框墨镜上，整张脸的特征非常明显，但就是看不到五官。车子在报社门口抛尸之后，径直离开，20多分钟后开进市政法学院。

不妙的是，政法学院正在建设新的教学楼和图书馆，巴掌大的地盘彻彻底底成了工地，拉土方的大车、拉搅拌机的工程车在门口进进出出，忙个不停。那辆车排在工程大车中间，没多久就进入了校园，因为门口并没有保安管理，平常用于拦车收费的栏杆一直是竖起来的。

公共区域的监控到此为止。任支看了下时间，距离抛尸案发生已经过去了3个小时。他当即派出一个小组前往该校，与值班的保卫处取得联系，现场调看校内监控视频查找线索，同时要求把之前所有监控拷贝一份，尽快赶回支队进行缜密排查。

支队这边，逆向追查一直很顺利。由于时间段在凌晨，路面车辆较少，对这辆车的追踪并不难。跟了一大圈之后，监控小组的人惊讶地发现，这辆车竟然是在案发前1小时从政法学院开出来的。

任支立刻命令留守政法学院的小组回复监控调看结果。

尽管学校目前是个大工地，但校园内基础的公共监控还是正常的，能够覆盖到大部分公共区域。经过调看监控，现场的小组很快发现，凌晨3点左右，白色车子从一个刚刚建成的地下车库中驶了出来。凌晨4点半左右，它又驶入了同一个车库。然而，因为这个地下车库刚刚建成，尚未正式投入使用，所以里面还没有安装监控系统。

这样一来，地下车库里究竟发生了什么，就无从可知了。这个消息让任支感到心头一紧，情况似乎有点不妙。他给留守在学校的小组下达命令，立刻去往地下停车场，封锁出入口，严禁任何人员出入。同时，支队派出勘查小组增援。

任支看了下时间，已经快早晨8点了，距离案发时间快4个小时了。此刻学校里应该有很多人开始准备上课了。如果再拖得久一点，恐怕侦查的难度就会更大。

这时，勘验小组回来提交抛尸现场的痕迹检验和微量物证检验结果。

抛尸现场为报社门口，路面为标准柏油路面。除了勘查到轮胎痕迹，竟然还提取到了大半个比较清晰的足迹。经鉴定，该人所穿的鞋为 NF 户外鞋，尺码约为 44 号，鞋底磨损较轻，应该穿了半年了，双脚受力均衡，没有明显偏侧。以鞋号为基础，按比例计算，嫌疑人的身高应该为 175—180 厘米，体形偏胖，体重预测应为 85—95 公斤。可惜，柏油路面无法检测到足迹的陷入程度，所以无法判断预测的体重是否准确。

虽然只有一个足迹，但聊胜于无。

任支命令坐守支队的监控小组继续分析从学校拷贝回来的监控，以发现车辆驶出的时间凌晨 3 点为原点，将时间窗口加大 1 周，向前检查学校公共区域的监控，看看这辆涉案车此前何时进入的地库，当时车里有什么人。如果能够找到早先的蛛丝马迹，也可以继续追踪下去。

这段时间窗口非常大，用人工来检索的话，追踪白色 SUV 驶入地库前的轨迹倒查会非常耗时，但现在有了自动图像识别算法，只需要输入颜色和车型等重要数据，程序就会在视频的每一帧中自动寻找满足条件的画面。

程序很快返回结果，让人吃惊的是，在长达 1 周的画面中竟然没有检索到那辆涉嫌作案的白车。

任支当即命令将时间窗口继续放大。程序返回的结果依旧如此，1 个月以来的监控画面中都没有出现过那辆涉嫌作案的车。这是什么意思？那辆车在 1 个月之前就停在校园地库里了？

校园监控的最长存储时间是 1 个月，满期后会自动覆盖，所以无从追查再往前的画面。

任支紧皱双眉，心中暗道："恐怕行凶者故意选择了这所院校以及这个车库，作为其藏匿车辆和脱身的场所，他算计得太完美了。这样的作案手法需要很大的耐心，更需要周密的计划。"

就在这时，前往学校查看地库的同志打来电话汇报，他们发现那辆车还停在地库。

任支立刻命令："保护好现场，立即重点勘查车内细节，指纹、毛发，如果能找到 DNA 就更好了！"说完，又想到了一个关键的问题，大声道，"如果现在车辆还在，嫌疑人应该已经逃跑了。现场勘查注意找寻可疑的痕迹。我们这边再通过监控搜索，重点查找车辆回去之后，有没有人出入地库。"

任支和技术员立刻决定，以车辆返回地库的时间为原点，把排查时间窗口定为 1 小时，重点查找案发之后离开车库的人员或车辆。车子回到地库时是凌晨 4 点半，如果嫌疑人逃离，无论是步行还是驾车，都会非常显眼。

可惜，仔细搜寻过之后，没有在监控中发现任何人或车从车库及周边出入。任支打电话给在现场的勘验小组，让他们查看车库是否有其他出入口，得到的回复是，车库和地面建筑有 3 个通道相连，可以通过地面建筑离开车库。

好！楼里的监控是一直在使用的，速查！

几名负责检查监控的警员揉了揉发红的眼睛，打起精神仔细观察着楼道里每个地方的监控。取回的监控截至早晨 7 点 34 分，但所有监控审查完毕，也并没有在地库到地面建筑的通道口发现那个留着大胡子的胖子的身影，楼道里已经陆续出现了来上课的学生。

难道，那家伙停好车之后，并没有通过地面建筑离开，也没有直接离开车库，而是还停留在车库中？任支心中一紧。

监控方面，再也没有新的有效信息了。一时之间，没了士气。没有想到，监控条件这么好，大家追查了整整几个小时，最终还是没有结果。

李支和老秦带着戴猛、华生来到指挥中心的时候，看到任支和警员们的样子，已经预料到了不利的局势。随后，针对车辆的勘验结果也返回到支队，同样让人没办法兴奋起来。

整个车厢里的痕迹被擦拭得一干二净，连一根头发都没有找到。他们在后备厢里发现了部分脱落的皮肤碎屑和毛发，经鉴定属于死者，微量的磷氧化物也证实，尸体当时正藏匿于此。由于是水泥地面，灰尘较多，车周围的足迹比抛尸地点柏油路上的足迹要清晰很多，经复核，这里的步幅明显偏小。可惜，当勘验小组赶到地库封锁现场的时候，已经有部分老师来到地库停车，准备去上课，所以就留下了各种新鲜的痕迹，而之前那个脚印几乎不可寻，很难再发现有效的追查线索了。

又多了一具尸体，却又没有任何抓手，这一次，连嫌疑人都没找到。

巧妙的迷阵

凌晨4点37分。

大胡子把白色SUV开进政法学院的车库停好，熄火关灯。车里还残留有尸体的味道，他实在是不喜欢。他拿出浸泡过酒精的湿巾，一边哼着小夜曲，一边耐心地把方向盘、挡把、操控台、车门、车窗等一切接触过的、没接触过的地方一点一点擦干净。然后拿起放在副驾下面的车载吸尘器，仔仔细细地把刚刚擦过的地方吸了一遍。干完这些事情，大胡子的脸上泛起了笑容，仿佛很开心，把塑胶手套扔进大包里，那双手竟然很纤细。然后，他拿出手机打开手电筒，仔细地检查了一遍。等到曲子哼到第7遍的时候，终于确认没有留下一点痕迹。

这是一个令人满意的结果，他给了自己一个满意的笑容，然后关好车门。他打量了一下四周，并未发现动静，之后便走向距离这辆白车最远的一个角落，那里灯光昏暗，停着一辆非常普通的黑色大众，普通到人们根本就不会注意。

一路上，这个体形肥胖的大胡子竟然步伐矫捷，像跳舞一样，时而前进，时而后退，有时会突然跳起来，有时还踮起脚尖。当他闪身进入车后门之后，方才摘掉帽子，露出一头娟秀的短发。将墨镜、胡子、衣服以及肥大的充气垫逐一卸下后，统统扔进了一个大包。

待到整理完毕，刚才肥胖的大胡子竟然变成了漂亮而利落的短发姑娘，像个正在找工作的学生。她还对着后视镜给自己化了个淡妆。当她听到有车辆动静时，便蜷缩着身子躺在后座底下，闭上眼睛，在心里哼着小夜曲。

不用看，仅凭听，她便知道地库里又进来了一辆车、两辆车……有人走过的脚步声也陆陆续续多了起来。她看了下时间，现在是早晨7点20分，差不多了。

当她听到附近有车停稳,便坐起身,整理了一下发型,赶在对方开门下车的时候,从车中走了出来,"砰""砰"两声关门声先后响起。她背起大包,规规矩矩地走出车库,向教学楼走去。

在她身后,传来紧急刹车的声音,似乎有警灯在闪烁。

小九儿坐在教室里,心里感慨道:现在的大学生上课好无聊啊!这老师在上面讲的都是些什么!虚头巴脑的,信口胡说。恐怕这个油头大叔是想用瞎编的经历来吸引女学生,让她们心生仰慕吧。什么最高法院的副院长是你同学啊,市检察长是你学生啊!

9点啦!还有3个小时!

10点啦!还有2个小时!

11点啦!还没有吃过东西,有点饿了……

12点,终于下课啦!

短发姑娘跟随着下课的学生潮,不急不慌地离开教学楼。经过学校门口的时候,回头看到地库门口的黄色警戒带在微风里上下翻动着。

42 不入虎穴

开篇语：
你要什么，我就给什么。我可以算准你的取舍，控制好我的收放。

By 华生

华生辞职

华生正式向单位提交了辞职信，态度非常坚决，据说是因为经常办理案件，加班、熬夜，不自由，太累。内审部领导苦劝未果，然后两个人竟然争吵了起来，华生愤然收拾东西离开了办公室。

一时间，他们发生争执的事传得沸沸扬扬，还有好事者把视频发到了网上。

戴猛作为集团领导，不便直接越级过问部门内部的事务，只是私下约华生聊了一下。问及原因的时候，华生没有明确说明，只是说时间、精力不够用，需要调整一个阶段。看他神色并没有大的异常，还是平时那个阳光的样子，戴猛便没有深问。他能感觉到两人之间有某种默契，似乎这是一个理所应当的变化。聊天结束之前，戴猛提了一个要求：不能断了联系，要时时见面，时时沟通。

华生笑得很开心，说道："戴总，您多虑了，我又不是要逃跑。而且，我和肖依正商量着结婚的事情呢，也许就在今年。"

戴猛也笑起来："这可是大喜事！到时候我要到场当证婚人，而且送一个大红包！"

辞职之后，华生彻底改变了自己的生活，每天主要做两件事情：训练和看比赛。他按照教练的建议，制订了一个超量训练计划，每天两练，和专业运动员一起摸爬滚打，在垫子上花的时间至少有6个小时。因为练得多，所以吃得也讲究，每天除了5顿减脂增肌餐，还有大量专业运动员食用的蛋白粉、关节剂、BCCA等，身体变得越来越好用，缠斗技能也突飞猛进。

除了看比赛，华生还在"狼扑"平台上开了自己的直播间，每周固定给重要的综合格斗赛事做直播解说。除了美国的第一赛事UFC，还有国内的知名赛事"极斗"。他把自己的两项专业知识都用在解说过程中，既可以根据选手在开战前的表情与动作来判断选手的心理状态，也能紧跟场上比赛的细节，包括双方选手的技术动作和战术策略，进行精准的描述和评论，偶尔还会讲一些有意思的训练方法和圈里的故事。圈里的老炮们每期必定前来围观，越来越多的圈外人也蜂拥而至，打赏的打赏，聊天的聊天，好不热闹。

没用一个月的时间，华生就成为国内综合格斗赛事的知名解说员，甚至有卫视频道专门请他参与赛事直播的解说。不过，华生没有答应，还是严格按照自己的计划，拼命训练，然后休息的时候看比赛、做解说。

辞职之后就没了进项，他吃得又多又讲究，再加上训练费用，华生的积蓄哗哗地从银行卡里流出来。自古以来就是"穷文富武"，好在直播时能收到打赏，但也只能在直播平台里转来转去，变现不多。

肖依察觉到了不对劲儿的地方，华生无论是体形还是生活状态，越来越像一个运动员了，和他最早的样子相比，变化太大了。尤其是在钱的问题上，肖依明显感到了压力。如果下个月还是这样，恐怕以她一个人的收入，很难支撑两个人的生活开销。

肖依问他到底要干什么，华生告诉她："调整一个阶段，感觉到状态好了，马上就去找工作。"肖依相信他，便没有再多问什么。

华生在解说"极斗"比赛的时候，针对运动员的技术动作细节提出了很多批评。网友们反响不一：懂得多的，会夸他解释到位；不懂的则经常吐槽"你行你上"。慢慢地，"极斗"赛事直播的口碑就有了些负面评价。赛事主办方刚猛体育官方账号发来私信，要求他不要再做这么多否定解说，但华生并未理会。

这天，肖依又问起华生的打算，华生笑着告诉她："好啦好啦，我明天就去找工作。"说完，打开一份文档，指给肖依看，"喏，你看，简历都准备好了！"

肖依惊讶地问道："啊？你要去刚猛体育应聘？"

刚猛体育是国内第一家以融资方式运作的赛事承办公司，举办了很多格斗比赛，老被质疑打假拳、刷小怪。但因为用了流量打法，所以影响力和知名度很大，支持者也多。在它之前，都是些体制内出来的老教练、老运动员，靠自己的朋友拉摊子，靠朋友的朋友拉来企业赞助，东比一场、西比一场，不成气候。也有电视台栏目，组织一些专业或业余运动员，在摄影棚里搭个擂台进行比赛，剪成很多期，每周播出几场，比赛的质量和现场的观众数量一样让人尴尬。当然，观众还是很宽容的：练家子们骂归骂，但还是会看；不懂功夫的，则被电视节目里捧起来的"战神"们迷得晕晕乎乎的。

据江湖上传说，刚猛体育的创始人原来是特种兵，有一身好功夫，用军队的方法管理公司，整个团队执行力特别高。又不知通过什么渠道，引入了国内首富掌控的亿通集团的天使投资。第一笔2000万人民币的天使轮投资消息一公布，就震惊了圈内圈外。要知道，很多创业公司连A轮都未必能融到2000万。

有了钱，有了班子，又学习了国际上最优秀的比赛管理和运动员管理体制，刚猛体育把他们创建的"极斗"世界综合格斗系列赛事迅速打造成了最酷炫的比赛，还在卫视频道每周播出，成功吸引了大量"粉丝"。第二年，刚猛体育就顺利地得到了亿通集团领投的A轮融资，这次是1亿元人民币。

再次从面试开始

华生此刻坐在椅子上，打量着面前的三个HR，仿佛在看三个透明人。

华生查过坐中间的这个眼镜男，他原来在一家大型互联网企业负责宣传，现在在赵乾身边，是负责宣传的总监，长期的高薪和甲方身份让他养成了高傲的姿态。

旁边的两个女的，虽各有几分姿色，却都染着艳俗的发色，脸和脖子有着明显的色差，看起来就是刚刚挤进白领圈。其中一个人穿着低跟鞋，双脚的脚掌心相对，这个姿势虽然舒服，却使得两条粗壮的小腿打开，形成了一个难看的角度，好在一条长裙遮住了大半。另一个则穿着高水台的仿制红底鞋，翘起的脚尖晃动着，不由得让华生想起了鲁菊花。

这两个女的，显然不需要华生多操心，只要搞定这个眼镜男就可以了。

华生摆出一副端庄恭顺的样子，把双膝和双脚踝同时并拢，躯干挺直，双手放在膝头，面带微笑地回应着面试官的问题。

"你就是那个'狼扑'的解说啊？"眼镜男歪着身子，用拇指和食指捏着华生的简历，右侧的脸颊因为上嘴唇提升而鼓起，双眼瞥着华生，一脸的轻蔑。

在不知道对手实力的情况下，仅凭一些流出的碎片信息就抱有预置偏见，而且还是轻蔑型的预置偏见，这样的人特别容易被震荡，尤其是从"捧"和"配合"开始的震荡。

"是。您听过我的解说？"

"没有。但我知道，你在解说的时候没少'黑'我们的比赛！"眼镜男轻轻摇晃着脑袋和跷起来的那只脚。

"哦，您听过就知道我不是在'黑'你们了。这年头，网友们不喜欢高大上，喜欢能踩能吐槽的。要是我夸得厉害，反而会给比赛招'黑'。"华生一脸恭敬和认真。

"嘿！这么说你还是在帮我们啦？"眼镜男停下抖动，说完话居然还翻了个白眼。

"您看我的简历，里面有数据。我解说之前，'极斗'比赛的互联网搜索量只有几万，最近一周的搜索量是400万。"华生摆出一副谦恭的样子。

"你的意思是说，都是你的功劳了？"

"有一定关系。我加入公司的话，这个关系会更加明显。"

不知不觉之间，对方已经把话语权递到了华生手里。他还以为自己在训斥着一个网红，但他不知道的是，一组数据和一个话题的引导，已经让他不得不问出后面的问题了。

"为什么？"没错，他问的就是这个问题，像狗叼飞盘的时候一样听话。

"我可以通过解说，让我们的比赛在口碑上比美国的UFC还要好！"华生抛出了自己的第一个诱饵。

"操！口气够大的啊！你这么确定？"一不小心，眼镜男就露出了粗鄙的本质。

华生心里一乐，没见过这么配合，追着饵料跑的鱼。

"是的。您看我简历里第二页的数据统计。我有一期由于特殊原因没有去解说UFC，那天的围观人数锐减。我解说'极斗'比赛的围观数据，始终是高速增长。您再看下弹幕截图，只要是我在夸比赛好，弹幕都是评论'解说够牛的啊'；而我在批评比赛的时候，弹幕里不是'解说比选手还厉害'，就是'这解说有本事自己上啊'。无论是骂是夸，都有着很强的关注度。您想一下，如果我全职给'极斗'解说，不再理会UFC，或者开'黑'的话，是不是可以……"

有数据，有曲线，有着貌似非常复杂的二元逻辑，还有悄无声息的许诺，面试的HR大人还能挑出什么毛病呢？当然，毕竟之前是黑解说，是敌人，所以他在心理上不会短时间内认同狂妄自大的华生。

眼镜男得意一笑："可惜，我们招聘的职位里不包括解说这一项。我想你投错简历了。非常抱歉！"华生可以清楚地看到，他的上嘴唇已经降下来了很多，说明他心里的轻蔑也降低了很多。

"哦，我不是来应聘解说的。"华生也一笑。

之前一直在谈解说的事情，现在一个大拐弯，什么情况？对面的笨鱼肯定会再次飞速追赶着饵料而顺势问出下一个问题。

"那你应聘的是什么职位？"果然，他问了。

"我是来应聘选手经纪。"

人一旦犯错，立刻就会有弱势心态。眼镜男按照惯性思维以为华生来应聘解说，结果猜错了，所以，现在的弱势心态很明显。而这种时刻，正确答案就会给他造成深刻的影响。一反一正之间，眼镜男已经被洗脑了。

"带选手？你凭什么？"眼镜男仍然摆出一副轻蔑的姿态，不过他的眼睛却认真地看着华生，这一点暴露了他的好奇心。所以，他的话听起来像是反问，但其实是好奇心驱动的疑问，是对信息的需求。

华生在这个时候抛出了自己准备已久的方案："我自己也练综合格斗，我懂训练，我懂宣传，我还是心理学博士。你知道的，在赛场上，同样厉害的选手，谁的心理过硬，谁就更能赢得比赛。"

要知道，眼镜男只是抱有预置偏见，因为"骂过我公司的人都是敌人"。不过，这种偏见并不会持续很久。有理有据，有捧有拉，很容易更正对方的偏见，甚至还能让对方为自己之前的错误判断感到愧疚。原本的敌意如果消失了，反而会让合作更加容易成功。一个有本事的敌人突然投靠过来，成为自己的忠实支持者，谁会拒绝呢？

华生就在他已经接受了之后，又补了一句："我还知道，赵总自己也喜欢训练。来公司上班，我还可以给他当陪练。"

这句话让眼镜男在心里做了决定。赵总每天都要在公司俱乐部"训练"员工，大家都怕，因为他下手的力度是没法控制的，手指、肘关节、膝关节、脚踝以及脖子，被他"训练"过之后，不受伤就是个奇迹。只有运动员来签约或拍宣传照的时候，大家会比较轻松，因为赵总更愿意跟运动员较量。

现在，这个会解说的家伙主动提到这一点，也就意味着他不但能给比赛做贡献，还能解救公司的其他普通员工，包括眼镜男在内，这就意味着他从此以后可以堂而皇之地避开陪练被虐这种事情了。

眼镜男侧过身和左右两位 HR 商议，那俩女的之前一直有意无意地盯着华生的前胸和大腿，此刻判断出老板考虑要他了，就一边假装讨论，一边肆意地猜测着华生衣服下隐藏的八块腹肌。

"什么时候可以上班？"眼镜男尽管对那两个女人的"花痴"模样感到不屑，但他的内心已经做出了选择。

"现在就可以！"华生眼睛一亮，做出一副紧张而期待的样子，注视着眼镜男的神情。

眼镜男果然对华生的积极很吃惊，回复道："不用急，公司还要走程序呢。"

"我想先来实习，不要薪水。什么时候您那边手续办完，再正式上班。"华生显得非常积极。

眼镜男对这位网红的积极和谦逊态度感到非常满意。他当即打电话给赵乾："老板，有个说自己练过的人来应聘选手经纪，他说愿意当您的陪练。我不知道他水平够不够，有点犹豫，您要自己见见吗？"对他来说，这件事的真实性是做出决定的根本要素。如果水平够做老板的陪练，那就不是招聘到一个选手经纪的问题，而是立了一个大功。

电话那头说，让他跟运动员的车，到昌宁镇的训练基地来，一起玩玩看。

"你有没有真本事，老板要亲自看看。别说我没提醒你，老板下手可不分轻重。"眼镜男又恢复了最初傲慢的神态。

"好的。谢谢您的提醒，我会尽力而为。回头成功了，请您吃饭！"

训练基地

华生跟随着 7 个刚刚签约的运动员，搭乘了一辆中巴来到昌宁镇体育馆。

这里是刚猛体育和地方政府合作建设的"极斗"赛事训练基地，吃、住、训练一条龙。

在车上的时候，就有两个来自河南的运动员认出了华生，他们特别开心地跟华生合影，还说："我们喜欢你的解说，太有意思了，还能学到很多东西。"弄得其他运动员也都凑过来聊天，国外国内的各种聊，车上好不热闹。这些孩子年龄都不大，对自己的将来充满憧憬，盼望着靠自己的双拳打出好日子来。

一队新人被指引到体检处，进行入营体检。华生不用体检，就在一旁陪着、看着，顺便仔细观察周边的环境和训练营的组织形态。其间，华生秀了一手绝活，仅仅根据选手们的体形，就说出了他们擅长的技术和打法，有的擅长打拳，有的擅长摔跤，有的擅长地面缠斗，判断结果竟然八九不离十。选手们对华生很感兴趣，而且打趣说华生的体格比运动员还要好，应该参加比赛。

体检完毕，所有人换好训练营配发的服装，整队到训练场参加欢迎仪式。

赵乾一出现，原本还嘈杂的训练场里立时就安静了。从第一个看到他的人自动闭嘴开始，这种噤声像潮水一样层层波及，交头接耳的聊天声一下子就没有了。赵乾身上散发出来的杀气太可怕了。

这是华生第二次见到他。上一次在刑警支队见到他的时候，他虽然刚毅，但也优雅，是副商人模样。今天不一样，脸还是那张脸，身体依旧魁梧得很，只是那双眼睛仿佛是狮子的眼睛，闪烁着捕杀猎物的光。和接近1.9米的他比起来，那些60—70公斤级的运动员真的好似山羊一般。

赵乾脸上挤出一丝笑容，声音里却没有带着笑："欢迎！你们都是最优秀的运动员，所以才能签约'极斗'！一旦登上这个赛场，你们就只有两条路：要么，变得更强，成为世界级的高手；要么，被淘汰，回你们的县城去当教练、保镖。拼不拼，随你们。你们愿意拼，我就好好养你们，给你们买车买房子娶媳妇；你们不愿意拼，我不帮也不留，现在赶紧走！"

他用凶悍的目光在每个人脸上扫视着，扫到华生的时候，看到这个书卷气的年轻人脸上有自然的笑容，不似其他人那样蒙，便多看了华生几秒钟，无意识地点了下头。

赵乾知道运动员们只要一动起来就生龙活虎，也不再跟他们计较，便大声吼道："按公斤级，抽签打单败淘汰，让我看看你们的水平。第一名住单人宿舍，每个月1万训练补贴，每天配餐四荤两素！"说完，朝着身后的眼镜男摆动了两下手指，眼镜男接着宣讲道："第二名，住双人宿舍，每月6000训练补贴，每日配餐两荤两素；第三名，住四人宿舍，每月3000训练补贴，每日配餐一荤两素，不够吃的自己花钱买。其他名次，住八人宿舍，每月2000训练补贴，每日配餐一荤一素，不够吃的自己花钱买。"

华生暗中在心里盘算着这个待遇标准的划分，觉得挺厉害，应该是请高手帮忙设计的。

看到底下的人开始交头接耳，窃窃私语的声音越来越大，赵乾两只手大力一拍，大声道："不用着急，每个月都会有一次这样的比赛，据此来调整大家的待遇。你们想过什么样的生活，就要靠自己去打拼争取！现在热身，30分钟之后开始比赛！"

说完这句话，运动员们便散布在各个角落做准备。赵乾朝着华生招招手，让他过来，问道："你是谁啊？"

华生刚才的那个笑容给他留下了很深的印象。凭经验就能判断，这个小伙子不是运动员。高水平的运动员，眼神也可以这么清澈，但骨子里总会有一种傲慢，然而他的身上没有。

华生回道："赵总，我是过来实习的，刚刚应聘的运动员经纪，名字叫张华生。"

赵乾一怔，随即哈哈大笑，这个笑容突然从他那张肃穆的脸上爆发出来，吓了周围人一跳。赵乾笑罢，脸色逐渐恢复了平静，问道："你就是那个'狼扑'上的解说？"说的同时，举起手朝着华生的肩膀拍了两下。

华生一直在注意赵乾的每个表情和动作，从加速度来判断，这个动作是加了力道的，而且拍的目标有点偏向锁骨，如果真的被拍中，可能会非常疼。他微微倾斜了一下身体，用肩膀的肌肉承受了赵乾的两次拍击，赵乾的力道已经渗透到了关节，隐隐作痛。但这时候不是挖坑示弱的时候，华生便若无其事地一笑："让您见笑了！网友们也是瞎围观、凑热闹。"

华生的几厘米移动显然让赵乾有点惊讶，不过他没有表露出来，而是产生了更加强烈的兴趣，大手一挥，说道："哪里！我听过你的解说，而且不止一场。讲良心话，你的解说水平的确比运动员的比赛水平高出很多啊！就是不知道实际身手怎么样。"说完，目光停留在华生的脸上，观察他的反应。

华生知道他会有此一问，只耸了耸肩，嘴一撇，没有说话。

他清楚地看到，自己这个表达不在意的动作，让赵乾的眼睛一瞬间睁大了，眼睑陡然绷紧，那是惊讶和愤怒的混合。别人夸你，你不谦虚也不说话，还满不在意，这种态度就是欠揍。

见华生不肯直接表态，赵乾的嘴角挤出了几个字："一会儿我们看看！"

华生知道他说的是什么，这也是他希望出现的反应。因为，他知道赵乾的弱点。

运动员们开始捉对厮杀。

赵乾指着离得最近的两个人道："张先生，我想听你现场解说一下，可好？"语气中并不仅仅是请教，还有挑衅。

华生问道："就这么说吗？"

赵乾道："对，就站在我身边说好了。我听得清楚。"他的眼睛没有离开对阵的二人。

你要什么，我就给什么

华生随即跟着二人的动作开始解说："目前两人还没有实质性的接触，但从红方的步法来看，他是接受过正规拳击训练的运动员，移动、抱架、出拳、摇闪，都有非常扎实的基本功。蓝方选手的肌肉类型，一看就是练摔跤出身的，脚下移动的习惯和张开的双手都能说明这个问题。现在要看谁克谁！"

正说着，摔跤选手一个假动作佯攻上盘，突然变为向下潜抱住拳击选手的双腿，借着冲力向上一顶，把对手抬离地面，然后扭身发力。

华生紧跟变化，提高语速说道："现在双方已进入地面缠斗。一旦进入地面缠斗，步法失去作用，对于擅长拳法的选手来讲局势危险。这一摔我们也可以看到，给红方选手造成了不小的伤害，因为落地的一瞬间，蓝方选手的肩膀似乎顶在了对手的肋骨上。蓝方选手现在试图过腿，切到对手的侧面进行压制，看这里……看这里……成功！看得出来，红方选手似乎对于地面缠斗没有太多训练经验，而蓝方选手不仅摔法娴熟，过腿的技术也行云流水，应该在地面缠斗技术上造诣颇深。"

场面上，蓝方选手已经侧压在了红方选手身上，并不着急进攻，而是不断微调着重心，始终让红方选手在身下挣扎，毫无章法地用拳头来进攻。

赵乾看得直着急，在椅子上几乎坐不住了，大声喊道："快虾行啊！虾行！虾行！你这水平还是省冠军呢？"

华生等他安静了些，才继续解说道："看这个动作，蓝方选手的布局已经完成了，红方选手的左手被控制在他的膝弯里不能动弹，接下来很有可能要变动作了！"话音未落，蓝方选手用左手控制住对手的另外一只手臂，右手猛地搂起红方选手的头，团身滚动之间把右小腿往他枕下一塞，顺势利用身体的重量拉扯起对手的上半身，再快速地一挺胯，左腿已然从他腋下搭在了自己的右脚踝上。"

华生大叫一声："三角绞布局成功！"声音大得把赵乾吓了一跳，华生继续喊道，"转身了，角度有了！蓝方选手已经开始发力，5秒钟内红方必定拍地认输，5、4、3……"

在他数到2的时候，红方选手果然拍地认输。

赵乾看着华生激动的样子，脸上露出了笑容，斜着眼看了他好长时间，口中反复道："有意思，有意思！"

华生微微鞠了一躬，回应道："这场比赛完了。时间太短，还有些细节没来得及说。"

赵乾站起身，旁边的随从也忙毕恭毕敬地候在一旁。赵乾向前迈了两步，俯视着华生，过了一会儿转身留下一个命令："跟我来，我们好好聊聊。"边说边向外走去。

华生知道，接下来就是必须过的一个难关了。因为他看到赵乾的后背兴奋得直抖，两只粗壮到膨胀的小臂隆起一道道肌肉，拳头一收一放，似乎在做热身运动。

华生紧赶两步，以一个博士生和网红应有的叠加心态，摆出不卑不亢但又有点期待和自豪的姿态，紧随其后。

他们来到了一间没有人的小馆，其他人都知趣地退到一边站好。赵乾不急不慌地脱掉外衣，只留着贴身的训练服，对华生招招手，笑道："过来玩两把？"

华生赶忙装作不明白的样子，向前凑了凑，看起来很谨慎地问道："我和您打？"

见赵乾点头，他赶忙不停摆手，后退两步说："那肯定是不行的。我是业余的，顶多算兴趣爱好。一看您这身材，估计站立、地面都极其精通，虐我还不跟玩一样。"

赵乾将下巴抬了起来，用眼角余光瞥着面前这个年轻人，心里充满了鄙视："你就会嘴炮啊！不是懂得挺多的吗？不是什么技术你都懂吗？来玩一下嘛，又不会死人！"

华生没有想到对方竟然这么浅，心里一乐，再次摆手道："我解说还可以，真打的话，也就欺负欺负比我弱的吧。"这句话就是把自己放在了一个很让人讨厌的位置，不但表明了自己不行，还欺软怕硬。所有的人都讨厌没本事却欺软怕硬的人，赵乾也不例外。

果然，赵乾被这句话激怒了，他打心眼里希望教训一下这个刚才还风光得意的小子，让他明白实力是多么重要，如果没有实力，就不要瞎吹牛。所以，赵乾拧眉立目地低吼了一声："不打滚蛋,别让我看着恶心!"

这是一句立威的话,摆出了老板的架势。如果是江湖豪杰说这样的话,双方考量的就只是武力值孰高孰低。但老板说了这样的话,就不仅仅是能不能打的问题,还夹杂了有没有工作机会的问题。

所以,华生妥协了,犹犹豫豫地开始脱衣服。当他把外套都脱掉,只剩下训练用的速干服时,一身漂亮的肌肉让赵乾眼睛一亮。

两个人没有多说一句话,当即开始比拼起来。

赵乾的身高、臂展、体重都明显占优,这场所谓的"玩儿",华生根本就不知道会有多危险。他心里想的就是把对方放倒在地面,那时候便可以如同鲨鱼入海,无论如何都是有把握的。不过,赵乾一开始移动,华生就看到了问题。赵乾练习的技术,更偏向于一招制敌的战术动作,发力沉重而不够灵活,目标是希望能够迅速击倒或制服对手。这种风格不是格斗赛场里出来的技术,更像是杀伤技。这种技术杀伤普通人会很有效,但对付一个常年跟人磨炼撕扯的练家子,则失去了先天的优势。

华生训练的俱乐部里,有现役运动员,也有来自巴西的黑带柔术教练,所以真一动手,华生并不觉得赵乾很难对付,只要保证自己不被对方的重拳重腿伤到,就算是稳住了一半阵营。而且,重拳重腿的发力动作都会意味着力量的释放,也就必然需要一个力量回收过程,以及面对身体恢复平衡的问题。但是,赵乾的体能和体形实在是让人惊骇,这种生理上的差距,不是等量的技术能弥补的。

"一力降十会"对于技术差异不大的两方来讲,一定是真理。

华生有自己的策略,他只求第一步骤能实现,后面的则寄托于天命。第一步骤的目标,就是把赵乾摔倒在地上,因为站着打,永远都没有希望击败对手,而被对方一拳一脚地击中,就可能造成永久性的伤害。

可惜,几次下潜抱摔没有结果之后,赵乾一个后手摆拳,击中了华生下巴左侧和脸颊的交界处。华生清晰地记得当时的感受,那就是整个头颅炸裂了,眼球、头骨、牙齿、下颚，全都有崩裂的感觉。毫无疑问，他当时就瘫倒在地，只能保持着本能的防守姿态。赵乾庞大的身躯猛地扑上来，压在了华生的身上。

尽管头疼欲裂，目不能视，被压住的一瞬间曾经想过放弃认输，但长期的精细训练让华生的肌肉有了记忆，即便不动脑子，他也能感受到赵乾沉重的身躯移动和发力的方向。

熬过了五六秒，到了关键时刻，赵乾的地面缠斗技术比较粗糙，华生缓了过来，准确地感受到了赵乾在自己身体上的各种尝试和移动，他尝试着微微移动了几次自己的胯后，就已经确定可以逃离对方的重压。

华生在考虑一个策略。是的，他有能力在这危机时刻清晰地考虑策略，因为地面缠斗对他来说是轻松的。赵乾则发了疯一样使用蛮力，拼命用拳头和肘部击打华生的头部。要知道，如果是站立的拳法、肘法进攻，双脚蹬地造成的躯干移动才是拳法和肘法的核心力量所在，只靠手臂本身的加速，是不会形成太大力量的。因此，这些进攻一旦失去了脚步移动的支持，就会减弱很多。

华生想的是：赢，还是不赢？

他心念电转，决定打个赌，要输。于是，他装作很用力的样子，用"蝴蝶防守"的技术把赵乾扫翻在地，顺势想变成骑乘的优势姿态，但赵乾动了一下，他便转侧压、南北压制和浮固，一套动作做得赵乾晕头转向。赵乾还从来没有见过有人在地面上能这么快地移动身体。正当他不知所措时，华生试图变换一个骑乘的优势位置，但不知为什么，抬腿的动作却慢了下来。

魁梧厚实的赵乾似乎感受到了这个变化，他一个翻身便从下位翻转而起。华生立时做出乌龟防守动作，赵乾一下子就骑到了华生背后，双脚搭扣成功，只待手臂搭扣完成后发力。

华生决定"放"，便胡乱地做了一些佯装防守的动作，把脖颈的漏洞故意留给赵乾。赵乾粗壮的手臂夹紧了华生的两侧颈动脉窦，丝毫没有停留，直接把腹部和背部一收紧，用尽全身的力量压迫、弯曲华生的颈部。

这种场景和感受，华生至少经历了五六百次，但没有一次像今天一样猛烈而绝望。华生知道7秒钟之后如果对方不松开手,自己的生命也就走到了尽头。但今天的赌局走到这一步,也没有回退和后悔的余地。他只能咬紧牙关,期待赵乾能够给自己一次机会,不仅仅是活命的机会。

5、4、3、2、1……

就在行将失去意识的一瞬间,华生感觉到赵乾的手臂松了一些,氧气慢慢随着血液流入了大脑和身体,他能感觉到赵乾在等待着什么,也隐隐约约听到一个声音叫道:"你疯啦?又发狂?"

那个人来了!

华生的眼睛已经能看到模糊的影像了:一个身材颀长的人走在前面,看不清脸色;一辆轮椅跟在后面,喝止的声音正是从轮椅上传来的。华生的视线慢慢恢复,可以很明确地看到那张曾经威胁过姜老师的面孔,是福坤!

赵乾的两只小臂如同剪刀一样依旧紧紧地夹着华生的脖颈,见到这两个人来了,不由自主地停了下来。他似乎有点不知所措,有点彷徨,有点进退两难。

只听到那个身材颀长的人说道:"这是谁啊?"

赵乾这才松开手,站起来微微鞠了一躬,毕恭毕敬地答道:"一个应聘的。"

那人道:"那你下这么狠的手?在这儿?"声音不大,但语气里透着威严。

赵乾竟然有点慌,讪讪一笑应道:"没有,哪能呢!这小子,别看是个博士,书呆子,身手还真不错。我好久没玩了,一时兴起没收住。"

听说华生竟然是个博士,那人似乎很感兴趣,便走过来蹲下,似乎在打量华生。

华生其实早已经完全恢复过来,神志和体能都没问题,但见到那人过来,便佯装略微吃力的样子,盘腿坐起,用力甩了甩头。当他假装调整好视线焦点的时候,正好和那人对视上了。

这是一张清隽的面孔,发型利落,面色冷峻,眸子里透着逼人的光芒。只看面孔应该不到 30 岁，华生却觉得他的表情里有深深的悲凉。

那人盯着华生看了几秒，立时站起身来径自向外走去，福坤赶忙摇动轮椅跟着。年轻人留下一句话，是说给赵乾听的："我不喜欢他，不要再让我见到这人。"

赵乾没有料到他变化会这么快，正犹豫间，却听华生大声喊道："你是因为……怕失控？"

只这一句话，那人停下脚步，猛地转过身，目光炯炯地盯着华生，慢慢咬紧了牙。赵乾和福坤都很紧张，他们望向那年轻人的脸，不知道接下来会发生什么。

那人双眼紧盯着华生的面孔，脸上隐隐现出一丝狞笑，仿佛面孔后面有一头困兽意图挣脱牢笼，气血翻涌。赵乾对这副面孔非常熟悉，已经知道自己应该做什么了，便悄然向华生的方向移动了几步。而福坤则握紧自己的轮椅扶手，微微摇着头，口中喃喃道："不，不，不，不可以在这里……"

那人将双眼缓缓眯起的时候，华生知道他没能克制住心中的愤怒，危险会随之而来，便暗中做好了准备。